祖国と詩(うた)

W・B・イェイツ

杉山寿美子
Sugiyama
Sumiko

国書刊行会

目次

祖国と詩（うた）

W・B・イェイツ

笹山隆先生の御霊へ

プロローグ

スライゴーの町、手前の建物が聖ジョン教会、イェイツの両親はここで結婚した。

「もし、私が二四歳だったなら」(“If I Were Four-and-Twenty”)と題するエッセイは、イェイツが五四歳の時に書かれたものである。エッセイは、次のように書き始められる――

> 或る日、私が二三歳か二四歳の時、私が意図せず、私たちが半ば眠っている時にセンテンスが思い浮かぶよう、次のセンテンスが頭の中に浮かんだように思えた――「幾つかの思想をハンマーで打って統合、一つになせ」。何日も、私は他のことを何も考えることができず、何年もの間、私が為す全てをそのセンテンスによって試した。私には関心事が三つあった――文学の一形態、哲学の一形態、ナショナリズムへの関心である。そのどれも互いに関係があるようには思えなかった。しかし、徐々に、私の文学への愛とナショナリズムは一つになった。それから、何年もの間、この二つは私の哲学の一形態と何の関係もないように思われた。〔…〕今では、三つは全て一つ、或いは、三つ全ては一つの信念の個別の表現だと、私は思っている。[1]

イェイツが天才詩人だったことは論を俟たない。彼は二〇世紀の英語圏で最も偉大な詩人の「一人」というより「最も偉大な詩人」が、今や定着した評価である。その彼は詩的天才であると同時に、「劇作家、ジャーナリスト、オカルティスト、見習い政治家、革命家、劇場のマネージャー、社交家（ダイナー・アウト）、彼の時代の最も興味深い何人かの友人、親友、愛人だった」[2]――詩人の伝記の決定版（デイフィニティヴ・エディション）を著わしたロイ・フォスターが挙げるリストである。リストの項目は更に増えるかもしれない。天才詩人の顔と一見相容れない多種多様な世界を同時に生きたイェイツの驚異的人生は、上記の三つの関心事で括り納まるものではないであろう。しかし彼自身が挙げる三つは、彼の人生を織る三本の太い織り糸であることも、また、厳然たる事実である。

イェイツは一八六五年、アイルランドの首都ダブリンに誕生した。父は弁護士、母の生家ポレックスフェン家はアイルランドの北西に位置する港町スライゴーで製粉・海運業を営んだ。両家ともルーツはイングランド、プロテスタントの植民移住者を先祖に持つ「アングロ・アイリッシュ」と呼ばれた人々である。イェイツが誕生して二年後、父は弁護士から画家に転身した。父の劇的転身は詩人イェイツを育て、形成する大きな力となる。画家の父を取り巻く芸術的環境の中で、芸術や詩を称揚する父の影響を受けながら成長した少年は、物心つく頃から「画家（アーティスト）の息子」[3]。

一五歳と一六歳の間の頃、彼は詩を書き始める。イェイツの言う「文学の一形態」は詩。彼にとって、詩や芸術は人間の他の活動全てに優る普遍的価値をもったものだった。二〇歳に達しない年齢で、彼は――

> 私は、同世代の他の人たちと異なる点が一つあった。私はとても宗教的だった。ハクスリやティンダルに子供の頃の純真な宗教を奪われ、私は新しい宗教を作った。殆ど不可謬の詩の伝統の教会――物語、人物、感情が、最初の表現のまま、哲学者や神学者に幾らか助けを借り、詩人や画家たちによって世代から世代へ受け継がれた教会である。私はこの伝統が絶えず発見できる世界を望んだ。〔…〕私は一つの教義を作ってもいた――あの想像の世界の人々は人間の最も深い本能から創造され、人間の尺度、基準であり、彼らの口が語っていると私が想像するものは何であれ、真理に達する最も近いものかもしれない。私が耳を傾けると、彼らは一つのことを語っているように思えた――彼ら、彼らの愛、彼らの人生の出来事一つひとつがスーパーナチュラルなものに浸っていた[4]。

詩は「人間の尺度、基準であり」、「真理に達する最も近いもの」――イェイツが生涯、堅持する信念である。「私は詩人」。詩人・芸術家としての使命感と誇りは、彼の生涯を貫く最大の信条となる。

イェイツがアイルランドを祖国として一九世紀後半にこの世に生を受けた運命の巡り合わせは、彼の人生と詩人として彼のキャリアを方向づけ決定する大きな要因となる。

ヨーロッパ西端に位置する島国が隣国に支配され始めたのは一二世紀、以後七世紀半にわたって他国に支配されたアイルランドは、支配の長さも辿った歴史も――その過程でこの国は母国語ゲール語を失った――他に例を見ないきわめて特異な国である。中世の間、イングランドの支配権はダブリン周辺区域に限られた。しかし宗教改革（一五一七）が起こり、プロテスタント国家となったイングランドは、カトリック信仰の篤い島国に対し波状的に侵略を繰り返し、アイルランドはそれに抵抗する大小の反乱が絶えず、その度に侵略者に屈する長い屈辱の歴史を辿った。その産物としてアイルランド社会は、植民移住者を先祖に持つプロテスタントと土着のカトリック――「二つの国家」、「二つの民族」――に分断され、カトリック教徒を社会の底辺に封じ込める法規制の下、[5]「アセンダンシー」（Ascendancy）と呼ばれる「プロテスタント優位」のいびつな社会構造ができ上がる。

一八世紀末、ヨーロッパを覆った自由平等の波は西の果ての島国にも達し始める。一七九八年、政治結社「ユナイティッド・アイリッシュマン」が引き起こした武装蜂起は、本格的な独立闘争開始を告げると同時に、彼らが身を挺して示した支配者からの「分離・独立」、武装闘争路線は後の世代に受け継がれ、この島国の伝統となっていった。一八〇三年のユナイティッド・アイリッシュマンの残党ロバート・エメット、一八四八年の「アイルランド青年」、一八六七年のＩＲＢ（アイルランド共和国同盟）と、半世紀余の間に三度、武力による支配者転覆が企てられた。その度に繰り返される逮捕、投獄、苛酷な刑罰をものともせず、武装闘争の伝統の火はこの国の男たちの間で脈々と生き続ける。

一八四〇年代後半、島国は大飢饉に見舞われた。一〇〇万の人々が命を落とし、もう一〇〇万が国外へ流出、人口の四分の一を失った大惨事から立ち直り始めた一八七〇年代、民族自立の機運は、アイルランドの「自治」権回復を図る議会運動となって現われる。[6]運動は次の一〇年間、パーネルという類い稀なリーダーを得、かつてないナショナリズムのうねりを巻き起こした一方、帝国との合併を支持する「ユニオニスト」と民族自立を目指す「ナショナリスト」の反目を生み、プロテスタントとカトリックの根源的対立に二分された社会に新たな対立と抗争の火種を作った。

長い暗い歴史を背負った国に、その克服に人々が立ち上がり始めた時代に、イェイツは生まれ落ちた。一八八五年、二〇歳に達した彼は運命的出会いを果たす――ジョン・オレアリ、ＩＲＢの象徴的存在である。党の機関紙を編集した彼は、一八六五年に投獄され二〇年の刑期を終えてこの年一月、ダブリンに帰還した。オレアリとの出会いは、二〇歳の青年に改宗にも似た変化をもたらす。それまで彼が傾倒していたのはスペンサーでありイギリス・ロマン派、「読書の導くまま、ここ、かしこに詩の主題・題材を求め」、中でも「アルカディアやロマンスのインドを最も好んだ」彼は、以後「詩の風景は、私の祖国に限るべきだと確信するようになった」[7]。それは個人の信念に留まらない。当時、アイルランド文学は殆ど実体のないもの、その復興へ向け、一八九一年、ロンドンに「アイルランド文学協会」が、翌年、ダブリンに「国文学協会」が設立された。「アイリッシュ・リヴァイヴァル」と呼ばれるアイルランド文化・文学運動の開始である。運動を興し、率いたのは二〇歳代半ばの青年詩人。「アイルランドでの私のミッション」[8]と言い慣わした彼の個を超えたヴィジョンと使命感は、詩人の生涯を通して活動の一原動力となり続ける。

こうして、「文学への愛とナショナリズムは一つになった」。イェイツが挙げる三つの関心事のもう一つ、彼が「哲学の一形態」と呼ぶものは、要するにオカルト。イェイツは子供の頃、「神を思うと、目に涙が溢れた」[9]と言う。すでに引用した、「私は、同世代の他の人たちと異なる点が一つあった。私はとても宗教的だった」と告白する息子の前に、大学で自由思想に染まり宗教を否定する父が立ち塞がった。父はダーウィン後の、合理精神が風靡するヨーロッパの知的トレンドを体現する一人だったろう。時代の風潮の中で「子供の頃の純真な宗教を奪われた」彼は、それに替わるあの「殆ど不可謬の詩の伝統の教会」を作った。自ら打ち建てた教会と教義の正当性を裏づけ補強すべく、彼は憑かれたようにオカルト世界にのめり込む。ブラヴァツキ夫人の神智学に始まり、秘教集団「黄金の夜明け」の会員となり、スウェーデンボリやベーメの神秘思想、新プラトン哲学に関する文献を読み漁り、アイルランドの田舎人の間に土俗信仰を探し、果ては霊媒や自動筆記の会へ足繁く通った。世の常識から外れた、多分にいかがわしい水域に足を踏み入れる詩人に胡散臭い影が憑きまとい、不信を超えて嘲笑の目が向けられ続けた。そうした領域にイェイツが求めたものは「哲学の一形態」、正統な宗教に替わって、神・宇宙・人の成り立ちを解き明かす体系であり、科学や合理精神、物質偏重（マテイリアリズム）が支配する時代に対抗する、魂の不滅や霊（スピリット）の世界が存在する「証」である。それは、詩人の想像力が映し出す「詩的真実」が「真理」であることの証であり、イェイツが五四歳にして三つの関心事を「全て一つ」、「一つの信念の個別の表現」と述べるに至る背景である。

イェイツの生涯を跡づける資料は、ほぼ出尽くした感がある。イェイツは一種の文通マニア、生涯を通し、おびただしい数の手紙を友人、知人に書き送った。現存する七〇〇〇通に近い書簡が公開され[10]、彼の動静――何時、何処で、何――を辿り、作品が書かれた日付と背景を特定し、時々の彼の心情に分け入ることを可能にした。イェイツの自叙伝、その草稿、日記、更に彼周辺の人々――父、イェイツのパトロンであり仕事仲間でもあったグレゴリ夫人、彼が或る意味で生涯愛し続けたモード・ゴン、詩人が五二歳にして結婚したイェイツ夫人、その他に関する資料にも事欠かない。

イェイツの伝記については、彼の死から四年後に生前から親交のあったジョセフ・ホーンによってオフィシャルな伝記が著わされ、以来、幾つかの伝記的アプローチが企てられた。またイェイツの死から半世紀余を経て、詩人の伝記の決定版がオックスフォードの歴史家ロイ・フォスターによって完成した。合わせて一三〇〇ページを超える二巻の書は、詩人の足跡を殆ど日を追って克明に詳細に跡づける。

イェイツは人生をくねり曲がる蛇行曲線に準えた。あまりに輪郭鮮やかな詩人の肖像を描き出すことは、彼が生きた驚異的人生の蛇行軌道を描き出すことにはならない。他方、蛇行曲線の紆余曲折を追い過ぎれば、イェイツが「カメレオンの道[11]」と呼んだ、幾つもの可能性を求めて迷い、迷路に陥るリスクを孕む。本書はイェイツの詩人としてのキャリアに比重を置き、彼の代表的作品、人生の主要な出来事を、原則として時系列順に辿った。その過程で或る取捨選択は止むを得ない。特に彼のオカルト世界探求は、彼が足を運んだ霊媒や自動筆記の会に詳細に立ち入って、逐一言及することは控えた。「木を見て……」、「森を見て……」の二つのことわざを持ち出すなら、木々を追い過ぎ、森の輪郭が木々の中に埋没する事態は避けたい。逆に森の輪郭の素描では、イェイツの伝記から遠いものに終わってしまうであろう。「森」と「木」のほどよいバランスを図りたい。

第一章　画家（アーティスト）の息子　一八六五―一八八七

大西洋にせり出した岬ロスス・ポイントから臨むベン・バルベン

アイルランドの北西、かつて港町だったスライゴーは、島国屈指の風光明媚な地として知られる。大西洋がそのまま隆起して丘陵の台地を形成し、そこに点在する川と湖、そして二つの山――町の西にノックナリーアが聳え、頂に、古代コノート女王メーヴの墳墓と伝えられるケルンが立つ。威容を誇るのは北に聳えるベン・バルベンの山並み、切り立った崖に、「巨大な怪物が身を横たえて眠るよう」[1]、山の背が延びる。ここは神話・伝説のふる里、陽光と霧と雲が目まぐるしく変化する独特の気候は神秘的、幻想的な風景を作りだした。スライゴーはイェイツの誕生に繋がる運命の糸を結び合わせ、詩情溢れる自然と風土は詩人イェイツの成長に大きく貢献した。

イェイツの母スーザンの実家ポレックスフェン家は、イングランド、デヴォンにルーツを持つ郷紳（ジェントリ）だったと言われる。スーザンの父ウィリアムは、一二歳で家を出奔、船乗りとなり、偶然スライゴーへ辿り着いた。一八三〇年代、彼が二〇歳代半ばの頃。そこはポレックスフェン一族の一人エリザベスがミドルトン家に嫁いだ地で、彼女は夫を亡くし難儀していた。ミドルトン家は製粉・海運業を営む地方の事業家。ウィリアム・ポレックスフェンはエリザベス・ミドルトンの娘――彼女もエリザベス――を妻に娶り、ミドルトン家と製粉・海運業の共同経営者となって、スライゴーの地で富と地位を築いていった。

一方、イェイツ一家は、恐らく一七世紀後半、イングランド、ヨークシャーからアイルランドへ渡り、ダブリンでリネン卸業を営んだ。一七世紀末から一八世紀初頭、プロテスタントの植民の波がアイルランドへ押し寄せた時代である。一七七三年、ベンジャミン・イェイツはメアリ・バトラーを妻に迎える。彼女は、アイルランド有数の名家オーモンド公爵・バトラー家の血を引く一人。これ以後、イェイツの男子の殆どが、ミドルネイムにこの輝かしい「バトラー」を名乗ることになった。イェイツの次の二世代――詩人の曽祖父と祖父はアイルランド国教会の聖職者で、彼らはアイルランド行政府「ダブリン城」の官吏テイラー家や軍人の家系コーベット家と縁組し、「一九世紀初期、イェイツ一家はプロテスタントの中流階級世界に確固たる地位を築いていたようだ」[2]とロイ・フォスターは推測する。

詩人の曽祖父ジョン・イェイツは、一八一一年から一八四六年まで、スライゴーの外れ、ベン・バルベンの麓、ドラムクリフの教区牧師を務め、この港町はイェイツ一家にとっても縁(ゆかり)の深い土地となる。ジョン牧師は四〇〇〇ポンドの年収があったと伝えられる。

「プロテスタント優位」の恵まれた社会・家庭環境に、詩人の父ジョン・バトラー・イェイツは、一八三九年、父が教区牧師を務める北アイルランドで誕生、「リッチで、幸せな少年時代」[3]を送った。一二歳で、彼はマン島の学校アソル・アカデミーに入学、ここで、スライゴーからやって来たチャールズとジョージのポレックスフェン兄弟に出会う。マン島の学校でジョージはジョンの「親友」、事実上「唯一の友」[4]となる。

二人は対照的な少年だった。ジョンは学校の優等生で社交家、他方ジョージはクラスの底辺、「退屈で、氷河、彼がそこにいると会話は衰え、やがて止んだ」[5]。しかし、この寡黙なスライゴーの少年はもう一つ顔を持っていた。一〇人の学童が共に生活する寄宿舎で——

毎夜、彼は即興で物語を語り、その間、少年たちは目を

ノックナリーア、頂上のもり上がった部分が古代コノート女王の墳墓と伝えられるケルン

> 見開いて、釘付けになった。〔…〕彼は処女林のように自然の豊穣に溢れ、〔…〕哲学もなく、理論もなく、観念もなく、チョーサーや昔の詩人たちのヴィジョンを喚起する言葉で、自分の知識を披露した。彼が語るのは、彼がそう自覚していたわけではないが、詩だった[6]。

この少年に、J・B・イェイツは、彼が「プリミティヴィズム」と呼んだ、「自然との密な関係、土、風、水、即ち詩人や詩を組成するもの[7]」を発見する。ジョージ・ポレックスフェンを巡る父のこうした後年の回想は、息子の資質、特に詩的資質がポレックスフェン譲りのものと見なした彼の観察を、いわば上書きした部分が含まれていたかもしれない。

　マン島の学校を卒業後、J・B・イェイツは彼の父と祖父が通ったトゥリニティ・カレッジへ進学した。エリザベス一世によって創設された大学は、オックスフォード、ケンブリッジに次ぐ古い伝統を誇り、プロテスタントの牙城と見なされた学問の府である。ここで、「彼はジョン・ストュアート・ミルに惹かれ、彼から得た思考習慣は、生涯、彼が堅持するものとなった[8]」。「ジョン・ストュアート・ミルの弟子[9]」――息子は父をこう呼んだ。大学でミルやハクスリに触れ、自由思想に染まったJ・B・イェイツは宗教を否定――「神は怯えた想像力の神話[10]」――、ボヘミアニズムへ傾斜していった。大学の学友たち、ジョン・トッドハンターやジョンとエドワードのダウデン兄弟（ジョンはエディンバラの司教に、エドワードは、二四歳で、トゥリニティ・カレッジ英文学教授となる）は、J・B・イェイツは言うまでもなく、息子ウィリアムが長じた後、彼の人生と交錯する場面を多々見ることになる。

　一八六二年、J・B・イェイツは大学を卒業、弁護士を目指し法学院へ進んだ。その年の九月、彼はジョージ・ポレックスフェンに会うためスライゴーを訪問、大西洋にせり出した岬ロスス・ポイントで二人の級友は再会した。

> そこは、不思議な場所で、深まりゆく黄昏の中、とても美しかった。少し先、私たちが話しているずっと下で大西洋が絶え間なくざわめき、「死人の岬」と名づけられた岩の周りで泡立っていた。ダブリンも、私の不安定な生活も、トゥリニティ・カレッジも、短い一日の旅に過ぎなかったが消え去り、私は再び旧友と共にいた――自己中心的で、もの静かな彼は、あの日の夕暮れ時、親しげだった[11]。

ポレックスフェン家の長女スーザンは二一歳、美人と評判の娘――「スライゴー一番の美人[12]」と町人の一人は言った。

二週間の滞在が終わる頃、J・B・イェイツはスーザン・ポレックスフェンと婚約していた。一年後、一八六四年九月、二人は、スライゴー、聖ジョン教会で結婚。花婿は法学院生の身分である。しかし、イェイツ一家は、ダブリンに家屋とキルデア州に五六〇エーカーの土地を所有し、この頃、年四〇〇ポンド近くの地代収入を生んだ。J・B・イェイツは土地所有者である上、弁護士として有望な将来が約束された身、ポレックスフェン家にとって、長女スーザンの申し分のない結婚相手だったに違いない。花嫁は、弁護士の妻として、安定した幸せなダブリンの生活を思い描いていた筈である。

イェイツとポレックスフェン――詩人の息子が受け継ぐ二つの血を、父は自分自身と息子の伯父ジョージ・ポレックスフェンをサンプルにして二項対立に並べ、比較することを好んだ。二つの家族を「陽」と「陰」、「正」と「負」――「洗練、上品、優しい」イェイツ、「陰気、不機嫌、厳格なモラル、ピューリタン、出世に意を傾ける[13]」ポレックスフェン――の彼の色分けを額面通りに受け入れることは難しい。ポレックスフェンに関して、一家の神経症、高じて狂気の血に触れておかなければならない。姉妹の一人アグネスは重症の鬱に罹り、もう一人の姉妹も同様の症状を発症、更に、兄弟の一人ウィリアムは発狂、イングランドの北、ノーザンバランドの精神病院で生涯を終えた[14]。

新婚の夫婦は、ダブリン郊外サンディマウントで暮らし始めた。J・B・イェイツの母方の祖父ロバート・コーベットの屋敷「サンディマウント城」の近く。一八七〇年、この伯父は破産したと思い込み、アイルランド海へ飛び込んだ。アイルランド社会の頂点を占めたプロテスタントの「アセンダンシー」階層は揺らぎ始め、「イェイツ―コーベットのファミリ・ヒストリは、アセンダンシー・エリートの凋落を表わすエンブレム全てを併せ持つ[15]」とロイ・フォスターは言う。

一八六五年六月一三日、若い夫婦に男子が誕生、ウィリアム・バトラーと命名された――後の詩人である。出産に立ち会った縁者の医師は、「丈夫な子、一晩、窓辺に置いても何の支障もない[16]」と請合った。長男の誕生を父は、「私の人生で最初の大きな出来事[17]」と言い、我が子が「ナースの膝に抱かれているのを見るに耐えず[18]」、同じ感情を他の子の誕生に感じることはなかったと語った。

翌年、法学院を終えたJ・B・イェイツは弁護士としてのキャリアを歩み始める。その翌年、一八六七年、彼は大胆な行動に出る。弁護士稼業を捨て、画家を志してロンドンへ出た。彼は子供の頃から巧みに絵を描き、法廷で、進行中の裁判の成り行きよりもスケッチ・ブックにペンを走らせること

上：法学院生の頃の父J. B. イェイツと結婚した頃の母スーザン

下：赤ん坊のイェイツ、父のスケッチ

に熱心。この時、彼は二八歳、ウィリアムと続いて誕生したスーザン（リリー）の二人の子の父親となっていた。一時スライゴーに預けられた妻と二人の子供たちはロンドンの父に合流、一八六七年七月末、リージェント・パークに近いフィッツロイ・ロードで暮らし始める。この後、三人の子供たち、エリザベス（ロリー）、ロバート（ボビー）、ジョン（ジャック）が相次いで誕生、一八七一年までに夫婦は計五人の子供を抱えることになった。

一八六七―一八七二　ロンドン

劇的転身を果たしたJ・B・イェイツは、美術学校に在籍し画家の修行を始めた。同じ美術学校生のジョン・ネトルシップやエドウィン・エリスと親しく交わり、文学にも関心の深い彼らと文学・芸術論に耽る日々を送ることになる。詩人でもあり、一〇歳近く年下のエドウィン・エリスは特に親しい仲。彼はフィッツロイ・ロードの家に足繁く通い、やがて「殆ど家族の一員」のような存在となる。妻スーザンにとって迷惑な客。「彼女は無言で、不機嫌に座ったまま。青年は彼女を無視して、夢中になって夫と会話に耽る」[19]――そうした場面が日常となった。

画家の修行を始めて三年後、父はロバート・ブラウニングの劇の登場人物「ピッパ」の制作を一〇ポンドで依頼された。最初の本格的な制作注文である。依頼主はトゥリニティ・カレッジの学友ジョン・トッドハンター、半ば好意からの依頼だったかもしれない。

画家は依頼主に「フレッシュなデザイン」から「直ちに制作に着手する」と告げ、一か月後、「即座に」仕事にとりかかると約束する。ほどなく絵に「松」を加え、ピッパのドレスを白一色に「変更」したいと申し出、その二週間後、「新しいデザインを思い付いた」と言い……同じようなことが延々と繰り返され、トッドハンターが絵を手にしたのは二年後のこと。[20]これ以後、J・B・イェイツが手がける作品の殆どが似たような制作過程を辿った。彼は画家として優れた才能を備えながら、作品の「完成」は無限に、時に永遠に先送りされた。

一八七六年、画家の父は風景画を画くため、一一歳の息子ウィリアムを連れてバッキンガム州の景勝地バーナム・ビーチへ赴いた。近くに池があり、父は池の絵を「春に画き始め、一年中画き続け、絵は季節につれて変化、ヒースに覆われた土手に積もった雪を画いた頃、絵を未完成のまま放棄した」[21]。

J・B・イェイツはもう一つ深刻な欠陥を抱えていた。家計を営むことができなかった。彼の絵筆から収入が期待できない現実の中で、一家の収入源はキルデア州の土地から上がる地代である。一八七九年、小作農民の地位を保護するため

母スーザン、1870年2月、ロバート出産の6週前、彼女の困惑した表情を写し出したJ. B. イェイツのスケッチ

「土地同盟」が結成された後、アイルランドの土地所有者は壊滅的打撃を受ける。しかしそれ以前は、毎年二〇〇ポンド前後の地代が一家に入った。「労働者の週給が一ポンド」、「年収一〇〇ポンドで複数の召使とハンターを抱えることができた[22]」時代である。「人並みの慎重さと、初歩的経済観念の持ち主なら、家計を営むことができた筈、明らかに、J・B・イェイツはそれを外れていた[23]」。結果、一家は慢性的貧困――「召使を雇うことができる中流階級の貧困[24]」につき纏われ続けることになる。

妻スーザンの苦境は想像に余りある。否応なく連れて来られたロンドンを、彼女は嫌った。五人の子供が次つぎ産声を上げ、妊娠・出産・育児に追われる日々。夫が交わる画家や文学人のボヘミアンたちの世界は、彼女には無縁。加えて慢性的貧困である。彼女が生まれ育った社会・家庭環境からあまりにかけ離れていた。

勢い、夫婦関係は冷え込んだ。一八六九年、婚約を知らせるジョン・トッドハンターにJ・B・イェイツは、結婚は「致命的誤り」で、「以後、深く後悔することになるだろう」と手紙を書き送った――自身の結婚が陥った現実を指し示す「冷え冷えとした指標[25]」である。「何時か、ロンドンで、無一文になってとり残されてしまう」恐怖に怯えながら、月日を重ね、テンションは悪化の一途を辿り、一八七一年と一八七二年の冬から春、「最悪の陰惨な時期[26]」を迎える。

スーザンと子供たちは、夏、スライゴーへ帰省するのが習慣となっていた。スライゴー訪問は、経済的逼迫から逃れるため、時に長期にわたることもある。一八六八年、子供たちはクリスマスまで祖父母の元に預けられた。一八七二年七月下旬、何時ものようにスライゴーへ向かった母と子供たちは、一八七四年一〇月まで港町に留まった。ウィリアムは前月、七歳の誕生日を迎えたばかり。九歳四か月までスライゴーで暮らした二年余の年月は、最も感性豊かな年齢の少年に消し難い刻印を刻むことになる。

母の故郷へはリヴァプールからの船旅。港で馬車から降り立つと、そこはすでにポレックスフェンの世界である。「スライゴー蒸気船会社」の従業員が、経営者の娘と孫たちの家族へ駆け寄った。スライゴーへは三〇時間の航海。蒸気船は海峡を北へ航路をとり、アイルランドの北端ドニゴールを回ってスライゴーの港に接岸すると、ナースのエリ・コノリが出迎えた――「神様のご加護を、マスター・ウィリアム[27]」。

一八七二―一八七四　スライゴー

祖父ウィリアム・ポレックスフェンは、町外れに大きな館「マーヴィル」を構え、そこに移り住んでいた。六〇エーカ

マーヴィル

ーの敷地、彼が築いた富と地位の証である。

［マーヴィルは］どっしりした家、大きな部屋――およそ一四のベッドルーム、石の台所、幾つものオフィス、素晴らしい洗濯場、〔…〕祖母の貯蔵部屋は村の店のようで、家はブルー・グレーの石灰石――土地の石――造り、家の正面からベン・バルベンがきれいに見えた。(28)

ポレックスフェン・ミドルトンは、製粉工場と七隻の船を所有する「スライゴー蒸気船会社」を経営し、「スライゴー・ガス・明かり・石炭会社」、「バター・マーケット」の有力なメンバーである。年収四〇〇〇ポンドを稼ぐと言われたウィリアム・ポレックスフェンは尊敬され、恐れられる存在。娘の結婚式に出てバースから帰った彼を、男たちは何マイルもタールの桶にかがり火を焚いて迎えたという。(29)

祖父は一〇人を超える息子と娘たちの父親である。この頃、子供はロンドンからやって来た孫たちだけ。七歳のウィリアムを頭（かしら）に五人の子供たちは、ミドルトン家の人々も交え、大勢の大人たちの中で日々を送ることになる。

ウィリアムは「ひょろ長い、無造作な身なり、やや近視、痛々しいほど痩せ細った少年(30)」に成長した。彼の際立った特徴は嘲笑（あざわら）われるのを嫌うこと。父は彼を「繊細で、情緒豊か、

祖父ウィリアム・ポレックスフェン

知的、挫け易い[31]」と言う。その少年にとって、祖父は感嘆と恐怖の対象である。激しい気性、無口、食事の席で子供たちが自分で砂糖壺に手を伸ばすと、祖父は無言で睨みつけた。彼が寝室に退くと、家中に安堵のため息が上がった。一〇歳に満たない孫は「祖父を神と混同した」。長じた後、「リア王を読むと、彼のイメージが眼前に浮かんだ[32]」。大勢の「おじやおばが怖かった[33]」とも、彼は言う。母の姉妹の中には、辛辣な舌で、幼い、繊細な心を傷つける横暴なおばもいた。

読み・書きを習う年齢に達したウィリアムは、アルファベットさえ容易に習得することができなかった。周囲の人々は正常な知能に欠けると思ったほど。「自分の考え以外、興味のないことに意を注ぐことが困難だった[34]」と、彼は弁明する。文法に盲目、文字は汚く、綴り字は間違いだらけ。「偉大な詩人」の呼称を冠される彼は、生涯、ミス・スペリングから脱することができなかった。彼が綴ったままを再現した書簡集には、時たま、ミス・スペリングが現われる――feal（feel）、servent（servant）、といった具合。父は息子に、彼の目に「負」と映るポレックスフェンの資質を見た。「彼は私の道徳的堕落をあれこれ言いたて私を脅し、私が不愉快な人たちに似ていると言って、自尊心を傷つけた[35]」と息子は言う。「不愉快な人たち」とは母の家族のこと。一方、ポレックスフェンの家族にとって彼は父親、即ち敗者のレプリカ。長男の少年に当たる風は逆風で「子供時代の思い出に、苦痛以外の多くを覚えていない[36]」――自叙伝に痛ましい告白が綴られた。しかし、逆風ばかりではない。ナースのエリ・コノリはウィリアムに「無限に辛抱強く[37]」、隣人の一人エスター・メリックは彼に詩を次つぎ読んで聞かせた。「ウィリアムから詩人を引き出したのは彼女[38]」と、イェイツの家族は信じていたという。少年はポニーを持ち、遊び相手の犬もいた。周囲には緑の野、海、山、川、湖、美しい幻想的な風景が開けた。

時に、画家の父はスライゴーの家族に合流した。ポレックスフェンの人々が彼に向ける目は冷ややか。スライゴーであれ何処であれ、父は長男の教育に熱心で、かつ時に暴力教師である。父が教師を買って出た最初の日、彼は読本を息子の頭に投げつけた。[39] 部屋で父が息子を押している場面を目撃した隣人は、少年に同情した。[40] 父の教育の一部は本を読んで聞かせること。詩を最初に読んで聞かせたのはウィリアムが八歳か九歳の時、父はウォルター・スコットやマコーレイを好んで取り上げた。

イェイツ9歳、父のスケッチ

　一八七三年三月、スライゴー滞在中に悲しい出来事が起きる。ロバートがクループに罹って急死した。物音に目覚めたウィリアムとリリーは、母の泣き叫ぶ声と医者を迎えに行く馬の蹄(ひづめ)の音を聞いた。次の日、子供たちは半旗を掲げる船の絵を画いた。

　祖父の屋敷で働く召使や庭や厩(うまや)の仕事に携わる人たちは、子供たちにとって身近な存在。御者のスキャンラン爺さんは彼らの人気者で、御者席に誰か一人を乗せて馬を走らせた。順番を忘れることはない。厩で働く少年ジョニー・ヒーリはウィリアムの友達、干し草をしまうロフトで二人して読んだ「オレンジ・ライム」は、ウィリアムが韻の楽しさに触れた最初だったという。名誉革命の勝利者オレンジ公ウィリアムに由来する「オレンジ」は、アイルランドの「プロテスタント」を表わす。一九世紀後半の島国は「フィニアン」と呼ばれたＩＲＢ党員たちの蜂起の噂が何処からともなく囁かれる不穏な時代、「フィニアンと戦って死にたい」[41] と彼は少年らしい夢を抱いた。

　スライゴーは超自然界・現象に満ちみちた不思議の世界である。まず、妖精の存在――アイルランドで「シィー」と呼ばれる彼らは古代の神々であり土俗信仰の対象で、人間を妖精界へ連れ去ってしまう「チェインジリング」と呼ばれる迷信が田舎人の間に深く根づいていた。そうした風土の中で、変幻自在、不思議と魅惑に満ちた「シィー」の周りに、島国の人々はファンタジーに溢れる物語を紡ぎ出した。スライゴーの町人は誰も彼も妖精の話をし、祖父の屋敷の召使たちにとって「天使、聖人、バンシィー、妖精は親しい存在」[42]。ウィリアムはノックナリーアの山肌を上り下りする小さな光、不思議な物音等、様々な不可思議な現象を見聞きした。[43] ミドルトンの従姉妹ルーシーはセカンド・サイトの持ち主で、「一家の唯一の魔女[44]」である。

ミドルトンの曽祖父と幼い娘メアリは、一八三〇年代、コレラで命を落とした。「二人が手をつないで歩いているのを見た」、「ペットの犬は二人を見て、駆け寄った[45]」と、土地の人々は言い合った。ロスス・ポイントに立つミドルトンの家の一つ「エルシノア」は幽霊屋敷。昔、密輸に携わった男が住んでいた家で「時々、夕暮れに、居間の窓を三度大きく打つ音がする。と、犬が一斉に吼え始めた」。昔の家の主が「何時もの合図[46]」を送っているのだという。

当時、アイルランド西海岸で、スライゴーはゴールウェイに次いで栄えた港町だった。港を絶えず行き交う船、海運業を営むポレックスフェンとミドルトンの海との繋がりは、スライゴーのロマンティックな魅惑を無限に膨らませた。ウィリアムが「夢に見るのは船のことばかり」、「波止場や、スライゴーとロススの間を走る小さな蒸気船の船首の周りや、漁に出て少年から、幾つもの、幾つもの物語を聞き、世界は怪物や不思議に満ちているように思え」、「イアリングをつけた外国の水夫たち」を「不思議と感嘆の目で見つめた[47]」。夏が巡ってくる度、リヴァプールからスライゴーへの船旅も胸の躍る経験。「私はシンドバッドの黄色の浜辺を歩いた、他の浜辺が私の夢想を打つことはない[48]」とイェイツは自叙伝に記す。

詩人の曽祖父ジョン・イェイツは、三五年の長い年月ドラムクリフの教区牧師を務め、スライゴー周辺には彼に繋がるイェイツ一族が暮らしていた。ミッキー（メアリ）おばさんはジョン牧師の娘の一人で、召使を一人抱え、小さな農場を営んでいた。彼女はイェイツ家のファミリ・ヒストリに通じた情報源である。彼女の家に「イェイツのモットーと紋章が入った、小さなジェイムス一世時代のクリーム・ジャッグ」があり、ダイニング・ルームの炉棚に置かれた「美しい銀のコップ」はジョン牧師の所持品で、「バトラーの紋章が入り、一五四三年の時点で、すでに古いもの[49]」だったという。

土地代理人のマット・イェイツもジョン牧師の息子の一人。彼の家は、昔、妖精塚だった、妖精が好んで集うというサンザシの木で囲まれた土地に建っていた。イェイツの上の子供たちは、マットおじさんの大勢の子供たちと遊ぶためにそこへ出掛けることもある。しかしイェイツ一族の誰も、ポレックスフェン家に好意を抱く者はいなかった。彼らは「落ちぶれ」、ポレックスフェンやミドルトンは「裕福で、富を鼻にかける[50]」と映っていた。しかし、母の故郷は何時かイェイツ

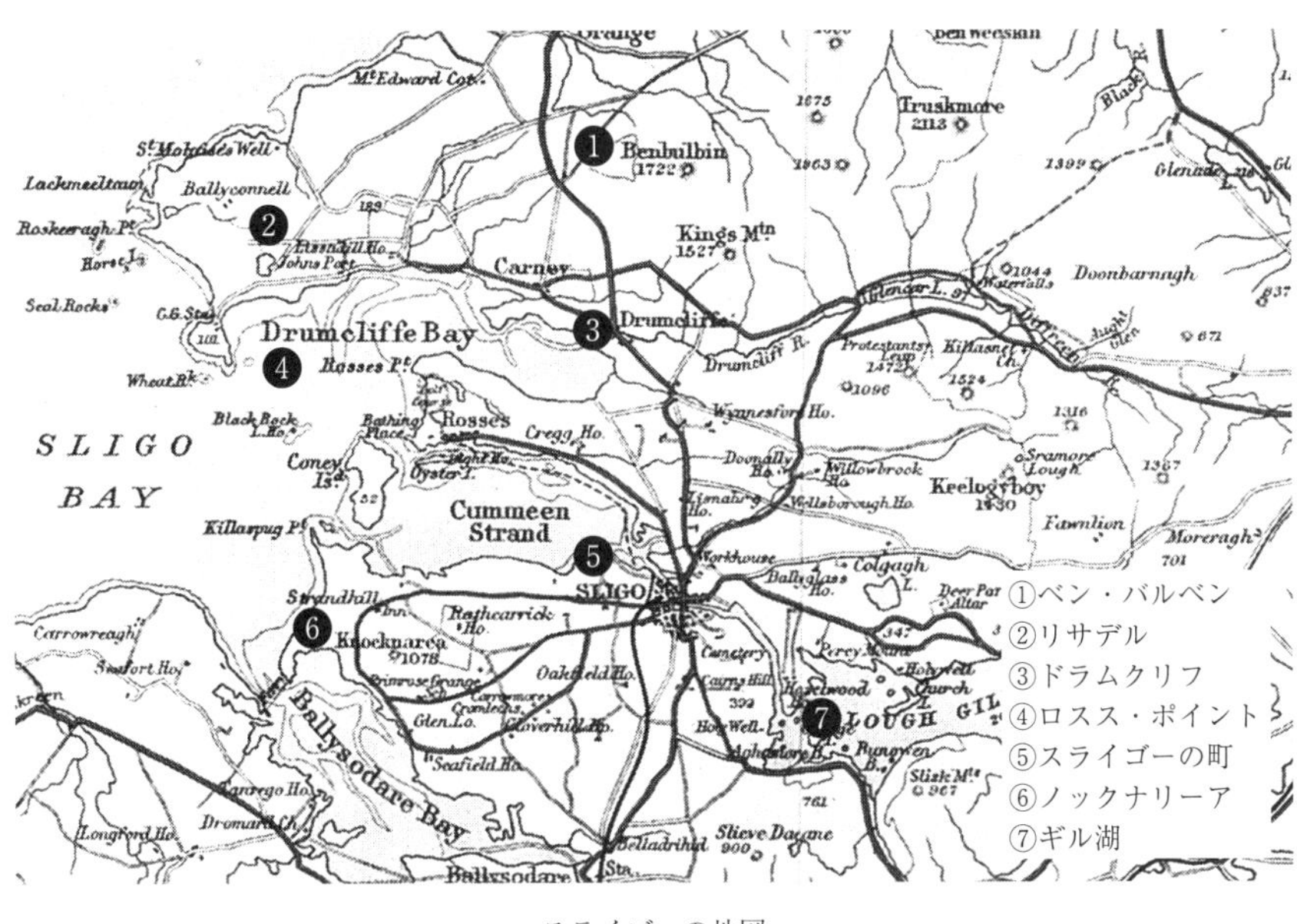

スライゴーの地図

自身の故郷となってゆき、その彼にとって、イェイツ一族とスライゴーとの繋がりは特別な意味を持った。

ウィリアム・アリンガムはスライゴーの北、バリシャノン出身の詩人である。イェイツは後年、アリンガムの詩を論じ——

［彼の詩に］アイルランドの多くの人々が、彼らの生まれた小さな町に、子供の頃、通りぬけた戸口から見た山々に感じる情熱的な愛着が秘められている。［…］彼［アリンガム］は、現著者のように、西海岸のどこか小さな港町で子供時代を送った人々に最も愛されるだろう。彼らは、いかにそこが彼らの世界の中心であり、取り囲む山々や静かな川が、永遠に、彼らの人生の一部であることを忘れはしない[51]。

居住地を転々と移動して成長した詩人の幼少期、スライゴーはまさに「世界の中心」、彼が「故郷（ホーム）」と呼ぶ地は他になかった。「スライゴーは他の何処よりも美しい[52]」——母と子供たちはそう合意していたという。

一八七四年一〇月、二年余のスライゴー滞在は終わりを迎える。J・B・イェイツは七〇歳を過ぎて、息子に「昨夜、夢を見た、お前の祖父がやって来て、何時まで援助を期待しているのかと問われた夢を見、惨めな想いで目覚め、その後長い間、惨めだった」[53]と語った。ロンドンへ発つ家族におばの一人が言った――「ここでは一角の人間、あっちでは唯の人」[54]と。

一八七四―一八八一　ロンドン

ロンドンへ舞い戻ったイェイツ一家はウェスト・ケンジントンに居を定めた。ロンドンの現実――貧困、埃の立つ街路、騒音に、子供たちはスライゴーを思って涙を溜めた。イェイツは痛ましい思い出を自叙伝に綴っている。一〇歳の少年は、「見慣れた野の土塊、スライゴーの何かを手にしたいと思い焦がれた」[55]。

ロンドンへ越して翌年、六人目の子供が誕生する。ジェイン・グレイスと名づけられた子は、一年も経たずに短い命を終える。ロバートに続いて、また一人子供を失った母スーザンは、独り、引き籠もり勝ちになっていった。残った子供は、ウィリアム、リリー、ロリー、ジャックの四人。兄弟姉妹の色分けは、ウィリアムとロリーはポレックスフェンの、リリーとジャックはイェイツの血を多く引き、ウィリアムとリリーは幼い頃から仲がよく、ジャックは一家の「ベイビー」、似たもの同士のウィリアムとロリーは「揺りかごの縁から喧嘩」[56]が絶えない仲。ロリーはポレックスフェンの神経症の遺伝子を多分に受け継いだ。一八七九年、ジャック八歳は夏の休暇を送ったスライゴーにそのまま留まり、ポレックスフェンの祖父母の元で八年間過ごすことになった。港町の学校に通った彼は何時もクラスの底辺。ポレックスフェンの祖母は構いはしなかった――「ジャックは心優しく、他を越すのが嫌いだ」[57]と。

一八七七年一月、ウィリアムは一一歳半、ハマースミスのゴドルフィン・スクールに入学した。一日目の授業の後――

> 校庭で、クラスの少年たちが輪になって囲み、質問攻めにした。「君の父親は誰?」、「職業は何?」、「稼ぎはいくら?」。やがて、一人の少年が侮辱的なことを言った。私は殴ったことも殴られたこともなかったが、あっという間に手の届く少年たちを殴り、殴り返されていた[58]。

追い討ちをかけるように罵声が飛んできた――「マッド・アイリッシュ」。反アイルランド感情の厳しい時代だった。「目の周りに黒いアザを幾つも作り、怒りと悲しみを爆発」[59]させる学校生活の始まりである。その彼にも友人ができる。一番の親友はボヘミアグラス職人の息子で、クラス一番のアスリート。彼はウィリアムに替わって「多くを倒し[60]」、彼にボクシングをコーチした。イングランドの学校で学童たちにもまれながら、アイルランドの少年は、「英国人(イングリッシュ)は知的でも、マナーがよいとも思わず」、彼は「画家(アーティスト)の息子であり、人生全体の目的となるような仕事を何か身に付けなければならない[61]」と、健気な決意を心に誓った。

　ロンドンの学校で、彼は自身の特異な立場を自覚するようになる。スライゴーで、ユニオニストのポレックスフェンやミドルトンの家族はカトリック教徒を嫌った。しかしアイルランドの人々は、プロテスタント、カトリックを問わず、皆「イングランドに或る偏見を抱き、嫌った[62]」。

イェイツ12歳

　私は他の少年と分け隔てられていた。何処であれ、民族間の不信を表わす逸話によるだけでなく、私たちの心象の違いによるものだった。私は彼らの本を読みわくわくしたが、何かイングランドの勝利を読むと、自分の民族のこととは思えなかった。彼らはクレシーやアジャンクールやユニオン・ジャックを思い、とても愛国心に富んでいた。私は、アイルランドのカトリック教徒なら心を強くしただろう、リメリックやイエロー・フォードの記憶を持たず、山や湖、私の祖父や船を思い浮かべた[63]。

イングランドでは異邦人、アイルランドではカトリック教徒と分け隔てられた「アングロ・アイリッシュの孤独[64]」――晩年の詩人はこう言い表わした。

　ウィリアムの学業成績は不振。最初の通知表は――三一名中、古典六位、算数二七位、現代語一八位、英語一九位、要するに「クラスの底辺[65]」。彼の関心は生物、特に動物――ナチュラル・ヒストリと呼ばれた領域に向けられた。一八七六年秋、父と共に赴いたバーナム・ビーチから、彼が妹リリーへ書き送った手紙が残っている。書簡集に収録された第一通目、その書き出し――

僕は、瓶に、ガラスの［瓶］に、イモリを二匹飼っています。最初は、僕が与えた虫を食べましたが、今は吐き出してしまいます。カエルも何匹か飼っていましたが、どう餌をやっていいのか分からないので、放してやりました。僕は小さな木片を上に置いて、カエルが登れる島を作ってやりました。

「パパは、サー・ウォルター・スコットの『赤い籠手』を、声を出して読んでいます[66]」と彼は書き添えている。一〇歳を出たばかりの少年は「動物王国を全て食べ尽くそうとしたが、カモメから先へ進むことはできなかった[67]」。

ゴドルフィン・スクール三年目の最終学年、ウィリアムの成績は急上昇、彼の理科の成績は「ケンブリッジへ入学を控えた生徒たちを凌ぐ」までになる。「彼は科学者になるのだ、一家に科学者を持つのはよいことだ[68]」、父は小躍りした。

一八七九年春、イェイツ一家は再び転居する。移り住んだのはベッドフォード・パーク――ロンドンの西、当時、まだハマースミスと呼ばれた地域で、「芸術家たちのコロニー」として開発された住宅街である。一九世紀後半はラファエロ前派全盛の時代、その影響下、ウィリアム・モリスらは「アーツ・アンド・クラフツ」運動を提唱、ベッドフォード・パークはそれを反映した都市計画に基づいて設計された街。建物も、芸術家や文化・知識人の隣人たちも全てが目新しく、子供たちも父も喜んだ。ウィリアムの記憶の中で「何もかもピーコック・ブルー[69]」――ラファエロ前派の色である。

この夏、母と子供たちはデヴォンで休暇を過ごした――数少ない贅沢、かつ楽しい思い出の一つ。母は「緑の田舎、空と海を喜び」、子供たちは「水浴びし、密輸業者の洞窟を探検、青や銀色の鯖が網で陸に引き揚げられるのを眺めた[70]」。イェイツの子供たちは、幼い頃から絵筆を握って育った。ジャックは画家に、アイルランドで最も偉大と評価される画家になる。デヴォンの休暇中、子供たちが描いた風景画が残されている。

画家の父は、肖像画の制作注文（依頼があるとすれば）をアイルランドから受けることが多く、ダブリンに留まる時間が長くなった。一八八一年秋、父は家族全員でアイルランドへ帰還を決意する。「決意」というより成り行きまかせの選択だった。

一八八〇年代初めのアイルランドは、社会・政治の混乱がピークに達した時代である。一八七九年、マイケル・ダヴィットによって設立された土地同盟は、「適正な地代」を掲げ

デヴォンで描かれた子供たちの絵：上段左からロリー、ジャック、ウィリアム、下段左からジャック、リリー、ウィリアム

地代の集団不払いを実行、「土地戦争」と呼ばれる警察力をも脅かす運動に成長していた。また、アイルランドの「自治」を要求する議会運動は、パーネルという類い稀なリーダーを得て、年毎に勢いを得た。一八八一年一〇月、英国政府の弾圧政策によって、パーネル、ダヴィット、その他の土地同盟関係者が投獄された。翌一八八二年五月、事態は劇的展開を見る。五月二日、パーネルが釈放された。五月六日、ダヴィット釈放。同日、アイルランド新総督スペンサー伯爵がダブリンに着任。その日、夕刻、総督の下でアイルランド行政を担う事務長官と事務次官が、ダブリン郊外フィーニックス公園で刺殺された。「インヴィンシブル」(「不屈」の意)を名乗るＩＲＢ過激分子による犯行である。

　一八八〇年代の島国は、かつてないナショナリズムの高揚に沸く一〇年となる。政治、経済、産業、言語、文化等、社会のあらゆる局面に浸透、進行した運動だった。

　この激動の時代、ウィリアムは、首都ダブリンで、一六歳から二二歳までを過ごすことになった。ハイティーンから青年期に至る六年の年月は彼の人生を方向づけ決定した。「人生全体の目的となるような仕事を何か身に付けなければならない」と健気な決意を誓っていた彼は、まさに「人生全体の目的」――詩、アイルランド、オカルト世界――を発見することになる。

一八八一—一八八七　ダブリン

一家はアイルランド海に突き出た岬の漁村ホゥスで暮らし始め、ここに二年間留まった。海辺の村の生活は、母スーザンにとって不幸な結婚生活の中で最も幸せな期間となる。母は「台所で、コーヒーを一杯すすりながら、家の召使である猟師の妻と、ホーマーが語ったかもしれないようなストーリーを互いに語り」、物語が「急に緊迫する瞬間を喜び、風刺のポイント、ポイントを笑い合った」。息子の記憶に浮かぶ母は、「殆ど何時も[71]」そうした場面。数少ない「幸せな」母の思い出だったのであろう。イェイツの民話集『ケルトの薄明』（*The Celtic Twilight*, 1893）に収録された「村の幽霊」（"The Village Ghost"）はそうした場面の一つを記録したものだという。

J・B・イェイツは最初ヨーク通りに、やがて聖スティーヴンズ・グリーンにアトリエを構え、そこは「ダブリンのボヘミアンたちのコンコース」となる。しかし、彼の「肖像画は未完成のまま、借金は膨らみ続けた[72]」。

一八八一年秋、ウィリアムはハーコート通りのハイ・スクールに入学した。ホゥスから電車でダブリンへ、学校に近い父のアトリエで朝食を済ませる。昼食も、そこで。「父が私の思想に及ぼす影響力はピークに達していた」と息子は回想する。朝食を取りながら父は、「劇や詩から、最も情熱的な瞬間を読み上げた[73]」。情熱、パーソナリティ、文体など、父が重んじた価値の多くを息子の詩人は受け継いだ。

父のアトリエはダブリンの知識人・文化人が絶えず出入りする場所——

> 長い部屋、空から差す光、淡いグリーンの壁、壁に沿って立て掛けたフレームやキャンバス、ソファーが一つ、大きな肘掛椅子が一つか二つ、頑丈な鉄のストーヴはチューブ付、部屋全体に彼のスピリットが満ちていた。画家は、細長いカーペットに沿って前に歩み出て、作品に試すよう絵筆を触れ、また後ろへ戻り、絶えず動き、絶えず高尚なテーマを瞑想し、時折、話し始めた、『ファウスト』の第二部、ヘスペリデスの林檎、或いは悪行と天才の関係について〔…〕。

こう回想するハイ・スクールの友人は、父のアトリエは息子の「優れた資質の多くが形成された[74]」場と言う。しかし話題から話題へ飛ぶ父は、絵筆より口の動く時間が遥かに長かったことを多くの人々が目撃し証言する。

ハイ・スクールでウィリアムは目立つ存在。「彼のマナーに、何処か無言で他（ひと）を寄せつけないもの[75]」を感じた人もいる。

一番の親友はチャールズ・ジョンストン。彼は北アイルランド出身で、議会議員の父親は過激な「オレンジ」煽動家として名を馳せた。「僕らは、一緒に勉強し、噂話をし、運動場を闊歩、半ドンの日、長時間、野や山を歩きまわった[76]」とジョンストンは回想する。或る日、ボートを漕ぎ出した二人が帰って来ない。父は慌て、送り出された捜索隊は、二人が島に上がってチェスのゲームに夢中になっているのを発見した。

ウィリアムの学業成績は、相変わらず不振。歴史の授業は「七〇の日付の列に過ぎず」、「最悪は文学」、「シェイクスピアは文法のためだけに読まれた[77]」。父の型破りな教育論も息子の成績不振の原因の一つとなる。しかし、ウィリアムに「一種のスーパー・ボーイ[78]」を見た級友もいる――彼は休みたい時に学校を休み、成績を気にする風もなく、万事、自分のペースで行動した。彼の関心は、依然、ナチュラル・ヒストリの領域で、級友の間で「昆虫のコレクター」として通っていた。

しかし彼は、ハイ・スクールへ入学した一五歳と一六歳の間の頃、詩を書き始めた。ハイ・スクールで、ウィリアムの学年を一年間担当したジョン・マクニールは次のように証言する。

彼は年齢の割には背が高く、浅黒で、ハンサム、全くよい生徒。無論、或る学業――例えばエッセイ――は他の生徒たちと大きく異なり、随所に非凡な才能の兆候を示していた。一点で、ハイ・スクールの生徒という観点からは重要な一点で、彼は不足していた。綴り字が著しくまずかった。スポーツにはまったく無関心で、文学青年。彼は級友に人気があり、全体的評価は――彼はまともな生徒[79]。

ハイ・スクール生の「詩人の肖像」をもう一つ――

彼はチャーミングな奴、ポーズを演じるのがかなり好き、身なりにかなり無頓着、大きな帽子を被っていた――赤のソックスを覚えている（かかとに穴）、長めの髪、夢見るような黒い目は遠くを見ているような眼差し――心優しく、はえ一匹害せない[80]。

上記の観察に、ロイ・フォスターは「未来を予想させる多く[81]」を見る。

ハイティーンに達したウィリアムは思春期特有の現象――性の目覚めと初恋――を経験する。前者は一七歳に手の届く頃。スライゴーの浜で砂を体に被った彼は、砂の重さで身体の異変に気づく。

最初、私は高まってゆく不思議な感覚が何か分からなかった。オルガズムの瞬間、誰か少年が言ったこと、または祖父の百科事典に書いてあったことを私は思い出し、知った。あの素晴らしい感覚をどうすれば再現できるか発見したのは、幾日も後のことだった。その時から、必ず神経の消耗を伴う体験に抵抗する絶えざる闘いとなった。[82]

性に関して、イェイツはきわめて奥手である。

或る日、ホゥスで、帽子も被らず独りでドッグ・カートを駆る美しい娘に出会った――ローラ・アームストロング、遠縁の一人。一七歳のハイ・スクール生は、三歳年上のローラに恋をした。彼女はすでに婚約者のある身。初恋は「科学の金属性の眠りから私の目を覚まし、最初の劇の執筆に向かわせた」[83]と、イェイツは言う。彼にあって、恋と創作は常に同時進行。『時と魔女ヴィヴィアン』(*Time and the Witch Vivien*, 1884)が書かれ、ローラがヴィヴィアンに扮し、ホゥスの判事の家で演じられた。出会いから二年後、一八八四年九月、彼女は結婚、初恋は「楽しい思い出」[84]を残して終わった。

思春期の彼は昆虫のコレクターを卒業、ホゥスの崖下の洞窟やホゥス城の敷地周辺で夜を明かし、「聖人や詩人、魔術師を演じ始めた」。彼のアイドルはロマン派詩人シェリ。彼の詩の主人公たちになりすまし、思い浮かべる女性は「好きな詩人たちの中の女たち」、シェリの『イスラムの反乱』のヒロインのような「どんな険しい場所にも恋人を追ってゆき、家もなく子供もない無法の女たち」を夢見た。[85]

ローラ・アームストロング

一八八三年秋、ウィリアムはハイ・スクールを卒業する。成績不振にもかかわらず「実際は、本を広く読み、文学的野心を意識していた」[86]と級友の一人は言う。再び、ジョン・マクニールの証言――

私が最も鮮明に記憶しているのは、彼が卒業した直後、トゥリニティ・カレッジ・パークで、長い時間、彼と話した時のこと。彼は、詩を書き、詩を朗誦する将来のプランを立て、それを全て私に打ち明けた――それらのプランを、彼は堅実に貫き、フルに遂行した[87]。

ハイ・スクールを卒業した息子に父は、彼、祖父、曽祖父が通ったトゥリニティ・カレッジへ進学を望んだ。息子自身は、数学も古典も入学試験に合格できる点数ではないと分かっていた。父は、息子の「さまざまな無能力――トゥリニティへ行かないことを詰（なじ）った[88]」という。

一八八四年五月、ウィリアムは、リリーとロリーが前年から通うメトロポリタン美術学校に入学した。イェイツは高度な美術感覚を備え――彼の詩集は美しいデザインの表紙で有名――、この後も水彩画を画き続ける。しかし美術学校生は半ば肩書きのみ、型に嵌った美術学校の教育から得るものは殆ど何もなかった。「死ぬほど退屈していた[89]」と彼は言う。詩を書き始めた彼の時間とエネルギーは文学へ向けられた。

しかし美術学校で、イェイツは生涯の友人となる青年に出会った――ジョージ・ラッセル。やがてＡＥなる風変わりなペン・ネイムを名乗る彼は、神秘思想家にして詩人で画家。多くを、とりわけ超自然界への関心を共有する二人は、イェイツの家の台所で家人が寝静まった後、「夜通し起きて、天と地のあらゆることを語り合った[90]」。しかし、パーソナリティも超自然界・現象に向き合う姿勢も二人は対照的。ＡＥをイェイツの姉妹たちは「迷い子の天使[91]」と呼び、姉妹の兄は他を圧するパーソナリティの持ち主。ＡＥは「絶えずヴィジョンを見[92]」、それをそのまま「真実」と受け入れた。そうした能力に欠けるイェイツは、生涯、超自然界・現象に対して信と懐疑の念を持ち続け、その間を揺れ続ける。

そして、詩とアイルランドに次いでイェイツが生涯追求するもう一つ、オカルト世界を発見したのも彼が美術学校に在籍していた頃である。

一八八四年、ポレックスフェンの叔母の一人でロンドンに

AE（ジョージ・ラッセル）、1890年、イェイツと出会って5年後の頃

住むイザベラから、A・P・シネット著『エソテリック・ブディズム』(*Esoteric Buddhism*) なる書が送られて来た。神智学(Theosophy)、神性への神秘的洞察を認識の基礎とする哲学的宗教思想を説いた書。シネットの説く神智学の創始者はロシア生まれのH・P・ブラヴァツキ。従来、神智学は「キリスト教のグノーシス派、ヘブライのカバラ哲学者、ヤコブ・ベーメやパラセルサスと関連づけられてきた」。ブラヴァツキ夫人のそれは「バラモン教、仏教、オカルティズムを統合して、一つの新しい宗教に打ち立てる企て[93]」である。彼女が拠った教義の源は、チベットの秘境に生き宇宙の真理を究めた聖者「マハトマ」たち、ブラヴァツキ夫人の「マスター」たちである。彼女は彼らの僕(しもべ)を名乗り、その教えを伝道するため、まずニュー・ヨークに、更にインドへ渡りボンベイに、神智学協会を設立した。

ブラヴァツキ夫人がセンセイションの渦を巻き起こした最大の原因は、彼女の周辺で起こるオカルト現象——彼女の「マスター」たちから送られてくるという神秘的鈴の音(ミスティック・リング)、三〇〇通の手紙等々——である。一八八五年、そうした現象や「マハトマ」の存在そのものがブラヴァツキ夫人が仕組んだ欺瞞であると、心霊研究協会によって告発され、ブラヴァツキ夫人はインドを去った。彼女について、「歴史上、最も卓越した、独創的、興味深い詐欺師の一人[94]」と心霊研究協会の調査報告書は結論づける。ブラヴァツキ夫人は、一八八七年五月、ロンドンに現われ、神智学協会ブラヴァツキ・ロッジを立ち上げた。

ブラヴァツキ夫人の神智学は「時代の子」。ダーウィンによって意味が空(から)になった世界で、一九世紀後半、超自然界やオカルトへの関心が再燃し、「パリはカルトで溢れ[95]」、「ヴィクトリア朝後期のロンドンは、奇妙なカルト、教義、紛れもない宗教的狂気のデパート[96]」の趣を呈していた。

イェイツは宗教的性向と感性を備えた少年だった。「私はとても宗教的だった」、「宗教なくして生きることはできないと思っていた[97]」と、彼は告白する。その息子の前に、「神は怯えた想像力の神話」と言って宗教を否定する父が立ち塞がった。合理精神が支配する時代の風潮の中で正統な信仰を奪われた彼に、シネットの書は啓示にも似た体験をもたらす。神智学に魅せられたのはイェイツだけではない。「ヨーロッパで、アメリカで、若者たちは、彼と同様、彼の用心深さなしに、半神秘思想の危険な潮流に落ちていった[98]」。シネットの書は、イェイツからチャールズ・ジョンストンへ、他のハイ・スクールや美術学校生へ渡り、神智学の虜になった彼らは、一八八五年六月、イェイツを会長に、「ダブリン・ヘルメス協会」を設立する。

> 若者の小さな一団がヨーク通りに部屋を一つ借り、ヴェーダ、ウパニシャッド、新プラトン哲学者、近代の神秘思想や心霊主義者（スピリチュアリスト）に関するペーパーを互いに読み合うことを始めた。彼らに学識はなく、話すことも書くことも下手、しかし彼らは大いなる問題を、熱心に、シンプルに、慣習に捉われず論じ合った。恐らく、中世の大学で、人々が大いなる問題を論じ合ったのに似ていた[99]。

協会の発会式で、会長は、「偉大な詩人たちが、彼らの最良の作品の中で断言したことは何であれ、正統な宗教に最も近づくものであり、彼らの神話や彼らの水や風の精（スピリット）たちは字義通りの真実である[100]」と宣した。

モヒニ・チャタージーはバラモン、ヨーロッパに神智学を広めるため、ブラヴァツキ夫人が送り出した大使である。一八八六年、彼はダブリンへ招かれた。イェイツが最初に触れた東洋の聖人は「典型的キリストの顔をしたハンサムな青年[101]」。チャタージーが、瞑想、禁欲、諦観について行った講演は、「意識は表面が広がるだけでなく、ヴィジョンや瞑想の中にもう一つ動きがあり、高さ、深さが変化する」ことを説き、「私の漠とした考察に確証を与えた哲学との最初の出会いだった[102]」と、イェイツは振り返る。ポレックスフェンの叔母から送られた一冊の書は、イェイツが、生涯、追い求めるスピリチュアルな探求へ彼を送り出した。

一八八三年秋、イェイツの家族はホゥスを出て、ダブリン市街から二マイル半の距離、テレニュアの郊外アッシュフィールド・テラスの狭苦しいテラス・ハウスへ越した。「不名誉な時期[103]」と回想するイェイツの言葉が一家の置かれた現実を語っている。「土地戦争」によってキルデア州の土地から上がる地代は止まり、一八八五年、小作農民の土地保有を促進する土地法が成立すると、所有地は売却された。しかし、ハイ・スクールの級友の目に――

> 彼の家庭生活はこの上なく幸福な雰囲気に溢れていた。陽気で、芸術的、無私、鷹揚な非実用性、〔…〕家のあらゆるもの――スケッチ、絵、本、途切れることのない会話の話題――から、芸術精神が輝きを放っていた[104]。

詩を書き始めたイェイツが「シェリやスペンサーを模し、劇を次つぎ書いていた[105]」のは、アッシュフィールド・テラスに暮らした頃のことであろう。リズムや韻を整えるため、ボソボソ呟きながら詩を作る彼の習慣はこの時からのもの。節約のため、ランプ一つの周りに家族が集まった居間で、詩作の声がだんだん高くなり、「ストップ」と妹たちから声が飛ぶと、兄はおとなしく従った。しかし再び声は高くなり、台所へ追われた彼は、「そこで、どんな声高であれ、心ゆくまで詩（ヴァース）を呟いた[106]」。

父の学友エドワード・ダウデンはトゥリニティ・カレッジ英文学教授で、当時、「恐らくシェリ研究の第一人者[107]」だった。詩を書き始めた息子を父はダウデンのところへ連れて行き、教授の前で詩を読ませた。「ウィリが詩人であることは以前から分かっていた[108]」と言う父は、ダウデンに送った手紙に「昔、彼の母親の家族に想像力のあらゆる痕跡——一つの考えに終始のめり込むこと——を発見して、私は心を打たれたことがあった[109]」と綴る。父は、名言を残す——「ポレックスフェンの一人と結婚したことによって、私は海の崖に舌を与えた[110]」と。「海の崖」即ちポレックスフェンと、「舌」即ちイェイツの融合が詩人の息子を作ったというのである。

友人の息子について、ダウデンは——「彼が優れた詩人になるか否かは別にして、面白い少年。彼の中の樹液はまだ青く、若く、彼の繊維組織が後に何になるか、測り難い。そうなってから、彼が偉大な詩人になるか、予言するとしよう」。こう学友のトッドハンターに述べたトゥリニティ・カレッジ英文学教授は付け加えた——「彼は天才と（無礼な言い方だが）阿呆（フール）の間に懸かっている[111]」と。

ダブリンの街で、文学人との交友の輪も広がっていった。チャールズ・オルダムはその一人、二〇歳代半ばの「トゥリニティ・カレッジのスター[112]」である。一八八五年の夏、彼を通して知ったキャサリン・タイナンはイェイツの最初の女友達であり、悩みや希望、諸々の心情を手紙に綴って打ち明ける最初の女性の文通相手となる。四歳年上の彼女はすでに詩集を発表、詩人としてイェイツの先輩格である——彼が彼女を追い越すのは時間の問題。タイナンの父親は富裕な農場経営者で、ダブリン市街から五マイル、クロンダルキンにあるタイナン家のファーム・ハウス「ホワイトホール」は、日曜日に街の青年たちが集う集会場のような場である。タイナンの記憶に残るイェイツは——「眺め見る目に美しい、浅黒の顔、生き生きした色が差し、真っ黒な髪毛、黒い真剣な目[113]」。「うわの空」（absent-minded）は、生涯、詩人につき纏う形容語である。タイナンの家で、彼は咳止めドロップを一包み飲んで、三〇時間眠り続けたという。

そしてこの頃、W・B・イェイツの名を冠した詩や劇がダブリンの雑誌に掲載され始めた。発表の舞台は、一八八五年二月に創刊された『ダブリン・ユニヴァーシティ・リヴュー』。「妖精の唄」（"Song of the Faeries" 一八八五年三月掲載）

を皮切りに、『彫像の島』（*The Island of Statues*, 四月—七月まで連載）は「スペンサーを模したアルカディア劇」、「愛と死」（"Love and Death" 五月掲載）、更に、『モサダ』（*Mosada*, 一八八六年六月掲載）が続いた。一五世紀のスペインを舞台にした物語で、ムーア人の娘モサダは魔術を弄すると捕らえられ、審問官に引き渡される。彼はモサダの昔の恋人。娘はそれと知らずに、自ら命を断つ。『モサダ』は、一八八六年一〇月、一二ページのパンフレットとして、父の手になるペンシル画の著者の肖像を載せて出版された。息子は肖像画に「唖然」、反対したが、父は「古今の例を挙げ[114]」応じなかった。当時、ダブリンのユニヴァーシティ・カレッジの講師だった詩人ホプキンズはJ・B・イェイツのアトリエに立ち寄って、『モサダ』を一冊手渡された。肖像画を「若者のパンフレットにしては、やり過ぎ」と言う彼は、しかし、「父親の気持ちは理解できる[115]」と言い添えた。

イェイツは自他共に認めるロマン派。青年期の彼は「私は何もかもロマン派だった[116]」と言い、晩年、「最後のロマン派」（「クール・パークとバリリー、一九三一年」）を名乗った。思春期から青年期の彼が心酔していたのは、スペンサーでありイギリス・ロマン派詩人たちやラファエロ前派。この頃に書かれた習作は「全く非アイルランド的（アンアイリッシュ）」で、「シェリやスペンサーの影響にラファエロ前派の衣装を着せた[117]」と呼ぶに相応しい。その彼に一大転機が訪れる。

一八八五年、チャールズ・オルダムが設立した「コンテンポラリ・クラブ」は主義主張を超えたディスカッション・グループで、五〇名の会員に街の知識人たちが名を列ねた。J・B・イェイツは正規会員で、息子ウィリアムもクラブの集まりに度々参加した。そこで「イングランドでは廃れた刺々しい議論が、アイルランドでは、依然、会話のマナーであり、ユニオニストとナショナリストは、公の場の発言に求められる礼儀、伝統の自制なしに互いに相手の言を遮り、互いに侮辱し合った[118]」。

クラブで、イェイツはジョン・オレアリに出会った——IRBのヴェテランである。医学生だったオレアリは、一八歳の時、IRBを設立したジェイムズ・スティーヴンズに誘われ党員となり、党の機関紙『ザ・ピープル』の編集に携わった。一八六五年——イェイツ誕生の年、仲間と共に逮捕投獄、二〇年の刑を宣告される。収監されたドーセット州ポートランド監獄で、採石の強制労働は苛酷をきわめた。一八七〇年のクリスマス、時の首相グラッドストンは、国外追放を条件に、彼らの釈放を発表した。オレアリがエグザイルの地に選んだのはパリ。逮捕から二〇年、一八八五年一月、彼はダブリンに帰還した。

オレアリがダブリンを不在にしていた二〇年の間に、アイルランドの独立運動は変容した。ＩＲＢの武力闘争路線は「ヒロイックな過去」となり、パーネル率いる議会運動に国家の「有望な」[119]未来が懸かっていた。そうした中でオレアリは、高潔な人格と稀少本の収集を趣味とする幅広い知識と教養、更にイェイツが「ローマのコインに相応しい」[120]と言った端正で、ハンサムな容貌から人望を集めるＩＲＢの象徴的存在となる。

オレアリとの出会いは運命的、その後のイェイツの人生を方向づけた。オレアリは最初から、二〇歳の青年に天才を見

ジョン・オレアリ

い出し、援助の手を差し伸べた。彼はイェイツを、「コンテンポラリ・クラブで天才と呼べる唯一の会員」[121]と言い慣わしたという。「大の読書家」である彼は文学にも造詣が深い。「アイルランドの不運の一つは、偉大な詩人を輩出しなかったこと」[122]と嘆く彼は、二〇歳の青年にその可能性を賭けたのかもしれない。

一方、イェイツの父も息子も、アイルランドの「自治」を支持する「ナショナリスト」である。しかしそれまで、支配者からの分離・独立を目指す急進的ナショナリズムに身近に触れたことはなかった。オレアリの高潔な人格と大義への無私の奉仕、その存在から放たれる「ロマンティックなオーラ」など彼がイェイツに与えたインパクトは大きかった。「人は、国家を救うためにも為してはならぬことがある」[123]――生涯、イェイツが忘れることのなかったオレアリ語録の一つである。彼はオレアリを会長とする急進的ナショナリスト組織「アイルランド青年協会」に加わり、翌年、ＩＲＢ党員になったとされる。

オレアリが妹エレン（彼女も詩人）と共に暮らす家を訪れるようになったイェイツは、彼女お気に入りの「一番の好青年」[124]。彼はそれまで触れたことのないトマス・デイヴィスや「アイルランド青年」[125]の詩を読み始めた。オレアリの蔵書が彼の図書館となる。

「コンテンポラリ・クラブのディベイトから、オレアリとの会話から、彼から借りた、或いは貰った本から、以後、私が手掛けた全てが発する」[126]とイェイツは断言する。それまで「読書が導くまま、ここ、かしこに主題・題材を求め」、中でも「アルカディアやロマンスのインドを最も好んだ」彼は、以後、「詩の風景は私の祖国に限るべきだと確信するようになった」。

　一八八六年一二月に発表された「さらわれた子」("The Stolen Child")は、それを証する詩。あの「チェインジリング」と呼ばれる、アイルランドの田舎人たちの間に根づいた妖精信仰を題材にした作品である。

スリッシュの森の岩山が
湖に浸るところ、
葉の茂る島があり、
羽ばたくシギが
眠たげなミズネズミたちの目を覚ます。
そこに、僕らは妖精の桶を隠しておいた、
盗んだいちごや、
真っ赤なさくらんぼで一杯にして。
おいでよ、ひとの子よ！
水辺へ、荒野へ、
妖精と手に手をとって、
この世は君が思うよりもっと涙に満ちている。[127]

「スリッシュの森」は、スライゴー、ギル湖畔に広がる森。[128]第二スタンザは「朧な灰色の砂を月光が照らす」ロスス・ポイント、第三スタンザは「さ迷う水が岡の上からほとばしるグレン・カーの滝」と、スライゴー周辺の風景が描かれる。

　アイルランドを詩の素材・題材に——一八八〇年代と一八九〇年代、イェイツが自らに課したルールであり、キャサリン・タイナンや他の詩人たちに説き続けた命題である。スライゴーの自然と風土から詩のインスピレイションを汲み、詩の題材を得た詩作品が、アイルランド詩人イェイツの出発点となった。

　ダブリンの雑誌に作品を次つぎ発表する青年詩人の登場を、街の知識人たちはどう捉えていたのだろう。次のように証言する人がいる。「私たちの何人かは何がしかの価値を認められ、恐らくそれ以上の価値を発揮しそうな者もいた。しかし、私たちの誰もが、イェイツはかつてアイルランドに存在した誰よりも、より優れた詩人になるだろうと確信していた。重要な事実は、個人的好意から発した確信ではなかったことだ」[129]。

一八八六年八月、詩人サー・サミュエル・ファーガソンが他界した。彼は、『デアドラ』や『コンガル』などケルト神話・伝説を題材にした作品の著者である。詩人として、人として、ファーガソンの「英国への忠誠を強調する」[130]追悼記事が書かれる中、イェイツ二一歳は散文記事「サー・サミュエル・ファーガソンの詩」("The Poetry of Sir Samuel Ferguson"[131])を発表、そうした論調に敢然と、抗議の声を挙げた。

プロテスタント優位のアイルランド社会の中で母国語のゲール語は「野蛮な言語」と蔑まれ、当時、アイルランド文学は殆ど実体のないもの。「イェイツ以前に、英語で書かれた価値あるオリジナルなアイルランド詩は殆ど存在しない」[132]と、『オックスフォード・アイルランド詩選集』の編者は断言する。「アイルランド文学は侮蔑に落ち、アイルランドの本を買う教養人は誰もいなかった」[133]とイェイツは自叙伝に記す。そうした時代環境の中でファーガソンの詩は埋もれ、彼は詩人として不遇の人生を送った。

青年詩人は非難の矛先を、父の学友でプロテスタントの牙城たる学問の府トゥリニティ・カレッジ英文学教授エドワード・ダウデンへ向けた――

> もし、アイルランドが偉大な詩人を生み出すことがなかったなら、アイルランドの詩的インパルスが枯渇したからではなく、批評家たちがアイルランドを裏切ったからだ。〔…〕我が国の批評家たちの中で、最も名高いダウデン教授が、ジョージ・エリオットに費やしたあの高尚なページの幾らかを、この記事の詩人に向けていたなら、彼は、彼自身の祖国の利害だけでなく、全てのアイルランド人にとって尊い、彼自身の威厳と名声に資することになっただろう。

イェイツは、ファーガソンを「祖国と詩（うた）」を結ぶ「偉大な詩人」と称え、長文の記事を次のように結ぶ――

> 過去が未来に遺す多くのものの中で、最も偉大なものは偉大な伝説である。それらは国家の母である。祖国の伝説を、自分の手のように慣れ親しむまで学習（スタディ）することが、アイルランドの読者全ての義務であると、私は確信する。[134]

「傲慢で、挑戦的なエッセイの書き出しと、最後のゲールの再生を呼び掛けるラッパの呼び声は壮大、『不屈のアイルランド魂』をうたう詩人に相応しい出発である」[135]。

ケルト神話・伝説に国家の伝統と霊的（スピリチュアル）な真実を求め、国家再建へ導く道標とする――アイリッシュ・リヴァイヴァルと呼ばれる一八九〇年代の文化・文学運動のイェイツの中心思想となる。彼の中で、アイリッシュ・リヴァイヴァルはファーガソンを追悼するこの記事に始まっていたのかもしれない。

　一八八七年、ダブリンで行き詰まったJ・B・イェイツは再びロンドンへ越した。五月、息子の詩人は先に発った家族に遅れて合流する。

> 二一歳の彼は父の元に帰り、生涯、彼の知的影響下にあったけれども、彼は、心理的に、人として、［父と］反対の方向へ至る道を抱きとっていた。［…］ダブリンを発つ直前、彼は詩の手書き原稿の一枚にエピグラムを書き写した――
>
> 　タレントは違いを、
> 天才は統一（ユニティ）を見出す。
>
> これが、J・B・イェイツと彼自身の違いを要約している。彼はまた、世に認められたいと野心を持ち、そのために一途に仕事に励む用意もできていた。しかし救いとなる重要な一点で、彼は父の息子であり続けた――妥協によって、彼の芸術を汚すことはなかった。[136]

第二章　ロンドンのケルト　一八八七―一八九一

『モサダ』（1886）の口絵に入れられたイェイツの肖像、父のペンシル画

第一節　『アッシーンの放浪』
――アイルランド神話・伝説・民話――

ロンドンへ移り住んだイェイツ一家はサウス・ケンジントンの「小さな家」――「古い、汚い、暗い、騒々しい」[1]――で暮らし始めた。「ひどい家」[2]と、リリーは日記に記す。「ウィリはホームシックで、不安な想いをいろいろ抱え、全く腰が落ち着かず、丈夫そうにも見えません」[3]と、父はオレアリへ手紙を送った。息子自身は――「恐ろしく苛々し、不調、咳と風邪と頭痛の寄せ集め」、「何に対してか分からない憤りを覚えながら、病んだスズメバチのようにさ迷った」[4]。

ロンドンに居住したこの後の年月は、J・B・イェイツの生涯で最も困難な時期、肖像画家としてのキャリアは閉ざされ、挿絵画家としての道も開けなかった。父が家族を養うことができない現実の中、家計の収入源は息子のペン。ロンドンへ越して後、五年間に、イェイツは一〇〇超のオリジナルな作品――詩、記事、書評、書簡――を新聞や雑誌に寄稿する[5]。原稿料（中にはシリング単位のそれ）を稼ぎ出す切実な必要に迫られていた彼は、そうした作品を通して着実に、ロンドンの文学界に足場を築いていった。

仕事を得るためには、出版・ジャーナリズム界に人脈を開拓しなければならない。ウィリアム・モリスは詩人、「モリス・パタン」で知られるデザイナーでもあり、社会主義者、当時のイングランドで最も影響力を揮っていた一人である。モリスは、恐らく一八八五年、チャールズ・オルダムに招かれ、「コンテンポラリ・クラブ」で講演を行っていた。恐らく、その折、イェイツは彼と面識を結んでいたと思われる。日曜日の夕刻、ハマースミス、テムズ川辺のモリスの家「ケルムズコット・ハウス」の厩（うまや）で「ソーシャリスト・リーグ」の講演会が開かれ、会の後、モリスは参加者の幾人かを食事に招待した。一八八七年七月初旬すでに、イェイツは食事会のメンバーに含まれている。

ダイニング・ルームの壁に、ロゼッティの『柘榴（ざくろ）』とラファエロ前派的美人の典型と目されたモリス夫人の絵が懸かり、別の壁はペルシャ絨毯で覆われている。テーブルの頭に着いたモリスは、髭もじゃ、巨体――「親しげ（フレンドリ）でかつ恐ろしげ」、北欧の大男「ヴァイキング」と見紛うばかり[6]。食事会に参加した一人が残した印象である。

イェイツは主義や主張を超えたその人のパーソナリティに惹かれ、特にその存在から放たれるロマンティックなオーラに魅せられた。モリスの場合も「興味を掻き立てられたのはモリス自身」で、「彼のさり気ない言葉遣いや身振りがスライゴーの祖父を思い出させた」[7]からだという。中世世界を夢見、列車の中で、時に一日三〇〇行の詩行を書き、寝室に機(はた)を置き、自身でデザインしたカーペットを自分の手で織ったモリス――「獣のような本能」、「嬉々とした天衣無縫さ」、選ぶことができるなら「自分自身の、或いは他の誰の人生よりモリスの人生――詩もなにもかも――を選びたい」[8]とイェイツは自叙伝に記す。二、三行の詩行に何時間も苦吟する彼は、モリスに――イェイツの後の用語を借りれば――「反自我(アンティ・セルフ)」を見たのかもしれない。

ソーシャリスト・リーグの講演会に、多くの労働者が参加した。彼らの宗教に対する姿勢はマルクスのそれ――即ち「宗教は阿片」。宗教を攻撃する彼らに苛立ったイェイツは、「怒る若者の傲慢」から反論を捲(ま)くしたて、議長のモリスが鳴らすベルに耳を貸さず、二度目のベルに腰を下ろした。その日を最後に、彼の足はモリスの家から遠ざかった[9]。

モリスの講演会は多種・多様な人々が集う場、アナーキストのプリンス・クロポトキンのような人もいた。ここで、イェイツはアーネスト・ライスに出会う。彼はウェールズ人、即ちケルト圏出身の詩人。「エヴリマンズ・ライブラリ」の編集で最も名を知られる彼は、当時、出版者ウォルター・スコットから出されていたシリーズ「キャメロット・クラシックス」の編集を手掛けていた。シリーズの一冊として、ライスからイェイツはアイルランド民話編集の仕事を得る。ライスの記憶に残るイェイツは――「著しく蒼白、著しく細身、真っ黒な髪毛が額に垂れ、顔が細長く、輝く黒い目の収まる場所がないほどだった」[10]。モリスの家から、二人は徒歩で家路に着いた。電車を逃したイェイツは気にする様子はない。「電車は勝手に行ったり来たりするもの」[11]。「世俗離れ」(unworldly)というか、「うわの空」というか、そうした彼の気質を伝えるエピソードは多数。土砂降りの雨の中、隣人の一人が通りでイェイツに出くわすと、レインコートの表と裏が逆。隣人がそれを指摘すると、「彼は素直にレインコートをひっくり返して着た」[12]。

この頃、イェイツの日課は、一一時から一二時半までサウス・ケンジントン(後にヴィクトリア・アルバート)博物館附属のアート・ライブラリで本を読み、食事、午後は創作に専念した。詩よりも売れ易いと、散文のロマンスを勧める父の提案を入れ、彼は物語(テイル)を書き始める。アイルランドの英雄時代、妖精に愛された巨人ドーヤの悲劇。彼の元に、もう一人妖精が現われ、巨人にチェスのゲームを挑む。ドーヤは敗れ、妖精たちは忽然と姿を消した。独りとり残されたドーヤは、孤独と絶望にしゃにむに馬を駆り、真夜中、「馬も騎手も真っ逆さまに西の海に飛び込んでいった[13]」――『ミッドナイト・ライダー』(*The Midnight Rider*)、或いは『ミッドナイト・ライド』(*The Midnight Ride*)と名づけられたこの物語は九月に完成、表題は出版時、『ドーヤ』(*Dhoya*)と変更された。

ファンタスティックな物語に落胆した父は、「現実の人々[14]」を描いた作品を望んだ。そこで息子は小説『ジョン・シャーマン』(*John Sherman*)を書き始める。バラ(Ballah)――スライゴーの別名――とロンドンの対比を、題名の主人公と彼の友人で牧師補のウィリアム・ハワード、二人の対照的な青年の人物像に重ね、前者への愛を描いた自伝的小説である。この頃、イェイツにとってロンドンは――「憎い」、「この恐ろしいロンドンでロビンソン・クルーソーのような気分」、「陰鬱」、「砂漠[15]」等々。「小説のテーマはロンドンに対する憎悪」、「この陰鬱なロンドンに対する私の不平不満を吐き出します[16]」と、彼はオレアリやタイナンに語った。スライゴーの風景を取り入れ、ポレックスフェンやミドルトンの人々の面影を登場人物に織り込んだ小説は、一八八八年を通し他の作品と平行して書き進められ、年末には完成したと思われる。

小説を書き進めながら、イェイツは「あまり期待していません。だんだん数を増す売れない原稿の箱に加わるだけでしょう[17]」と半ば諦め顔で語った。『ジョン・シャーマン』は『ドーヤ』と合わせ、一八九一年一一月、フィッシャー・アンウィンの「ペン・ネイム・ライブラリ」シリーズから出版される。イェイツはペン・ネイムに「ガンコナ」(Ganconagh)、アイルランドの妖精の名前を借りた。匿名は形だけで、『ドーヤ』の中の唄は「少女の唄」(“Girl's Song”)と題して発表された詩であり、イェイツは周囲の人々に自分が著者であることを秘密にすることはなかった。『ジョン・シャーマンとドーヤ』は年末に第二版を、翌年には第三版を重ねるヒット作となる。出版者から最初に支払われた一〇ポンドは、家族のツケの買い物の清算等で、あっという間に消えた。

アイルランドを詩の素材・題材に――一八九〇年代、イェイツは繰り返し人々に説き、自らも実践した。その中で、最も好ましい素材はアイルランド固有の神話・伝説・民話である。長く、暗い歴史のトンネルを抜けつつも、いまだ光の見えない夜明け前の混迷に沈むアイルランドの人々に、国家の夜明けの姿を照らし出し、再生へ導く灯火を掲げる――アイリッシュ・リヴァイヴァルと呼ばれる一八九〇年代の文化・

文学運動のイェイツの中心思想である。

アイルランドには、伝説・歴史・聖人伝等を記録した膨大な写本が存在した。一九世紀後半、豊かなケルト神話・伝説の宝庫が掘り起こされ、ゲール語から英語へ翻訳作業が進んだ。ケルト神話・伝説を一般の人々に普及する試みも現われる。ジェイムズ・スタンディッシュ・オグレイディの『アイルランドの歴史』（一八七九―一八八〇）と銘打った二巻の書はその代表的作品。フィンやアッシーン、クフーリンなどケルトの英雄たちの物語が英語の散文に移し替えられ、一般読者のみならず、イェイツのようにゲール語に疎い作家に達する道を拓いた。

イェイツはロンドンへ移ってタイナンに送った最初の手紙で、「アイルランドの詩の一派――アイルランドの神話や歴史に基づいた――ネオロマンティックな運動を興す[18]」願望を述べている。そうしたヴィジョンに沿って構想されたデビュー作『アッシーンの放浪』（*The Wanderings of Oisin*）は、ケルトの英雄伝説を題材にした長詩。アッシーンは、紀元三世紀頃に存在したとされる古代戦士団「フィアンナ」を率いるフィン王の息子で詩人、妖精の美女ニーアヴに誘（いざな）われ、「青春の国」と呼ばれる妖精の島へ渡航する。遥か海の彼方にあるという島への航海はケルト伝説のモティーフの一つであり、ケルトの英雄たちは幾人もそこへ渡った。イェイツの詩の中でアッシーンは、「青春の国」の三つの島一つひとつに一〇〇年間滞在する。しかし、彼は「フィアンナ」の仲間たちへ郷愁を断ち切れず、三〇〇年後にアイルランドへ帰還するとそこは、キリスト教の聖者パトリックが治める地だった。

イェイツは、『アッシーン』が、「中ゲール語の聖パトリックとアッシーンとの複数の対話と、前世紀のゲール語の詩[19]」を参考にした作品であると明らかにしている。ゲール語の詩は一八世紀の詩人マイケル・コミンの「青春の国のアッシーンの調べ」。いずれも、「オシアン協会」の紀要に掲載された英語翻訳である。彼はロンドンへ越すとすぐ、三部から成る詩の構想を立て書き始め、六月には家族や友人に「『アッシーン』を読み、特に第二部は好評」で、「第三部は書き始めたばかり[20]」。八月半ば、長詩を書き上げるため、イェイツはスライゴーへ向かった。子供の頃から通い慣れたリヴァプールからの船旅。

「ここに、木曜日の朝、着きました。慣れ親しんだスライゴーの大地の感触に意気盛んです[21]」。八月一三日(土)、イェイツはタイナンにこう伝えた。一一月半ばまで、彼は港町に滞在する。タイナンに当てた同じ手紙に、「できるだけアイリッシュであることによって、オリジナルであり得、自分自身に誠実、結果、イングランドの読者の関心を惹くことになります[22]」と彼は綴っている。このタイナンへの助言は、自分自身への教訓でもある。

夏の間、伯父ジョージ・ポレックスフェンは、スライゴーの町から五マイル、大西洋に突き出た岬ロスス・ポイントで過ごし、イェイツはそこに逗留した。一八八二年、ウィリアム・ミドルトンが他界した後、製粉・家運業はポレックスフェンの祖父とこの伯父の共同経営に移った。伯父は父と同年齢で、独身でヒポコンデリ、若い頃は乗馬の名手だった伯父の馬の世話をする老人と召使メアリ・バトルと暮らす。彼女は「セカンド・サイト」の持ち主。父J・B・イェイツは詩人の息子にポレックスフェン譲りの資質を多分に見た。イェイツの幼少期、「男の子の逸脱や夢想を打ち明ける相手[23]」だったという伯父と甥は、明らかに同族。やがてオカルト世界への関心を共有する二人の間には、更に親しい関係が築かれてゆく。

伯父ジョージ・ポレックスフェン

祖父ウィリアム・ポレックスフェンは館マーヴィルを売り、港を見下ろすチャールモント・ハウスへ移り住んでいた。ウィリアム・ミドルトンの死後、事業は以前ほどの活況はなかった。夏が終わると、イェイツは祖父母の家に移った。

キャサリン・タイナンへ送った手紙から、『アッシーン』と格闘する詩人の姿が浮かび上がる。「彼［アッシーン］は頑固者で、原稿全体を一度書き直さなければなりませんでした」（一〇月二五日）、「最近、ひどい風邪と咳とあの野蛮な白髪頭のアッシーンとで、眠ることもできません」（一〇月三〇日？[24]）。スライゴー滞在中に詩を完成したいと、イェイツの奮闘は続いた。

スライゴーは多くのケルト神話や伝説が根づいた土地である。ディアミードとグローニャの悲恋は、ケルトの英雄伝説の中で最も有名な物語の一つ。老王フィンの花嫁に約束されたグローニャは、若く美男のディアミードを見初め、誘惑、二人して逃亡する。フィン王に追われたディアミードは、最後、ベン・バルベンの頂で、猪の角に突かれ命を落とす。イ

チャールモント・ハウス

エイツは、ディアミードが最後に息絶えたと伝えられる「途方もなく深い、暗い水溜り」を見るため山に登った――「一七三二フィート、四方の風」。麓の農夫たちで伝説を知らぬ者はなく、今尚、ディアミードの霊が水溜りにとり憑いていると恐れた[25]。

スライゴー滞在中、イェイツは周辺の民話の採取にも当たっている。ポレックスフェンの伯父に仕える召使メアリ・バトルと、ミドルトン家の庭師パディ・フリンは民話の宝庫。彼らから物語を聞き取って記録したノートブックは、イェイツの民話集『ケルトの薄明』に収録される物語の資料となる。パディ・フリンは、第一話「物語の語り部」("A Teller of Tales")に実名で登場する。

抒情詩「柳の園で」("Down by the Salley Gardens")はイェイツの最初期の詩の中で人気の高い一篇、町に滞在中、スライゴーのバラッドを下敷きに書き始められた。「農民の老婆が独りうたっていた、うろ覚えの三行から古い唄を再現する試み[26]」と注を付し、「うたい替えた古い唄」("An Old Song Re-sung")と題され、発表された。

柳の園で、僕は恋人に出会った。
彼女は小さな雪のように白い足で園を通り、
木の葉が木々に生い茂るよう気楽に愛しなさいと言った。

僕は、若く、愚かで、聴く耳を欠いていた。

バラッドは、本来、民衆の間でうたい継がれた唄をいう。「柳の園で」はバラッドの素朴さと流れるようなメロディに乗った唄、それがこの詩の愛される秘密であろう。

そうして一一月一八日、『アッシーン』が完成した。翌一八八八年九月、詩の出版に備え校正作業を開始した頃、イェイツがタイナンに送った手紙――

詩を書き終え、読み上げるため、伯父のジョージ・ポレックスフェンのところへ持って行きましたが、読むことができませんでした。それほど私は衰弱し、声が完全につぶれていました。それは一種のヴィジョンで、夜も昼も私にとり憑きました。一日に二、三行書いただけで、その二、三行に何時間も要しました。[27]

同じ頃、やはりタイナンへ宛てた手紙で――

私は無為な三文詩人ではありません。私の人生は私の詩の中にあります。詩を作るため、私は人生をいわばすり鉢の中ですり砕きました。私は青春、仲間、平和、世俗的望みをその中ですり砕きました。他が楽しんでいる間、私は独り突っ立ってそれを見ていました――ただ、ただ解釈しながら、事物がその姿を映す死んだ鏡です。私は私の青春を葬り、その上にケルンを建てました――雲の。[28]

四〇年後、六〇代半ばにしてイェイツは「選択」("The Choice")と題する詩を書く――

人の知性は選択を強いられる、
完璧な人生か完璧な作品のいずれかを、
もし、二つ目を取れば、天の館を
捨て、暗闇の中で荒れ狂う。

イェイツが自己の内なる詩的「天才」に目覚め、完璧な人生か完璧な作品か「選択」を迫られたのは、このデビュー作を書いていた時だったのであろう。

イェイツがアイルランドに留まっている間に、『アッシーン』とそれまで発表した作品を詩集にして出版するため、予約購読者の募集が始まった。恐らくオレアリの提案で、出版者未定のままだった。詩人イェイツを世に送り出すためオレアリが果たした貢献は測り知れない。『アッシーン』出版のため、購読者募集マシーンとなって、その殆どを集めたのは彼である。オレアリが編集するゲール運動協会の機関誌『ゲール』はイェイツが作品を発表する場となる。アメリカの、アイルランド系住民を読者層に持つ『ボストン・パイロット』と『プロヴィデンス・サンデイ・ジャーナル』にイェイツの記事掲載を取りつけたのも彼。後者の紙上、イェイツは「ロンドンのケルト」と銘打ったコラムに記事を五つ送った。

一八八八年を通して、詩集の出版に向けた原稿のコピー、出版者の決定、出版者が求める予約購読者数の確保等の作業が進められた。原稿をコピーし推敲する過程で、「私の詩について、それまで分からなかった幾つかのことに気づいた」と、イェイツはタイナンに打ち明けた——

殆ど全てが現実世界から妖精界への逃亡と逃亡へ誘う呼びかけで、「さらわれた子」のコーラスがそれを要約しています——それは、洞察と知識ではなく憧れと不満の詩——不可避に抗する心の叫びです。何時か、それを変え、洞察と知識の詩を書きたいと願っています。[29]

イェイツの初期の詩に貼られるレッテルは——現実逃避。「知識と洞察の詩」への道のりは遠い。

『アッシーン』を書き終え二、三日後、彼はダブリンへ向かい、タイナンの家に逗留しながら、一月末まで街に留まった。

キャサリン・タイナン、J. B. イェイツ制作

キャサリン・タイナンはこの頃、イェイツの最も親しい女友達で、ロンドンから頻繁に手紙を書き送る文通相手である。「私たちは大の親友で、彼女が私をそれ以上に考えていた理由はないと思う[30]」と彼は言う。にもかかわらず、タイナンの父の家に逗留したこの冬、彼は彼女に何らかの「告白」をしたとするのが定説。しかし、この時点でイェイツの側に、彼女——或いは誰であれ女性——の心を動かす結婚条件は美男という以外、乏しかった。タイナンには意中の男性があり、一八九三年、彼女はそのトゥリニティ・カレッジ卒業生の古典学者と結婚している。

ダブリンを去る直前、イェイツはタイナンら半ダースほどの人と共に、降霊会（séance）に参加した。

霊媒は椅子に真っ直ぐ座ったまま眠りに落ちた。それから明かりが消され、私たちは暖炉の薄暗い光の中で待った。やがて私の肩が、更に私の手が引きつり始めた。簡単に止めることができたが、そうしたことを聞いたことがなかったので好奇心に駆られた。二、三分すると動きが激しくなり、私は止めた。暫く身動きせず座っていると、全身が時計のばねが突然解（ほど）けるように動き、私は壁に後ろざまに投げ飛ばされた。私は再び動きを止め、テーブルに座った。誰もが、私は霊媒だ、もし私が動きを止めなかったなら、何か不思議（ワンダフル）なことが起きただろうと言った[31]。

更に恐ろしい場面が起きるのは、この後。参加者全員に同様の動きが乗り移り、集団ヒステリーじみた混乱に陥った。部屋の片隅で、キャサリン・タイナンは主の祈りとアヴェ・マリアを唱え、イェイツは他に術がなく、ミルトンの『失楽園』の冒頭を「大声で」リピートした――「ひとの最初の不服従と禁断の実、その死の味から〔…〕」。このショッキングな経験から、イェイツは何年も降霊会から遠ざかり、しばしば自問した――「私の神経を走ったあの激しい衝動は何だったのだろう」、「私自身の一部だったのか」、それとも「外の世界から来たのだろうか[32]」と。

一月二六日、『アッシーン』の原稿を携え、イェイツはロンドンへ戻った。この後、ロンドンが詩人の文学活動拠点となり、海峡を行ったり来たりするパタンが彼のライフスタイルとして定着する。この頃、帝国の首都に対する彼の「不平不満」が何であれ、ダブリンは「ロンドンより泳ぐには小さな池[33]」、合理的な選択だった。

イェイツがロンドンへ戻って間もなく、一八八八年三月末、一家はベッドフォード・パークへ越した。ブレンハイム・ロード三番地、以前家族が暮らしたウッドストック・ロード八番地の近くである。年間家賃四五ポンドは「格安」、「立派な家、大きく、風通しがよく、広い空間」、大きな栗の木が庭に影を差し、「全てが牧歌的――ゾロゾロいるゴキブリを除けば[34]」。イェイツは自分の書斎を持った。彼は早速、天井に黄道帯一二宮のサインを画き、その後、ジャックが天井の四角に船とスライゴーの地図を画いた。この「芸術家のコロニー」にイェイツは一八九五年秋まで、家族は一九〇二年まで「定住」することになる。ベッドフォード・パークは「いくらか村の性格を帯び、首都の中に完全に埋没（ロスト）してはいないと感じる助けになった[35]」とイェイツは回想する。

ブレンハイム・ロード三番地の家は、画家の父と詩人の息子の友人や知人が絶えず出入りする、ベッドフォード・パークの集会場のような場となる。父も息子も会話の達人。オックスフォードの歴史学教授ヨーク・パウエルは父の最も親しい友人の一人。出版者エルキン・マシューズは、一八九三年、未婚の姉妹たちを連れ、イェイツの隣の家に越してきた。イェイツの『葦間の風』（*The Wind among the Reeds*, 1899）を出版するのは彼である。父の学友で、医師から詩人に転身したジョン・トッドハンターもベッドフォード・パークの住民で、アイルランドからの訪問客も絶えることがない。

イェイツ一家の家庭生活は、しかし、「牧歌的」から遠い。前年夏、母スーザンは軽い発作を起こし、ヨークシャーに住む姉妹の元で療養中に発作を再発。ベッドフォード・パークで暮らし始めた彼女は、家事はできなかったが読み書きはできた。しかしその後、発作を繰り返し、心身の機能を失った彼女は、人生最後の数年間を二階の一室に病人として籠もり切りの生活を送った――窓から見える空と、窓辺に飛来する鳥に餌を与えることが、唯一、彼女の喜び。ホゥスに暮らした頃から一家に仕えるローズに、母の世話をする召使いマライアが加わった。

家庭の暗雲のもう一つは父J・B・イェイツ――失意に沈む画家の父の横で、詩人の息子は着実に名声の階段を登っていった。父は屈辱感から攻撃的になり、息子たちと口論を繰り返すようになる。特に長男と対立。或る晩、父と息子はジョン・ラスキンを巡って言い争い、父は「息子を部屋から排除しようとして、息子の後頭部で絵のガラスを割った」。また、別の晩、父は息子を部屋まで追って来て、「喧嘩の構え」。息子が父親と喧嘩はできないと言うと、「できない理由はないだろう[36]」と、父。争いの原因は「全く抽象的で、一般的」、「父の世代と息子の世代間の当然の意見の違い[37]」によるもの。怒ったジャックは兄に言った。「いいかい、謝罪があるまでは、一言も口を利かないことだ[38]」。

家計は相変わらず火の車。キルデア州の土地は売却され、地代収入は消えた。リリーとロリーの日記には家計の「危機」が、「一本の太い糸[39]」のように綴られた。「家に二ペンスしかない」（九月一七日）、「家にある二シリングで、パパとリリーは街へ行った」（九月二二日）、「お茶にバターがない、幸い、マーマレイドがいくらか」（九月二五日）等々。九月二七日、トッドハンターが妻を伴い訪問した。兄が訪問客からさり気なく三シリングを借り、それが客をもてなす「お茶、砂糖、バター、マーマレイド」に替わった。窮状を見兼ねた隣人の中には、リリーとロリーに古着を差し出す者もいた。姉妹は当惑したが、「そうでなければ、どうしてよいか分から

リリー（左）とロリー、1890年代初め

ブレンハイム・ロード3番地の家

ない」[40]。

四人の子供たちは二〇歳前後に達し、それぞれお金を工面する方法を考え始める。ウィリアム・モリスはデザイン工房を経営し、娘のメイが監督する刺繍工房で、一八八八年末、リリーは働き始めた。週給一〇シリング――経験によって三〇シリングまで昇給――は安定した収入源となる。癇癪持ちのモリスと、リリーが「ゴルゴン」と呼ぶ娘メイの下で、先天性の喘息を病む彼女は六年間そこで働いた。翌年春、ロリーは教師を目指し、実習生となった。資格試験に合格するまでは無給。試験に通った後、彼女は「ブラッシュ・ワーク」と呼ぶ、絵の具を画紙に直接塗る画法を考案、教師をし、教本を出し、一家の稼ぎ頭となる。ハイティーンのジャックさえ美術学校に通いながら、挿絵を雑誌に売って家計を助けた。

イェイツが安定した収入を得るため、定職に就くことを考えたのはこの頃のこと。新聞や雑誌の編集のような職が考えられた。しかし本人の「ひどい文字、更にひどい綴り字[41]」はそうした仕事に不向き、かつ不利。父は定職のルーティーンによるメンタルな自由の喪失を危惧した。ヨーク・パウエルがマンチェスターの新聞の副編集のポストに仲介を申し出たが、ユニオニストの新聞で、イェイツは「数日、考えた」末、断念する。それを父に伝えると、「心の重荷を取ってくれた[42]」と、父は言った。フリーランスの作家だけで生活を支えるのは至難の業。イェイツはオレアリに一ポンド、二ポンドと借金を請い、返済の遅れを詫び、ポケットに「半ペニーが三個だけ[43]」といった状況がこの先長く続くことになる。この頃の詩人は――「靴の破れ目から見えないように、ソックスをインクで塗りつぶし」ながら、「世界の魂と自分の魂を天秤の両皿に懸け、なぜか全世界の魂が天秤の竿を跳ね上げる[44]」と夢想していた。

四月下旬、イェイツは虚脱症状(コラプス)を繰り返した。極度の心身の酷使に、自宅から大英博物・図書館まで、「午後のコーヒー一杯[45]」のために距離の大半を徒歩で通って、体力消耗もその一因だったかもしれない。四月二〇日前後、「虚脱症状の一つ」が起きる。初め、「口を利くこともできず」、ドクター・ストップを掛けられた彼は、「バルコニーの周囲、鉢に花の種――スウィートピー、サンシキヒルガオ、金蓮花等――を蒔き、庭に大量のヒマワリを植え、ジャックや姉妹の不興を買った」。「あの慎ましい、控えめな花が気に入らないようだ[46]」とは、兄の皮肉な弁。この後も、彼は幾度か虚脱症状を繰り返した。

ロンドンの生活も二年目に入り、文学・ジャーナリズム界に人脈が広がっていった。一八八八年二月、モリスの家でイェイツは、G・B・ショーに出会った。ショーはイェイツより九歳年長。やがてロンドンの劇場街ウェスト・エンドを制覇する劇作家も、この頃は殆ど無名の存在。イェイツがショーから受けた印象は——「確かにウィットに富んでいる。しかし、ユーモアよりウィットに富んだ人々が殆どそうであるよう、多分、彼の心はいくらか深さに欠けている」[47]。アイルランドを代表して立つ詩人と劇作家は、パーソナリティも文学観もかけ離れ、「互いに或る敬意を抱きながら、ライヴァル意識と反感の棘を含んだ」[48]関係を保ち続けた。

W・E・ヘンリは、「天才的編集者」と謳われたジャーナリズム界のカリスマ。彼が発掘し、育て、世に送り出した若い文学的才能は「ヘンリの若者たち」、「ヘンリのレガッタ」と呼ばれた。イェイツもその一人。一八八八年一二月、ヘンリは『スコッツ・オブザーヴァー』（読者層を広げるため、『ナショナル・オブザーヴァー』と改名）の編集に就き、この「ウルトラ保守」の新聞は、イェイツが優れた作品を発表する場となる。ヘンリも詩人。イェイツは彼の詩を好まず、アイルランドの「自治」に異を唱える強硬な帝国主義者の彼と、「あらゆる面で意見を異にした」。しかし、「言葉に言い表わせないほど、彼を称賛した」[49]とイェイツは言う。この場合も、イェイツが魅せられたのはヘンリのパーソナリティである。

ヘンリはイェイツの詩を一行、時にスタンザをそっくり自分の手で書き直すこともあった。イェイツは惨めだったが、ヘンリがキプリングの初期の詩を書き直したことを思い、自分を慰めた。当時、キプリングは今をときめく詩人である。『ナショナル・オブザーヴァー』（一八九一年二月七日）に発表された「妖精の国を夢見た男」（"The Man who dreamed of Faeryland"）は評価の高いイェイツの初期の詩の一つ。ヘンリは、「私の若者の一人がどんな優れた詩を書いたか、見てご覧」[50]と言ったという。

新聞や雑誌への寄稿に留まらず、作品が「本」の形になって世に出始めたのは一八八八年春、『アイルランド青年の詩とバラッド』（*Poems and Ballads of Young Ireland*）が、ダブリンで出版された。イェイツ、キャサリン・タイナン、トッドハンターその他、一二名のアイルランド詩人たちによる三〇余篇の作品を収録した小さな詩集は、アイルランド詩人の「小さな一派が存在することを人々に知らせる」[51]目的。イェイツは「さらわれた子」を含む四篇の詩を寄せた。詩集はイェイツの編集と目されているが、実際はグループワークで、キャサリン・タイナンが中心となって雑務を担った。

オレアリへ献じられた詩集の表題「アイルランド青年」は、一八四〇年代にトマス・デイヴィスが起こした愛国組織の名。デイヴィスの運動は一大文学運動でもあり、詩集の表題に、一八四〇年代の文学運動の波を、再びアイルランドに起こす願望が込められた。しかし、「アイルランド青年」の文学は愛国心を鼓舞し、男たちを闘争へ奮い立たせる政治プロパガンダが目的だった。それが詩や文学としてまかり通る不条理な状況をアイルランド文学の場から一掃するハードな戦いを、イェイツは強いられる[52]。

初夏から夏にかけ、イェイツはライスから委嘱されたアイルランド民話編集の作業に励んだ。八月初め、民話集の原稿を出版者に渡し、その後、彼はイソップ寓話を一五世紀のフォリオ版から転写する仕事で、オックスフォードに一週間ほど滞在した。出版者アルフレッド・ナットのために、ヨーク・パウエルが仲介した仕事。大学の教授の部屋に泊まり、ボドリアン図書館で寓話を書き写す単純作業にもかかわらず、美しい大学町に彼は喜んだ。この転写の仕事で、イェイツは五ポンドを得た。

九月、『アイルランド農民の妖精物語と民話』(*Fairy and Folk Tales of the Irish Peasantry*)が出版された。民話は神話・伝説以前に、最も「アイルランド的」素材であり、民話集はイェイツが編集した書物の中で最も重要な位置を占める。収録された物語の中で秀逸な一篇はダグラス・ハイドの「タイグ・オケインと死体」、不良の放蕩息子と彼の背中に張りついた「死体」(実は妖精の化身)が夜っぴて繰り広げる怪奇な道中物語である。「アイルランドの全フォークロアの中で最も素晴らしい一つ、本の宝物(マグニフィセント)[53]」とイェイツはハイドの民話を称え、各方面から称賛が寄せられた。ライスはシリーズの中でアイルランド民話集を「最も誇りにできる半ダースほどの一冊[54]」、「最もオリジナルな一冊[55]」と呼んだ。民話集編集の仕事でイェイツは一二ギニー(一ギニー=一ポンド一シリング)を得る。「そんな高額は二度と支払わないように[56]」と、出版者のウォルター・スコットはライスに言ったという。

一八九〇年前後、イェイツは更に三冊の編集を手掛けている。ライスのシリーズにもう一冊、作家ウィリアム・カールトンの小説選集(*Stories from Carleton*, 1889)を編み、二巻から成る『アイルランド物語選集』(*Representative Irish Tales*, 1891)はアメリカの出版者パットナムから出版、更にもう一冊は子供向けの妖精物語(*Irish Fairy Tales*, 1892)。編集の仕事を「私は私の目的のために選んだ」とイェイツは言う。「一年の大半はアイルランドの外で暮らすことを余儀なくされ、私の題材であるべきだと分かっているアイルランドに心を留めておくため[57]」である。

一二月半ば、「『アッシーン』は間もなく出ます[58]」と、イェイツはダグラス・ハイドに伝えた。同じ頃、ブレンハイム・ロード三番地の家で——

或る晩、〔…〕ロリーは絵を画き、私は縫い物をし——ウィリが突然駆け込んできた。「イニスフリー」を書いた、或いはまだ書いてもおらず生み出したところで、彼は創作と青春の情熱全てを込めて、詩を朗誦した。[59]

「イニスフリー」は、スライゴーのギル湖に浮かぶ小さな島、詩は「イニスフリーの湖の小島」("The Lake Isle of Innisfree")と名づけられる。

我立ちて行かん、イニスフリーへ行かん、
土と小枝で小屋を建て、
豆の列を九つと蜜蜂の巣を一つ、
蜂のうなる谷間に住まわん。

そこで平和に暮らさん、平和は滴（しずく）となって降り注ぐ、
朝の帳（とばり）からこおろぎの鳴く頃まで降り注ぐ、
真夜中は満天の星、昼間は赤紫に輝き、
夕暮れは紅ひわの羽で満ちる。

我立ちて、今、行かん、夜（よ）も昼も絶え間なく
湖の水が低い音をたてひたひた岸辺を打つ音が聞こえる、

ギル湖のイニスフリーの小島

道路に、灰色の歩道にたたずむ時、
心の深い奥底に聞こえてくる。

その晩イェイツが家族に披露した詩は、上記の完成原稿から遠い、インスピレイションのひらめきを言葉に移し替えたに過ぎないものだったであろう。

詩の由来を、イェイツは自叙伝に記している――或る日、ロンドンの新聞街フリート・ストリートをホームシックで歩いていると、小さな水音が聞こえた。店の窓に噴水があり、水の噴き出し口にボールが乗っていた。すると突然、「湖の水が記憶に甦り、自ずと詩の形を成した[60]」のだという。ロンドンの苛酷な日々――貧困、ハードワーク、出版・ジャーナリズム界と渉りあうマーケティング――の中、聴覚と視覚を刺激する「水」に湖の風景が開け、一挙に望郷の想いがこの詩に結晶したのであろう。

「イニスフリーの湖の小島」は、一八九〇年一一月に発表されるとたちまち大ヒット作となった。ロバート・ルイス・スティーヴンソンが詩を激賞して、サモアからイェイツに送った手紙は一種のお墨付きとなり[61]、詩はイェイツの名を、島の名と共に、世界中に知らせることになる――後に詩人を困惑させることとなった。

クリスマス、イェイツはオスカー・ワイルドの自宅に招かれ、食事を共にした。ワイルドは、イェイツがロンドンで独り暮らしていると思い、食事に招いたという。二人は、九月、ヘンリの家で出会った。初対面でワイルドは「全く自然、しかし、一晩苦労して書いたような完璧なセンテンスを話し[62]」、イェイツを驚かせた。テムズ川沿いのチェルシーに、彼が妻と二人の子供たちと暮らす家――白い居間、椅子、炉棚、カーペット、全て白、テーブルの中央にダイモンドの形の赤のマット、そこに美人の妻と二人の子供――の「完璧なハーモニー」に、「或る故意の意匠[63]」をイェイツは感じた。

「私はワイルドによく会った[64]」と彼は言う。イェイツの『アッシーンの放浪』（一八八九）の出版後、ワイルドの『虚言の廃頽』（一八九一）の発表前、一八九〇年前後のことと思われる。ワイルドは『虚言の廃頽』や『サロメ』（一八九三）の発表によって、世紀末デカダンスの代名詞のような存在となり、更に、スキャンダルに巻き込まれ破滅へ転落する。イェイツが彼に会ったのはワイルドの名がスキャンダルに汚される以前、「彼の人生で最も幸福な時期だったと思う[65]」とイェイツは振り返る。

そして一八八九年、年明け早々に『アッシーンの放浪とその他の詩』（*The Wanderings of Oisin and Other Poems*）が出版された。一五六ページに三一篇の詩と劇、インディゴ・ブルーの表紙にゴールドの文字を刻んだ詩集の顔は表題の長詩。英雄時代が遠い過去となって尚、異教世界の価値を奉じるアッシーンと、キリスト教の聖者パトリックの対話の枠の中で主人公の旅が語られる。

聖パトリック　アッシーンよ、世に名高き物語を語れ、
何故(なにゆえ)そなたは、目が見えず、白髪頭となった今も、
悪しき古(いにしえ)の日々を生きるのか。唄にうたう、
そなたは魔性のものの愛に囚われた、と。
アッシーン　齢を重ね病む身に、思い出は悲しい、
無数のすばやい槍、
長髪の戦士たち、数々の宴の馳走、
そして、青春が終わった時、愛を思い出すのは。
しかし、あなたにきっぱりお話ししよう。

この冒頭から、「アッシーン」のエキゾチックな響きが呼び込む、マジカルな魅惑に満ちたケルト世界が開けた。題名の主人公の名を正確に発音できるイングランドの読者が幾人いただろう。「アイリッシュであることはオリジナル」と言ったイェイツの戦略はヒットした。

オスカー・ワイルドは匿名の書評で、「立派な未来を大胆に予言する魅惑的な誘惑に抗し難い[66]」一冊と称え、エドワード・ダウデン――友人の息子を「天才と阿呆の間に懸かっている」と評したトゥリニティ・カレッジ英文学教授――は、「独自の美しさに欠けるページは一ページもない[67]」と称賛の手紙を著者に送った。ウィリアム・モリスは『アッシーン』が「大いに気に入り」、ロンドンの街で偶然イェイツに出会った彼は、「君は私のような詩を書く」と言った。モリスは「アーツ・アンド・クラフツ」運動の提唱者、醜悪な街燈の柱に目が留まってイェイツの詩集から話題が逸れてしまった。詩人の自叙伝に記されたこの場面は、一月二三日の出来事である[68]。

『アッシーンの放浪』は、「イェイツにとっても、世紀末文学にとっても、歴史的一冊」となる。次の六か月、書評が続いた。「第一詩集にしては異例[69]」の現象。

「『アッシーン』を書き始めた時から、私の主題・題材はアイルランドになった」とイェイツは断言する。同時に、「私は、何もかもラファエロ前派だった[70]」とも彼は告白する。『アッシーン』の題材はケルト伝説、同時にロマン派詩人シェリ、ラファエロ前派、ウィリアム・モリスの影響を色濃く反映した詩である。アッシーンを「青春の国」へ誘(いざな)う妖精の美女ニーアヴの描写――

真珠のように蒼白で、高貴な女性、

赤ブロンズの手綱をつけた馬に乗っていた。
夕日のように赤い唇、
破滅へ向かう船を照らす嵐の夕日。
シトロン色が髪毛にくもり
衣が足元まで流れ落ちた。〔…〕
幾多の刺繍の絵模様が
紅(くれない)色にほのかに煌(きらめ)き〔…〕。

上記の描写からアイルランドの妖精「シィー」をイメージすることは困難であろう。むしろ、ラファエロ前派のキャンバスから抜け出た美女と呼ぶに相応しい。この当時のイェイツは「ロゼッティの謎めいた女性たちや、バーン-ジョーンズの絵に描かれた躊躇(ためら)いを含んだ顔で頭が一杯」、「美しいものだけが画く価値を持ち、古(いにしえ)のものや夢の素材だけが美しいと、心の中で考えている」[71]青年だった。イェイツの初期作品は、意図とそれまでに培った美意識や価値観からの乖離や矛盾が露わ、この後も長い間、矛盾を孕み続ける。

イェイツは自身の作品を、詩も劇も機会ある度に書き直し、中には初出のヴァージョンをそっくり書き替えてしまうこともあった――各方面から挙がる抗議をものともせず。[72]『アッシーン』はその最たる例の一つ、一八九五年、初出のヴァージョンは徹底して書き直された。

モード・ゴン

イェイツは、晩年、自身のデビュー作について次のように言う――「私も妖精の花嫁の胸に飢えていた」(「サーカスの動物逃亡」)と。その詩人の前に、まさに「妖精の花嫁」が現われた。

『アッシーン』の出版から間もない一月三〇日、ブレンハイム・ロード三番地に馬車が乗りつけられた。降り立ったのはモード・ゴン。

私は、実在する女性にこれほど美しい女(ひと)が存在すると思ってもみなかった。有名な絵画、詩、何か過去の伝説の世界の女(ひと)だった。〔…〕彼女は背丈がとても高く、神々の種族のように思われた。[73]

イェイツは一目で恋に落ちた、二三歳。モード・ゴンは一歳半年下。「私の人生のトラブルの始まり」[74]と、彼は言った。

モード・ゴンは英軍将校を父に、ロンドンの富裕な織物商の娘を母に誕生した。幼い頃、父がアイルランドの陸軍基地へ配属され、彼女は幼・少女期の多くを島国で過ごした。四歳で母を、二〇歳を目前に最愛の父を亡くした彼女は、その後、南フランスで出会ったフランス人ジャーナリスト、リュシアン・ミルヴォアと恋に落ち、既婚者である彼の愛人となった。ミルヴォアは、国粋主義政党を率いるブーランジェ将軍の副官的存在。この時から、パリがモード・ゴンの生活拠点となり、彼女のダブル・ライフが始まる。ミルヴォアとの出会いを機に、彼女は劇的変身を遂げた。アイルランドを軍事支配する英軍高官の娘である彼女は、幼・少女期を過ごした島国を祖国と思い定め、大英帝国打倒を叫ぶ過激な革命家――人呼んで、アイルランドのジャンヌ・ダルク――へ変身する。イェイツ一家を訪問した時、彼女はすでにオレアリに会い、アイルランド西部で小作農民の救済活動を開始していた。

モード・ゴンが、J・B・イェイツに宛てたエレン・オレアリの紹介状を携え、ベットフォード・パークを訪問した真の目的は、詩人の息子に会うためである。その日、父は戦争を賛美する若い女性に困惑、妹たちは馬車を待たせたままの彼女に驚き、「女王気取りの笑み」[75]を憎んだ。詩人の息子は、その日、彼女が話したことを殆ど何も覚えていないと言う。彼の記憶に残ったのは――「木漏れ日の差す林檎の花のように光り輝いて立つ彼女」[76]の姿。生涯、忘れることはなかった。次の日、イェイツはモード・ゴンに食事に誘われ、「多分、九日間だったロンドン滞在中、殆ど毎日、彼女と食事を共にした」[77]。

これが、詩人の生涯の終わりまで続く半世紀に及ぶ恋物語の始まりであり、「モード・ゴン詩」と呼ばれる数々の愛の詩が生まれる始まりである。彼は「ロマン派詩人たちから完璧な愛の理想を収集、〔…〕生涯、愛すのは一人の女性[78]と心に誓っていた青年詩人。一八九〇年代の一〇年間、モード・ゴンの私生活の秘密を何も知らず、愛する女(ひと)、自らの「完璧な愛」の理想に忠実たらんと、求愛に応えることのない「情(つれ)なき美女」を一途に追い続ける。

恋に落ちた詩人の作品は、詩も劇も、恋一色に染まり始める。モード・ゴンとの出会いから間もなく、『伯爵夫人キャスリーン』(*The Countess Cathleen*) が書き始められた。民話集を編集する過程で知った物語の一つに基づいた詩劇である。[79]場面は飢饉に襲われた中世アイルランド、商人になりすました悪魔たちが飢えに喘ぐ人々の魂を金貨で買い漁る。民の窮状を見兼ねた伯爵夫人は、彼らを飢餓から救えるだけの金貨と引き換えに、魂を悪魔に売り渡す。

モード・ゴンは結核で若い命を断った母親譲りの肺疾患体質。それを押して小作農民の救済に奮闘する彼女の自己犠牲を、イェイツは劇のヒロインに重ねた――「貴方のために書いた劇[80]」と彼は言った。劇中、伯爵夫人を恋い、慕う詩人アリールは作者の分身。劇は「情なき美女」を追う作者の恋の色模様を映しながら、詩人の「憐れみを象徴する唄[81]」となっていった。

第二節　「黄金の夜明け」とライマーズ・クラブ

一八九〇年代はイェイツの生涯の中で、特に彼がオカルト世界へ深くのめり込んだ一〇年間である。一八八七年春、ロンドンへ移った直後、彼は神智学協会ブラヴァツキ・ロッジへ赴き、夫人に面会、協会会員となった。「彼女はユーモアと豪胆なパワーを秘めた一種のアイルランド農民の老女」[1]の印象。次にイェイツが夫人に会ったのは、恐らく翌年の一月末、ダブリンからロンドンへ戻った直後と思われる。皮肉なことに、ブラヴァツキ夫人の欺瞞を告発した心霊研究協会の調査報告書は、彼女の神智学を「ファショナブルなカルト」[2]に押し上げ、彼女は「時の人」。「時の人」を一目見るため、ブラヴァツキ・ロッジへ足を運ぶ人も多い。

> 彼女は夜分ずっとそこに座し、来る人誰彼となく語りかけた――巨体、ずん胴、絶えず巻きたばこを巻き――ユーモアに富み、狂信から遠く、常に、誠実さにおいて他のあらゆる人々を凌駕する精神を放っているように思えた。[3]

ブラヴァツキ夫人の伝記作家の一人が伝える彼女は――「他(ひと)より体重があり、より食し、よりたばこを吸い、より罵り」、「四五歳にして二人の夫、限りない数の愛人と一人の子供、にもかかわらず彼女は、私はヴァージンだと厳かに誓った」[4]。夫人は「周りの青年たちが働き過ぎないよう、どれほど注意を払ったか覚えている」[5]とイェイツは言い、彼女は側近の弟子たちを「ガレー船の奴隷のように」[6]こき使ったと伝記作家は言う。ブラヴァツキ夫人の周りに群がる人々は、イェイツの目に「何人かはインテリ、教養人が一人か二人、他は新しいものに群がる有象無象」[7]と映る。イェイツに伴われ、オレアリはブラヴァツキ・ロッジを訪れた。「軟弱な青年と奴隷じみた女性たち、一人の強靱な精神の老猛女」[8]が、彼の感想

ブラヴァツキ夫人、1887年

である。イェイツは、モリスとブラヴァツキ夫人を「同じ理由で称えた」。二人は「他の誰よりも人間性が豊かだった」[9]と。

イェイツはオカルト世界にとめどなく引き込まれ、同時に、超自然界・現象に懐疑の目を向け続けた。心霊研究協会の調査報告書を「つぶさに」読んだ彼は、ブラヴァツキ夫人から「説明を待ったが、説明は来なかった」[10]。彼は、神智学協会の会員に課されるブラヴァツキ夫人に対する絶対服従を問い、彼女の「マスター」なる、チベットの秘境に生きるという聖者たちが夫人の「欺瞞」である可能性も排除しなかった。それにもかかわらず、彼女の哲学に「内在する重み」[11]は否定できない。ブラヴァツキ夫人の周辺で起こるオカルト現象の一つは、彼女の「マスター」たちから送られる「神秘的鈴(ミスティック・リング)の音」。夫人の忠実な弟子の一人は、真夜中にしばしば鈴の音を聞いたとイェイツに語った。「音はかすかで甘美、家全体が振動した」[12]と。時代は世紀末、何時なん時、奇蹟が起こるかもしれない雰囲気を湛えたブラヴァツキ・ロッジは「ロマンティック・ハウス」[13]、自分の意思でそこを離れることはできなかった。

イェイツの一貫した姿勢のもう一つは、抽象的教義に飽き足らず、超自然界・現象の「証」を求めて「実験」に固執した点である。ブラヴァツキ夫人の神智学協会に熟練会員から成る「エソテリック・セクション」が作られ、実験が許可されるようになった。花を燃やし、その灰を月光に当て、鐘の形をしたガラスの下に置いておくと、花の幻(ファントム)が現われる[14]――実験を試みたが、「奇蹟」は起こらなかった。「証」を求め、「実験」に固執するイェイツに、ブラヴァツキ夫人の忍耐は限界に達し、協会を辞するよう勧告を受けた彼は、一八九〇年一〇月、協会を去った。

その数か月前から、彼はオカルト教団「黄金の夜明け」(The Hermetic Order of the Golden Dawn)の会員となっていた。一八八八年、ブラヴァツキ・ロッジが立ち上げられた翌年に設立された「黄金の夜明け」の中心的支柱はリデル・メイザーズ。彼は「ケルト」を自称し、「マグレガー・メイザーズ」と名を改め、更に、単に「マグレガー」と名乗った。イェイツもメイザーズも大英博物・図書館に通う常連で、イェイツがそこでよく見かけた「三六歳か三七歳の茶色のヴェルヴェットのコート、痩身、決然とした顔、運動選手のような身体」のこの人物は、名前も何者かも分からない「ロマンスの人」[15]。

ブラヴァツキ夫人の神智学が東洋の宗教哲学に拠る一方、「黄金の夜明け」は、カバラ、錬金術、星占術、タロット等の膨大な資料から、メイザーズが中心となってまとめ上げた

マグレガー・メイザーズ、1882年

体系に基づく。カバラは中世以来、オカルティストの間で「一種の秘密のバイブル」[16]と見なされたユダヤの神秘思想である。その中心的シンボル「生命の木」——無限の「光」源から発する一〇の「セフィロス」（Sephiroth）と、それらを繋ぐ二二の「枝」から成る木——は、宇宙の中で、「人が来たり、帰り行く道を標した地図」。一〇の「セフィロス」は光源から遠く隔たるほど物質世界へ降り下り、人は二二の「枝」、即ち「道」を旅しながら、再び「光」の領域へ帰り行く[17]。

「黄金の夜明け」がその神話と儀式の拠りどころとした一つは「薔薇十字団」、一七世紀初期ドイツに起こった、クリスチャン・ローゼンクロイツを伝説の教祖とする秘密集団である。その中心的シンボル「薔薇」は、「正確な意味は決し難いが、犠牲の十字架の上に咲く愛の花を意味[18]」するという。

一八九〇年三月七日、「黄金の夜明け」の会員名簿の七八番目に、W・B・イェイツの名が記された。会員は全員がラテン語のモットーを身につけ、イェイツのそれは「悪魔は神の逆」（Demon Est Deus Inversus）。主だった会員の一人にミナ・ベルクソンがいた。フランスの哲学者アンリ・ベルクソンの妹の彼女は、一八九〇年六月、メイザーズ夫人となる。アニー・ホーニマンはメイザーズの金銭的後ろ楯。イェイツの後に、女優で演出家のフロレンス・ファー、モード・ゴン、トッドハンター、更にスライゴーの伯父ジョージ・ポレックスフェンが続いた。カルト集団には「型破りな女性会員の比率が高く[19]」、「ニュー・ウーマン」の彼女たちは、イェイツの「アート」に寄与する重要な役割を演じることになる。

「黄金の夜明け」の際立った特徴は、メイザーズが中心となって作り上げた複雑かつ厳格な位階制度と、「ファースト・オーダー」と「セカンド・オーダー」の区分である。秘教集団を「ヘルメス大学」と呼び、二つの「オーダー」を大学の学部と大学院に準える人もいる[20]。会員には学習と鍛錬が課され、厳しい試験を受けて位階（degree）を一つひとつ昇り、「ファースト・オーダー」から「セカンド・オーダー」へ達する。

「アデプト」（adept「エキスパート」の意）と呼ばれるエリ

ート会員のみから成る「セカンド・オーダー」への昇格は特に煩雑な手順を踏む儀式が伴った。一八九三年一月二〇日、「セカンド・オーダー」に達したイェイツは昇格の儀式に臨んだ。(21)

儀式の場は、「薔薇十字団」の伝説の始祖クリスチャン・ローゼンクロイツの墓を模した七角形の丸天井の部屋（ヴォールト）、儀式は「黄金の夜明け」の教義の中心を成す「神秘的な死と復活」の神話に基づいて、進行した。部屋の天井の真中に「二二枚の花弁の薔薇」が象られ、「薔薇と十字架のテーマは部屋の装飾のいたるところに再現された」。部屋の中央に円形の祭壇があり、その下に棺（ローゼンクロイツのそれ）が置かれている。七面の壁は一面、カバラ、錬金術、星占術、タロット等のシンボルが、オカルトのカラー・スキーム（土星＝インディゴ、木星＝ヴァイオレット、火星＝スカーレット等）に沿って描かれ、「一種の道化のまだら服の趣」を呈していた。

儀式に臨む会員は、黒のローブを纏い、首に鎖、手を後手に縛られて部屋へ導き入れられ、手、足、腰、全身をロープで縛られ、大きな木の十字架に括りつけられる――象徴的磔刑。ここで「義務の誓い」、教団に関する一切を口外しない秘密の誓いを立てた後――

私は、神の許しを得て、この日から、大いなる仕事――私の霊性を純化し高め、神の助けをもって、ついに人間を超え、かくして、徐々に私のより高い神聖な天性へと高め、それと合一することを約束、誓います。

誓いを済ませた会員は「苦の十字架」から解かれ、部屋の外へ退出する。再度中へ導き入れられると、棺の中からローゼンクロイツ（彼に扮した教団のチーフ）が立ち上がり、「神秘的死と復活」の神話をなぞった儀式は完了する。これは、煩雑きわまりない儀式の手順、進行のごく大まかな概略である。

個の再生からより大きな世界の再生を目指す「黄金の夜明け」の会員は個を超えて「世界の再生のための完璧な手段(22)」となることを求められた。時は世紀末、カルト集団の間で、終末を予言する声が充満していた頃である。

ブラヴァツキ夫人とメイザーズを隔てる最大の違いは、メイザーズはマジシャン――「マジック」、即ち超自然界に宿る神秘的魔力を行使する魔術師――であり、メイザーズは会員に絶えず実験やデモンストレイションの機会と方法を与えた点である。イェイツは、メイザーズからボール紙のシンボルを渡され、「目を閉じると、ゆっくり視界が開け、〔…〕私の前に、私には制御できないイメージ――砂漠、古代の堆い（うずたか）

廃墟の真中から両手で身を起こす黒いタイタン[23]」が現われた。こうした実験が繰り返され、そこから、イメージは意識や潜在意識よりも一層深い源から湧き上がるものであること、言葉やシンボルはそれ以外では達し得ないリアリティを喚起する力を秘めていることを、イェイツは学んだ。彼は象徴的言語を繰る詩人である。イェイツの象徴的言語は、フランスの象徴主義（シンボリズム）経由というより、神秘思想家やブレイク、「黄金の夜明け」の「ミスティカル・シンボリズム」から学んだものであることを、彼自身が明言している[24]。

　怪しげな秘教にのめり込む息子の行動は、「ジョン・ストュアート・ミルの弟子」たる父にとって不可解かつ憂慮すべき問題。父はオレアリに、息子への諫言を期待して、手紙を書いた。「最近、ウィリは具合がよくありません。彼は、さまざまな矛盾する事柄に関して、人々に会い、話し、過労――というか、自分で自分を疲労に追い込んでいます[25]」。オレアリから葉書を受け取ったイェイツは、何時にない激しい言葉で返事を返した。

> さて、マジックに関して。四、五年前に、詩に次いで、私の人生の最も重要な目的と決めたそれが私の健康によいか否かは、マジックが何か分かっている人のみが決め得ることで、素人（アマチュア）にできることでは全くありません。〔…〕私が絶えずマジックを学習することがなかったなら、ブレイクの本の一語も書くことができず、『伯爵夫人キャスリーン』は存在することもなかったでしょう。ミスティカル・ライフは、私の行為全て、私の思索全て、私の創作全ての中心です。〔…〕私は常に私自身を、今、世界に始まりつつあるより大きな復興（ルネッサンス）と私が信じるもの――知性に対する魂の反逆――の声だと考えてきました[26]。

この頃、イェイツの敵は物質偏重（マテイリアリズム）の世界、彼にとって、「知性」は、ダーウィンの進化論や「科学」を生んだ「不純物」である。「知性に対する魂の反逆」は、一八九〇年代、イェイツの一大命題となる。

　オレアリへの手紙の中の「ブレイクの本」とは、『ウィリアム・ブレイク作品集』（*The Works of William Blake*, 1893）全三巻、イェイツとエドウィン・エリスの共著である。エリスは、J・B・イェイツが美術学校に在籍していた頃からの家族ぐるみの友人。神秘思想に傾斜するエリスは画家の父から遠ざかり、詩人の息子に接近した。「ブレイク研究に情熱を燃やす」エリスと、「父から同様の情熱を受け継いだ[27]」イェイツが、何時、どのような形で共著を企て始めたのか、詳細は不明。一八八九年三月八日、キャサリン・タイナンに、「新しい劇のほかに、私が何をしているか知れば、貴方は驚くでしょう——ブレイクの神秘的（ミスティカル）な作品の解説です[28]」と書き送った手紙が、この共著にイェイツが言及した最初である。

　イギリス・ロマン派の中で、ウィリアム・ブレイクはきわめて特異な位置を占める。『無垢と経験の唄』の作者である彼は、一見、童謡のような素朴（シンプル）な詩を書く詩人に見え、実際は神秘思想やヴィジョンを象徴的言語で表現する深遠な詩人の顔を持つ。特にブレイク独自の「神話」を表わした「預言書」と呼ばれる一連の作品は、不可解で意味不明。詩人の死後、彼に「狂気」の汚名がつき纏った。イェイツとエリスの共著は「預言書」の「神話」を解き明かし、その象徴体系を解明する試みである。

　四年に及んだ二人の共同作業の過程から得た最大の成果の一つは、それまで殆ど存在が知られていなかった預言書の一つ『ヴァラ、或いは四つのゾーア』の発見に繋がったこと。ブレイクの友人でパトロンの風景画家ジョン・リネルに詩人自身が贈ったもので、手書き原稿をリネルの息子たちが所有していた。イェイツとエリスは、時折、サリー州のリネル家を訪れ、終日、原稿を複写する作業に当った。リネル家の当主（彼もジョン・リネル）は、昼食に最も古い極上のポートワインを供した。イェイツが手書き原稿を複写している横で、ジョン・リネルは律儀に鉛筆を削った。貴重な原稿を監視する目的で。

「ブレイク——ブレイク——ブレイクの囚人です[29]」——イェイツは熱狂のあまり、ブレイクの先祖はアイルランド人だったと、いわば勇み足の誤謬に陥り、手書き原稿を複写する過程で生じたエラーも多数。にもかかわらず、イェイツが「大作」と位置づけた『ウィリアム・ブレイク作品集』は、ブレイク研究に一石を投ずる業績と評価されている。

　一八八九年一一月、イェイツは髭、「私が私と認識するシンボル[30]」である髭を剃り落とした。「ずっと見栄えがよいと、私たちは皆思う」と、妹リリー。「髭を剃らせたのはジャックで、半分剃り終えたところで、ウィリは彼を殺しそうになった[31]」と、妹はタイナンの耳に入れた。

　イェイツは詩人には稀な、優れた組織力の持ち主、一八九〇年初め、ライスと共に文学クラブを立ち上げた。「ライマーズ・クラブ」と命名される会は、イェイツと同世代の若い詩人たちから成る一種の文学互助会。ライオネル・ジョンソン、アーサー・シモンズ、アーネスト・ダウソン等、一九世紀末のロンドンで活躍する群小詩人たちが参集し、レギュラー・メンバーは一ダースほど。彼らは週一回、ロンドンの新聞街フリート・ストリートの古いパブ「チェシャー・チーズ」に集まり、上階の部屋でワインを飲み、たばこを燻（くゆ）らせながら、持ち寄った自作の詩を読み、批評し合った。オスカー・ワイルドも出たり入ったり。自作の詩を他前（ひと）で、声に出して読むことを恥らう詩人が多い中、「ベスト・リーダーは、断然、イェイツ[32]」。彼の詩人気取りのキザな服装は人々の目を惹いた。この頃、彼の出で立ちは「こげ茶色のヴィロードの上着、リボン・タイ、古いインヴァネス・コート――二〇年前に、父が脱ぎ捨て、スライゴー生まれの母がしまっておいたもの[33]」。その後、詩人の衣装はアーサー・シモンズの助言を取り入れ、エレガントで安価な黒ずくめに変わった。

イェイツのファッション、1894年

ライマーズ・クラブが文学互助会としてとりわけ有効に機能したのは主に書評で、「ライマーズ」は「書評マフィア[34]」を成し、互いが互いの作品を書評し合った。世の人々の目に、彼らは「仲間同士の褒め合い」集団とも映った。『ライマーズ・クラブ第一書』（一八九二）が出版され、イェイツは「イニスフリー」と「妖精の国を夢見た男」を寄せた。「詩選集の中で最も優れた詩[35]」とシモンズの伝記作家は評す。ジョンソンとシモンズの目に映る彼は「アヒルの子の中の一羽の白鳥の子[36]」。「ライマーズ」は「芸術のための芸術」を標榜する唯美・耽美主義者たちである。イェイツの詩は、オカルト、世紀末の唯美主義、アイルランドの民話・神話・伝説、象徴的言語が渾然一体となった独特の世界へと向かってゆく。

「ライマーズ」の中で、イェイツが初めから親しく交わったのはライオネル・ジョンソン、「二、三年の間、最も親しい友人[37]」となる。イェイツより二歳年下で、オックスフォードでペイターに師事し、恐ろしく博学な彼は「イェイツ、君は図書館で一〇〇年、僕は荒野で一〇〇年が必要だ[38]」と言ったという。やがてアイルランド人の先祖を持つことを知ったジョンソンはイェイツのナショナリズムを共有し、それも二人の友情を補強する絆となった。

「チャーリング・クロスのチャールズ王の像」はジョンソン

の代表作の一つである。ロンドンの中心街チャーリング・クロスに建つ、清教徒革命で処刑されたチャールズ一世の像から想を得た詩――

独り彼は馬に乗る、独り、
麗しい、運命の王、
暗い夜は全て彼のもの、
あの異様で、厳粛なもの。[39]

イェイツは自叙伝にジョンソンの自宅を最初に訪れた時のことを記している。夕方五時に訪れると、「まだ起床していません」と召使は告げ、続けた――「七時、ディナーに起床されます」[40]。「暗い夜は全て彼のもの」――それは、ジョンソン自身のものだった。不眠から始まったという、昼と夜が逆転した生活を送る彼は、心の「闇」に囚われ、「孤独(ソリタリー)な酒飲み(ドリンカー)」[41]に、アルコール依存の深みに嵌っていった。

英文学史上、一九世紀最後の一〇年間は、「ナインティーズ」の呼称で括られる、特異な一時代として位置づけられている。「デカダント」のレッテルを貼られる「ライマーズ」の多くは「酒と女」に溺れ、破滅の道を辿った。その典型の一人ダウソンの有名な三行――

それは我らのもの、
苦い(ビター)、陽気な我ら、
酒と女と唄と。[42]

「ライマーズ」の多くはダウソンの「唄」を地で行く生活を送っていた。イェイツは「私が帰宅して就寝する頃、彼らの最も活発な時間が始まった」[43]と、いかにも純情な回想を残している。「ライマーズが悲劇の中に崩壊し始める」[44]のはもう少し先、一八九〇年代半ば以降である。

イェイツが最後にダブリンを離れて数年が経った。アイルランドを訪れたいと願望を口にしながら、ブレイクのために先送りされてきた。実現したのは一八九一年七月、三年半の空白が空いていた。三年半前にダブリンを去った時、殆ど無名の存在だった彼は、今や、多数の書評に取り上げられる詩集の著者となっていた。

七月半ば、イェイツはダブリンに到着した。アイルランドは、前年一一月、パーネルの個人的スキャンダルに端を発する熾烈な政治抗争の真只中にあった。ベッドフォード・パークの家で議論が沸騰した筈の話題について、イェイツが言及したのは、前年一二月にスキャンダルが発覚した直後、「このパーネルの一件はとてもイクサイティングです。彼が持ちこたえるよう願っています。〔…〕[45]」とオレアリへ送った短い手紙ともう一通のみ。この頃、イェイツが政治を話題にすることは少ない。

七月二二日、イェイツはモード・ゴンを、彼女が滞在するホテルに訪問した。あの衝撃的な出会いから二年半余が経過、この間、二人の接点は僅か。イェイツはその間の心の動きをこう述べる――「私は恋をしていた。愛を告げたこともなく、告げるつもりもなかった。月日が過ぎ、私は再び私自身を取り戻した[46]」と。

一方、モード・ゴン周辺の状況は――イェイツとの出会いから一年後、一八九〇年一月、彼女は男子を出産。庶子に厳しい批判の目が向けられるヴィクトリア朝社会の中で、彼女が送るダブル・ライフの周りに張り巡らされた秘密の壁は、更に高く厚くなった。ミルヴォアとの関係も円満とは言い難い。彼は自身の政治的野心から、モード・ゴンに別の男性の愛人になるよう迫っていた。

噂好きのダブリン市民にとって、モード・ゴンは格好の餌食。そうした雑音がイェイツの耳に入らない筈がない。「パリでモード・ゴンと食事を共にした。とても背の高い男性が一緒だった[47]」と、彼に耳打ちする人もいた。囁かれる噂にイェイツは耳を塞ぎ、塞ぎ続ける。

七月二二日、訪れたホテルで、モード・ゴンが部屋に入って来るなり、イェイツは溢れる憐憫の情で圧倒されそうになった。彼女は顔の骨が浮き出るほど痩せ細り、「何か不幸、幻滅に沈んでいる様子」。悩める美女は無限の憐れみを掻き立て、それも詩人を呪縛する力の一つとなる。「以前の硬い言葉の響きは消え、淑やかで、所在なげな[48]」彼女に詩人の恋は再燃、それ以上、恋に抗い戦うことは望まなくなった。

翌日、イェイツはハイ・スクールの親友チャールズ・ジョンストンに会うため、北アイルランドへ向かった。そこへ、モード・ゴンから手紙が送られて来る。前世で、二人は、アラビア砂漠の何処かで、奴隷に売られた兄と妹だった夢を見たというのである。イェイツはダブリンへ急行、モード・ゴンに求婚した。八月三日、「いいえ、結婚はできません――理由があります――決して結婚はしません」と応えた彼女は、イェイツに友情を求めた。言葉に儀礼を超えた響きが籠もっていた[49]。

これ以後、幾度も繰り返される求婚劇の最初で、二人の関係は一つのパタンに定着した。モード・ゴンにとって、イェイツは困った時に頼る兄のような存在、彼の求愛に応えるでもなく、彼を完全に拒みもせず、何時でも手綱を手繰り寄せることができる距離を保ち続けた。モード・ゴンの「夢」は、イェイツを「結婚」を禁じられた「兄」に封じ込めようとする彼女の潜在意識が生んだのだろうか。恋するイェイツは無力。モード・ゴンの私生活の秘密を何も知らず、必要とされることを喜びとし、愛するに女（ひと）に——或いは、自身の「完璧な愛の理想」に忠実たらんと、一途に献身的愛を貫き続ける——それが、何時か自分への愛に変わると信じて。

　翌日、二人はホゥスへピクニックに出掛けた。イェイツ一家が一時暮らした海辺の村は、モード・ゴンが父と妹と共に暮らした、彼女の人生で数少ない幸せな思い出の場所である。この日からほぼ半世紀後、イェイツ晩年の詩「美しく気高きもの」（"Beautiful Lofty Things"）の一つに——

　　ホゥス駅で列車を待つモード・ゴン、
　　あの真っ直ぐな背と不遜な頭はパラス・アテナ神。

詩人の記憶に生き続けたこの日の一コマ。しかし、現実は散文的。その日、イェイツの出費は一〇シリング（半ポンド）で、彼には「大金」[50]だった。モード・ゴンに会う度、イェイツはオレアリに一ポンド、二ポンドと借金を請い、お金の工面に頭を悩ませた。

　数日後、モード・ゴンの元に「白い鳥」（"The White Birds"）が送られてきた。「恋人よ、海の泡の上に浮かぶ白い鳥になれたなら！」と、美しくも儚い、淡い悲しみを湛えたイェイツ初期の詩の典型の一つ。再燃した恋から創作のエネルギーを汲み出すように、七月から一〇月の間に、「白い鳥」を含む六篇の抒情詩が詩人のペンから紡ぎ出された。詩を書き入れたノートブック「霊の炎」（The Flame of the Spirit）を、彼はモード・ゴンへ贈った。

　それから毎日、二人は逢瀬を重ね、イェイツはモード・ゴンに制作中の劇『伯爵夫人キャスリーン』を読んで聞かせた。「貴方のために書いた劇」と、彼は言った。そうしている中、突如、彼女は秘密政治組織に呼び出されたと奇妙な理由をイェイツに告げ、パリへ急行した。真相は、子供の命が危ないと、ミルヴォアからの知らせだった。八月三一日、一歳と七か月の子は髄膜炎で死亡、モード・ゴンは悲嘆のどん底に突き落とされる。秘密の壁を破ってイェイツに書き送った手紙に、「養子にした子」が死んだこと、「病気の子供を医師から医師へ連れ回った」[51]と、悲痛な、乱れた文面が綴られていた。

　一〇月六日、パーネルが急死、アイルランド社会は大混乱に陥った。

　一〇月一一日、モード・ゴンは期せずして、パーネルの遺体を積んだ同じ船で、アイルランドへ帰ってきた。早朝、フェリー港キングズタウンの埠頭に、イェイツはモード・ゴンを出迎え、ホテルへ同行する。黒一色に身を包んだ彼女をパーネルの死を悼む大袈裟な装いと、人々は思った。

その日、雨の降りしきる中、ダブリンの街をグラスナヴィン墓地へ向かう長い――アイルランドにおいて最大の――葬列が続いた。パーネルの遺体が土に下ろされようとした時、突然、鉛色の空が裂け、流星が落ちるのを多くの人々が目撃した。モード・ゴンもその一人。イェイツは群衆を嫌って、葬列に参加しなかった。

モード・ゴンは「明らかに病み[52]」、降霊会やヴィジョンに救いを求めた。彼女は「サイキック」（psychic）と呼ばれる一人、透視能力を自認し、幼い頃から「灰色のヴェールを被った女」が彼女に憑きまとい、姿を現わすのを見た[53]。一一月二日、イェイツに説得され、彼女は「黄金の夜明け」に入会した。イェイツを魅了した教団の儀式は彼女には興醒めで、かつ教団のメンバーも、殆どは「英国中流階級の愚鈍のエッセンス[54]」と映った。一八九四年一二月、彼女は教団を去った。イェイツの落胆は大きかった。しかし、オカルトは二人が共有する世界であり、二人を結ぶ絆となり続ける。

第三章　ケルトの薄明　一八九一―一八九九

イェイツと父の学友ジョン・トッドハンター、恐らくブレンハイム・ロード3番地の家で

第一節　図書バトル　一八九一―一八九三

一八九一年一二月二八日、ベッドフォード・パークのイェイツの家、詩人の書斎で、ミーティングが開かれた。集った人々は、D・J・オドノヒュー、T・W・ロールストン、その他数人のアイルランド青年たち。ロンドンに「アイルランド文学協会」設立へ向けプランを話し合うためである。協会設立の目的は「ナショナルな」アイルランド文学復興であり、広義にはアイルランドの知的・文化的諸相の発展・促進を目指した。一八八〇年代のナショナリズムのうねりに乗り、その一環として興されたアイルランド文学運動は、ロンドンのイェイツの書斎から始まった。

一八九一年、アイルランド史は一大転換点を迎える。「自治」法成立が目前と思われた矢先、パーネルの突然の死に議会運動は失速、瓦解した。以後九年間、パーネル派と反パーネル派は熾烈な政治抗争を繰り広げ、反パーネル派内部も主導権争いに割れた。「自治」の夢は失墜、ナショナリズムの高揚に沸いた一八八〇年代は出口の見えない混迷の一〇年に譲った。アイリッシュ・リヴァイヴァルの名で知られるアイルランド文化・文学運動は、パーネルの死によって政治に幻滅・離反した人々のエネルギーを集めて興り、一八九〇年の政治空白を縫って力を溜め、それを埋めるものとなる。この「定説」にロイ・フォスターは異を唱え、アイリッシュ・リヴァイヴァルは、議会運動の「失敗」ではなく「成功」の一作用として、一八八〇年代半ばに始まっていたと言う[1]。フォスターの意見にも一理あるものの、海峡両岸で、アイルランド文学復興へ向け組織だった運動が開始されるのは、パーネルの死の年である。

アイルランド文学運動が、ダブリンに先行してロンドンから開始されたのも、それなりの必然性が存在した。古くからアイルランドの才能は隣国に流出、ロンドンで活躍するオスカー・ワイルド、二〇歳でダブリンを捨てたG・B・ショー、イェイツも文学活動拠点はロンドンである。また、アイルランドから帝国の首都へ流れ出た移民や出稼ぎ労働者は多数。一八八三年に設立された「サザック・アイルランド文学クラブ」は、テムズ川を越えた対岸地区サザックのアイルランド系住民に、祖国の「歴史・美術・文学の教養と社交・知的交流を提供する場」[2]となり、一時はオスカー・ワイルドやG・B・ショー、その他アイルランド作家を講演に招いて、盛んな活動を繰り広げていた。一八八八年三月、イェイツはクラブを訪れ、六月にはそこで、アイルランド民話に関する講演を行っている。以来、彼はテムズ川を越え幾度もクラブへ足を運び、そこは、イェイツが「自分の足場を固め、彼自身の仲間を築く場」[3]となった。ロンドンのアイルランド文学協会はサザック・アイルランド文学クラブから興り、クラブが培った組織や人脈を資本に活動を開始する。

こうしたロンドンの動向を、ダブリンが静観している筈がない。アイルランドの知的・文化的中心を「敵」の首都に奪われることを警戒する声が挙がり始める。そうした声を背景に、一八九二年三月から五月までパーネル派の新聞『ユナイティッド・アイルランド』紙上で、「アイルランドの知的中心は何処（いずこ）」の論題の下、論争が繰り広げられた。新聞の副編集マクグラスとイェイツが人々の関心を喚起するため仕掛けた戦略の一つである。イェイツも論争に一石を投じ、ダブリンに燻る不満や疑念の払拭に努めた。[4]論争に刺激され、別のグループがダブリンを拠点とする文学協会設立へ向け動き始め、五月半ば、イェイツはダブリンにロンドンの協会と「同様の目的と性格の協会」[5]を設立するため、急遽、海峡を渡った。彼の説得工作は功を奏し、一八九二年八月一五日、「国文学協会」発会式が執り行われる運びとなる。翌八月一六日、ジョージ・シーガソンが協会発足を記念して、「アイルランド文学、その源・環境・影響」と題し講演を行った。「ドクター・シーガソン」の名で親しまれる彼は医師にしてアイルランドの神話や伝説を題材にした詩の著者、ダブリンの文化・文学界の「長老」の一人である。

海峡両岸の二つの姉妹文学協会を構想した発信源はオレアリと、彼を「師」とするイェイツである。オレアリはデイヴィスの運動と類似した運動を興すことを望み、公の場でその必要を説いた。[6]この頃、イェイツは二〇歳代半ばの血気逸る青年。ダブリンの「長老」や年長の人々に包囲され苦戦する彼を、終始オレアリは支え続けた。「彼なしに、私は何もできなかった」、しかし「彼は年老い、私の視点は彼の視点ではなかった。何か簡単なこと――やがて彼が熱意をもって支援すること――を、彼に理解してもらうため半日を要することがしばしばあった」[7]と、イェイツは振り返る。

国文学協会が発足すると、協会主催のコンサートやアイルランド文学・美術・音楽に関する講演会が開かれ、教育・啓蒙活動がスタートした。そうした中、アイルランドを代表する図書の選定・出版と、アイルランド全土に貸し出し図書室ネットワークを作る企画が協会の主たる事業として正式に採択された。いずれも広くアイルランド文学普及を計る目的である。二つとも企画の発信源はイェイツ、或いはその背後にオレアリの意が働いていたのであろう。国文学協会が発足する数か月前、オレアリへ送った手紙の中で、イェイツは「新しいアイルランド図書のプラン」（一八九二年一月一五日）に、地方の「村に図書室を立ち上げるプラン」（一八九二年二月一七日）(8)について言及している。

「新アイルランド図書」と名づけられた一つ目は、一八四〇年代、「アイルランド青年」によって企てられた「アイルランド図書」のリヴァイヴァル企画である。「新図書」に言及した手紙をオレアリに送った一月半ば、イェイツはすでに具体的プランを立案、実現へ向け行動を開始していた。彼の出版者であるフィッシャー・アンウィンから「新アイルランド図書」を隔月に一冊出版、図書の選定はイェイツの「自由(フリー・)裁量(ハンド)」、ロンドンとダブリンの二つの文学協会が尽力すれば相当数の購読者が望める筈であり、出版者が図書の出版に同意する公算は大とイェイツは踏んでいた。(9)

この頃の彼の活動は、彼が「存在の統一」、「文化の統一」と呼んだ壮大なヴィジョンに支えられていた。

> 私は、一つの民族全てが共有する主題に詩人や画家が喜々として勤(いそ)しむ時代に喜びを覚えた。何故なら、人にも民族にも、「存在の統一」と呼ぶものがあると私は思っていた。「存在の統一」はダンテが美を完全に均整のとれた人体に譬えて使った用語で、私にその語を教えた父は、一本の弦に触れると全ての弦がかすかに囁き始める楽器に譬えることを好んだ。(10)

イェイツはアイルランド固有の神話・伝説・民話こそ「文化の統一」を生む国家の魂の源泉であり、「文化の統一」が達成できれば、「二つの国家」、「二つの民族」は歴史の対立を乗り越え、融和・統合へ至る筈であると考えていた。

> 全ての民族は最初の彼らの統一を、彼らを岩や丘に結びつけた神話から得たのではないだろうか？　アイルランドには、想像力豊かな物語が存在し、無学な者たちは物語を知っていてうたいさえする。それらの物語を教養階層に流布し、〔…〕そうして国家の政治的情熱を深め、画家、詩人、職人、日雇い労働者全てが共通のデザインを受け容れるようになりはしまいか？(11)

イェイツは、いまだ国家の形を成さないアイルランドを「柔らかな蠟」に譬えた。彼は「柔らかな蠟が固まり始まる前に、正しいイメージを押す計画を目論み、企て始めた」[12]。「新アイルランド図書」も図書室ネットワークもそうした計画の一部である。

壮大なヴィジョンに裏打ちされた青年詩人の構想は、出鼻から挫かれた。自身が構想し立案した「新図書」企画を、「旧図書」を編集したガヴァン・ダフィにいわば横取りされる羽目になった。

ダフィは一八一六年生まれ、「アイルランド青年」党員として党の機関紙『ネイション』を創刊した一人であり、その編集に長く携わった。一八四〇年代後半、島国を襲った大飢饉とその最中に起きた「アイルランド青年」の武装蜂起によって、「アイルランド図書」は中断。飢饉後の疲弊し切ったアイルランド社会に絶望したダフィは、一八五五年にオーストラリアへ移住、ヴィクトリア州議会議長を長年務めた著名な政治家である。

七月末、ダフィは健康のために居住していたニースから、彼独自の「新図書」企画を持ってダブリンへやって来た。「旧図書」は教育と啓蒙を目的とした実用書。ダフィの「新図書」は「旧図書」の継続であり、「愛国心盛んな青年時代に始めた事業の完結[13]」だった。「国の状況はあまりに深刻で、マドリガルをうたっている時ではない[14]」と、彼は言った。またダフィは出資者を募り、独自に出版社を立ち上げて「新図書」の出版を計画していた。

他方、イェイツが構想する「新図書」は、想像性豊かなリーダブルな書。「私たちの敵は無知、偏狭、狂信、人類の永遠の敵[15]」と彼は言う。イェイツが推奨する図書は「想像力を養う書」、「アイルランドのナショナルな最良の想像力が宿る作家[16]」の書である。

「新アイルランド図書」は図書の選定を巡って、イェイツとダフィ二つの案が対立することになった。イェイツの目に映るダフィは「他を威圧する頑固さと完全に教養を欠いた[17]」老練政治家。他方、ダフィは「イェイツの詩を嫌い、彼の文学理論は測り知れず、[パーネル派の]彼の政治に不信を向けた[18]」。「私の論は彼に全く通じなかった[19]」とイェイツは言う。イデオロギーの対立に加えパーソナリティの乖離、二人の間で妥協は困難、「新図書」企画は「バトル」に発展する。

イェイツとダフィの対立を、ロイ・フォスターはイェイツの「文学フィニアニズム」、即ち彼が「オレアリ流の文学ーフィニアン的原理・原則」に基づいた図書の選定・出版を目論んだからだと言う[20]。IRB党員を指す「フィニアン」から派生した「フィニアニズム」は、「共和国」樹立を目指すIRBの武力闘争路線を意味する語である。イェイツの「文学フィニアニズム」とは——デイヴィス流の、愛国心を鼓舞し男たちを闘争へ奮い立たせるような図書を意味するのだろうか。いずれにしてもフォスターの見解は、オレアリ＝フィニアニズムの等式から導き出されたものと思われる。

　オレアリを、そしてアイルランドの多くの若者をナショナリズムへ向かわせたのはデイヴィスの詩である。しかし、デイヴィスと「アイルランド青年」の詩が「文学」や「詩」から遠いものであることを痛感していたのはオレアリ自身。「悪質な詩を永続しようとする愛国の徒たちの権利に抗議する」[21]と、彼は回想録に記している。「図書」バトルで、終始オレアリがイェイツの側に立ち続けたのは、彼の一徹さもあったであろうが、アイルランド文学復興はイェイツに託す以外に道は拓けないと、覚悟を決めていたからであろう。一方、「図書」バトル最中、イェイツが新聞に寄稿した記事や書簡に、彼の「文学フィニアニズム」を示唆するものは何もない。ダフィとイェイツの対立は「守旧派」と「改革派」、新旧世代の対立に捉えるべきであろう。

　一八九二年九月、イェイツの詩集『伯爵夫人キャスリーンと種々の伝説と叙情詩』（*The Countess Kathleen and Various Legends and Lyrics*）が、フィッシャー・アンウィンから出版された。表題の詩劇と抒情詩を収めた『アッシーン』に続く二冊目の詩集である。薄い詩集ながら、ロンドンの文学界に「センセイションを起こした」[22]。

　一八九〇年代、イェイツが最も情熱を燃やしたのはモード・ゴン。詩集の表題の詩劇は彼女の「ために書いた劇」である。新しい詩集の中で読者の目を惹いた事象は「薔薇」をシンボルとする抒情詩群、その一つ「時の十字架に架かった薔薇へ」（"To the Rose upon the Rood of Time"）に――

私の日々全ての、赤い薔薇、誇り高き薔薇、悲しみの薔
　薇よ！〔…〕
近くに来たれ、ひとの運命にもはや目を眩ませず、
愛と憎の枝の下に、
一日を生きる哀れで愚かなもの全てに、
我が道をさすらう永遠の美を見出さんがために。

「薔薇」は「黄金の夜明け」の教義が拠って立つ「薔薇十字団」の中心的シンボルである。明らかにそれを借りたと思われるイェイツの詩の「神秘の薔薇（ミスティック・ローズ）」は、多くの要素を含むが、何にもまして愛する女（ひと）の「至高の美」と彼女に捧げる「スピリチュアルな愛」[23]のシンボル、「薔薇の詩（ローズ・ポエム）」は愛の詩である。

　一八九〇年代、イェイツは相反する幾つもの領域を追い求めた。ロンドンで彼はライマーズ・クラブを創始、その中心メンバーである。「ライマーズ」は「芸術のための芸術」を標榜する耽美主義者たちであり、特に政治に無関心。その一

方で彼はダブリンでオレアリを「師」とするナショナリストであり、「ナショナルな」アイルランド文学復興を目指して運動を開始、奮闘中。更に、詩に次いで「人生の最も重要な目的」と自認するオカルトに彼が深くのめり込んでいることは周知の事実。その延長線上として、「狂気」のレッテルを貼られた神秘詩人ウィリアム・ブレイクの象徴体系解明を企てた三巻からなる書の出版を目前としていた。

その詩人に、ダブリンの人々は不信と疑惑の目を向けた。詩集の巻末に置かれた「来たるアイルランドへ寄せる弁明」（"Apologia addressed to Ireland in the coming days"[24]）は、そうした疑惑に応える文字通り詩人の弁明である。

知って欲しい、私は、
アイルランドが受けた非道を和らげるため
バラッドや物語、詩や唄を
うたった仲間の真の兄弟と見なされたいことを。

こう書き出された四〇行の詩は、「モード・ゴンにアピールするよう計算し――他の誰も彼も苛立たせる――マナーで、オカルトと急進的ナショナリズムを融合する」「パワフルなレトリック」[25]――見方によっては、単なる詭弁を展開する。「彼女の赤い薔薇が縁取る裾が〔…〕私の書の全ページになびく」――一八九〇年代、詩人は文字通り「彼女の赤い薔薇が縁取る裾」を追った。イェイツの詩の中で、薔薇は「足があったり、スカートを履いていたりする」[26]。永遠の美と真実を象徴する「薔薇」の歴史はキリスト教以前に遡り、「アイルランドの心臓を鼓動させ始めた」薔薇は「ケルトの心」そのもの、「薔薇」に寄せる愛はアイルランドへ寄せる愛と同じと、彼は言う。

「私のテーブルの周りにマジカルなものたちが行ったり来たりする」――アイルランドは超自然界の住人「妖精」の島であり、神秘に包まれたケルトの神官「ドゥルイッドの国」。「ドゥルイッド」の魔法の一語は、魔術師の杖の一振りのように「オカルト」と「ケルト」を等式で結び、「赤い薔薇が縁取る裾を追う」詩人は――

私は、デイヴィス、マンガン、ファーガソンと一つ、
それに劣ると見なされたくはない。

イェイツが「一つ」と挙げる彼らは「アイルランドで最高位にランクされる名前」であり、「若者」が自らを彼らと同列に置くのは「慎みに欠ける」[27]と非難されたイェイツは、「弁明」の弁明に追われた。

このタイミングで出版された新しい詩集、特に「弁明」は、

「図書」バトルで敵に攻撃の「武器を渡す」[28]ことになった。

九月六日から九月一〇日まで、『フリーマンズ・ジャーナル』紙上で、「新図書」選定を巡って論争が戦われた。イェイツはアイルランドの全てのセクション、全ての党派を反映した真に「ナショナルな」図書選定の重要さを説く。ダフィを編集の座から追うことは困難な状況を踏まえ、彼の独走、彼一人による図書選定を止めるため、彼はダフィを補助(アシスト)する「図書編集委員会」を提案した。

> 四〇年前のアイルランドに関して彼の知識がどれほど深くとも、彼がどれほど高名であろうと、一人に全権を委ねるべきではない。アイルランドは複雑な国であり、多くの必要(ニーズ)と関心事が存在する。何人も、とりわけ長年アイルランド国外に暮らした何人(なんぴと)も、これらの必要と関心事の全てを手に収めることはできない[29]。

イェイツの言う通りだったかもしれない。「新図書」企画を構想し立案した自負もあったであろう。しかし、ダフィの「偉大な名」、「偉大なキャリア」へ配慮を欠いた若者の性急な論は、ダブリンの「長老」や年長の人々の不信と反撥を買い、イェイツを「孤立」へ追い込む結果にしかならなかった。

強敵はJ・F・テイラー。職業は弁護士、イェイツと並ぶオレアリの「弟子」である。テイラーにとって、二〇歳半ばの青年詩人は何もかも神経を苛立たせる、目障りな存在だったに違いない。『アッシーン』が出版された時、批判的な書評をものしたのは彼。「『奴は自尊心過剰だ』と、詩集を手にして彼は言った、『彼を叩いてやる』[30]」。キャサリン・タイナンは回想録にこう記す。

そして、「彼を叩く」絶好の機会が巡ってきた。九月八日、テイラーは論戦に参戦。編集委員会を提案するイェイツの意見には「危険が潜む」、ダフィを補助すると言いながら、それは「彼にとって代わる儀礼的言葉に過ぎない」と警告する。テイラーが攻撃の矛先を向けたのは――「AがBの書評を、次にBがAを書評、両人が称賛しあって有頂天になっている光景[31]」。「ライマーズ」が互いの作品を書評し合う、「仲間同士の褒め合い」へ放った揶揄・嘲笑である。更にイェイツの「熱にうかされ、虚栄心に駆られた人を欺く[32]」行為へと、テイラーの攻撃はエスカレートした。

「図書」バトルの最中、イェイツは不幸に見舞われる。一八九二年一〇月二日、スライゴーのポレックスフェンの祖母が亡くなった。イェイツはロンドンの家族を代表して葬儀に参列した。その後、妻を亡くした祖父は体調を崩し、急激に衰えていった。イェイツはスライゴーに留まり続けた。一一月一二日、ウィリアム・ポレックスフェンは八一年の生涯を終える。晩年、聖ジョン教会の墓地に自分の墓を建て、その工事監督を日課としていた彼は、妻と共にそこへ葬られた。イェイツの幼少時代に君臨した祖父の死は、一時代の終わりを告げる出来事となった。

イェイツがスライゴーに滞在していた一〇月六日、テニスンが他界した。彼は桂冠詩人。文学雑誌『ブックマン』は「四名の著名な詩人[33]」に次期桂冠詩人の人選に関して意見を問うアンケートを実施した。二七歳のイェイツは四名の一人。ロンドンとダブリン、彼を取り巻く文学環境の落差、アイルランドの文化・文学の遅れを表わす一幕である。

一〇月、ダフィの構想は破綻する。独自の出版社を設立する彼の案は、資金不足で崩壊した。そこで、ロールストンがダフィにイェイツの構想を明かし、ダフィの代理としてフィッシャー・アンウィンと交渉を始めた。それを知ったオレアリとイェイツは激怒。しかしイェイツが強硬に抗議すれば、出版者は「新アイルランド図書」企画を放棄する恐れがあり、イェイツは難しい立場に立たされた。

ロールストンはライマーズ・クラブのメンバーであり、ロンドンのアイルランド文学協会を協力して設立した同志でもある。その彼の背信行為を、イェイツは「あまりに血気に逸る私の世代が発言権を持つことを望まない潜在的願望[34]」に帰している。ロールストンは上層階層出身であり、彼の「警戒心と育ちのよさ」にとってイェイツの過激な言動は許容限度を超えていたのかもしれない。

祖父の弔いを終えてイェイツがスライゴーからダブリンへ戻った直後、一一月二五日、ダグラス・ハイドが国文学協会会長就任を記念して講演を行った。題して――「アイルランドを非アングロ化する必要」("The Necessity for De-Anglicising Ireland")。アイルランドの国語復活以外に国家再生は望めないと説いた講演は「急速に、伝説的地位を獲得した[35]」。

ハイドの論は「英語」で書かれたアイルランド文学の存立を否定し、イェイツの文学や彼が推し進める文学運動の存在理由さえ無に帰しかねない。一二月一七日、ハイドに対する回答として、イェイツは『ユナイティッド・アイルランド』に書簡を寄稿、「言語は英語で、尚かつスピリットはアイルランドのナショナルな伝統、ナショナルな文学を築くことはできないのか」と問う。

言葉の衰退を、可能な限りあらゆる手段で防ぎ、私たちの間で学習言語として、私たちの真只中で国家の源泉となるよう守っていこう。しかし、国家の希望をその上に築くことは止めよう。クフーリンの威風や悲しむデアドラの美しさを思い出せば、不滅であるのはその威風であり美しさであって、最初にそれを物語った滅びゆく言葉ではないことを忘れるべきではない。

「クフーリン」は、ケルト伝説の中で並外れた武勇を誇るアルスター一番の英雄であり、「デアドラ」は、イェイツが「トロイのヘレン」に準えた絶世の美女にして悲劇のヒロインである。

「英語」で書かれ、尚かつ「ナショナルな文学」を築いた国家として、イェイツはアメリカを挙げる。かつてイングランドの植民地だった新興国家アメリカは「ナショナルな文学を創造し、独自の特徴を持った作品を生み出した」。「あのワイルドなケルトの血――天下のあらゆるものの中で最も非イングランド的なもの――が流れる」アイルランドに、「ナショナルな文学」を打ち建てることはより容易だと、イェイツは断言する。[36]「ケルトの血」は、民族のそれよりもスピリットに流れるものであるらしい。

ハイドとイェイツの論の是非は置いて、イェイツがゲール語詩人であったなら、彼が上りつめたステイタスに達することは叶わなかったであろう。また、アイルランド作家が皆ゲール語作家であったなら、アイルランド文学が世界中の読者を獲得することもなかったであろうことは疑い得ない。

ハイドの講演は大きな反響を引き起こした。一八九三年、国語復活を目指して「ゲール同盟」が設立された。国語だけでなく、ゲールのスポーツ、服装、マナー、習慣の復活を掲げた同盟は、ハイドを会長に、イェイツの運動より遥かに大衆的な人気と広がりを持つ運動へと育っていった。

一八九三年が明け早々に、イェイツがロンドンからパリのモード・ゴンへ送った手紙の断片が残っている。ゴン－イェイツ書簡集に収録された最初の一通であり、イェイツがモード・ゴンに送った筈の膨大な数の手紙の中で、書簡集に収録された僅か三〇通の一つ。「貴女のために次の一連の講演を立案、準備中です」[37]と書き始められた手紙は、国文学協会のもう一つの企画、アイルランド全土に貸し出し図書室ネットワークを作るため、モード・ゴンに講演日程を知らせたもの。ネットワーク作りは、地方の町を巡って企画の趣旨を説明し、それに賛同する町に国文学協会から一〇〇冊の「図書」と「新図書」購入資金をいくらか送って、図書室を立ち上げる計画だった。彼の手紙によれば、一月二〇日から二月末まで、ダブリンの集会を一つ挿んで、コークを起点にウェストポートまでアイルランド西部の五つの町を巡る強行日程である。モード・ゴンの講演には、イェイツも同行する予定。

イェイツは、こうした活動を支えた原動力を「大いなる愛国心と、それ以上に美しい女を求める欲望だった」[38]と自叙伝の草稿に記している。文学運動は、アイルランドに「アイルランド文学」を打ち立てるイェイツの祖国愛から発していた。彼の祖国愛に偽りはなかったが、モード・ゴンと手を携えて事業を推進し、その過程で彼女の愛を獲得する望みが彼の活動のより大きな原動力となっていったのであろう。とりわけ地方の町を巡る講演は、イェイツにとってモード・ゴンと共に過ごす稀少にして貴重な時間、彼は大きな期待を寄せていた。

一月二〇日、イェイツは「黄金の夜明け」の本部で「セカンド・オーダー」入会の儀式に臨み、翌々日、ダブリンへ向かった。

イェイツが「冬の活動の中心」と意気込んだ図書室作りも、彼の期待を裏切るものとなった。一月二〇日と一月二七日に予定されたコークの講演は、「モード・ゴンが病気のためパリを離れることができず」[39]中止となり、実現したのはロックレーとニュー・ロスのみ。他の町も中止となったようである。七つの貸し出し図書室が計画されたが、実現したのは三つに留まった。

「図書」バトルは継続中。イェイツの自叙伝の草稿に記された場面はこの頃のものだろうか。

委員会の会議で時に『国家のスピリット』――当時、第五〇版を重ねていた政治詩の詩選集――の価値を巡って、会議本来の仕事はそっちのけで私とテイラーの間で感情があまりに高ぶり――オレアリは私の味方だった――、他者（よそもの）たちが面白半分から、或いは共感から部屋に入り込んでも、誰も注意を向けず彼らを外へ追い出しもしなかった。〔…〕『国家のスピリット』を世界の何にも負けない偉大な抒情詩だと信じている者たち――そう信じている者は何千もいた――は、私がそれを嫌うのはイングランドの影響下――イングランドのデカダントな詩人たちの影響下――にあるからだと言った。[40]

一月二七日、会議の後、イェイツとテイラー、オレアリとドクター・シーガソンの間で「恐ろしい口論」が発生する。それを目撃したハイドは――「こんなことを見たことがない」[41]。二月二日、「再び、騒動」。二月半ば、イェイツはスライゴーへ向かい伯父の元に滞在した。ダブリンに居たたまれず、逃亡したのであろう。スライゴー滞在中、オレアリから「これ以上為す術がない」[42]と伝える手紙が送られてきた。

この頃を「苦痛と動揺の時だった[43]」とイェイツは振り返る。それを増幅させたのは、「図書」バトルでモード・ゴンが彼の側に着かなかったことである。三月、二人の間に激しい口論が起きた。直接の原因はJ・F・テイラー。アイルランドの政治犯のためのアムネスティ運動は、小作農民救済と並ぶモード・ゴンの二大活動の一つ。テイラーは政治犯の法廷弁護を引き受け、モード・ゴンから好意を得る数少ない男性の一人である。イェイツは口論の発端を巡って、記憶の断片を次のように綴っている――「彼女は美しかった。彼「テイラー」との口論で、私はひどい態度で振舞った。それが始まりだった。何時ものことだった[44]」。最後のセンテンスは、テイラーを巡って、モード・ゴンとイェイツの間に同様の口論が頻発していたことを示している。「モード・ゴンに近づく者に誰彼となく嫉妬した[45]」と告白するイェイツである。彼女が好意を示すテイラーであれば尚更であろう。モード・ゴンとの出会いから四年が経過、「情なき美女」を追って自らに禁欲を課す彼の心身のフラストレイションが極限に達し、暴発した事件であることは想像に難くない。

それから二、三日後、モード・ゴンは風邪をこじらせ肺疾患の重症に陥った。彼女のダブリンの主治医ドクター・シーガソンは「図書」バトルでダフィ陣営に着いた一人。彼に敵対した罰として、イェイツは病床のモード・ゴンに近づくことを禁じられた。やがてモード・ゴンの従姉妹メイが救出に現われ、自分の足で歩くこともできない彼女はメイに付き添われてダブリンを離れた。

モード・ゴンの音信は長い間、途絶えた。

三月二一日、フィッシャー・アンウィンとダフィの間に正式契約が結ばれ、「図書」バトルはイェイツの敗退に終わった。ロールストンとダグラス・ハイドが副編集のポストに就いたが、老練の政治家の歯止めとなるにはあまりに非力。「新アイルランド図書」第一巻として、ダフィ編集、トマス・デイヴィス著『一六八九年の愛国議会』が出版された。イェイツに残されたリヴェンジの場は、書評――

二つの協会の尽力に説得され、表紙に記されたサー・チャールズ・ガヴァン・ダフィとトマス・デイヴィスの名前に欺かれ、数日の中に数千冊を買った不運な読者を測り知れないほど退屈させた。議会法がページに次ぐページを埋め、海王星の惑星かもっと冷えた天王星なら人気を博す文学になるかもしれないが、この血気盛んな地球上には別の必要と関心事が幾つも存在する[46]。〔…〕

事件から二〇年以上が経過した一九一六年、自叙伝の草稿を書き進めながら、イェイツは当時を振り返った。彼に敵対した人々にとって「私は、キャリアを終えようとしている老政治家へのチャーミングな餞(はなむけ)を妨害する自信過剰な青年に過ぎなかった」[47]と。正しい自己分析、状況分析であろう。五〇歳に達し、詩人は当時を冷静に振り返ることができたであろうが、渦中にあった二〇歳代半ばの彼にとって、個人的挫折感に加えイデオロギーの敗退・後退は痛手。最大の痛手はモード・ゴンに見捨てられたことだったかもしれない。二月二四日、エドワード・ダウデンに当てた短い手紙を最後に、六月二日、アーネスト・ライスに「『ケルトの薄明』と呼ぶ本を出すため、フォークロアに入り浸っています」[48]と伝えた手紙まで、書簡集は空白が続く。三か月余の空白は異例中の異例。長い沈黙は、彼が負った複数の傷の深さを物語っているかもしれない。

五月一九日、国文学協会主催の下、イェイツは「国家と文学」(“Nationality and Literature”)と題し講演を行った。この頃、彼は新聞や雑誌に書簡や記事を盛んに寄稿、「ナショナルな」アイルランド文学の定義、アイルランド作家は何をなすべきか、文学と政治の関係等について論じた。「国家と文学」はそれを集約した講演である。

アイルランドを作品の素材・題材に——イェイツの一貫した主張である。

> 私たちは若い国家であり、私たち自身の中に、いまだ表現されていない国民性、周囲の風景、際立った生活の輪郭に、また背後には数多くの伝説に、無尽蔵の素材・題材が存在する。

アイルランド作家の不備や欠陥の中で、彼らの「芸術(アート)への完全な無関心」をイェイツは嘆いた。

> 私たちは他の国の作家を模倣してはいけない。絶えず彼らを手本とし、彼らの偉大さの秘密を学ばねばならない。偉大なモデルを手本としてのみ、私たちは文体を獲得することができる。サント・ヴーヴが言うように、これが、文学で唯一の不滅のものである。

詩人が陥り易いインスピレイション頼みを、イェイツは戒める——

> 神のインスピレイションはこの世で最も偉大なもの全ての源であり、リズムや韻律、形式や文体に労を惜しまない者のみにやって来る。この芸術(アート)を、私たちは世界の古

い文学から学ばなければならない。私たちはこれまで怠け者だった。〔…〕最高の芸術家であるためには、フランスやイングランドの文学から学ばねばならない。そうすれば、神は最高のインスピレイションを送ってくれるであろう[49]。

「国家と文学」はこの頃のイェイツの思想のトレンドを表わす講演であり、詩や劇作品と同様、一八九〇年代、彼が陥った矛盾を映し出す。「ナショナルな」アイルランド文学の創造を力説する彼は、シェリ、ブレイク、ラファエロ前派の影響下にあり、「ライマーズ」のジョンソンやシモンズと親しく交わり、シモンズ経由で知ったフランスの象徴主義文学に共鳴する詩人。「批評は可能なかぎりインターナショナルに、文学は可能なかぎりナショナルに[50]」――彼が掲げた標語の一つである。

夏の間、イェイツはロンドンに留まった。民話集『ケルトの薄明』の出版に備え、また物語集『秘密の薔薇』(*The Secret Rose*, 1897) に収録される散文物語の幾つかが書かれた。この間、注目すべき行動として、六月一六日から九月一四日まで、彼は「黄金の夜明け」の本部を二九回訪れている。三、四日に一度の頻度、「彼が何をしていたか、不明[51]」。そこはイェイツが何にも煩わされず、想像力の世界に浸ることのできる唯一の場所だったのかもしれない。

一八九三年一二月、イェイツがダブリンに滞在中、民話集『ケルトの薄明』が出版された。序文に曰く――

私は、全ての芸術家と同様、この醜い無様な世界の中で美しい有意義なものから小さな世界を創り出し、私が命ずるところへ目を向ける私の同胞全てに、アイルランドの顔のなにがしかを見せたいと望んだ[52]。

アイルランド民話の中でイェイツを魅了したのは妖精の存在であり、『ケルトの薄明』に収録された民話は、彼のオカルトへの関心の延長として、彼らにまつわる超自然現象に集中した。「美しい有意義なもの」とは妖精の存在であり、彼らの周りにアイルランドの人々が紡ぎ出した物語である。それらが映し出す魅惑に満ちたケルト世界は、物資偏重に走る「醜い無様な」帝国に優る対抗軸として打ち出された。

民話集の表題は、一八九〇年のアイルランド文学運動とイェイツの詩の世界全体を指す呼び名となる。表題の「薄明」は夜明け前の明かりであり、長い歴史の闇を抜け、夜明けを迎えようとしている「ケルト」たちを示す。しかし実際は、この時代のイェイツの詩は黄昏の薄明かりに浸され、彼は「薄明の詩人」、「影の詩人」、「夢見るケルト」と呼ばれた。一八九〇年代が進むにつれ、イェイツの作品は「ケルトの薄明」に更に深く分け入ってゆく。

年末、イェイツは「二、三冊の本と書類をまとめ[53]」ダブリンを去った。敗戦の将のような気分だったかもしれない。「ロンドンへ戻った時、私の恋は絶望だった[54]」と彼は告白する。二重の敗北。一八九六年まで、イェイツがダブリンに姿を現わすことは滅多にない。

第二節　心の願望の国　一八九四―一八九六

フロレンス・ファーは女優、G・B・ショーの劇のヒロインとして、演出家として、名を知られている。典型的なニュー・ウーマンの彼女はG・B・ショーの、後にイェイツの愛人として名を馳せた。ファーの姉の夫ヘンリ・パジェット一家はベッドフォード・パークのトッドハンターの隣の家に住み、姉の家を頻繁に訪れるファーとイェイツの出会いは必然。一八八九年五月、オレアリへ宛てた手紙がファーに言及した最初である[1]。共に「黄金の夜明け」の会員となる彼女は、イェイツが長い友情を育む女友達の一人となった。

二人を結ぶ接点の一つは演劇の世界。ベッドフォード・パークのクラブ・ハウスに小さな劇場があり、ここで、一八九〇年五月、父の学友トッドハンターの詩劇『シシリーの田園詩』が演じられた。医師から詩人に転じた彼の「唯一の成功作」となり、劇場は満席、公演回数は予定の二倍を重ね、「ロンドン中から、芸術家、文学人、学生がやって来た[2]」という。

劇の中で、月の女神を演じたファーの演技に「私の想像力は騒ぎ始めた[3]」と、イェイツは述懐する。大英博物館のギリシア神話の女神「デメテールの像のような静謐(せいひつ)な美しさ」、「類稀なリズム感」と「美しい声」。「三つの偉大な才能」の持主とイェイツが称えたファーの演技は、詩劇の真髄は「美しいことば」に宿り、その「きらめき、芳香、スピリット[4]」は、しかるべき才能と資質を備えた者によって朗誦され伝えることができる――そう直感したイェイツは、この公演から、独自の「詩劇」創造の夢を追い始める。

一八九三年のクリスマス、パジェット家のパーティで、フロレンス・ファーは、姉の娘ドロシィ一〇歳に舞台デビューの機会を与えるため、彼女の役を含む劇作品の執筆をイェイツに依頼したという。イェイツの二作目の劇『心の願望の国』(*The Land of Heart's Desire*) はこうして誕生した。ヒロインのメアリ・ブルーインは妖精の国を夢見る乙女の域を出ない新妻。そこに現われた子供の妖精 (ドロシィ・パジェットの役) に魅入られたメアリのスピリットは、妖精界へ連れ去られてゆく。それは人間世界で彼女の死を意味し、彼女の亡骸が舞台に横たわって、幕となる。

『伯爵夫人キャスリーン』がモード・ゴンのために書かれた劇であるなら、この二つ目の劇作も背後に彼女の影が潜む。「私は私の絶望を表わした。私の劇のヒロインのように何か不可能な人生、絶えず興奮を追い求める漠とした願望がなければ、何故モード・ゴンが私から離反したのか私は分からなかった」[5]と、イェイツは自叙伝の草稿に記している。

新しい年が明けてイェイツは劇の制作に専念、二月初めに一幕劇『心の願望の国』は完成した。原稿をタイピストに渡し、三月に予定された公演までの合間を縫って、イェイツはパリへ一か月ほどの旅行を予定していた。初めての大陸への旅である。ヴィリエ・ド・リラダンの『アクセル』公演を観劇し、フランスの象徴主義文学に直接触れるのが目的。二月七日、ヴェルレーヌとマラルメへ宛てた紹介状を携え、彼はパリへ発った。

パリで、イェイツはマグレガー・メイザーズの元に滞在する。一八九二年、活動拠点をフランスの首都へ移したメイザーズの生活は、アニー・ホーニマンの経済援助に支えられていた。それには、メイザーズの元を訪れる「黄金の夜明け」の「兄弟」たちや「姉妹」たちのための備えも含まれていたという。メイザーズは「幻影(ファントム)の世界に生きていた」とイェイツは言う。「ケルト」を自称する彼は「スコットランド高地(ハイランド)へ一度も行かずして」、ハイランドの衣装を身に着けた。やがてスコットランドの伯爵名を名乗る彼は、「人格崩壊」を来たし始める[6]。

フランスの首都はモード・ゴンが暮らす街である。

モード・ゴンは、無論、私の主たる関心事だった。彼女はフランスに留まったままだった。病気だと聞いていた。私は彼女に会った。私たちの関係はそれなりに友好的(フレンドリ)だったが、以前の親しさはなかった。彼女と一緒に或る友人を訪ね、彼女が階段をゆっくり登りにくそうにしているのが目に留まったことを、私は覚えている[7]。

モード・ゴンは妊娠三、四か月、無論、イェイツは何も知らない。一歳と七か月の短い命を終えた第一子の生まれ変わりを望む彼女は、幼子を葬ったチャペルへ愛人を連れてゆき、そこで身ごもった——後にモード・ゴンはイェイツにこう告白する。詩人の心を占める彼女のイメージ——不可侵の女神——と彼女の実像の落差である。八月、モード・ゴンは女子を出産、生まれた子はイズールトと名づけられた。

マラルメへの紹介はヨーク・パウエルを介したものだったという。イェイツはマラルメに手紙を送り、家を訪れると、彼は講演のためイングランドへ発った後だった。マラルメの娘は父にイェイツの来訪を手紙で知らせた——「英国人らしき人があなたに会いたいとやって来ましたが、フランス語が一言も話せず、ママが身振りであなたの旅行を伝えると、彼はようやく理解し帰ってゆきました」[8]。イェイツは断続的にフランス語学習を進めたが、少なくともスピーチの能力はさしたる成果を上げなかったようである。

シモンズの紹介状を携え訪れたヴェルレーヌとの面会は実現する。ランボーへの惑溺、投獄、酒と女のパリの日々。嵐のような人生を生き、ヴェルレーヌは――

安アパート最上階の小さな部屋、悪い足を包帯で幾重にも包み、安楽椅子に座っていた。私はフランス語が下手だと説明すると、彼は、英語でパリをよく知っているかと聞き、自分の足を指差して付け加えた。パリは彼の足を「焼いた」、彼はパリを「よく、あまりによく」知っている、そこで「マーマレイドの瓶の中のハエ」のように暮らしている、と[9]。

ヴェルレーヌは、テニスンがケンブリッジの学友の死を悼んで綴った悲歌『イン・メモリアム』の翻訳を試みたが、できなかった。「テニスンは高貴過ぎる、あまりに英国的過ぎる。心が破れる時に追憶に浸った[10]」と、彼は語った。二年後、ヴェルレーヌの死に際して発表されたイェイツの一種の追悼記事の中の回想である。

パリ滞在の終わり、二月二六日、イェイツはモード・ゴンと共に、リラダンの『アクセル』を観劇した。五時間の長丁場。口語のフランス語を殆ど解しないイェイツは、モード・ゴンの助けを借りても、「雰囲気以上を理解することは困難だったろう[11]」と、ロイ・フォスターは推測する。

劇の表題の主人公は、先祖伝来の伯爵家の城で「薔薇十字団」の魔術師と共に暮らす。そこへサラ、「メドゥサのようなタイプの女[12]」が現われる。イェイツは『ブックマン』四月号に発表する劇評で「最後の大場面」を次のように解説する。

歓喜に満ちた愛の高みで、アクセルはこの夢は日常世界の光の中で消え失せてしまうと思い、全ての生、全ての喜び、全ての希望に断罪を宣す。恋人たちは死を決意する。二人は毒を飲む。〔…〕無限のみが獲得する価値があり、無限は死者だけが手にできるもの[13]。

イェイツの乏しいフランス語によって、『アクセル』は「一層深遠、一層美しく思え」、「ある箇所の重要さが誇張され、全体が漠として、ついにここに聖なる書が存在すると容易に想像することができた[14]」と、イェイツは自叙伝に記す。劇のシンボルは「私の一部となり、何年もの間、私の想像力を支配した[15]」とも彼は言う。そうした一つはヒロイン、サラのイメージ――「謎めいた女、誇り高き女王、朝が明け始め、居残る夜のように悲しみを帯び、烈しい、彼女の魂と美に血と黄金が映える[16]」――は、モード・ゴンと二重写しになった、詩人の夢の恋人のイメージである。もう一つは彼女が長い髪毛で恋人を蔽う場面、一八九〇年代のイェイツの詩に繰り返し現われるイメージとなる。

『アクセル』を劇評したエッセイで、芸術作品の試金石は記憶を支配する力にあると主張するイェイツは、彼が「完璧」と見なす三つを挙げる――「或る夜、小さな湖の辺、風が葦の床を吹く音を聞いた場面」、「鶴が青い空を飛ぶ日本の絵」、「ホーマーの一行か二行[17]」。「完璧」に「近い」『アクセル』は一八九〇年代のイェイツの「聖なる書」となり、日常の卑俗とあの世の魅惑を表わした劇中の一つの台詞は、イェイツの座右の銘のような句となる――「生活なら、召使が代わってできるだろう」。

『アクセル』観劇の翌日か翌々日、ロンドンへ戻ったイェイツは『心の願望の国』のリハーサルに飛び込んだ。アヴィニュ・シアターを会場に、フロレンス・ファー演出による公演のスポンサーはアニー・ホーニマン（匿名に伏せられたため、劇作家たちがそれを知るのは何年も後のこと）。初め、G・B・ショーの『武器と人』で開幕する予定だったが、作品の完成が間に合わず、トッドハンターのイプセン劇『溜息のコメディ』とイェイツの劇で幕を上げた。

当時、ロンドンの劇場は商業演劇一色の世界である。「できるだけ多くの人々を楽しませ、できるだけ多く金儲けを目論む、上面の神経を刺激し低俗、卑俗な欲求を満たすもの[18]」と言ったイェイツの批判は的を射ていた。アヴィニュ・シアター公演は演劇界のトレンドに反旗を翻す企て。「冒険全体が歴史となるでしょう。古い商業演劇一派と新しい芸術一派の最初の戦いです[19]」と、イェイツはオレアリに意気込みを語った。

公演ポスターをデザインしたのはオーブリ・ビアズリ。彼はワイルドの『サロメ』の挿絵で、一躍有名――というか、悪名――を馳せ、世紀末デカダンスの代名詞のような存在となってゆく。ビアズリのポスターは、「九〇年代的デザインの傑作[20]」として、アヴィニュ・シアター公演が歴史に刻まれる一部となる。

三月二九日、公演初日、トッドハンターの『溜息のコメディ』は、「二時間半、ブーイングと野次で役者たちの声はかき消された[21]」。当時の演劇の定石を破った舞台が観客の怒りを誘発したと、イェイツは考えた。真相は、アヴィニュ・シアターは「娯楽」を提供する劇場だったため、二つの劇の題名に惑わされ詰めた観客の期待が裏切られた怒りだったという。

イェイツは、「何週間か殆ど毎日、劇場にいた」。『心の願望の国』は舞台に懸けられた彼の最初の劇であり、「どう演じられるか見るため」。彼は「最初の二週間、辛抱強い役者

ビアズリのアヴィニュ・シアター公演ポスター

たちを新しい台詞で悩ませた」[22]。

ジョージ・ムアは、当時、「イングランドのゾラ」ともてはやされていた作家である。彼はアイルランド、メイヨーの館「ムア・ホール」の主。彼もアヴィニュ・シアターへ足を運んだ。好奇心旺盛なムアが、長身の詩人を見逃す筈がない。

二階桟敷の後ろをあちこちうろつき、長い外套を肩に垂れ、頭に黒のソフト・ソンブレロ、幅の広いネクタイが襟から翻り、長い重たい足の上にだぶだぶのズボンを無造作に引きずり――外観があまりに度が過ぎ、私がずっと目にしたルクセンブルグ・ガーデンの小道をリズムを刻みながら気取って歩き、噴水の傍で韻を磨き、身なりも足取りも大袈裟なアイルランド詩人のパロディと見紛う以外になかった[23]。

ムアは「悪魔的なユーモア感覚[24]」の持ち主、彼の手に掛かればあらゆることがコメディと化した。しかしその彼が、イェイツに「天才」を見出す日は遠くない。

トッドハンターの劇は完全な失敗に終わり、劇場は一時幕を下ろし、四月二一日、ショーの『武器と人』で再開した。セルビア－ブルガリア戦争の時代、セルビアに場面を置いた『武器と人』は、ロマンティックな愛やヒロイックな武勇といった人の理想を風刺したというより茶化した劇。職業軍人がポケットに持ち歩くのは銃弾のカートリッジならぬチョコレート、叱責を喰らうとさめざめと涙を流す――といった具合。『武器と人』は当時のロンドンの演劇界に「爆弾」を落とすにも似た衝撃的作品で、劇作家が首都の舞台を席巻する始まりとなる。

イェイツの劇は五月半ばまで「カーテン・レイザー」として舞台に懸かったが、ショーの「爆弾」にかすんだ形となり、彼は複雑な心境だったかもしれない。「私は称賛と憎悪で、『武器と人』を聞いていた。無機物的、人生の曲がりくねった道ではなく論理の直線、だが私はそのエネルギーに唖然として立っていた」と、イェイツは振り返る。彼はこうも言う――「私はショー――恐るべき男――が楽しかった。彼は、私の敵、私が愛するもの全ての敵を叩くことができた。私も、私が尊ぶ現存の作家の誰もできないことだった[25]」。

イェイツは生涯の最後まで劇作品（殆どが詩劇）を書き続ける。イェイツが目指した演劇は、彼が「アンポピュラー・シアター」と呼ぶ大衆に迎合することのない芸術としての演劇であり、フロレンス・ファーはその実現に不可欠な協力者となった。

四月一六日、アヴィニュ・シアターが一時幕を下ろしてい

『心の願望の国』の二場面とフロレンス・ファー

る間、雑誌『イエロー・ブック』創刊を祝うディナー・パーティが開かれた。時代を象徴する「色」を表題に配した雑誌は「世紀末デカダンスのエンブレム」となる。ディナー・テーブルで、ジョージ・ムアの左隣に「とても美しい女性」が座っていた——オリヴィア・シェイクスピア。テーブルを隔て、向かいの席に座すイェイツは、彼女に目を留めずにはいられなかった。

オリヴィア・シェイクスピア

> 彼女の顔は完璧なギリシア的均整がとれ、肌はギリシア人より少し浅黒く、黒髪。胸の上にとても古いと思われるレース、この上なく優美な装い、私と同年齢に思われたが比類のない卓越した資質を思わせた。[26]

オリヴィアがライオネル・ジョンソンの従姉妹であることを、ディナー・パーティの後、イェイツは知る。彼女はイェイツの二歳年上で結婚して八年、娘を一人持つ。一三歳年長の夫は弁護士（ソリシター）で、「結婚したその日から求愛を止めた[27]」夫との夫婦関係は冷え切っていた。

一方イェイツは、六月に二九歳の誕生日を控え、いまだヴァージン——

> 最初はプライド、あからさまな機会の欠如も少しは手伝って、今や恋が私を敬虔な禁欲の中に置いた。〔…〕私の友人たちは、皆、なんらかの愛人を持っていること、必要なら殆どが娼婦を連れて家に帰ることを、私は知っていた。実際、ヘンリはそれ以外の生き方を嘲笑（あざわら）った。私は子供の頃から女性の唇にキスをしたことがなかった。私は、ハマースミスで、街の女が人気のない鉄道の駅を行ったり来たりしているのを見た。彼女に身を捧げようと思ったが、いつもの考えが甦った、「いや、私は世界で一番美しい女（ひと）を愛している[28]」。

五月八日、ジョンソンからの手紙に、オリヴィアのノートが同封されていた――「お会いできれば嬉しいです[29]」。一〇日ほどしてイェイツは、オリヴィアの家を訪問する。長身でハンサムな詩人に積極的に接近したのはオリヴィア。人妻の攻勢に、イェイツは彼女との関係へずるずる引き込まれていった。

『心の願望の国』の公演が終わると、イェイツは次の作品『影なす海』（*The Shadowy Waters*）の制作に着手した。着想は一八八三年、イェイツが一八歳の頃に遡るという。その一年か二年後に、彼はAEに劇のプロットを明かした。場面は北の海、海賊船の船上。海賊の首領フォーゲルは、捕らえたガレー船の捕虜の中に、美しい王女デクトラ（又は、デクティラ）を発見する。「太陽よりも月よりも美しい[30]」と形容される彼女はモード・ゴン――イェイツが思い描く彼女のイメージを投影するヒロインとなり、『影なす海』は作者自身の恋と不可分な作品となってゆく。

夏の間、イェイツはオリヴィアに会った。「私は彼女に恋の悲しみを話した。それは、昼も夜も、私から離れないオブセッションになっていた[31]」。彼に想いを懐く女性に恋の悲しみを打ち明け、寄せられる同情に慰めを見出すのがイェイツの恋愛模様。七月下旬、ロンドンは気温が異常に上昇、「炉のように恐ろしい気象の話題以外、これといったニュースはありません[32]」と、彼はオレアリに便りを送った。

そして一〇月一〇日、イェイツはアイルランドへ向かい、ダブリンを経由して、一〇月二五日、スライゴーへ到着、翌一八九五年五月初めまで彼は町に留まる。祖父亡き後、伯父ジョージ・ポレックスフェンの家が、食・住に煩わされることなく創作に没頭できる彼の「ホーム」となる。六か月に及ぶ滞在の間、伯父と甥の距離は更に接近、オカルト世界への関心を共有するようになった伯父は特に星占いに長け、時に人の運勢を恐ろしいほど正確に割り出した。

イェイツの金欠は相変わらず。クリスマスに妹リリーからハンカチを贈られ、兄は――「僕は何も送らず申し訳ない。二シリング硬貨と半ペニーが一個だけ――借りたもの[33]」。ポレックスフェンの伯父は、この頃、甥に週一ポンドの「手当」を与えるようになったと考えられている。

スライゴーへイェイツは仕事を二つ持ってやって来た。一つは『影なす海』の制作であり、もう一つは、それまで発表した作品を一冊の詩集にまとめて出版する企画が進行中で、作品の手直しである。出版者フィッシャー・アンウィンと、イェイツは「プロの自信[34]」を覗かせ出版交渉を進めた。彼は本のサイズとフォーマットを指定、特定の印刷業者を指名、初版から著作権料を要求した。更に彼は、表紙は「本の不可欠な一部」であり、本そのものが「芸術作品」になるよう、それをデザインする画家としてチャールズ・シャノンを指名した[35]。オスカー・ワイルドの本の挿絵で名を馳せるシャノンは当世流行の画家である。イェイツはまた、「緑、シャムロック」——アイルランドの本の陳腐な定番——を避けるよう指示。愛国的エンブレムに、この頃、彼は拒否反応に近い嫌悪を示した。フィッシャー・アンウィンは、イェイツが提示した条件を全て呑んだ。詩集は、初め『月の下』(*Under the Moon*) の表題が付されたが、恐らく出版者から異議が出され、『詩集』(***Poems***) として出版される。

スライゴーでイェイツの日課は、ディナーまで『影なす海』の制作に励み、その後『詩集』に収録する作品の手直し。詩劇制作は「毎日、何時間か費やすものの遅々として進まず[36]」、中断を余儀なくされる。『影なす海』はイェイツが書きあぐね、完成に困難をきわめた作品の一つである。詩人自身の恋を色濃く投影する劇は、揺れ動き、焦点を見出せない彼の恋心を映し出すように、主人公とヒロインの「関係は、ヴァージョンからヴァージョンへ変化し[37]」続けた。

スライゴーのゴアーブース家は四万超エーカーの土地を所有する支配階層の頂点に立つ一家である。屋敷リサデルはベン・バルベンの近く。一一月二〇日頃と一二月半ば、イェイツは屋敷に招かれ滞在した。イェイツが子供の頃、「晴れた日、祖母の家の上の丘から、ベン・バルベンの方へ向かう馬車から、或いはロススの草の茂った滑らかな丘から、木々の間にリサデルの灰色の塀が見え[38]」、ロマンティックな魅惑を掻き立てた。しかし、支配階層一家と中流階級の商人ポレックスフェンやミドルトンの間には、越えることのできない壁が存在した。「アイルランド社会に長く定着した習慣が壁を作った[39]」。イェイツの詩の力が壁を破った。屋敷で彼は「とても楽しい時間[40]」を過ごす。リサデル滞在が特に楽しいものとなったのは、コンスタンスとイーヴァの美人姉妹の存在。屋敷に滞在した間、イェイツは、妹イーヴァにより親近感を抱いた。「ガゼルのような繊細な美しさ[41]」を備えた彼女は詩を書く。

> 楽しい二週間の間、イーヴァは私の近しい友達で、私は彼女に恋の悲しみを全て話した。実際、とても親密で、〔…〕「貴女は私を哀れんでくれる、だから私は貴女を愛している」と告げるところだった。「しかし、いや」と、私は思った、「この家は文無しの求婚者を受け入れることはないだろう」。それに、私はもう一人に恋をしていた。〔…〕タロットの占いをすると道化が出た。それは何も起こらないという意味で、私は心を背けた[42]。

ゴアーブース姉妹は、妹はマンチェスターでフェミニズムと労働運動に身を捧げ、姉は四〇歳にして過激な革命家に転じる数奇な人生を歩む。この時、姉妹の未来も、アイルランドの土地所有階層の没落も、イェイツは想像することはなかったであろう。

一八九五年、年明けから、イェイツはスライゴーを基地に論争を展開する。プロテスタントの支配階層は概ね、アイルランドと帝国の「合併」を支持するユニオニストである。彼らの忠誠はルーツが根ざす国家へ向けられ、「アイリッシユ」と名のつくものに無関心、侮蔑を露わにする者が多数存在した。「私はユニオニストのアイルランドへ盲目的な怒りを抱いていた」と彼は言う。「彼らは私たちの運動に彼らの重みと無関心を突きつけた[43]」。

コンスタンス（右）とイーヴァのゴアーブース姉妹

論争のターゲットはまたしても、トゥリニティ・カレッジ英文学教授エドワード・ダウデン。論争の発端は、教授が、興りつつある新しいアイルランド文学は「多くの欠点を持つ」、「レトリカルでセンティメンタル[44]」と批判したことに始まる。教授は彼が属する階層全体を代表して、文学運動のメンバーから集中砲火を浴びることになった。

ダウデン教授は、何年もの間、アイルランドを代表する批評家でありながら、その間ファーガソンを称賛するも、彼の名声のために為すこと少なく、ファーガソンが称えた他の作家の名声のために何もしなかった[45]。

イェイツは、二月二七日、「ここ数一〇年」アイルランドの作家たちの間に興りつつある「創造のインパルス」の証として、「三〇冊のベスト・ブック」リストを発表[46]。同日、トゥリニティ・カレッジ歴史学協会のディベイトで、「アイルランド文学復興運動はサポートするに値する」[47]と提案された動議が、大多数で可決された。司会はダウデン教授。「三〇冊のベスト・ブック」の中で特筆すべき作品は、ダグラス・ハイドの民話集『炉辺で』（一八九〇）と『コノートの恋唄』（一八九三）、コノートの人々がゲール語で語り、うたい継いだ民話や唄を掘り起こした作品である。論争は「できるだけ声高に、長い間」引っぱる戦略に乗って三月まで続き、イェイツと文学運動に軍配が上がった形で、幕を下ろした。

年明けにダブリンから発生した天然痘が、二月末、スライゴーまで達した。ポレックスフェンの伯父は「パニックから」、イェイツは「好奇心から」、ワクチン注射を受けた。伯父は敗血症に罹り、高熱、意識の混濁、生命の危機に瀕する重態に陥った。伯父は熱にうなされ「赤い踊る人影」が見えると言う。甥が「水のシンボルとカバラの体系で月に関連する神々の名」を秘かに唱えると、やがて熱は下がり、伯父は危機を脱した。[48]この一件は伯父と甥の距離を更に近づけた。

『詩集』に収録する作品の手直しは大々的作業。『アッシーンの放浪』は殆どの行が書き替えられ、『伯爵夫人キャスリーン』は五場から四幕に再構成、抒情詩も大幅に手が加えられた。三月二七日、原稿を出版者へ送って、完了。『詩集』の「序」に、「スライゴー、三月二四日」の日付が記された。四月初め、「新しい本は印刷中です」とキャサリン・タイナンに伝えた手紙に、イェイツは想いを綴った。

イングランドの来たる世代が私を受け入れようが拒絶しようが、アイルランドの来たる世代は私が為したことを評価しないではおかないでしょう。私は一日の終わりに［この手紙を］書いていて、疲れた時は、アイルランドの愚との終わりのない戦いに私の神経は苛立ちます。貴女も私もアイルランドを捨て外の世界に出て我が道を行けば、多分、もっと順調に生きることができるでしょう――確かに、もっと平和に生きることができるでしょう。でも、朝に太陽が輝けばバトルの喜びに溢れ、ドラゴンに弓を引く準備ができています。[49]

五月初めイェイツがロンドンへ戻ると、街はオスカー・ワイルドの事件の真只中。ワイルドとクイーンズベリ公爵の三男アルフレッド・ダグラス卿の交友に端を発するスキャンダルは裁判沙汰へと発展、四月五日、「猥褻」罪でワイルドは逮捕された。五月一九日、二回目の公判が予定された前日、イェイツはアイルランドの人々が寄せた手紙の束を携えてワイルドの家を訪問。ワイルドは有罪の判決が下り、二年の強制労働の刑を宣告され投獄される。イェイツが「悲劇の世代」と呼ぶ「ライマーズ」が破滅の道を辿り始めるのはこの頃からである。

イェイツがロンドンへ戻った後、オリヴィア・シェイクスピアとの関係が動き始めた。彼がスライゴーに滞在中、アイルランドとロンドンの間を手紙が行き交った。ロンドンで二人は美術館や、時にオリヴィアの家で会い、列車で日帰りの旅行に出掛けることもある。七月半ば、オリヴィアの友人を訪ねるためケントへ向かう列車の中で、「彼女は長い、情熱的な愛のキスをし」、イェイツは「びっくりし、少しショックを受けた[50]」。イェイツの性意識に潜むフィジカルな接触に対する恐怖感を、多くの人々が指摘する。イェイツが思案し、逡巡した末、駆け落ちを提案すると、オリヴィアは同意したが、彼女の母親が亡くなるまで待つことにした――それは、一九〇〇年のこと。この時代、人妻の不倫には大きなリスクが伴った。不倫が発覚し夫に訴えられれば、オリヴィアは全財産を失い、娘ドロシィの親権も失った。汚名を着せられ、社会的に葬られる。また、オリヴィアの夫はイェイツに慰謝料を請求することもできた。女性が男性に会う場合、「シャペロン」と呼ばれる既婚女性の同伴を必要とした時代、シャペロン付きで、列車や美術館、時にオリヴィアの家で逢引を重ねる二人の関係が、この後一年近く続いた。

八月二一日、イェイツは『詩集』（一八九五）の最初の一冊を手にする。「彼は本を手から離すことができず、座って読むのではなく、表紙を、何度も、何度も返して見ていた[51]」。表紙は、チャールズ・シャノンのデザインは実現しなかったものの、H・C・フェルによる天使と蛇のデザインに、出版者の事務員たちの間で「感嘆のざわめきが立った[52]」という。『詩集』は、時代を代表する詩人の一人としてイェイツの地位を確立した。

詩集に収録された抒情詩は、『十字路』（*Crossways*）と『薔薇』（*The Rose*）の二つのセクションに振り分けられた。前者は「多くの道を試し」、後者は「美と平和の永遠の薔薇を自分自身の目で見る希望を抱くことができる唯一の道を見出したと信じる故に[53]」と注が付された。一八九〇年代のイェイツの最大のシンボル「薔薇」は、この後も彼の抒情詩に咲き続ける。

『詩集』は、初版の七五〇部は翌年三月までに七〇〇部を売り切り、次の三〇年間に一四版を重ねる長い着実なセラーとなった。「この本は、三〇年間、私の他のどの本より二〇倍か三〇倍――いや、他の本全てを集めた二〇倍か三〇倍のお金をもたらした[54]」と、一九二九年、イェイツは語っている。

『詩集』（1895）の表紙、裏表紙も同じ、H. C. フェルのデザイン

九月、ベッドフォード・パークの家で事件が発生する。或る朝、ポレックスフェンの叔母の一人アグネス・ゴーマンが、狂乱状態で家の玄関に立っていた。重症の鬱に罹った彼女は精神病院から抜け出してきた。翌日、電報を受けた夫が到着、叔母は二人のナースに付き添われて去った。イェイツは彼女を病院へ送り返すことに罪悪感を覚え、その後も長い間、罪悪感に捉われ続けた。

それから間もなく、イェイツは人生の大きな転換点を迎える。一八九五年九月末、彼はベッドフォード・パークの家を出て、アーサー・シモンズのフラットへ移った。テムズ川辺のテンプルと呼ばれる地区、四部屋から成る一部を間借りする形で、シモンズからの誘いだったという。ライオネル・ジョンソンの飲酒が表面化し始めたのはこの頃。イェイツは彼から距離を置き始め、代わってアーサー・シモンズが徐々に彼の「最も親しい友人[55]」となった。シモンズは「最良の聴き手」で、「他の心(ひと)にいわばすべり込み、彼の共感によって私の思想は豊かさと明晰さを獲得した」と、イェイツは言う。シモンズはフランス象徴主義文学をイングランドへ紹介した第一人者である。「カトゥルス、ヴェルレーヌ、マラルメから彼が読んでくれた箇所に、私の詩作と理論がどれほど負っているか分からない[56]」とも、彼は言う。慎ましい生活ながら、親友の存在とテンプルの住環境をイェイツは喜んだ。「私はロンドンが好きになれなかった。しかし暗くなった後、静かな空き地を散歩でき、日曜日の朝、まるで田舎にいるように噴水の縁に腰をかけることができる時、ロンドンはそれほど嫌いだと思わなかった[57]」と、彼は振り返る。

アーサー・シモンズ

ベッドフォード・パークの家では、前年八月にジャックが結婚して家を出、兄も去り、残ったのは父と病気の母、二人の姉妹。兄と仲のよいリリーは淋しさを禁じ得ない。しかし、父J・B・イェイツにとって三〇歳になる息子は「絶えず緊張と居心地の悪さ[58]」を強いる存在、彼の独立は歓迎すべき出来事だったたであろう。

ファウンティン・コート、イェイツはアーサー・シモンズのこのフラットに同居した。

イェイツが家族の家を出た理由の一つはオリヴィアの存在である。しかし依然として、彼はもう一つの愛に囚われたまま。一一月初め、二週間ほどダブリンに滞在していたモード・ゴンから、ロンドンのイェイツにたて続けに四通の手紙が舞い込んだ。冷えゆく距離を直感した彼女は、「オカルト」がイェイツを手繰り寄せる最も有効な「餌」であることを、本能的に心得ていたようである。二通目の手紙で、彼女はイェイツとの「オカルト・インタヴュー」、即ち彼のゴーストに会ったと語る――深夜、「私はあなたと会って、一緒にホゥスの崖を降りました」[59]。ホゥスは二人を結ぶ絆の一つ。

その頃、ロンドンで、オリヴィアと彼女のシャペロン役の友人の来訪に備えケーキを買いに出たイェイツは鍵を部屋に置き忘れ、一騒動を演じていた。二つの愛の間で揺れ、惑う、詩人の姿が浮かび上がる。

モード・ゴンは、手紙の「爆弾[60]」に続いて、一一月一三日、ロンドンへ現われ、イェイツと食事を共にする。彼の中で「旧い愛は甦り、新しい愛と闘い始めた」。モード・ゴンのこうした行動に「何か悪戯をしている考えはなかった[61]」と、イェイツは断言する。しかし、「新しい愛」に「壊滅的打撃[62]」を加えたことは疑い得ない。

一八九六年を迎えた一月一一日、雑誌『サヴォイ』創刊号が世に出た。アーサー・シモンズの編集。「サヴォイ」は、オスカー・ワイルドが「男娼と関係をもったホテルの名であることは、今や、世の人々の知るところ」。雑誌の名に、「多くの人々が大胆な言及を見た[63]」。前衛を自負する作家たちが参集した『サヴォイ』は、『イエロー・ブック』と同様、世の通俗に反旗を翻す雑誌。シモンズは雑誌のアート・エディターにビアズリを選んだ。ワイルドの逮捕・投獄にいわば連座して『イエロー・ブック』を解雇された彼は、雑誌の「悪名」の象徴的存在となる。「私たちは皆若く、敵を、ヒロイックな空気全てを喜んだ[64]」とイェイツは言う。

彼が『サヴォイ』グループに属したことに、ショックを受けたダブリンの人々は少なくない。雑誌を「インキュバスやサキュバスの機関誌[65]」と呼ぶAEはロンドンの友人に、「アーサー・シモンズ周辺から立ち退いて、こちらに来るよう[66]」アイルランドへ帰還を促した。

『サヴォイ』創刊号で「最も目を惹いたのはイェイツ[67]」、二篇の叙情詩と物語「髪毛を束ねる」（"The Binding of the Hair"）を発表。翌年に出版される『秘密の薔薇』の第一話となる「髪毛を束ねる」は、年若い女王デクティィラと彼女に恋する吟唱詩人（バード）エイの恋物語。敵が襲撃、戦場へ赴いたエイは敵に討たれ、首を刎ねられる。女王は老僕を一人従えて、彼を探した。

突然、藪から甘美な唄が聞こえてきた。彼らがそこへ急ぐと、黒い髪毛が藪に懸かり、首が吊り下がっていた。首はうたっていた。これが、首がうたった唄である。

髪毛を黄金のピンで留め
　ほつれた髪を束ねなさい、
　　私は私の心にこの哀れな詩を作れと命じました。
心は、くる日も、くる日も、励み、
　古（いにしえ）の戦いから悲しみに満ちた
　　麗しさを築きました[68]。

「首の唄」は、「エイ、恋人に詩を捧げる」（"Aedh gives his Beloved certain Rhymes"）と題して単独で発表された一八九〇年代のイェイツの美しい典型的抒情詩の一つ、詩集『葦間の風』に収録される。詩から想像することができない物語の残酷なコンテクストは、ミューズが詩人に課す苛酷な犠牲の暗喩（メタファー）である。

そして一八九六年二月末、イェイツは、ユーストン駅近く、聖パンクラス教会の南、ウーバン・ビルディングズへ越した。三〇歳にして得た独立住居。詩人の生活空間は、三階の「天

『サヴォイ』の表紙、ビアズリのデザイン

井の低い大きな居間」と「すきま風の入る小さな寝室[69]」二部屋を占めた。階上の屋根裏に行商人、階下に老靴職人、向かいは石工、歩道に陣取ってマッチを売る盲目の物乞い。「地理的位置は上流地域から外れ、少なくとも最初、設備はみすぼらしい」。しかし、大英博物・図書館に近く、アイルランドへ向かう列車が発着するユーストン駅はすぐそこ、「彼の用に十分足りた[70]」。一九一九年まで、ロンドンにある時イェイツはここに住み続ける。

新しい住居が整うと、イェイツは「アット・ホーム」（At Home）と呼ばれる来客を迎える日をスタートさせた。「これから、月曜日をアット・ホームにするつもりです。次の月曜日、夫人と一緒に来て下さい」。二月末、彼はアーネスト・ライスに招待状を送った。「八時以降、何時でも。シモンズと他に一人か二人招きました。お茶とウィスキー、普段着[71]」。彼がここに住み続けた二〇余年の間に、ロンドンに在住する、あるいは来訪した著名な作家や芸術家の殆どがイェイツの「マンデイ・イーヴニング」へ足を運んだ。

イェイツの交友関係には多分に風変わりな人物も含まれている。そうした一人はウィリアム・ホートン、画家で詩人、オカルト仲間の彼は「イェイツの最もイクセントリックな友人の一人[72]」。もう一人変わり種はウィリアム・シャープ。モリスの「ソーシャリスト・リーグ」の講演会で出会った彼は英国人である。既婚の彼は、スコットランドの高地に住む美しい「ケルト」、フィオナ・マクラウドを恋人に持つ――実は、彼女はシャープのダブル。一八九四年以降、彼は優れた作品を「フィオナ・マクラウド」の名で発表、最初はイェイツもAEも「彼女」の存在を信じていたが、やがて真相を知るようになった。

イェイツが独立した住居に越した理由の一つは、オリヴィアとの関係を情事に発展させようとしていたからである。彼女を伴って買い物に出た彼はベッドの幅に当惑、「一インチ毎に値段が増した[73]」。二人の出会いから二年近くが経過――

> ついに彼女は私の元へ来た。私は神経の興奮から性的不能に陥った。〔…〕一週間後、彼女は再び私のところへ来た。私の神経の興奮はあまりに苦痛で、座ってお茶を飲み話をするのが一番よいと思われた。キスをしたのは別れ際だけだったと思う。彼女は、他の女のように嫌悪に転じることはなく、理解し、私の悩みに彼女も心を乱した。私の神経の興奮は再発せず、私たちは幸せな多くの日々を過ごした[74]。

幸せな日々は春から夏へかけて。

ウーバン・ビルディングズ（現在は、ウーバン・プレイス）、左の二軒目にイェイツの住居があった。

『サヴォイ』七月号に発表された詩「マイケル・ロバーツ、忘れられた美を思い出す」（"Michael Robartes remembers forgotten Beauty"）は、愛を成就させた至福感を漂わせる一篇——

私が貴女を腕に抱く時、
私は、この世界から消えて久しい
麗しさを私の胸(ハート)に押し当てる、〔…〕
何故なら、あの蒼白な胸、あのたゆたう手は
これよりもっと夢重い国から、
もっと夢重い時からきたもの、
貴女が口づけと口づけの間に溜息をつけば、
純白な美も、また、溜息をつくのが聞こえる。〔…〕

美しい一篇の抒情詩。しかし、美しい詩と裏腹の現実に二人は包囲されていた。不倫に伴うリスクは常に存在した。更に、オリヴィアの伝記を著わしたジョン・ハーウッドは穿った指摘をする。「彼女は、女性の衣装の複雑さをイェイツ——そうした事柄に関して有望な生徒から遠い——に教えなければならなかった。家を出た時と同じ身なりで家に帰るため」。避妊の問題もあった。「そうしたことは妖精たちの浜辺では未知の問題である。アッシーンは、凍るような気温の中で、コルセットのレースを解(ほど)いたり、一九世紀のコンドームと格闘したりする必要はなかった。こういった事柄に関するイェイツの知識はアッシーンとあまり変わらなかった」[75]。「ロマン派的愛(ロマンティック・ラヴ)」とは縁遠い現実、ロマンティックな詩人の情熱を湿らせたであろうことは想像に難くない。七月末、イェイツはアイルランド西部へ旅に出る。それが、オリヴィアへの愛が冷める転機となった。

第三節　カメレオンの道　一八九六―一八九九

民話集『ケルトの薄明』を出版したロレンス・バレンとイェイツとの間に或る出版企画が進んでいた。イェイツのこれから手掛ける小説を出版者が一〇五ポンドで買い、週二ポンドずつ六か月間支払い、残る半分は出版時に清算する契約である。一八九六年六月までに企画は具体化し、アイルランド西部沖に浮かぶアラン島を場面に書き起こされる小説のロカル・カラーを取材するため、一八九六年七月末、イェイツはアーサー・シモンズと共にアイルランドへ旅立った。

七月二七日、二人はゴールウェイ、マーティン家のテュリラ城に到着する。一二世紀に遡る古い家柄のマーティン家は、土地没収を免れた数少ないカトリック教徒の大土地所有者一家。館の主エドワード・マーティンは劇作家を志す文学人で、シモンズ、イェイツ共に知己の間柄である。テュリラ城は、一八世紀に建築された館が火災に遭い、二万ポンドを費やしてゴシック様式に改築した壮大な建物、スケールも外観も見る者を驚かせた。マーティンから二人で選ぶようにと二部屋を示されたイェイツは、コインを取り出して、シモンズの説教を喰らった。場所に相応しい作法を欠いた行儀の悪さというのである。二人は八月末まで、テュリラ城に滞在する。

エドワード・マーティンを、彼の伝記作家は「心情的に修道僧、本能的、倒錯的女嫌い[1]」と言い表わす。ナショナリストで、敬虔なというより頑迷なカトリック信仰の持ち主の彼は、壮大な城の中で修道僧のような生活を送る。生涯、劇作とイタリアの作曲家パレストリーナの教会音楽に情熱を注いだマーティンは矛盾の塊、意地の悪いカリカチュアのえじきとなった。

シモンズがアイルランドへ足を踏み入れるのはこれが初めて、テュリラ城も何もかも目新しく新鮮な印象を呼び起こした。『サヴォイ』一〇月から一二月号は、彼が旅行印象記を発表する場となる。「朝、私は塔の螺旋階段を登り、秘密の通路を這って抜けるとチャペルの上のだだっ広い空き部屋に出た。そこは、私が退いて瞑想する場所となる。或いは螺旋階段に沿ってゆくと狭間胸壁に出、広々とゴールウェイ一帯を見渡すことができた[2]」。城の周りにカラスが大営巣を作り、夕暮れ時、帰ってきたカラスの大群が「旋回し、逆旋回し、けたたましく鳴き、雄大な舞に興奮しているように見えた[3]」。この後、イェイツが幾度も目にする筈の光景は忘れ難いものとなる。夜になると、広いホールで「小さなローマン・ランプ以外は明かりを全て消し、まるで『パルジファル』の舞台の上にいるよう[4]」、マーティンはオルガンでパレストリーナを弾いた。イェイツの記憶に残る一場面である。

八月五日、テュリラ城の一行は、隣人のマーティン・モリスが同行して、アラン島を目指し出立した。(5) ゴールウェイ湾に浮かぶアラン島は大・中・小の三つの島から成る。海で本土から隔たった島は、当時、ゲール語が島民の日常語として話され、ケルトの習慣・風習を今に留めるアイルランドの中でも特異な風土の土地である。島民の生活を描いたJ・M・シングの劇作『海へ乗りゆく者たち』(一九〇三)によって、アラン島は一躍脚光を浴び、観光スポットと化してゆく。この時はそれ以前、島が秘境の域を留めていた頃である。

アラン島まで四時間近い航海。島に向かう漁船の上で、イェイツはスコットランドの女性作家「フィオナ・マクラウド」(ウィリアム・シャープのダブル)の物語「川の浅瀬の洗濯女」を読んだ。川の浅瀬で白い布を洗う女の幻影は、それを見た者の死の予兆だという。そうした太古から受け継がれてきた土俗信仰、とりわけ妖精の存在は、アラン島民の間に深く根づいた風習である。一番大きな島イニシモアで、「半ば盲目、ワイルドな風体」のプロのストーリー・テラーは、「彼のコティッジで、毎夜、妖精たちが彼の子供を奪おうと戦い、間もなく子供は死んでしまった」(6)――即ち妖精界へ連れ去られたと語った。中の島イニシマーンで、島の「最

テュリラ城

古老」は、妖精たちが「夜、堡塁で鳴き叫ぶ[7]」と言い、島の特異な慣わしを話した。「誰か家柄のよい男（ジェントルマン）が罪を犯せば、私たちは彼を匿（かくま）う。父親を殺した男がいて、私は彼を自分の家に六か月間匿い、それから彼はアメリカへ逃げのびた[8]」、と。

　後に、イェイツから古老の話を聞いたニュー・ヨークのアイリッシュ・アメリカンの弁護士ジョン・クインは冗談交じりの返事を返した――「君それともシモンズ、いずれを彼らは人殺しと取ったのだろう。シモンズはとても穏やかな人柄だから、彼らが意図したのは君だったに違いない[9]」。

　一番小さな島イニシアは俗化を免れたゲール圏の秘境。しかし海が荒れ、島に上陸することができず、八月七日、一行はテュリラ城へ引き揚げた。彼らは、再度、三番目の島に渡り、一週間の滞在を予定した。

　イェイツのオカルト実験は場所を問わない。ゴシック様式の城はそれにうってつけの場所だったかもしれない。

> 私は月の女神――私の想像力の主たる源と、私は信じている――を呼び出すことにした。九夜、呼び出したが、あまり結果は得られなかった。しかし、九日目の夜、私が就寝しようとした時、最初はケンタウロスを、それから裸身の素晴らしい女が星に向かって矢を射るのを見た。彼女は石の台座に座す像のように立ち、彼女の全身のみずみずしい肌色は、対照的に人間の肌を不健康に思わせた。ケンタウロスと同様、彼女は煌々とした光の中を動いていた[10]。

八月一四日から八月一五日の夜の出来事。同じ夜、シモンズの夢の中に「とても美しい女」が現われる。あまりに鮮やかな夢で、「眠りの中で見た女へ」寄せた詩が書かれた。シモンズの夢の女は裸身ではなかったが、似通った共通のイメージは個の意識を超えた世界が存在する証である。「アーチャー」のヴィジョンはイェイツの一つのオブセッションとなり、彼は生涯、その意味を問い続ける。人の生き方に、「自然の曲がりくねった道」=「蛇の道」と、経験を捨て、太陽の中心に矢を射る「真っ直ぐな道」=「聖者の道」があると信じるイェイツは、「アーチャー」のヴィジョンは後者を象徴するものと考えるようになった[11]。

　イェイツが異教の女神を呼び出した場所はチャペルの上の部屋で、敬虔なカトリック教徒のマーティンの怒りに触れた。チャペルの上の部屋は空でなければ、祈りが妨げられるのだという。

アイルランドの土地所有階層の家々にとって社交は生活の重要な一部であり、婚姻関係によって結ばれた家も多い。テュリラ城のゲスト二人はマーティン家の隣人たちと交流の機会に恵まれる。フランス人バスタロ伯爵は、フランス革命の時代、アイルランドへ逃亡した先祖を持ち、マーティン家とは血縁の間柄。大西洋を臨む別荘で夏を過ごす伯爵は文学や芸術に造詣が深い。アラン島に同行したマーティン・モリスは著名な弁護士で、ゴールウェイの町中に館「スピダル」を構える。

マーティン家の隣人のもう一人はグレゴリ家。八月一〇日頃、エドワード・マーティンはイェイツとシモンズを伴って、グレゴリ家の屋敷クール・パークへ馬車を駆った。トキワガシがトンネルを作るアヴィニュを抜けると、眼前に芝地が開け、そこに館が建つ。「城」の名に相応しいテュリラ城を目にした後、クール・ハウスは四角な箱の形をした、飾り気のない慎ましい建物である。クールの特徴は、屋敷の名前が由来する湖と歴代の当主たちによって植林された「七つの森」、うっそうとした木立に包まれた屋敷はどこか「眠れる森の美女」の趣を湛えていた。

屋敷の女主人グレゴリ夫人とイェイツは、以前、一八九四年四月、ロンドンのティー・パーティで出会っていた。グレゴリ夫人が受けたイェイツの印象は――「頭の天辺から足の

クール・ハウス

グレゴリ夫人、1893年、リサ・スティルマンのパステル肖像画

先まで詩人」[12]。しかし、この出会いは更なる交友へ発展することはなかった。

一八九六年夏、グレゴリ夫人は四四歳。クールから七マイルのロックスバラ・パース家に生まれた彼女は、婚期を疾うに過ぎた二八歳の時、グレゴリ家の当主サー・ウィリアム六三歳と結婚した。「レイディ・グレゴリ」となった彼女は、セイロン（現在、スリランカ）総督の地位を辞したばかりの夫と共にロンドンに居を構え、ヨーロッパの諸都市を巡り、エジプトやインドへ旅し、慌しい結婚生活を送った。一見、社交界婦人と思しい表層の下で、彼女はエジプトの民族主義運動を擁護し、新妻の身で、詩人で名うてのプレイボーイで通るW・S・ブラントに恋をし、愛を成就させる大胆不敵な一面も備えていた。夫を亡くして四年、一五歳になる息子を一人持つ彼女は、プロテスタントの支配階層が大きく揺らぎ、傾き始めた困難な時代、クールの土地と屋敷の管理・経営に力を注ぐ日々を送る。その一方、少女時代から詩や文学に情熱を傾ける彼女は、アイルランドに興りつつある新しい文学について無関心ではなかった。

イェイツとグレゴリ夫人との出会いは、二人の人生に「道標」を標す出来事となる。グレゴリ夫人はイェイツのその後の人生で最も重要な存在となり、クールの屋敷と館はやがて彼がこの地上で「最も愛す場所」[13]となる。一方、イェイツとの出会いを機に、四〇歳代半ばのお屋敷の女主人は創造的作家への道を切り拓き、二〇世紀のアイルランド文学を代表する劇作家の一人となっていった。

しかしこの夏、イェイツは二人の前に開ける未来を予測することはなかった。彼がクールのライブラリへ入ってくるなり、グレゴリ夫人は文学運動の中で彼女にできることはないか問うたという。「私たちの本を読むことです」[14]とイェイツは応え、彼女を落胆させた。やがて彼が「最も愛す場所」となる屋敷と館に、この時、彼は特に心を惹かれることもなく、グレゴリ夫人の「ヴィクトリア朝的」で因習的な物腰はむしろ彼の反撥を買った。夫が他界した後、グレゴリ夫人が身に纏った寡婦の衣装の下に隠された彼女のパーソナリティ――「私が考え得る最も複雑な女性」[15]と、ゴールウェイの知人は評した――を見透すことは、イェイツならずとも困難だったろう。しかし交友の機は結ばれ、急速に二人の距離は接近していった。

アラン島再訪は天候に恵まれず、断念することとなった。八月最後の日、イェイツとシモンズはスライゴーへ向かい、伯父ジョージ・ポレックスフェンの元に滞在する。ロリーはスライゴーを訪問中で、間もなくジャックと彼の妻コティ（メアリ・コトゥナム）も合流した。スライゴーの訪問客たちの様子を書き送ったロリーからの報告を、父は姉娘にリレー――

コティとアーサー・シモンズの二人のサクソンたちはとても楽しい時を過ごし、目にするもの全てから最高の印象を受けている――二人の詩人は大層好かれ、土地の人々は、男も女も皆アーサー・シモンズに恋に落ちた――彼はそれほどもの静かで気取りがない。毎日、ルーシー・ミドルトンはやって来て、彼らが発った後、二人の詩人がいなくなった家は侘しいとこぼしている。[16]

九月二〇日頃、二人の詩人はスライゴーを離れ、ダブリンを経由してシモンズは独りでロンドンへ、街に留まったイェイツは一〇月一〇日過ぎにロンドンへ戻った。

一二月初め、イェイツは再度パリを訪れ、一月半ばまで街に滞在する。パリ再訪の目的の一つは、「英雄たちの城」と名づけたケルトの秘教構想を、メイザーズと彼の妻の協力を請い推し進めるためである。オカルトとナショナリズムを綯い交ぜにしたような「英雄たちの城」をイェイツが着想したのは前年四月、ダグラス・ハイドをロスコモンに訪問した折である。近くのキー湖に浮かぶ島に無人の城が建ち、ここをケルトの秘教センターに作り上げようと思い立つ。モード・ゴンは最大の協力者で、構想そのものが彼女を射止めるための企てでもあった。モード・ゴンの解説によれば、「英雄たちの城」は――

アイルランドの国土は力強い生命が息づき、目に見えない者たちが住んでいると二人とも感じていた。ナショナルな運動が力を失い志気が沈んだ時、私たちは心の安らぎを求めてそこへ行った。国土の隠れた力に触れることができれば、アイルランドを解放する力を得ることができる筈である。[17]

キー湖の無人の城

ケルトの秘教はモード・ゴンへの「愛に次ぐオブセッションとなり[18]」、二つは不可分に絡み合って、次の一〇年間、イェイツは秘教の哲学を見出し儀式を作り上げる虚しい企てに情熱を燃やし続けた。

パリ訪問のもう一つの目的は、出版者ロレンス・バレンとの間に契約が成立した小説のための取材である。二つ題名が試された後、『斑の鳥』(*The Speckled Bird*)と命名されるこの自伝的小説の主人公マイケル(姓は「ドゥ・バーグ」から「ルロイ」へ、最後は「ハーン」)は、アイルランド西部で父に育てられる。妖精界にとり憑かれた彼は、感性と経験から芸術家に運命づけられた少年。題名『斑の鳥』は聖書の一節「私の生得権は斑の鳥のよう、空飛ぶ鳥は私に敵対する」(エレミア書一二:九)に由来する。彼は長じてオカルト世界に魅せられ、「どうにもならない（インポシブル）恋」に落ちる。小説はアイルランド西部からパリへ場面を移し、イェイツは「ローカルな事物や人物[19]」周辺の取材を計画していた。

イェイツは、この頃の自分自身を「カメレオンの道に迷い込んだ[20]」と表現した。「カメレオンの道」(Hodos Chamelion-tos)は、前方に開ける幾つもの混沌とした可能性を追い求め、迷い、秩序も統一感覚も見失った状態を指す句、カバラに由来するという。すでに幾つもの相反する領域を追う彼の活動に間もなく政治運動と劇場が加わり、彼はますます「カメレオンの道」の深みに嵌っていった。

「来週、小説を始めます[21]」と、一二月四日、イェイツはパリからオレアリへ伝えた。しかし『斑の島』は「どうにもならない（インポシブル）小説」と化し、「書くこともできず、書くのを止めることもできず[22]」、一九〇三年五月、数百ページの手書き原稿と二〇〇ページに近いタイプ原稿を残し放棄された。

パリのイェイツにシモンズが合流、一二月一〇日、二人はアルフレッド・ジャリの問題作『ユビュ王』を観劇した。主役の王らしき男が王笏の替わりにトイレのブラシを持ち、舞台上の役者たちは「人形、玩具、マリオネット」と化して「木製のカエルのように飛び跳ねた[23]」。体制破壊、偶像破壊の劇は暴動を誘発。「私はとても悲しかった」と、イェイツは自叙伝に記す。「ステファン・マラルメの後、ポール・ヴェルレーヌの後、〔…〕それ以上に何が可能だろう？　われわれの後は、残酷な神が[24]」、と。ボヘミアンからほど遠いイェイツは、パリの街をよく知るシモンズをガイドにハシシを吸い、その味を幾らか味わった。

年末、イェイツの人生にまた一人重要人物が登場する。一二月二一日、彼はパリの安ホテルに滞在するアイルランド青年に出会った——J・M・シング、文学運動を継承する演劇運動の中で看板劇作家となるのが彼である。シングはイェイツより六歳年下、トゥリニティ・カレッジ卒業後、大陸を放浪、行き着いたパリで、フランス文学の翻訳をして身を立てようかと思案していた。シングにイェイツは、不毛な放浪を捨てアラン島に渡って、創作の素材・題材を求めるよう助言したという。シングは四度にわたって島へ渡航、滞在、そうして得た文学資源から彼の個性溢れる劇作が誕生する。

一八九七年が明けた一月一日、モード・ゴンはイェイツの助けを借りて急進的ナショナリスト組織「アイルランド青年協会」パリ支部を設立した。翌一八九八年はユナイティッド・アイリッシュマンの反乱から一世紀、パーネルの死後、分裂と抗争に沈んだ独立運動を立て直す好機と捉え、急進的ナショナリストたちを中心に一〇〇周年記念祭へ向け動き始めていた。また、一八九七年はヴィクトリア女王即位六〇周年に当たり、盛大な祝賀行事が予定される中、アイルランドのナショナリストたちにとって反英闘争の一大好機、「九八」運動の前哨戦と位置づけ二重の盛り上がりを計る戦略である。フランスはアイルランドの伝統的友好国であり、パリは島国の政治犯たち（オレアリはその一人）がエグザイルの地として住み着いた一つ、街にはアイリッシュ・コミュニティが存在した。モード・ゴンの「アイルランド青年協会」はパリ在住のアイルランド人を結集し、フランスから「九八」運動を支援する狙いである。シングもモード・ゴンの戦略に乗って協会発会式に参加したが、彼女の「革命的、半軍事」[25]路線に同調できず、早々に協会から退いた。

一月半ば、イェイツはパリから帰国、冬の間、ロンドンのフラットで過ごすグレゴリ夫人の元を頻繁に訪れるようになる。「イェイツ来訪」[26]の記述が、彼女の日記にしばしば書き入れられた。グレゴリ夫人はロンドンの社交界へイェイツを伴い、階級社会の中でそれまで閉ざされていた扉が開かれ、詩人の世界は新たな次元に拡大する。そうした場面で、「イェイツはとてもチャーミング、私は祖国のこの青年をとても誇りに思う」[27]――長身でハンサム、時代を代表する詩人の一人である彼に、グレゴリ夫人はトロフィーを手にした、或いは自慢の息子を持つ母親のような気分である。イェイツとの交友はグレゴリ夫人に新しい世界を開いた。彼の「マンデイ・イーヴニング」を訪れ始めた彼女は、創造的で冒険に満ちた文学・芸術の世界に触れ、文学的才能を開花させてゆく。

早春の頃、すでに冷えかかっていたオリヴィア・シェイクスピアとの関係は決定的破局を迎える。イェイツがアイルランドへ旅立った前年七月末から彼がパリから帰国する一月半ばまで、二人がロンドンに居合わせた期間はわずか六週間。イェイツの自叙伝の草稿に記された別れの場面は――

その気分にもってゆくため恋愛詩を幾つも読むのが常だったが、或る朝、私はそうすることなく手紙を書いた。私の友は私の気分が彼女の気分と同じではないと知って、どっと泣き始めた。「あなたの心の中には、他の女(ひと)がいる」と彼女は言った。それが、私たちの長い断絶だった。[28]

「痛ましい記述」、とロイ・フォスターは言う。イェイツが「意図した以上に、彼のオリヴィア・シェイクスピアに対する性的ヴォルテージの低さを明かしている」[29]。

二〇年近い年月が経過した一九一六年、イェイツはオリヴィアとの関係に想いを巡らした。

彼女の美しさが受ける権利である愛を与えることができなかったことは、私にとって何時も悲しみの源(もと)となるだろう。しかし彼女はあまりに私に近く、私の最も奥深い存在にあまりに健康的で健全過ぎた。ダ・ヴィンチが言うよう、私たちは、生涯、私たち自身の破壊を思い焦がれるものであり、この上なく美しい女の姿をしたそれに出会った時、彼女のために他の全てを捨てる以外どうすることができるだろう。私たちは彼女の唇の上で自らの溶解を求めはしないだろうか？[30]

オリヴィアが去った後、イェイツは彼女との「関係の破綻、彼自身の性的不足、関係が終わった潜在的安堵感、モード・ゴンを射止めることができない絶望が複合的に絡み合い[31]」、「人生で最も悲惨な時期[32]」に落ちていった。その頃書かれた抒情詩は、詩人の心のどこか荒んだ風景を覗かせる。

私はこの荒涼とした
湖の辺（ほとり）をさまよう、
風がスゲの中を泣き叫ぶ——
星を回転させる
軸が折れるまで〔…〕
おまえの胸が眠る恋人の
胸に寄り添って休らぐことはない。
（「彼、スゲの叫び声を聞く」）

四月五日、それまで雑誌に発表した物語を一冊にまとめた『秘密の薔薇』が出版された。AEへの「献辞」に曰く——

私はこれらの物語を、様々な時に様々な手法で明確なプランもなく書きましたが、主題は一つ——自然界と超自然界の摂理（オーダー）との戦いです。〔…〕これがヴィジョンの書である限りアイルランドの書です。何故なら、アイルランドは依然ケルトが優勢で、彼らは他の優れたものの中でもヴィジョンの才を保持してきました。それは、より慌しい、より成功した国家の間では死に絶えたものです[33]。

『秘密の薔薇』に収録された一七の物語は時系列に沿って進み、アイルランドの異教時代に始まり、修道院時代、一七および一八世紀を経て現代へ至る。物語の主人公たちは皆、時空を超えた永遠の真実「神秘の薔薇（ミスティック・ローズ）」を求め「自然界と超自然界の摂理との戦い」に挑む。敗れた彼らは、迫害、追放、処刑と、残酷な運命に次つぎ倒れてゆく。

イェイツの当初の構想では、「現代」は三つの物語、「ロサ・アルケミカ」（“Rosa Alchemica”）、「律法の石版」（“The Tables of the Law”）、「マギの礼拝」（“The Adoration of the Magi”）から成る筈だった。最後のストーリーは——謎めいた声にパリへ行けと命じられ、アイルランドの三人の老人が行き着いた先はパリの娼婦宿、そこに、死にかかった娼婦を発見する。そして霊（スピリット）が乗り移った女の口から、新しい時代を導き入れる神の名と思しい言葉が漏れる。聖書の「東方の三博士」をもじった、あまりに冒瀆的かつデカダントな物語に出版者のロレンス・バレンは嫌悪感を示し、最後の二つは物語集から除外された[34]。

「一八九〇年代後半、イェイツの作品を支配する主旋律が一つあるとすれば、それはアポカリプスである[35]」と、ロイ・フォスターは言う。「アポカリプス」は、ヨハネ黙示録に予言された世界の終末を指す語。「ハルマゲドン」と呼ばれる宇宙規模の戦争が起こり、その暁に、原初の「楽園」が再来するのだという。「黄金の夜明け」の中心的神話は個人の「再生」であり、それは世界の「再生」、「黄金の夜明け」に通じるものだった。時は世紀末、カルト集団の間で終末を予言する声が充満していた。マグレガー・メイザーズは「世界の変化を予見し、一八九三年か一八九四年、とてつもない戦争が間近かに迫っていると告げた[36]」。一八九五年、領土問題で英国とアメリカの間に戦争の可能性が報じられると、それは終末の予兆、イェイツはオカルト仲間のフロレンス・ファーに、「ついにマジカルなハルマゲドンが始まったのでしょうか。〔…〕何という国々の黄昏でしょう、世界の半分を巻き込むことは必至ですから[37]」と手紙を送った。最も待たれるのが、憎むべき物質偏重の上に繁栄を謳歌する帝国の「黄昏」であるなら、終末世界を救うのは「スピリチュアル」で「ヴィジョンの才」を保持する「ケルト」たち。AEは、「神々がエリン［アイルランド］へ帰って来た、聖なる山々に集い炎を国中に吹き送っている[38]」とロンドンの友人に告げた。

「しかし、ハルマゲドンの脅威は一八九七年のワシントン条約によって引き[39]」、帝国は領土権を確保した。

春、ダブリンで「九八」運動が動き始める。三月四日、急進的愛国組織「アイルランド青年同盟」が呼びかけ開かれた集会で、ダブリンの「九八」委員会が、オレアリを委員長に正式に発足、翌一八九八年八月一五日のウルフ・トーン記念祭へ向け始動した。トーンはユナイティッド・アイリッシュマンのリーダーだった人物。

イェイツを会長とするアイルランド青年同盟ロンドン支部は、英国在住のアイルランド人からなる愛国組織である。二月、「九八」祝賀委員会に組織替えし、委員長の座に就いたイェイツはロンドンを代表してダブリンの集会に臨んだ。ナショナリスト勢力の連帯と結束を謳う「九八」運動にもかかわらず、集会は冒頭から、ダブリンとロンドンのＩＲＢ二つの党派の罵り合いと主導権争いに荒れ、険しい船出となる。「九八」運動の中で、終始、英国圏の運動を牽引したのはイェイツである。オレアリを「師」とするＩＲＢ党員の彼ではあるが、イェイツは詩人それも、「デカダント」のレッテルを貼られた世紀末詩人の一人。その彼が、詩人の領分から遠い政治闘争をリードする羽目になった決定的要因は、モード・ゴンの存在だった。彼にとって「政治は彼女に会う手段[40]」であり、「九八」運動は彼女に接近しアピールする絶好の機会、その誘惑に抗し切れなかったのであろう。一八九七年と一八九八年、イェイツは自らの行動に半信半疑のまま、彼周辺の人々が驚きと懸念をもって見守る中、モード・ゴンに「鼻づらを引かれ」（「サーカスの動物逃亡」）、政治集会、会議、デモ、講演旅行と、生涯で政治活動に最も深入りする二年間となる。

「九八」運動は、党派間や個人同士の非難、中傷、謀略が交錯する中も進み、アイルランド国内各地に、更にヨーロッパ、アメリカ、オーストラリア、世界へ散ったアイルランド人の在る所「九八」委員会支部が設立され、進展した。

そして六月二〇日、ヴィクトリア女王即位記念日が訪れ、この年一番の山場を迎える。五月半ばからスライゴーの伯父の元に滞在していたイェイツは、ダブリンで開かれる「九八」委員会大会を「抜ける計画さえ立てた」が、「モード・ゴンがダブリンに現われると彼は心を決した」[41]。六月二一日と六月二二日、二つ抗議集会が開かれ、後者は死傷者を出す暴動に発展した。その渦中にあったイェイツの集会の記録もモード・ゴンのそれも、二つが輻輳し事実を正確に伝えるものではない。

六月二〇日はウルフ・トーンの生誕記念日である。キルデア州、ボーデンズタウンにある彼の墓に詣でる墓参の行列は、IRB党員を始めとする急進的ナショナリストたちの恒例行事。モード・ゴンは墓に花輪を送り、トーンの仲間が葬られたダブリンの聖ミカン教会へ花を手向けに訪れると、門は閉ざされ中へ入ることができなかった。

六月二一日、ジェイムズ・コノリ率いる「アイルランド社会共和党」が抗議集会を開いた。コノリはマルクス主義者、やがて労働運動の旗手として名を知られることになる彼も、当時は殆ど無名の存在である。モード・ゴンは前年から彼の党の党員となっていた。会場はトゥリニティ・カレッジ正門近く。スピーチに立ったモード・ゴンは「低い声で」前日の出来事を語り、一呼吸置いて叫んだ――「ヴィクトリアの即位記念日だという理由で、アイルランドの死者たちの墓に花を手向けてはいけないのか」[42]。群衆は熱狂した。翌日のデモに参加を呼び掛けるモード・ゴンの傍で、イェイツは黙って立っていた。

翌六月二二日、ダブリン「九八」委員会は全国の代表からなる大会をこの日に合わせて開催した。女王の記念祭に抗議し、それに対抗する意図である。集会は午後六時から一一時。イェイツは英国圏を代表してスピーチに立った。彼は雄弁で知られるアイルランド人の一人。モード・ゴンが聴いた彼のスピーチで「ベスト」[43]と、彼女は折り紙をつけた。

Dublin Writers Museum
2 Hugh Lane Municipal Galery of Modern Art
James Joyce Centre
3
King's Inns
4
St. Mary's Pro-Cathedral
The Spire
Connolly Station
Custom House
5 General Post Office
6 Abbey Theatre
7 O' Connell Bridge
1
River Liffey
Ha'penny Bridge
8
Bank of Ireland
Trinity College
17 City Hall
Christ Church Cathedral
Old Library
18 Dublin Castle
9
Pearse Station
Chester Beatty Libray and Gallery
St. Michan's
Civic Museum
10 National Library
12 National Gallery
11 Leinster House
13 Merrion Square
St. Patrick's Cathedral
15 Mansion House
National Museum
Natural History Museum
Marsh's Library
16 St. Stephen's Green
Number Twenty Nine
Newman House
14 Fitzwilliam Square
National

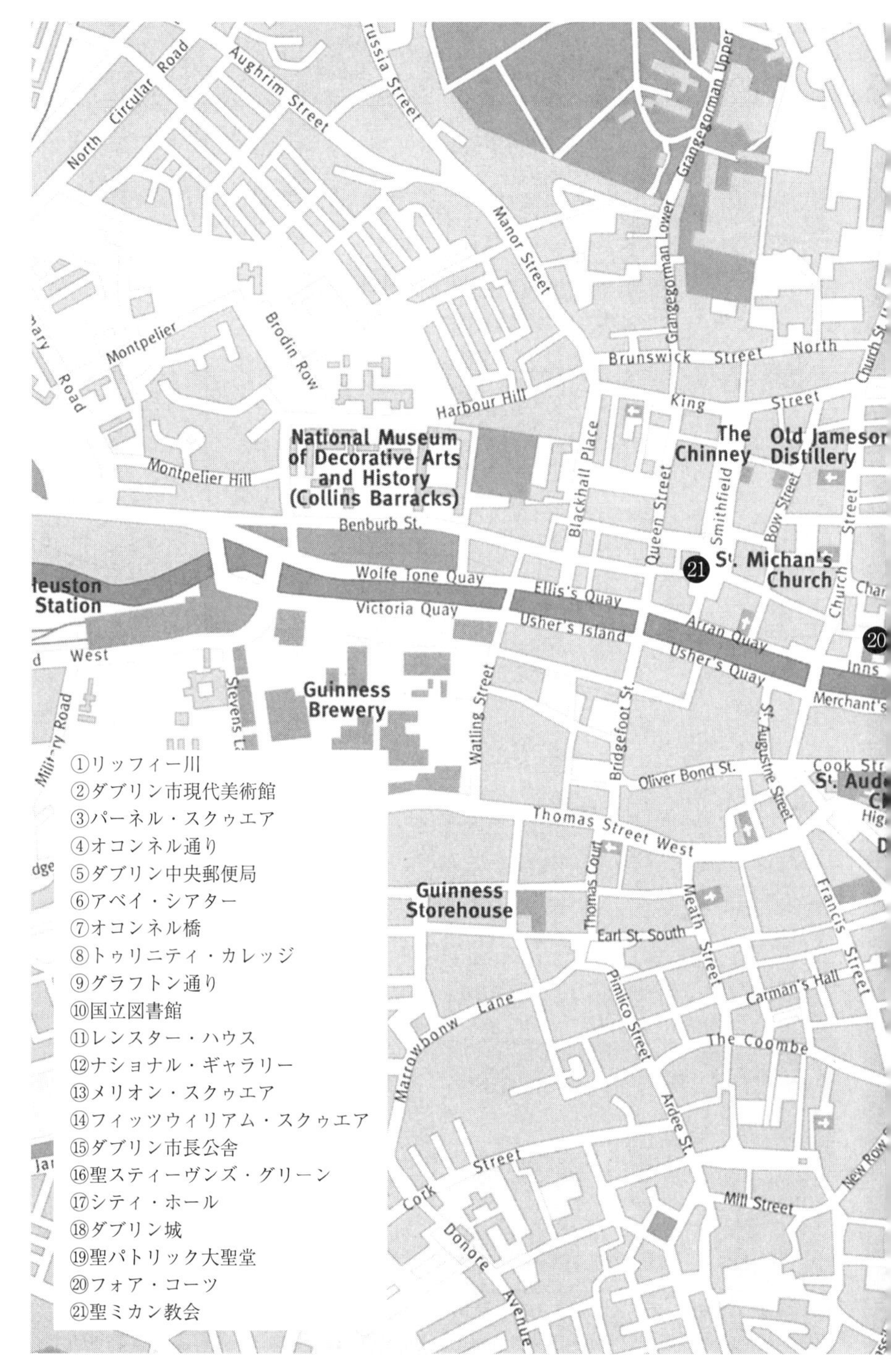
North Circular Road
Aughrim Street
Prussia Street
Grangegorman Upper
Grangegorman Lower
Manor Street
Montpelier Road
Brodin Row
Brunswick Street North
Church St
King Street
Harbour Hill
National Museum of Decorative Arts and History (Collins Barracks)
The Chinney
Old Jameson Distillery
Montpelier Hill
Blackhall Place
Queen Street
Smithfield
Bow Street
Benburb St.
Wolfe Tone Quay
Ellis's Quay
St. Michan's Church
Station
Victoria Quay
Usher's Island
Arran Quay
Usher's Quay
West
Guinness Brewery
Watling Street
Bridgefoot St.
St. Augustine Street
Merchant's
Oliver Bond St.
Thomas Street West
Thomas Court
Guinness Storehouse
Meath Street
Francis Street
Earl St. South
Pimlico Street
Carman's Hall
Marrowbonw Lane
The Coombe
Ardee St.
New Row
Cork Street
Mill Street
Donore Avenue
①リッフィー川
②ダブリン市現代美術館
③パーネル・スクゥエア
④オコンネル通り
⑤ダブリン中央郵便局
⑥アベイ・シアター
⑦オコンネル橋
⑧トゥリニティ・カレッジ
⑨グラフトン通り
⑩国立図書館
⑪レンスター・ハウス
⑫ナショナル・ギャラリー
⑬メリオン・スクゥエア
⑭フィッツウィリアム・スクゥエア
⑮ダブリン市長公舎
⑯聖スティーヴンズ・グリーン
⑰シティ・ホール
⑱ダブリン城
⑲聖パトリック大聖堂
⑳フォア・コーツ
㉑聖ミカン教会

ダブリン市街地図

来たる年、アイルランドは〔…〕神聖にして聖なる大義を祝います。祝賀から、もう一度、アイルランドの人々を一つに結ぶ運動が起きることを願いましょう。自国の殉教者を崇めることに異を唱える国民は敗者であり、威信を失墜した国民であります。[44]

会場のシティ・ホールの外に群衆が押し寄せ、大会終了後、イェイツとモード・ゴンは時間を追って数を増す群衆と共にリッフィー川を渡って、オコンネル通りを上り詰めたラトランド・スクウェア（現在、パーネル・スクウェア）のナショナル・クラブへ向かった。モード・ゴンは「頭を仰け反らせ、笑いながら歓喜の表情を浮かべて歩いている」[45]。クラブの窓の一つにスクリーンを懸け、追い立て（地代を滞納して小作地から追われる小作農）の光景と、絞首台に命を落とした政治犯の顔が映し出されていた。コノリのアイディア。イェイツとモード・ゴンがナショナル・クラブの建物に入ると、窓ガラスが割れる音が聞こえた。群衆が投石を始めたのである。そこにコノリのアイルランド社会共和党が、「大英帝国」と書いた棺を乗せ、手押し車を引いて現われた。それを機に警官がバトン・チャージを開始し、警官と群衆の乱闘に発展、奪い合いとなった棺はついにオコンネル橋からリッフィー川へ投げ込まれた。「大英帝国の棺だ、大英帝国は地獄に落ちろ」[46]──群衆は合唱した。

この夜の乱闘で、群衆の足に敷かれ老婆が一人命を落とし、「二〇〇人を超える負傷者が病院で手当を受けた」と報じた新聞は、病院へ行かなかった「軽傷者の数も忘れるべきではない」[47]と言い添えている。

ナショナル・クラブの中では──警官がバトン・チャージを始めると、「モード・ゴンは立ち上がって外に出ると言い、負傷すると誰かが言った。私は、ドアをロックして彼女を外に出すなと言った」[48]。イェイツはこう回想する。事件から間もない六月三〇日、友人に送ったイェイツの手紙に、「私は彼女がナショナル・クラブから出ることを拒否しました」[49]とあり、乱闘の最中、モード・ゴンは建物の中に監禁されていた──それが真相のようである。千載一隅のチャンスをイェイツに阻まれた彼女の怒りは想像に余りある。イェイツが友情の断絶を憂慮し送った手紙に、彼女は「あなたは、あなたの行動路線ではないことに関わるべきではありません、〔…〕騒動や身体に危険が及びそうな場で、一緒に仕事をすることは不可能です」[50]と返した。モード・ゴンがジェイムズ・コノリに見せた配慮とは対照的。乱闘の翌朝、彼女は逮捕・投獄された彼に朝食を差し入れ、罰金を支払って彼の拘留を解き、法廷弁護の手続きを済ませた。騒動の後、彼女がコノリに書き送ったと思われるノートが残されている。

ブラボー！　おめでとう！〔…〕英国の記念祭を抗議集会の一つもなく迎える屈辱から、あなたはダブリンを救いました。あらゆる不利な条件の中でやってのける勇気を持っていたのは、唯一、あなただけでした。[51]

モード・ゴンはコノリを「私が知る最も勇敢な男[52]」と呼んだ。

ヴィクトリア女王在位六〇周年記念は、グレゴリ夫人の近隣でも小さな波紋を掻き立てていた。隣家のゴフ子爵から祝賀のかがり火を焚くよう要請する手紙を受け取ったグレゴリ夫人は、「女王のアイルランドに対する無為・無策[53]」を理由に、拒否。グレゴリ家や彼女の生家パース家が属する階層の一員としてユニオニズムを共有した彼女が、反英、反ユニオニズムを表明した最初である。これ以後年毎に、クールの女主人はナショナリズムへ傾斜を深めてゆく。

二日間、騒動の渦中にあったイェイツの心身の疲労はピークに達していた筈である。三日後、六月二五日、彼はマーティン家のテュリラ城にあった。

その頃、クールのグレゴリ夫人の元に隣人から鮭が届けられ、翌日が金曜日だったため、彼女がそれを持ってテュリラ城を訪れると――「イェイツがダブリンから到着したところだった。ジュビリー暴動から日が浅く、顔面蒼白、やつれ、声は嗄れていた[54]」。

二、三日後、グレゴリ夫人がバスタロ伯爵を訪問すると、そこへ、マーティンとイェイツがやってきた。この頃、イェイツの関心は演劇、二月半ばグレゴリ夫人を訪ねてロンドンのフラットを訪問した彼は「劇作に夢中」、「ロンドン郊外のどこかに小さな劇場を借りるか建てるかして、ロマンティックな演劇を上演する[55]」希望を語った。また、マーティンは彼の劇『ヒースの野』を上演できる場を模索していた。

雨模様の夏の日の午後、グレゴリ夫人とイェイツの会話は自ずと演劇へ向かった。グレゴリ夫人の回想――

イェイツはアイリッシュ・シアターは彼の夢であるが、近年、不可能な夢と思うようになったと言った。採算が合わず、そうした企てに資金は得られない。私たちは話を続け、話している中に物事は可能だと思えるようになり、夕方までにプランができ上がった。[56]

ダブリンの劇場を一つ借り、マーティンとイェイツの劇を上演する。資金は、公演が赤字に転じた場合、それを補塡する保証人を予め募っておくのである。

翌日か翌々日、イェイツがクールを訪れ、演劇構想は更に具体化、保証人を募るプログラムが作成された。

> 毎年、春、ダブリンにおいて、ケルトとアイルランド演劇の公演を提案します。作品の優劣の度合いはいかにせよ、高い志によって書かれた劇作品を上演し、ケルトとアイルランド演劇一派を築く所存であります。〔…〕私たちは、アイルランドが道化や安っぽい感傷のふる里ではなく、古の理想主義のふる里であることを示したい。人々を分かつ政治の諸問題の埒外にある事業を推進するに当たって、虚偽のイメージに倦み疲れたアイルランドの全ての人々の支援を確信しています。(57)

「アイリッシュ・シアター」の船出である。「アイルランド文学座」の名の下、一年に一度の公演を三年の計画で出発、文学運動は演劇運動へ引き継がれた。劇作品、劇場、役者、資金、何もない文字通りゼロからの出発である。プログラムに「アイルランド」と並列して入れられた「ケルト」の語は、「フィオナ・マクラウド」を企てに誘い入れるためだったと、グレゴリ夫人は弁明している。(58) イェイツの構想はケルト民族の一大祭典。当初、劇場は「ケルティック・シアター」と名づけられ、「アイルランド文学座」に変更されたのは翌年一〇月である。また、イェイツは『影なす海』を舞台に懸ける予定だったが完成の目処が立たず、『伯爵夫人キャスリーン』に置き替えられた。

早速、保証人を募る作業が開始される。ここで、実務能力に長け、上層階層に幅広い人脈を持つグレゴリ夫人の存在が物を言った。クールの女主人は、自らタイピングしたプログラムを企てに賛同を得易い知人・友人にまず送付、次つぎと送付先を広げてゆき、一一月末までに「人々は党派を超えて応じ、保証人の素晴らしいリストと目標（三〇〇ポンド）に近い額が集まった」(59)。

しかし、障害が一つ浮上する。ダブリンで、演劇公演はライセンスを保持する三つの劇場に限られ、いずれも法外な使用料が必要だった。普通のイヴェント・ホールで、営利を目的としない演劇公演を可能にする法改正を議会議員に働きかけることになる。それに時間を要し、アイルランド文学座は一八九九年五月に第一回公演を迎える。

アイリッシュ・シアターの船出を見届け、七月半ば、イェイツはAEに会うためスライゴーへ向かい、二週間ほど滞在。七月二六日、彼はAEを伴ってクールへやってきた。『秘密の薔薇』の物語の一つ「ロサ・アルケミカ」に登場するマイケル・ロバーツ――「もじゃもじゃの赤毛、鋭い目、感じ易い震える唇、粗末な衣服」[60]――のモデルはＡＥと聞いていたグレゴリ夫人は彼の到来を一抹の不安をもって待った。やって来たのは「穏やかで、物静かな男」、「最初の午後、私は二人の詩人を湖の対岸のクロムレックへ連れてゆき、彼らがそこに座っていると、紫の衣に身を包んだドゥルイッドが現われるのを見た」。「次の日、私たちはバレンの丘へ、それからコウコムローへ行った」[61]。バレンは、ゴールウェイ湾の南、キンヴァラ半島の先端に位置し、海岸沿いに岩の丘陵が続く独特の風景美で知られる地で、コウコムローはゴールウェイとクレアの州境、古い修道院の廃墟がある。ＡＥは二、三日して去り、後に残ったイェイツは二か月屋敷に滞在する。

イェイツがクールの屋敷と館に深く身を浸す最初の夏、彼の人生で「後にも先にもあれほど惨めだったことはない」と彼は言う――

それは、個人的大きな重圧と悲しみの時だった。私の愛人が去った後、他の女性は誰も私の人生に現われなかった、七年近く誰も現われなかった。私は性の欲望と失恋の痛手に苦しみ、クールの森を歩きながら大声で叫べば開放感を得ただろう[62]。

野生の白鳥が飛来する湖、妖精たちが棲むという「七つの森」、季節の花に彩られた二つの大きな庭園、四千冊の蔵書を数えるライブラリ――そこに、苛酷な現実に苦しむ詩人が聖域と呼べる場所を見出したのも不思議はない。

ゲストの詩人は、クールの女主人にとって「この上なく輝かしい、チャーミングで、愛すべきコンパニオン」――

ユーモアに欠けることはなく、シンプルで、紳士的（ジェントル）、周囲のあらゆることに興味を向け、他（ひと）が出たり入ったりするライブラリを仕事場にし、私が居間でタイプライターを打っていると、何か素晴らしい新しいアイディアが浮かんだと言って、突然、駆け込み、それを説明、終わると笑いながら言う――父の言葉ですが、貴女を私がアイディアを打って鍛える鉄床（かなとこ）にします[63]。

午後の時間は庭園や森の散策、クール湖で釣り、野外のスポーツに過ごすことが多い。

この年を境に以後二〇年間、夏が巡ってくる度イェイツはクールを訪れ、滞在は二か月、三か月、時に六か月に及んだ。クールは彼の詩作の場となり、詩的インスピレイションの源となって、詩人のペンから数々の詩作品――「七つの森にて」("In the Seven Woods")、「クールの野生の白鳥」("The Wild Swans at Coole")等々――が紡ぎ出された。それには、彼を待ち、日々身の回りに細やかな目を配り、私的身の上話に親身に耳を傾け、彼の天才を信じて叶うかぎり快適な詩作環境を用意する屋敷の女主人の存在があった。

「私は私が求めていたもの、秩序と労働の生活を見出した」[64]と、イェイツは言う。女主人が君臨する屋敷の「秩序と労働」のリズムは、やがて「恍惚として労働に励む」「友だち」）彼に変えた。しかしこの夏、創作は殆ど進まず、グレゴリ夫人を落胆させた。イェイツが心身共に、詩作に打ち込める状態になかったことも事実である。朝、朝食のため身支度を調えることもままならないほど疲労衰弱した彼を見て、グレゴリ夫人は健康回復を兼ねて彼を戸外へ連れ出し、民話採取に当たることにした。イェイツを伴って彼女は「コティッジからコティッジへ、民間信仰や妖精物語を採取し」[65]、夜、聴き取った物語を書き移す作業に励んだ。そうしてタイプライターで打ち出された民話の資料はイェイツに渡され、それを元に、アイルランド民話の中でしばしば起きる超常現象を取り上げた六篇のエッセイが書かれる[66]。

クールの夏は「飛ぶように過ぎていった」[67]。「クールで過ごした日々は、夢のように、平和の夢のように過ぎました」[68]と、イェイツはグレゴリ夫人にお礼の手紙を送った。

秋、「九八」運動は再開。一〇月三日、マンチェスターで「九八」委員会ロンドン支部とパリ支部の大会が開かれ、二つが合流し英国・フランス「九八」一〇〇周年協会を設立、会長にイェイツを選出した。「長い、疲労を強いられる」政治集会に議長として臨んだイェイツは、「政治の果てしない瑣末さにかつてない試練」[69]を強いられた。憩いの一時は、モード・ゴンと共にマンチェスター市立美術館にロゼッティの『シリアのアシュタルテ』を見に訪れた折。モード・ゴンは「とても優しく友好的です。でも、それ以上か否かは分かりません」[70]と、イェイツはグレゴリ夫人に書き送った。この後、二人はスコットランドとイングランド中部へ講演旅行に出、イェイツは彼の「人生で最悪の数か月」[71]を送ることになる。


冬の季節を迎え、ロンドンのフラットに移ったグレゴリ夫人は、一二月一四日午後、イェイツの住居ウーバン・ビルディングズを訪れた。父J・B・イェイツが息子をスケッチ中、「あまり上手くいっていない」とグレゴリ夫人の目に映った。詩人の日常は至って質素。朝食は自分で作り、外出時には暖炉の火を「よく掻き出して消し」、火の気のない寒い部屋に帰宅した。この日、午後になっても部屋は整っておらず、朝食の残りがテーブルに放置されたまま。「可哀そう、もう少し彼の身の回りの世話をする人がいないものか」[72]とグレゴリ夫人は嘆いた。

彼女の訪問目的は、イェイツのベッドルーム用に買い求めたカーテンのサイズを計測して帰っていった。グレゴリ夫人は居間に掛けるカーテンを掛けるため。そうして贈られた大きなブルーのカーテンは、やはり彼女からの贈り物である大きなレザーの肘掛椅子と共に、詩人の居間の目ぼしい調度品となる。グレゴリ夫人は折々に「ワインとビスケットの詰め合わせ、瓶詰めのフルーツ」、「万年筆その他[73]」等々を送り届け、やがて手紙に小切手を同封、或いはイェイツの住居を訪問した折に、炉棚に置かれた時計の後ろに現金を置いて帰るようになった。戸惑うイェイツにグレゴリ夫人は――「お金は取っておきなさい。ジャーナリズムから手を引くべきです。唯一間違った行為はベストを尽くさないことです[74]」。そうしてグレゴリ夫人の金銭援助は続き、その総額は五〇〇ポンドに達する。生活のため雑文書きに追われ、才能を消耗してしまう運命は若い作家が陥り易い危険な罠、彼女の貢献は測り知れない。

グレゴリ夫人はイェイツの「食事に気を配り、病気になると看護し、カーテンや家具を買い与え、お金を貸し、「アイルランドから」食物を詰めた籠を送った[75]」。それまで、モード・ゴンを中心に回転していた詩人の世界に、それと対抗するグレゴリ夫人というもう一つの「道徳・政治の中心[76]」ができ、イェイツ自身が半信半疑のまま引きずり込まれていたモード・ゴンの過激なナショナリズムから、よりバランスのとれた政治観へと彼を引き戻す力となり始める。

イェイツの住居を訪問した五日後、一二月一九日、グレゴリ夫人は彼を伴って、レイディ・ドロシィ・ネヴィル――第三代オックスフォード伯爵の娘――その他と昼食、その後、二人でベッドフォード・パークの家族を訪問、姉妹とお茶を共にした。グレゴリ夫人の援助の手はイェイツの家族へも伸び、父J・B・イェイツに息子やリヴァイヴァル運動の主役たちを描いた鉛筆画の肖像を依頼、ジャック・イェイツの個展がロンドンとダブリンで開かれる度に、自身で作品を買い、友人・知人を個展に誘っては作品を買うよう要請した。

一八九八年、ウルフ・トーン記念祭の年が明け、「九八」運動はいよいよ加速、イェイツは政治集会をあちこち飛び回る傍らケルトの秘教に深くのめり込み、そこに演劇構想へ向けた準備作業が加わった。創作は、無論、彼の本業。「一八九八年を通し、イェイツの存在はシャープ／マクラウドと同じほど分裂[77]」状態を呈す。

冬の間、イェイツの課題の一つは、ダブリンの演劇公演に関する法改正を実現するためのロビー活動、議会議員に面会、手紙を書いて奔走した。その一方、『九八』集会とそれに絡む抗争や口論に巻き込まれ、恐ろしく時間を取られた[78]」。目ぼしいものだけでも――ロンドン、ホルボーンの集会でスピーチ（一月一六日）、ロンドン、ピカデリの集会に参加（二月一六日）、リヴァプールへ飛んで集会の議長（二月二〇日）、ダブリンに渡って集会でスピーチ（三月一三日）、三月一八日にロンドンへ引き返した彼は、英国・フランス「九八」一〇〇周年協会発会を祝う宴を主宰（四月一三日）[79]。そして四月二三日、彼はパリへ向かった。

「二、三日前からパリに来ています」。四月二五日、彼はグレゴリ夫人に伝えた。「素晴らしい天候で、至る所木々が芽吹いています。ブローニュの森へ自転車で出掛けたところ、夏のようでした」[80]。モード・ゴンは気管支炎を病み、安静が必要な状態。冬の間、アイルランド西部で飢饉救済活動に奮闘したいわばツケ。肺疾患体質の彼女は脇目もふらず奮闘しては、その後、気管支炎や肺炎症状を病むのが常となっていた。イェイツはマグレガー・メイザーズの元に滞在しながら「英雄たちの城」構想に備え、彼とケルト神話の研究に時間を費やした。

　五月半ば、英国議会下院でダブリンの演劇公演に関する法改正を諮る討議が始まり、ロンドンに呼び戻されたイェイツはロビー活動に追われた。

「九八」運動は「夏が近づくにつれ祝賀ペースは加速」、六月に入るとダブリンの街は「無数の集会やデモが開かれた」[81]。六月一二日、モード・ゴンは幌のない馬車で集会の一つへ向かう途中、馬が躓いて地面に投げ飛ばされ、片腕を骨折、顎と顔に傷を負った。事故に動転したのは彼女自身よりイェイツ。知らせを受け駆けつけた彼は、彼女のベッドの傍につき添って本を読み、手紙を代筆、殆ど毎日グレゴリ夫人にモード・ゴンの症状を報告。幸い一週間もすると、彼女は外出できるまでに回復した。

　モード・ゴンの事故のためクール訪問は遅れ、六月二〇日、イェイツは屋敷に到着する。その一週間後、シングがクールへやって来た。初めてアラン島へ渡った彼は、島に一か月半滞在、その帰途である。五月初め、グレゴリ夫人は島へ渡航し、シングに遭遇していた。しかし、この時、二人は互いに見知らぬ者同士、言葉を交わすことなく、互いに遠くから不審の目を向けた。イェイツ、シング、グレゴリ夫人――演劇運動の立役者たちが顔を揃えた最初の夏である。

　イェイツがクールで過ごす二度目の夏、彼の日課は「一一時から二時まで創作、その後は読書、散歩、その他の書き物」[82]。「秩序と労働」のリズムが刻まれ始めた。七月一一日、ダブリンの演劇公演に関する法改正の英国議会下院通過を知らせる手紙が、W・E・H・レッキーからグレゴリ夫人へ届いた。彼はトゥリニティ・カレッジの著名な歴史学者でカレッジを代表する議会議員、法改正に尽力した人物である。アイルランド文学座開演を阻む最大の障害は除かれた。

八月、ウルフ・トーン記念祭の月に入り、「九八」運動はいよいよ佳境を迎える。八月九日、ロンドンで英国・フランス「九八」一〇〇周年協会が主催して宴が開かれ、イェイツは協会会長として臨んだ。翌八月一〇日に祝賀集会が開かれ、八月一三日、イェイツはモード・ゴンとフランス代表のシプリアーニ[83]と共にロンドンを発った。夕刻、フェリー港キングズタウンに到着した三人は、ダブリン代表団と熱狂的な群衆に迎えられ、そこでスピーチ。ダブリンの駅で列車を降りると、そこにも群衆が待ち受け、シティ・バンドと旗手を従えて行進。ホテルに着くと、再び三人は感謝のスピーチ。イェイツが群衆にこれほど熱狂的な歓迎を受けるのは、一九二三年のノーベル文学賞受賞の際を置いてない。

そして八月一五日、「九八」運動のクライマックス、ウルフ・トーン記念日を迎えた。この日、街を通りぬけた祝賀行列はオコンネル生誕一〇〇周年祭（一八七五）以来最大規模。メモリアル・カーを先頭に、英国・フランス「九八」一〇〇周年協会を代表して、イェイツとモード・ゴンはシプリアーニと共に三番目の馬車に乗った。「九八」運動に乗り遅れた議会議員たちは、遥か後方を徒歩で行進。パーネル派のリーダー、ジョン・レッドモンドは行列の先頭に出て、「あなたの場所はずっと後ろの方です[84]」と諌められた。

ダブリンの街は地方や海外からの訪問客で溢れ、何万もの人々が沿道を埋めた。二時二五分、ラトランド・スクウェアを出発した祝賀行列はオコンネル通りを下り、ユナイティッド・アイリッシュマンの反乱と縁の深い市内各所を巡り、ウルフ・トーン記念像の礎石を敷く場所に選定されたグラフトン通りの向かい、聖スティーヴンズ・グリーンの一角に行列の最後尾が到着したのは六時三〇分。

そこに設えられた演壇に一〇〇人を超える人々が立ち、熱狂的な大群衆が取り囲んだ。イェイツもモード・ゴンも演壇に上った。終始、「九八」運動の旗頭を務めたオレアリが「われわれが真に自由を望むなら、〔…〕アイルランド人は一つにならねばならない[85]」と人々に結束を訴え、ウルフ・トーン記念像の礎石を置いた。それぞれ一トン以上の巨大な二つの石。著名な政治家やＩＲＢの闘士たちが壇上から次つぎと熱弁を振るい、イェイツもイングランドを代表してスピーチに立った。「この運動を作ったのは民衆自身」と彼が言うと、群衆は「ノー、ノー、運動を作ったのはモード・ゴン[86]」と返した。イェイツの自叙伝の草稿に記されたこのエピソードは、新聞報道にもモード・ゴンの自叙伝にも記録がない。イェイツは名うての神話作者（ミス・メイカー）。群衆の掛け声は彼の「モード・ゴン神話」の一つだったのだろうか。

「九八」運動は、一世紀前の武装蜂起に似た動きを期待した人々には、空砲に終わったかもしれない。しかし、ナショナリスト勢力の連帯と結束を謳った「九八」運動は、その限りでは確かな成果を残した。二派に割れ抗争を続けた議会派は、一九〇〇年、パーネル派のリーダー、ジョン・レッドモンドの下に統合し、IRBの二つの党派も距離を縮め連携を深めていった。二年間にわたって繰り広げられた「九八」運動は、パーネルの死後、低迷をきわめた独立闘争に新たな命を吹き込んだ。それが運動の最大の成果であろう。

イェイツは一一月の終わり、ダブリンでモード・ゴンに再会した。二人が街に滞在する場合、彼はスキャンダルを回避するため、別のホテルに投宿するのが常である。一二月七日、モード・ゴンから口づけされた夢を見て目覚めた彼は、彼女が滞在するホテルへ赴いて、見た夢を告げた。その晩遅く、彼女は前夜同じ夢を見たと語り始める。夢の中で、何か精霊のような者に二人は「手と手を結び合わされ、結婚したと告げられた」。そう言って、その場で、モード・ゴンはイェイツの唇にキスをした。[87] 二人の出会いからほぼ一〇年、初めてである。

翌日、前日の衝動を悔いる彼女はイェイツに「あなたの妻にはなれない[88]」と言って、徐々に私生活の秘密を語り始めた。フランス人の愛人であること、二人の子供の誕生と最初に生まれた子の死など、全てスキャンダルにねじ曲げられてイェイツの耳に達していた。しかしモード・ゴンが一〇年間秘めていた秘密をこの時点で、イェイツに告白したのは何故なのか。この頃、ミルヴォアは若い愛人を作り、モード・ゴンとの関係は破綻へ向かっていた。「死に至るまでの盟約[89]」と誓った愛人の裏切りに、彼女の「心はブランクで麻痺状態[90]」、心に溜めた秘密をもはや独り支え切れなかったのかもしれない。

モード・ゴンの告白をイェイツは結婚を拒むいわば楯と受け取った。「結婚の希望を全て奪われてしまいました[91]」と、一二月一五日、彼はグレゴリ夫人に書き送っている。しかし逆の見方、即ち告白は結婚への道を容易にするためと解釈する人もいる。[92] 一二月一五日付、グレゴリ夫人へ宛てたイェイツの手紙に驚くべき内容が綴られている。「モード・ゴンは何年も前から私を愛し、私の愛は彼女の人生で唯一の美しいものと彼女は言った[93]」と。ミルヴォアとの関係が破綻へ向かっていたことを考えれば、モード・ゴンが衝動的にイェイツに走った可能性は排除できないかもしれない。

彼女の側の動機が何であれ、イェイツが受けたショックは想像に余りある。「恐らく、彼の全人生で最大の情緒的危機[94]」である。「昨日と今日、私は危機の中にいて、疲れ果てました」（一二月八日）、「マストが根元から折れたボロ船のような気分です[95]」（一二月一五日）と、彼はグレゴリ夫人に告白した。一二月八日付の動転したイェイツの手紙をヴェニスで受け取ったグレゴリ夫人は、急遽、休暇を切り上げロンドンへ、更にダブリンへ急行した。モード・ゴンにも面会。イェイツとの結婚の意思を問うグレゴリ夫人に、「結婚より、考える重要な事柄があります[96]」と、彼女は応えた。

一二月一九日、モード・ゴンはパリへ発つ。前日、結婚を迫るイェイツに彼女は性に対する「恐怖、恐れ[97]」を理由に彼を拒んだ。モード・ゴンの後を追ってパリへ行き、結婚を承諾するまで傍を離れないように促すグレゴリ夫人に、イェイツは「いいえ、私は疲れ果てました。これ以上のことはできません[98]」と返した。イェイツの側の或る意味の優柔不断さ、強引さの欠如に、モード・ゴンが落胆を感じたことも事実であろう。一方イェイツは、一〇年間信じてきた「美しき誤解」と明かされた事実の落差に動転、混乱していたことも否めない。「二人とも何を望んでいるのか分からなかったのかもしれない[99]」。穿った見方をするロイ・フォスターの見解が、或いは真実に近いかもしれない。

大晦日、AEはグレゴリ夫人に手紙を送った。

> 彼の恋物語の全てを、何年も前、それが始まった時から私は知っていますが、哀切で、スピリチュアルな関心を掻き立てます。それは彼のキャラクターの最も高貴な側面と最も魅力に欠ける側面に交互に作用してきました。しかし概して、彼の中の最も美しい人間的なものはそれに拠り、その他に勝ります。私は彼が自分にそうあれと願っていることが叶えばよいとも言えず、彼のためにそれを望んでいるとも言えません[100]。

イェイツがパリへ渡ったのは翌年一月の最後の日。モード・ゴンの告白は続いた。二月九日、イェイツがグレゴリ夫人に送った手紙——

> ここで、私は気の滅入る時間を送っています。前月と私がここに滞在していた間殆ど、彼女が話すのは余りに苦痛だと見受けられ、問うことを控えている二、三のことを除いて、彼女は徐々により詳しく、自分の人生を物語りました[101]。

二月一七日、イェイツはロンドンへ戻り、その日、グレゴリ夫人を訪問した。「咳とインフルエンザを引きずり」、「落ち込んでいる」彼に彼女は同情、モード・ゴンは「利己心と虚栄心から彼を弄んでいるのではないかと思う[102]」、日記にこう書き入れた。

モード・ゴンの告白とドタバタ騒動じみた迷走の果てに二人が辿り着いた着地点は「霊的結婚（スピリチュアル・マリエッジ）」――前世で二人は兄と妹だったというモード・ゴンの夢に基づいたオカルト的決着である。モード・ゴンの告白ショックに、「海や丘が地殻変動を起こした気分」、「私の想像力全体の土台が移動してしまった[103]」と心情を明かすイェイツは、一九か月間にわたって抒情詩の詩作は途絶えた。

一八九九年四月一五日、詩集『葦間の風』が出版された。「この英語という言葉が続くかぎり、君の唄は生き続ける[104]」等々と、各方面から称賛が寄せられた。『葦間の風』は、『アカデミー』が一八九九年の最も優れた詩集に贈った二五ギニーの賞金を獲得する。

詩集の題名は、イェイツが美的に「完璧」と挙げた三つの一つ――「或る夜、小さな湖の辺（ほとり）、風が葦の床を吹く音を聞いた場面」に由来するのであろう。「シィーはゲール語で風の意、彼らは風と大いに関係があり、旋風に乗って移動する[105]」者たち。詩集の主役は「シィー」、即ちアイルランドの妖精であり、彼ら不滅の者たちが風となって、「漠とした理想や不可能な希望[106]」を吹き込み、地上の人の夢や野心は色褪せる。詩集の巻頭詩「群なす妖精」（"The Hosting of the Sidhe"）で、彼らは呼ぶ――

おいで、さあ、おいで、
ひとの心の儚い夢を空にするのだ。
風は目覚め、木の葉が渦を巻く〔…〕。

詩集の初版で、アイルランドの妖精や民話・神話・伝説、オカルト的シンボルに関する膨大な注――六四ページの本文に、四四ページの注――が付され、「批評家の殆どは、とても短い詩に非常に長い注をつけたと書評の半分を不平に当てるだろう[107]」と、苦笑交じりにイェイツは語った。

この詩集の初版で、多くの詩は「エイ、愛の喪失を嘆く」（"Aedh Laments the Loss of Love"）、「マイケル・ロバーツ、忘れられた美を思い出す」等とキャラクターたち――エイ（Aedh）、マイケル・ロバーツ、ハンラハン、モンガン――が詩の主人公として題名に登場する。彼らは「実在の人物と言うより心的素因（プリンシプル）」で、ロバーツは「水に映った火」、「ゲール語で火」を意味するエイは「自ら燃える火」、言い替えれば「想像力がそれが愛するもの全ての前に捧げるミルラや乳香（フランキンセンス）」。そう解説するイェイツは、「恐らくマジカルな伝統に通じた者のみが私を理解してくれるだろう[108]」と言い添えている。こうしたキャラクター群は、その後、「詩人」、「恋する男」、単に「彼」に置き換えられた。「恋する男、愛の喪失を嘆く」("The Lover mourns for the Loss of Love") といった具合に。

『葦間の風』の主題は詩人と二人の女を巡る愛のトライアングル。オリヴィア・シェイクスピアの伝記を著わしたジョン・ハーウッドは次のように解説する。

> 『葦間の風』の詩は、[制作された] 時系列順に読む時、比較的首尾一貫した物語を成す。不滅の者たち（イモータル）との合一への相反する憧れは、初め神話や民話を通して表現され、一八九五年から九六年の詩においては生身（モータル）の女の魅惑と対立して描かれる。しかし、不滅の者たちが誘惑するパワーは詩人の半ば不滅の「失った恋人（ロスト・ラヴ）」に転化され、彼女のために、彼は生身の恋人を放棄し、その結果、為すすべもなく独りとり残される。このパタンが展開する時系列順は、イェイツの人生において起きた出来事の時系列順にそっくり当て嵌る[109]。

生身の恋人と半ば不滅の「失った恋人」、二人の「美女」は個性を持った存在というよりタイプでありイデア。従って、「モード・ゴン詩」と「オリヴィア・シェイクスピア詩」の境界線は必ずしも明確ではないが、明らかにロバーツ詩は後者に属し、エイに振られた詩は前者。

「エイ、天の布を望む」("Aedh wishes for the Cloths of Heaven") は詩集の最後から二番目の詩、モード・ゴンの告白以前、『葦間の風』に収録された作品の中で「恐らく最後に[110]」書かれた詩である。

> 私に刺繍を挿した天の布、
> 金と銀の光で織った、
> 夜（ナイト）と光（ライト）と薄明かり（ハーフライト）、
> ブルーとほの白、黒の布があったなら、
> 私はその布を貴女の足元に敷きましょう、
> けれど、私は貧しく、夢だけしかありません。
> 私は私の夢を貴女の足元に敷きました、
> そっと踏んで下さい、貴女は私の夢を踏んでいるのです。

この八行の詩一篇を、「キプリングがこれまでに書いた詩、これから書く詩全てに値する[111]」と、或る出版社の文学アドヴァイザーは評した。

『葦間の風』に続いて、五月初旬『詩集』第二版が出版された。『葦間の風』と合わせ、それまでに発表された作品の中

『詩集』（1899）の表紙と背表紙、アルジア・ジャイルズのデザイン

で著者が後世に「残したい全ての詩[112]」を収録する二冊の詩集は、一時代にピリオドを打つ。『詩集』（一八九九）は表紙が一新され、初版のフェルから、アルジア・ジャイルズのデザインに替わった――

書評子が目にした最も美しいモダン・デザイン――ダーク・ブルーの地に、ゴールド、十字架に架かった薔薇が花びらを至るところに散らす。〔…〕表紙だけでも本の値の価値があると思われた[113]。

こう語る書評子はヘンリ・ネヴィンソン。ジャイルズはイェイツのオカルト仲間であり、「私の作品のシンボリズムを完全に理解している[114]」と彼は高く評価、『秘密の薔薇』、『葦間の風』の表紙をデザインしたのも彼女である。因みに、『詩集』（一八九九）の値段は七シリング半、著作権料は一二パーセント半。当時、本は高価な贅沢品だった。

第四章　アイルランド文学座　一八九九―一九〇一

アイルランド行政府事務長官公邸で催された『伯爵夫人キャスリーン』のタブロー・ヴィヴァン一場面、左から二番目が伯爵夫人役のレイディ・フィンガル、1899年1月

「重大発表――アイルランド文学座」――一八九九年一月一二日、ダブリン『デイリィ・イクスプレス』紙に、文学座旗揚げを告げるイェイツの公式発表が掲載された。「五月、音楽コンサートの前の週、エドワード・マーティンの現代アイルランドの社会劇『ヒースの野』と、私自身の中世アイルランドの劇『伯爵夫人キャスリーン』を上演します[1]」。一月九日、国文学協会の会議で行われた同じ趣旨のイェイツのスピーチに次ぐ最初の公式発表である。夏と冬の二シーズンだったケルト世界で、五月は「ベルティネ」と呼ばれる夏の始まりを告げる季節、すでにゲール同盟のフェスティヴァルとミュージック・フェスティヴァルがこの時期に開催され、そこに文学座が加わって、「ケルト」の一大祭典に盛り上げる目論みである。文学座公演は国文学協会主宰によることが決まり、エドワード・マーティンは公演資金を全面的に負うと表明、公演会場となるコンサート・ホールは前年一二月に確保済み、五月第二週の開演へ向け準備は進んだ。

イェイツはクリスマスと新年をスライゴーで過ごし、ダブリンへ出たのは国文学協会の会議前日。依然、モード・ゴンの「告白」ショックを引きずっていたに違いない。しかし会議の日の夜、AEを訪れた彼は「意気盛ん[2]」、新しい企てを前に自身を奮い立たせていたのであろう。「劇場」は、イェイツが生涯の最後まで関わるライフワークの一つとなった。とりわけ次の一〇余年、詩人の時間とエネルギーは、文字通りゼロから出発した「アイリッシュ・シアター」を二〇世紀の一大演劇現象へ育て上げるために振り向けられた。劇作品を書き、演劇理論・指針を打ち立て、劇場の機関誌『ベルティネ』や新聞紙上で劇場のための広報活動を展開、劇場経営の実務――要するに彼自身が自嘲を込めて言った「劇場の業務と人の管理」(「困難なことの魅惑」)に明け暮れる年月となる。この間、詩作は劇作にとって替わり、書かれた抒情詩は僅か、一九一〇年までに十指近くの劇作品が世に送り出された。

イェイツの演劇構想は一八九〇年代の「ケルトの薄明」、「ケルトの秘教」の延長である。前年九月から年末にかけて、「文学座発表まで人々の目を覚ましておくため[3]」、『デイリィ・イクスプレス』紙上で「ナショナル・ドラマ」の定義を巡って論争が繰り広げられた。イェイツが論争に投じた二つ目の寄稿「肉体の秋」("The Autumn of the Flesh")は、彼の世紀末的信条の究極的表現と見なされるエッセイ、「肉体の秋」は物質偏重の世界の終焉を意味する。

われわれは、人が原初の第一日から降り下ってきた階段を〔…〕登ろうとする瞬間に、世界の危機の頂点にいるのかもしれない。〔…〕諸芸術は、司祭の肩から落ちた荷を肩に背負い、われわれの思考を事物そのものではなく、事物のエッセンスで満たすことによって、われわれの旅をもと来た道へ導こうとしているのだと、私は信じる。[4]

終末を迎えた世界を、今一度「黄金の夜明け」へと導くのは美の司祭たる芸術家の使命。イェイツ研究の第一人者の一人リチャード・エルマンは、詩人の劇場を「アイリッシュ・ミスティカル・シアター」[5]と呼ぶ。

「アイルランド文学座は、自由劇場や作品劇場がフランスの演劇文学のために為したことを、アイルランドの演劇文学のために為さんと創設したものです」[6]。「重大発表」の冒頭で、イェイツはこう述べる。一九世紀末、ヨーロッパ各地に、商業演劇に反旗を翻す「独立小劇場」の運動が広がった。パリの「自由劇場」やロンドンの「インディペンデント・シアター」はその例であり、アイルランド文学座は時代の先端をゆく前衛劇場に列なる企て。商業演劇に支配されたロンドンの演劇界は帝国を蝕む物質偏重が生んだ悪しき産物の一つであり、アイルランドの「反英感情の情熱を、イングランド社会が最悪の礎とする俗悪と物質偏重に対する憎悪の情熱に変えることが私の夢だった」[7]と、イェイツは言う。

もう一つ、イェイツを演劇の舞台へ引き寄せたのは「ことば」へのこだわり、詩劇復活に賭けた彼の夢である。イェイツの詩劇はユニークにしてオリジナル、発声の術に長けた美しい声の役者が謳い上げる詩の「ことばの美しさ」がいわば主役となり、アクションや舞台装置は詩の効果を演出するための脇役として必要最小限に抑えられた。

アイリッシュ・シアターに託したイェイツの演劇ヴィジョンが何であれ、孤独な詩作と異なり劇場は多種多様な利害や思惑が交錯する場所である。マーティンの『ヒースの野』は彼が「師」とするイプセンに習ったリアリズム劇。リアリズムもイプセンもイェイツの関心から遠い。文学座を資金面でバック・アップする「保証人」のリストには、ダブリンの演劇公演に関する法改正に尽力したトゥリニティ・カレッジの歴史学者レッキーや、同大学の「大の保守派教授」[8]マハヒ等、

「ユニオニスト」の支配階層が名を列ねる中、オレアリやモード・ゴンといった「革命家」の名前が同居した。文学座は開始当初から、「相反する主義主張の間の困難な道[9]」を歩み始める。

「重大発表」から二日後、早速困難な事件が発生する。一月一四日、国文学協会主催によるマーガレット・ストークスの講演「アイルランドのハイ・クロス」が行われた。ストークスはアイルランド考古学のエキスパート。彼女に招待され、総督夫人、事務長官夫人、大法官夫人――アイルランド行政府トップの夫人たちが講演会に現われる事態となる。イェイツは国文学協会会長のドクター・シーガソンに手紙を送った。

> ［総督夫人を］一般聴衆の一人として迎えるべきだと、可能な限り強調して申し上げたい。特別な椅子も特別なレセプションも用意すべきではありません。そうすれば、彼女が総督夫人であるという事実に敬意を払い、彼女の臨席をパトロンのそれに変えることになります[10]。

講演後、彼はマーガレット・ストークスにお詫びの手紙を書く仕儀となった。

> 椅子に関する私のアクションが貴女に苦痛を与えたと耳にしたところです。私の行動を申し訳なく思います。［…］しかし椅子に関して、私は正しかったと信じています。こうした事柄で、私たちナショナリストは貴女にはお分かりいただけない難しい立場に立っています[11]。

モード・ゴンは国文学協会副会長の一人。彼女は早速、パリからイェイツに手紙を送りつけた。「もしスキャンダラスな優遇がなされていれば、私は国文学協会との繋がりを断つところでした[12]」。

文学運動開始からほぼ一〇年、支配階層もイェイツと彼が率いる運動に無関心ではなかった。それを表わす一つは、一月二四日と一月二五日、ダブリン郊外に広がるフィーニックス・パークに立つ事務長官公邸で、事務長官夫人主宰の下、『伯爵夫人キャスリーン』から場面を取って演じられた「タブロー・ヴィヴァン」（tableau vivant「生きた絵」の意）。数人の演者が無言のままポーズを作って舞台に立ち、劇の一場面を「生きた絵」のように作り出す手法である。発案はレイディ・フィンガル、フィンガル伯爵家はアイルランドで最も古い家柄の一つ。彼女に依頼され、イェイツはリハーサルで演者たちを「コーチ」する一幕もあった。イヴェントに招待された「多くの人々は、奇妙なことに彼の詩を全く読んでいなかった。［イヴェントの］前の週、そうした無学な招待客たちは、四方八方、詩集を買い、貰い、借りた[13]」と、『アイリッシュ・フィガロ』のリポーターは伝えている。ＡＥから、レイディ・フィンガルが、劇のヒロインをモード・ゴンに演じて欲しいと願っていると耳にしたイェイツはグレゴリ夫人に――「事務長官公邸のモード・ゴンを想像して下さい[14]」。急進的ナショナリストが公邸に足を踏み入れるのは重大な背信行為と見なされた時代である。イェイツは事務長官夫人主宰の催しを観ることはなかった。文学座開幕を間近に控え、「難しい立場」を考慮したのであろう。

　文学座公演へ向けた準備が劇をプロデュースする段階に入った頃、協力者が一人登場する。ジョージ・ムア、アヴィニュ・シアターで『心の願望の国』が上演された時、劇の作者を「アイルランド詩人のパロディ」と呼んだ彼である。アイリッシュ・シアターの創設者三人は、いずれも演劇に通じていたわけではない。やがて劇場一番の人気劇作家となるグレゴリ夫人が演劇運動の表舞台で活躍を始めるのは、彼女が劇作家としてデビューする一九〇三年以降のこと。文学座三回の公演の間、彼女は裏方に徹した。また、イェイツとマーティンも演劇をプロデュースするノウハウは皆無に等しい。二人は、マーティンの血縁で親友のジョージ・ムアに協力を求めた。

　ゴールウェイの北、メイヨーの大土地所有者一家「ムア・ホール」に嫡男として生まれたムアは、成人に達し家督を継ぐや画家を志してパリへ渡った。志は挫折、ロンドンに活動拠点を移した彼は文学に転向、「イングランドのゾラ」の異名を持つ作家である。ムアは演劇の専門家ではなかったが、パリやロンドンの演劇界に通じインディペンデント・シアター設立に参加した一人であり、イェイツとマーティンの不足部分を補う役割が期待された。

　しかしアイルランド社会の中で、ムアは一種の札付き。彼の小説の性描写は超ピューリタン的性道徳に支配された人々から拒否反応に遭い、彼のパンフレット『パーネルと彼のアイルランド』（一八八七）は、アイルランドと「アイリッシュ」と名のつくもの殆ど全てを悪しざまにこきおろし、島国を「夢から見捨てられた国」、「泥炭沼の穴に忘れ、置き去られた[15]」民族と呼んで、アイルランドの「誰もかれも彼を憎悪する[16]」状況を自ら作った。一八九九年ムアは四七歳、「曲者で、御しがたく、悪魔的ユーモア感覚の誘惑に抗し難い[17]」人物と、ロイ・フォスターは定義する。

　ロマンティックな詩劇復活を夢みる詩人イェイツ、修道僧のような女嫌いでイプセンを「師」とするマーティン、「イ

ミスター・W. B. イェイツ、ミスター・ジョージ・ムアを妖精の女王に紹介する：マックス・ビアボームの戯画

ングランドのゾラ」ムア――文学座三回の公演を演出するのはこの三人。パーソナリティも文学・演劇理論も共通項を見出すことが難しい彼らは、祖国愛を接点に結びついたものの、対立、諍(いさか)い、口論を繰り返すようになる。その中で、グレゴリ夫人の役回りは仲裁・行司役、「和の中心[18]」となった。

ムアの協力を得て、ロンドンでプロの役者が雇われ、リハーサルが始まったのは二月半ば、イェイツがパリから帰国した後と思われる。リハーサルの責任者は公演のジェネラル・マネージャーであるフロレンス・ファー。イェイツの劇の中で伯爵夫人を恋い、慕う詩人アリール役を演じることになっていた。三月、ムアとマーティンにプレッシャーを掛けられたファーは、ジェネラル・マネージャーの座を降りた。

そうした中、不測の事態が発生する。三月二一日、イェイツはロンドンの住居の郵便受けにマーティンの手紙を発見した。『伯爵夫人キャスリーン』のヒロインが、飢餓に苦しむ民を救うため、金貨と引き換えに悪魔に魂を売り渡す行為の神学的正統性に疑問を持ち、文学座から身を引くと通告する手紙だった。グレゴリ夫人は「青天の霹靂(へきれき)」と言い、イェイツは「大いに慌て」、ムアは「激怒[19]」。急遽、二人の神父に意見を請い、好意的評を得てその場は収拾した。しかし、この後もマーティンは「権威ある誰かが劇に異議を唱えれば再び身を引く[20]」と言い続け、イェイツを慌てさせた。

マーティンの一件を収めた三月最後の日、夕刻、イェイツとフロレンス・ファーは、公演の宣伝のためアイルランドへ向かった。翌朝、ダブリンに到着した二人は、『フリーマンズ・ジャーナル』紙に掲載された記事「金貨で贖う魂！　ダブリンの偽ケルト演劇」を目にする。筆者はフランク・H・オドネル、イェイツの劇は中世アイルランドの人々を、「悪魔を崇め、呪物を崇拝するコンゴやナイジェリアのうす汚い黒人の種族[21]」に貶める云々と、『伯爵夫人キャスリーン』を誹謗・中傷する記事だった。

オドネルの攻撃は新聞記事に止まることなく、文学座開演を目前に控えた四月下旬、彼は「金貨で贖う魂」をパンフレットにして、ダブリンの街中にバラまく挙に出る。イェイツに対する「嫉妬」から発した行為だったという。イェイツが彼に献上した呼称は――「狂った悪党[22]」。「悪党」の「狂った」行状は多くのダブリン市民の知るところであり、彼の暴挙は害よりも宣伝効果を発揮、新聞各紙はこぞって書きたて、一劇作品を巡って島国の小さな首都が沸騰する中、五月第二週を迎えた。

一八九九年五月八日、アイルランド文学座は開演の日を迎えた。ライオネル・ジョンソンの「プロローグ」が朗誦され、続いて演じられたのは『伯爵夫人キャスリーン』。警官三〇名が警備する中での公演である。「野次と声援の応酬[23]」が飛び交ったが、警官の出番はなく、無事終了。

五月九日、『ヒースの野』。生い茂るヒースの野から土地を回復しようと奮闘する土地所有者が、それも虚しく、ついに発狂に追いやられる悲劇を描いた作品である。党派偏向はこの時代のアイルランドの流儀。カトリック教徒のマーティンの劇に前日に優る拍手喝采が送られ、幕が下りた。

イェイツの劇の神学的正統性に疑問を発する声は容易に収まることはなかった。公演を終えた翌日、五月一〇日、アイルランドのカトリック首座大司教ロウグ枢機卿が、イェイツの劇を読まずに『伯爵夫人キャスリーン』を非難した意見が、新聞各紙に掲載された。劇を「観たアイルランドのカトリック教徒は、宗教と愛国心の両面で堕落した民と躊躇することなく言わざるを得ない[24]」。枢機卿はこう断じた。同日、カトリック系のロイヤル・ユニヴァーシティの学生三〇名はイェイツの劇に抗議する抗議文を新聞各紙に送付、掲載された。同大学の学生ジェイムズ・ジョイスは、独り抗議文に署名を拒否。五月一三日、イェイツはロンドンの『モーニング・リーダー』紙に書簡を寄せ、劇を読まずに非難したロウグ枢機卿の「向こう見ずな憤りは、知的争点の議論で、アイルランドの古い世代がしばしば見せる知的軽率、無関心の一部」と反論、「劇場の拍手喝采から、勝利がいずれの陣営か明らか[25]」と書簡を結んだ。一劇作品を巡ってダブリンの街を挙げてのこの騒動は「パブリシティの観点から、とてつもない成功[26]」と、或る識者は回想を残している。

五月一一日、『デイリィ・イクスプレス』紙がダブリン一番の高級ホテル、シェルボーンで催した祝宴でアイルランド文学座第一回公演は幕を閉じ、翌年の公演に引き継がれた。後に、イェイツはこう告白している。「『伯爵夫人キャスリーン』公演初日の夜まで、私はアイルランド演劇運動の未来を、本当のところ、信じていなかった[27]」、と。

一世紀以上を経た今日、当時、イェイツの劇に向けられた執拗な非難・攻撃を理解することは容易ではない。この後、同じパタンの攻撃が繰り返され、ついに劇場内で暴動を引き起こす。その根源は、人々の意識を支配していた超ピューリタン的性道徳と、同様に超過敏な愛国精神の二つ。人々は、彼らの頑迷なカトリック信仰と偏狭な道徳心に抵触するものを過敏に嗅ぎつけ、過激に反応した。同様に彼らは、アイルランドに対する侮辱と見なす事柄に激しい怒りを露わにした。二つはいわば一心同体、モラルに欠ける者は愛国心にも欠けると断罪された。イェイツの劇を観劇した聴衆を、「宗教と愛国心の両面で堕落した民」と断罪したカトリック首座大司教がそのよき例である。それもそのはず、超ピューリタン的モラルを人々に植え付けた主体はカトリック教会だった。カトリック教徒の人々にとって、唯一の精神的拠り所だった教会はプロテスタントの英国に対するレジスタンスの象徴と見なされ、政治闘争の進展と共に、ピューリタン的モラルと愛国精神は一体化していった。そうした精神風土が生み落とした恐ろしく硬直した偽善的な文化こそ、イェイツの文学・演劇運動が戦いを宣告した最大の敵である。「私たちの敵は、無知、偏狭、狂信、人類の永遠の敵」と、彼は言った。しかし、深く根づいた精神風土が容易に変わることはなかった。アイルランド演劇運動の歴史は「騒動と暴動の歴史」と呼ばれるほど、宗教と政治は、事ある度にイェイツの運動の前に立ち塞がった。

　文学座公演を成功裡に終え、五月二〇日過ぎ、イェイツはクールに到着、一一月半ばまで、即ち六か月彼は屋敷に滞在する。前方に待ち受ける闘争の年月、「揺るぎない、母親のような盟友」グレゴリ夫人が常に彼の傍にあり、クールは降りかかる非難・攻撃・侮辱から彼を守る「聖域」となる。「彼には二つが必要だった[28]」。

　この夏、イェイツの課題は『影なす海』、書きあぐね、終着点を見出せない詩劇の完成に多くの時間が費やされた。創作に疲れると、「七つの森」を散策したりクール湖で釣り[29]、この夏、彼は絵筆を取り水彩画に手を染めている。

　七月初め、体調を崩したイェイツを、グレゴリ夫人は姪と共に彼女の生家パース家のハンティング・ロッジへ連れ立った。そこは、ゴールウェイとクレアの州境——

　丘の上、四方を鹿が群れる大きな森に囲まれています。私が書いている間、壁から鹿の頭が私を見下ろしています。野蜂の群れが窓の下の腰板に巣を作り、蜂の優しい唸り声がしています。彼らは開いた窓を出たり入ったり、野蜂なので優しく誰も刺したりはしません[30]。

七月一二日、妹リリーへこう書き送った手紙で、兄はこれまで主な収入源だった書評から撤退する意思を伝えている。イェイツの経済は相変わらず不安定で、二月には所持金が二シリング六ペンスまで底をつき、スライゴーの伯父に七ポンドの借金を請うていた。しかし書評は「ありとあらゆる難題や争いを生み、時間の浪費[31]」。『ブックマン』七月号に掲載された「フィオナ・マクラウド」が、二、三の例外を除いて、イェイツの最後の書評となる。翌年、彼は作品の発表や出版に絡む業務を代理人A・P・ワットに委ねた。手数料は一五パーセント。代理人への委託は「プロたるステイタス[32]」の証でもある。イェイツは、生涯代理人を変えることはなかった。

大量のアイルランド系住民を擁するアメリカはイェイツの懐を潤す有利なマーケット、八月、『ノース・アメリカン・リヴュー』からエッセイ「アイルランド文学運動」（"The Literary Movement in Ireland"）の原稿料として四〇ポンドが送られてきた。破格の金額、一つの記事に一五ポンド前後がロンドンの相場である。「私の人生で初めて借金を返済できました」と詩人の息子は言って、父に五ポンドを送り、「『影なす海』を書いています。うまくいっていると思います。私が手掛けた最も優れた長詩で、他の詩より濃密（インテンス）、オリジナルな作品です[33]」と書き送っている。『影なす海』は『ノース・アメリカン・リヴュー』（一九〇〇年一二月）に発表され、翌年、ニュー・ヨークで演じられた『心の願望の国』は好評、全米各地で演じられる人気演目となる。

この頃から、W・B・イェイツの名は英語圏外へ広く浸透していった。彼の作品のフランス語翻訳は一八九六年に遡る。オーストリアで英語文学を研究するレオン・ケルナーは、一八九九年春、初めてイェイツに会った。大英博物館・図書館に通うケルナーは――

> ケルト運動のリーダーが大英博物館の黒い目の禁欲家（アセティック）と知った時、私はどんなに驚いたことか！　私たちは、お茶を飲みながらかなり長時間膝を交えた。イェイツは子供のように自然で悪意がなく、〔…〕彼の内なる世界は、アイルランドの過去とアイルランドの未来への考えで溢れていた[34]。

九月半ば、イェイツはモード・ゴンに会うためダブリンへ赴き、彼女に同行してベルファストまで遠征した。モード・ゴンの目的の一つは奇岩が作る観光名所ジャイアント・コーズウェイを見るため。雨模様で、目的は果たせなかった。イェイツの旅行資金は、エッセイの一つに支払われた一五ポンドの原稿料。これはグレゴリ夫人が採取した民話の資料を基に書かれた記事で、その上、夫人の知人が編集する雑誌に彼女が仲介して掲載されたもの。このことに、グレゴリ夫人は長く燻る不満を抱き続ける。「お金を全て使い果たし、何の目的にも奉仕せず、結果を得ず、仕事もなさず[35]」。一〇年以上経って、彼女はニュー・ヨークの弁護士ジョン・クインにこうこぼした。「ベルファストでなかなか楽しい時を過ごしました[36]」とイェイツがクールへ送った手紙を、屋敷の女主人はどんな想いで受け取ったのだろう。

一〇月一〇日、南アフリカでボーア戦争が勃発。アフリカ南端の地にオランダ系住民が建国したトランスヴァール共和国へ戦争を仕掛けた帝国の軍事行動を、大国のエゴと非難する声が国際世論の趨勢、悲憤・忼慨が巻き上がる。ヨーロッパで最も烈しい「反英・親ボーア」キャンペーンが展開されたのはアイルランドである。開戦前、一〇月一日、ダブリンで、党派を超えたナショナリストたちによって戦争に抗議する大集会が開かれた。「反英・親ボーア」キャンペーンの中心はモード・ゴン。彼女の「役に立てれば[37]」と街に留まっていたイェイツは抗議集会に参加、彼女やオレアリと共に壇上に立った。「九八」運動以後、政治活動の表舞台から身を引いた彼は、依然、急進的ナショナリストの一人、ボーア戦争を非難し続けた。「二万と戦うために、九万、一〇万の男たちをかき集め、胸を打って、このヒロイズムをご照覧あれと天に呼びかける光景[38]」（一一月一日）と帝国を揶揄。マイケル・ダヴィットが、ボーア戦争を「一九世紀最大の犯罪」と非難するスピーチを残して議会を辞すると、「あなたの立派な（ノーブル）スピーチに深く感動しました[39]」（一一月二日）と、彼はダヴィットに手紙を送った。兵士徴募阻止に奔走するモード・ゴンに――「私は英国人ではなく、イングランドに忠誠を負っていません。たとえそうであっても、〔…〕正義の大義に勝利を願う以外の忠誠はないと思います[40]」（一二月一五日頃）と伝えている。

抗議集会の翌日、一〇月二日、クールに戻ったイェイツはテュリラ城へ赴く。夏の間、制作に励んだ『影なす海』をマーティンと館に滞在するムアに読んで、意見を聞くため。イェイツの詩劇――「メタフィジカルな海賊が北の海の未踏の海域をクルージングする劇[41]」とは、ムアの言い様――は、作家の助言を容れ、大幅な修正が行われる。

一〇月末、文学座第二回公演が一九〇〇年二月一九日に開演と決定した。演目はマーティンの『メーヴ』とムアの『枝のたわみ』。前者は妖精界に魅入られた娘がヒロインの劇、後者は「アイリッシュ・パーティ」の内部分裂を風刺した劇である。舞台を回転させるために劇作品を供給し続けなければならない課題を背負って出発した演劇運動は、開始当初、或る興味深い現象を生み出した。複数の作家による共作・合作である。ムアの『枝のたわみ』はその最初の産物。

ムアの劇は、初め、マーティンの『ある町の物語』だった。そのままで上演は困難と判断され、ムアが改作に取り掛かることになった。彼がテュリラ城に滞在していたのはそのためである。グレゴリ家とマーティン家を行ったり来たりするイェイツは、ムアの改作に手を貸すことになった。作家は詩人を「本物の文学人で、ナイフのように鋭い知性[42]」の持ち主と言う。そのナイフでイェイツは、マーティンの劇の縺れた「結び目」を容赦なく切って、取る。夕食のテーブルでゲスト二人は、館の主たる劇の作者を前にして、劇の変更箇所を論じ合った。共同作業は夕方の五時まで続くこともあったという。イェイツの健康を気遣うグレゴリ夫人はクールから手紙を送った――「イェイツをオーヴァーワークさせないよう注意して下さい。彼に二時間以上食べ物を与えないで置くのはよくありません〔…〕」[43]。

一一月半ば、イェイツは六か月に及ぶクール滞在を切り上げ、ダブリンを経由し、モード・ゴンと連れ立ってロンドンへ戻った。そこでも、彼とムアの改作作業は続いた。

プロの作家二人が半ばアマチュアのマーティンを翻弄する様を、「ハエを突き刺す二人の子供」[44]に準えたのはムア自身。プライドを傷つけられたマーティンは劇に署名することを拒否、『ある町の物語』は『枝のたわみ』と名前を変え、ムアの作品となった。演劇運動の創始者の一人で公演の資金源だったマーティンは、文学座第二回公演を最後にイェイツの運動から退場する。

一九世紀最後の年が明け早々に、イェイツ一家は不幸に見舞われる。一月三日、母スーザンが他界した、五九歳。長い病床生活の後に訪れた死。父は息子の肖像画を制作中で、絵のモデルになるため、前日からベッドフォード・パークの家に滞在していたイェイツは、父と共に母の最期を看取った。翌日、グレゴリ夫人に――

昨日、突然、母が亡くなりました。亡くなった時、意識がなく苦しむことはありませんでした。無論、長い間、必ずやって来ると分かっていたことでした。母が私たちを何とか認識できた時から長い時間が経ちます[45]。

「不思議な黒い目をした母に姿形が最も近かった[46]」と言われる詩人の息子は、母について多くを語らない。寡黙は、内に秘めた感情の裏返しだろうか。

喪に服す暇もなく、劇場の業務が追ってきた。この年もロンドンのプロの役者が雇われ、一月末、リハーサルがロンドンで始まった。二月初め、イェイツは風邪を引き寝込んでしまう。グレゴリ夫人は雪降りの中、彼の住居に足を運んで暖炉を熾し、食事の世話をした――朝と夕と二度。そして二月一七日、イェイツ、グレゴリ夫人、ムアは、揃って朝の列車でロンドンを発った。「あの朝、私たちは嬉々、和気藹々（あいあい）の関係〔…〕、グレゴリ夫人は角（すみ）の席に陣取って〔…〕[47]」と、ムアは振り返る。

一九〇〇年二月一九日、アイルランド文学座第二回公演は、アリス・ミリガンの『フィアンナの最後の宴』で幕を開けた。彼女は、北アイルランドでナショナリストのジャーナル『シヤン・ヴァン・ヴォフト』（一八九六―一八九九）を共同編集した詩人で劇作家。劇は、イェイツの長詩の題材であるアッシーンの伝説で、海の彼方にあるという妖精の島へ旅立ってゆく短い詩劇。続いて、マーティンの『メーヴ』が演じられた。この年の公演会場はライセンスを有する商業劇場の一つゲイアティ・シアター、マーティンの資金力によって実現した。座席数一〇〇〇を超える劇場は満席。

二月二〇日、『枝のたわみ』を上演、五幕から成る本格的喜劇である。「アイリッシュ・パーティ」の内部分裂を風刺する内容に、「鏡に自分の顔を発見し、できるものなら鏡を壊そうとする者が必ずいる筈[48]」とイェイツは言い、ダブリン市民たちは登場人物と党の政治家を重ね合わせ、モデル探しに興じた。『枝のたわみ』は好評で、五夜連続して演じられた。演劇運動は着実に前進した。

公演を終え、ロンドンに戻ったイェイツは「ライマーズ」の一人アーネスト・ダウソンの訃報に接する。「ダウソンが亡くなりました。〔…〕とても哀れな、不思議な物語です[49]」。三月一日、彼はグレゴリ夫人の耳に入れた。レストラン経営者の娘に恋したダウソンは、彼女が店のウェイターと結婚すると「酒と女」に溺れ、結核に冒された果ての死だった。「悲劇の世代」は、次つぎと短い悲劇的人生を終えていった。

一九〇二年、ライオネル・ジョンソンは、アルコール依存の深みに嵌った挙句、階段から転倒して三五年の生涯を終える。「私は、あの悲劇の十分な説明を見出せないでいる[50]」、イェイツは二〇年の後に書かれた自叙伝の一書『悲劇の世代』（*The Tragic Generation*）にこう述懐する。

イェイツがオリヴィア・シェイクスピアとの関係を修復したのはこの頃。二人は再び会い始め、彼女の母の死に、五月二〇日、イェイツはお悔やみの手紙を送った[51]。オリヴィアは、イェイツとの愛人関係の再燃を挿んで、生涯の最後まで詩人のよき友人たり続ける。

イェイツがロンドンへ戻って間もなく、ヴィクトリア女王のアイルランド訪問が発表されると、俄かに海峡の両岸は波風が立ち始めた。女王は八一歳、島国訪問に政治的意図はないと発表されたが、南アフリカで進行中の戦争に送る兵士を募る目的であることは明らか、声高に抗議の声が挙がり始める。「人差指と親指との間に一シリングを挿み、シリング硬貨をガードルにぶら下げ[52]」と皮肉ったのはムア――「あまり趣味がよくない[53]」と、グレゴリ夫人は返した。

ムアに、イェイツも続いた。三月二〇日、『フリーマンズ・ジャーナル』紙に寄せた書簡で、彼は雑誌『パンチ』に掲載されたトランスヴァール共和国大統領クルーガーの

「チンパンジーに似せた」風刺漫画を挙げ、女王の訪問の背後に潜む「政治的」意図を突いた。アイルランドを帝国に併合する法案が英国議会両院に上程されたのは一世紀前の一八〇〇年四月二日。その日、「合併に抗議し」、「アイルランドは帝国の長にいかなる歓迎の意も断ち切る」意思表示として、イェイツは党派を超えた全てのナショナリストからなる大集会を提案。[54]しかし提案が実ることはなかった。

四月三日、女王はフェリー港キングズタウンに到着。翌朝のダブリン行幸を控え、イェイツは再度『フリーマンズ・ジャーナル』に過激な抗議文を寄せた。

> 翌朝、ヴィクトリア女王に敬意を示さんとする者たちは、民の沈黙は王の教訓と言ったミラボーのセンテンスを思い起こすべきである。女王は、アイルランドから自由を奪い、南アフリカで自由を奪いつつある帝国の長であり、シンボルである。沿道に立ってヴィクトリア女王を歓呼して迎えるものは、帝国に歓呼の声を送り、アイルランドの名誉を汚し、帝国の犯罪を黙認する者たちである。[55]

各方面から挙がる抗議の中で一際注目を集めたのは、『ユナイティッド・アイリッシュマン』に掲載されたモード・ゴンの記事「飢饉女王」。女王を「卑劣、利己的、冷酷[56]」と断罪、挑発、煽動効果を狙ったモード・ゴンの面目躍如たる文、『ユナイティッド・アイリッシュマン』は差し押さえ処分に遭った。

ヴィクトリア女王のアイルランド訪問でダブリンの街が騒然とする中、イェイツは「黄金の夜明け」を揺るがす大騒動に巻き込まれる。一八九二年、メイザーズがパリへ活動拠点を移した後、ロンドンの教団の主宰者である彼と教団幹部との関係は悪化の一途を辿った。メイザーズは、ロンドンの教団の独裁的支配権を回復するため、彼の代理としてアレイスター・クロウリ――同性愛のスキャンダルにまみれた「言葉に言い表わせない人物[57]」を送り込み、四月一七日、この男が教団本部に侵入を計った。その二日後、クロウリは、「マグレガー・タータン、黒いマスク、胸に巨大な金色の十字架、ベルトに短刀、ひざ頭に短剣[58]」の出で立ちで、再び本部に侵入。それまで教団の運営に深く関わることのなかったイェイツは、昼夜、建物に籠城、クロウリの侵入に備えた。「全責任を負い、取るべき手段を決定する[59]」立場に置かれた彼はクロウリを告訴、弁護をチャールズ・ラッセルに依頼した。ロンドンのアイルランド文学協会会員のラッセルは著名な弁護士で、高等法院王座部の主席裁判官の次男である。四月二八日、「ちょうど今、電報を受け取りました。勝訴です[60]」と、イェイツはグレゴリ夫人に宛てた手紙の裏に走り書きを入れた。メイザーズはロンドンの教団から追放され、イェイツに大きな影響力を揮った彼は詩人の人生から退場した。

　オカルト教団の危機は、それで終息することはなかった。フロレンス・ファーとアニー・ホーニマンが教団の運営を巡って対立、二人の確執は一種の権力闘争へ発展した。ファーは教団内にグループを作り、そのリーダー格。会員を縛る規律を緩め、教団内のグループ活動の容認を迫る彼女をホーニマンは厳しく批判、厳格な規律と厳格な位階制度の堅持を主張した。二人の女性の間に挿まれたイェイツの立場は複雑かつ微妙。ファーは古くからの友人であり、詩劇復活の夢を共有する演劇仲間、一方ホーニマンは、マーティンに替わる彼の劇場の資金源として彼が密かに期待を寄せる女性である。そうした思惑は置いて、イェイツはホーニマンの支持に回った。翌一九〇一年二月、グループ活動を合法化する動議が教団の評議会に提出されると、イェイツはファーと彼女のグループ活動が教団の一体完全な組織に混乱を招く行為と批判、四通の書簡を主力会員に送り教団の結束を訴えた。[61]しかし、評議会で多数を占めるファーのグループの勝利は自明。イェイツとホーニマンは評議会を辞任し、彼が教団の運営に携わる最後となった。

「黄金の夜明け」は更なるスキャンダルに揺れた。「ホロス夫妻」と名乗るアメリカ人夫婦が教団に入り込み、一九〇一年一二月、入会の儀式で、一六歳の少女をレイプした罪で告訴された。メディアは騒ぎ立て、教団は汚名にまみれた「黄金の夜明け」を名乗ることができず名称を変更、更に、一九〇三年、二派に分裂、イェイツはその一つ（Stella Matutina Temple）に一九二〇年前後まで所属し続けた。


　ボーア戦争は進行中――初め劣勢を強いられた英軍は大量の兵士投入によって攻勢に転じ、ボーア軍は次つぎ拠点を失って、一九〇〇年六月五日、首都プレトリアがついに陥落した。ロンドンの中心街に繰り出した群衆は「通りで踊り、トランペットを吹き、旗を振り」[62]、首都は戦勝ムードに沸いた。喧騒に、イェイツは南アフリカの「国」を思い、「日毎、喧騒を増す騒々しい街に疲れました。クールにありたいと思います」[63]とグレゴリ夫人に訴えた彼は、六月末、クールに到着した。

　この夏、イェイツの課題は『斑の鳥』。妹ロリーに「悲惨な小説」[64]とこぼし、依然、完成の目処は立たない。「一七歳の時から物語、詩、エッセイを書き始めて、書き上げなかったものはない」[65]と自負する彼は、一九〇三年に小説を放棄した後も、原稿を「出版すべきか破棄すべきか」[66]苦悩し続ける。

　八月、「枝枯れ」（"The Withering of the Boughs"）が完成し

た。モード・ゴンの「告白」後に書かれた最初の抒情詩、一年半の空白が空いていた。九月には、「月の下で」（"Under the Moon"）が書かれた。しかし、劇場の業務に追われる詩人のペンから送り出される抒情詩は僅か。

演劇運動がスタートすると、クールはイェイツを始めとする人々が集い、プランを論じ、劇作品を書き論じ合う場――人呼んで、「アイルランドのワークショップ」と化した。文学座第三回公演の演目となるダグラス・ハイドのゲール語劇『縄を綯う』と、イェイツとムアの合作『ディアミードとグローニャ』（*Diarmuid and Grania*）は二つとも、夏から秋にかけてクールで制作が進められた。

ゲール語劇は演劇運動が目指した目標の一つである。その期待を一身に背負ったのがゲール同盟会長のダグラス・ハイド。八月二〇日、彼は、ドイツ人の妻を伴ってクールへやって来た。ゲール語劇は、イェイツ或いはグレゴリ夫人、時に二人が協力してシナリオを作り、ハイドがそれにゲール語をつけて完成した、合作・共作の見本のような産物である。『縄を綯う』は、娘に言い寄るストーリー・テラーを、縄を次つぎ撚って綯わせ、外へ追い出してしまうコミカルなイェイツのストーリーを基に、イェイツとグレゴリ夫人がシナリオを作り、ハイドが三日間、午後の時間を費やしてゲール語をつけ完成させた。

そして『ディアミードとグローニャ』――ケルトの英雄伝説の中で最もよく知られた悲恋物語を基にした劇の合作を、ムアがイェイツに提案したのは前年の秋、彼がテュリラ城に滞在していた時である。テュリラ城でシナリオが作られ、劇の構成はムア、文体、即ち言葉の表現はイェイツが担う役割分担の下、制作が始まった。合作の過程や、劇のどの部分がイェイツ或いはムアの手になるかを明らかにすることは不可能だという[67]。詩人と作家の間を、時に郵便で原稿が行き交い、制作が進められたようである。

九月一五日、ムアは劇を完成するためクールを訪問。二日後、ダブリンへ撤退した彼は、九月二九日、再びクールを訪れる。初めから、あまりに異質なムアとの共作はイェイツの芸術性を損なうと懸念したグレゴリ夫人の不安は的中、詩人と作家の共同作業は果てしない口論の連続となる。二人は互いの領域へ侵犯行為を繰り返し、その度に火花が散った。グレゴリ家の屋敷で、詩人と作家が演じたドタバタ喜劇じみた鍔迫り合いの模様は、ムアの『出会いと別れ』[68]、或いは『レイディ・グレゴリ』[69]に譲りたい。一〇月五日、ムアはクールを離れ、一〇月九日に屋敷を発ったイェイツは二週間ほどダブリンに留まる。モード・ゴンが街に滞在していたからである。「イェイツは、ダブリンでミス・ゴンの松葉杖役[70]」と、

クールを去るムアと見送るイェイツ、1900年9月か10月

グレゴリ夫人は苦々しい記述を日記に書き入れた。

『ディアミードとグローニャ』を巡るイェイツとムアの共同作業はダブリンに、更にロンドンに場所を移して続いた。鍔迫り合いを交えながら。一〇月二六日、二人は打ち揃って、当代一の呼び声高い女優パトリック・キャンベル主演の劇を観劇、公演終了後、彼女の楽屋を訪ねた。キャンベル夫人は「グローニャ」に、そしてイェイツにも興味を示し、彼女主演の『ディアミードとグローニャ』公演の可能性が浮上する。キャンベル主演のロンドン公演とダブリン公演を同時開催する可能性にイェイツとムアは期待を繋ぎ続けたが、結局、実現しなかった。

劇の基になった物語は、王妃となることが約束されたうら若い娘と、老王の忠実な側近だった美男の青年との「不倫」の恋。超ピューリタン的性道徳が支配するアイルランド社会にあって、『伯爵夫人キャスリーン』を巡る騒動の二の舞を演じかねない。イェイツもグレゴリ夫人も「ムアのエロティックなイディオム」に神経を尖らせた。しかし、ムアは「イングランドのゾラ」、食指をそそる題材に、「グローニャが恋情を吐露する場面は全て私[71]」と言い張って、譲らない。一一月一七日、イェイツはムアに最後通牒を送りつけた——「結論として、私が文体を見直すことなくして、劇が活字になることも、舞台に懸かることもあり得ないと繰り返すのみです[72]」。イェイツは「どんな言葉でも、シモンズが容認するなら私は受け入れる[73]」と表明。シモンズが裁定に乗り出すと、ムアは「天使[74]」に変身、一二月一二日、イェイツはグレゴリ夫人に「劇は確実に書き上がりました[75]」と報告することができた。作品の完成の遅れから、文学座第三回公演は春から秋へ移行した。

年末、モード・ゴンはダブリンからパリへ向かう帰途、ロンドンに立ち寄った。一九世紀最後の日、イェイツは彼女と共に古い世紀を送り、新しい二〇世紀を迎えた。

二〇世紀に入ってほどなく、一九〇一年一月、ヴィクトリア女王が他界した。六四年の長い年月、帝国に君臨した女王の死は一時代の終焉を告げた。「一九〇〇年、誰も彼も竹馬から下りた[76]」と、イェイツは有名な言を残す。一九〇〇年は区切りのよい大雑把な数字。世紀が変わった頃から、「ケルトの薄明」のフレーズに集約される彼の詩的ヴィジョンと美意識に変化が現われ始める。それを図式的に表わせば、審美的象徴詩の高みから地上への降下、「自発的に下りたのか、彼自身の個人的落胆の乱気流、劇場経営の苛立ちやフラストレイション、今や、四方から降り注ぐと思える公私にわたる攻撃によって振り落とされたのか、ともかくイェイツは彼の竹馬から下りた[77]」。イェイツ書簡集の編者ジョン・ケリーはこう解説する。

劇場作りに情熱を注ぐ一方で、イェイツは独自の詩の世界を追求した。詩は「音」にして、「声」にして発してこそ詩――イェイツが生涯、堅持する信条である。その信条から彼は、フロレンス・ファーの協力の下、「ソールタリに合わせ朗唱」(chanting to the psaltery)と名づけた実験に乗り出した。「ソールタリ」と呼ぶ一二絃の楽器を奏でながら詩を朗唱するのである。楽器は、イェイツの信条に同調するアーノルド・ドルメッチがファーのために特別に作った。「抒情詩

ソールタリを弾くフロレンス・ファー

は、音楽に合わせて語る（スピーク）というか朗唱（チャント）する時、その意味、リズムを顕わし、溶解することなく記憶の中に留まる」[78]と、イェイツは言う。因みに、彼は自他共に認める音痴。

「朗唱」は初め、ウーバン・ビルディングズのイェイツの部屋で試験的に実施され、そこを出て、一九〇〇年一二月、ロンドンのアイルランド文学協会で「イニスフリー」と『伯爵夫人キャスリーン』の一場面でうたわれる抒情詩――「逸る心よ、鎮まれ〔…〕」――がファーによって披露された。「大成功でした。『何と美しい』と、私の周囲で人々が言うのが聞こえました」[79]と、イェイツはグレゴリ夫人に報告している。二月一六日、ファーのデモンストレイションを伴ったイェイツの講演が行われ、これがいわば「朗唱」の公式のお披露目となって、以後、様々な場所でパフォーマンスが行われた。「白痴のバンシィーが愚痴っているような神経を破壊する唄声」[80]とは、ショーの言い様。「バンシィー」は、異様な鳴き声を発し人の死を予告するというアイルランドの妖精である。ショーやムアの嘲笑をものともせず、「朗唱」は、一九一二年、ファーがセイロンへ移り住むまで続けられた。「朗唱」のため共に行動する機会が増えたイェイツとファーは接近し、一九〇三年の短い間、二人は愛人関係にあったと一般に考えられている。

ボーア戦争は多くの人々の悲憤を買った。帝国の非道を憤ったムアは、「夢から見捨てられた国」と呪って捨てた祖国へ帰還を決意、四月二日、ユーストン駅からアイルランドへ発つ彼をイェイツは見送った。しかし、この当時のアイルランド社会に、故郷に帰った放蕩息子を許容する寛容な精神は存在しない。一〇年後、ムアは再び祖国を去る。演劇運動の推移を、放蕩息子の帰郷と故国との再度の決別の自伝的物語に織り込んで叙述したムアの『出会いと別れ』三部作（一九一一―一九一四）は、その産物である。

シェイクスピアの故郷ストラットフォード・アポン・エイヴォンに、偉大な劇作家を記念する劇場が建てられたのは一八八一年のこと。ここで毎年、彼を記念するフェスティヴァルが開催された。一九〇一年、フェスティヴァルの第二週（四月二二日―四月二七日）は「王たちの週」と銘打たれ、中世からルネッサンス初期のイングランド王たちの時代を描いた「歴史劇」が、時系列順に舞台に懸かった。イェイツは雑誌『スピーカー』から観劇記を依頼され、エイヴォン川辺の町を訪れる。

ここは美しい場所です。〔…〕劇場はチャーミングなゴシック様式、赤レンガの建物で、壁の横を川が流れる庭にあります。毎夜、劇場は混みあっていますーー実際、私がここに来た夜、台所の椅子を持ち出して座らなければなりませんでした。[81]

こうグレゴリ夫人に手紙を送った彼は、観劇記を書くため、一〇時から六時までシェイクスピア研究所附属図書館にこもり、それから食事、イヴニング・ドレスに着替えて観劇の一週間を送った。

場所のスピリットから、また、劇と劇が支え合って、私は演劇にかつて経験しなかった感動を覚えた。国王と王妃、戦い合う貴族、暴動に走る群衆、貧民街の人々の不思議な行列は、殆ど目に見え、耳に聞こえ、地上のエネルギーに満ち溢れていた。[82]

『スピーカー』(五月一一日と五月一八日)に発表するエッセイ「ストラットフォード・オン・エイヴォンにて」("At Stratford-on-Avon")に、イェイツはこう述べる。

舞台を演じたのはベンソン劇団。「劇団の演技は素晴らしく詩(ヴァース)を見事に語った」[83]とイェイツは評した。『ディアミードとグローニャ』を演じるのはベンソンと彼の妻である。

エイヴォン川辺の町からロンドンへ戻ると、イェイツはスライゴーへ向かった。立ち寄ったダブリンの街で、偶然彼は出版者バレンに出会った。

彼は、私に対する本屋たちの敵意を知って仰天した。ジルは私の名前を口にしたくもないようだったと、彼は断言した。私は異端だと見なされていて、〔…〕私のミスティシズムを理由に聖職者たちの影響力が私に不利に働いていると、彼［AE］は信じている〔…〕『伯爵夫人キャスリーン』を巡る論争の記憶が多分に原因していよう。プロテスタントの本屋たちも同様で、トゥリニティ・カレッジは私を嫌っているのかと、彼［バレン］は私に聞いた。大学の出版者のマギーは、「ここで彼は何をしているのか。どうして行ってしまわないのか、私たちを平和にしてくれないのか」と言った。[84]

スライゴーで、イェイツがユニオニストのクラブに近寄るのは避けたほうがよいと、町の人々は伯父にそれとなく示唆した。ヴィクトリア女王訪問に抗議するイェイツの書簡が反撥を招いたのだという。カトリック陣営からは異端の烙印を押され、彼のナショナリズムはプロテスタントの支配層から反撥を招き、「私の政治と私のミスティシズムとで、何処を向いても人気を博すことはできそうにありません[85]」と、彼はグレゴリ夫人に慨嘆した。この手紙を読んだグレゴリ夫人は――

明らかに今のところ、あなたの作品は大衆には無縁です〔…〕それはさほど問題ではありません。ゲール同盟が彼らの教育を始めています。あなたがなす美しい作品はどれも最も優れた人々に直接影響を及ぼしている上、あなた自身の祖国同胞がそれを称賛するようになった時、そこにあるのです[86]。

「私は最近、私のアイルランドの仕事に滅入っています、〔…〕引き潮状態で、潮が満ちるのを待つしかありません[87]」と、イェイツは消沈した返事を返した。バレンが耳に入れたダブリンの状況はいささか応えたようである。

毎年、クールの夏はゲストたちで賑わう。この夏も、シング、AE、ハイドらが次つぎ訪れた。ゲストの一人ヴァイオレット・マーティンはグレゴリ夫人の血縁で、従姉妹のイーディス・サマヴィルと共に、「サマヴィルとロス」の名で合作した小説が一世を風靡した人気作家である。ヴァイオレットはクールで会ったイェイツの印象を、アイルランド南部、コークに住む従姉妹に書き送った――

彼は、断然、詩人です――ワイルドな目をして、果てしなく詩(ヴァース)を独りで呟き、暗澹(あんたん)と無言で手をとり、身を屈めて挨拶をします――しかし、彼は詩人です――実に興味深い――話し掛けると応えます――私は彼が好きになりました――いろいろあるにもかかわらず――これまでのところ彼と上手くやっています。〔…〕彼が「死や生の深遠な話題」を何の自意識もなく語るのは不思議で、彼はそう仕向け自分にも仕向けています。彼はユーモアのセンスがないわけではなく、私を驚かせました。

ヴァイオレットの手紙は更に続く――

今日、オーガスタ「グレゴリ夫人」は、一本の木に、私のイニシアルを刻ませました。すでにダグラス・ハイド、AE、その他の文学人の名前がありました。とても感動的でした。WBYも刻みました[88]。

屋敷の庭園に聳えるコパー・ビーチの大木の幹に、クールを訪れる著名なゲストたちはグレゴリ夫人から小刀を渡され、イニシアルを刻んだ。「オートグラフ・トゥリー」と名づけられる木は、クールがリヴァイヴァル運動の活動拠点だった日々を証言する歴史的記念碑として、今も、同じ場所に立ち続けている。

イェイツはこの頃、ケルトの英雄時代を題材にした作品のシリーズ、「一つの物語ではなくいくつもの小さな物語——小さなものだけでなく——から成る一つの世界全体」を構想、壮大な計画を立てていた。「一種の魔法の森に命を吹き込む」[89]企てと彼は言った。夏の間に書かれた『バーリャとアイリン』（*Baile and Aillin*）はその一つ、「ロミオとジュリエット」のアイルランド版とも言うべきストーリーを基にした物語詩である。物語詩が完成すると、彼は劇作『バーリャの浜で』（*On Baile's Strand*）に着手した。アルスター一番の英雄を主人公にした「クフーリン劇」、「浜」はバーリャとアイリンの逢引の場所だった。劇作はサイクル劇へ発展、生涯にイェイツは五つの「クフーリン劇」を生み出す。

この夏のクールは、前年にもまして活発な合作の場となった。「皆が互いにプロットやアイディアや台詞を協力して」[90]、作品が書き上げられた。そうした中、演劇運動史の中で特筆すべき劇作が誕生する。

或る朝、イェイツは朝食のため階下へ降りてくると、見た夢を語った。

> 私はヴィジョンのようにはっきりした夢を見た。或るコティッジ。そこは、幸福感、暖炉の火、結婚の話が交わされていた。そこへ、長い外套を纏った老婆が現われる。彼女はアイルランド自身。彼女のために多くの唄がうたわれ、多くのストーリーが語られ、多くの男たちが死に至った「フーリハンの娘キャスリーン」だった。

「フーリハンの娘キャスリーン」は人々がそう呼び習わしたアイルランドの国土の化身。イェイツの「夢」は人々が彼女への「愛」に託した祖国独立の夢である。

この夏の出来事を、更にイェイツは次のように語っている。

> 私はこの夢を短い劇に書くことができれば、他の人々も私が見た夢を見ることができると思った。しかし、私は詩劇の高い窓から降りることができなかった。私には田舎の言葉はなかった。〔…〕私たちは私の夢を短い劇にした。[91]

「私たち」はイェイツとグレゴリ夫人、劇は『フーリハンの娘キャスリーン』（*Cathleen Ni Houlihan*）と名づけられる。

この一幕劇は――時は一七九八年、ユナイティッド・アイリッシュマンの反乱が起こされた年、場面はアイルランド北西のキララ湾に臨む村。この年の八月、反乱を援軍するため一〇〇〇余のフランス艦隊が湾に到来した史実を踏まえ、劇は展開する。

長男マイケルの婚礼を明日に控え、喜びに沸く農夫の一家。そこに、流浪のみすぼらしい老婆が現われる。

マイケル　放浪の旅は淋しくありませんか。
老婆　私には私の想い、私の希望がある。
マイケル　あなたは、どんな希望をよすがとしているのですか。
老婆　私の美しい野を取り戻す希望、私の家から他者(よそもの)たちを追い出す希望。[92]

「私の美しい野」はアイルランドの四つのプロヴィンス、「他者たち」は幾世紀もこの島国を支配してきた異国の者たちである。「老婆」は、他国の長い支配に疲弊しきったアイルランドの姿。彼女のメッセジに心を奪われたマイケルの耳に、明日、花嫁となるはずの娘の懇願は届かない。彼は老婆の後を追って家を飛び出してゆく。キャスリーンを「愛したために命を落とした幾多の男たち」に続くため。

当時、アイルランドの田舎人たちの間で、「アングロ・アイリッシュ方言」と呼ばれたゲール語の構文を残す独特の英語方言が話されていた。『フーリハンの娘キャスリーン』はフォーク・プレイ、その中でも「農民劇」と呼ばれるタイプの劇である。当然、彼らが話す言葉で書き表わさなければならない。しかし、イェイツは抒情詩人であり詩劇作家、「田舎の言葉」を自在に操ることは不可能だった。アイルランド西部の田舎人たちが話す言葉を耳にして育ったグレゴリ夫人が劇の制作に協力することになったのは、合作が日常茶飯事化したこの夏、きわめて自然な推移だったろう。

手書き原稿によれば、『フーリハンの娘キャスリーン』はイェイツの手になると言うよりむしろグレゴリ夫人の作品、少なくとも合作である。[93] それにもかかわらず、劇はイェイツの作品となった。当時、「彼の名前のほうが売れると彼女はそれに合意した」[94]と、ロイ・フォスターは解説する。しかし、劇の著者がイェイツであることに、グレゴリ夫人はある種の不満を燻らせ続けた。「『キャスリーン』に私の名前がないのはいささか酷。殆ど劇全体を書いたのは私」[95]。二〇年以上が経過した一九二五年、彼女は日記にこう記した。

『フーリハンの娘キャスリーン』は文学座からナショナル・シアター設立へ繋ぐ懸橋となり、グレゴリ夫人が劇作へ向かって大きな一歩を踏み出す機会となる。

八月二一日から、ダブリンで汎ケルト協会主催の第一回汎ケルト会議が開催され、イェイツは街へ赴く。ケルト圏の代表団が島国の首都に参集、クノ・マイアやハインリッヒ・ジンメルら著名なケルト学者たちも揃った。「会議初日の朝、代表団は市長公舎に集い、芝生の上で彼らの衣装はきらめく日の光に輝き[96]」、ケルトの伝統に則り、詩の朗誦で始まった開会の儀式はイェイツを喜ばせた。会議は、ケルト圏全ての国々で民族衣装の採用、ケルトのスポーツや習慣の保存、バイリンガル教育の促進を図る目的で開かれた。四日間の会議開催期間中、イェイツは、スピーチでゲール語運動を「運動は革命を引き起こした、国家の全思想が運動によって変化した[97]」と称え、コーンウォールのケルト圏資格の議論に参加、ナショナルな衣装のディベイトでは、日常着だけでなく正統なケルトのイヴニング・ドレスを推奨、会議の活動に活発に参加した。

モード・ゴンは、一九〇〇年、女性の愛国組織「エリンの娘たち」を設立、会の活動の一つとして若い会員たちによる演劇公演を打っていた。汎ケルト会議に合わせ、八月二七日、アリス・ミリガンの『赤毛のヒューの解放』が彼女たちによって上演された。エリザベス朝時代の愛国のヒーロー、ヒュー・オニールが主人公の劇。演出を手掛け、主役を演じたのはフランクとウィリアムのフェイ兄弟、ダブリンに乱立するアマチュア劇団のリーダー格である。公演に姿を見せたイェイツは、「私は、頭を熱くしてその場を去った。制作中の私自身の『バーリャの浜で』をダブリン訛りで聴きたいと、私は思った[98]」と自叙伝に記している。文学座三回の公演は全てロンドンのプロの役者たちによって演じられた。アイリッシュ・シアターに欠けているものがアイルランド人の役者たちであることは明白。彼らが目の前に存在することを、公演から、イェイツは悟ったに違いない。フランクとウィリアムのフェイ兄弟は、文学座から演劇運動を継承する「アイルランド国民演劇協会」設立へ導く要の役を演じることになる。

イェイツは常に優れた人材を獲得すべく目を光らせていた。この頃、彼のターゲットはG・B・ショー、ロンドンの劇場を席巻する劇作家を彼自身の祖国の演劇運動に呼び込む狙いである。「今年、ぜひ私たちの『劇場』を見にこちらに来て下さい」と、一〇月初め、イェイツはショーに手紙を送った。「ダブリンで躍動するあらゆるものが集まっています――ちょうど今、ダブリンは躍動感に満ちています[99]」と。前年、イェイツの劇場に劇作品を一つ約束したショーは、しかし、詩人の誘いに容易に乗ることはなかった。劇作家がイェイツの劇場に理解と支援を向けるのは一〇年後である。

一九〇一年一〇月二一日、アイルランド文学座は第三回公演初日を迎える。ゲール語劇『縄を綯う』は、主役のストーリー・テラー「ハンラハン」をハイド自身、他の役はゲール同盟の会員たちによって演じられた。ゲール語を解さない観客のために、グレゴリ夫人の英訳が用意された。縄を次つぎ綯って外へ追い出された、ゲール同盟会長扮するハンラハンが「七〇万の呪い」を叫ぶ場面で幕が下り、劇場は歓声に沸いた。幕間、感動的な場面で盛り上がる。「天井桟敷で、男が一人立ち上がり見事な声でゲール語の唄を次から次へと唄った。天井桟敷の観客もそれに合唱、唄い終わると、聞き入っていた人々から一斉に拍手喝采が挙がった[100]」。

そして、『ディアミードとグローニャ』。公演の呼び物の一つはムアが依頼して実現したエルガーの曲である。ディアミードの死を弔う葬送のマーチが奏でられる中、幕が下りるとカーテンの前にイェイツが現われた。

「イェイツは」英国の役者、英国の劇団、彼らの舞台に激しい非難を浴びせた。彼の雄弁な弁舌は、突如、断ち切られた。ミスイズ・ベンソンが彼の上着の後ろ裾を摑んで、彼を引っぱって舞台へ連れ戻したからだ。自身四分の三がアイルランド人の彼女は流暢な弁舌で抗議した、私たちは英国の劇団で、彼に招かれ、荒れる聖ジョージ海峡を渡り、彼の劇のために〔…〕ベストを尽くした、と[101]。

イェイツは心を打たれ、もう一度カーテンの前に現われ発言を修正したという。

イェイツとムアの合作に不協和音を感じとった人々は少なくない。「グローニャ」を演じたミスイズ・ベンソンは、「イェイツが好むものをジョージ・ムアは嫌い、逆もまた然り」、「両者を満足させるのは不可能で、二人のどちらにも満足を与えることなく終わってしまった[102]」と振り返る。「英雄伝説と現代フランス的状況の奇妙な混合」と評したヴァイオレット・マーティンは、後者はムア、「あちこちに散見される美しい文」はイェイツの貢献に帰した[103]。

文学座第三回公演は歴史的文書を残した――ジェイムズ・ジョイスのパンフレット『烏合の衆の日』[104]。公演の「土俗的な」演目に落胆したジョイスは、アイルランド文学座は「大衆の意に屈し」、「ヨーロッパで最も遅れた烏合の衆の所有物」になってしまったと非難した。「イェイツの人を欺く適応本能」が招いた結果であり、「取り巻く卑しい影響から自由になることなくして」「何人(なんぴと)も芸術家ではない」と、彼は断言する。文字通り何もないところから出発した劇場を、空中分解の危機を幾度も乗り越え成功へ導いたのは、ジョイスに「人を欺く」と非難されたイェイツの「適応本能」だったかもしれない。

公演最終日の一〇月二三日から、J・B・イェイツとアイルランドの風景画家ナサニエル・ホーンの展覧会が始まった。企画したのはセアラ・パーサー。自身が肖像画家のパーサーは、アイルランドで二人の画家が不当に顧みられない現状を憤り、自身で展覧会を立案、開催にこぎつけた。展覧会は成功を収め、翌一九〇二年、J・B・イェイツは二人の娘と共にアイルランドへ帰還する。一〇月二五日から、ジャック・イェイツの個展も始まった。文学座公演に合わせ、ダブリンで開かれた彼の個展は三回目を数える。

文学座公演に、父と弟の展覧会にと、多忙なスケジュールを終えロンドンへ発つ前日、一一月一四日、イェイツは『フリーマンズ・ジャーナル』紙に書簡を寄せた。

アイルランドで、思想に関する議論ほど望ましいものはない。『伯爵夫人キャスリーン』の神学、『枝のたわみ』の政治、『ディアミードとグローニャ』の道徳性を巡る議論は、アイルランドで一般市民が滅多に考えることのない事柄について考える機会となった。アイルランド文学座が平和の賢明な攪乱者になることを、私は願っている。[105]

イェイツの劇場はアイルランド社会の平和を掻き乱す更に激しい渦を巻き起こし、それに応じて、渦の中心に向かって四方から非難・攻撃が仕掛けられた。

ダブリンのジャーナリズム界はこぞって彼と彼の運動に敵対した。D・P・モーランの週刊紙『リーダー』は、一九〇一年までに敵対姿勢が定位置となり、宗教、道徳、社会的見地から彼を激しく非難した。『アイリッシュ・デイリィ・インディペンデント』は、パーネルの古い敵ウィリアム・マーティン・マーフィーの経営の下、同様の攻撃を打ち上げ、影響力を持った『フリーマンズ・ジャーナル』の編集者は彼を「危険人物」だとして、彼の作品を記事に取り上げることを拒否した。グリフィスの『ユナイティッド・アイリッシュマン』さえ最初は友好的だったが、彼がナショナリスト的プロパガンダ記事を拒否すると攻撃に転じ、彼がシングの弁護に回ると、激しい非難を浴びせる『リーダー』と肩を並べた[106]。

『リーダー』のモーランは、プロテスタントの植民移住者を先祖に持つ支配階層から成る「アングロ・アイルランド」(Anglo-Ireland)に対抗する「アイリッシュ・アイルランド」(Irish-Ireland)の哲学――アイルランドは、ゲール、ゲール語、カトリック――と、「二つの文明のバトル」の概念を打ち出した人物である。彼の「哲学」の圏外に立ち「敵」であるイェイツに、モーランは陰湿かつ執拗な攻撃を仕掛けた。イェイツの「文学一派は、アイルランドのナショナルな知性の復活に害を及ぼす[107]」、「彼はアイルランドの心の琴線に触れる詩を一行も書いてはいない[108]」等々と。モーランの「アイリッシュ・アイルランド」の哲学は「アイルランドのアイデンティティの一ヴァージョンを形成し、中流階層全般にますますアピールするものとなってゆく[109]」。それは、アイルランド社会の中で台頭しつつあるカトリックの中流階層全般がイェイツの「敵」に回ることを意味した。

イェイツと彼の運動に対抗する勢力として、ハイドを会長とするゲール同盟の存在も無視できない。イェイツは機会ある度に同盟の言語運動に支援、協力を惜しまず、中等教育にゲール語を導入する案が浮上するといち早く支持を表明した。ハイド自身は同盟の「脱政治」の原則を貫く穏健な人物である。しかし、ゲール語とゲール文化以外の一切を排斥する同盟の狂信者たちは、事ある度にイェイツに攻撃を仕掛けた。パトリック・ピアスは、同盟のジャーナル誌上で、「ゲール語以外でアイルランド文化を表現できるとずうずうしく提案するアイルランド文学座を粉砕する時が来た[110]」と、勇ましい宣言を、「英語」で、ぶち上げた。イェイツは、「アイルランド社会の中で、彼が立とうとしている地面がいかに危ういものか、分かりすぎるほどよく分かっていた[111]」。

アイルランド文学座は当初の計画通り、三回の公演を終了した。劇場の機関誌『ベルティネ』に替わる『サウィン』(冬の始まりを意味する語)で、イェイツは文学座後の演劇運動の展開について、「私は私の考えを述べるつもりはない[112]」と態度を保留した。いささか謎めいた発言の裏で、彼は或る構想を固めつつあったと思われる。

第五章　アイルランドのナショナル・シアター　一九〇二―一九〇四

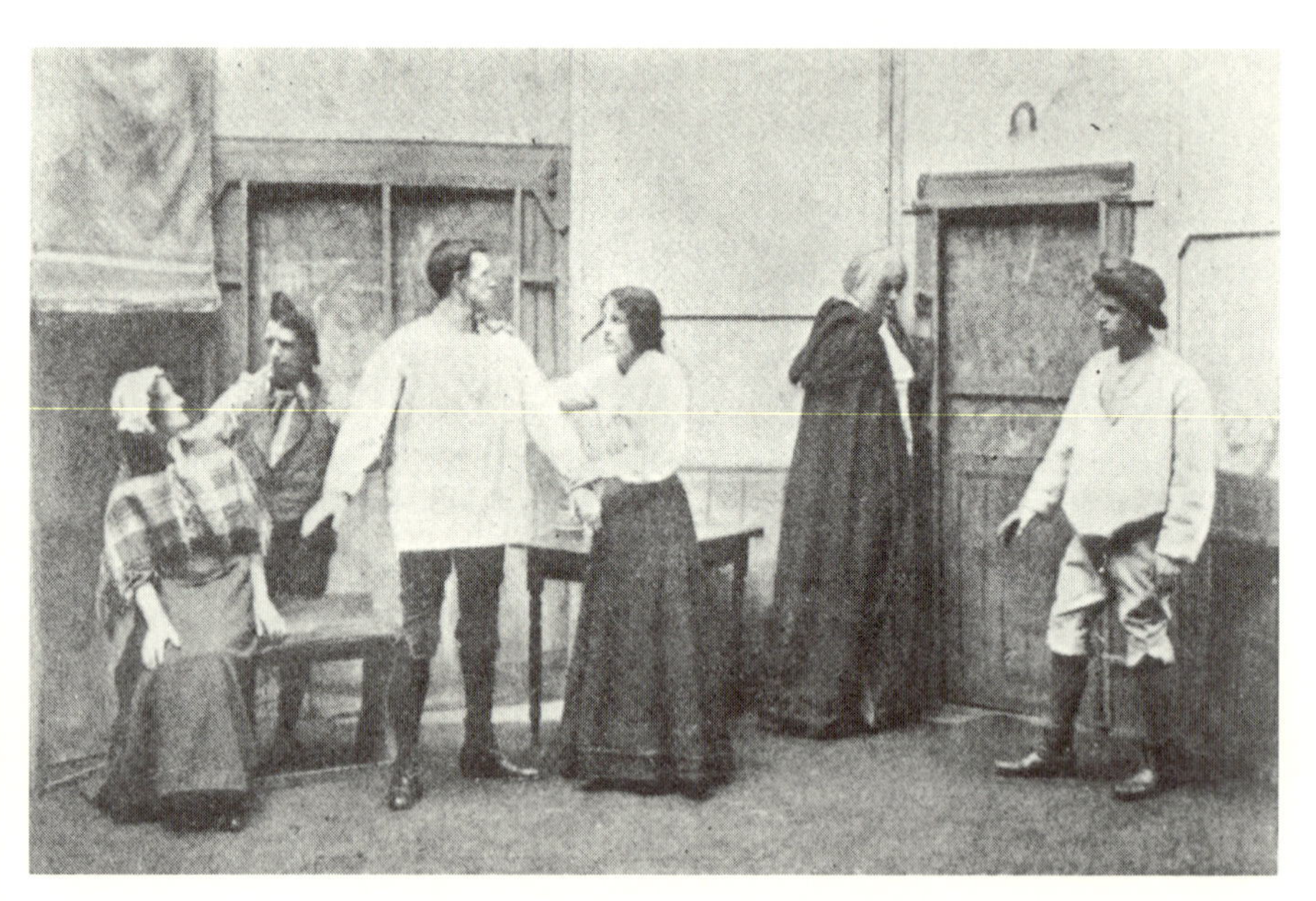

『フーリハンの娘キャスリーン』の一場面

第一節　フーリハンの娘キャスリーン

一九〇一年、クリスマス直前、ロンドン警視庁の密偵は、ユーストン駅でモード・ゴンが「ロンドンのW・B・イェイツと思しい、芝居がかった身なりと眼鏡の男」に見送られ、アイルランドへ向かったのを偵察の網に掛けている[1]。クリスマスと新年をダブリンで過ごした彼女は、パリへの帰途、一月一三日、ロンドンでイェイツとお茶を共にした。モード・ゴンが『フーリハンの娘キャスリーン』の主役を引き受けたのは、この時のことと思われる。イェイツは彼女に、『伯爵夫人キャスリーン』――「貴女のために書いた劇」――のヒロインを演じるよう再三促したが、モード・ゴンは頑なに応じなかった。「演じることが好き[2]」と自認する彼女は、演劇にのめり込んで、ナショナルな政治活動が疎かになることを怖れたのだという。その彼女が「キャスリーン」を引き受けたのは、イェイツが劇をフェイ兄弟の演出に委ねる条件としたこと、「アイルランドのジャンヌ・ダルク」と謳われる彼女が主役を演じれば、ナショナルな運動の浮揚・高揚に大きく貢献すると分かっていたからである。

イェイツがフランクとウィリアムのフェイ兄弟の存在を知った正確な時期は定かではない。兄弟はダブリンに乱立するアマチュア劇団のリーダー格で、モード・ゴンを会長とする「エリンの娘たち」の演劇公演を演出していた。兄フランクは『ユナイティッド・アイリッシュマン』の劇評家であり、同紙上の『伯爵夫人キャスリーン』や『心の願望の国』の彼の劇評を、イェイツは読んでいた筈である。一九〇一年七月二〇日前後、イェイツがフランクに送った手紙が確認されている。「恐らくこの最初の手紙[3]」から、二人の間で頻繁な文通が始まった。フランクはローティーンの頃から演劇史に興味を向け、独学で身につけた彼の知識を「私が知る限り誰よりも優れている[4]」とイェイツは高く評価、彼に詩劇の発声術について問い、フランクは詳細な情報を書き綴って送った。

文学座後の演劇運動の展開についてイェイツは、「私は私の考えを述べるつもりはない」と態度を保留しつつ、フェイ兄弟を視野に入れた構想を固めつつあったと思われる。一一月二六日、グレゴリ夫人に送った手紙で彼は、兄弟の演出に

フランク（左）とウィリアムのフェイ兄弟、J.B.イェイツ制作

よる『フーリハンの娘キャスリーン』の上演と、恒久的アイリッシュ・カンパニー結成の可能性に触れている。(5)

一九〇二年一月末、イェイツはAEに、フェイ兄弟が『デアドラ』と合わせ『フーリハンの娘キャスリーン』を演じることに同意する意を伝えた。(6)『デアドラ』は、ケルトの英雄伝説「アルスター・サイクル」の中で最も有名な悲恋物語を基に書かれたAEの劇作である。イェイツが『フーリハンの娘キャスリーン』をフェイ兄弟の演出に委ねた時点で、演劇運動は新たなスタート地点に立った。

イェイツの演劇プロジェクトは、片足はダブリンに、もう一方の足はロンドンに置いた状況。ダブリンの「私の小さな劇場」に多くの時間を費やす一方で、彼は商業演劇と一線を画すロンドンの「独立小劇場」の動きに熱い視線を送り続けた。一九〇一年三月、彼は理想とする演劇形態の一つのモデルに出会っていた。パーセル・オペラ協会のためにゴードン・クレイグが演出した『ディドとアイネイアス』である。リアルな細部を全て削ぎ落とし、「夜のスミレ色」一色の背景幕で覆った舞台を、イェイツは、「この世の果ての何処か、永遠の辺りで揺らいでいる人々を観ているようだった」と評し、「私が持ち続けた理想の完璧な実現」(7)と絶賛した。イェイツが「劇場の改革」として打ち出す演劇理論は、クレイグの舞台から学んだ部分が多い。

古典学者のギルバート・マリらが主宰する「ステージ・ソサイアティ」は商業劇場と一線を画す演劇グループである。マリやシモンズ、スタージ・ムアら志を同じくする演劇人や前衛芸術家たちと、イェイツは彼が「美の劇場」と名づけた演劇構想を推進、一九〇三年三月半ば、「マスカーズ協会」の名で、演劇グループ設立を導いた。イェイツの「美の劇場」なる命名は実現しなかった。マスカーズは「美のセンティメントを伝える劇、マスク、バレー、セレモニーのプロダクション」[8]を目的に掲げ、イェイツの新作『王宮の門』(*The King's Threshold*)で幕を上げ、その後に続く公演も計画された。しかしマスカーズは短命、資金の調達ができず、一一月、解散した。

この頃、イェイツの演劇へののめり込み様を物語るエピソードが残っている。『フーリハンの娘キャスリーン』公演を間近に控えた三月二一日、彼がグレゴリ夫人に送った手紙――

> 最近、私の頭の中にあるアイディアで貴女を驚かせようと思います。詩劇の舞台をマスターする目的で、次の秋、二、三か月の間、端役で舞台に立つことを考えています。やってのけるのは簡単だと思います。リハーサルを除いて必要な時間は夜だけです。アイディアはワイルドに思えますか[9]。

グレゴリ夫人は、早速、返事を返した。「面白い実験でしょう。でも、あなたは直ぐ飽きると思います」。更に二日後、「あなたの舞台に立つアイディアは長続きするとは思えません」[10]。イェイツの「ワイルド」な発想は、グレゴリ夫人に水を差され、立ち消えとなった。

三月六日、モード・ゴンはロンドンでイェイツと劇をお復習いし、その後ダブリンへ向かった。「リハーサルは順調に進んでいます。公演は大成功でしょう」、「あなたは『キャスリーン』を僅かも心配しないで下さい。素晴らしくうまくいっています[11]」と、彼女はイェイツに手紙で報告している。公演直前、フェイ兄弟は劇団の名称を「W・G・フェイのアイリッシュ・ナショナル・ドラマティック・カンパニー」と改めた。私設のアマチュア劇団が「アイリッシュ・ナショナル」と名乗るのはいささか大仰。イェイツとAEの劇の公演は、兄弟の私的次元を超えた、文字通り「ナショナルな」企てに昇格していた。

三月末、イェイツはダブリンへ向かった。

一九〇二年四月二日、『フーリハンの娘キャスリーン』と

『デアドラ』の公演初日を迎える。会場は聖テレサ・ホール。カーメル修道会が所有する小さなホールの三〇〇ほどの座席は満席、空間は立ち見客で埋まった。三夜続いた公演は、「毎晩、戸口から引き返す者が大勢[12]」現われた。

公演の主宰者「エリンの娘たち」の青い地に黄金の朝日を象った旗がフットライトの前に掲げられ、最初に『デアドラ』が演じられた。舞台背景も衣装もAE自身のデザイン。舞台前面に紗を張り巡らし、緑色の照明を用いた演出は、登場人物が霧の中から立ち現われるような幻想的な雰囲気を創り出した。イェイツはAEの劇を「皮相でセンティメンタル」と嫌ったが、三夜の公演が終わる頃には考えが変わった。「奇妙なことに、『デアドラ』が好きになりました」、「舞台背景も衣装もとても美しかった[13]」と、彼はヴェニスで休暇中のグレゴリ夫人に手紙を送っている。

この公演のハイライトは、何と言っても『フーリハンの娘キャスリーン』。時は、一七九八年八月、ユナイティッド・アイリッシュマンの反乱を援軍するため、一〇〇〇余のフランス艦隊がキララ湾に現われた史実を踏まえて劇は展開、幕切れに、「老婆」はうたいながら退場する。「明日、命を落とす者たち」――

彼らは永遠に記憶されるだろう、
彼らは永遠に生き続けるだろう、
彼らは永遠に語り続けるだろう、
彼らの言葉に人々は永遠に耳を傾けるだろう。

唄声の余韻が残る中、幕が下りると、聴衆は総立ちになって愛国の唄「もう一度(ひとたび)、国家に」を合唱、演劇会場は政治集会のような場と化したという[14]。

男たちを反乱へ駆り立てる過激なメッセジが舞台から発せられた衝撃は測り知れない。

アイルランドの舞台で、これ以上に予兆を含んだ台詞が語られたことはなかった。私たちの希望はそれに応えることにあり、全ての心に鳴り響いた。革命を目指すロマンティックなナショナリズムの炎を象徴し、その炎に再び火を燈した。それを信奉する者の多くの命を奪い、その火はいまだ消えてはいない[15]。

ドラマの衝撃を最大限に演じたのは主役のモード・ゴン。「彼女は舞台で演じる役そのものの化身だった[16]」と、劇のキャストの一人は証言する。

『フーリハンの娘キャスリーン』は、公演の度にプログラムに組み込まれ演じられる「ナショナル・シアター」のシンボルのような作品となり、劇を観た多くの若者をナショナリストへ転向させる。

演劇運動が向かう方向は自ずと定まった。公演後、「ナショナル・シアター」設立へ向け進行した水面下の動きは、八月初旬、「アイリッシュ・ナショナル・ドラマティック・カンパニー／ソサイアティ」設立となって実を結んだ。フェイ兄弟の私設劇団を文字通り「ナショナルな」組織に改編したのである。八月九日、イェイツが会長に選出された。初め、AEが会長に「満場一致で選ばれた」が、彼は、「多少の困難をもって」、イェイツを「その役に就けるよう促した[17]」とAE自身が証言する。副会長にAE、ハイド、モード・ゴン、舞台監督ウィリアム・フェイの陣容が整った。翌年二月、「アイリッシュ・ナショナル・シアター・ソサイアティ」（「アイルランド国民演劇協会」）と改名、これが恒久的、正式名称となる。

グレゴリ夫人がイェイツに出会って数年が経過、彼女は創造的作家への道を歩み始めていた。四月末、『マーヘヴナのクフーリン』が出版された。ケルトの英雄伝説「アルスター・サイクル」を、アルスター一番の英雄の生涯を物語る「クフーリン伝説」を中心に英語に移し替えた作品、グレゴリ夫人の作家デビューである。「この書は私の時代にアイルランドから出た最も優れた書だと思います。恐らくかつてアイルランドから出た最も優れた書とも言えるでしょう[18]」。こう書き始められたイェイツの「序」は、グレゴリ夫人が「私的に、ビジネスとして[19]」依頼したもの。「文学運動を代表するあなたが私の書を認め、くだらない素人の作品ではないと示すことが要点[20]」と、イェイツのお墨付きを得る彼女の戦略である。お墨付きを超えたイェイツの「序」は、いささか誇大。一月、イェイツが金欠を訴えると、折り返しグレゴリ夫人は一〇ポンドを送った。「あまりに、あまりに過分過ぎます[21]」とイェイツは返した。グレゴリ夫人の書は、イェイツが「二〇歳の時から手掛けるのを待っていた[22]」と言う幾つかの作品、とりわけ「クフーリン劇」の原典（ソース・ブック）となる。

この頃、イェイツは目のトラブルに悩まされ続けた。一八九四年四月、彼は角膜異常（conical cornea）と診断され、事実上左目は役に立たない状態。医師からできるだけ口述筆記するよう指示された彼は、手紙は妹リリーやアニー・ホーニマン、クールにある時はグレゴリ夫人の代筆に頼るようになった。

ダブリンの北、ミース州のタラの丘は、古代アイルランド王がここで即位したと伝えられる最も神聖な遺跡の一つである。一八九九年、グルームなる英国人が「契約の箱」（十戒を刻んだ石版を納めた箱）を掘り当てる目的と称して、タラの丘を掘り返し始めた。発掘は中止されたが、この年六月に再開、「英国人」による神聖な遺跡の冒瀆・破壊と、世論の猛反撥を招いた。

六月二二日、イェイツ、ムア、ハイド、『ユナイティッド・アイリッシュマン』を編集するアーサー・グリフィスの一行は、発掘の現場を視察するためタラの丘を訪れる。

> グルームは数人の労働者の監督に当たり、彼らは、金梃子、つるはし、シャベルで会議室の土居を破壊中。ブリスコー［土地の所有者］は教会の庭の塀に背をもたせ掛け、ウィスキーの瓶を右手で摑み、傍らの地面に瓶がもう一つ、使用人を二人従え一人はライフルを装備［…］。[23]

現われた訪問者たちにブリスコーは土地所有権の侵害とわめき立て、グリフィスと小競合いが発生した。発掘は、世論の猛反撥とイェイツらのキャンペーンが功を奏し、中止となった。「タラは根こそぎ掘り返され」――イェイツの詩「七つの森にて」の中に、この出来事に言及した短いフレーズが現われる。

タラの丘を視察した翌日、イェイツはクールへ向かった。

この年、グレゴリ家は一つの節目となる出来事を迎えた。五月二〇日、ロバート・グレゴリが二一歳の成人に達した。オックスフォード大学が休暇に入った六月二四日、彼が正式にクールのマスターを継ぐ儀式が執り行われ、イェイツも儀式に臨んだ。翌一九〇三年、大学を終えるロバートは画家の道を選び、美術学校に進学する。屋敷を不在にする彼に替わってグレゴリ夫人が土地と屋敷の管理に当たり、事実上クールの女主人の地位に留まった。

この夏、クール滞在中に、イェイツのその後の人生で大きな比重を占める人との出会いがある――ジョン・クイン、ニュー・ヨークで弁護士として成功したアイリッシュ・アメリカン、三二歳。きわめて有能な実務家である彼は、文学や芸術に深い関心を寄せ、前衛美術、特に後期印象派のコレクターとして、また、作家の手書き原稿――その中には、T・S・エリオットの『荒地』やジョイスの『ユリシーズ』も――のコレクターとして名を知られる。初め、彼はイェイツの画家の父と弟の名前を知り、それから詩人の存在を知った。

一九〇二年、クインは初めて先祖の地を訪れる。ロンドンでジャック・イェイツに迎えられ、彼をガイドに、八月三一日、クインはゴールウェイへ向かった。この日、ゴールウェイの盲目のゲール詩人ラフタリの墓で彼を記念するフェスティヴァルが開かれ、ここで、二人はイェイツ、グレゴリ夫人、ハイドと合流。その後、クールへ向かった一行が、屋敷に着いたのは夜の闇に包まれた時刻だった。

「うっそうとした森、堂々とした木々、湖、くねる小道、二つの美しい庭園、遠くに見えるバレンの丘」、ここに集ったゲストたちは、午前中はそれぞれ仕事に励み、午後は野外のスポーツ、日が落ちるとライブラリに集まり、イェイツを中心とする「会話のきらめきと輝き」――アイルランド西部のカントリ・ハウスを包む「マジック」はクインを魅了した。[24]

ジョン・クイン

一夜が明けて、翌朝、クインやハイドと共に庭園を散策するグレゴリ夫人が、「あれや、これや、花の名前を挙げていると」[25]、イェイツが詩を一つ書き上げたところで、彼は上機嫌で詩を、繰り返し、繰り返し呟いていた。

私は、七つの森の鳩たちが
かすかな雷鳴をとどろかせ、庭の蜂たちが
ライムの木の花々の中でハミングするのを聞いた。

詩は「七つの森にて」、クールを詠ったイェイツの最初の短い抒情詩であり、一九〇三年の詩集の表題となりその巻頭に置かれた。

この訪問で、クインとイェイツやグレゴリ夫人との間に交友が結ばれ、それを機に、ニュー・ヨークのこのリッチな弁護士は、大西洋対岸から祖国のリヴァイヴァル運動へ惜しみない支援の手を差し延べ始める。

クインとの出会いはイェイツにもう一つ出会いをもたらした。クインが詩人に送ったニーチェの著作である。クインと出会う前から、イェイツはこのドイツの哲学者を知っていた筈である。ハヴェロック・エリスが『サヴォイ』（一八九六年四月）に発表したニーチェ論や、シモンズのエッセイ「ニーチェと悲劇」を、恐らく彼は読んでいたと思われる。また、ニーチェの著作からの抜粋を収めたパンフレットを、彼は買い求めてもいた。しかし、一九〇二年から一九〇三年にかけて、イェイツがニーチェに夢中になり、彼から大きな影響を受ける機会を作ったのがクインであったことは疑い得ない。

秋から冬、クインから送られた『ツァラトゥストラはかく語りき』をイェイツは読み耽った。年末、彼がグレゴリ夫人に送った手紙――

最近、貴女に手紙が少なく、ひどい手紙を書いています。実は、ニーチェ――あの強力な魔術師――が貴女のライヴァルです。彼を読み過ぎて、また目を悪くしました。目は回復に向かっているように思えたのですが。ニーチェはブレイクを完成し、ルーツは同じです――モリスの物語を愛読するようになって以来、これほど興奮して読んだ書はありません。[26]

翌年、二月初めクインが『フリードリッヒ・ニーチェ著作集』三巻を送ると、イェイツはお礼の手紙をしたため――

彼［ニーチェ］は大袈裟で暴力的ですが、私の心の中にヒロイックに生きる想像図を築く大きな助けになりました。彼の著作をちょうどよい時に手にしました。ヒロイックな人生――それは、誇り高く困難で、惜しみなくギフトを分け与える喜びに思えます――を表現した一連の劇を計画しているからです。[27]

ニーチェの著作の中でイェイツを最も魅了したのは哲学者の超人思想。伝統的価値観と正統な宗教の権威が凋落した世界で、ニーチェは人類の救済を神の特権と考えられてきた権威と力を行使できる「超人」に見た。イェイツの手紙の「一連の劇」は「クフーリン劇」を指す。二〇世紀に入って「竹馬から下りた」と表現した自己変革、自己改革を模索するイェイツは、一八九〇年代の「影の詩人」、「薄明の詩人」のイメージを払拭、それに替わる自己の理想像をアルスターの英雄が体現する「ヒロイックな人生」に求めた。ニーチェの「超人」思想は詩人の理想像形成の一原動力となる。

イェイツとムアのギクシャクした関係は、またしても劇の合作を巡って対立、決定的決別に至る。「ムアと新しい劇を計画しています。宗教的ドン・キホーテです」[28]と、一九〇一年七月、イェイツは父に伝えている。その頃、ムアは五部から成るシナリオをイェイツに送ったという。主人公はインテリの青年、自分自身の宗教を打ちたてようとし、怒った村人たちに殺害される。シナリオがイェイツのアイディアに拠るものかムアのものか定かではない。題材は自分のものと、イエイツは主張する。

　一年後、トラブルが浮上する。フェイ兄弟とイェイツが合流して設立された「ナショナル・シアター」に、ムアは参加しなかった。それを理由に、イェイツが劇の合作から撤退を表明すると、ムアはシナリオのプロットに沿って小説を書き、イェイツがプロットを使えば法的措置に訴えると、電報で伝えたという。AEから、ムアが小説ではなく劇を書いていると耳にしたイェイツは猛然と劇作に着手、グレゴリ夫人とハイドの協力を得て、二週間で書き上げた。一九〇二年九月末から一〇月初めのこと。劇の主人公ポール・ラトレッジは土地所有者で、修道院に入った彼は体制破壊を説き、ついに怒った村人たちによって殺害される。『何も無いところ』(*Where There Is Nothing*)と名づけられた劇は、著作権を確保するため秘密裡に発表の場が用意され、『ユナイティッド・アイリッシュマン』(一九〇二年一一月一日)に掲載された。ムアが怒ったことは言うまでもない。

　一九〇四年六月、二人はシモンズの家で鉢合わせ、ムアは握手を拒み、無言で立ち去った。その年の年末、二人の和解が成る。しかし、二度と親しい関係を取り戻すことのなかった二人は、それぞれの著作の中で一種の復讐劇を演じ合った。

　夏の頃、ダブリンの文学人たちの間で一人の青年が話題をさらっていた——ジェイムズ・ジョイス。アイルランド文学座が開幕した一八九九年、ジョイスは一七歳の大学生。リヴァイヴァル運動に乗り遅れた感がなくもない彼は、一九〇二年六月、大学を卒業すると猛然と自己PRを開始した。八月初め、或る真夜中、AEの家のドアを叩き明け方近くまで話し込んだ。AEから、イェイツが一〇月初めにダブリンに来ていると聞いたジョイスは、国立図書館近くの路上で彼を待ち伏せ、オコンネル通りのカフェで、三七歳の詩人と二〇歳の青年の歴史的会談がとり行われた。

　その中、彼は立ち上がって去ろうとした。行きながら彼は言った、「僕は二〇歳です。あなたはいくつですか」。私は告げたが、年齢を一つ若く言ったと思う。彼は溜息をついて言った、「そのくらいだと思いました。あなたに会うのが遅過ぎた。あなたは年をとり過ぎている[29]」。

このイェイツの証言を、後年、ジョイスは否定する。しかし、後年の礼儀を二〇歳の彼が身につけていたか、疑問。

　会談後、ジョイスは幾つかの詩をイェイツに送ったと思われる。一一月半ば、イェイツはジョイスに次のような手紙を送っている。

君と同じくらい有望なスタートを切って挫折する者もいれば、君ほど有望ではなかった者が成功することもある。人を成功に導く資質は、しばしば長い間作品に現われるものではない。それは才能よりキャラクターの資質――信念（君は恐らく十分だろう）、忍耐、適応力（それなしに、人は学ぶものが何もない）、そして経験によって成長する才能、多分、これが最も稀有な資質だろう。[30]

パンフレット『烏合の衆の日』で、「人を欺く適応本能」とジョイスに非難されたイェイツである。

一二月一日、ジョイスはパリで医学を学ぶ目的と言って、ダブリンを発った。グレゴリ夫人から「彼の面倒を見てあげなさい」[31]と指示されたイェイツは、律儀に目覚まし時計をセットして、朝六時、ユーストン駅にジョイスを出迎え、その日、ロンドンの文学人や雑誌の編集者に彼を紹介、三度の食事を食べさせた。「ダブリンの文学人はジョイスのためにベストを尽くした。しかし彼らは、親切が仇になって返ってくることを思い知らされることになる」[32]。

ジョイスは、雑誌『アカデミー』のオフィスで無礼な振舞いを見せた。翌年の五月、ダブリンで偶然ジョイスに遭遇したイェイツが「その類のこと」をきつく注意すると、彼は「予想外に好意的に受け止めた」[33]。

イェイツ一家がベッドフォード・パークに暮らして一〇余年、二人の息子は独立、母は亡くなり、後に残った父と娘たちにも大きな転機が訪れる。転機を作ったのはイヴリン・グリースン。ウィリアム・モリスの「アーツ・アンド・クラフツ」運動に共鳴する彼女は、アイルランドに「アイルランド人の手で、美しい物を作る」[34]クラフト・センターを起こした。「ダン・エマー・インダストリーズ」（エマーはクフーリンの妻、「ダン・エマー」は「エマーの砦」の意）と命名される起業にグリースンはイェイツ姉妹に参加を呼び掛け、リリーは刺繡工房を、ロリーは手刷りの印刷工房を立ち上げることになった。イェイツは特に手刷り印刷に関心を示し、リリーがロッホレー大聖堂から聖堂を飾るアイルランドの聖人を象ったバーナーの制作を依頼されると、兄はデザインの専門家に助言を求めていた。

一九〇二年、「ダン・エマー・インダストリーズ」は、ダブリン郊外、ダンドラムの村に開業する。その近くに、秋、父と二人の娘は家を一軒構え、そこへ越してきた。J・B・イェイツのあるところ人々は群れ、「ガーティーン・ダ」（Garteen Dhas「小さな美しい野」の意）と命名される家はダブリンの人々が群れ集う場となる。また、「ナショナルな文化運動に参加する多くの女性たちにとってダン・エマーで働

ダン・エマー・プレス、右の印刷機に向かうのがロリー

くことは通過駅、殆ど通過儀礼となり、未来の作家、画家、シン・フェイン活動家、アベイ女優たちは或る期間そこで働いた」[35]。これ以後、イェイツの作品の多くは、部数限定の高価な初版がロリーの印刷所「ダン・エマー・プレス」から出され、その後にコマーシャル・エディションが続くパタンをとる。印刷機と活字が整うと、ロリーは兄の詩集『七つの森にて』の出版準備に入った。

J. B. イェイツ、聖スティーヴンズ・グリーンのアトリエで、1906年

四年前、私生活の秘密を告白して、イェイツを情緒的危機に陥れたモード・ゴンは、彼の人生を根底から覆すショックをもう一つ用意していた。一九〇三年二月二一日、彼女は結婚した。結婚相手はジョン・マクブライド。彼は生粋のナショナリスト、ボーア戦争時、アフリカ南端の地に「アイルランド部隊」を編成してボーア軍と共に戦った国民的ヒーローである。アフリカから帰国後、パリに暮らす彼は常にモード・ゴンの近くにあり、二人は講演旅行のためアメリカに渡り、四か月を共にした。しかし、二人を結ぶ社会的・経済的接点は殆ど皆無。前年の六月、結婚の意思を固めた彼女は、イェイツにそれとなくサインを送っていた。しかし、彼がそれに気づくことはなかった。

直前まで極秘裡に伏せられた結婚をカトリックへの改宗と合わせ、モード・ゴンがフランスのメディアに発表したのは二月七日。同日、講演を予定していたイェイツの元に結婚を知らせるモード・ゴンの電報が舞い込んだ。「イェイツはどうしてよいか分からなかった。ともかく講演をやってのけ、後で聴衆から優れた講演でしたと祝われたが、何を語ったのか一言も思い出すことができなかった」[36]。

イェイツの恋物語は伝説の域に達する事柄であり、数々の愛の詩を捧げたミューズの背信は「個人的トラウマに留まらず社会的屈辱」[37]でもある。電報を受け取った翌日から、イェイツはモード・ゴンに立て続けに四通の手紙を送り（最後の四通目の下書きのみが残っている)、二月一〇日、彼女は「手紙を受け取りました[38]」と返事を書き、パリとロンドンの間を手紙が行き交った。イェイツは、四通目の手紙――言い淀み、言葉を選び、彼の狼狽ぶりが露わ――で、「一四年間の友情の名において」、モード・ゴンに「我に返るよう」、彼女自身の「魂を裏切る」に等しい結婚を思い留まるよう「熱烈な懇願[39]」を書き綴った。彼が言葉にして表わせなかった一番の想いは――「何故彼であって、私ではないのか[40]」――だったであろう。

モード・ゴンの結婚から五日後、アイルランド西部を大風が吹き荒れた。詩集『七つの森にて』の序に、イェイツは次のように記す。「一九〇三年の大風は多くの木々をなぎ倒し、野生の生き物たちを苦しめ、事物の様相を一変させた[41]」、と。

イェイツが劇場にのめり込んで、詩作が疎かになっていると懸念した人々は少なくない。一月半ば、イェイツはグレゴリ夫人に、「私の詩作能力を心配する必要はありません。新しい詩想にこれほど溢れていたことはありません[42]」と語っていた。ミューズの背信は詩人の唄を奪った。この後、彼女との和解が成立する一九〇八年まで、イェイツの抒情詩は殆ど完全に途絶える。

第二節　アイリッシュ・ナショナル・シアター・ソサイアティ

一九〇三年二月一五日、アイリッシュ・ナショナル・シアター・ソサイアティが正式に発足した。文学座終焉後に推移した一連の出来事は、その時々の臨時・暫定処置的性格を帯び、それに区切りをつける節目となる。「アイルランド国民演劇協会は、アイルランド文学座の事業をより恒久的基盤に立って継続するため設立された」[1]。協会設立指針も定められた。国民演劇協会は会員一人一票のデモクラシーに則った一種の共同組合組織である。

三月一五日、国民演劇協会の第一回公演が行われた。演目はグレゴリ夫人の『トゥエンティ－ファイヴ』とイェイツの『砂時計』(*The Hour-Glass*)。会場のモールズワース・ホールは座席三〇〇ほどの収容限度まで埋まった。

この公演のハイライトは、劇作家グレゴリ夫人のデビューである。劇の題名はトランプのゲームの一つ。アメリカへ渡った男はアイルランドに残した恋人を迎えに帰って来た。彼女はすでに結婚、一家は困窮、男は夫をトランプのゲームに誘って故意に負け、一〇〇ポンドを置いて去ってゆく。「センティメンタルで構成が弱い[2]」小品と作者自身が酷評したデビュー作は、しかし、恐るべき多才な、恐るべき多産な、劇場一番の人気劇作家グレゴリ夫人の始まりである。彼女はまた、この公演を機に劇場の管理・経営に頭角を現わし始め、イェイツ－グレゴリ体制が確立されていった。

イェイツの『砂時計』は、別名「道徳劇」。神も魂も否定する唯物論者の賢者の元に、或る日、天使が現われる。天使は机の上の砂時計を逆さにして、最後の砂の粒が尽きる前に神を信じる魂を見つけ出すことができなければ、賢者は地獄に落ちると告げて姿を消した。神の存在に目覚めたのは賢者自身、彼の魂は一羽の白い蝶と化し飛んでゆく。

二つの劇の幕間に、イェイツは「劇場の改革」("The Reform of the Theatre")と題する講演を行った。彼が劇作を始めた頃から求めていた理想的演劇形態は、四つの原則となって確立された。「私たちは、劇場を知性が奮い立つような場とする劇を書かなければならない」と、イェイツは言う。この第一原則に立って、台詞の重視、シンプルな演技、シンプルな舞台セットと衣装を提言する「劇場の改革」[3]は、時代の商業演劇に正面から挑んだ革命的演劇理論だった。

イェイツの詩劇の主役は「ことば」。台詞の効果を高めるためアクションを最小限に抑えた演技スタイルは、前年四月の公演ですでに実践されていた。

『デアドラ』の演技は、私に簡素、厳粛、静謐（せいひつ）の印象を残した。役者たちが動き回ることは少なく、彫像のようなポーズをとって台詞を語ることがしばしばあった。壁画、寺院の壁画に描かれたリズミカルな行列が、ぼんやりと魔法にかけられたように、私の眼前を動き始めるように思える瞬間が幾度もあった(4)。

そして、シンプルな舞台セットと衣装。イェイツの友人スタージ・ムアが舞台セットを、ロバート・グレゴリが衣装をデザインした『砂時計』は、イェイツの理論を忠実に実践した最初の舞台である。

舞台の背面にダーク・グリーンのタペストリを掛け、小道具は机が一つ、その上に開いて置かれた分厚い本が一冊、装飾写本と分かる。房の付いたベルの紐、砂時計を置く鉄の受け台、それだけだった。衣装は舞台背景に調和するよう、一〇人の登場人物中、暖色の色合いを身につけたのは二人だけで、暗色の厳粛なカラー・スキームほど作品の効果を高める演出はなかった(5)。

当時、観客の目を楽しませるため豪華な舞台セットに巨額の費用が投じられ、役者は、「シアター・ビジネス」と言われ、台詞のない間も手や足を絶えず動かすのが「演技」と考えられた時代である。時代の常識・慣行に逆行する簡素な舞台は、「アイリッシュ・プレイ」、「アイリッシュ・プレイヤーズ」、「アイリッシュ・シアター」のトレード・マークとなって、鮮烈な印象を巻き起こす。

劇場の業務は拡大の一途を辿り、ダブリンに留まる時間が長くなったイェイツは、この頃からナソー・ホテルを利用するようになった。ダブリンの中心街、サウス・フェデリック通りに立つ「並以上にさえないホテル(6)」――

絶えず出たり入ったりする長身の青年の姿は誰の目にも留まった。黒のヴェルヴェットのジャケット、並以上に幅広の芸術家のリボン・タイ、足早な歩調、いくらか短めの腕をぎこちなく後ろに組み、近隣の通りを躓きながら歩き独り呟き声を発していた(7)。

彼は、ところ構わず詩をぼそぼそ呟いた。

青年はすでに中年に差し掛かった年齢。彼と並んで、短軀、いささか太め、寡婦の衣装に身を包んだグレゴリ夫人を見かけることもあったであろう。ゴールウェイとダブリンを頻繁に行き来するようになった彼女も、ナソー・ホテルを利用した。そこは、グレゴリ夫人が劇団員たちに新しい劇作品を朗読し、時に協会のミーティングが開かれる劇場関係者たちの溜り場のような場所となる。

ヨーロッパの片隅に位置する小さな島国の小さな劇団が海外の評価を受ける機会が、意外に早く訪れる。ロンドンのアイルランド文学協会幹事スティーヴン・グインはアイルランド国民演劇協会のロンドン公演を計画、一九〇三年五月、協会の招待によって公演が実現した。

役者たちは、劇団専従のウィリアム・フェイを除いて、昼間は仕事を持つアマチュアである。金曜日の夜、彼らはダブリンを発ち、五月二日（土）、昼と夜、二回の公演が行われた。演目は、『フーリハンの娘キャスリーン』、『汁物の鍋』、『砂時計』、『礎石を築く』、『トゥエンティーファイヴ』の五つ。会場のサウス・ケンジントンのクイーンズ・ゲイト・ホールに、アイルランド総督アバディーン卿、レイディ・アバディーン、事務長官ジョージ・ウィンダムの母その他、多数のアイルランド関係者や著名人が姿を見せた。その一人はヘンリ・ジェイムズ。

公演翌日の日曜日の朝、新聞紙面は劇評家の称賛に満ちた声で埋まった。ウィリアム・アーチャーはイプセンをイングランドに紹介した、新しい演劇を代表する一人。アマチュアの劇に「不安を抱きながら」ホールに赴いた彼は、「心から称賛と喝采を送った」、「演じられた作品は全て興味深く、美しさは絶妙で感動的なものもあった」[8]と、彼は述べた。

最も注目すべきは、劇評家アーサー・ウォークリーが『タイムズ文芸付録』に寄せた二段抜きの批評記事である。「アイルランドの人たちが話すのを聞くまで、英語がこれほど音楽性豊かな言語であることを理解していなかった」と、彼は言う。「耳の喜び」、シンプルな演技とシンプルな舞台セットが与える「目の喜び」に、更に彼は最もヴァイタルな「精神とムードの喜び」を挙げる。

精神は真剣さの中に浸り、ムードは押し並べてもの悲しい。〔…〕全体を覆う調べは控えめな厳粛さ、時折、妖精の気紛れのような和音が交じり、それは完全にアイルランドの調べであり、楽しさに溢れていた。イェイツの「道徳劇」『砂時計』を取り上げてみよう。天使は、最後の砂が尽き男が死に至る前に、救済の手段を探し出す時間をしばし与える。一般の劇作家ならこの場面をどう扱うだろう。砂時計が舞台前面に大きくせり出し、男は迫り来る死の気も狂わんばかりの恐怖に身を悶え、悲鳴を挙げるだろう。

「心を真にリフレッシュする一時の時間を与えてくれた彼らに心から感謝する」[9]と、ウォークリーは批評記事を結んだ。イェイツの「劇場改革」理論は正しい理解と正しい評価を得た。

ダブリンの小さな演劇集団が早くから海外の注目を集めたのは、この時期にロンドン公演が実現したことが大きかった。海外の評価が先行し、アイルランドの国内評価も渋々それに追随する——そのパタンの始まりである。

ロンドン公演を終え、五月五日、イェイツはウーバン・ビルディングズの住居からグレゴリ夫人に送った手紙で、公演の成功を報告した後——

昨日、モード・ゴンがここに二時間来ていました。私たちの誰も想像できなかったほど、彼女は愚かだったようです。[10]

多くの人々が危惧したモード・ゴンの結婚は、ハネムーンから崩壊の兆しを見せ始めていた。原因は夫の飲酒と暴力。遅かれ早かれ破局は訪れていたであろう。モード・ゴンは、愛人の裏切りに「咄嗟の、怒りの衝動で結婚した」と告白、「絶望感」[11]に沈んでいた。

翌日、再びグレゴリ夫人に送った手紙で、イェイツは前々日の出来事に触れ——

モード・ゴンとの面会が終わってよかったと思います。彼女はかつてないほど遠い存在に思えます。私が長い間知っていたモード・ゴンはもう存在しないと、何故か感じられます。彼女に苦渋の時、多分自己否定の、退潮の時が始まったのだと感じています。[12]

モード・ゴンの結婚ショックは、イェイツが現実に目覚める覚醒効果を持ったようである。一通目の手紙で、彼はモード・ゴンを「愚か」と形容した。彼女に、イェイツがそうした否定語を使ったのは恐らくこれが初めてである。

この後、モード・ゴンはアイルランドへ向かった。七月、エドワード七世のアイルランド訪問が予定され、ボーア戦争の最中、老女王の島国訪問に対する抗議運動が不発に終わった苦い経験を踏まえ、急進的ナショナリストたちは、今回こそその再現阻止に照準を定めていた。

四月四日、エドワード・マーティンが抗議の第一声を挙げた——「イングランドはまたしても、アイルランドのナショナリストたちに決闘を挑んできた。アイルランドのナショナリストたちは受けて立ち〔…〕」[13]。マーティンに、イェイツが続いた。四月九日、彼は『フリーマンズ・ジャーナル』紙に抗議文を寄稿、英国王・女王の訪問に寄せられる盛大な歓迎の実体を暴く。

商店主は旗を掲揚しなければならない。リッチな顧客を失うからだ。労働者は忠誠を装わなければならない。雇い主に解雇されるからだ。貧民の子供たちは［沿道に］隊列を組んで立ち、監視の下、歓呼の声を挙げなければならない。学校はリッチなパトロンの怒りを恐れるからだ[14]。

「英国王・女王の訪問は、いつも脅迫と籠絡だった[15]」と、イェイツは言う。

抗議運動の要はモード・ゴンが中心となって組織した「人民を守る委員会」、英国王・女王の訪問に際し、盛大な歓迎を演出するため子供たちまで巻き込んで課される強制・圧力から「人民」、特に労働者階級を「守る」目的という。

四月から展開された抗議運動にもかかわらず、国王は「アイルランド各地で熱烈な歓迎を受け、群衆は祝賀行事に参加、熱狂の中でナショナルな争点は完全に忘れられた[16]」。しかし「ナショナリストたちの敗北は見せかけのみ[17]」、「一握りの狂信者の一団[18]」と誹られた「人民を守る委員会」は純然たる政党「国民会議」に衣替えし、翌一九〇四年、政党本部の建物からアイルランド国旗が翻った。急進的ナショナリストたちは結集、統合へ向け動き始めた。

第三節　J・M・シングの登場

イェイツがシングに出会ったのは一八九六年、年末のパリ。あれから六年が経過、アラン島へ渡航を促したイェイツの助言が実を結ぶ時を迎えた。一九〇三年一月二〇日、ロンドンのグレゴリ夫人のフラットで、シングの『海へ乗りゆく者たち』が、彼自身によってイェイツとグレゴリ夫人と二人の友人たちに朗読された。夫と息子たち、一家の男八人全員を失う老母を通して、海に生きるアランの人々の悲劇を描いた作品である。この後、モード・ゴン、チェスタートン、シモンズに朗読が重ねられた。三月初め、この日もグレゴリ夫人のフラットで、シングの『谷間の影』が、彼女によってメイスフィールド、フロレンス・ファー、シモンズ、イェイツらに朗読された。アイルランド社会の現実に鋭く切り込むシングの劇作は、「シング・ソング」と名づけられる豊かな詩的リズムと詩的イメージに溢れ、新しい声を持った劇作家の登場を、二つの劇の朗読を聞いた人々は感じ取っていた。

秋、シングがいよいよデビューする。一〇月八日、シングの『谷間の影』とイェイツの『王宮の門』が舞台に懸かった。

『王宮の門』は、ケルト社会の中で、詩人は国事を決する会議の席に列する高い地位と権威が与えられていた故事に基づく詩劇。ゴートのグエラ王は、司教や兵士、立法家たちの、「言葉を弄するに過ぎない」詩人ふぜいが「彼らの間に列するのは彼らの威厳を損なう」とする苦言を容れ、詩人シャナハンに会議から退席を命じた。それに抗議し、王宮の門で、シャナハンがハンガー・ストライキに入って三日が経つ。「社会の半分は実生活に没頭し、もう半分は政治と愛国的プロパガンダに没頭している中で、純粋な芸術が認められるべく国民演劇協会が困難な闘いを続けていた時に書いた」[1]作品と、イェイツは『王宮の門』を解説している。

J. M. シング、1895年

イェイツの劇の衣装をデザインしたのはアニー・ホーニマン、オカルト仲間の彼の古い友人である。前年の四月、『フーリハンの娘キャスリーン』の公演後、イェイツはフランク・フェイに、ダブリンの劇場のために「何かしてくれる」「富裕な友人[2]」の存在を明かしていた。手紙の中の「彼」は、実は、アニー・ホーニマン。お茶会社を経営する家庭に生まれた彼女は、生涯、演劇に情熱を傾け、祖父母の遺産を投資する演劇グループの選考を進めていた。ホーニマンの衣装のデザインは、彼女の投資をダブリンの「私の小さな劇場」に呼び込むためのイェイツの外交努力の一つ。努力が実を結ぶ日は近い。

そして、シングの『谷間の影』――老いた夫ダンと若い妻ノラ。夫に不倫の現場を押さえられた妻は、偶然一夜の宿を求めて通りすがった浮浪者(トランプ)と家を出てゆく。一八四〇年代、アイルランドを襲った大飢饉後、農村社会に出現した顕著な現象の一つは晩婚化と大量の独身男女の人口だった。シングの劇の老いた夫と若い妻のカップルを生んだ社会的要因である。シングは、農村社会に根づく不毛な一断面を抉(えぐ)り出して見せた。

『谷間の影』は劇場の内外に渦巻く政治的圧力を、一気に爆発させた。夫を裏切り、通りすがりの浮浪者と家を出てゆくノラはアイルランド女性に対する誹謗・中傷――劇が舞台に懸かる前から、抗議の声が挙がり始める。モード・ゴンは劇を読む前から対決姿勢を露わにし、公演初日、モーラ・クインとダドレイ・ディッグズの役者二人を引き連れて公演会場を退出、彼女、ハイド、二人の役者は国民演劇協会を辞した。

公演終了後、蜂の巣をつついたような論争の幕が上がった。非難・攻撃の先鋒はアーサー・グリフィス。『谷間の影』は、『デカメロン』の中のシングの劇と似たストーリーをアイルランドに移し替えたに過ぎない、劇は「名前のみアイリッシュ」、「ノラは嘘、偽り」、「シングはデカダント[3]」、グリフィスがシングに浴びせる悪言は止(とど)まるところがなかった。

「世界中で最も貞淑なアイルランド女性」――「グリフィスのドン・キホーテ的アイルランド女性弁護[4]」に始まり、「聖人のようなアイルランド人の国民性」といった、赤面せずにはいられないお題目がこの島国で臆面もなく唱えられた時代である。偽善が美徳の面を被ってまかり通って来た結果、「情熱や衝動に疑惑の目が向けられ、人間性はあらゆる点で抑圧され、誠実さはアイルランドの土地から失せ、それにとって替わるものは虚偽の因習[5]」と、J・B・イェイツは島国の不毛な精神風土を嘆いた。

シングは攻撃され「傷つき」、「公演初日のカーテン・コールをそそくさと済ませ、黙って姿を消した[6]」。その彼に代わってイェイツは論争の矢面に立ち、シングの弁護と国民演劇協会の弁明を展開した。矢継ぎ早に記事を三つ発表、その中心は三つ目の「アイルランドのナショナル・シアターと三種類の無知」。教会の説教壇から偏狭な道徳を説く主としてカトリック教会の一部の聖職者と、偏狭な愛国精神を振りかざす急進的ナショナリストたち――「説教壇と新聞のキメラ[7]」に、ゲール語とゲール文化以外の一切を排斥するゲール狂が加わり、「三種類の無知」がアイルランドの芸術・文化の発展を妨げる危険な状況を作り上げていると、イェイツは応酬した[8]。

しかし、シングがどれほど優れた劇作家と声高に叫んでも、彼を非難する人々の耳に達することはなかった。国民演劇協会が「このようなポリシーを続けるなら、ナショナル・シアターは粉砕され終わるだろう[9]」。グリフィスはただならぬ警告を発した。それまで演劇運動に友好的姿勢をとり続けた彼は、警告通り、以後ナショナル・シアターの舞台に懸かった殆ど全ての劇を攻撃した。標的はシング。

シングの登場によってすでに演劇運動が向かい始めていた農民劇への傾斜は加速、農民劇は「アイリッシュ・プレイ」の代名詞となり、登場人物が話す「アングロ・アイリッシュ方言」は、紛れもないアイルランドの農村社会を彷彿させる空間を舞台に創り出す主要素となる。

二〇世紀に入って、「竹馬から下りた」と表現したイェイツの詩的ヴィジョンと美意識の変化は進み、彼は一八九〇年代を振り返って、自己批判や反省の弁を多々口にし始める。

一九〇三年五月、イェイツのエッセイ集『善と悪の観念』(*The Ideas of Good and Evil*) が出版された。一八九〇年代に書かれた代表的なエッセイを一冊にまとめた書。本を送ったAEに、著者は――

私は「肉体の秋」のようなエッセイにもう共感が持てません。真実に反すると思ってはいません。準備段階に過ぎないものを世界の普遍の相だと誤解していたと思います。前世紀末、形状を離脱したい、肉体を離脱した或る種の美を実現したいという奇妙な願望に満たされていました。今、逆の衝動が訪れ、美の実現を可能なかぎり推し進めたい衝動を、周囲に、私の中に感じています[10]。

アメリカのジョン・クインにも、エッセイ集の「多くは現在の私のムードから外れています。〔…〕あまりに叙情的で、遥か遠い事物を追い求める希求、願望に溢れ過ぎていると思います[11]」と言い添えて、イェイツは本を送った。

随想集『発見』(*Discoveries*, 1907) は、折々の印象を綴った短いエッセイを集めた一冊。その中で、イェイツは一八九〇年代の自己を次のように分析する。

私は私自身を詩に表現しようと考え人生を出発し、それは私自身のヴィジョンを表現すること、本質ではないものを切り捨てる企てだと理解していた。しかし、ヴィジョンは私自身の外にあるのだと思い描いたため、私の想像力は装飾的な風景や静物で満たされるようになった。私は、私自身を自分の精神と肉体の真中で生きる不動の、もの言わぬものだと考えていた。〔…〕そして或る日突然、私は理解した。私が求めていたものは何か不変で純粋なもの、常に私自身の外にあるもの、手の届かない賢者の石か錬金薬（エリキサ）で、私自身は一時の儚いもので「それを求めて」手を差し伸べているに過ぎなかったのだ、と。(12)

八月、『七つの森にて』が出版された。抒情詩と物語詩、劇作『バーリャの浜で』を収めた詩集は、妹ロリーの印刷所「ダン・エマー・プレス」から出された最初の書である。「目に愉快な最初の本、開いても閉じても愉快」(13)と、クインに贈った一冊にイェイツは書き入れている。印刷された三二五部は、瞬く間に売り切れた。

イェイツの詩は新しい調べを奏で始めた。

昨日、いつも親切な人が言った、
「あなたが愛する女（ひと）は白髪の筋が混じり、
目の周りに隈（くま）が現われ始めました〔…〕」。
（「慰められることの愚かさ」）

この直截でパーソナルな口語表現は、イェイツが求め始めた新しい文体の際立った特徴である。

詩集の中心は中間に置かれた「アダムの呪い」（“Adam's Curse”）。一九〇一年五月、ロンドンで、イェイツがモード・ゴン、彼女の妹、従姉妹たちと会した時、白いイヴニング・ドレス、淡い金髪の妹の美しい装いをイェイツが褒めると、「美しくあらんとするのは重労働です」(14)と彼女は応えた。「アダムの呪い」はこの時のことを詩にした作品である。

詩全体を覆う疲労感に合わせ、初夏は夏の終わりへ移行、美しい女性は美しくあらんと重労働を強いられ、アダムの堕落（フォール）以来、労働を免れる優美なものは何もないと詩人は嘆く。

私は言った、「一行に何時間も要するかもしれません、
でも、一瞬の詩想と思えなければ、
私たちの縫ったり縫い返したりは無に帰します。
膝をついて、台所の敷石を
ごしごし擦ったり、降っても照っても
貧乏老人のように石を砕くほうがまだよい。
甘美な音を紡いで表わすのは
そんな仕事より辛い労働です〔…〕」。

夜空に三日月が懸かり――
　昼間の明かりの最後の燃え殻が消え、
　震える空の青緑の中に
　月が見えた、まるで
　時の水の流れが星の周りを満ちては引き、洗われて、
　日々、歳月が経ち、砕けた貝殻のように痩せこけた月。

「月」はロマン派のエンブレム、その月は砕けた貝殻のように痩せこけ、「私たちの心はあの痩せた月のように疲れてしまった」と、詩人は嘆く。「アダムの呪い」は、旧い世紀の「ロマンス、霧、高揚した美とイェイツが意識的に求め始めた新しい、タフな言葉遣い[15]」とが釣り合った過渡期的作品、評価の高い一篇である。

　詩人の美意識と詩的ヴィジョンに変化をもたらした要因は複合的、公私にわたる彼の人生経験全てが絡んでいた。その中で最大の要因は劇場経験。劇場は、マーケットに似て、雑多な、時に卑しい影響力の出会う場である。その真只中に身を置くこと数年、その経験はイェイツに一八九〇年代の詩的信条――「芸術家は美の司祭たるべし」――の大幅な修正を迫り、劇作はイェイツの文体に変化をもたらした。彼は、彼の詩の新しい直截でパーソナルな口語表現を「舞台で実践した言葉遣いの特質」に帰し、『詩集』（一九〇六）の序で次のように言う――

> 私にとってドラマは〔…〕男らしいエネルギーの追求であり、出来事の相互関係から生じるものを何であれ喜々として受け入れること、欲望や漠たる悔恨にかすんだ抒情詩の輪郭ではなく、クリーンな輪郭の追求だった[16]。

　イェイツの自己改革と機を合わせるようにシングが登場、「ケルトの薄明」の幕引きを促す決定的要因となる。シングの劇は、イェイツが理想とするアイルランドの神話・伝説を題材にしたロマンティックでヒロイックな詩劇と真正面から対立した。シングの人生・芸術観は次の文に最もよく表わされている――

> 最も確かな素材は詩の素材であり、そうした素材も土や虫けらの中に逞しい根を張っている。たとえ高揚した詩がそれ自体で成立し得ることはあっても、その中に、生の逞しい事物が必要である。高揚したもの、心優しいものが、ひ弱な血で作られているのではないことを示すために[17]。

シングの劇のヒーローたちは、ヒーローらしからぬ農夫、浮浪者、鋳掛屋など、文字通りアイルランドの「土や虫けらの中に逞しい根を張って」生きている人々であり、血管に「ひ弱な血」が流れている者は一人もいない。「鋭い刃を持ったもの、舌に塩辛い味のもの、ザラザラした手触りのもの」[18]――シングの劇の特徴を、イェイツはこう表現した。シングがアラン島から持ち帰った「新しい素材のショック」[19]に、神話の神秘のヴェールに包まれた「ケルトの薄明」はかすみ、消滅せざるを得なかった。世紀が変わった頃から、意識的に遠ざけられた「ケルト」の語は「アイリッシュ」にとって替わった。

第四節　アメリカ講演旅行

一九〇二年の夏、アイルランドを訪れたジョン・クインはイェイツにアメリカ講演旅行を提案していた。一八四〇年代の大飢饉後、島国から流入した大量のアイルランド系住民を擁するアメリカは文字通りドル箱、個人で、団体で、資金集めのアメリカ詣では一種のファッションと化した。一九〇三年五月、イェイツの大西洋渡航が決まり、エネルギッシュで性急な実務家のクインは受け入れ態勢の準備に取り掛かった。ニュー・ヨークにアイルランド文学協会支部が設立され、六月、協会が主催してイェイツの劇を公演、劇場のロビーに詩人の肖像画が掲げられた。クインは講演日程、旅程、講演料を決め、広報活動を展開、イェイツが到着する前の数週間、「準備の嵐[1]」の中で過ごした。

一九〇三年一一月四日、イェイツはリヴァプールを出航、一一月一一日、ニュー・ヨークに到着した。六週間の予定だった講演旅行は大幅に延長され、彼がニュー・ヨークから帰国の船旅に着くのは翌年三月となる。この間、東海岸から始まった講演は、中西部、西海岸に至り、更にカナダへ、アメリカ大陸を踏破する大々的なものとなった。

ニュー・ヨークに到着して四日後、イェイツはクインのアパートに移った。ここが、いわば彼のニュー・ヨークの基地。セントラル・パークを見晴らすクインの部屋の壁は、J・B・イェイツによって画かれた詩人の息子の肖像画やジャック・イェイツの絵が覆う。イェイツがアメリカに滞在中、クインは「グレゴリ夫人の一時的代役」を果たし、「惜しみない称賛と愛情を注ぎ[2]」、的確な指示を与え、旅行中の彼に下着や小旅行用に小さなスーツケースを送り、と細やかな配慮を示し続けた。

当時、アメリカ社会の中でアイルランド系住民が社会の底辺から這い上がり、社会階層の階段を上り始めた時期に当たり、「今日のアイルランド青年たちに、アイルランドの古い威厳と高揚した理想を示すために、イェイツほど相応しい者はいない[3]」とクインは語った。彼がイェイツの「栄光[4]」のために労を惜しまず奔走したのは、アメリカへ渡ったアイルランドを祖国とする人々全てにとって、詩人の「栄光」は民族の「誇り」と同義だったからである。

アイルランドから流入した大量の移民を擁するニュー・ヨークは、島国の政治犯の多くが脱獄、逃走、釈放後、エグザイルとして住み着いた街、愛国運動の一大拠点を成していた。一八六三年、彼らによって設立された急進的ナショナリズム組織「クラン・ナ・ゲール」はＩＲＢと緊密な連携関係を有し、ジョン・デュヴォイは組織のボスである。彼らやカトリック層から反撥が懸念されたが、クインは事前にクラン・ナ・ゲールと接触を計り、「カトリック系新聞の多くは冷淡と故意の無関心[5]」を装ったが、それ以外に目立った反撥や攻撃が起きることはなかった。

メディアの取材攻勢も課題の一つ、行く先々でアイルランド詩人を待ち構えるリポーターたちは講演より厄介な存在となる。イェイツは、「彼を絶えず見張る英国警察の監視から逃れるために[6]」アメリカへやって来たと、まことしやかな記事を載せる新聞も現われた。女性記者からキプリングについて問われ、「現存する詩人についてお話しできません。彼が親切に亡くなりでもすれば、お話しすることは山ほどあります」とうっかり口をすべらせ、「イェイツ、キプリングの死を望む[7]」と大見出しの記事を思い浮かべて、苦笑した。フェミニズムや女性教育について意見を問われることもある。不用意な発言は避けなければならない。しかしメディア対応にも慣れ、アイルランド詩人の「エネルギーとユーモア[8]」は記者たちを驚かせた。

イェイツは四つの講演原稿を用意してアメリカへやって来た。「アイルランドの知的リヴァイヴァル」("The Intellectual Revival in Ireland")、「アイルランドの英雄伝説文学」("Heroic Literature of Ireland")、「劇場とその役割」("The Theatre and What it Might Be")、「古今の詩」("Poetry in the Old Time and the New")の四つ[9]。講演対象は、大学、演劇クラブ、文学クラブ、各種のアイリッシュ・アメリカンの団体や組織と多岐にわたり、イェイツは聴衆によって四つの講演を使い分け、原稿に修正を加えることもあれば、時に即興でスピーチをやってのけることもあった。

一一月一六日、イェール大学から講演は始まった[10]。演題は「アイルランドの知的リヴァイヴァル」。この後、東部の大学を巡る日程が続いた。フィラデルフィア（一一月二三日）は特に盛況。ペンシルヴァニア大学の英文学教授コーネリアス・ウェイガントはイェイツの賛美者で、一八九七年頃からイェイツに手紙を送り、前年の八月、クールを訪問、一夜滞在した彼から特別な歓迎を受けた。ハーヴァード大学で、ウィリアム・ジェイムズとの出会いがあった。

一一月半ば、モントリオールへ。『モントリオール・デイリィ・スター』紙は大時代がかった記事で詩人を迎えた。「世界文学の中でユニークな地位を勝ち取った彼は、古いケルト詩人の真の典型、長身、細身、深くくぼんだ光る目、繊細な口と厚い黒髪、想像力を少し伸ばせば、彼が古いアイルランドの唄をうたいながら、城から小屋へ放浪する絵を思い描くことができる[11]」。

モントリオールからの帰途、昼間にチャムプレイン湖とハドソン川流域を見たいと、イェイツは早朝の列車で出発。ニュー・ヨークまで一二時間の旅の間に、車中で抒情詩「昔の思い出」（"An Old Memory"）が書き上げられた。

　クリスマスの休暇後、一二月二八日、ホワイト・ハウスでローズヴェルト大統領と彼の家族と昼食会。大統領はアイルランドのリヴァイヴァル運動の理解者で、グレゴリ夫人の『マーヘヴナのクフーリン』ファンである。イェイツが妖精の話をしてローズヴェルトを驚かせたと、昼食会に同席した大統領の友人は回想を残している[12]。もっともらしい作り話だろうと、ロイ・フォスターは推測する[13]。

　新年に予定されたカーネギー・ホールの講演は全日程の中で最も重要な位置を占める。演題は「アイルランドの知的リヴァイヴァル」。イェイツは、クリスマス・イヴとクリスマス・デイを、クインが手配した速記者を相手に講演原稿の推敲に費やした。更に実際に、人気のないホールでリハーサルを実施。講演を重ねる中に、イェイツは或る発見に至る。少人数の聴衆に向けた「会話調の成り行きまかせ、その場のインスピレイションの類のスピーチ」は大聴衆には通じない。「聴衆が多ければ多いほど、フォーマルでリズミカル、雄弁でなければならない[14]」。ホールのステージにオルガンがあり、国家をオルガンのパイプに譬えた古いスピーチを思い出して即興でやってのけると、暗闇から拍手が起こった。ホールの管理人、アイルランド人の彼はオルガンの比喩を喜んだ。

　一月三日、講演当日、雪と氷点下の気温に聴衆は六〇〇に満たず、クインを落胆させた。一八四〇年代の「アイルランド青年」からアイルランド文学座に至る文学意識の覚醒を辿った講演の最後を締めくくったのはオルガンの比喩——

> 世界の諸国は大きなオルガンに似ています。オルガンには多くのパイプがあり、一つひとつのパイプは一つの国家です。〔…〕スペイン帝国の大きなパイプが鳴り響き、その調べは世界中に満ちていました。やがてそのパイプは鳴り止み、神の手はオルガンの他のパイプに移り〔…〕ついにアイルランドのパイプが目覚め、その調べは世界中に満ちるでしょう[15]。

リハーサルを重ねた努力は報われ、「広いホール全体に声が通り、ゲール同盟も、カトリック層も、全ての人々を喜ばせた[16]」とクインは満足げ。グレゴリ夫人に、彼は——「寒さ厳しい一日、堂々たる（マグニフイセント）スピーチでした[17]」。

　翌一月四日、イェイツは中西部から西海岸に至る六週間の旅に出発した。最初の目的地セイント・ルイスまで一日半の長旅。ここで、四月三〇日に開幕する万国博覧会にアイルランド国民演劇協会は招待を受け、その諾否を判断する情報収集も仕事の一つである。結局、博覧会出演は見送られた。

アメリカへ渡ってすでに二か月が経ち、ニュー・ヨークを起点に、北へ、南へ、あちこち移動しながら講演の連続。この頃から、イェイツは疲労とホームシックを訴え始める。「帰国したいと思い焦がれています[18]」と、一月六日、イェイツはグレゴリ夫人に訴えた。「しかし、最後までやり遂げます。二〇ほど講演が残っています」。日程は更に延び、講演は更に数を増した。

セイント・ルイスの後、インディアナポリス、ラファイエットに立ち寄り、一月一三日、シカゴへ。中西部は「氷と雪と寒さ[19]」の真只中。イェイツはクインから、ペースを配分しエネルギーを保存、講演以外の招待に応じないよう重々注意されていた。シカゴで、それに違反する出来事が起きる。シカゴ大学の演劇クラブが、イェイツの来訪に合わせて『心の願望の国』を上演、「美人」の女子学生からの招待にイェイツは応じた。それを報じた新聞記事を読んだクインは、即刻、打電――「新聞記事、誤報を望む[20]」と。イェイツは――「食事は断りました。学生に招待され、案内され、それに私は劇を一〇年間観ていませんでした[21]」と、言い訳を綴った手紙をニュー・ヨークへ送る羽目に。

シカゴ近隣の講演地の一つはノートル・ダムのカトリック大学。ここで、アイルランド出身の六フィートを超える「大男の陽気な神父たち」とゴースト・ストーリーや妖精の話を語り合った一夜は特に記憶に残る一コマとなる。神父たちはユダヤ教徒も非国教徒も大学に受け入れ、アメリカの「至るところで一般に宗教的偏見の欠如[22]」は、イェイツを驚かせた。「他の何処よりもノートル・ダムで楽しい時間を過ごしました[23]」と、イェイツが大学の関係者に送った手紙は、必ずしも社交辞令ではなかったであろう。

一月二二日、シカゴから西海岸へ。列車「オーヴァーランド・リミティッド」――宣伝文句によれば「世界で最高の車輌を備えた列車[24]」――は、オマハ、オグデン、ユタを抜け、「氷と雪と寒さ」の景色は土色の平原に変わり、パーム・トゥリーやペパー・トゥリーが現われ、一月二六日、サン・フランシスコに到着、一ページ大の新聞記事がイェイツを迎えた。講演日程が進むにつれて彼の名声は高まり、カリフォルニアに着く頃には彼は「有名人[25]」。それに応じて、イェイツの自信も上昇した。

サン・フランシスコに到着した日、イェイツはクインの電報を手にする。クラン・ナ・ゲールのジョン・デュヴォイから、ロバート・エメットの死一〇〇周年を記念する講演依頼

イェイツ、アメリカ西部で「ソールタリに合わせ朗唱」をレクチャーする、クインへ送った手紙の中のジャック・イェイツの戯画

を知らせる電報だった。エメットは、一八〇三年、武装蜂起を起こし処刑されたナショナリストのアイコンのような存在である。「私には難しい演題、私の仕事の圏外、政治的スピーチは好まない[26]」と、イェイツはニュー・ヨークへ打電した。すでに大幅に遅れている帰国が更に先に延びるのは気が滅入った。「私はすっかり疲れています、身体の疲労ではなくうんざりし、ホームシックです。〔…〕もう一か月ここにいるのはうんざり[27]」と、イェイツはグレゴリ夫人に泣き言を並べた手紙を送った。二〇〇ドルの講演料（標準は七五ドル）は二五〇ドルにアップ。それでも、イェイツの心境は――「すでに数百ポンド稼いだ今、七〇ポンドが何だというのか[28]」。しかし、クインが講演の実現を望んでいることは明らかであり、「彼の期待に背きたくない[29]」とイェイツは講演を引き受けた。初め、三月六日だった日取りは、二月二八日に変更された。

サン・フランシスコで、予定外の出来事の一つはアグネス・トビンとの出会い。著名な銀行家の娘、詩人で翻訳家のトビンからペトラルカの詩の翻訳『愛の十字架』が送られた。アメリカ講演旅行から書かれたイェイツの唯一のエッセイ「アメリカと諸芸術」（"America and the Arts"）に、次のような文が置かれている。「静かな海とスミレが耐える冬、そして若い作家から送られた美しいペトラルカの詩の本に、私は小さな芸術の喜びを発見した」[30]。氷と雪に閉ざされた中西部の後、太平洋が開け、外套の要らない温暖な気候、澄んだ星空、「美しいサン・フランシスコ[31]」は暫し旅の疲れを癒す場となったようである。

二月四日、カリフォルニアから鉄路を東へ辿り、二月七日、再び「氷と雪と寒さ」のシカゴへ。ここに、妹リリーの手紙が待っていた。ダン・エマー・インダストリーズが財政危機――この後、幾度も起きる財政危機の最初――に陥り、金銭援助を求める手紙だった。「私はずっとこの時を予想していました。でも苛立たしい」。イェイツはグレゴリ夫人に訴えた。「利己的か否か分かりませんが、長い年月、妹たちは多くの不平不満を手紙で言ってきました。〔…〕その時々に必要なもの以外に、私が初めて稼いだお金がダン・エマーに当てにされていると考えたくありません」[32]。兄の本音である。イェイツが帰国する前に、当面、ダン・エマーの財政危機は去った。シカゴからカナダへ足を延ばし、二月一四日、ニュー・ヨークへ帰着、六週間の長旅を終えた。

エメットの講演はこのアメリカ講演旅行のハイライトであり、最大の難関である。イェイツが用意した演題は、「アイルランドの知的リヴァイヴァル」の原稿にエメットのキャリアを継ぎ足した「アイルランドの自由の使徒エメット」("Emmet the Apostle of Irish Liberty")。ジョン・デュヴォイやオドノヴァン・ロッサらＩＲＢの大物を前にした講演を、彼は「剣舞」に譬えた。原稿の準備は「恐ろしく厄介」、一瞬の間も惜しみ準備に費やした[33]。

二月二八日、講演当日、会場の音楽アカデミーの大講堂は四〇〇〇超の聴衆で埋まった。イェイツはエメットのキャリアを時代背景と共に辿り、パーネルの議会運動、彼の死と「自治」運動の崩壊によって若者たちの想像力は時の政治からより普遍的なアイルランドの伝統へ向けられ、その結果ゲール同盟の躍進、ナショナル・シアターの興隆、産業、教会芸術にまで話題が及んだ一時間のスピーチの最後はあのオルガンの比喩、「アイルランドという名のパイプがもう一度鳴り始め、その調べが世界に満ちるでしょう」と結んだ[34]。講演はクインが望んだ成功を収めた。

これで事実上、講演日程は終了。イェイツは四か月間に六四の集会で話し、聴衆の数は二万五千から三万五千。「パーネル以来、イェイツほどアメリカに深い印象を刻んだ者はいない[35]」と、クインは誇らしげに語った。

彼はいつも時間を守り、西部へ独りで旅をし、列車一つ乗り遅れず、全て計画通りにとてもうまくやってのけた――ジャック［イェイツ夫人］の心配をよそに。彼女は、「彼は何もできないに違いないと感じていた」。〔…〕彼の自助能力は実に素晴らしい。彼は正しいことをしたり言ったり頼りにできない、その場の状況に敏感ではない、機敏でもないと言う者は彼が分かっていないだけだ[36]。

イェイツが稼いだ金額は三二三〇ドル四〇セント、帰国後二か月間の彼の収入は二ポンド一三シリング[37]、劇的落差である。収穫の一つは弁舌の才能。四か月の講演旅行は弁舌の才能を解き放ち、イェイツを雄弁家（オラター）に変えた。

三月九日、クインが開いたディナーの後、イェイツはニュー・ヨーク港を出航、「快適な航海[38]」を続け、三月一六日、リヴァプールに到着、翌日、ロンドンへ戻った。

イェイツがダブリンを不在にした間に舞台に懸かった彼自身の『影なす海』（一月一四日）や、シングの『海へ乗りゆく者たち』（二月二五日）を観ることはできなかったが、三月二六日、アイルランド国民演劇協会の第二回ロンドン公演にタイミングよく間に合った。今回も、ロンドンのアイルランド文学協会の招待によって実現した公演は、前年に勝る成功を収めた。五つの演目の中二つはシングの劇。公演の成果の一つはいち早くシングをロンドンに紹介できたことである。『海へ乗りゆく者たち』を、劇評家たちは傑作と絶賛した。

アメリカ講演旅行はイェイツの人生の一つの分岐点を標す。彼は四〇歳に手の届く年齢に達し、黒髪に白髪が混ざり始め、体重が少し増加した。『バーリヤの浜で』の主人公クフーリンはイェイツ自身のペルソナ。その役を演じるフランク・フェイに作者が解説したクフーリン像は、多分に彼自身の自画像である。

クフーリンのキャラクターに、僅か傲慢、不毛、不安の影が〔差す〕。〔…〕彼は若者たちに交じって生きているが、彼自身は青春の幻想を乗り超えた。彼は多分四〇歳くらい。〔…〕彼が女性について語るのを聞くと、若者のような愛は彼のものではない。多分彼の性格の強さは彼に幻想や夢（それが若者を女性の僕（しもべ）にする）を捨てさせ、人生のかなり早い段階で意図的な愛を抱くようになった。〔…〕彼は少しハードで、周囲の人々を反撥させる。〔…〕彼はフール――さ迷える情熱、家はなく、殆ど愛もない[39]。

第五節　アベイ・シアターへ向け

イェイツが不在中、演劇運動は飛躍的発展を遂げる足がかりを得た。アニー・ホーニマンは祖父母の遺産をイェイツの劇場に投資する意を固め、一九〇四年一月一日、国民演劇協会幹事のジョージ・ロバーツに手紙を送り、協会に常設劇場を贈る意思を正式に表明した。早速、劇場の候補物件探しが始まり、アベイ下通りに建つ「メカニックス・インスティチュート」に白羽の矢が立った。小さな劇場を備える建物。ジョセフ・ホロウェイはダブリンの演劇イヴェントというイヴェントの公演初日に足を運んだ驚異的芝居通である。彼が、半世紀にわたって、ダブリンの演劇についてありとあらゆる事柄を書き留めた、一〇万ページに及ぶ日記は貴重な資料となっている。ホロウェイは建築家。メカニックス・インスティチュートと隣接するマルボロ通りの建物二つを劇場に改修・改築する設計書作りと費用の算定が、彼に依頼された。はじき出された金額は、改修・改築に一三〇〇ポンドと土地の年間貸借料一七〇ポンド。劇場は、通りの名前を取って「アベイ・シアター」と命名される。アメリカから帰国したイェイツは、劇場が柿落としを迎える年末まで、「劇場業務の海に溺れています」(六月二七日)、「この夏と秋ほど多忙をきわめたことはありませんでした」(一一月一五日)[1]と言うほど多忙な日々を送ることになる。

四月、イェイツに宛てたアニー・ホーニマンの公開書簡が発表された。彼女をオーナーとするアベイ・シアターを、無償で、アイルランド国民演劇協会に貸与することを骨子とする内容。「私はごく小さな劇場を作ることしかできません。それもきわめて簡素なものです。高い芸術的理想を掲げ、力強い、盛んな劇場に作り上げることは劇団員全員に懸かっています」[2]と、ホーニマンは公開書簡を結んだ。五月一一日、協会は契約書に署名し、ホーニマンとの間に契約が成立する。

アニー・ホーニマン、J. B. イェイツ制作

それを受け、アイルランドで劇場の開設に必要なライセンスの申請がなされると共に、二つの建物の改修・改築工事が始まった。

イギリスの典型的中産階級出身のアニー・ホーニマンの善意は、演劇運動が根ざすアイルランドのナショナリズムへの共感・共鳴から発したものではない。アベイ・シアターは、商業ベースに乗りにくいイェイツの詩劇を演じる場として提供した、彼個人へのプレゼントである。この豪華な贈り物の背後に、詩人・劇作家としてイェイツの天才に対する敬意・称賛と共に、彼への愛と呼べる彼女の「情緒的投資」があったことも否定できない。イェイツの劇場への投資は、二重の意味で彼女の「美しき誤解」から発していた。アイルランドのナショナル・シアターのオーナーとなったイギリス人女性を待ち受ける前途は多難である。

そうした中、ロンドンで、六月二六日から三日間、イェイツの『何も無いところ』がステージ・ソサイアティによって演じられた。三日通して劇場は社交界婦人たちで溢れた。しかし劇評家たちは概ね「冷淡」で、イェイツ自身の評価も「劇全体が継ぎ接ぎで有機体ではない」[3]。制作事情を考えれば、避けがたい結果であろう。

公演終了後、イェイツは「ロマンティックで不思議な経験」をする。劇を観たクロマーティ伯爵夫人から、彼はスタフォード・ハウスのティー・パーティに招待された。建物が何か認識のないまま、彼が「古いブルーのコート」姿で現われると、そこはサザランド公爵夫人のタウン・ハウス、バッキンガム宮殿に向かい合う「ロンドンで唯一の宮殿」と評判の建物だった。ここで、イェイツは公爵夫人からアレグザンドラ王妃に紹介された[4]。「彼は慣習を顧みず純情無邪気に、イェイツ流の流儀で王妃に話しかけた。彼女は、国王夫妻のアイルランド訪問時、イェイツの不忠な声明について何も知らず、しかし彼の詩は知っていて、次に彼の劇が上演された時、劇を観たいと話した」[5]。王妃との面談をアメリカのジョン・クインに報告した手紙で、彼は、「噂が『ユナイティッド・アイリッシュマン』の耳に達しどんな反応が起きるか待っているところです」と、悪戯の発覚を楽しんでいる風。更に、「ミスイズ・マックブライド［モード・ゴン］の反応を見るのが楽しみです」[6]とも。

八月四日、劇場のライセンス申請を審査する公聴会が始まった。新しいライヴァルの出現に商業劇場が異議を唱えたが、反論らしい反論を立てることもできず、公聴会は無条件の成功。当日、公聴会の模様をグレゴリ夫人に伝えた手紙で、イェイツは、「アベイ・シアターの工事を見に行ってきました。

全て迅速に進んでいます[7]」と伝えている。同じ手紙に、イェイツはアイリッシュ・ジョークにも似たエピソードを書き添えている。マルボロ通りの建物は一時ダブリン市のモルグだった。土を掘り起していると人骨が発見され、殺人事件と色めく工夫たちに管理人は事もなげに言った――「ああ、七年ほど前、死体が一つ行方不明になったのを覚えている。検死の時、発見できなかった[8]」。公聴会を終え、八月八日、オリヴィア・シェイクスピアに送った手紙で、公聴会の「証人探し、彼らのために声明の口述筆記等の仕事と騒動で疲れました」とこぼす彼は――「明日、三時半、クール湖でパイクやパーチを釣っています[9]」。

公聴会に臨むためダブリンへやって来たアニー・ホーニマンは、終了後、クールを訪れた。彼女とグレゴリ夫人の初対面である。イギリス中産階級出身で、強烈な個性、感情の振幅の激しいゲストは「神経を尖らせ、出しゃばり」、訪問は「無残な失敗[10]」に終わった。劇場のオーナーであるホーニマンとやがて劇場の重役となるグレゴリ夫人――イェイツを挿んで、二人の女性を待ち受ける多難な前途を思わせる初対面となった。

八月二〇日、ライセンスが下りた。ライセンスの認可はアイルランドに居住する地位ある者に限られたため、アニー・ホーニマンに代わって、グレゴリ夫人がライセンスの保持者となった。期間は六年、即ち一九一〇年まで、更新可能。

アベイ・シアターの柿落としに演じる演目の決定は難航した。G・B・ショーに依頼した劇の存在が演目の決定を難航させた。九月半ば、ショーからクールに『ジョン・ブルのもう一つの島』が送られて来る。「ジョン・ブル」は英国人の代名詞的あだ名であり、「もう一つの島」はアイルランドを指す。アイルランドで土地開発を目論む英国人、彼のパートナーでイングランドで成功したアイルランド人、聖位を剝奪されたアイルランドの司祭、三者を中心に展開する劇は、「アイルランド人に英国人の価値を教え、英国人に彼ら自身のばかばかしさを示すこと[11]」が目的、英国人とアイルランド人双方を風刺した「ショーの逆説的ウィットが調合した激烈な混合物[12]」である。「劇の中であなたが言っていることはアイルランドの真実を突いています。これまで誰も言ったことのないことです。長い年月ロンドンにあって、あなたがこれほど多くのことを覚えているのは驚きです[13]」と、イェイツは劇作家に手紙を送った。ショーの劇はあまりに長く（一一月、ロンドンで上演された時、二時半に始まり六時に終わった）、キャスト、特に英国人ブロードベントを演じる役者が劇団に見当たらず、イェイツの本音は――劇は、「本質的に醜悪で不恰好[14]」。『ジョン・ブルのもう一つの島』は見送られた。アベイ・シアター柿落としの演目は、イェイツの『バーリャの浜で』とグレゴリ夫人の『噂の広がり』新作二つと、『谷間の影』と『フーリハンの娘キャスリーン』のリヴァイヴァルに決定する。

劇場のオープンに向けた準備は進み、一〇月最後の日、アベイ・シアターの舞台で初リハーサルが行われた。この時、ジョン・クインはアイルランドを訪問中。ジョセフ・ホロウェイが劇場を覗くと、「建材のくずが溢れ、グレゴリ夫人とクインは未完成の平土間席の前列の席に座り、イェイツは興奮気味に厚板やガラクタの中を歩き回って、一瞬、切断機に巻き込まれそうになった[15]」。

アベイ・シアターのプログラム表紙

劇場の改修・改築に当たって、アイルランドの地場産業や工房の作品ができるだけ利用された。その一つはセアラ・パーサーのステンド・グラス工房。メイン・エントランスの両脇とグリーン・ルーム（役者や劇場関係者の溜り場）の窓に、葉の茂るハシバミの木、ケルトの知の木をイメージした彼女の工房の作品が彩りを添えた。ロビーにはリリー・イェイツが手掛けたタペストリが懸かり、劇場の各所に、J・B・イェイツ制作のアニー・ホーニマンや協会の幹部、主だった役者たちの肖像画が壁を飾った。肖像画は年毎に増え続け、アベイ・シアターは小画廊の趣を呈するようになる。また、アイリッシュ・ウルフハウンドを曳いた古代コノート女王メーヴの図像は、プログラムの表紙を飾る劇場のエンブレムとなる。

一二月一四日、完成したアベイ・シアターを報道陣に公開するお披露目のレセプションが開かれた。アベイ下通りとマルボロ通りの二つの「古い無様な建物」は「五六二名を収容するスタイリッシュな新しい劇場[16]」に様変わりした。裏通りのコンサート・ホールに始まって、公演会場を求めてジプシーのように放浪した劇団にとって、アベイ・シアターは文字通り「天からの贈り物」である。

一九〇四年一二月二七日、アベイ・シアターは柿落としの日を迎えた。この年一番のファッショナブルな演劇イヴェントに、ダブリンの名だたる人々が顔を揃えた。報道取材陣の代表は、『マンチェスター・ガーディアン』が送ったジョン・メイスフィールド――

錚々（そうそう）たる顔つきのヴィジッターたちは狭いロビーをゆっくり足を運び、装飾を確かめたり階段に幾人かたむろして協会の歴史を語り合っていた。イヴニング・ドレスに身を包んだイェイツは一際目立ち、二、三分おきに楽屋を覗いて準備状況を確かめていた[17]。

開演は八時一五分、ドラの音が三度鳴って開演を告げた――この劇場の慣わしとなる。最初の演目は『バーリャの浜で』。アルスターの英雄クフーリンは、一騎打ちを挑んで現われた青年を我が子と知らず殺害、それと知った彼は正気を失って浜に躍り出、波に呑まれて最期を遂げる。クフーリン伝説の一つのエピソードに、エリザベス朝演劇の様式に習い阿呆（フール）と盲人を絡ませたイェイツの劇は、二〇世紀の最も優れた詩劇の一つに数えられる。「阿呆を演じた見事なファンタジー故に」と、劇はウィリアム・フェイに献じられた。

大歓声のカーテン・コールを受けステージに現われたイェイツは、果敢な冒険に乗り出す劇団のモットーとしてエドマンド・スペンサーを引いた――「大胆に！　大胆に！　だが、大胆過ぎないよう！」[18]。

続いて『フーリハンの娘キャスリーン』が演じられ、グレゴリ夫人の『噂の広がり』が最後を締めくくった。田舎町の市の立つ広場、林檎の屋台に忘れ置かれた一本の熊手。噂が噂を呼んで、殺人の凶器に一変した熊手が観客を笑いの渦に巻き込む典型的コメディである。この劇で、グレゴリ夫人は劇作家として才能を一気に開花させた。この日、彼女の姿は劇場になかった。インフルエンザに罹りゴールウェイの屋敷に臥す彼女にイェイツは打電した――「貴女の劇は大成功。大入り満員、全ての劇が成功[19]」。

イェイツは演劇運動が成功した要因を二つ挙げている。一つは劇作家シングの出現であり、もう一つは常設劇場を獲得したこと[20]。長い間、「薄汚い裏通りのホールで演じていた」劇団を、彼は「卵の殻の中の鳥[21]」に準えた。常設劇場を得た劇団は、殻を破り羽ばたき始める。

アベイ・シアターは幾多の苦難を乗り越え、リヴァイヴァル運動の最も輝かしい成果として、今も、アベイ下通りに立つ。

第六章　劇場の業務と人の管理　一九〇五―一九〇九

リハーサル中のアベイ・シアター

第一節　国民演劇協会、株式会社組織へ

一九〇五―一九〇六

常設劇場がオープンすると、それまでと比較できない量の劇場の業務が押し寄せ始めた。一か月に一度、七日間の定期公演が始まり、やがて国内巡業と海外巡業が組まれるようになる。新人劇作家も登場し始めた。公演日程、演目、キャストの決定等の果てしない雑務に加え、劇場の内外でトラブルが続発、イェイツはまさに「劇場の業務と人の管理」真只中に身を置く日々を送ることになる。そうした中、彼は深刻な私的悩みを抱え込むことになった。発生源はモード・ゴン。

アベイ・シアターの柿落としを成功裡に終え、その余韻に浸りながらイェイツがロンドンへ戻って間もなく、一九〇五年一月九日、彼はモード・ゴンの従姉妹メイ・クレイの訪問を受けた。モード・ゴンに依頼され、彼女が離婚を決意したこと、離婚原因が夫の飲酒、暴力、猥褻行為であることをメイはイェイツに伝えた。マクブライドの飲酒や夫婦を取り巻くよからぬ噂は洩れ伝わっていたが、メイの訪問に、イェイツは「完全に不意打ちを喰らった[1]」感。

結婚当初から傾き始めたモード・ゴンの夫婦関係は、年末、破局へ向かって動き始めていた。離婚原因が表沙汰になれば、スキャンダルは「空前のスケールに達する[2]」ことは必至。モード・ゴンにも公に晒されたくない不都合な過去――フランス人男性との愛人関係、彼との間に生まれた娘イズールトの存在――がある。初め、彼女は和解による離婚または別居の道を模索した。しかし、前年一月に誕生した息子ショーンの親権を巡って条件が折り合わず、一月九日、和解交渉は不調に終わった。

一月一一日、イェイツがメイを訪問、マクブライドが妻と彼女周辺の女性たちを巻き込んで振るった恥ずべき行為の全貌――モード・ゴンの異母妹アイリーン一七歳との不倫、一〇歳のイズールトに対する性的虐待等――を聞き及んだ彼は、「地獄のサークルを巡って来たような[3]」気分。

イェイツは即座にモード・ゴンの支援に回った。直ぐにもパリへ駆けつける心意気の彼はしかし、「手を縛られていた[4]」。マクブライドは、妻の「友人だった男性は皆愛人だと当てこすり」、「嫉妬から際限なく騒ぎ立てた[5]」と妻は証言する。彼

が特に激しい嫉妬を向けたのはイェイツ。モード・ゴンのパリの家からイェイツの詩集は全て「消えた」。詩集の存在はマクブライドを「少なからず苛立たせていた」[6]という。一月一四日、イェイツはいささか物騒がせなエピソードをグレゴリ夫人の耳に入れている。「少し前、マクブライドは私を撃つと言ったそうです。ここ数日、私が耳にした唯一元気の出るニュースです――ハイな気分になります」[7]。

二月二五日、モード・ゴンはパリの裁判所に離婚を提訴した。初め、離婚に固執することのなかった彼女が、AEらが勧めた調停案を排し離婚訴訟に踏み切った背後に、イェイツの強気の押しが働いていなかったとは言えない。彼は、訴訟でモード・ゴンの優位は揺るぎないと判断、法的決着を彼女に勧めた。

しかし、イェイツの強気の読みは現実を見誤っていた。ダブリンのナショナリストたちは概ねマクブライド側に着いた――オレアリもその一人。マクブライド側の弁護士は、モード・ゴンの「カラフルな過去」[8]、特に一〇年以上に及ぶ愛人との関係を彼女が道徳性に欠ける例としてフルに利用した。マクブライドの罪状の中で最も深刻な猥褻行為も、異母妹アイリーンや娘イズールトが絡み、返り血を浴びることになり兼ねない。モード・ゴンが特に優位な立場に立っていたわけではなかった。

訴訟の過程でイェイツのサポートが実際にどれほど役に立ったかは疑問。しかし、モード・ゴンに与えた心理的効果は測り知れない。「私は、あなたがどれほどよくして下さったか、あなたの優しい想いと言葉にどれほど助けられたか、決して忘れることはありません」[9]。モード・ゴンがこれほど「優しい」言葉をイェイツに掛けることはかつてなかった。

法廷論争とマクブライド側の引き伸ばしで審理は遅々として進まず、判決が下りたのは翌一九〇六年八月。マクブライドは新聞を相手どって名誉毀損訴訟を起こし、その過程で、彼はアイルランド国民でありアイルランドが居住地であることが認められ、フランスの判事によって、離婚を禁じるアイルランド法の下、法的別居と息子ショーンの親権を母親に認める裁定が下った。一年半にわたった法廷闘争は、当事者双方に「ダメージの大きい引き分け」[10]に終わった。

モード・ゴンが離婚を提訴して間もない頃、グレゴリ夫人は彼女がアイルランドで活動できる可能性に触れ、「それは終わったと、私は思います」[11]と述べていた。この後、モード・ゴンは政治活動から身を引き、パリに退く。彼女が半ばエグザイルとしてパリに留まった年月は一〇年に及んだ。

ダブリンの街の一角に、アイルランドの「ナショナル・シアター」を名乗る劇場がオープンした当初、悩みの種は観客

モード・ゴンとイズールト、1906年頃

の入りの薄さ、観客層の開拓は容易ではなかった。柿落とし後、最初にシングの『聖者の泉』(二月四日)がアベイ・シアターの舞台に懸かった。路傍で人々の善意に縋って生きる盲目の夫婦の物語。視力を回復するという聖者の泉から汲んだ聖水を拒み、二人は盲目のまま生きることを選ぶ。シングの劇は「アベイ・シアターを殆ど空にした」と、ジョージ・ムアは回想する。「ストール席に私たち二〇人ほど、イェイツの家族と〔…〕」[12]。シングの不人気は『谷間の影』以来。不人気な演目を舞台に懸け続ける劇場に、人々は冷ややかな目を向けた。「アイルランドで全ての人が自分の目で世界を見る権利が認められるまでには、ハードな闘いになるでしょう」と、二月一五日、イェイツはクインに手紙を送っている。「シングはかけがえのない存在です。彼は強烈で狭いパーソナリティの持ち主で、必然的に問題全てを提起します」[13]。

グレゴリ夫人の『キンコラ』(三月二五日)は歴史劇、マンスター王ブライアン・ボリュの王宮が建つキンコラを舞台に展開する。一〇一四年、ダブリン湾を臨むクロンターフの戦いでヴァイキング勢をうち破った歴史的英雄ブライアンを描いた劇に、アベイ・シアターは柿落とし以来の賑わいを見せた。集客力の高い作品を舞台に送り出すグレゴリ夫人は貴重な存在。しかし『キンコラ』も初日の後、観客数は先細りした。新作の公演に劇場が賑わいを見せるのは初日とせいぜい二日目、それ以外は事実上空（から）の日が日常茶飯事となる。「ダブリンの演劇層は何時になれば国民演劇協会の存在を知るだろう[14]」と、ホロウェイは嘆いた。

『キンコラ』初日、舞台が跳ねた後、ステージの上で、役者たちと招待客たちが共に参加してティー・パーティが開かれた。グレゴリ夫人のアイディアで、新作が懸かる公演初日の行事となる。「アベイ・シアターは独自の伝統を育み始めた[15]」。

一九〇五年六月一三日、イェイツは四〇歳の誕生日を迎えた。春、グレゴリ夫人はジョン・メイスフィールドと共に或る企画の準備を始めていた。「イェイツの友人と彼の作品を高く評価する人々[16]」に一ポンドずつ寄金を呼びかけ、詩人の誕生日に「ケルムズコット・チョーサー」を贈るプランである。ウィリアム・モリスの「ケルムズコット・プレス」から出された『ジョフレイ・チョーサー著作集』は、ラファエロ前派の代表的画家バーン＝ジョーンズのデザインに基づいた版画八七点を収録、ケルムズコット・プレスが世に送った最大の業績と評価される書。年明けからグレゴリ夫人は『チョーサー』確保に乗り出し、四九ポンドで取得に成功する。豪華な誕生日の贈り物は、「出版された最も美しい装飾本[17]」とイェイツを喜ばせた。彼のロンドンの部屋で、「ケルムズコット・チョーサー」はロバート・グレゴリがデザインしたダ

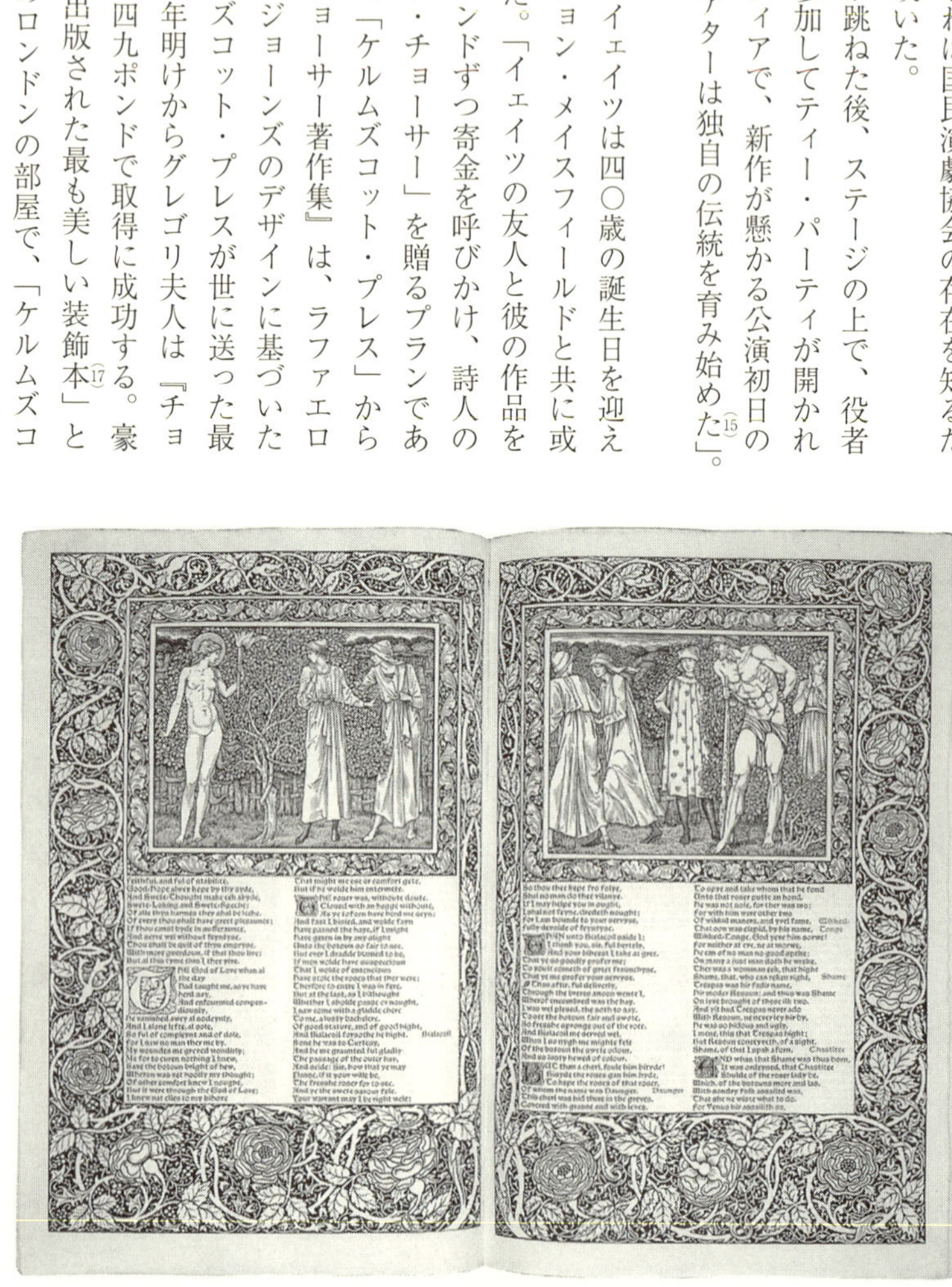

ケルムズコット・チョーサー

ーク・ブルーの書見台の上に置かれ、台の両脇に巨大な蠟燭が立てられていたという。

この頃、イェイツの読書は――ティーン・エージャーの頃に父が薦めたバルザックは、今や、彼の愛読書。出版者バレンから求めた四〇巻のバルザックを、生涯、彼は読んでは読みすることになる。スペンサーの詩を編集するために読み、そしてチョーサー、更にベン・ジョンソンと、イギリス・ロマン派に惑溺していた青年時代の彼とは様変わりした。

イェイツが意識的に求めた自己変革、自己改造を物語るエピソードが残っている。七月八日、神智学協会の年次大会のために、フロレンス・ファーの演出によってイェイツの『影なす海』が公演された。主人公フォーゲルを演じた役者に、イェイツは激しい非難を浴びせた。「私が目にした最も軽蔑に値する代物――女々しく大袈裟な台詞の連続、しかるべき箇所で強調を決して置かず、声は下品、一種の女々しい美は笑い草。〔…〕狂い（ワイルド）興奮した地虫の一種のような男、性格の弱さから身をひねったりよじったり[18]」。「公演は熟年に達したイェイツがそれ以前の自己に向き合うことを強いた。邂逅に、彼はぞっとする想いに満たされた」。「イェイツの罵詈雑言の激しさは、自身の劇作品に対する、今や彼が抜け出した文体に対する不満の表われである[19]」と、イェイツ書簡集の編者ジョン・ケリーは解説する。

公演が終わるとクールへ向かったイェイツは、夏の間、『影なす海』の書き直しに没頭した。一字一句洗い直す徹底した作業。九月一六日、ジョン・クインに――

『影なす海』をそっくり書き替えました。古いヴァージョンは一ページも残っていません。作品の基調そのものが変わりました。素朴なフレーズや日常のイディオムに溢れています。水夫は水夫らしく粗野にし、登場人物を全て多かれ少なかれ性格づけし、それでいて叙情的瞬間を何も失っていません。今、最後の二、三行を修正しているところですが、「きしむ靴」や「カンゾウの根」〔といった表現〕をとても抽象的だった箇所に入れて、嬉々としています[20]。

この頃、イェイツは『王宮の門』や『バーリャの浜で』の書き直しと修正に追われ、新しい作品は『デアドラ』(*Deidre*) 一作のみである。

アベイ・シアターがオープンして一年足らず、アイルランド国民演劇協会は再び大変革を遂げることになった。株式会社へ再編されることになり、夏の間、協会の機構・規約の改正作業が進んだ。

一九〇三年二月に発足したアイルランド国民演劇協会は、協会員一人一票のデモクラシーに則った一種の共同組合組織であり、役者たちは職業を持つ無給のアマチュアである。常設劇場を持ち、アイルランド国内の地方巡業やイングランドやスコットランドの海外巡業が視野に入り始めた今、プロの役者たちから成る劇団を編成し、ビジネス基盤に立った劇場の経営体制を整える必要が浮上した。

株式会社への移行を積極的に推したのはイェイツである。現行の体制下、会長の権限、リーダーシップに大きな制約が課された。演じる劇やキャストの決定を巡って「何週間も議論が続く[21]」デモクラシー方式に終止符を打ち、意思決定が彼自身と信頼の置けるグレゴリ夫人とシングに集中する体制作りを図った。ここでも、それを可能にしたのはホーニマンのバック・アップ、役者たちの給与として彼女が保証した年額五〇〇ポンドの補助金である。

協会の規約改正作業にAEが当たった。前年、『デアドラ』の上演権を巡ってイェイツと対立、協会副会長を辞任したAEは、協会が株式会社に移行後、劇場と関係を断つと言う。絶え間ない争い、その度に仲裁役を振られる彼はうんざりしていた。その彼が新しい体制作りを担ったのは、AEは協会員の多くに信頼が厚く、協会再編案は「私［イェイツ］が手を下すより遥かに通り易い[22]」と、イェイツとグレゴリ夫人に押し切られた格好。

一九〇五年九月二二日、国民演劇協会総会で、協会を解散し株式会社へ移行する動議が可決。一〇月二四日、「ナショナル・シアター・ソサイアティ・リミティッド」として正式に登録され、劇場の経営権はイェイツ、シング、グレゴリ夫人の三重役からなる重役会が掌握することになる。

一一月下旬、アベイ・カンパニーは、オックスフォード、ケンブリッジ、ロンドンの三都市で公演を行った。特に二つの大学町で、オックスフォードでは「名だたる全ての人々が」公演会場に現われ、ケンブリッジでも「ホールは満席[23]」、大成功を収めた。

劇団がダブリンへ戻った一二月、株式会社への移行を不服とする劇団員の憤懣が沸騰した。プロの役者への道は彼らを職業から解放し、演劇にコミットできる方策と説明されたが、それを自由というよりむしろ隷属と受け取る者もいた。彼らの不満はより根源的で、国民演劇協会設立に遡る。協会は、フェイ兄弟を軸とする役者たちに、文学座の流れを汲む劇作家たちが合流して設立された。前者はカトリック、後者はプロテスタントというアイルランド社会の根源的対立の構図が、そのまま劇場に持ち込まれた。ナショナリズム意識の強い前者と、文化・文学を重視、脱政治の原則を掲げる後者の間に、常に目的意識のずれが存在した。役者たちにとって「ナショナル・シアター」を設立したのは彼らであり、イェイツは「巣を乗っ取ったカッコー」[24]。潜在する対立と諸々の不満に火をつけたのが給与の査定である。それまで平等だった協会員は、「一夜にして、給与で雇われる身分」[25]に転落、更に週給二ポンドのウィリアム・フェイを筆頭に一〇シリング（半ポンド）まで給与の格差に不満が噴出した。

メアリ・ウォーカーはモーラ・ニク・ヒューリーなるゲール語の舞台名を名乗って、数々のヒロインを演じた劇団のトップ女優である。彼女は、弟フランクが一〇シリングであること、彼女自身が後輩のセアラ・オールグッド――やがて彼女は、妹のモリーと共にアベイ・シアターの二枚看板女優となる――と給与が同額であることを不服とし、「僅かでもオールグッドを上回る額」[26]を要求した。イェイツが衣裳部屋の管理の仕事を名目に二シリングの増額を提案すると、「劇団の中で二人のフェイに次ぐ地位を期待していた」[27]彼女は、それを「侮辱」と受け取った。イェイツの姉妹が経営する「ダン・エマー」で働くウォーカーは姉妹の元に逃げ込み、イェイツの家族を巻き込んだ騒動に発展する。父と姉妹はウォーカーの味方に回った。イェイツは「故意に血の凍るような手紙」[28]を姉妹に送りつけ、契約に署名を渋り続けるウォーカーに業を煮やし、怒りを爆発させる場面も。挙句、彼女は一度は契約にサインしたが、年末、協会に辞表を提出して劇団を去った。

それが連鎖反応を引き起こすように、一九〇六年、年明け早々に、劇団員の三分の二以上が集団離脱する事態へ突き進んだ。残留した役者は、フェイ兄弟を入れて僅か六名。劇団崩壊の危機に耐えることができたのは、劇団の要であるフランクとウィリアムが新しい体制を積極的に推し、イェイツと足並みを揃え行動したことが幸いした。

離脱したグループは、彼らこそ「ナショナル・シアター・ソサイアティ」であると主張し始める。しかし、アニー・ホーニマンが「劇場のギフトは株式会社へ移譲します」、離脱グループと「私は何の関わりもありません」[29]と声明を発表するに及んで、彼らの命運は尽きた。劇団の分裂は、五〇ポンドと衣装や舞台道具を分与する形で結着した。離脱グループは劇団「シアター・オヴ・アイルランド」を結成し、ナショナリズム色の強い演劇活動を展開する。

数か月続いた対立と混乱の中、終始、イェイツは妥協を排する強硬姿勢を貫いた。この頃、ニーチェの「超人」思想の影響の下、彼の信条は――「力はそれ自身の周囲に世界を形づくり、弱さは世界の周囲に形づくられる――妥協は弱さ」[30]。時に癇癪を起こすのも「経営者として不可欠な武器の一部」[31]である。「重役の一人は恐ろしい気性」、「この劇場は紛れもなく危険な者が誰かいなければならない」、「誰かが悪魔でなければならない(32)」と繰り返す彼は、一度は契約にサインして協会を辞したメアリ・ウォーカーを契約不履行で訴追すると息巻く。劇団員の統率には「この種の厳しいアクション(33)」が必要だと、彼は言う。グレゴリ夫人――「あなたは哀れなか弱い娘をいじめています！(34)」――にシング、フェイも加わって反対され、彼はウォーカーの訴追を思い留まった。

強引に自らの方針を突き進めるイェイツをAEは、「人の感情、或いは性格を理解する能力が完全に欠如し、彼が関わると全てを壊してしまう(35)」と非難した。「アイルランドの人々は愛情によってしかリードできない(36)」と言うAEに、イェイツは――

> 私は少数の人々に愛されることしか望みません。私と対等か私より優れた人々です。その他の人々の愛は束縛であり、邪魔です。私が相当にたくましく有能で、周りに力強い有能な人たちを集め、無為なおしゃべりより仕事を愛する者は皆、私をサポートするとやがて彼らは分かるでしょう。長い闘いになります(37)。

更に――

> 時に私と君との反目は、君自身は力強く有能でありながら、か弱いあまり有能ではない者たちを周りに集めることから起きます。彼らはよい仕事（グッド・ワーク）には危険な存在です。君が愛を望むからだと、私は思います。その上、君は宗教的天才で全ての魂は平等です。救済以外の事業で、その精神は邪魔です(38)。

イェイツが自分自身とAEを比較対照した性格分析は或る真実を突いていたかもしれない。「よい仕事」を他に課す彼は、凡庸なものを容赦なく切り捨てた。「ダブリンの若い人たちで、君［イェイツ］が辛辣で侮蔑的言葉を吐かなかった者は、多分一人もいない(39)」と言うAEに、イェイツは「下手くそな詩人たち、彼と私の模倣者たちを褒めさせたがる詩人へ」（“To a Poet, who would have me Praise certain Bad Poets, Imitators of His and Mine”）と、長い題の詩を書いて返した台詞は――「一体、自分に取りついた蚤（のみ）を褒める犬がいるだろうか？」。「ダブリンに必要なものは、歯に衣を着せぬ舌と敵を喜びとする者(40)」――この前後の年月の詩人のスタンスである。「よい仕事」の物差しで測られ、切り捨てられた一人はAE自身。前年の夏、ダブリンに出版社設立が企てられ、重役の一人にAEを推す動きがあった。AEは「ダブリンのくだらない詩人たちを全て出版しようとする(41)」と、イェイツはそれを阻止。更にこの夏、ＡＥの新しい詩集を巡って、イェイツは家族と一戦を交えた。彼は、ロリーの印刷所の文学アドヴァイザーである。事の発端は、ロリーがＡＥの詩集出版を、兄の同意を得ず請け負ったことに始まる。詩集の原稿を読んだイェイツは出版にストップをかけ、作品の選定は彼の絶対的権限であり、それが認められなければ文学アドヴァイザーを辞任すると、脅迫まがいの手紙をロリーに送りつけた。父が息子の「横柄、傲慢」[42]を諌め送った怒りの手紙に、息子が返した返事は――「ダン・エマー・プレスを恒久的な成功へ導き、長期的に価値のある財産にする唯一のチャンスは、本が文学的に優れていると評判を得ることです」[43]。兄に「道理を説くのは全く無駄。自分自身の側しか見えず、反対に遭うとたちまち高圧的で無礼になる」[44]。妹の言い分である。性格が兄と似たもの同士で、グレゴリ夫人が「戦闘的（ミリタント）」[45]と呼ぶロリーは折れず、兄は文学アドヴァイザー辞任を実行、年末、キャサリン・タイナンの詩集が妹の印刷所から出版される機を捉え、詩集の編集を自ら買って出て元の鞘に納まった。

　劇場に摩擦と不協和音が充満する中で、それを限りなく増幅させた震源の一つがアニー・ホーニマンの存在である。演劇運動が根ざすアイルランドのナショナリズムに理解も共感も示さないイギリス人女性が、アイルランドの「ナショナル・シアター」のオーナーであること自体が尋常ではない。アベイ・シアターはイェイツのポエティック・シアター創造の夢を叶えるために贈った劇場である。その舞台はアイルランドの農民劇に占有され、イェイツの詩劇はその蔭に翳り端役に追いやられていた。彼女の「情緒的投資」も報われる気配はない。ホーニマンは二重の「美しき誤解」に気づき、苛立ち始めていた。

　劇団の活動に長期海外巡業が組み込まれ始め、一九〇六年五月末、アベイ・カンパニーは海外巡業に出た。カーディフから始まり、マンチェスター、リヴァプール、リーズの公演は好評で、巡業は七月半ばまで北イングランドへ、更にスコットランドへと延びた。海外巡業にはシング、時にイェイツが同行、アニー・ホーニマンが同行する機会も多い。

　長期の海外巡業に同行し、劇団をつぶさに観察する機会を得たホーニマンから不満が噴出し始める。まず、劇団員たちの不品行。投宿したホテルで「真夜中の二時まで、彼らは廊下を部屋から部屋へ走り回る」、「ブリキのトランペットを吹く」、列車の「窓から身を乗り出し、プラットフォームの人々に叫び声を発する」[46]等々。ウィリアム・フェイは劇団の女優ブリジット・デンプシーと恋仲で、シングはこの年劇団に加わったモリー・オールグッド――彼女は、姉と同じ名前を嫌ってモーラ・オニールと名乗った――と恋愛関係にあった。列車の中で、舞台監督の「膝の上に恋人の娘、別の娘が重役の一人の膝の上(47)」。こうした光景に、イギリス中産階級に属するホーニマンが眉を吊り上げたことは想像に難くない。

グラスゴーで起きた或る事件を境に、アニー・ホーニマンとアベイ・シアターの確執が表面化し始める。メーキャップに口出しした彼女に「フェイが即座に爆発すると、彼女はその場から退場した。その有様は『ほうきで台所から追い出された野良猫』の様だった(48)」と、フェイはシングに告げ口した。ホーニマンは自尊心を人生最大の信条とし、彼女の際立った性格は「断固たる不屈の独立精神(49)」だったと言われる。それを踏みにじったフェイを、彼女は決して許すことがなかった。彼女の怒りはフェイに集中、「フェイは怠惰で、自堕落」、「誠実で、勤勉なプロとして働くことを忌み嫌っている(50)」等々、「フェイに対する愚痴・不満がイェイツへ宛てた手紙のライトモティーフ(51)」となる。

ホーニマンは劇団との諍(いさか)いに音を上げたのか、彼女が「ホーム・ルール」と呼んだ、補助金と劇場の管理・経営を重役会に一任すると言う。八月三〇日、彼女がイェイツに送った手紙――

> あらゆることが辛く不愉快きわまりない目に遭わされました。〔…〕それも終わったと感じ、感謝の念で一杯です。再度、ダブリンへ行かねばならず、怒鳴ったりすねたりする者たちに鼻であしらわれ、侮辱されるようなことは、長い、長い間ないことを願っています(52)。

「ホーム・ルール」によって実現した一つは「六ペンス座席」。当時、ダブリンの劇場は、平土間の後部に六ペンス(半シリング、通常の半額)座席が設けられていた。アベイ・シアターに六ペンス座席はなかった。低俗な娯楽に劇場が利用されることを嫌ったホーニマンの方針である。そのことはナショナル・シアターに対する大きな不満の種となり、不満は高まる一方。一〇月二〇日のウィンター・シーズンから、アベイ・シアターにも六ペンス座席が取り入れられた。

一〇月二〇日、アベイ・シアターのウィンター・シーズンはグレゴリ夫人の『監獄の門』で幕を開けた。開演が一〇分、一五分と遅れ――

> ついにイェイツが急いで入って来た。彼は〔…〕黒い衣装の女性を伴っていた。〔…〕即座に平土間の少人数のグループが大声で野次り、「万歳、マクブライド!」と叫び始めた。
> その女(ひと)は立ったまま野次馬たちの方へ顔を向け、全身

で溢れる感情を表わした。私は、その前にも後にも見たことのない最も美しい、ヒロイックな顔立ちの人を見た。〔…〕野次が続く間、イェイツは横に立って当惑した表情を浮かべていた。しかし彼女は笑みを浮かべ、動じなかった(53)。

その場に居合わせ記録に残したのはメアリ・コラム、一八九〇年代から、文学・演劇運動のいわば追っかけファンである。

一二月初め、イェイツは他の二人の重役に宛て覚え書きを綴っている。「ナショナル・シアター・ソサイアティは何らかの改革を必要とする段階に達した」と書き始められた覚え書きの中で、イェイツは改革を必要とする理由を二つ挙げている。一つは経営体制の不備であり、もう一つは農民劇への偏向(54)。

一つ目について、劇場が株式会社へ移行し業務が拡大の一途を辿る中、それに見合う経営体制の整備が殆どなされていなかった。劇団員の統率、舞台の演出、会計処理等、業務の多くが二人のフェイ、特にウィリアム・フェイ一人の肩に掛かっていた。彼は演目の殆どに出演する劇団の主役男優である。事態を解消するためビジネス・マネージャーを置くことになり、国文学協会幹事のW・A・ヘンダソンがスカウトされ、一〇月、彼が劇場に着任した。

ビジネス・マネージャーの起用は、早速、効果を表わし始める。ヘンダソンは予約割引切符を導入、六ペンス座席効果も手伝って劇場は活況を呈し始めた。「観客が途切れることなく流れを作って入ってゆく——平土間、ギャラリー、ストールは満席(55)」。一一月一〇日、ホロウェイは日記にこう記した。前年、「ダブリンの演劇層は何時になれば国民演劇協会の存在を知るだろう」と嘆いた彼である。

もう一つの農民劇への偏向。八月、イェイツはシングに次のような手紙を送っている。

君、グレゴリ夫人、ボイルは、現在の劇団から優れた演技を期待することができる。〔…〕すでにイングランドの劇団よりも優れた演技を得ている。無論、私も散文劇はそうだ。しかし、本来、私は詩劇作家であり、今のところ〔…〕『デアドラ』のような劇はイングランドの方が全般的に遥かに優れた上演が得られる(56)。

これを、詩劇作家イェイツのエゴと非難するのは酷であろう。詩劇を演じるには才能と経験を積んだ役者が求められる。イェイツの詩劇に相応の比重を取り戻すため、『デアドラ』公演（一一月二四日）に、ロンドンの舞台で名を成すフロレンス・ダラがスカウトされた。彼女はアイルランド出身。ダラの「デアドラ」はイェイツ自身を喜ばせたが、ロンドンの「鍛え上げられたプロ」とアベイ・カンパニーの若い女優たち――ウィリアム・フェイの比喩によれば、「ロールス・ロイス」と「丘のポニーたち」[57]の共演は、結局、期待外れに終わった。

更により抜本的改革として、アニー・ホーニマンからウィリアム・フェイに代わる新しい舞台監督を外部から起用する案が提案された。イェイツの詩劇と外国の作品の演出を担う人材を起用することによって、農民劇偏向の軌道を修正し、劇場のキャパシティの拡大、多様化を計る目的である。彼女は、新しい人材に報酬として年額五〇〇ポンドを用意するという。

アベイ・カンパニーを築いたウィリアム・フェイからマネージャーの地位を奪うことに、グレゴリ夫人とシングは難色を示した。しかしホーニマンの意思は固く、劇場の資金源は彼女である。また、彼女が父親の遺産二万五千ポンドをアベイ・シアターに再投資する可能性も掛かっていた。グレゴリ夫人とシングに宛てたイェイツの覚え書きは、新しいマネージャーの起用に同意を促す目的で綴られたことは明らか。

フェイの同意を取りつけるのも難題だった。年末から年始、三重役の間を手紙が頻繁に行き交った。「あなたは私に話すようにフェイに話し掛けなければいけません――ハープの音色をもっと交えて」[58]。グレゴリ夫人がイェイツに送った助言はないものねだり、こうした場面は彼女の出番である。一月一一日、グレゴリ夫人がダブリンに出向いて、シングも交え、一度は提案を拒否したフェイを説得、彼は農民劇の演出に専念し、報酬に年額一〇〇ポンドを上乗せする条件で合意した。詩劇と外国の作品の演出と劇場のビジネスを担う新しい舞台監督としてベン・イーデン・ペインがスカウトされ、一月末、劇場に着任する。

第二節　『プレイボーイ』暴動とシングの死

一九〇七―一九〇九

舞台監督交代劇で紛糾する中、アベイ・シアターは別の爆弾を抱えていた。一月末に公演が予定されたシングの劇『西国のプレイボーイ』である。

『西国のプレイボーイ』は三幕劇。場面はメイヨー州、即ち、アイルランドの「西国」、海岸に近い寂（さび）れた村のしがないパブ。そこに、一人の青年が現われる。クリストファー・マハン、二一歳。彼は専制暴君のような父親を鋤の一撃で倒し逃走、ここに辿り着いた。父親殺しを告白する彼はパブの娘ペギーンとの間に恋が芽生え、村人たちからヒーロー――アイルランドでいう「プレイボーイ」――に祭り上げられる。ペギーンの婚約者ショーン・キーオは、ライリー神父の顔色を窺うことなしに何もできない意気地なし、突如、村に現われた好青年に秋波を送る未亡人クイン、そこに死んだはずの父親が現われ……。個性溢れる登場人物たちが繰り広げるドラマは二転、三転、『西国のプレイボーイ』は二〇世紀演劇の傑作の一つと評価される作品である。

シングの劇は、一週間の公演期間中、観客の一部が劇に抗議し暴徒化、『プレイボーイ』暴動と呼ばれるアイルランドにおいて前代未聞の事件を引き起こした。

一月二六日（土）、公演初日、劇場は満席。初めシングの『海へ乗りゆく者たち』が演じられ、公演は順調に滑り出した。続いて『プレイボーイ』。第一幕、第二幕と進み、第三幕の半ばまで観客は「持ち堪えた」。ここで、クリスティの台詞が入る――「僕が望むのはペギーンだ。ここから東国まで、下着（シフト）一枚の選りすぐりの女たちを連れてきても知るもんか」[1]。「シフト」は女性の下着、シュミーズのようなものを指す語である。この語に、或いはクリスティの台詞に、「怒号

『プレイボーイ』のリハーサルに見入るシング、J. B. イェイツのスケッチ

と野次がそれに対抗する歓声と共に起き[2]」、幕が下りるまで騒然とした状況が続いた。この日、イェイツはスコットランドを講演旅行中。この事実は、劇場の経営陣がシングの劇に或る危惧感を懐(いだ)きつつ、暴動といった事態を予測していなかったことを示している。第一幕が終わった時点で、「劇は大成功」とイェイツに打電したグレゴリ夫人とシングは、劇が終了した時点で再び打電した——「聴衆がシフトの語に騒動を起こした[3]」。電報はスコットランドの東海岸アバディーン、一七世紀英詩の権威ハーバート・グリアソン宅へ届けられた。ここに滞在していたイェイツは直ちにダブリンへとって返し、火曜日の朝、劇場に帰着する。

月曜日（一月二八日）、「幕が上がるやいなや大勢の聴衆が抗議の意を固め、〔…〕妨害行為があまりにうるさく、前列の観客でさえ一語も聞こえない。野次、怒号、罵声が飛び交い劇は無言劇と化した[4]」。「劇を取り下げるべし」——轟々の合唱の中、劇場の経営陣は公演続行を決定、役者たちも足並みを揃えた。

火曜日（一月二九日）、この夜が暴動のピーク。『海へ乗りゆく者たち』が演じられた後、イェイツが舞台に現われ、公演終了後の二月四日、アベイ・シアターを開放し、「表現の自由」を論題に公開討論会を催すこと、いかなる意見もそこで表明するよう訴える。効果は虚しく、「ブリキのトランペットを鳴らす者、足で床を踏み鳴らす者、台詞は一言も聞こえない」。出動要請を受けた警官が乱暴・狼藉者をごぼう抜きにして連行、ついに第二幕の開始と共に多数の警官が劇場内に導入され、彼らが三方の壁を固める中、床を足で踏み鳴らす騒音に劇はパントマイムと化した[5]。

アイルランドにおいて警官は支配者の手先であり、その象徴的存在と見なされた。公演続行と、支配者の「法の番人」である警官を「ナショナル・シアター」に導入した劇場の経営陣に対する非難が、シングの劇に対してよりも声高に叫ばれ始める。

木曜日（一月三一日）になると抗議は勢いを失い、公演最終日の土曜日（二月二日）、抗議勢力は「経営陣と役者たち共々の強固な意思の前に勇気をすっかり抜きとられ」、「依然、警官が配備されたが為す仕事もなくスタン・バイ」の状況。劇の「幕が下りると、怒号も幾らか交じっていたものの何度も心のこもった喝采が送られ」、「観客はおとなしく解散した[6]」。

これが『プレイボーイ』暴動のごく大まかな概要である。

アベイ・シアターは五六二席を擁した。公演収益から推定される観客数は、月曜日がおよそ八〇人、火曜日は約二二〇だという[7]。この数字は、暴動が組織的な事件だったことを示している。「警官が配置されなければステージの襲撃が企てられていたでしょう――それが攻撃を仕掛けた四〇人ほどの組織化された暴徒の計画でした[8]」と、二月一一日、イェイツは知人に語っている。暴動を組織したグループは「シン・フェイン」（ゲール語で、「われわれ自身」の意）、アイルランドの「分離・独立」を掲げ、アーサー・グリフィスが設立した急進的ナショナリズム組織である。「かつて舞台から耳にしたことのない醜悪な言葉で語られた、下劣な人でなしのストーリー[9]」。週刊紙『ユナイティッド・アイリッシュマン』を引き継いだ日刊紙『シン・フェイン』紙上で、グリフィスは『プレイボーイ』をこう糾弾した。

しかし何故彼らは、一劇作品を巡って劇場内で暴動を起こすに至ったのか。それは、シングが父親殺しのストーリーに仕掛けたアイルランドに対する痛烈な風刺である。専制暴君的父親に牛耳られる奴隷のごとき息子と、ライリー神父（ファーザー）、即ちカトリック教会の顔色を窺うショーン・キーオ。絶対的権威者の父親と意気地なしの若者は支配者と被支配者の対立の構図を表わし、その構図が何に向けられたものか自明。他国に支配されたアイルランドの長い歴史の中で、この島国は抑圧に立ち上がる反逆者を英雄視する風土を生んだ。父親殺しの息子がヒーローに祭り上げられる土壌である。しかし死んだ筈の父親が現われ彼が犯行に及ぶと、人々は一転、彼を法、即ち支配者の法の裁きに突き出そうとする。彼らは、「威勢のいい話と汚い行為との間には大きなギャップがあることを思い知らされた」。シングは、「イングランドに対し行動を起こす時が到来し選択を迫られた時、ナショナリストたちが直面せざるを得ない（そして直面するであろう）モラル・ディレンマを突きつけた」のである。ナショナリストたちは「シングの劇に含まれた意味を正確に読み取った[10]」。それが暴動の原因である。

劇場の重役たちは、不測の事態に三者三様の個性的な反応を示した。「何故このような劇を書いたのか」と問われたシングは、「そんなことはどうでもいい、面白いと思ったから書いたまで[11]」と捨て台詞を吐いて、火に油を注いだ。グレゴリ夫人は名台詞を残す――「曲を決めるのはヴァイオリン弾きの仕事です[12]」。公演の続行、警官の導入、『プレイボーイ』の上演そのもの、非は全てイェイツに着せられた。その彼は――「意気盛ん、高揚感さえ漂い目に闘争の火が燃えていた[13]」と、暴動の最中に劇場を訪れた新しい舞台監督ベン・イーデン・ペインは証言する。

二月四日、アベイ・シアターを開放して、「表現の自由」を論題に公開討論会が開かれた。通常の半額の入場料が課されたが、劇場は満席。イェイツはイヴニング・ドレスの装いで討論会に臨んだ。群衆(モブ)に譲歩も妥協も拒否する意思表示であろう。[14]

イェイツのスピーチの後、ダブリンの街でその名を知られたナショナリストたちが次つぎ登壇、その一人『ステージ』の寄稿者W・J・ロレンスは、「私は、今夜、イェイツを褒め称えるために来たのではない」とローマの英雄気取りである。「劇は悪質、組織的妨害は更に悪質、警官導入は最悪」、「ナショナル・シアターはダブリンの大勢の演劇ファンの反感を自ら買い、彼らのサポートを失った」。彼らの言い分を要約していた。

シングの弁護に立った者は僅か。その一人J・B・イェイツが舞台に上がると、詩人の息子に野次が飛んだ――「お前の父親を殺せ」。画家の父が「聖者たちのこの島」と言うと盛大な歓声が挙がり、「張子の聖者たちの」と言い添えると猛烈な野次が飛んだ。イェイツ最晩年の詩の一つ「美しく気高きもの」に――

アベイのステージに立つ私の父、怒り狂う群衆を前に、
「聖者たちのこの島」、歓声が止むと、
「張子の聖者たちの」と、美しい悪戯な頭を仰(の)け反って。

この日の主役は観客席を埋めた聴衆である。彼らは絶えず野次、怒号、歓声等を挙げ、「討論会の進行は浮かれ騒ぎの笑劇の趣を呈し、発言者たちは例外なく発言と特に関係のないありとあらゆるふざけ言葉や叫び声を浴びせかけられた」。八時半に始まった討論会は一一時に差し掛かり、議長は閉会を宣言、聴衆は「騒々しい浮かれ騒ぎに彩られた一夜を過ごし上機嫌で解散した」と、討論会の模様を報道した新聞記事は結ばれている。

「シングのバトル」[15]――『プレイボーイ』を巡る一連の事件をイェイツはこう呼んだ。一週間の公演続行と討論会はまさにバトルと呼ぶに相応しい。討論会はイェイツのファイターの本領が遺憾なく発揮された場である。「あの夜のイェイツほど見事に闘った人を、武器庫にあれほど多くの武器を蓄えていた人を見たことがない[16]」。討論会に出席した数少ない女性の一人メアリ・コラムはこう回想する。

『プレイボーイ』暴動はヨーロッパの片隅から世界に発信され、一躍シングの名声と、劇場の名声を高める結果になった。しかし、事件は負の遺産も残した。公演後、劇場はダブリン市民からボイコットを喰らう羽目に陥った。「何週間も一握りの観客しか現われず」、ウィリアム・フェイは思い余って彼らを舞台に近い席に集め、一夜のプログラムを通して演じたという。[17]

事件の余波は思わぬところまで波及した。「西国」の地方

議会は『プレイボーイ』に抗議する決議を可決、グレゴリ夫人は貧民院訪問を差し止められ、貧民院の子供たちをクールに招いて開くピクニック、二三年間続いた恒例の行事も禁止された。更に事件が残した置き土産の一つは――アベイ・シアターの平土間席の床はフェルト張りになったという[18]。

『プレイボーイ』暴動の余韻が残る三月半ば、オレアリが他界した。弔いに、イェイツは参加しなかった。モード・ゴンの離婚訴訟でマクブライド側に着いたオレアリと、イェイツは気まずい関係に陥っていた。しかし青年時代、オレアリを「師」とした彼である。

> オレアリが他界した時、私はかつて彼と親しい仕事仲間だったが、彼の弔いに行く気になれなかった。彼が教えたこと、私が共有するものと異なるナショナリズムを信奉する多くの者たちが彼の墓の周りに群がるのを見ることに尻込みした。彼は〔…〕ロマンティックなアイルランドの国家観を信奉し、それに基づいて、ライオネル・ジョンソンと私は我が国の芸術とアイルランドの批評を創り出した。多分、彼の霊は〔…〕私の心を乱す欠席の弁明を受け入れてくれるだろう[19]。

「人は、国家を救うためにも為してはならぬことがある」と、オレアリは説いた。劇場内でアイルランドの名誉の名の下、形振り構わず醜態を演じて恥じることを知らない「シン・フェイン」追随者、「私は彼らに目を注ぎながらそこに立っていた。私の青年時代に影響力を揮った愛国精神の一派の消滅を目にしていた[20]」と、イェイツは言う。「彼ら」は、アイルランド社会の変容に伴って台頭したカトリック中産階級である。翌一九〇八年、急進的ナショナリスト勢力はグリフィス率いる政党「シン・フェイン」に統合、「組織の壮大な目的をアイルランドの独立を再度打ち立てることと定義した[21]」。イェイツは、以前にもまして政治と芸術の間に厳格な線を引き始める。

四月一〇日、イェイツは、グレゴリ夫人と息子ロバートと共にイタリアへ旅立った。イェイツにとって初めてのイタリア旅行はグレゴリ夫人のプレゼントである。彼女は周到な計画を立て、旅行の前半はフィレンツェを基地に近隣の諸都市を巡った。グレゴリ夫人がイェイツに朗読していたカスティリオーネの『廷臣論』はイェイツの愛読書。その彼のために、一行はアペニン山脈を越えて『廷臣論』の舞台であるウルビノへ。更に半島を南下、ピサロ、ラヴェンナを訪れ、フェララを通ってヴェニスへ。ここでも、グレゴリ夫人はイェイツのために最も感動的な場面を演出、鉄道の駅の喧騒と雑踏を避け、蒸気船で、日没前に美しいヴェニスの入り口サン・マルコ広場と聖堂へ続く船着場へ降り立った。「ヴェニスの夜の豊かな色彩と美しさ(22)」に、イェイツは陶然。

詩人が自分の目で見たイタリア中世・ルネッサンス諸都市の佇(たたず)まいや文化・芸術は視覚的イメージの宝庫となり、「嵐を呼ぶ夕日に映えて聳え立つ中世の塔(23)」、「フェララの城壁の緑の影」（「大衆」）と、詩や散文に新しい広がりと彩りを加えた。

イタリア旅行中も、「劇場の業務」は追ってきた。五月中旬から六月初旬にイングランドで『プレイボーイ』公演が予定され、演劇の検閲権を有する宮内長官が難色を示した。それを知らせるアニー・ホーニマンの電報を手にしたイェイツとグレゴリ夫人は、五月二〇日過ぎ、旅行を切り上げロンドンへ引き返した。検閲官から異議を呈された「カーキー服の人殺し(カット・スロート)」（英軍兵士を指す）等、幾つかのフレーズを削除して劇の上演に漕ぎつける。

『プレイボーイ』はバーミンガム公演の演目から外された。街にアイリッシュ・スラムがあり、ダブリンの事件の再現を怖れたからである。日頃、イェイツとグレゴリ夫人の作品が優先されていると不満を燻らせるシングは不服、重役辞任をちらつかせた。シングに対し常に寛容なイェイツも、この時ばかりは厳しい言葉で彼を諫めている――「君のバトルを戦っている最中、辞任を口にする時ではない(24)」。ロンドン、オックスフォード、ケンブリッジの『プレイボーイ』公演はシングの評価を確かなものとした。

ロンドン公演終了直後、ついにアニー・ホーニマンはアベイ・シアターに見切りをつけ、父親の遺産二万五千ポンドを投じて、マンチェスターに自身のレパートリ・シアターを創設する新しい演劇プロジェクトに乗り出す意思を固めた。イェイツを劇場のヘッド・マネージャーに据え、一定期間彼の劇作品の上演権を彼女の劇場に託すよう要請するホーニマンに、六月一八日、イェイツは手紙を送った。

貴女の昨日の提案をよく考え、それは不可能だと結論に至りました。私は国籍を変えるほど若くはありません。それに等しいのです。広く多くの聴衆を望んでいますが、劇作には常に身近な聴衆がいます。もし私がイングランドに身近な聴衆を求めれば、私自身の理解不足或いは共感不足から、成功は覚束ないでしょう。私は私の民族を理解しています。詩も劇も、私の全ての仕事においてそれを考えてきました。もし劇場が立ち行かなければ、劇作を続けるかもしれないし、続けないかもしれません――しかし、私は私の民族のために書き続けます――彼らへの愛からか憎しみからか、それは問題ではありません――恐らくどちらなのか、私にも分からないでしょう。[25]

上記を、ロイ・フォスターはイェイツの「ベスト・レターの一通」[26]に数える。

一九一〇年のクリスマスまで、ホーニマンがアベイ・シアターへ投じる年額八〇〇〇ポンドの財政援助を取り決めた契約が存在し、彼女は契約履行を表明した。彼女の助成金によってかろうじて経営が成り立っている劇場を、それまでに採算軌道に乗せることが緊急の課題となって浮上する。「今や劇場は必死のエンタープライズ」[27]と、イェイツは危機感を募らせた。

彼がホーニマンの誘いを断って四日後、六月二二日、一騒動の末に実現した新しい舞台監督ベン・イーデン・ペインが辞任した。彼がマネージャーに在任した期間は僅か六か月。イェイツに辞任を伝えた手紙で――

英国人のマネージャーはアイルランドのナショナル・シアターの中で場違いな存在です。私は熟慮した上で、こう結論づけざるを得ません。〔…〕劇団と接した経験から、彼らのキャパシティは総じてあなたの詩劇には適性を欠いていること、不可能な仕事を続けてゆくことは時間の無駄であること、あなたにこのことを明確に理解していただくことが、あなたにもあなたの作品にもフェアであると結論に達しました。[28]

辞任の理由をこう釈明したペインは、「劇団員が英国人のマネージャーに懐く感情は敵意以外の何ものでもないという事実を偽ることは無益です」とも述べている。ペインの辞任によって、ウィリアム・フェイがアベイ・シアターの舞台監督に返り咲いた。

夏から秋、イェイツはクールで劇作『役者女王』（*The Player Queen*）の制作に励んだ。旅回り一座の女優――「溝の中で、垣から盗んだシーツにくるまれて生まれた」女が、公演に訪れた国の女王と摩り替わり、その国の女王の座に据わる物語。「登場人物全てが、私が『反自我』と呼ぶものを発見する、又は発見できない例となる」[29]劇と、作者は解説する。「反自我」とは、「精神の中にスピリチュアルな分身を定め、分身の反対の資質や同一性がイェイツ自身のパーソナリティを完成する」[30]という彼独特の信条。それを劇に仕立てた『役者女王』は『影なす海』、『斑の鳥』と並んで、イェイツが完成に苦闘し続ける作品の一つ、初演は一〇年後の一九一九年である。

グレゴリ家にも新しい風が吹き始めていた。九月、ロバート・グレゴリは同じ美術学校生のマーガレット・グレアム・パリと結婚した。イェイツがクールを訪れるようになって一〇年、この間、ロバートが成人に達した後も事実上グレゴリ夫人が女主人として君臨する屋敷で、彼は館のマスター・ベッドルームを占め続けた。翌一九〇八年、夏、クールを訪れたグレゴリ夫人の血縁イーアン・ハミルトン将軍は、次のような光景を目撃する――

　イェイツの部屋のドアの両側の廊下に、神聖な場所――イェイツの寝室――に僅かな物音も届かないよう或る長さにわたって厚い敷物が敷かれ、時折メイドがビーフ・ティーかアロー・ルートを盆に載せ、廊下をつま先立ちで歩いていた[31]。

新婚の若いカップルはパリに住み、当面、クールの日常に目立った変化はなかったかもしれない。しかし屋敷を支配する詩人優位の習慣に、ロバート・グレゴリが愉快だった筈はなく、彼の妻は不満を募らせてゆく。

九月、クールにオーガスタス・ジョンがやって来た。彼は当代一の評判の肖像画家。バレンが経営する出版社でイェイツの『作品全集』(*The Collected Works in Verse and Prose of William Butler Yeats*)八巻の出版企画が進行中で、口絵に載せる詩人の肖像画を画くため、ロバート・グレゴリが招待した。ジョンは三〇歳、「イアリング、肩まで垂れた髪、緑色のヴェルヴェットの襟、二人の妻[32]」、根っからの自由人である。画家の目が見た詩人は――

　イェイツを画くことは習慣となりつつある。長年、彼と他の人々が見、想像し慣れたW・B・イェイツに彼は自然なセンティメンタルな偏愛を懐いている。今、彼は四四歳［実際は、四二歳］、たくましく、男らしい、ユーモア溢れる人物(それでいて無論、詩人)。彼にレース襟の若きシェリとの確たる類似は、私には見えない。私には今ある彼は遥かに興味深い存在、成熟が未熟より興味ある存在であるように。しかし、漠としたセンティメンタルな記憶を直接目に見えるものに摩り替える人々に、私の偏見のないヴィジョンは残酷で、共感に欠けると思えるに違いない[33]。

ジョンはクールでデッサン画を仕上げ、それを基にエッチ

イェイツの肖像画、オーガスタス・ジョン制作（左）とジョン・サージャント制作

ングを制作――それを、「私を鋳掛屋の言語に翻訳した」[34]とイェイツは評した。『詩集』（一八九五）は依然イェイツのベスト・セラーで、「レース襟の若きシェリ」の彼のイメージに恋々とする人々は多数。ジョンのエッチングはイェイツの友人たちに著しく不評で、この後、イタリアの画家マンチーニ、チャールズ・シャノン――「忌まわしいほどキーツに酷似」[35]――、更にジョン・サージャントによって詩人の肖像画が制作された。

全集に「相応しい肖像画を得るため不思議な冒険をしました」と、翌年一月、ジョン・クインに送った手紙で、イェイツはユーモアたっぷりに「冒険」を語った。

> 私の父はいつも家庭的感情の霧を通して私を見ます、というか私はそう思っています。マンチーニは〔…〕私をイタリアの盗賊というか半盗賊に仕立て、〔…〕オーガスタス・ジョンは、とてもよいものを描き上げましたが、私を、酔っ払い、不愉快、悪評判、しかし知恵に溢れた正真正銘の鋳掛屋にしました。〔…〕それら全てを次つぎ並べるつもりです。父の優男(やさおとこ)的肖像画を『立法の石版』の口絵に載せ、マンチーニの鉄面皮なイメージとオーガスタス・ジョンの鋳掛屋を次に置き、シャノンの理想主義者の鼻を折ってやるつもりです。それらが同一人

物だと思う人は誰もいないでしょう。[36]
ジョンの「鋳掛屋」は特に出版者のバレンに不評で、『全集』の口絵を飾ることはなかった。[37]
イェイツの『全集』は採算の見通しが立たず頓挫しかかったが、それを救ったのはまたしてもアニー・ホーニマン。彼女は一五〇〇ポンドを保証、「できるだけ立派な」[38]全集にするよう出版者に指示した。彼女は、アベイ・シアターから撤退を表明した後もイェイツに執着し続けた。この頃、イェイツの時間は劇場と全集に収録する古い作品の手直しや校正原稿の訂正作業で一杯、オリジナルな作品は何もない状況が続いた。

グレゴリ夫人の甥ヒュー・レインはロンドンで一、二を争う画商である。彼はJ・B・イェイツをイタリアへ送るため、画家の富裕な友人・知人に呼びかけ旅行資金を調達した。同じ頃、娘リリーはニュー・ヨークで開かれる展示会に刺繍の作品を出品するため、アメリカ行きを計画していた。父は、イタリア旅行資金を使って娘と共に大西洋を渡り、一二月二九日、ニュー・ヨークに到着する——七〇歳に手の届く彼は、再び故国を踏むことなく、生涯を終える。画家の父は「幸運は次の角に待っていると信じる」[39]根っからの楽天家——というか脳天気、クインの好意に縋りながら、スケッチし、絵を画き、会話に興じ、友人・知人を訪問するボヘミアンの日々を送ることになる。

ベン・イーデン・ペインの辞任によってアベイ・シアターのマネージャーに返り咲いたウィリアム・フェイは窮地に陥っていた。リハーサルを召集しても、劇団員は「統率不可能で、好きな時に行ったり来たり」[40]。事態を解決するため、一二月一日、彼は、劇団員を解雇して新たに彼らがフェイと直接雇用契約を結ぶことを第一条項とする、五項目から成る提案を重役会に提出した。イェイツはフェイを、「興奮し易く癇癪持ち、大きな大人の子供、その日の天気に合わせ気分が変わる」[41]と言う。指揮官として適性を欠いたフェイの言動に、劇団員たちは彼から離反した。一二月四日、重役会はフェイの提案を拒否することを決定、彼の去就に重役会の関心が集まった。

一九〇八年が明け、一月一三日、重役会の決定を伝えられる前にフェイは辞表を提出、兄フランクと妻ブリジット・デンプシーも彼と行動を共にした。フェイの離脱はアベイ・シアターの歴史の中で最も不幸な一ページと言われる。彼の辞任は、イェイツが「フェイと重役会の対立」ではなく「彼と役者たちの抗争」[42]に帰すべく演出したことも事実。しかし、喧嘩別れといった決定的決裂ではなかった。

　アベイを去った三人のフェイは興行師とアメリカでの興行契約を結び、二月初旬、大西洋を渡った。イェイツは「フェイのチャンスを損なうようなリスクは冒したくない[43]」と幾つかの劇の上演許可を与え、アベイ・カンパニーのアメリカ公演が実現した場合、フェイの合流も視野に入れていた。ところがアメリカで、公演ビラに彼らは「アイルランドのナショナル・シアター・カンパニー」と記載された。興行師がイェイツの知名度を利用しようとしたらしい。しかしフェイが同意、或いは黙認したことは明らか。国民演劇協会の会員資格を保持していた三人のフェイは、三月一八日、協会から除名処分になった。自身の劇団を核にアベイ・カンパニーを築いたフェイの辞任劇の悲しい結末である。

　フェイが抜けた後の空白を埋めることは容易ではなかった。イェイツは、アベイ・シアターの看板女優で劇団の最古参、といっても二〇歳代半ばのセアラ・オールグッドを「名目上のマネージャー」に指名、難局を切り抜けようとする。しかし、フェイが担っていた役割・業務全てを彼女に期待することはとうてい不可能で、イェイツは劇場に入り浸ってリハーサルから劇団員の規律まで業務全てを監督、「劇場で私の時間は一杯」（二月七日）、「絶望的に多忙[44]」（三月六日前後）の日々が続いた。グレゴリ夫人から「彼は死ぬほど働いています[45]」と知らされ懸念を表明するクインに、三月三日、イェイツは次のような手紙を送っている――

> 私は若い劇団員たち全てに対し私の責任を大いに感じています。彼らは［働いていた］店や仕事場を捨て、役者稼業を選びました。ダブリンに［経営が成り立つだけの］一般聴衆が得られるか不確かであり、実際、あり得ないかも知れないと考える時、その責任が私に重くのしかかります。〔…〕このことを理解して下さい。私が劇場にのめりこんで私本来の仕事である詩作を疎かにしていると、あなたに思われたくないからです。

劇場を株式会社組織に転換し、役者のプロ化を図ったのはイェイツである。フェイの辞任「ショック」に耐え、ホーニマンの財政援助が打ち切られる一九一〇年までに劇場を採算軌道に乗せるため、詩人の必死の奮闘が続いた。

　三月一九日、『黄金の兜』（*The Golden Helmet*）がアベイの舞台に懸かった。イェイツの「クフーリン劇」第二作。突然、海から現われた巨人の「赤男」とケルトの武将たちが互いに首を刎（は）ね合う「首刎ねゲーム」を巡って展開する荒唐無稽な笑劇。最後、首を差し出したクフーリンを、「この国の守り神」と名乗る「赤男」はアルスター一番の勇者と称え、その誉れとして「黄金の兜」を彼の頭に冠する。

私が選ぶのは、
何が興り沈もうと笑い声の絶えない唇、
誰に裏切られようと腐らない心、
惜しみなく分け与える手、博打打ちの骰子のような生き様だ。

イェイツは、「ヒロイックな人生」を「誇り高く困難で、惜しみなくギフトを分かち与える喜び」と定義した。ハードな闘いを強いられる日々の連続の中で、『黄金の兜』はイェイツが自分自身を鼓舞、激励する応援歌のような意味を込めた劇だったのかもしれない。

ダブリンの街でイェイツは孤独、ナソー・ホテルとアベイ・シアターを行ったり来たりの日々が続いた。「友人は誰もいません、仕事関係者だけ――シングは何時もあいまいで、[ダブリンから] 離れています」[46]と、彼はグレゴリ夫人にこぼした。左目が失明に近い彼は、日が落ちた後読むことも書くことも困難で、それが孤独感を増幅させた。

一九〇七年四月、街のボヘミアンたちの社交の場として「ユナイティッド・アーツ・クラブ」が設立されると、そこはイェイツが度々足を運ぶ場となる。クラブで知り合った一人はメイベル・ディッキンソン。一九〇八年三月頃、イェイツと彼女の愛人関係が始まった。ディッキンソンは三三歳、「フィットネス」指導というか整体師のような仕事を職業とし、[47]アベイ・シアターで端役を演じてもいた。父はトゥリニティ・カレッジの司牧神学教授で、兄ペイジ・ディッキンソンはディレッタントの建築家、イェイツと同じプロテスタントの中流階級に属した。イェイツ書簡集の中で、ディッキンソンに宛てた最初の一通は三月二九日付――

昨夜、私は貴女に「君はとても素敵だ」と言いました。それが、私の言い得る、[私たちの仲が] 最もばれない言い方だと思ったからです。それからユナイティッド・アーツ・クラブに駆けつけ、[…] 貴女が現われるのを今かいまかと待っていました。

手紙の左角に「明日(月)四時か四時一五分」の記載。

前年、クインはイェイツの『作品全集』出版を祝いながら、「その種の成功が人生の全てではない。人は愛情や友情、時に愛を必要とするもの。法的妻を望まないなら、ヴィジッティング・ワイフを持つ権利がある」[48]と語った。生涯独身を通したクインは自らの言葉を実践した。ディッキンソンはイェイツの「ヴィジッティング・ワイフ」のような存在となる。二人の関係は「イェイツに最も近い友人さえ知らず」、ディッキンソンが「性的充足と親身に耳を貸す」存在だったという以外、彼女の人となりもイェイツが彼女の何に惹かれたのか、殆ど何も知り得ないという[49]。

「イェイツは別の女性に目を向けるや、モード・ゴンに対する自分の感情を問い[50]」始めると、ロイ・フォスターは言う。ディッキンソンにロンドンで会うことができず「悲しい」とラヴ・レター（六月一一日）を綴る彼は、六月一九日、モード・ゴンに会うためパリへ向かった。彼は彼女の住居の向かいのホテルに陣取って、一週間滞在する。この間、二人の「和解」がなる。イェイツがパリに着いた次の日――「彼女の言った或ることが近い過去を消し去って、全てを一八九八年の霊的結婚へ引き戻した[51]」。「和解」を機に開始された日記にイェイツはこう記す。

イェイツがロンドンへ戻った翌日、六月二六日、「あなたがパリをあんなに早く発ってしまったのは悲しい[52]」と、モード・ゴンの手紙が彼の後を追った。その一か月後、七月二五日、彼女は「不思議な経験」をする。家人が寝室へ退いた一一時一五分前――

私はあなたのことを強く思い、あなたの所へ行きたいと願いました。私たちは宇宙空間の何処かへ行きました。何処なのか分かりません――私は星の光を感じ、下の方で海の音が聞こえた気がします。あなたは大きな蛇の姿をしていたと思います。でも確かではありません。はっきり見えたのはあなたの顔だけで、（パリであの日、何を考えているのとあなたが問うた時のように）私があなたの目を覗き込むと、あなたの唇が私の唇に触れました。私たちは互いに融合し、私たちよりもより大きな存在になり、二倍の激しさで全てを感じ、全てを知りました。一一時を打つ時計の音に魔力は破れて私たちの体が離れた時、殆ど肉体の苦痛を伴って命が胸を通って私から退いてゆくように感じられました[53]。

同じ夜、同様のオカルト的現象がイェイツの身にも起きていた。「不思議な、目の眩むような夏でした[54]」。ディッキンソンにこう打ち明けた詩人の心の秘密に、彼女が与ることはなかったであろう。

ミューズの背信が詩人の唄を奪って五年が経過する。その間、劇場の業務に明け暮れる日々を送るイェイツは、詩作力の枯渇を憂え不安に苛まれていた。「ここ数年の異種の労働から私の才能は回復するだろうか。悪徳は才能を破壊しないが、異種のものは破壊すると若いハラムは言う。私は虚しく自由を求めて叫び、内なる世界は減少するばかりだ[55]」。悲痛な叫びが日記に綴られた。

ミューズとの「和解」は詩人の唄を復活させた。八月か九月に書き始められた「和解」（"Reconciliation"）はその第一作、その最後の二行――

私にしっかり寄り添って欲しい――貴女が行ってしまった時から、
不毛な想いが私を骨まで冷やしてしまった。

「和解」に続いて幾つかの「モード・ゴン詩」が書かれ、それを梃子に、イェイツは劇作から抒情詩の詩作へ舵を切り始める。劇場は、今や重荷。詩作に専念できる環境を切望しながら、ホーニマンの財政援助が切れる一九一〇年を控え、当面、彼が「劇場の業務と人の管理」から手を引くことは問題外である。九月一五日、ゴードン・クレイグに宛てた手紙に、「今朝、書きました」と、彼は詩を一篇同封した。

あらゆることが私を詩作から誘惑する、
或る時は女の顔、更に悪しきは――
間ぬけども（フール）がのさばる私の国の見せかけの用（ニーズ）、
この慣れ親しんだ労苦ほど
容易に手に乗るものはない。〔…〕
私の願いが叶うなら、
魚（うお）より冷たく、口も耳も利けずありたい。
（「あらゆることが私を誘惑する」）

詩人が「呪う」劇場は、「新しい劇を大変な率で上演していますが、観客の入りは相変わらずひどいものです」（四月二七日）とジョン・クインに報告したイェイツは、「最近アベイはうまくいっています。ここ二、三か月は採算が立つようになり、この成績が続けば――それは疑わしい限りですが――助成金なしにやっていけるでしょう」（一〇月三〇日―一一月一五日）と、やはりクインに報告した。アベイ・シアターは採算軌道に乗り始めた。

秋、ショッキングな出来事が起きる。「とても悲しいニュースです。アーサー・シモンズの頭脳が壊れてしまいました。怖れていたことがそれ以上に悲劇的な結末を迎えました」。一〇月一三日、イェイツはグレゴリ夫人にシモンズの「発狂」を伝えた。妻の欲求を満たすため自身を酷使した結果と、イェイツやシモンズの友人たちは考えた。「世紀末」を生き延びたと思われたシモンズが「悲劇の世代」の仲間入りしたことに、イェイツは大きなショックを受ける。

彼は親しい、理解し合える友情を結んだ唯一の男性の友人でした。ライオネル・ジョンソンとの間には常に薄い幕（ヴェール）が存在しました。彼［シモンズ］は女性の繊細な理解力を備え、長い年月、彼の思想は私の思想と並んで人生を流れ、殆ど私の全てである二、三人の女友達の一人のような存在でした[56]。

翌年一月、イェイツは療養所にシモンズを見舞った――「とても痛ましい経験、本の話をすると彼は正気、瞬く間に狂気へ迷い込んでしまう[57]」。回復は絶望的と思われたシモンズは狂気を脱出、しかし、彼本来の創作力を取り戻すことはなかった。

パトリック・キャンベルは当代一の呼び声高い女優である。一九〇八年一一月九日、キャンベル主演の『デアドラ』がアベイ・シアターの舞台に懸かった[58]。

アベイ・シアターは大観衆で埋まった。〔…〕パトリック・キャンベル夫人が主演した昨夜の公演以上にこの劇の美しさが引き出されたことはなかった。〔…〕劇中、デアドラは舞台に登場し続け、彼女のさまざまな内面が輝きを放つ言葉で私たちに伝えられた。時に彼女は優しさに溢れ、愛の思い出をニーシャに呼び起こす。時に彼女と愛する男を待ち受ける運命を思い、彼女の声は恐怖にこわばる。そして、時に〔…〕[59]。

「『デアドラ』公演は大成功でした――大勢の観客と熱狂〔…〕敵意に満ちた声は一つもなく、今やダブリンで、私は劇作家として認められました。キャンベル夫人は素晴らしかった[60]」。イェイツは興奮気味にクインにこう伝えた。

一一月二九日、『デアドラ』ロンドン公演。モード・ゴンは公演を観るためロンドンを訪れた。イェイツにとって、二重の「勝利[61]」。パリへ帰った彼女の後を追ったイェイツは、街に一か月ほど滞在する。この間、二人は愛人関係にあったとされる。それを証拠立てる一つとして、しばしば引用されるイェイツの晩年の詩「男の思い出」（"His Memories"）――

私の腕はゆがんだ荊（いばら）のよう、
だが、この腕は美女を抱いた。

種族一番の美女をこの腕に、
彼女は歓びきわまって〔…〕
この耳に叫んだ、
悲鳴を上げたら打(ぶ)ってね、と。

後にイェイツ夫人となる女性の証言もあり[62]、モード・ゴンの手紙は二人がかつてない親密な関係にあったことを示唆している。イェイツがロンドンへ帰った翌日、「最愛のひと」と呼びかけるモード・ゴンの手紙が後を追った――「昨日、あなたと別れるのはとても辛かった、でも今日まで待っても、同じように辛いことは分かっています〔…〕[63]」。彼女がイェイツに送った膨大な書簡の中で、最もラヴ・レターと呼ぶに相応しい一通。

モード・ゴンは性にいたって消極的、彼女にとって性が正当化されるのは子供の存在である。彼女は、依然、マクブライドの法的妻。イェイツとの出会いから二〇年を経て、彼の愛を受け入れたモード・ゴンは性的関係を続けることはできないと言う。上記のラヴ・レターで、「あなたの愛は霊的愛、私が差し出す合体を受け容れるだけ強い高次の愛であることを私は誇りに思います[64]」と、彼女は書き添えている。新しい年が明け、一月、二月、「最愛のひと」と呼びかける「手紙の洪水[65]」がパリからロンドンへ流れた。その間も、彼女は性を忌避する意図を間接的に綴り続けた。二人の愛人関係は、イェイツのパリ滞在後も続くことはなかったと思われる。

イェイツがパリに滞在中、九月から出版が開始された『作品全集』八巻が完結した。「現代作家でこれほど立派な全集をもつ者は誰もいない[66]」と、イェイツは誇らしげ。全集は「一国の文学の中で普遍的な地位を認められたことを暗に意味する[67]」ものであるなら、四三歳にして全集出版は時期尚早と言えなくもない。ここ数年、抒情詩が殆ど完全に途絶えた中での全集出版に、ジョージ・ムアは詩人イェイツの「死」を早々と宣言した[68]。

一九〇九年が明け、パリから帰国したイェイツは体調不良に陥った。過労に、神経の緊張・興奮を伴う事件が重なって陥った虚脱症状(ブレイクダウン)、彼が体調を崩すパタンである。年末から開始した日記に、頭痛、眠れぬ夜、病的な自己分析が綴られた。「真面目な仕事を少ししただけで頭痛が始まります」と、二月三日、彼はグレゴリ夫人に書き送った。

その翌日、二月四日、ロンドンでイェイツは衝撃的な報を手にする。グレゴリ夫人が発作で倒れ、危機的症状にあることを知らせるロバート・グレゴリの手紙だった。その日、イェイツの日記の記述――

　最初、私は彼女の息子からの手紙だと分からず、心は宙をさ迷った。〔…〕彼女は私にとって、母、友人、姉妹であり兄弟、彼女のいない世界を考えることはできない――彼女は私の揺れ動く思想に不動の気品を与えてくれた。一日中、彼女を失うことを思うと垂木が燃え上がるようだった。友情は我が家、それが全て。[69]

　グレゴリ夫人は脳出血による発作の疑いもあったが、恐らく過労によるものと思われる。イェイツと出会って一〇余年、この間、リヴァイヴァル運動に、劇作と「劇場の業務と人の管理」にエネルギーを全開して奮闘した日々の積み重ねが心身に荷重を強い、引き起こった症状であろう。重症にもかかわらず彼女は驚異的な回復力を見せ、発作から二日後、イェイツに宛て鉛筆書きのノートをしたためるまでになった――「もう少しであの世へ行くところでした[70]」と。イェイツは、「垂木が燃え上がるようだった」と日記に綴った想いを詩にした「友の病」（"A Friend's Illness"）を書き、二月八日、詩をグレゴリ夫人に送り、一週間後、彼はクールにあった。

　改めてイェイツにグレゴリ夫人の存在の重さを思い知らせた「友の病」は、二人の距離を以前にもまして近づけ、絆をより強固なものとした。

　グレゴリ夫人が病から立ち直り始めた早春の三月二四日、シングが三八歳の誕生日を前に他界した。彼にホジキン病（リンパ芽腫）の症状が現われたのは二六歳の時、シングは何時か命取りになる病魔に冒された短い人生を生きた。二月初めシングは入院、彼が帰らぬ人となることをイェイツもグレゴリ夫人も知っていた。しかし、アベイ下通りに劇場が開幕して以来、「アベイからナソー・ホテルへ、再びアベイへ移動するだけ――いつも三人だった[71]」一人の死に、悲しみと喪失感は深い。「もう少しであの世へ行くところ」だったグレゴリ夫人は若いシングの死に胸中複雑、イェイツに宛て「恐ろしく、恐ろしく悲しい」と心境を綴った手紙で――

　あなたは誰より彼のためになりました。彼に自己表現手段を与えたのはあなたです。私も同じですが、それには及ばないにしても私は何か他のことを見つけていたでしょう。シングはあなたと劇場がなかったなら、当てもなく流されるだけで何もしなかっただろうと思います[72]。

イェイツがシングから得たものも大きい。墓に手向けた花輪に「孤独な者たちは孤独へ、神の者たちは神の元へ[73]」と、彼は新プラトン哲学者プロクロスからの引用を添えた。

シングの死は、「アベイの三人」が築いた劇場の一時代に終わりを告げた。アイルランド文学座が開幕して一〇年、イェイツの人生の一つの節目となる。

第七章　論争と紛争　一九〇九—一九一三

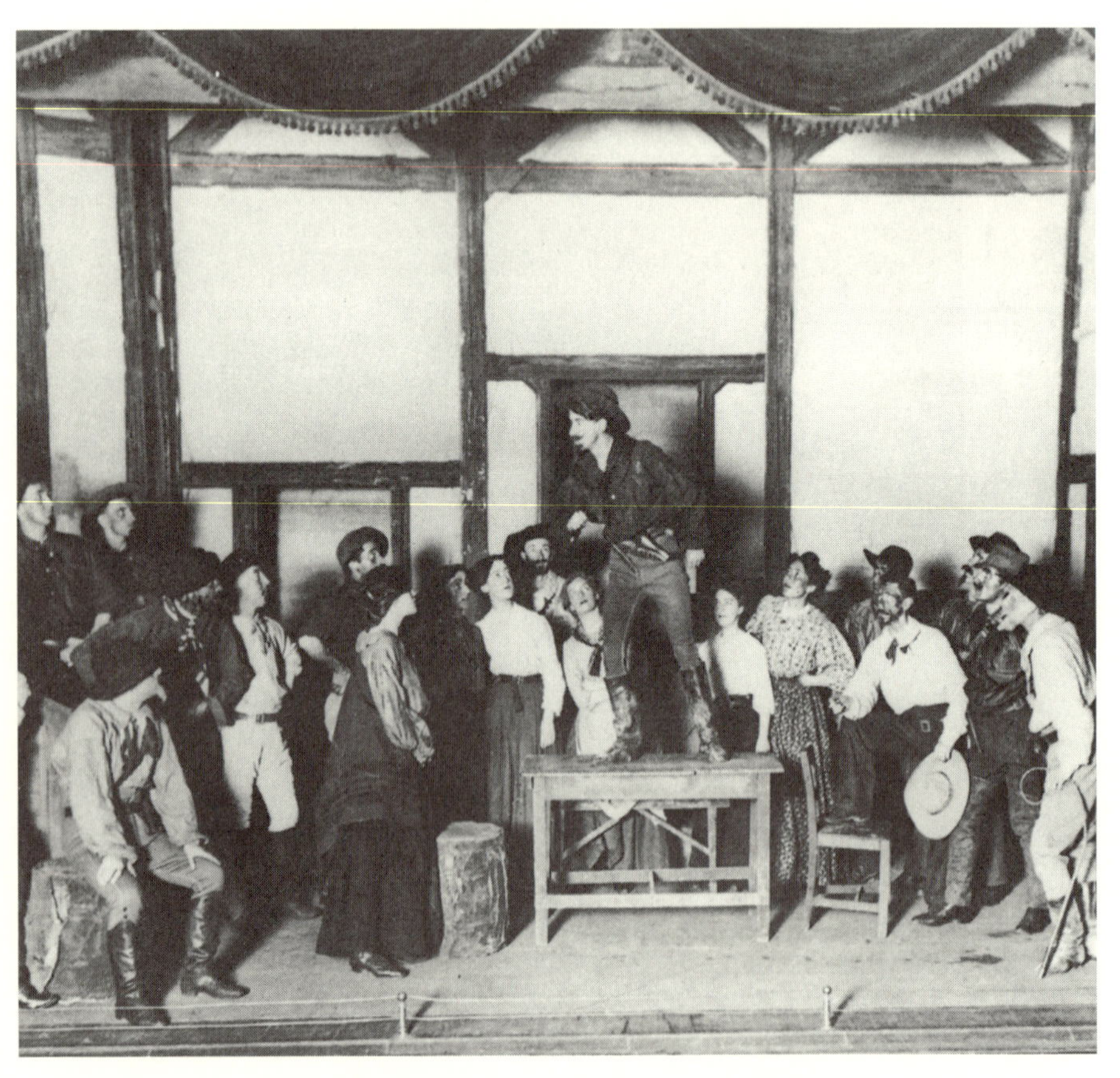

『正体を現わしたブランコ・ポズネット』一場面

第一節　ダブリン城との戦い

一九〇九年の夏、アベイ・シアターは、その「騒動と暴動の歴史」に新たな一ページを記すことになった。今回の騒動の種はG・B・ショーの『正体を現わしたブランコ・ポズネット』。ビアボーム・トゥリーのアフタヌーン・シアターのために書き下ろされ、五月下旬に上演される予定だったショーの劇は、検閲に掛かり、冒瀆を理由に禁止措置にあった。

ブランコはアメリカ西部のならず者。保安官の馬を盗んだ罪で捕らえられ、審判中の身の彼は神を呪って暴言を吐く――「奴は、いつもトリックを用意していやがる」、「狡猾な奴だ〔…〕卑劣な奴だ」[1]。この台詞が検閲の網に掛かった。『荒っぽいメロドラマに仕立てた説教』と副題を振られたショーの劇は、善悪の相対性をテーマにした上演時間が一時間ほどの一幕劇である。

六月、グレゴリ夫人は、ロンドンの北ハートフォード州の村にあるG・B・ショーの住居を訪れた。シングの死によって空席になったアベイ重役会入りを劇作家に要請するための訪問だった。色よい返事はなかったが、ショーの元を去るグレゴリ夫人に、彼は刷り上がったばかりの『ブランコ・ポズネット』を一冊手渡した。

七月、アベイ重役会――シング亡き今、イェイツとグレゴリ夫人――は『ブランコ』公演を決定、リハーサルを開始した。イングランドの演劇検閲はアイルランドには及ばなかった。『ブランコ』公演は、この間隙を突いた、支配者イングランドに対するアベイ経営陣の一種のクーデターである。ショーの劇が禁止された理由の「冒瀆」は口実で、体制破壊、偶像破壊を標榜するアイルランド出身の劇作家に国王がよからぬ感情を抱き、それが禁止措置の真の理由であることを、イェイツもグレゴリ夫人も見透かしていた。『ブランコ』公演は、ショーの代理戦争の意味合いを含むと同時に、『プレイボーイ』を糾弾したナショナリストを恥入らせ、かつ彼らの怒りを鎮める複数の戦略目的を孕んだ絶好の機会。「私たちの最高の軍馬」[2]――『ブランコ』を、グレゴリ夫人はこう呼んだ。劇の演出を手掛けたのも彼女である。

ダブリンの夏の賑わいはホース・ショーが開催される八月

下旬の一週間、その週に合わせ、八月二四日に『プレイボーイ』、八月二五日に『ブランコ』公演が発表された。アベイ・経営陣の戦略を前面に立てた公演日程である。

『ブランコ』公演発表に、アイルランド行政府ダブリン城は慌てた。イングランドで禁止措置にあった劇が行政府の鼻先で上演されるのを、黙って見過ごすことはできない。公演阻止を図るダブリン城とアベイ経営陣との攻防戦が開始された。その中で中心となって行政府と渉り合ったのは、攻防戦を「ダブリン城との戦い」[3]と呼んだグレゴリ夫人である。

八月一二日、彼女は劇場のパテント保持者としてダブリン城へ召還され、行政府事務次官サー・ジェイムズ・ドハティから、『ブランコ』公演は容認できないとする行政府の意が伝えられた。この後、サー・ジェイムズとの面会は三度に及び、イェイツも劇場の「社長」として同席、八月二〇日には総督との面会が実現した。行政府は、公演を阻止するため「あらゆる法的手段を講じる」[4]と強行姿勢に打って出たが、実際は、彼らの唯一の切り札と呼べる切り札は、アベイ・シアター開設時に認可されたパテント没収をちらつかせ圧力を掛ける戦法——即ち脅迫である。それ以外に手段を欠いた彼らは防戦に終始し、他方、グレゴリ夫人は敵の窮地を見透かし、自ら仕掛けたゲームを楽しむ余裕さえ見せた。

アベイ側にとって唯一の懸念材料は、「シン・フェイン」その他の急進的ナショナリストたちの動向である。劇場内で騒動・暴動といった事態が起これば、パテント没収が現実となる。しかし、予めしかるべき方面に、騒ぎを起こさぬよう手が打たれていた。AEは、「グリフィスに手を回しておきました。イェイツに伝えて下さい」[5]とグレゴリ夫人に手紙を送っている。

ダブリンの夏が俄かに活気づくホース・ショーの週を迎え、海外から取材陣が島国の首都に集結。街に居合わせたジョイスは、彼が生活拠点とするイタリア・トリエステの新聞にリポートを送った。「芸術には無関心でも、争い事の大好きなダブリン市民たちは嬉しげに手を擦りあい〔…〕」[6]、と。「ダブリン城との戦い」で、メディアの動きが大きな力になった。今回ばかりは、アベイの味方に着いた新聞各紙は当事者双方の動きを、逐一、報道、彼らが行政府の不当な介入を嗅ぎつければ、街を挙げての一大騒動に発展し兼ねない。行政府は神経を尖らせ、他方、アベイ重役会はアイルランドとイングランドの対立の構図を前面に押し立て、矢継ぎ早に声明を発表、メディアを最大限に利用した。

公演当日の朝、前日、リポーターのインタヴューに応えたイェイツの声明が新聞に掲載された。

明晩、『ブランコ・ポズネット』は勝利するでしょう。

聴衆は驚きの表情で顔を見合わせ、イングランドの検閲官が上演に反対したのはいったい何だったのか問うでしょう。そして、彼らは即座に理解する筈です。こういった事柄において、われわれとイングランドとの違いの根源は、われわれは時に互いに信義を守らないという古くからの批判に或る真実があるにせよ、われわれは自分自身に誠実であることは確かです。イングランドにおいて、人々は商習慣から互いに信義を守ることは身につけていますが、彼らは自分自身には大嘘つきであります。[7]

そして、劇の幕が上がり——観客席で、イェイツの妹リリーはジャック・イェイツと彼の妻と共に「ショックが来るのを待ったが、ショックは来なかった」[8]。「この異常な騒ぎは何だったのか」[9]と、或る新聞は問うた。「異常な騒ぎ」に一役買ったのは彼らでもある。「貴女とWBYは堂々と戦いました」[10]。辛辣な皮肉屋で知られるショーも、この時ばかりは率直にアベイ経営陣を称えた。それまで祖国の演劇運動に懐疑的姿勢をとり続けた彼は、以後、アベイ・シアターの強力な味方に転じ、彼とグレゴリ夫人の間には固い信頼と友情が築かれてゆく。

ショーの劇を巡って「ダブリン城との戦い」が進行していた頃、ヨーロッパを旅行中のジョン・クインとイェイツの諍いが発生する。「法的妻を望まないなら、ヴィジッティング・ワイフを持つ権利がある」と言ったのはクイン。ドロシィ・コーツは、数年来彼のいわば「ヴィジッティング・ワイフ」の立場にある女性である。一九〇八年、フランスを旅行していた彼女はモード・ゴンと交友を結び、パリを訪れたイェイツはモード・ゴンの家でコーツに会った。若い女性に詩人のアピール度は絶大。その後、イェイツはダブリンの友人・知人の間でクインと彼女の関係を「軽率な」ゴシップを含む噂話にし、一方、コーツはイェイツに誘惑されたとクインに訴えたという。この夏、パリでクインに会ったモード・ゴンは、彼が「感情を害し怒っている」こと、彼に会って誤解を解くよう促す手紙をイェイツに送った[11]。八月一七日、イェイツの日記の記述——「ダブリンへ——クインに会い、全てが明らかになった。私がパリで彼の友［コーツ］に言った不用意な言葉の数々が、嘘が築かれる基になったのだ」[12]。ダブリンで事の真偽を質すクインに、「抑えがたいコメディ感覚から」イェイツが返した返事は——「君の妻ならイエス、君の愛人にはネヴァー」[13]。冗談と言えば冗談、不用意と言えば不用意な一言にクインは色を作し、言い争ったままニューヨークへ帰国した。これ以後五年間、二人の交友は断たれる。

この夏、イェイツがクールに滞在中、グレゴリ家の命運を暗示する或る出来事が起きる。七月三〇日、グレゴリ家の小作人一五名が地代軽減を要求して土地裁判所へ提訴した案件に、二〇パーセント減の裁定が下った。「土地騒動に揺れる家」("Upon a House shaken by the Land Agitation") は、それを聞いて書かれた詩。

　この家が没落すれば卑小な家々は力を増すだろうが、
　彼らの幸運は高みに届くだろうか、
　人々を統治する才（ギフト）、その後に
　緩やかな時が最後にもたらす才、高尚な笑いに満ち、
　楽しげですべらかな、書かれた言葉の高みまで？

議会議員やセイロン総督を務めたサー・ウィリアムの「人々を統治する才」とグレゴリ夫人の文才、即ち「書かれた言葉」を、クール・グレゴリ家の長い伝統が育んだ卓越した才能と称えた詩である。

アイルランドの土地所有階層は、土地同盟と相次ぐ「土地法」によって打撃に次ぐ打撃を見舞われ、更に、一九〇三年の「ウィンダム土地法」は土地が小作農へ渡る速度を劇的に促進した。一九〇九年、土地保有層に新たな課税が強化され、彼らに掛かる風圧は厳しさを増す一方。翌一九一〇年、グレゴリ家は土地の処分に向かって動き始める。

そうした時代の趨勢に逆行し、イェイツの詩は社会的、経済的不平等を是認する。彼がクールを訪れるようになって一〇余年、クール・グレゴリ家、とりわけ屋敷の女主人の存在は詩人の価値観・世界観を大きく変えた。「この家は私の魂を計り知れないほど豊かにしてくれた[14]」と、イェイツは日記に記す。ヴィクトリア女王やエドワード七世のアイルランド訪問に過激な抗議文を送ったナショナリストの顔は影を薄め、彼は、社会のエリート、彼らが存続することによって築かれ守られてきた貴族文化・伝統へ傾斜し始める。「土地騒動に揺れる家」はそれを鮮明に打ち出した作品である。

シングの死に続く年月を、イェイツはアイルランドからの「疎遠[15]」と呼んだ。この前後の年月、アイルランドは「間ぬけどもがのさばる私の国」であり、「この行儀の悪い街の日々の悪意」、「悪党」、「うすのろ[16]」等々、詩人の呪いを浴びた。「ダブリンの街にだんだん楽しみが見出せない[17]」、彼はディッキンソンにこうこぼした。祖国に対する失望・幻滅と彼の保守的価値観への傾斜は機を一にし、それに伴って、イェイツは軸足をロンドンへ移し始めた。そこで、彼は「どこか社交界の寵児（ライオン）[18]」の趣、文学人のディナー・パーティに招か

れ、週末を貴族の邸宅で英国政府閣僚や他の著名人たちのゲストに交じって過ごすことも稀ではない。一一月二四日、エドマンド・ゴスの自宅に招かれた彼は、英国首相アスキスと食事を共にした。英国議会上院の司書の職にあるゴスは政界に幅広い人脈を持つ。ゴスは一八九〇年代からアイルランド詩人のファンで、機会ある度に彼をもてなし特別な配慮を示してきた。ゴスから、食事会で政治は話題にしないよう忠告されたイェイツは、首相の隣の席に座って、「彼と大いに話したというか、私が大いにたわいのないおしゃべりをしてゴスを喜ばせました」と、次の日、グレゴリ夫人の耳に入れた。会食に同席したクロマー卿から、「今日、午後、下院で大変興味深い討議がありました」と話し掛けられたイェイツは――「私が英国の政治に向ける目は子供が競馬を見る目と同じです。ジョッキーの上着の色で味方を決め、レースの途中で味方を変えることもしばしばです」と返した。政治の話題に誘い込まれるのを避けるいわば煙幕。一瞬、気まずい空気が流れ、やがて「クロマー卿は政治以外に関心はない[19]」と、会食者の一人がイェイツに言ったという。

政界の要人や貴族階層と親しく交わるイェイツは社交界を好み過ぎると、「ダブリンの或るセクションで定着した意見」となる。しかし、社交のために「彼は彼の芸術を身売りしたことはなく、彼の政治と妥協したこともない[20]」。一九一一年七月、ゴードン・クレイグのためにディナー・パーティが開かれた時、イェイツは司会を辞退した。国王の健康を祈って乾杯の音頭をとる役が伴ったからである。父に送った手紙で、そのことに触れ――

グレゴリ夫人と私は、イングランドにあってさえ、芸術だけを目的にした集会でそうした乾杯の音頭は考えられないと主張して、私たちの運動を維持してきました。今では、あらゆる党派がそれを受け入れ、ユニオニストもナショナリストも争うことなく、総督たちはアベイ・シアターには「ゴッド・セイヴ・ザ・キング」はないという事実を受け入れてきました[21]。

アイルランドのナショナリストにして英国の上層階層と親しく交わるイェイツのスタンスに、当面、変化はない。

第二節　アベイ・シアター譲渡

アベイ・シアター開設時に認可されたパテントの有効期限は一九一〇年一二月まで。それと同時に、アニー・ホーニマンのアベイ・シアターへ支払われる年額八〇〇ポンドの財政援助は打ち切られる。一九一〇年が近づくにつれ、劇場のその後の将来が緊急課題となって浮上した。アベイ重役会が劇場を買い取る案がホーニマンから提案され、それを軸に交渉が進められた。劇場の譲渡に当たって、「私はあらゆる助力をします」[1]と殊勝に語った彼女だったが、何事も一筋縄でいかないのが彼女の流儀、劇場の譲渡条件を巡って揺れに揺れ続けた――「イェイツに対し日々揺れ動く彼女の感情に沿って」[2]。

一九一〇年に入って、劇場の売り渡し価格が譲渡交渉の焦点となる。ホーニマンは一四〇〇ポンドを提示、ポレックスフェン譲りの商魂たくましいイェイツは、一月半ば、専門家に建物の査定を依頼し、「一〇〇〇ポンドを超える額は考えもの」[3]との評価を得る。ここで、G・B・ショーが割って入り、ホーニマンに「同情」――或いは、彼女はそう解釈――一〇〇〇ポンドを「バーゲン」[4]と呼んだ。それにホーニマンは態度を硬化。この時までに、彼女と特にグレゴリ夫人との関係は――イェイツを挟んで――険悪をきわめていた。ホーニマンはアベイ・シアターを「アイルランドの玩具」[5]と呼んで、グレゴリ夫人を激怒させた。ロンドンでホーニマンと会談に臨んだグレゴリ夫人に「潜在する反感全てが炎上」、彼女は「この世に在る人、ない人、私の友人たちに対し気違いじみた糾弾」[6]を繰り返したと、グレゴリ夫人は証言する。会談の後、イェイツはグレゴリ夫人からホーニマンに強硬な抗議の手紙を書き送るよう迫られた――クールから禁足をほのめかせて。明らかに詩人の忠誠を試すジェスチャー。イェイツが渋々したためた手紙は投函されることはなかった[7]。

この後、イェイツがホーニマンをどう説得――或いは懐柔――したのか定かではない。二月半ば、彼女は一〇〇〇ポンドで劇場の譲渡に合意した。ホーニマンがアベイ・シアターに投じた総額は一万ポンド。彼女は未払いの助成金四〇〇ポンドを支払うことにも合意していたから、まさにショーの言う「バーゲン」である。「彼女が去ることになった今、できるだけ友好ムードの中に彼女を送り出しましょう」と、二月一八日、イェイツはグレゴリ夫人に手紙を送っている。しかし、彼の思惑を裏切る、ホーニマンとの「最後の大バトル」[8]が待ち受けていた。

一九一〇年が明けると、イェイツとグレゴリ夫人はアベイ・シアター基金を募る募金活動に乗り出した。劇場を買取り、新しいパテント料を支払い、将来にわたって劇場の安定した経営を続けるためには資金が必要である。イェイツの講演は集金力の高い資金源であり、三月にロンドンで三回の講演シリーズが計画された。イェイツは三つの演題――「劇場」、「私の青年時代の友人たち」、「現代アイルランド演劇」[9]――を用意、年明けから講演原稿の準備に励んだ。二月二三日、「ロンドン講演の最初のスケッチを口述し終えたところです」と言ってアメリカの父に送った手紙で、彼は「パーソナリティ」と「キャラクター」論――しばしば引用される論――を開陳した。

> 三つの講演全てが自ずと、再び文学をパーソナリティに――抒情詩においては作家のパーソナリティに、ドラマにおいては想像上のパーソナリティに――結びつけることを訴えるものとなりました。〔…〕私はキャラクターとパーソナリティを異なるもの、多分、同じものの異なる形だと見なしています。ジュリエットはパーソナリティを持ち、彼女のナースはキャラクターを持っています。私はパーソナリティを個々の人の情熱の形だと見なしています（詩の中のダウソン、『マンフレッド』の中のバイロン、ロマンティックな役のフォーブス―ロバートソンは皆パーソナリティを持っていますが、私たちは必ずしも彼らのキャラクターを知る必要はありません）。キャラクターはコメディに属するものだと、私は思います。

キャラクターは個々人の性癖であり、パーソナリティは、アクションや情熱となって溢れ出るその人の「命のエッセンス」[10]ともいうべきものを指すのであろう。ロンドンの講演は貴婦人たちの聴衆で溢れ、盛況。この頃から、講演はイェイツの懐を潤す有利な収入源となる。

劇作から抒情詩の詩作へ舵を切り始めた頃から、イェイツは「劇場から自由になって、自分自身の仕事に専念したい[11]」と願望を口にし始めた。「劇場の業務がもう一年続けば、私は完全に倒れていた[12]」と、前年、彼はフロレンス・ファーに打ち明けていた。イェイツは劇場の業務を担う人材を求め、白羽の矢を立てたのはレノックス・ロビンソン。一九〇八年一〇月、『クランシーの名』でデビューした、デビュー時二二歳の彼を、「真面目なインテリ、偉大な劇作家になるかもしれない」、「唯一劇団を統率できる人物[13]」とイェイツは高く評価した。一九一〇年二月から三月にかけ六週間、ロビンソンはロンドンへ送られ、イェイツの住居をねぐらに、ショーやグランヴィル－バーカーらのリハーサルを見学して演出を学んだ。ダブリンに戻った彼はアベイ・シアターのマネージャーに就任、これが生涯の殆どを劇場に関わって生きるロビンソンの人生の始まりとなる。

ロビンソンは、イェイツが「コーク・リアリスト」と名づけた若い劇作家の一人である。「この醜い一派」とロビンソン自身が名づける彼らのテーマは「非情な現実」[14]、アイルランド農村社会の負の現実を暴き出した。前年四月、ロビンソンの第二作『岐路』が上演された時、イェイツは「私は全く面白くありませんが、大成功でした」[15]とグレゴリ夫人に語った。イェイツがアベイ・シアターの将来を委ねたのはその彼。「イェイツが望んだポエティック・プレイハウスの奇妙な結末」[16]と、AEは言った。一〇年ほど後、一九一九年の秋、グレゴリ夫人に宛てた公開書簡で、イェイツは次のように述べた――「私たちはこの種の劇場を創るつもりはありませんでした。その成功は私にとって落胆と敗北でした」[17]。彼の落胆と敗北はシングの死に、或いはそれ以前に遡る。しかし、アベイ・シアターが詩人個人の夢を叶える舞台を超え、文字通り「ナショナルな」組織となった今、劇場の未来は時代を担う若い世代に委ねる以外にないと、彼は思い定めたのであろう。イェイツは、アベイの舞台から離れて独自の演劇の夢を追い続ける。

劇場の業務から解かれた解放感からか、イェイツは、突然、モード・ゴンをノルマンディに訪問することを思い立つ。彼女は結婚した頃、ノルマンディの海辺に家を一軒買い求め、そこで、復活祭や夏の休暇を過ごすのが習慣となっていた。四月二九日、イェイツはフェリーでシェルブールへ、列車に乗り換え、鉄道の駅にカートで出迎えたモード・ゴンと共に「美しい田舎を二、三時間ドライヴして、海辺の醜い大きな家に着いた」[18]。先客のモード・ゴンの従姉妹メイ・クレイが監視役（シャペロン）。モード・ゴンの娘イズールトは背の高い美しい一六歳の少女に成長、彼女の存在もイェイツをゴン一家へ引き寄せる引力となり始める。

家の裏に砂浜が広がり、「波が砂に砕ける音が聞こえ、話しかける者が誰もいない」[19]中で、イェイツは「シングと彼の時代のアイルランド」（"J. M. Synge and the Ireland of His Time"）の執筆に励んだ。シングの作品全集のイントロダクションとして書かれたエッセイで、芸術とナショナリズムの関係を考察した、一八四〇年代の「アイルランド青年」から シングの登場に至るまで「アイルランドの五〇年の概括」[20]である。シングに激しい非難を浴びせ、ついに劇場で暴動を起こした急進的ナショナリストについて、彼らは或る固定観念に病的に固執するあまり、「ついに一世代がまるごとヒステ

ノルマンディのモード・ゴンのヴィラ「かもめ」

リックな女のようになり、或る単一の思想から論理的に推論、法外な非難を浴びせ不可能な物事を信じ、心の一部は石と化してしまった」[21]と、有名な件（くだり）が書かれた。

シングの作品全集を巡って、出版者のジョージ・ロバーツは、シングが発表を望まなかった初期の作品も全集に組み入れた。怒ったイェイツは全集のイントロダクションには別の短いエッセイを書き、「シングと彼の時代のアイルランド」は、一九一一年七月、妹ロリーの印刷所から「美しい――高価な――小冊子の一つ」[22]として出版される。

ノルマンディに滞在中、五月一一日、モード・ゴン、イズールト、メイ・クレイ、イェイツ、四人の一行はモン・サン・ミシェルを訪れた。「壮麗と峻厳を併せ持ち、神聖とロマンスを湛えた」[23]海の要塞にイェイツは驚嘆。モード・ゴンとの再会は彼女との「和解」が解き放ち始めたイェイツの詩作エネルギーを更に誘発、幾つかの抒情詩が生まれた。

イェイツがモード・ゴンの元で休暇を過ごしていた頃、ホーニマンとの「最後の大バトル」に繋がる出来事が起きた。

五月七日、エドワード七世が死去した。この時、アベイ・シアターを監督していたのは、三月にマネージャーに就任したレノックス・ロビンソンである。彼はナショナリスト、「朝刊で」国王の死を知ったが、劇場の開演へ心は傾いていた[24]。しかし、グレゴリ夫人の判断を仰ぐため、正午前、彼女に電報が送られた。午前中、劇団員は「アイルランド人の真の義務について議論[25]」を重ね、打電が遅れたのだという。電報は、ゴートの郵便局から三マイルの距離を三時間要して、クールへ届けられた。「敬意を表して閉鎖すべき[26]」と、折り返しグレゴリ夫人は返事をしたが、時すでに遅く、ダブリンの劇場が国王の死に弔意を示し一斉に閉鎖する中、アベイ・シアターは、唯一、開演する事態を招いた。

それに、アニー・ホーニマンは激怒、グレゴリ夫人、ロビンソン、ヘンダソンの元に電報が舞い込んだ――「前の土曜日の開演は恥辱。葬儀の日の公演は政治的。助成金は即刻停止。ホーニマン[27]」。彼女とアベイ重役会は真っ向から対立、ホーニマンが突きつけたロビンソンの解雇要求に、イェイツは応じなかった。ホーニマンは四〇〇ポンドの助成金を停止、アベイ経営陣は一〇〇〇ポンドの支払いを拒否、双方がそれぞれの主張を譲らず、『マンチェスター・ガーディアン』の編集主幹C・P・スコットに仲裁が委ねられた。アベイ側に有利な裁定が下ったのは翌一九一一年五月。裁定を受け取った五月四日、イェイツはホーニマンに、「意見を共有した幾多のことを思い出して古い友情を取り戻しましょう」と手紙を送った。返ってきたのは「長い、ヴァイオレントな電報[28]」。イェイツの人生から古い友人がまた一人退場した。二人が再び会うのは三〇年後である。

ホーニマンとのバトルが進行する中、募金活動はいよいよピッチが上がった。アベイ・カンパニーのロンドン公演に合わせ六月一六日、『タイムズ』に、イェイツとグレゴリ夫人の連名で書簡が掲載された。劇場を将来にわたって維持していくため五〇〇〇ポンドの基金を目標にした募金へ協力を要請する内容。「私たちはボールを殆ど丘の上まで押し上げることができたと感じています。ボールが転げ落ちないよう、私たちのエンタープライズに賛同し助力を差し延べて下さる方々に感謝します[29]」と、書簡は結ばれている。

アイルランドでも、募金活動は進んだ。ファンタジー作家ダンゼイニ卿はアイルランドで最も古い家系の一つプランケット家の当主、アベイ劇作家でもある。イェイツは、プランケット家の居城ダンゼイニ城で週末を過ごすことも多い。ダンゼイニ卿は基金に三〇〇ポンドを寄せ、「他の人々はあまりに小額の寄金を恥と思うだろう[30]」とイェイツを喜ばせた。募金のための様々な催しが開かれ、一九一一年七月までに、基金は三五〇〇ポンドに達したという。目標の五〇〇〇ポンドには届かなかったが、当面、アベイ・シアターを維持する資金は確保された。一一月一九日、新しいパテントが申請され、一週間後にパテントは認可された。有効期間は二一年間、即ち一九三一年まで、アベイ・シアターはイェイツとグレゴリ夫人の手に渡った。

一九一〇年、春から夏、英国社会の中で、イェイツの業績・功績を評価する動きが起きる。四月、彼は「文学学術会議」のメンバーに選出された。ゴスを中心に、コンラッド、ハーディ、キプリングら名を成す文学人から成る会議は、フランスの「文学アカデミー」と同じ機構を英国に創設することを目指したが、結局、それは実現しなかった。グレゴリ夫人は持ち前の鋭い洞察力で、「文学学術会議」会員の効用を二つ、「一つは一般大衆に対してで、彼らはオフィシャルに敬意を払うよう仕向けられた名前しか認めません。もう一つは、高邁な団体の中であなたが対等な立場に立つこと[31]」を挙げた。イェイツは「会議」が検閲に対するバトルに有効と、海峡を渡って律儀に会議のミーティングに出席、メンバーの選出にロビー活動を展開した。翌年、イェイツがショーを会員に推すと、ゴスは「感情を害し、苛立ち」、ミーティングは「荒れ[32]」模様。しかし、彼はショーの選出に成功した。

イェイツの「文学学術会議」選出は、もう一つ、より実質的に有利な道を開いた。英国圏各界の功労者に国王から与えられる終身の恩給（ペンション）制度があり、そのリストにイェイツの名前が挙がり始めた。詩人の経済は相変わらず「不安定、一九〇九年と一九一〇年、［年収］一八〇ポンド前後[33]」を推移した。恩給（年額一五〇ポンド）は渡りに船であり、実現すれば彼の年収はほぼ倍増する。イェイツの恩給受給を推したのはエドマンド・ゴス。前年一一月、イェイツと首相との会食は彼が打った布石の一つである。初め、恩給受給にイェイツもグレゴリ夫人も慎重だった。恩給に政治的制約が課されることを怖れたからである。そうした制約はないと回答を得て、国王へ送る嘆願書作成へ向け動き始める。ゴスはイングランドの推薦者たちの署名を集め、グレゴリ夫人は行政府事務長官を始めとするアイルランドの推薦者たちの署名集めを進めた。

そうした中、七月二五日、ゴスの手紙がクールに舞い込んだ。

貴女の意見が求められてもいない、貴女は力を貸すことも労を取る意図もない時、何故（なにゆえ）に事に干渉する気になったのか、私は不思議で唖然としています[34]。

「ゴスの手紙はクールに嵐を巻き起こした[35]」。明らかに手紙はグレゴリ夫人を侮辱したもの。それまで彼女と連携関係を維持して事を進めてきたゴスが、何故、突如、侮辱的な手紙を送りつけたのか定かではない。彼は自分の領分をグレゴリ夫人に侵害される、或いは乗っ取られるとでも思ったのだろうか。ゴスの手紙は、イェイツとグレゴリ夫人の長い交友の中で、「唯一の深刻な争い」[36]を生んだ。

グレゴリ夫人とロバートは、イェイツがゴスに謝罪を要求して、「直ちに行動を起こすことを期待した」[37]。グレゴリ夫人がイェイツにそう告げると、彼が出してきた手紙は「なまぬるい水のような代物」。それを見たグレゴリ夫人はイェイツの名誉心と自尊心に訴え、より強硬な抗議の手紙を要求した。イェイツは要求通りにしたが、沈み込む彼の様子に彼女は手紙を二週間手元に置き、彼に返したという[38]。

イェイツは迷路に嵌り込んだような心の葛藤に苦しんだ。彼はロバート・グレゴリに宛て長い弁明を綴り、ゴスに抗議の手紙を書き（これが、グレゴリ夫人に要求されて書いた「より強硬な抗議の手紙」に当たるものらしい）、行動を逡巡する自分の性格、道徳性を延々と自己分析、果てはグレゴリ夫人と自分が住む世界の違いに責めを帰し……[39]。イェイツが日記に何ページにもわたって懊悩を綴っていた頃、七月末、ゴスの嘆願書が国王へ送られ、八月五日、イェイツの恩給給付決定を伝える英国首相の手紙が、ロンドンのイェイツの住居から転送されクールへ届いた。恩給は金銭の「心配から、ベストに満たない仕事をする必要から解放してくれます」と、八月九日、イェイツは行政府事務長官へお礼の手紙を書き、同日、ゴスへ宛て――「感謝しています、何時までも感謝します。〔…〕今日、もっと早く手紙を書くべきでしたが、一日釣りをして祝いました。長い間取れなかった初めての休日です」。イェイツを卑怯と断罪するのは容易い。しかし、恩給一五〇ポンドは彼にとって死活問題。そのことを誰よりもよく理解していたのはグレゴリ夫人であり、彼女は結局イェイツを許し、二人の「唯一の深刻な争い」がしこりを残すことはなかった。

それから日の浅い九月二六日、スライゴーの伯父ジョージ・ポレックスフェンが亡くなった。胃がんを患う伯父の病状悪化をイェイツが知ったのは九月初め、それから重苦しい日々が続いた。ヒポコンデリで暑さ寒さに過敏に反応した伯父はヒロイックに病に耐え、愚痴一つこぼすこともなく逝った。伯父の病床に付き添ったリリーとナースは、由緒ある家に住み着き家族の死を予告するというアイルランドの妖精バンシィーの叫び声を聞き、次の夜、妖精の鳴いた時刻に、伯父は息を引きとったという。

イェイツは、伯父を見舞うべきか、姿を現わせば病人を絶望に追いやることになるだろうかと逡巡した末、ダブリンに留まり、伯父の死の報を受け取った翌日にスライゴーへ向かった。葬儀は盛大かつ「感動的」[40]。何百というポレックスフェンとミドルトンの労働者たちが通りを埋め、フリー・メイソンだった死者のために、八〇人の仲間が正装の出で立ちで行進、二人のプリンス・メイソンが白ばらを、他の者はアカシアの葉を墓に投げ入れた。

伯父は、イェイツ兄弟姉妹に配分した遺産を三分割、姉妹に三分の一ずつを、残る三分の一を兄弟に等分に（九二〇ポンド）遺した。彼らしい「公正な」配慮、「私は恩給があり、ジャックはコティとコミック・ペイパーがある」[41]と、イェイツの言い分。ジャックの妻コティは相応の財産があり、画家の弟はカートゥーンで収入を得ることができる。甥の詩人は伯父の「驚くほど大きなオカルト資料のコレクション」[42]を受け継いだ。彼がスライゴーの伯父から得た無形の遺産は遥かにそれを凌ぐもの。アメリカの父は遺産の恩恵を一銭も受けることがなかった。憤懣遣る方ない父に、息子たちはそれぞれ一〇ポンドを送った。

ポレックスフェンの製粉業は、一家の一番下の娘アリスの夫で北アイルランド出身のアーサー・ジャクソンに引き継がれた。伯父の死はスライゴーとの物理的絆を断った。しかし、イェイツにとって母の故郷は特別な場所たり続ける。

伯父の病と死に見舞われた頃、イェイツのトゥリニティ・カレッジ英文学教授就任の可能性が浮上する。エドワード・ダウデンが病気になり、病状は悪化、大学が後任探しを始めイェイツの名が候補に挙がった。トゥリニティ・カレッジはプロテスタント支配の牙城と、一八九〇年代、イェイツが激しい攻撃を浴びせ、標的になったのがダウデン教授。皮肉な巡り合わせである。イェイツはアカデミックな定職に就く是非に揺れた。大学の教授の部屋――「天井が高々、大きい」[43]――も年俸六〇〇ポンドも魅力。反面、定職が「想像力に及ぼす影響を怖れ」、「放浪の生活を続けたほうがよい、〔…〕日取りも、定まった住居もない生活に憧れています」[44]と、彼は知人に語りもした。大きな障害は彼の視力。一二月、副学長マハヒに面会した時、イェイツがそれに触れると、「それは大丈夫。仕事は何もない。ダウデンは何もしなかった」[45]と副学長は応じた。こうした挙句、ダウデンは病から回復――「墓から起き上がり」[46]と、エズラ・パウンド――イェイツのトゥリニティ英文学教授就任は流れた。

一九一三年四月、ダウデンが死去、再びイェイツのトゥリニティ教授就任の可能性が浮上したが、結局、別人が選ばれ、実現することはなかった。

一九一〇年一二月、『緑の兜とその他の詩』（*The Green Helmet and Other Poems*）が出版された。表題の詩劇（散文劇『黄金の兜』を書き替えた作品）と、モード・ゴンとの和解を機に書かれた抒情詩を収録した小さな詩集。ロリーの印刷所は「クアラ・プレス」と名を改め、その名で出版された兄の最初の作品である。[47] この頃から、劇場やダブリンの政治・社会的出来事がイェイツの詩の題材となり、「間ぬけどもがのさばる私の国」、「悪党」、「うすのろ」と、それまでイェイツの詩になかった「新しい声」が立ち始める。抒情詩八篇はモード・ゴン詩。「ホーマーが詠った女」(“A Woman Homer Sung”)、「トロイ、再び起こらず」(“No Second Troy”)と、詩人の記憶に生きる彼女は、依然、神話の身の丈の女である。

〔彼女は〕麗しい、誇らかな足取りで歩んだ、
まるで雲の上を歩むように、
ホーマーが詠った女。(「ホーマーが詠った女」)

第三節　『プレイボーイ』アメリカへ

一九一一年が明け、一月一日、イェイツはグレゴリ夫人に「女性についての詩」、「貴女に関する行です」と言って次の七行を送った――

彼女の手は
誰も理解できない青春の重荷
青春の苦い荷を解き
私が彼女に習って
労苦に満ちた夢想の中に生きれば
できるかぎりのよきギフトを生む
術（すべ）を示してくれた。

詩は「友だち」（"Friends"）、詩人の「日々に喜びを作り出した」三人の女性たち――オリヴィア・シェイクスピア、グレゴリ夫人、モード・ゴンを称えた作品である。完成稿で「青春の苦い荷」は「青春の夢の荷」に書き替えられ、「手」のエロティックなイメージ、性的含みを含んだ上記の行はむしろオリヴィアに言及したものと見なす意見もある。(1) しかし、人を支え、癒す力としての「仕事」はグレゴリ夫人のテーマ。「恍惚として労働に励む」彼に変えたのは彼女である。

詩の最後に登場するのは「青春が過ぎ去ってしまうまで全てを奪った彼女」、その彼女を「どう褒め称えよう」と自問する詩人は――

夜が明ける頃
私は私の善と悪を数え、
彼女のために眠ることができず、
彼女は以前あんな風だった、
今も見せる鷹の眼差しを思い出す、
すると私の心（ハート）の源から
甘美な想いがどっと溢れ出
私は頭から足先まで震える。

詩作は神経を磨り減らす苛酷な労働を強いる。一月二一日、詩を書き上げたイェイツは疲れ切って、ロンドンの北の郊外ハムステッド・ヒースに散歩に出掛けた。「老人が凧を揚げ、凧は霧の中に消えて糸が空に消えるのを見ていると」、彼は「東洋の魔術師を思い浮かべた」。次の日、グレゴリ夫人に送った手紙で、この出来事に触れたイェイツは「私の想像力は空想的な物事へ向かい始めています」と書き添えている。抒情詩の詩作力が回復し始めたサインであろう。

一九一一年の一大イヴェントはアベイ・カンパニーのアメリカ公演である。イェイツは自身のアメリカ講演旅行の経験から、大西洋対岸の豊かな国を「まとまったお金が稼げる唯一のチャンス」[2]と、数年来、機会を窺ってきた。いよいよその機会が訪れた。巡業を請け負った興行代理店リーブラー社が提示した条件は、演目に『プレイボーイ』を入れること、経費を社が負担し、収益の三五パーセントがアベイへ支払われるきわめて有利なものだった。リーブラー社との仲介に当たった元議会議員ジェイムズ・ロッシュは、勇ましい激励を送った——「戦って、再度、戦いに勝利しなさい」[3]と。

九月一三日、イェイツ率いる一五名の役者たちとロビンソン、総勢一七名の一行はアイルランド南部コーク湾のクイーンズタウンから船出、九月二三日、ボストン、プリマス・シアターから巡業がスタートした。一二月までの予定は大幅に延長され、三月初旬までの長い旅となる。

アメリカのアイルランド系メディアや愛国団体はダブリンの急進的ナショナリストと緊密な連携関係を有する。彼らは祖国の劇団の到来を待ち構え、早速、攻撃を開始した。ボストン公演の演目を、「地獄のインスピレイションに吹き込まれた巧妙な仕掛け、アイルランド人と彼らの宗教を悪魔のように憎悪する以外の何ものでもない」と、彼らの罵詈雑言はダブリンのナショナリスト顔負け。カトリック系の週刊紙『アメリカ』は、土曜日が巡ってくる度、アベイの役者たちを「デカダンス」、「イプセニズム」、「ペイガニズム」[4]と執拗に繰り返した。彼らの標的は、無論、『プレイボーイ』である。シングの劇は、慎重を期してボストン公演初日の演目から外され、一〇月一六日に開演の予定。

それまでイェイツは、劇場で開演前に舞台から聴衆に語りかけ、ドラマ・リーグでスピーチ、ハーヴァード大学で講演と、アメリカの聴衆の「教育」に奔走した。

九月二九日、グレゴリ夫人がボストンに到着した。初め彼女はアメリカへ渡る予定はなかったが、モリー・オールグッドが結婚してダブリンに留まったため、彼女の当たり役である『プレイボーイ』のヒロインに別の女優を起用せざるを得ない事態が生じていた。農民劇のヒロイン役を短時間で鍛え上げることができるのはグレゴリ夫人を置いてない。急遽、彼女はイェイツを引き継ぐことになった。ボストンに到着した日の夜、プリマス・シアターに足を運んだグレゴリ夫人の目に入ったのは「大観衆」。演劇運動の「小さな始まり、努力と失望の年月を思い出し」、彼女は「感動を禁じ得なかった」[5]。

一〇月一六日、『プレイボーイ』公演は、慎重に慎重を期した作戦とイェイツの教育的プロパガンダが功を奏し、妨害行為と言えるものはなく、無事終了。二日後、彼は帰国の途に着いた。最も激しい抗議行動が予想されるニュー・ヨークを前にした帰国に、敵前逃亡と非難を浴びたイェイツを弁護してグレゴリ夫人は日記に記した――「司祭の一人や二人、ジャガイモの二、三個と戦うのに男は必要ない。女一人で十分[6]」。まさにこの心意気で、彼女は前途多難な長い巡業旅程を乗り切ることになる。

一〇月下旬、イェイツがロンドンへ戻ると、時を同じくしてジョージ・ムアの三部作『出会いと別れ』の第一部（*Ave* 出会いの挨拶の言葉）の抜粋が雑誌に掲載された。二月、ムアは一〇年間居住したアイルランドを「この退屈な国[7]」と言って去り、ロンドンへ舞い戻った。演劇運動を記録した三部作は、著者が一度捨てた祖国に帰還、再度そこを去るまでを叙述した自叙伝でもある。ムアが「悪魔的ユーモア感覚」から語る物語は恐ろしく滑稽、イェイツとエドワード・マーティンが、文学座に協力を求めてムアを訪問する件はその一例である。来訪したペアにも、訪問目的にも、ムアは仰天。胴回りの広いマーティンを「フクロウ」に、黒髪、ひょろ長いイェイツを「ミヤマガラス」に見立て――

ミヤマガラスとフクロウが同じ巣に巣くうことはなく、習性も本能も共通性はない。〔…〕親愛なるエドワードを説得したのはイェイツだと、私は言った。〔…〕したたかなミヤマガラスが深遠なフクロウをどうやって彼の鐘楼からおびき出したのか、私は考えた――フクロウは、遅くまで外に出ていて帰り道が分からないかもしれないと不安になり、その上、首席司祭と参事が彼が妙な仲間と付き合っていると耳にし、彼が留守の間に、巣の入り口を塞いでしまったのではないかと困惑し〔…〕[8]。

『出会いと別れ』はこうした漫画じみた描写や叙述が随所に現われ、ダブリンの文学人たちは自分たちが登場する箇所に

二人のケルト、エドワード・マーティンとイェイツ：マックス・ビアボームの戯画、1899年

戦々恐々の体。グレゴリ夫人は、クールと彼女に関する記述に「或る魅力」を見出し、ムアが描き出すマーティンの肖像に「体を揺らして笑った」[9]。イェイツは、「最初、［予想］よりひどくはなく安堵、しかし再び手にとってみるとひどい、粗野で、しばしば悪意に満ちたものに思える」[10]。『出会いと別れ』は第二部、第三部が書き継がれ、ムアの辛辣な風刺の才にますます磨きがかかり、名誉毀損訴訟になりかねない波乱を引き起こす。

一〇月末、イェイツはダブリンに戻った。グレゴリ夫人とロビンソンが不在の間、アベイ・シアターの日々の業務が彼の肩に掛かってきた。アベイ・カンパニーがアメリカへ渡って以来、ダブリンのナショナリストたちは大西洋対岸の成り行きを険悪な目で注視、「非道な代物をアメリカで商う犯罪」[11]と、新聞は相変わらずの論調を展開した。イェイツはアベイ・シアターのロビーにボードを掲げ、アメリカから送られてくる劇評や新聞記事を好評も悪評も貼り出し、彼らに対抗した。

劇団が不在の間、アベイ・シアターに新しい企画として演技教室が開設された。役者の人材を発掘、育成し、アベイ第二カンパニー結成を視野に入れた構想である。演技教室の指導に、イェイツはナジェント・モンクをスカウト。彼は中世英語劇の復活に尽くしたパイオニア的存在で、モンクの活動拠点ノリッジで二月に彼がプロデュースした『伯爵夫人キャスリーン』は、「ミサ典書の中の一ページのよう」[12]とイェイツを感動させた。

演技教室に参加した生徒は六〇名ほど。彼らによって聖史劇や道徳劇、アベイのレパートリ、ゲール語劇が演じられた。生徒の中から劇団のスターたちの代役、彼らにとって代わることもできる有望な人材が現われ、劇団がアメリカから帰国した後、総勢一七名から成るアベイ第二カンパニーが結成された。第一カンパニーがダブリンを空けている間、第二カンパニーがアベイの舞台を演じる態勢ができ上がる。

アメリカでは――ニュー・ヨークの『プレイボーイ』公演は予想通りの大荒れとなった。一一月二七日、公演初日、劇の幕が上がり、クリスティが「先週の火曜日、親父を殺っちまった」と告白すると――

> ジャガイモが一個、天井桟敷から空中を飛び舞台の袖に当たった。そして、野菜がシャワーのように降り注ぎ、舞台背面に当たってガラガラ音を立てる。役者たちは頭をすくめ、舞台セットの背後に飛んで避難した。[13]

しかし、この夜の妨害行為は暴動と呼ぶ規模ではなく、狼藉者たちは手際よく排除され、劇を最初から演じ直して無事終了。公演二日目、ローズヴェルト大統領が、グレゴリ夫人の要請に応え観劇に来場した。それがものをいったのか、第三夜からシングの劇は正常に戻った。

ニュー・ヨークの事件は、ロンドンやダブリンでも大きく報じられた。イェイツは、大統領の来場を「ダブリンの論評に関するかぎりこれまで私たちに起きた最良のこと」と言い、グレゴリ夫人を、「貴女の勇気は私と違って闘争心とは無縁、だから一層素晴らしい[14]」と称えた。

年末、ニュー・ヨーク公演を終えたアベイ・カンパニーの次の公演地はフィラデルフィア。ここで、一月一七日、彼らが逮捕される事件が起きる。この街で酒類卸業を営むジョセフ・マクギャリティなる人物が司祭二人と、「淫乱、冒瀆、猥褻、不品行な劇」の上演を禁止する法を楯に、『プレイボーイ』を演じた役者たち一一名を訴え出たのである。保釈金が支払われたため、逮捕状が執行されることはなかった。被告を裁く法廷で、ニュー・ヨークから駆けつけたジョン・クインが劇的救出劇を演じる一幕もあり、一月二三日、無罪の判決が言い渡された。

ダブリンで、イェイツは押しかけたジャーナリストたちから事件を知らされ、「仰天[15]」。皮肉なことに、異国で起きた役者たちの逮捕劇にアベイ・シアターは賑わいを見せた。「人々は重役に対しどれほど悪しき感情を抱こうと、役者たちには親近感を抱き[16]」、彼らに同情したのである。

アメリカ巡業はシカゴを最後に、三月六日の早朝、グレゴリ夫人とアイルランドの役者たちはニュー・ヨークから帰国の航海に着き、三月一二日、ダブリン、キングズブリッジ駅に帰着した。グレゴリ夫人は公演旅行記を「大勝利[17]」の言葉で結んでいる。その通り「大勝利」だった。

イェイツはアメリカ巡業を演劇運動の「一つの完成[18]」と位置づけた。それを機に、彼は劇場の業務から徐々に身を引き始める。

第四節　エズラ・パウンドとラビンドラナート・タゴール

シモンズの発狂、シングの死、クインとの不仲、スライゴーの伯父の死と、イェイツは立て続けに最も近しい人たちを失った。伯父の死に、「この三年の間に、どれほど多くの過去が私から断ち切られてしまったことか[1]」、彼は妹にこう嘆いた。しかし同じ頃、新しい人間関係が築かれ、新しい世界が拓けていった。その扉を開いたのはオリヴィア・シェイクスピア。二人は、一九一〇年、再び愛人関係にあったと一般に考えられている。しかし、色恋沙汰以前にオリヴィアは固い友情で結ばれた「友」。彼女を通じ、イェイツはイーディス・エレン・ハイドーリースを知る。ギルバート・ハイドーリースと結婚した彼女は一男一女をもうけた後、結婚は破綻、長い別居状態が続いた。一九〇九年、ギルバートが死亡、二年後、彼女はオリヴィアの兄弟ハリ・タッカーと再婚した。この後、イェイツと彼女の親交が始まり、折に触れタッカー夫妻と共に週末や夏の休暇を過ごすようになる。

オリヴィアの家でイェイツは、タッカー夫人の前夫との間に誕生した娘ジョージィ・ハイドーリースを紹介された。恐らく一九一一年一二月のこと。彼女とオリヴィアの娘ドロシィは大の親友。ジョージィは一八歳、長身、浅黒、四角な顔立ち、しかしハンサム、「恐ろしく知的」で、「驚くほど直感的[2]」とドロシィは言う。幾つかの言語に通じ、大の読書家、オリヴィアやタッカー夫人のサークルが共有するオカルトや心霊現象へ関心を向け、降霊会に参加、心霊研究協会の講演を聞いた。ジョージィもドロシィも母親が娘に望む既成の人生のレールに反撥した。

一九一七年、ジョージィ・ハイドーリースはイェイツ夫人となる。しかしこの頃、イェイツにとって彼女は「母親の家の窓のどこかに張りついている娘」（「ハルン・アルーラシドの贈り物」）に過ぎず、彼が彼女に特別な関心を寄せることはなかったであろう。

イェイツが、一八九〇年代、憑かれたようにのめり込んだオカルト世界は、「黄金の夜明け」のスキャンダルや分裂によって彼が教団の運営から身を引いた後、憑きものが落ちたように彼の活動圏から後退した。しかし、オカルト世界は常に彼と共にあり、その間も「時折、彼は降霊会や霊媒、心霊研究協会によって入念な見取り図が引かれた薄暗い水域を訪れ続けていた[3]」。一九〇九年頃から、イェイツの「スーパーナチュラル・オブセッション」は、引いた潮が押し戻す勢いで再燃し始める。彼は心霊研究協会の名誉幹事エヴェラード・フィールディングと親交を結び、協会のジャーナルに載った夢や無意識や潜在意識についてフロイトの解説を読んだ。イェイツが求めたものは死後の世界の証であり、超自然現象に関する資料やベーメや新プラトン哲学者の書を広く読み漁り、降霊会に足繁く通って、霊媒が伝えるあの世からのメッセジを貪欲に求めた。

一九一二年一月一二日、ユナイティッド・アーツ・クラブで、イェイツは「亡霊(アパリション)の新しい理論」と題し講演を行った。『アイリッシュ・タイムズ』が伝える講演の内容は――

肉体の重荷が人々を夢から遠ざける。死の双子の兄弟の眠りが私たちを肉体から解放する時、夢が訪れる。肉体から分離した魂は宇宙をさ迷い、姿・形(インカーネイション)に飢え、眠りの半ば自由の中にいる私たちを見出す。魂は私たちの夢に入り込み、そこに一時(いっとき)、姿・形をとって宿る。(4)

魂が「肉体から分離した」夢の世界は死後の世界の一種のシミュレーションだというのである。この後、心霊研究協会(一月二五日)、「ゴースト・ソサイアティ」(二月一日)でイェイツは講演を行い、二つ目の講演前日、「私はゴースト理論に深入りしています」と言って、彼はアメリカのグレゴリ夫人に理論を開陳した。「事実上、新プラトン哲学が［私と］同じ理論を述べていることを発見しました。霊体(スピリット・ボディ)自体はフォーマリストで多くの形をとる、或いは『ボールが壊れた後も、氷がボールの形を留めるように』物理的形を留めるのです」、と。

イェイツがオリヴィアの家で出会ったイーヴァ・ファウラーはケンジントンの社交サークルの一人。彼女はケントにコティッジ「デイジィ・メドウ」を所有し、イェイツはそこを度々訪れ滞在するようになった。コティッジは彼の詩作の場となり、イェイツがそこへ足を向けたもう一つの理由は、ファウラーがそこで開く降霊会や自動筆記が目当てだった。

エタ・リートはアメリカ人の名高い霊媒である。五月九日、ウィンブルドンのW・T・スティードの家ケンブリッジ・ハウスで開かれた彼女の降霊会に、イェイツは参加した。そこに、「レオ、作家で探検家」と名乗るスピリットが現われた。彼は、「私はあなたの導師(ガイド)」、イェイツが「子供の頃からずっと共にあった」(5)と言う。その後も五月から六月、リートの降霊会にレオは現われ続けた。このスピリットの正体はレオ・アフリカヌス、一六世紀のスペイン系アラブ人で、「詩を書き、広く旅行をし、フェズの魔女、カバラ哲学者、占星術師」に関する書を著わした。「彼の著作は、過去五〇年ほどの間に広く流布し」、『チェインバーズ人名事典』の中で、レオ・アフリカヌスの項はレオナルド・ダ・ヴィンチの項のすぐ前に置かれ、事典を所有していたイェイツの目に恐らく留まっていたと思われる。[6] レオの存在を「信じたい情緒的欲求」[7]と、彼は「私自身と霊媒の潜在意識が作り上げた夢」、「百科事典のページを繰った後に残る記憶」[8]に過ぎないかもしれないと懐疑の間を揺れながら、イェイツはレオを自身の「分身」と見なすようになる。

「スウェーデンボリ、霊媒、荒野」("Swedenborg, Mediums, and the Desolate Places", 1914) は、再燃したスーパーナチュラル・オブセッションに刺激され、イェイツの長年のオカルト世界探求を一つの集大成にまとめた長文のエッセイである。スウェーデンの神秘思想家スウェーデンボリやベーメやブレイク、新プラトン哲学者の神秘思想、ロンドン、ソーホーの「或る家の階段を登った最上階」で出会った「太った老女の霊媒の英知」[9]、アイルランドの「荒野」に息づく妖精の存在を信じる田舎人たちの土俗信仰と、読書や体験を総動員して著者は、「証拠の累積的重み」[10]によって、この地上の世界と似たもう一つの霊(スピリット)の世界が存在することを証し立てる。しかし「残る印象は、案件が立証されたというより、天才詩人がスピリチュアルな確信を求め必死に分け進んでいる更に眩惑的感覚」[11]と、詩人の伝記作家の一人は指摘する。イェイツのオカルト世界探求全体に当て嵌る指摘である。

ケンジントンの社交サークルは、イェイツに一人の青年との出会いをもたらした――エズラ・パウンド。一九〇八年、ロンドンに現われた彼は二二歳、二〇世紀の英語文学を代表する一人となる彼も、この頃は駆け出しの詩人。イェイツを「現存する最も偉大な詩人」[12]と見なす彼は、「テムズを上(のぼ)って、ビル・イェイツに会いたい」[13]とアメリカの母に書き送った。願望が叶うには、多少の時間を要した。一九〇九年一月、イーヴァ・ファウラーの夜会で、パウンドはオリヴィアに紹介された。彼女の家を訪れるようになった彼は、「イェイツが座った暖炉の敷物の上に座っている」[14]ことをアメリカの友人に自慢した。オリヴィアの娘ドロシィは一目でパウンドに恋に落ち、初めは彼女の片想いに過ぎなかったが――パウンドの関心は娘より母――、やがて二人は恋仲に、更にドロシィの両親の反対を押して、一九一四年、結婚へ至る。

そして、四月末、パウンドは、オリヴィアとドロシィに伴われ、ウーバン・ビルディングズを訪れた。[15] 二〇(はたち)を超えたばかりのアメリカ人青年と、インターナショナルな名声に浴す四〇歳代半ばのアイルランド詩人との出会いで、イェイツは即座にパウンドに好意を寄せた。しかしこの後、イェイツはアイルランドに留まる時間が多く、パウンドは、一九一〇年三月、ロンドンを離れパリへ、更にアメリカへ帰国した。二人の緊密な関係が始まるのは、パウンドがヨーロッパに戻った一九一一年五月以降のこと。この時パリにあった二人は毎日会い、ロンドンに戻ると、パウンドはイェイツの住居ウーバン・ビルディングズに入り浸るようになる。イェイツの部屋で「彼は我がもの顔に振る舞い、イェイツのたばこや赤ワイン（キャンティ）を配って回り、詩の法則を定めた」[16]。イェイツはその彼を弁護して――

エズラ・パウンドとドロシィ、1912年頃

> 向こう見ずで荒削り、いつも他人の感情を傷つけていますが、或る天才と大きな善意を持っていると私は思います。〔…〕ヘラクレスが、ヘスペリデスのヨーロッパの庭園で、等身大より少し大きく見えるのは避け難く、声は大き過ぎ、大股の足音を立てます[17]。

ヘラクレスに譬えられた新世界の活力漲る（みなぎ）アメリカ人青年は、エドマンド・ゴスの「文学学術会議」やロンドンの社交界に対抗する力となって働き、それに留まらず、彼はイェイツの詩に影響を揮い始める。

パウンドは、「イマジスト」と自ら命名した若い世代の詩人たち一派の創始者かつリーダー、シカゴを拠点に、ハリエット・モンロウが創刊・編集する『ポエトゥリ』誌を活躍の場としていた。彼らの詩的信条は、短い詩行、規則的な韻律に囚われない自由なリズム、言葉とイメージの具象性と正確性など。二〇世紀文学の「モダニズム」革命を引き起こした最大の功労者はパウンドである。

イェイツが自身の詩の改革、変革を図り始めて久しい。「詩的であるがために、現代人には難解な思想をできるだけ平易にするため、常に可能な限り最も自然な語順を心がけています[18]」と、一九一〇年、彼は知人に述べている。パウンドはイェイツの文体をイェイツが目指す方向へ導く触媒の役割を果たした。年長の詩人は、アメリカ人青年が提案する詩の小さな修正を受け入れるようになる。それを踏み越え、イェイツが『ポエトゥリ』（一九一二年一二月）に「青春の思い出」（"A Memory of Youth"）、「風の中で踊る子」（"To a Child dancing in the Wind"）を含む五篇の詩を発表すると、「雑誌の海外編集者を自任する[19]」パウンドは、イェイツに無断で詩を変更した。それを知ったイェイツは怒り詩を取り下げると息巻いたが、結局、彼を許した。パウンドについて、「彼は、私が現代の抽象的表現を遠ざけ、明確で具象的な表現に戻るのを助けてくれます。彼と詩について語ると、一つのセンテンスを方言に置き替えるようなもので、全てが明瞭、自然になります[20]」と、イェイツはグレゴリ夫人に語っている。イェイツの手紙から、パウンドとの密な関係が浮かび上がる。消化不良でイェイツは「病み、パウンドがやって来て、面倒を見てくれた」（一九一二年一一月一四日）。「エズラが四時に来て、［未明の］二時までいた[21]」（一九一二年一二月二二日）。パウンドはイェイツに本を読み手紙を口述筆記、「非公式の秘書」の役を担うようになり、二人の間に更に緊密な関係が築かれていった。

同じ頃、イェイツを熱狂させるもう一つの出会いがあった——ラビンドラナート・タゴール。一九一〇年、画家のローゼンスタインが中心となってインド協会が設立され、翌年一月、インドへ渡ったローゼンスタインはタゴールの家族を訪問した。タゴール家はインドの名門一家。ラビンドラナート・タゴールは五〇歳、『ギーターンジャリ』（「唄の捧げ物」の意）を始め多くの作品を出版していたベンガリで名を成す詩人である。

一九一二年六月、タゴールは『ギーターンジャリ』の自身の英訳を携え、ロンドンへやって来た。それから間もなく、ローゼンスタインからインド詩人を紹介されたイェイツはタゴールその人——「シルクのターバン、見た目に美しい[22]」——に惹かれ、それ以上に、彼の詩に深い感銘を受ける。タゴールとの出会いを「芸術上、最大の出来事の一つ」、「私の時代、英語で彼の抒情詩に匹敵することを為した者は誰もいない[23]」と、イェイツは熱狂的賛辞を送った。

タゴールの詩はヒンドゥー教のビシュヌ神と神が姿を変え宿るものへの憧憬をうたった作品であり、貴族、農民、詩人を一つに結ぶ高貴な伝統——「詩と宗教が同一だった伝統」が生んだ「最高の文化の作品、草やイグサと同じ土壌から生まれ育ったように思える[24]」と、イェイツはインド詩人を称えた。タゴールは大英帝国の支配下にあるインドの民族自尊・自立を唱え、それもアイルランド詩人が彼に共感を寄せた要因の一つだったかもしれない。

タゴールを広くイングランド社会に送り出す動きが始まり、それを主導したのはイェイツ。七月一〇日、タゴールのためにインド協会が主宰して開かれたディナー・パーティで、彼はホストを務めた。イェイツは知己・知友を動員、自ら「パブリシティ・マシーン」となってタゴール・キャンペーンを展開する。パウンドはその副官的存在。『ギーターンジャリ』の出版へ向け、タゴール自身の英訳をイェイツがチェックし修正を加える作業が開始された。七月半ば、彼は「タゴールの翻訳を持ち歩いて、絶えず読んでいる[25]」状況。

そうした中、八月二日、イェイツはノルマンディにモード・ゴンを訪問した。二週間の滞在は詩作に振られ、「薔薇十字団」の伝説の教祖ローゼンクロイツが主題の「山腹の墓」("The Mountain Tomb")、モード・ゴン詩「青春の思い出」、イズールトに寄せた「風の中で踊る子」が立て続けに書かれた。モード・ゴンの美しい娘は一八歳、少女の域を脱し、年毎に大人びる彼女は詩人の心を騒がせる存在になり始めていた。モード・ゴンの家は、パリでもノルマンディでも小動物園さながら。イェイツは詩作に疲れると、白ねずみの一家――「とても魅力的な生き物[26]」――とたわむれ、砂浜でショーンと凧を揚げた。八月一四日、ジェイムズとグレタのカズンズ夫妻が到来する。彼らは女性参政権論者。翌日、ジェイムズは、イェイツが台所の片隅で、三時間ぶつぶつ呟きながら詩作に没頭する姿を目撃している[27]。

八月一六日、イェイツはロンドンへ戻った。イズールトはタゴールの詩に興味を示し、詩集『三日月』のフランス語訳を思い立つ。イェイツは彼女のためにベンガリ語の辞書と文法書を買い求めた。

一一月、『ギーターンジャリ』はインド協会から七五〇部が出版された。イェイツは初めからそうした私家版的な出版企画に懐疑的。翌一九一三年三月、マクミランからイェイツのイントロダクションを付して出版された版は、タゴール・ブームを巻き起こし、二年間に二〇版を重ねる大ヒット作となる。

イェイツはタゴールをアイルランドにも紹介した。タゴールの劇作『郵便局』はクアラ・プレスから出版され、一九一四年、アベイ・シアターで上演された。『ギーターンジャリ』がマクミランから出た一九一三年三月、ダブリンでイェイツのタゴール講演が行われた。その年の一一月、インド詩人はノーベル文学賞を受賞、イェイツのタゴール・キャンペーンが正当化され、かつ報われる結果となった。

『ギーターンジャリ』の英訳にイェイツがどれほど手を入れたのか――デリケートな問題である。タゴールは、彼に惜しみない称賛と助力を差し延べるアイルランド詩人に、「優しい恵みを周囲に降り注ぐ泉、私的に彼に会う度に、彼の身体、知性、想像力の漲(みなぎ)る力を私は感じた[28]」と溢れる感謝で応えた。しかし、彼は、「イェイツが多かれ少なかれ『ギーターンジャリ』を書いたと人々が思い込んでいることを憤るようになった[29]」。一九一五年九月、彼がローゼンスタインに送った手紙は、事の真相の一端を伝えている。

> イェイツが鉛筆で修正を書き加えたタイプ原稿を、私は破棄してしまった。無論、あの頃、私の作品が英文学の中に位置を占めると私は想像できなかった。しかし、今や状況は一変。『ギーターンジャリ』が今占めている地位を可能にしたのがイェイツの手(タッチ)であるなら、それを認めなければならない[30]。

タゴール・ブームは、あらゆる熱狂的ブームがそうであるようにやがて燃え尽き、イェイツのタゴール熱も徐々に冷めていった。

一九一二年一二月二〇日、グレゴリ夫人は第二回アメリカ巡業のためアベイ・カンパニーを率いて、再度、大西洋を渡航する。一一月の終わり、クールを訪れたイェイツは、帰途の列車の中で、詩「新しい顔」("The New Faces")を着想した。

> 新しい顔に好き勝手な悪戯をやらせましょう、
> 古い部屋で。夜が昼に勝ることもあり得ます。
> 私たちの亡霊は庭園の砂利道を尚もさ迷い、
> 生者は亡霊より影薄い存在と思えるでしょう。

詩を受け取ったグレゴリ夫人は、「詩の発表は控えて下さい。控えた方がよいと思います[31]」と応じた。「新しい顔」はクールを継ぐ息子夫婦と彼らの子供以外にあり得ない。詩は、一〇年間発表が控えられた。

第五節　ヒュー・レインの三九点の絵画

一九一三年、ダブリンは一つの騒動に沸いた。グレゴリ夫人の甥で画商のヒュー・レインが打ち出したダブリン市現代美術館構想を巡るそれ。構想は一九〇四年に遡り、その翌年、ダブリン市の正式な事業として採択された。一九〇八年、ダブリン市現代美術館は、かつて貴族の邸宅だった建物を仮住まいとしてオープンした。展示品は約三〇〇点。レインの寄贈が三分の一を占め、その中核を成したのは、マネの『テュラリー庭園のコンサート』やルノワールの『雨傘』、モネ、ドゥガ、コローなどフランス印象派を中心とした三九点の絵画である。

レインは、恒久的美術館建設を美術品寄贈の条件とした。しかしその動きはなく、一九一二年一一月、彼はダブリン市に最後通牒を突きつけた――三九点を「条件付ギフト」とし、美術館建設が決定されなければ、「条件付ギフト」は無効。当時、三九点の評価額は六万ポンド、アイルランド国立美術館が所蔵する全絵画の評価額を超えると言われた。ダブリン市はようやく重い腰を上げ、美術館建設費用として二万二千ポンドを予算に計上、ほぼ同額を一般市民からの募金で賄うことになった。美術館建設が具体化すると、それに反対する声が挙がり始める。

募金キャンペーンが開始される中、一九一三年一月一一日、イェイツは「ギフト」("A Gift")と題する詩を、長い副題――「集まった金額から民衆が絵を望んでいると証明されれば、ダブリン市美術館に最初の寄付よりも多額の寄付を約束した友へ」――を付し、『アイリッシュ・タイムズ』に発表した。

あなたは寄付を寄せました、しかし、再度の寄付は、
ポーディーンのペンスや
ビディの半ペニーが集まって
何らかの証拠となるまではできないと言います。

ヒュー・レイン

詩が呼びかける「あなた」はギネス家のアーディローン男爵、アイルランド有数の富豪の彼は美術館建設資金に五〇〇ポンドを寄せた――副題通りの発言を添えて。

「ポーディーン」と「ビディ」はアイルランドの守護聖人パトリックとブリジットの愛称であり、詩の中でアイルランドの一般民衆の総称である。「ギフト」は、民衆が絵を望んでいる「証拠」を求めたアイルランドの富豪とイタリア・ルネッサンスの芸術・文化のパトロンを対比し、前者に後者を見習うよう説いた詩。後者は、「たまねぎ売りの考えや行動」を意に介することも、「羊飼いの意見」を問うこともなかったと、詩人は論す。

イェイツの詩は発表のタイミングが「攻撃的かつ逆効果[1]」、加えてオリンピアン的高みから「ポーディーン」や「ビディ」を見下した尊大・不遜なトーンは、プロテスタントの優位と無知蒙昧なカトリックという、アイルランドの根源的対立を煽る危険を孕んでいた。

事実、イェイツの詩に怒りの声を発した人がいる――ウィリアム・マーティン・マーフィー。アイルランドで購読部数の最も多い日刊紙『アイリッシュ・インディペンデント』のオーナーである彼は島国有数の富豪のもう一人、パーネルの個人的スキャンダルに端を発する政治抗争の中で反パーネル派の資金源だった。マーフィーは「ポーディーンの見解」と題した反論を新聞に寄稿、ダブリン市は納税者が支払った税金を「贅沢品」に費やす余裕があるなら、スラムの解消を優先すべきなる論を展開した。「私はコローやドゥガが画いた全絵画を見るよりも、悪臭を放つスラムに替わる低家賃の衛生的な家並みの一つを見たい[2]」。ダブリン市の人口のおよそ四〇パーセントがスラムの住民だった当時、「ポーディーンの見解」はいかにも理に叶った論に思える。しかしマーフィーの狙いは、それを楯に、レインを、彼の美術館構想を攻撃することだった。

美術館建設資金の調達から巻き起こった論争は、建設用地の選定を巡って更に加熱した。候補地として挙がった用地は十指近く、その一つ「ブリッジ・サイト」は、リッフィー川両岸に建物を架け、通り抜けにして橋としての機能を持たせる斬新な案である。レインは、建物のデザインを「二〇世紀のクリストファー・レン」と呼ばれた建築家エドゥイン・ラチェンズに依頼、彼の大胆かつ美しいデザインに意を得たレインは、「ブリッジ・サイト」の採択をダブリン市に迫った。

美術館論争に火がつき始めた三月、ユナイティッド・アーツ・クラブがゴードン・クレイグのステージ・デザイン展示会を開催、開会日の三月一八日、イェイツは「美の劇場」と題し講演を行った。講演のテーマはゴードン・クレイグの「スクリーン」。可動式の折りたたみ可能なスクリーンを連結して、あらゆる場面を創り出す斬新な演出手法である。スクリーンの配置・配列によって、一瞬にして舞台は王宮の場面ともなり、長い廊下が列なる一つの部屋ともなった。イェイツは、彼が目指すシンプルな舞台セットのモデルとして、クレイグの「スクリーン」に熱い支持を寄せた一人。それからほぼ一週間後、三月二四日、イェイツのタゴール講演が行われた。二つの講演とレインの美術館は、「芸術」という究極の一点で同列であり、五月二八日、イェイツはクレイグに手紙を送り――

　アイルランドには無知きわまりない報道機関と司祭が創り出した恐怖文化が存在します。グレゴリ夫人と私は小さな燈火を燈し、固い決意で炎を燈し続けてきました。アイルランドの外にはよりよい一般大衆が存在するでしょう。しかし、愚かな一般大衆が存在する故に、私たち自身や他の人々のこの決意も存在します。アイルランドは形を成しつつあり、だからこそ明晰な目を持つ少数の者たちは国家の形を成すべく意を決しています。

そうした中、一九一三年の新年から、日曜日が巡って来る度に、イェイツは一人の癌患者を見舞うようになる――メイベル・ビアズリ。彼女は世紀末デカダンスの代名詞のような存在と見なされた挿絵画家オーブリ・ビアズリの妹で、「事実上私たちの一人だった[3]」とイェイツは言う。オーブリは結核に冒され、一八九八年、二六歳でこの世を去った。メイベルは、日曜日の午後をイェイツのためだけに空けておくようになる。死に瀕し、病の苦痛に襲われながら尚、「リアリティに情熱」を失うことのない彼女の「不思議な魅力（チャーム）――哀切な陽気さ」に誘われるように、イェイツは「メイベルについて詩を一篇書き上げ」（一月八日）、「小さな抒情詩が三つ[4]」完成（一月二二日）、一九一四年までに、合わせて七篇の詩が完成する。

　ビアズリを兄に持つ彼女は、この時代の女性たちを縛ったタブー意識や偏狭な道徳から自由、「殆どの若い娘に秘された隠し事はメイベルには少なかった[5]」という。兄の友人だった画家や文学人たちがハムステッド・ヒースの彼女の母の家を訪れ、病床で、「二〇年前の人の目を剝くような思い出と共に物語や冗談が飛び交った[6]」。

　私たちの視線に合うと彼女の目は笑い、輝き、
　悪戯（いたずら）なお話をして私たちに張り合う、
　悲嘆に沈む私たちのウィットと彼女のウィットの競い合

い。(「彼女の礼儀」)

そこは、「司祭が創り出した恐怖文化」が支配する島国の首都から遠い別世界。「彼女の人生、彼女の物言いは信心深いダブリンの人々をぞっとさせるでしょう。それでいて、対照的に彼らは何と卑しく、暗黒(ダーク)に思えることでしょう」と、一月一四日、イェイツはグレゴリ夫人に書き送っている。

メイベルは一九一六年に他界する。七篇の詩は、彼女の死後、シリーズ『死に瀕す女性』(*Upon a Dying Lady*)と題し発表された。

イェイツの「スーパーナチュラル・オブセッション」は衰える気配がない。一九一二年の春、イェイツは、イーヴァ・ファウラーを通してエリザベス・ラドクリフを知った。霊媒には稀な上・中流階級出身の彼女は、一七歳か一八歳で亡霊やポルターガイストなど超自然現象を体験するようになり、やがて自動筆記が彼女の特技となった。「英語とフランス語を僅か、イタリア語を二、三語」しか知らない彼女の手から、外国語や古典語――ヘブライ語、ギリシャ語、ラテン語等々――を記した自動筆記録が繰り出された。[7]「少なくとも一度、筆記録は彼女の両親の家にあった教科書からの引用だった」[8]という。筆記録を見た大英博物館の権威は、そこに記された言語が正しいものであると証言、イェイツはますますラドクリフの自動筆記に引き込まれていった。

五月末、イェイツを打ちのめす出来事が起きる。一九〇八年以来愛人関係が続くメイベル・ディッキンソンから妊娠を伝える電報が送られてきた。「恐怖に打たれた――疑う余地はないように思えた」[9]と、イェイツは私的ノートブックに告白した。六月六日、ヴィクトリア・アルバート博物館で会った二人は激しい口論を交え、その場は和解して別れた。事情を打ち明けられたグレゴリ夫人から、妊娠が事実なら結婚する以外にないと告げられ、イェイツは結婚に傾いていた。しかし、一抹の疑念を抱く彼はラドクリフの自動筆記に事の真偽を質した。初め筆記録は曖昧で、それを読み解くためラドクリフとの間に長い手紙が行き交った。そうした挙句、ついに「私はだまされている、私が殆ど決めていた行動を取るべきではないと、彼らは言った。『虚偽、虚偽、虚偽とあなたは言った。あなたは正しい――待て、待て、待て』が彼らの言葉だった」[10]。イェイツの私的ノートブックの記述。六月末、ディッキンソンは「虚偽」を認め、重圧と不安の一か月の幕引きとなった。

事の顚末に、グレゴリ夫人は――

恐ろしい時でした。あなた以上に私は応えたと思います――多分、私ほどには――神聖な畏怖に満ちた婚姻ではなく、醜い品位に欠ける強制的な結婚――あなたは救われました、「いわば火に焼かれて」――私は驚いていると言えません。何度も「虚偽、虚偽、虚偽」に強い確信を持ちました――それだけでなく、夜、眠れない時、全てが作り話だと確信していました。でも、願望に沿った判断は信用できないものです[11]。

ディッキンソンとの関係を「初めから今に至るまであなたにそぐわない[12]」と述べたグレゴリ夫人の言葉は、イェイツの胸に刺さったかもしれない。ディッキンソンは詩人の人生から退場した。

イェイツが私的ドラマに翻弄されている間もレインの美術館論争は進行、「春から夏、反対派は勢いを増していった[13]」とグレゴリ夫人は振り返る。美術館建設資金は、尚、一万ポンドが不足。アベイ・カンパニーはアメリカ巡業の間に、更に五月にロンドンで募金のための「スペシャル・マティネ」を催し、その収益一〇〇〇ポンドを基金に寄せた。ロンドン公演で、イェイツは舞台からアピールを発した。

もしヒュー・レインが敗北すれば、国中の何百という若者たちは落胆するでしょう。〔…〕もし知的運動が敗北すれば、アイルランドは長い年月脂ぎった現金箱に手を入れ、半ペニーをまさぐる小売商人たちの小国家になってしまいます。それかよりよい夢の達成か、選択はあなた方のそして私たちのものです[14]。

美術館論争は過熱すればするほど本質から外れ、「古いアセンダンシー的秩序と新しいアイルランド――ナショナリスト、カトリック、中産階級――の権力闘争[15]」の様相を帯びていった。この島国の首都は、ひと度プロテスタントとカトリックの根源的対立が牙を剝けば泥試合に堕すのが常。レインは実現可能な唯一の案として「ブリッジ・サイト」の採択をダブリン市に迫り、反対派は攻撃の矛先を建物をデザインした建築家のラチェンズがイギリス人であることに向けた。レインは激怒、反対派の感情を逆なでする発言を繰り返した。「ヒューの礼を欠いた発言、反対派の卑劣さ、美術・芸術の軽視は人を恥じ入らせる[16]」と、グレゴリ夫人は嘆いた。

九月一九日、ダブリン市参事会は「ブリッジ・サイト」の賛否を票決に掛けた。結果は見るまでもなく明らか。「私は植林に戻り、イェイツは『落胆の中書いた詩』を書いた[17]」と、騒動の結末をグレゴリ夫人は言葉少なに結んでいる。「七つの森」の植林は彼女の情熱の一つ。

『落胆の中書いた詩』（*Poems written in Discouragement*）は「ギフト」を含む五篇の詩を収め、一〇月、クアラ・プレスからブックレットとして出版された。その中心を成す「一九一三年九月」（"September 1913"）は、九月八日、「アイルランドのロマンス」（"Romance in Ireland"）といささかぎこちない題名の下、『アイリッシュ・タイムズ』に発表された詩――

君らは、分別づき、
脂ぎった現金箱をまさぐっては
ペニーに半ペニーを、
身を震わせながら祈りに祈りを重ね
骨から髄が干からびてしまうだけ。
人は祈って貯めるために生まれてきた――
ロマンティックなアイルランドは死んだ、
オレアリと共に墓の中。

オレアリが他界した時、「彼が教えたこと、私が共有するものと異なるナショナリズムを信奉する多くの者たちが彼の墓の周りに群がるのを見る」に耐えないと、イェイツは弔いに参加しなかった。「ロマンティックなアイルランド」のフレーズに込められたものは、国家のために惜しげもなく命を捨てたアイルランドの過去の勇者たちから、オレアリが受け継いだ無私のヒロイズムや高貴なナショナリズムを意味する。高い理想に生きた過去の勇者たちと、「脂ぎった現金箱に手を入れ、半ペニーをまさぐる小売商人たちの小国家」とイェイツが断じた現在との対比、落差を、詩は描き出す。

イェイツは、三〇年ほどの間に彼の「想像力を掻き立てた[18]」三つの論争として、レインの美術館論争、『プレイボーイ』暴動、パーネルの失脚を挙げ、その原因を同一の根源、即ちアイルランド社会が変容する中で台頭したカトリックの中産階級に帰した――

これら、政治、文学、芸術論争は、宗教も政治もそれだけで国家を作るに足る賢明、公正、寛大な包容力を具えた精神を創ることはできないことを示した。〔…〕パーネル派分裂の九年間に初めて公に姿を現わした新しい中流階級は、文化・教養を欠いた者たちが興奮した時、どれほど卑劣かを示した。[19]

彼らは「自治」の夢とパーネルを葬り、シングの命を縮め、今またレインの「ギフト」を惜しげもなく捨てた。その代償を、やがて彼らは思い知らされることになる。

イェイツが文学運動を興したのはパーネルの死の年、あれから二〇余年、アイルランド社会を覆う「無知、蒙昧、狂信」との詩人の絶えざる闘いは、一見出口が開けない。彼の「落胆」は深い。

レインは、一〇年来温めた美術館構想が潰えると、即座に三九点の絵画をロンドンとベルファストへ移送。一〇月一一日、彼は新しい遺書を作成、三九点をロンドン国立美術館へ寄贈する遺志を書き記した。ベルファストに、彼は何も遺さなかった。「北」の都市は一枚の絵に描かれた母親の指に結婚指輪が判然としないという理由で、「その絵を拒否」[20]していた。レインは四〇歳に達しない年齢であり、グレゴリ夫人もイェイツも美術館構想がこれで永久に潰えたと思っていたわけではない。レインは、ダブリン市のために「全く新しいコレクション[21]」の構想をイェイツに語った。

一九一三年の秋、三九点の絵画が辿る運命を予測する者は誰もいなかった。

美術館論争が最終局面を迎えていた頃、島国の首都は大混乱の中にあった。八月二六日、ダブリン市電が打ったストライキに経営者はロックアウトで対抗、労働運動史上特筆される労使の全面戦争に発展した。ロックアウトは一〇万の男女と子供たちを直撃、すでに貧困のどん底に喘ぐ彼らを飢餓線上へ追い詰める。「暗黒時代でさえ、人類はこのような苦難の光景に耐えることはできなかった[22]」。一〇月六日、ＡＥは公開書簡を発表、経営者たちを告発した。労働争議は、寒さ、飢え、欠乏を引きずって冬に突入、越年、一月、労働者たちは組合から脱落、職場へ帰って行った。

敗北の中から頭角を現わすのはジェイムズ・コノリ。労働争議を指揮したジム・ラーキンの下でオーガナイザーとして働いた彼は、争議中、労働者を警官との衝突から守るために「シティズン・アーミー」を組織していた。小さな軍隊を手中にした彼は労働運動からナショナリズムへ舵を切り始める。コノリをリーダーの一人とする武装蜂起がダブリンで引き起こされるのは、僅か二年と数か月先のことである。

もう一つ、アイルランド社会は大変革を遂げようとしていた。保守政権下葬り去られた「自治」法案が、リベラル政権誕生によって息を吹き返し、上院の拒否権が大幅に制限されたこともあり、一九一四年にアイルランドの「自治」実現が視界に見え始めていた[23]。プロテスタントが多数派の「北」は警戒を高め、「南」では、絶対的少数派のプロテスタント層に不安と動揺が広がっていた。

一九一三年の労働争議は、以後一〇年間、アイルランドを揺さぶり続ける激動と混迷の年月の始まりとなる。世界大戦

（一九一四）、復活祭蜂起（一九一六）、対英独立戦争（一九一九）、南部二六州から成るアイルランド自由国樹立（一九二二）、アイルランド内戦（一九二二）と、国家を根底から揺るがす危機的出来事が相次いだ。

第八章　戦争と革命　一九一四―一九二三

1916年の復活祭蜂起、英軍の砲撃で荒廃したリッフィー川北岸

第一節　世界大戦　一九一四―一九一六

――このような時勢、詩人の口は閉じていた方がよい――

一九一三年一一月の第二週[1]、イェイツは秘書役のエズラ・パウンドと共に、サセックスの寒村コールマンズ・ハッチ、ストーン・コティッジで暮らし始めた。ここで冬籠もりの予定。イェイツがそう思い立った最大の理由は、日が落ちた後、「事実上、役に立たない」彼の視力。特に日暮れの早い冬の季節、長い暗い夜を読むことも書くこともできず過ごす辛さを、彼は折に触れグレゴリ夫人や友人に訴えていた。八月、彼はモード・ゴンに次のような手紙を送っている――

今週、私が暗く塞(ふさ)いでいるのは孤独が原因です。ミスイズ・エメリ［フロレンス・ファー］はセイロンへ行ってしまい、ミス・ホーニマンと私は喧嘩をしました。日が暮れた後、私が訪問できる人は誰もいません。冬は四時に暗くなり、その後殆ど視力は使えません。本を読むのも劇場に行くのもよくない、次の日、目が痛みます。〔…〕毎晩、ディナーに出掛ければ神経が乱れ、私は消耗してしまいます。[2]

パウンドを秘書に冬を過ごす案は、七月すでに検討されていた。初め「越冬地」として、ケントにあるイーヴァ・ファウラーのコティッジ「デイジー・メドウ」が候補に挙がった。その後、タッカー夫妻とサセックスで休暇を過ごしていた折、ハリ・タッカーがストーン・コティッジを発見、イェイツはオリヴィアと連れだって見分に訪れ、ここに決めた。二階建て、六部屋から成るコティッジは、建物の後方に五〇〇エーカーのアッシュダウン・フォレストが広がり、前方には広大なヒースの荒野が開けた。歩いて行ける距離にある村の郵便局を除けば、コティッジは「完全に孤立[3]」、詩作に「完璧な[4]」場所である。

イェイツもパウンドも二人の共同生活に不安がなかったわけではない。イェイツはそれを「エズラとの実験[5]」と呼び、パウンドがアメリカの母に送った手紙は有名――ストーン・コティッジの生活は「少しも私の利益になりません。〔…〕イェイツは楽しい時もありますが、それ以外は心霊に関する講釈で死ぬほど私を退屈させます。私は［ストーン・コティッジへ」行くのを後世への義務と見なしています[6]」。これは多分にパウンド流の気負い、ロンドンでイェイツの住居に入り浸っている彼である。

　しかし、二人の不安は杞憂だった。「エズラは愉快な連れ、物識りの連れで、彼は仕事に怯むことは決してない[7]」とイェイツは言い、「イェイツは［世間の］渦の中で散発的に見るよりずっと優れた友。僕らは二人ともサセックスでとても満足していると思う[8]」と、パウンドは友人に書き送っている。翌年も、その次の年も、二人はサセックスの寒村で冬を送ることになった。

　ストーン・コティッジにやって来る直前、イェイツの詩「灰色の岩」（"The Grey Rock"）が『ポエトゥリ』の賞金五〇ポンドを獲得した。イェイツは当惑、「最初、私は全額を返そうと思いました。しかし、それはプライドに見えます。私は重鎮で、受け取ることはできないと言っているようなものです」。一一月九日、グレゴリ夫人にこう語った彼は、蔵書票を作るため一〇ポンドを手元に置き、残る四〇ポンドは「屋根裏部屋で生活に喘ぐ若い詩人へ[9]」と言って返した――パウンドを名指して。イェイツの希望通り、四〇ポンドはパウンドへ贈られた。

　ストーン・コティッジはロンドンへ一時間半、イェイツは「マンデイ・イーヴニング」を開き続け、降霊会や自動筆記

ストーン・コティッジ、イェイツはパウンドにこの写真を送った。

も欠かさなかった。一一月二〇日、彼はグレゴリ夫人に、「私は大いに仕事をしています。時折ロンドンへ行くと惨めで、田舎の静けさを恋しく思います」と書き送っている。コティッジを所有する石工ウィリアム・ウェルフェアの姉妹アリスが食事を作り、家事全般の世話をした。「二人は朝食が済むと仕事にとりかかった。まるで人生がそれに賭かっているみたいに」と、アリスは振り返る、「『彼の邪魔をしないよう』と、私が埃（ほこり）を払おうとするとミスター・パウンドはよく言いました。ミスター・イェイツは小さな部屋でハミングしながら詩を作っていました[10]」。

パウンドは、第二次世界大戦中、イタリアでファシズムに加担し、大戦終結後、逮捕、収容されたピサに近い訓練所でストーン・コティッジの冬に想いを馳せた。

　　　　私は煙突の騒音を思い出した
　　まるで煙突の中で風がざわめいている音、
　　　実際は、アンクル・ウィリアムが
　　　階下で詩を作っている〔…〕[11]。

パウンドの秘書業の一つは、午後、手紙の口述筆記。サセックスの寒村にあっても、外の世界、特にアベイ・シアター関連の業務がイェイツを追ってきた。一月一一日、パウンドは二一通の手紙を筆記した[12]。彼のもう一つの仕事は、夜、本を読むこと。『魔術の歴史』や『オカルトの哲学』、一九世紀前半の英国詩人ランドー、ルネッサンス時代の新プラトン哲学者たちやホーマーが読まれ、ストーン・コティッジの冬の夜は「延々と続く読書会に似ていた[13]」。

イェイツの日課の一つは、時間を節約するため、暗くなってから郵便局へ行って手紙を投函すること。村の旅籠へ二人は揃って出掛け、林檎酒を注文することもある。「それからヒースの荒野に出て、あまり黒い厚い雲が懸かっていない夜、広大なヒースの荒野は心を乱すことのない美を湛え美しい[14]」。毎晩、パウンドはイェイツにフェンシングを指南、年長の詩人は「痩せると信じて自分を励ました[15]」。

パウンドは、ストーン・コティッジへやって来る直前、アーネスト・フェノロサの未亡人から亡夫の能の謡本英語翻訳原稿を、出版を視野に託されていた。明治初期、日本政府に外国人教師として雇われたフェノロサは、訪れた東洋の国の芸術・文化に心酔、それを世界へ紹介した功労者である。一九〇八年、彼はロンドンで急死した。未亡人から託された遺稿から、パウンドは能の曲目をイェイツに読んで聞かせ、フランク・ブリンクリの『日本と中国――歴史、芸術、文学』を共に読んで、東洋の文化・芸術へ理解を深めた。能は、イェイツが独自の演劇様式を切り拓く突破口となる。

一九一四年が明け、二月初めからイェイツのアメリカ講演旅行が予定され、ストーン・コティッジの最初の冬は一月半ばで終わりを告げる。一月一六日、「今晩、これを最後にロンドンへ戻ります。〔…〕ここ何年もの間で最良の冬——夜が問題ではない唯一の冬、創造力を歓びと意識した最初の冬でした」と、イェイツはグレゴリ夫人に手紙を送って、ストーン・コティッジを後にした。

二日後、イェイツとパウンドは、サセックスにあるW・S・ブラントの屋敷に赴く。ブラントは詩人、外交官、反帝国主義者、アラビスト、サセックスに四〇〇〇エーカーの土地を所有する貴族という異色の存在で、妻は、ブラントが信奉するバイロンの孫娘。恋と冒険に生涯を賭けたロマン派詩人のライフ・スタイルと行動パタンを追って生きた彼も七〇歳半ば。老詩人を称え、パウンドがディナー・パーティを提案、一月一八日、ブラントの屋敷で午餐会が催された。「凍てつくような寒い」[16]一日、イェイツの「ライマーズ」の友人たちとパウンドの「イマジスト」の友人たち、新旧世代が集った午餐のために——一説によれば、イェイツのリクエストによって——特別に用意された一皿は孔雀のロースト。「七面鳥と同じ味」とイェイツ、パウンドは「神聖な七面鳥」[17]と呼んだ。

ブラントの屋敷で開かれた午餐会メンバー、左からヴィクター・プラー、スタージ・ムア、イェイツ、ブラント、パウンド、リチャード・オールディントン、F.S. フリント

「最良の冬」も、それを損なう不吉な暗雲が忍び寄っていた。

ジョージ・ムアの『出会いと別れ』の第三部（*Vale*「さらば」の意）の抜粋が『イングリッシュ・リヴュー』の一月号と二月号に掲載された。表題は「イェイツ、グレゴリ夫人、シング」。ムアは、「私的会話や噂の受け売りをリピートして[18]」物語を編み、攻撃対象を笑いものにする天才――「ジョージ・ムアの事物を歪曲する鏡[19]」と、イェイツは言った。第三部で、詩人が最初に登場する場面は一九〇四年二月、ダブリンでヒュー・レインの美術館構想を推進するために開かれた集会の場。アメリカ講演旅行から帰国したばかりの詩人は、「太鼓腹、ものすごい大股、巨大な毛皮の外套」――最後の一品はアメリカ中西部のあまりの寒さに買ったチンチラ――、演壇から立ち上がって「中流階級に雷を落とし始めた」と、ムアは語る。

私たちは自問し合った、何故イェイツは自分自身の階級――一方に製粉・船会社経営者、もう一方に優れた肖像画家――を糾弾するのかと。私たちはＡＥの話を思い出して笑った。或る日、イェイツは彼［ＡＥ］の家の暖炉にあたりながら呟いた、権利を主張すれば自分はオーモンド公爵だと。ＡＥの答えは――悪いがウィリ、君は父親を飛ばしている――先祖を探している詩人にとって忌まわしい発言〔…〕[20]。

イェイツは保守的価値観へ傾斜するにつれ家系・伝統意識を深め、男子が「バトラー」を名乗るイェイツ一家が、オーモンド公爵・バトラー家に由来する家系なるアイディアを弄んだことも事実。ロンドンの社交界で、政界の要人や公爵夫人や伯爵夫人たちに囲まれ称賛を浴びる詩人の貴族気取りにムアが放った揶揄である。更に、彼はクールを訪れたゲストの話を引く――「詩人は日陰のソファーに横になって、膝の上にストローベリの皿、彼を慕う三、四人の女性たちがクリームと砂糖を給仕〔…〕」――まるでハーレム。更にモード・ゴンとのきわどい関係に踏み込み、最悪なことにはダブリンで囁かれる陰口や中傷まで持ち出して、イェイツの詩的インスピレイションは枯渇したと彼は宣告した[21]。ムアの「事物を歪曲する鏡」に映った鏡像は事実に反するが、あまりに漠然とし名誉毀損のアクションを起こすに足りず、この場は、イェイツは矛を納めた。ムアの攻撃は詩集『責任』（*Responsibilities*, 1914）の「序」と「結び」となる二つの詩を誘発、詩人の反撃はそこで。

グレゴリ夫人の場合は更に深刻。彼女が娘時代にカトリック教徒の改宗に手を染めたと、ムアは示唆した。この島国で、カトリック教徒を改宗する試みがプロテスタントの支配階層の間で広く行われた時代があり、グレゴリ夫人の母親と宗教熱心な二人の姉が改宗活動家だったことは周知の事実。大飢饉の最中、スープ一杯と引き換えに改宗を迫られたおぞましい記憶が、今尚、カトリック教徒の胸を抉る時代、ムアの誹謗はアイルランドの「ナショナル・シアター」を名乗る劇場の威信に深刻なダメージを及ぼしかねない。名誉毀損訴訟も辞さない構えで撤回を迫られたムアは——「グレゴリ夫人が、キルタータン周辺で、福音書を読むことは決してなかったと、ここで言明できることを喜びとする。私の陳述は芸術運動アベイ・シアターに関る故[22]」と、否定が否定の用を成さない文で逃げ切った。「キルタータン」はクール周辺地域の名。

ムアに対する遺恨は、アメリカ講演旅行中、イェイツの胸を疼かせ続けた。

一九一四年一月三一日、イェイツはアメリカへ出立。大西洋が荒れる「険悪な航海[23]」を経て、二月六日、ニュー・ヨークに到着した。今回の講演旅行は、グレゴリ夫人に出会って後数年間に、彼女がイェイツに用立てた金額五〇〇ポンドを返済するためである。一九〇四年、最初の講演旅行から帰国後、イェイツは返済を申し出たが、グレゴリ夫人はまだその時期ではないと保留した。この頃、イェイツと彼女との間に或るわだかまりが生じていた。その原因は、イェイツに対し潜在的不満・憤りを懐く息子夫婦の存在だったことは明らか。前年の夏、イェイツのクール来訪を前に、グレゴリ夫人は手紙で、「あなた自身でワインかドライ・シェリーをオーダーしてくれますか——多分、デカンターも。この奇妙なお願いの理由はお会いした時に説明します[24]」と伝えていた。屋敷の維持も容易ではなく、一九一五年から翌年にかけ、グレゴリ夫人は、屋敷の維持費を稼ぐため、二度、講演旅行のため大西洋を渡った。イェイツは、これ以上返済を引き延ばすことはできなかった。

ニュー・ヨークで、イェイツは父に再会した。J・B・イェイツが新世界へ渡って六年が経過する。彼はフランス人姉妹が経営するマンハッタンの下宿屋に身を寄せ、階下のレストランで食事、そこは、有名な「詩人の父」の周りに群がるボヘミアンたちの溜まり場となっていた。彼の大きな支えはジョン・クイン。父は借金を重ね、息子がニュー・ヨークを離れた後、三五週分の下宿代五三七ドル（約一〇〇ポンド）が未払いであると手紙で伝えてきた。その半分を支払うため、最初の講演料から五〇ポンドが消えた。七五歳になるJ・B・イェイツは、アイルランドへ帰国を促す子供たちの再三の要請にあれこれ言い逃れ、自分の生活を支えることもできず、息子の大きな経済的負担となっていった。

講演はニュー・ヨークを起点に東部と中西部の大学や文学

クラブを中心に巡り、演題は、「J・M・シングと彼の時代のアイルランド」、「現代の抒情詩人たち」（"Contemporary Lyric Poets"）、「美の劇場」（"The Theatre of Beauty"）と、すでに発表したエッセイや演題をリサイクルして使った[25]。

今や、偉大が彼の周りについて回った。モントリオールの聴衆に、ベッドフォード・パークの隣人だったジョージーナ・シームがいた。四半世紀前、彼女が知っていた彼は摑みどころのない（ヴェーグ）、どこか哀れを誘う（と、彼女は思った）青年だった。彼が演台に着くと、彼女は驚いた。「それはウィリ・イェイツではなく、私が対面したのはウィリアム・バトラー・イェイツだった。〔…〕中年の男性、自分を持し、自分自身の威厳を優に湛えていた。彼の仕立屋は、明らかに、仕立てを職業とする最高のランクの者だった[26]」。

J. B. イェイツ、ニュー・ヨーク、マンハッタンの下宿屋の彼の部屋で

講演は五〇〇ポンドの目標額を稼ぎ出すことが目的化し、イェイツは「疲労、退屈[27]」を訴えた。二月二〇日過ぎ、シカゴ着。『ポエトゥリ』のハリエット・モンロウの元に滞在した一週間はこの旅行中最も快適な時間となり、シカゴの知的な聴衆も彼を喜ばせた。三月一日、『ポエトゥリ』はイェイツのために宴を催し、翌日、彼はこの中西部の街を後にした。

その後、メンフィス、シンシナティ、ペンシルヴァニアを巡って、三月一〇日、ニュー・ヨークに戻ると、ジョン・クインの和解を求める手紙が待っていた。二人が交友を断って五年が経過。その間もクインは詩人の父に目を配り、イェイツ姉妹と文通を続けていた。諍い（いさか）の原因となったドロシィ・コーツは結核を病み、和解は彼女のたっての望み。ニュー・ヨーク最後の一〇日間、イェイツはクインのアパートに滞在、クインは五年間の空白を埋めるようイェイツを歓待し、ニュー・ヨークで最もファショナブルな写真家によって詩人の肖像——単独およびクインと——が撮られた。四月一日、クインが催した盛大なパーティに見送られ、イェイツはニュー・

ヨーク港を出航、ロンドンへ戻ると、四月二〇日、パウンドとドロシィの結婚式が執り行われた。オリヴィアの娘を妻にしたパウンドは、いよいよイェイツに近い存在となる。

講演旅行は目標額を達成、五〇〇ポンドを返済したイェイツにグレゴリ夫人は次のような手紙を送った――

> お金の件ですが、私はむしろ悲しい想いです。返してもらうより差し上げた時の方が幸せでした。このことを知っていた人、知っている人は誰もいません。ですから返済はあなたの自由意思によるものです。返済のために、私のために、あなたはあれほど懸命に働いたのですから、一層私は心を打たれます。お金がさして重要ではないと偽るつもりはありません。幾つか困難を解決できます。それに、よりよい投資だと考えなかったなら、恐らく私の子供のために投資したはずのお金でした。[28]

上記を、グレゴリ夫人がイェイツに送った「ベスト・レターの一つ、優雅で堂々（マグニフィセント）」と見なすロイ・フォスターは、しかし、「道徳的恐喝のかすかな後味」[29]を嗅ぎとる。問題は「投資」の語、「投資」に「リターン」はつきものである。

イェイツはアメリカから難題を一つ持ち帰った――ニュー・ヨークの父を経済的に支える資金源。父の未払いの三五週分の下宿代は、結局、息子が支払う羽目になった。更に、父の生活費として年間一〇〇ポンドを用意しなければならない。クインは、美術品だけでなく作家の手書き原稿のコレクターであり、クインとイェイツの間で編み出された方式は、クインが定期的に或る金額をJ・B・イェイツに渡し、イェイツはクインに作品の手書き原稿を送り、それを支払いに当てるのである。イェイツは政府の恩給によって「貧困」から抜け出すことができたものの、経済的余裕と呼べる状況からは遠い。それ以外に資金を捻出できる方法はなかった。この夏に執筆が開始される自叙伝の原稿が、翌年、大西洋を渡った。こうして、「クインの大コレクションの基盤が敷かれ」、「イェイツは、瞬く間に彼の手書き原稿が父を支えるための現金に換わってゆくのを、哀しげに見」、父は、「丁重に「振る舞いながらも」相変わらず他（ひと）頼み」、「詩人の父」の後見のような役回りを振られた「クインの苛立ちや怒りの度合い」も、「息子の犠牲」[30]もまともに顧みることなく、生涯の終わりまでニュー・ヨークに住み続ける。

アメリカから帰国後イェイツは体調不良に陥り、休暇を兼ねて、心霊研究協会名誉幹事のエヴェラード・フィールディングと共にパリへ赴いた。この頃、パリの南西、ポアティエに近い村ミラボーの「奇蹟」が話題を呼んでいた。村の教会の宗教画から血が滴るというのである。五月一一日、イェイツは、フィールディング、モード・ゴンと共に奇蹟の調査に赴いた。ハンカチを血に浸すことを許されたが、血液は後に分析に掛けられ、「人間のものではない[31]」と判明。大戦開始がそこまで迫った中、モード・ゴンを伴った憩いの一時である。

五月末、詩集『責任』がクアラ・プレスから出版された。詩と劇作『砂時計』の新しいヴァージョンを収めた一冊。表題は、「或る古い劇」の中の「夢の中で責任が始まる」から取られた。巻頭に置かれた「序」と巻末の「結び」は、いずれもジョージ・ムアの『出会いと別れ』に触発されて書かれ、彼の攻撃に応えた詩である。

詩人の「父祖たち」に呼びかけた「序」は、「しがない商人と無縁の血を私に残した」先祖たちの系譜を辿り、最後に彼らに赦しを請う――

赦して下さい、不毛な情熱ゆえに、
私は四九歳に近く、
子供はなく、一冊の本以外何もありません、
それ以外にあなた方の血と私の血の証は何もありません。

詩は、「イェイツ一家のためのアポロギア[32]」である。

巻末の「結び」はムアに対するよりストレートな反撃――

夢にも見なかった事故は〔…〕私に
悪名を着せ、私が無上の価値を置く全てを
通りかかった犬が穢す電柱と化してしまった。

『出会いと別れ』の著者は通りかかった電柱に排泄する犬――ムアに対する詩人の更なる復讐は、自叙伝『劇中人物』（*Dramatis Personae*）が書かれる一九三五年まで持ち越された。

詩集『責任』の顕著な特徴は、ヒュー・レインの美術館論争が生んだ『落胆の中書いた詩』五篇を含む、アイルランド社会の出来事に取材した詩群。詩集の最も洞察に富む書評として、ロイ・フォスターはジョセフ・ホーンを挙げる。

詩人が、小さな徒党だけではなく、逞しい男たち、盗賊、助祭らによって読まれるなら、彼自身の人生全てを素材・題材に使わなければならないと言ったシングの提言は、イェイツをアイルランドへ繋ぎ止めたかもしれない。イェイツはアイルランドの聴衆を獲得することはなかったかもしれない。しかし、以前にもまして彼の念頭にあ

るのはアイルランドの聴衆である。そうでなければ、彼自身の経験全てがアイルランドの出来事と絡み合ったこれらの特徴的な詩を、彼は書いていないであろう[33]。

「釣り人」（"The Fisherman"）と題する詩は、『責任』が出版された前後に書かれた作品である。「一二か月この方」、「この聴衆を侮蔑して」、詩人は一人の男を思い描き始めた。その男は——顔は日焼けてそばかす、グレイのコネマラ服、夜明け時、独り山の小川に釣り糸を差す孤高で、誇り高い田舎人。「この賢い素朴な男」は、「この聴衆」とは無縁の詩人の理想の読者であり、理想のアイルランド人。イェイツは詩を解説して、次のように言った——「私はとても苦い想いに陥った時、自分に言いきかせた。私は、私が価値を置く全てを攻撃する人々のために書いているのではない、会ったこともない男のために書いているのだ、と[34]」。

『責任』は、イェイツの詩人としてのキャリアの中で、『葦間の風』と並ぶ「際立った業績（ランドマーク）[35]」と評価される一冊。彼は詩作の軌道を取り戻した。長い間、イェイツが求めていた新しい文体——「自然な語、自然な語順」が彼の公式——が確立されたのもこの一九一四年の詩集である。「通りかかった犬が穢す電柱」——フレーズは、イェイツの文体の変化を示す一つの指標を成す。

一九一四年、ヨーロッパもアイルランドも一触即発の危機的状況へ突き進んでいた。アイルランドで、「自治」法成立が視界に入り始めると「北」はアルスター義勇軍を結成、「南」はアイルランド義勇軍を組織して、対抗。「北」と「南」は、競い合うように、「ガンラニング」と呼ばれる武器密輸に走った。四月、アルスター義勇軍が二万四千超の銃と大量の火薬をラーンの港から陸揚げすると、七月二六日、アイルランド義勇軍は、ダブリン湾を臨むホゥスから一千超のライフルの陸揚げに成功した——「北」に対抗する「青白い模倣[36]」。それを聞きつけ集った一般市民に通りかかった軍が発砲、三名の死者と三八名の負傷者を出した。この事件を、ロイ・フォスターは「ルビコン川[37]」と呼ぶ。アイルランドは、国土を戦場にした戦争と革命の時代へ一線を越えた。

八月四日、大戦勃発。九月一八日、「自治」法が成立した。しかし、大戦が終わるまで法の施行は棚上げされた。大戦開始に、イェイツの想いはフランスに暮らすモード・ゴンと二人の子供たちの身に飛んだ。開戦から二か月経たない九月末、彼女は、ピレネー近くの病院で正規のナースとして負傷兵の救護、看護の仕事を始めていた。

イェイツにとって大戦は、「世界がかつて経験した最も金のかかる傲慢と愚の暴挙」。「私はできるだけ考えを向けないようにしています」[38]とクインに語った彼は、終始、非参加の姿勢を貫く。翌年二月、ベルギー難民救済基金を募るため詩を請われると、彼は「戦争詩を請われて」(“On being asked for a War Poem”)と題する六行で応えた――

　このような時勢、詩人の口は
　閉じていた方がよいと私は思う、実際、
　私たちに政治家を正す才能はないのだから。
　青春の怠惰に浸る乙女か、
　冬の夜の老人に歓びを与えることができれば、
　それでお節介は十分。

「戦争」というテーマに「殆どの詩人は圧倒され、自分を失っている[39]」とイェイツは言い、クインは、上記の六行を「あなたにもこの時期にもそぐわない[40]」と詩人を批判した。イェイツの姿勢の是非の議論は置いて、大戦下――戦争が長引くにつれ――、その影響を受けずに済む者はいなかった。

　夏、大戦の脅威に張り詰めた空気が支配するロンドンで、イェイツは自叙伝を書き始める。アイリッシュ・リヴァイヴァルも、「ライマーズ」も歴史の一ページに、「伝説」とさえ化し、キャサリン・タイナンの回想録『二五年の歳月』(一九一三)[41]や、演劇運動の歴史を綴ったグレゴリ夫人の『私たちのアイリッシュ・シアター』(一九一三)が世に出、ジョージ・ムアの三部作『出会いと別れ』も完結した。

　詩人の自叙伝の第一書となる回想録は、彼が二二歳に近い一八八七年、イェイツ一家がダブリンからロンドンへ越すまでの記録、『メモリ・ハーバー』(*Memory Harbour*)と題された。弟ジャックが母の死後、スライゴー、大西洋に突き出た岬ロスス・ポイントの港の風景を描いた絵の表題である――「太陽は輝き藁葺(わらぶ)き屋根は黄金色、船は錨を降ろし、パイロット・ボートは出てゆく、〔…〕子供の頃の私たちにとって、ロスス・ポイントはパラダイスだった。私たちの記憶の中でジャックが描いた通りだったと思う[42]」と、リリーは解説する。兄のロンドンの部屋の壁に懸かり、自叙伝の口絵に入れられる絵を「或る意味で私のテクスト[43]」と、著者は言った。しかし、タイトルはすでに使われ、イェイツは「これほどよいタイトルをジャーナリストに譲り渡したくない」と渋りつつ、「礼儀から」、『幼・青年時代を巡る夢想』(*Reveries over Childhood and Youth*)と変更を余儀なくされる[44]。「普通の意味の自叙伝ではなく過去についての夢想[45]」と著者が呼ぶ回想録は、彼自身の、そしてアイルランドの歴史であり、「詩人の心(マインド)の成長」――ワーズワースが彼の自伝的作品『序曲』に付した副題――の軌跡を辿った記録である。イ

ジャック・イェイツの『メモリ・ハーバー』

エイツは、自叙伝を「イェイツ一家のためのアポロギア」[46]と呼んだ。

彼は、幼い頃の記録と家系や歴史に関する情報はリリーの助けを借りて書き進めた。四〇ページまで進んだ七月半ば、「私はこれほど胸の躍るものを書いたことがありません。私の精神史です」[47]と、彼はグレゴリ夫人に語った。七月末、クールで第一稿がほぼ書き上がる。クリスマスをグレゴリ夫人の元で祝ったイェイツは、一二月二六日、「昨日、回想録を書き終えました」とアメリカの父に報告、自叙伝を次のように結んだ。

この数か月、私は私自身の子供時代と青年時代と共に生きてきた。終始、書いていたわけではないが、殆ど毎日そのことを考えていた。私は悲しく、心が乱れる。成し遂げたプランが少ないというのではない。私は野心家ではないから。私が読んだ本の全て、私が耳にした叡智に満ちた言葉、私が両親や祖父母に与えた心配、私が抱いた希望を考える時、全ての人生は、私自身の人生の天秤に掛けて計れば、決して起こることがない事への備えのように私には思える。[48]

伝記や自叙伝の類は常にプライヴァシーの問題が絡み、著者は取捨選択を迫られる。「真実を語っていると［読者に］感じさせ[49]」なければならないが、反面、「真実」は家族や近しい人たちを傷つけることもある。そうした一つは「狂ったポレックスフェンの叔母のエピソード」。叔母アグネス・ゴーマンが狂乱状態でベッドフォード・パークの家に現われた衝撃的事件は、リリーの反対に遭って伏せられた。

息子の自叙伝執筆に戦々恐々の思いで成り行きを見つめていたのは、アメリカの父。息子も父の反応に神経を尖らせていた。

私はあなたがどう思うか心配です。あなたはダウデンに関する章が気に入らないだろうと思います。少し辛辣な唯一の章で、本当に辛辣というのではなく、他の部分はとても好意的で、それと比較してそうです。更に悪いことに、あなたに警告した通り私はあなたの会話を使いました[50]。

ダウデンに関する章以外は「とても好意的」とは「事実」から遠い息子の弁。父親の「責任放棄、その日暮らし、スーパーのつく不注意――その上、子供たちに呼び起こした恐怖、全てが書き込まれた[51]」。「詩人の父親であることは、ジョージ・ムアを親友に持つのと同じほどひどい[52]」と、父は語った。

一九一五年が明け、新年、イェイツはパウンドと共にストーン・コティッジで二度目の冬を迎えた。パウンド夫人となったドロシィが加わり、華やいだ社交的雰囲気を添えた。

エズラ・パウンドはチャーミングな妻を持っています。彼女の顔はドレスデンの磁器でできているように思えます。私は絶えず感嘆して彼女を見ています。それでいて、明るい時間、彼女がリアルな存在だと信じ難い。彼女は怪奇きわまりないキュービストの絵を描いてばかりいます。〔…〕彼女は夫の革命家的エネルギーに迎合しているのです。〔…〕エズラと彼の妻は互いに愛し合っていますが、驚きと眩惑から恋に落ちたのだと私は信じています。彼らはそれほど互いに異質です。

こう綴って、一月七日、イェイツはメイベル・ビアズリに手紙を送った。若いカップルは「私に私の年齢に相応しい敬意を払ってくれ、だから老いるのも好ましいと感じさせてくれる[53]」とは、ユーモアを交えたイェイツの弁。イェイツが「老いる」と口にし始めるのはこの頃から。この年六月、彼は五〇歳を迎える。

メイベルへ送った同じ手紙で――

私は、依然、私の『回想録』を、ここ、かしこ、継ぎ接ぎしています。継ぎ接ぎ以外は書き終えました。アベイ・シアターのために読む、というより聞く劇が常にあります。私はいつもルーティーンの生活に憧れていますが、滅多に実現できません。ここでは、それが得られます。

イェイツは、修道院を「想像し得る最もわくわくする（イクサイティング）楽しい場所[54]」と言う。多岐にわたる活動を追い、追われる彼にとって、修道院は全てを忘れ、想像・創造の世界に浸ることのできる場所だったのであろう。アベイ・シアターの劇は、劇場に送付される台本原稿を読んで上演可否を決定する、劇場の重役たちに課された仕事の一つである。

この冬も、夜は「読書会」。イェイツはワーズワース全集七巻をストーン・コティッジへ持ち込んでパウンドに「ショックを与えた[55]」。時に、パウンドは延々と続く読書会に「すっかり退屈」、イタリアの吟遊詩人ソルデッロを持ち出して「彼の志気を鼓舞する[56]」場面も。ダウティの『アラビア砂漠の旅』やアイスランド伝説が読まれた。

一月最後の日、パウンドは『ポエトゥリ』のハリエット・モンロウに、イェイツが代理人を通して五篇の詩を雑誌に送ったこと、更に三つ詩を書き上げたところで、デスクの中にしまってあると伝えた[57]。三篇は、「彼女へ送る称賛」（"Her Praise"）、「大衆」（"The People"）、「彼の不死鳥」（"His Phoenix"）。いずれも「モード・ゴン詩」。五篇と合わせ『ポエトゥリ』二月号に発表された。「トロイのヘレン」と称えられた美女も五〇歳に手の届く年齢となり、「髪に白髪が混じり、／彼女が通りかかっても、／若者たちが、突然、息を飲むこともない」（「破れた夢」）。しかし、詩人の記憶の中で彼女は「不死鳥」のように甦り記憶を支配、尚も彼を詩作へ駆る。「破れた夢」（"Broken Dreams"）は、この前後に書かれた一連の「モード・ゴン詩」を代表する作品である。

真夜中の最後の時計の音が消える。
一日中、一つの椅子に座し、
夢から夢へ、詩（ライム）から詩へ私は巡り、
当て所（ど）もなく空中の面影（イメージ）と語り合った、
漠とした思い出、ただ思い出だけ。

二月半ば、ストーン・コティッジの二度目の冬は終わりを迎えた。ロンドンへ戻ると、ドイツの飛行船ツェッペリンの飛来を怖れ明かりを落とした街は陰惨。戦争は娯楽産業を直撃する。アベイ・シアターは、主な収入源だったアメリカ公

演とロンドン公演が困難になり、一九一五年五月に閉じる会計年度に一二〇〇ポンドの損失を出し財政危機に陥った。永遠にトラブルの絶えない劇場をイェイツはいささか持て余し気味で、状況が好転するまで劇場の閉鎖も彼の選択肢の一つ。この頃、大戦はすぐ終わるだろうと思われていた。役者たちはミュージック・ホールに出演して難局を凌ぎ、オーストラリア巡業の案が浮上（結局、実現しなかった）、劇場のサヴァイヴァルが模索された。

戦争の惨禍は残酷な爪跡を刻み始める。一九一五年五月九日、英国籍定期船ルシタニアは、ニュー・ヨークからリヴァプールへ向け航行中、アイルランド、コーク沖でドイツの潜水艦に攻撃され沈没、一二〇〇人が犠牲となった。ヒュー・レインはその一人。四月初旬、ニュー・ヨークへ渡り帰国の途上、事故に遭った。

レインの数奇な運命によって、俄かに人々の関心に浮上したのが三九点の絵画である。前年二月、レインはアイルランド国立美術館長に就任、大戦下の大西洋渡航を前に、近親や近しい友人に、三九点をダブリン市美術館に寄贈する遺志を記した遺言補足書の存在を明かしていた。その必死の探索が開始された。イェイツはいかにも彼らしいやり方で、レインの死から「三日して」、エリザベス・ラドクリフの自動筆記を介し、死者の霊から遺書の在り処を聞き出そうとする。(58) 六月になっても、彼のオカルト的探索は続いた。補足書の在り処として、国立美術館の館長室を示唆したのはグレゴリ夫人。彼女の推理は当たり、アメリカへ渡航直前に作成された遺言補足書が、館長室のデスクの引き出しから発見された。しかし連署人（ウイットネス）を欠き、イングランドの法の下、無効である。三九点の絵画をロンドン国立美術館に遺贈した法的に「有効な」遺書と、三九点をダブリン市に遺贈した法的に「無効な」遺言補足書――後者がレインの最後の遺志を記したものであることは明らかであり、それが執行されるだろうと、当初、アイルランド側は踏んでいた。

そうした楽観的観測は見事に覆され、イングランドがアイルランドに譲歩の意思のないことが次第に明らかになっていった。海峡両岸の二つの首都は三九点の所有権を争って譲らず、両者が繰り広げる「二都物語」が一つの着地点を見出すまでに、レインの死後半世紀に近い年月を要すると、この頃、誰が想像しただろう。レインが遺書の唯一の被信託人に指名したグレゴリ夫人は、甥の最後の遺志を果たすため彼女の残りの人生を賭けて奮闘し続ける。必然的に、イェイツも絵を取り戻すための果てしない――結果として、徒労に終わった――交渉に巻き込まれずには済まなかった。

パウンドは才能を発掘、世に送り出す達人。T・S・エリオットの『荒地』の衝撃的デビューを演出したのは彼である。イェイツからジェイムズ・ジョイスの存在を知った彼は、アイルランド作家に援助の手を差し延べ始めた。ジョイスの自伝的小説『若き日の芸術家の肖像』は、パウンドの仲介によって、一九一四年二月から雑誌『エゴイスト』に連載が開始、継続中。ジョイスが一〇年来、出版者を探しあぐねていた短編集『ダブリン市民たち』は、彼が最初に原稿を送ったグラント・リチャーズにパウンドが掛け合って、一九一四年六月、ついに世に出た。

大戦が始まり、ジョイスは、生活の拠点だったオーストリア支配下のトリエステからチューリッヒへ移住を余儀なくされ、収入源を失い困窮のどん底に貧していた。一九一五年七月、イェイツは、エドマンド・ゴスに諮って、ジョイス――「アイルランドで最も有望な才能」[59]――のため、政府の文学基金から助成金獲得に乗り出した。島国と帝国の関係は、常に、或る危うさが伴った。大戦下、イングランドが海峡対岸へ向ける警戒心は尚更。八月末、「ジョイスの件は大丈夫」とイェイツに伝えたゴスは、釘を刺すことを忘れなかった。「彼［ジョイス］自身の手紙も、あなたの手紙も、同盟国の大義に率直に共感を表明していません。私は、彼［ジョイス］が敵のオーストリアに同調していると信じたなら、彼に一ペニーたりとも与えることはなかったでしょう。しかし、その点はあなたが責任を負っていると私は感じました」[60]。イェイツはいかにも彼らしい返事を返した――ジョイスは「政治が嫌い、〔…〕恐らくこの瞬間も、悪しき時勢が過ぎ去るまで何か作品に夢中になっているでしょう」[61]と。ジョイスのお礼の手紙に、「君が困っていると考えたのは、本当はエズラ・パウンド」[62]と、イェイツは返事をした。

ロンドンは、この年五月、ツェッペリンの最初の爆撃を受け、その後、更に四度の空爆に晒された。そうした状況下、「イェイツは［イングランド社会の］最上階層の間を、悠々と動いていた」[63]。この頃、彼のホステスはレイディ・キュナード、キュナード蒸気船ラインのオーナーと結婚したサン・フランシスコ生まれのアメリカ人女性である。一一月、彼女はアイルランド新総督ウィンブルドンとの昼食の場を用意、その後、アーサー・バルフォアを交えたディナーが続いた。一二月一日、イェイツは、グレゴリ夫人に宛てタイピストに口述した手紙に、手書きでマル秘ニュースを書き添えた。レイディ・キュナードを通して、ナイトの称号授与の打診があったというのである。イェイツは、称号によって「鉄道のポーターや霊媒が寄せる敬意が増せば真の満足を感じるもの」、辞退するつもりであることをグレゴリ夫人に伝えた。

理由は、「家族がショックを受けるから」。
一〇日後、妹リリーに――

私はナイトの称号を辞退しました。〔…〕私は［レイディ・キュナードに］こう言いました――年齢を重ねるにつれ私は保守的になり、それは、私の思想が深くなったからか、血が冷えたからなのか分かりません。しかし、「ただ飾り紐(リボン)のために彼は私たちを見捨てた」と誰にも言われたくない、と。

グレゴリ夫人は、「何の役にも立たないものを与えられるのは迷惑。あなたはない方がよい――何かオックスフォードの名誉なら、あなたにはより価値があるでしょう――あなたはあなたの名前以外に必要なものはないと思いますが[64]」と応じた。イェイツのナイトの称号は、ウルフ・トーン記念祭に深入りし、ヴィクトリア女王やエドワード七世のアイルランド訪問に過激な抗議文を送った彼から隔世の感がある。

一九一五年から一九一六年、三度目のストーン・コティッジの冬はクリスマスから始まった。イェイツ五〇歳の節目の年は「来て、過ぎていった。彼の詩は今も若い世代を魅了し、政府は進んで彼に名誉を積んだ[65]」。

ストーン・コティッジはサセックスの寒村にありながら、近くに陸軍基地があり、周辺は禁止区域。パウンドはそれと知らず警察に登録を怠り、スパイ容疑を着せられ裁判所に召喚された。イェイツは影響力を持った知人に「穏便に済ませる[66]」方法を尋ね、事なきをえたようである。

この冬、イェイツの演劇の世界は或る飛躍を遂げる。その扉を開いたのは日本の「能」。ここ数年、彼は劇作に行き詰まっていた。散文劇『黄金の兜』（一九〇八）を詩劇『緑の兜』（一九一〇）に書き替えて以来、新しい劇作品は書かれていない――完成の目処が立たない『役者女王』を除いて。イェイツは、一八九〇年代から能について知っていた。しかし、フェノロサの遺稿の編集作業を進めるパウンドが傍らにあって、ブリンクリの『日本と中国』を共に読み、それはイェイツが東洋の国の演劇をつぶさに知る機会となった。能の演劇要素――面(マスク)、舞(ダンス)、唄、儀式、神話、伝説、亡霊の存在等――はイェイツ自身の関心事と多く重なり、「約束事(コンヴェンション)」に則って演じられる能の演劇様式は彼が求めた「シンプルな」舞台そのもの。その発見は、イェイツが独自の演劇様式を創造する突破口を開いた。

一月、彼は『鷹の泉』（*At the Hawk's Well*）を書き始める。イェイツの「能劇」（Noh play）と呼ばれる第一作、一九二一年までに更に三つの「能劇」が書かれた。四つ全ては能の

「約束事」から導き出された同一の様式に則って演じられる――部屋の、壁を背にした一定のスペースが舞台空間、壁に立て掛けたスクリーンが殆ど唯一の舞台道具。登場人物の数は最少、『鷹の泉』は、「青年」と「老人」――「シテ」と「ワキ」――と泉を守る娘の三人。主役は面（マスク）を着用、アクションは最少。三人の楽士（ミュージシャン）が楽器を奏で、「謡」と「囃子」の二役を演じる。彼らの「唄」で幕を開け、彼らの「唄」で幕を閉じ、能を彷彿させるイェイツの「能劇」ができ上がる。彼のそれまでの劇作品からも、アベイ・シアターの舞台からも遠い演劇だった。

　ストーン・コティッジの最初の冬以来、パウンドが進めていたフェノロサの能の謡本英語翻訳の編集作業は完了、この年九月、『日本の或る高貴な劇』としてクアラ・プレスから出版される。「錦木」「羽衣」など四曲を収めた書に、イェイツはイントロダクションを付した――

> アーネスト・フェノロサによって翻訳され、エズラ・パウンドによって完成されたこれらの劇に助けられ、私は、高尚、間接的、象徴的、採算を合わせるための群衆も報道陣も必要としないドラマの一様式――貴族的な様式を作り出した[67]。

イェイツは「能劇」を「アンポピュラー・シアター」と呼んだ――

> 「聴衆は秘密結社のよう、入場は好意により少数の者に[68]」。

　四つの「能劇」の中、三つは能の曲目が着想のヒントになった。「養老」からヒントを得た『鷹の泉』はイェイツの「クフーリン劇」第三作である。主人公は無名の「青年」、一滴でも口にすれば不死身になるという奇蹟の水が沸く泉を求めて海を渡り、或る浜辺に辿り着いた。そこに枯葉で塞がれ水の涸れた泉があり、五〇年間「奇蹟の水」を待ち続けた「老人」と泉を守る娘がいた。鷹の正体はアイルランドの妖精「シィー」が変身した姿。鷹は娘にのり移り、その化身となった女は青年を眩惑、その間に泉の水は沸き、引いていった。無名の青年が自己の内なる本性に目覚め、英雄「クフーリン」として一歩を踏み出す運命の瞬間を捉えた劇である。

　二月半ば、劇の完成の目処が立つと、公演へ向けた準備が開始された。『鷹の泉』のプロダクションにロンドンの数人の前衛芸術家たちが参加、その中で主導的役割を果たしたのはエドマンド・デュラックである。フランスからイングランドに帰化したデュラックは、「時代の最も傑出したイラストレイターの一人[69]」。彼は面（マスク）、衣装、舞台道具――その一つは黄金の「鷹」を象った黒の布――を制作、三月初め、クフーリンの面が完成する。「ギリシア的頭とヘルメット、表情はもっと古く、多分エジプト」を思わせる面を、「素晴らしい（マグニフィセント）」[70]とイェイツは絶賛。クフーリンの面は、最後、詩人の部屋の壁に納まった。「謡」の役を演じる楽士に、単純な調べを楽器で奏でる「囃子」の役を振ったのもデュラック。ヴァイオリニストのモード・マンが曲作りに当たった。

劇のクライマックスは、鷹の化身と化した女がクフーリンを眩惑する舞いを舞う場面である。その役に、伊藤道郎がスカウトされた。彼は、パウンドやデュラックなどロンドンの前衛芸術家たちの間で知られた存在。「能ほど退屈なものはない」[71]と断言する日本人の伊藤は、「フランス人とアイルランド人とアメリカ人の教示の下、能演者として再生した」[72]。三月初めの日曜日、猛禽の動作を観察するため、イェイツ、デュラック、伊藤はうち揃ってロンドン動物園に出掛けた。「鳥は、傘でつついて鼓舞したが、眠たげで非協力的」[73]。『鷹の泉』の公演に向けた準備は進み、三月六日、イェイツとパウンドがストーン・コティッジの最後の冬を切り上げロンドンへ戻ると、劇のリハーサルが開始された。会場はデュラックのスタジオ。劇のキャストは――「青年」をシェイクスピア俳優のヘンリ・エンズリー、「老人」はアラン・ウェイド、伊藤道郎、三人の楽士にデュラック、モード・マンと彼女の友人という陣容。リハーサルで、イェイツはデュラックのスタジオを「駆け回り、『さあ……さあ……さあ……さあ、君は、実際……等々……等々』と叫んでいます」[74]と、パウンドはリハーサルの興奮をクインに伝えた。パウンドはイェイツの監視役。公演を一週間後に控え、三月二六日、イェイツはグレゴリ夫人に、「私はついに、私に合った演劇様式を見出したと確信しています」と伝えている。

四月二日、『鷹の泉』はレイディ・キュナードの邸宅の応接間で初演された。本公演は四月四日、レイディ・イスリントンの邸宅で、アレグザンドラ王妃主宰、王妃臨席の下、大戦のための慈善事業として演じられた――まさに「貴族的な」催しである。四月二日の初演は本公演のためのいわばトライアルで、前衛たちと上層階層が入り混じった聴衆の中に、T・S・エリオット、二六歳の姿があった。大戦後、ロンドンの文学界で、詩人として、批評家として、最も影響力を揮うのは彼である。イェイツの能劇を観たエリオットは、「イェイツは先輩（エルダー）と言うより同時代人であり、私たちは彼から学ぶことができる」[75]と評した。

初演を終えた日、「ソフォクレスをも喜ばせたであろう成功でした」と、興奮冷めやらぬ面持ちでイェイツはクインに手紙を送った、「報道陣、新聞の写真、群衆は皆無。私はソフォクレスより幸せ、日本の将軍の宮廷の詩劇作家と同じく

上：クフーリンの面を着けたヘンリ・エンズリーと老人の面を着けたアラン・ウェイド

下：鷹に化身した泉を守る娘に扮し舞う伊藤道郎

らい幸運です」。

『鷹の泉』の成功に、もう一つ幸運が重なった。イェイツの出版者がバレンからマクミランへ移行が決まった。一九〇〇年、マクミランの文学アドヴァイザーだったスティーヴン・グインはイェイツを推薦したが、出版者のリーダーは詩人の過激な政治的言動を問題視し、イェイツの作品は「年齢と共に向上していない」[76]とリポート、実現することはなかった。今回はマクミランからのオファーであり、出版者はバレンが保有するイェイツの全作品を買い取り、著者に二五〇ポンド（二一〇ポンドに減額）を支払うきわめて有利な条件を提示した。一〇月、『幼・青年時代を巡る夢想』がマクミランから出版された最初の一冊となる。

イェイツは予ねて画家のローゼンスタインから肖像画のモデルになるよう依頼されていた。四月二〇日（木）――次の日曜日は復活祭――彼は、グロスター州、コッツウォールドにある画家のファーム・ハウスへ向かった。

第二節　復活祭　一九一六年

一九一六年四月二四日、復活祭月曜日、ダブリンで突如、武装蜂起が引き起こされた。一握りのＩＲＢ党員によって極秘裡に計画され、彼らの手勢——その数一六〇〇ほど——を率いて支配者に挑んだ決死の企て。反乱軍は、パトリック・ピアス——詩人、教師、雄弁家——の指揮の下、街一番の目抜き通りオコンネル通りに面するダブリン中央郵便局を拠点に、市内の要所数か所を占拠、強大な支配者に抗した。彼らに勝算があったわけではない。島国の男たちが世代から世代へ受け継いだ、武装闘争の伝統の火を燈し続けるための捨て身の決行だった。

圧倒的軍事力を有する英軍の前に、反乱軍は非力。四八時間の中に、両者の兵力の差は二〇対一に開いた。水曜日の朝、リッフィー川から砲艦ヘルガの砲撃が始まり、金曜日までにオコンネル通りは「広大な火の海」[1]と化し、周辺の街並みは壊滅。四月二九日（土）、ピアスは無条件降伏を告げ、反乱は一週間で終わった。

英国政府の処置は迅速、かつ非情。アイルランド全土に戒厳令が布かれ、軍事法廷で反乱の首謀者一七名に死刑の宣告が下り、一〇日間にわたって断続的に刑が執行された。五月三日、ピアス、マクドナ、トマス・クラーク、三名が銃殺。五月六日、モード・ゴンの夫マクブライド処刑。五月一二日、最後の二名が他の一三名の者たちと運命を共にする。その一人はジェイムズ・コノリ。オコンネル通りの銃撃戦で重傷を負い、立ち上がることもできない彼は担架で刑場に運び出され、椅子に括りつけ銃殺された。死刑が宣告された一七名の一人コンスタンス・マーキエヴィッチはゴアーブース姉妹の姉。彼女は女性という理由で、ドゥ・ヴァレラはアメリカ市民権を有していたため、死刑から終身刑へ減刑された。

神聖なキリスト教の祝祭週間に起きた武装蜂起は、一般市民にとって文字通り青天の霹靂（へきれき）、無謀な企てと反乱軍の兵士たちに罵声や嘲笑を浴びせるダブリン市民もいたと言われる。事件を「子供じみた——賢い子供たち——狂気の沙汰」[2]と呼んだイェイツの妹リリーは、一般市民の声を代弁していたかもしれない。しかし、一人、また一人、一五名の命を奪った英国政府の厳罰主義はアイルランド中を震撼させ、急激に人々の心情を彼らに傾斜させた。

グレゴリ夫人は、蜂起の翌日、郵便局員からダブリンの事件を知らされた。彼女がイェイツに書き送った一連の手紙は、彼女の心に起きた劇的変化を映し出す。それは、アイルランドの多くの人々が経験した心情の変化を指し示す一つのバロメーターかもしれない。
「死刑は必至、それを考えると恐ろしい。しかし、それは避け難い。長い間、無秩序な暴徒に翻弄されてきた」（四月二七日）。一五名の男たちが刑場の露となって果て、翌五月一三日、「私の心はダブリンの悲劇で一杯です。〔…〕リーダーたちはアイルランドに必要な――将来もっと必要となる者たち――型通りのご都合主義の議会議員たちに、恐れを知らず想像力をもって対抗できる者たちでした」。懐疑から肯定へ転じた彼女は、翌日、更に踏み込んで、「反逆者と呼ばれる者たちは、時の政府を排除する動機が何であれ、しばしば罪人の警鐘であり、受苦の美徳の誇らかな誇示です」。五月二三日、ブラントに送った手紙に、「彼らは皆が熱情家、勇敢で誠実。私たちは誠実さに欠ける。私たちは皆妥協に屈してきた」[3]と彼女は書き綴った。

復活祭蜂起はアイルランドの歴史を急旋回させる。「自治」は過去の残骸と化し、島国は分離・独立へ向かって動き始めた。一五名の男たちが命を賭けたのは、そのためである。

イェイツは、グロスター州、ローゼンスタインのファーム・ハウスで事件を知った。彼は「深刻な顔でニュースを読んだ」[4]と、画家は証言する。イェイツは微妙な立場に立っていた。事件の首謀者の「何人かは知人」[5]で、他の者も見慣れた者たち。ピアスやマクドナ――そしてマクブライド――らそれぞれに懐く個人的感情・感慨は異なっても、「シン・フェイン」の名で括られる彼らの政治信条・行動を、彼は厳しく非難、糾弾した。「ついに一つの世代はヒステリックな女のようになり、〔…〕心の一部は石と化してしまう」、と。詩人で教師のピアスをして、不可能と思われる反乱を企て実行に及んだ勇気の源は、彼のクフーリン崇拝だったと言われる。伝説の英雄に倣い、彼のヒロイズムを呼び込んで自らを奮い立たせ、強大な支配者に立ち向かった彼は七〇〇年のアイルランドの歴史を覆した。まさに「英雄」の業である。アルスターの英雄をケルトの過去から甦らせ、国家の理想像と掲げたのはイェイツに他ならない。彼は『フーリハンの娘キャスリーン』の著者。武器を取れと呼びかけるあの劇は、アイルランドの多くの若者をナショナリストに変えた。イェイツは、晩年、自問する。

　私のあの劇が送り出したのだろうか、
　イングランドが銃殺した男たちを？　（「人と木霊」）

しかし、「間ぬけどもがのさばる私の国」、「この行儀の悪い街」と呪いを浴びせ、「一九一三年九月」は、アイルランドの過去の勇者たちのヒロイズムはオレアリと共に「死んだ」と、宣告した。以来、彼は「この聴衆を侮蔑し」、「貴族的な」演劇様式を追い求め、第一作が英国王妃主宰の下演じられたのは四月四日。僅か二〇日後、ピアスやマクドナ――そしてマクブライド――らは、成功の望みのない反乱を決死の覚悟で実行、死んでいった。

　事件の二日後にロンドンへ戻ったイェイツは、ダブリンの事件によってアイルランドの歴史が覆った想いに支配され始める。四月二七日、グレゴリ夫人に――「悲劇的事件です。アイルランドは、長い間変わってしまうでしょう。〔…〕ここ〔ロンドン〕では殆ど何も分かりません。政府は情報を抑えています」。五月一日、カフェで会ったジャーナリストのヘンリ・ネヴィンソンに、彼は事件を「深く嘆き」、「ストレスと動揺の中、毎日執筆と他の仕事を続けていると語った[6]」。リーダーたちの処刑が始まり、翌五月四日、グレゴリ夫人の最初の手紙がようやく届いた。五月八日、アベイ・シアターのマネージャー、アーヴィンに、「私はダブリンの出来事にひどく動揺しています――共に働いた、或いは敵対した世界が覆され、未来について、それが過去とは異なったものだろうという以外何も分からない」。最後の処刑を翌日に控えた、五月一一日、グレゴリ夫人に――

> ダブリンの悲劇は大きな悲しみと不安です。〔…〕処刑された男たちについて詩を書こうとしています――「恐ろしい美が、再び誕生した」。〔…〕私は、公の事件にこれほど心を動かされると考えもしませんでした。未来に失望しています。今のところ、階級の統合を図った全て、アイルランドの文学・批評を政治から解放しようとした全て、長年の仕事が全て覆されてしまったと感じています。

更に五月二三日、イェイツはジョン・クインに、「一つの世界が掃き消されてしまったように思えます。〔…〕アイルランドへ戻って生活し、もう一度、建設を始めようかと感じています。〔…〕ダブリンの蜂起について一連の詩を計画しています」と書き送った。

　詩人の直感が捉えた事件の衝撃は、復活祭蜂起を題材に書かれた四つの詩の中心「復活祭　一九一六年」("Easter 1916")の二行のリフレインとなって結晶する。

> 全てが変わった、すっかり変わった――
> 恐ろしい美が誕生した。

恐ろしくも美しい男たちのヒロイズムはアイルランドの歴史

を変えた。彼らの遺志を継いで分離・独立へ向かって動き出したアイルランドは、対英ゲリラ戦へ、更に内戦へと、突き進んでゆく。二行のリフレインは、恐怖の時代の幕開けを告げる。

フランスの新聞がダブリンの事件の第一報を報じたのは四月二七日。ノルマンディのヴィラで子供たちと復活祭の休暇を過ごしていたモード・ゴンは、翌日、新聞を読んで事件を知った。「祖国の男女が払った犠牲の偉大さと悲劇に圧倒されています。彼らはアイルランドの大義を悲劇的威厳へ高めました[7]」。その日、彼女はイェイツにこう書き送った。パリへ戻ったモード・ゴンは、五月七日、マクブライドの処刑を知る。「彼はアイルランドのために死んだのです。彼の息子は名誉ある名を持つことになります。私は、それ以外のことは忘れます[8]」と彼女は心情をクインに吐露した。

事件を知ったその日、モード・ゴンは、「パスポートの障害を乗り越えることができれば、イズールトと私は直ぐロンドンへ向かいます[9]」とイェイツに伝えた。しかし大戦の最中、アイルランド中に戒厳令が布かれる中、パスポート取得の壁は厚かった。彼女が子供たちとロンドンへ渡るのは翌年九月。それまで一年半近い間、彼女は怒り、苛立ち、抗議し、あらゆる人脈を通じて硬い扉をこじ開けようともがき続ける。

フランスのパスポートを持つイズールトは旅行は自由。五月一四日、彼女は母の従姉妹メイと共にロンドンへ渡った。手紙に厳しい検閲が掛けられる戦時下、イェイツに会って、母のパスポート取得に助力を要請するため。イズールトは二一歳、長身の美しい娘に成長した彼女は、イェイツが引き合わせた彼の知人・友人の間で「小さなセンセイションを起した」。「私は悲しい想いになります。私の人生がノーマルだったなら、私は彼女の年齢の娘を持っていたかもしれません[10]」と、彼はグレゴリ夫人に感慨を漏らした。

復活祭の事件後、六月初めにイェイツはダブリンへ渡った。反乱が銃撃と砲撃の市街戦に発展すると、彼の頭を過ぎったのはアベイ・シアターの存否。ダブリン中央郵便局から至近距離に位置する劇場は、周辺の街並みが壊滅する中、奇蹟的に殆ど無傷のまま残った。事件から一か月経ったこの時期にイェイツがダブリンへやって来たのは、劇場のマネージャーと役者たちが対立し、彼らが集団離脱する騒動に発展、マネージャーを解雇して事態の収拾を図るためである。オコンネル通り周辺市街の破壊はショッキングな光景だったに違いない。一週間ほど街に滞在して、イェイツはロンドンへ戻った。

復活祭蜂起によってアイルランドの歴史が劇的変化を遂げようとしていたこの時、事件はイェイツの人生をも大きく変

イズールト、1918年頃

えようとしていた。六月末、彼はイズールトと共にフランスへ渡った。自由になったモード・ゴンに求婚するため。パリからノルマンディへ向かい、八月末まで彼はここに留まる。ダブリンで、イェイツはグレゴリ夫人と或る約束を交わしていた。モード・ゴンとの結婚は、彼女がアムネスティを含む全ての政治活動から身を引くことを条件とする約束だった。

モード・ゴンに合流すると、イェイツは直ちに目的を切り出したようである。幾度となく繰り返された儀式の最後。「彼は当然のごとくモード・ゴンに求婚し、当然のごとく拒否されると、彼の想いは驚くべきスピードで娘に移った」(11)。第二の選択肢も、フランスへ発つ前から折込済み。詩人五一歳、翌月、イズールトは二二歳の誕生日を迎える。娘への求婚は母の公認の下。モード・ゴンに求婚した結果をグレゴリ夫人に報告した七月三日付の手紙で――

> 私はイズールトにとても惹かれています。愛や欲望といった形ではなく、喜々とした子供の彼女に私の想いは引き込まれます。私は私の感情が分かり兼ねています。〔…〕私のイズールトに対する感情が変われば、直ぐにもここを発ちます。

モード・ゴンが私生活の秘密を打ち明け、四歳の少女がモード・ゴン自身の娘と知って以来、イェイツは父親のような眼差しを注いでイズールトの成長を見守ってきた。彼女が美しい娘に長ずるにつれ、彼はイズールトに特別な感情を寄せ始め、彼女も思春期の頃から、しばしば訪れる詩人は恋の遊び相手のような存在。イズールトに対する感情に「愛や欲望」を否定するイェイツの弁明は説得力に欠けると、ロイ・フォスターは指摘する(12)。父親が、時に成長した娘に一人の女を感じ、それでいて娘が少女のままの存在であるように、イェイツにとってモード・ゴンの娘はそのような存在だったのであろう。二二歳の誕生日を間近にした彼女を「喜々とした子供」と呼ぶのは的外れである。

イズールトが一種の問題児だったことも、イェイツが彼女に特別な感情を寄せた一因だったかもしれない。八月一四日、再びグレゴリ夫人に――

渚で踊っている彼女や花を腕一杯に抱えて入ってくる彼女を見れば、他（ひと）はこれほど喜びに溢れた子はいないと思うでしょう。しかし、彼女は不幸です――自己を分析して、死にかかっています。あらゆることが罪状の糧になります。昨晩、痛ましい場面がありました。「何時も声が聞こえる」と、彼女は言いました、「屑（ワースレス）、屑、屑、屑、と言っている」。

父を名付け親（ゴッド・ファーザー）と呼び、母を母と呼べない不幸な星の下に生まれた美しい娘へ寄せる憐憫の情、セクシュアルな魅惑、自分の娘に寄せるような愛情――「私は私の感情が分かり兼ねています」、イェイツの本音だったかもしれない。

イズールトはクローデル、ジャム、ペギーらフランスのカトリック詩人に傾倒、イェイツは彼女と共に彼らの詩を読み、ショーンとノルマンディの砂浜で凧を上げた。ショーンは一二歳、「紳士的で、育ちがよく、聡明」(13)と、イェイツは息子を自慢する父親の気分。母と二人の子供たちの家族の中で、イェイツに振られた役割は代理の父親の役、彼はそれを自覚していた。「私は、無軌道な家族の父親の役を与えられているのだと思います」(14)と、彼はグレゴリ夫人に書き送っている。

八月三日、ロージャー・ケイスメントが処刑された。アイルランド出身の彼は国際的名声を有する外交官。一九一三年に外交官を退く以前から、彼はＩＲＢに接近、武装蜂起に備えドイツから武器密輸を謀った中心人物である。武器の陸揚げ直前に事は発覚、ケイスメントは逮捕、投獄され、大逆罪に問われ死刑が宣告された。彼の命を請い大西洋両岸で挙がる声の中の刑の執行。ケイスメントは処刑された一五名の男たちに加わり、イェイツの復活祭の詩の一つ「一六人の死者たち」（"Sixteen Dead Men"）に数えられた。

二か月余に及んだノルマンディ滞在中、イェイツは「復活祭 一九一六年」を書き進め、一晩中詩作に励むこともあった。この夏、彼が力を注いだ一つは回想録の執筆。『幼・青年時代を巡る夢想』が閉じられた時点から一八九〇年代全般の、出版を目的としない私的記録である。回想録が「正直」で、「忌憚のない」(15)記録であることをイェイツは強調した。モード・ゴンへ寄せた狂おしい恋、オリヴィア・シェイクスピア――回想録の中で「ダイアナ・ヴァーノン」――との愛人関係、更に、思春期から青年期初期の性について赤裸な告白が綴られ、その多くは公式の自叙伝から除外された。書き上げた原稿をゴン親子に読み、母は「記述の多くに反論」、娘は「興味を寄せた」[16]。「私は多くの亡霊を鎮めたというか、過去を秩序づけ私の想像力を浄化しました」と、八月一日、イェイツはクインに書き送っている。一八九八年、モード・ゴンが私生活の秘密を告白、パリへ帰った彼女を追って結婚の約束をとりつけるよう促すグレゴリ夫人に、「私は言った、『疲れ果てました。これ以上はできません』」[17]。回想録の原稿はここで途切れている。出版は「私の死から二〇年後」[18]と著者が言った『回想録』（*Memoirs*）は、彼の死から三〇年以上経過した一九七二年、世に出た。

　イズールトは、かつて彼女の母がそうしたようにイェイツの求婚を受け入れるでもなく、拒むでもなく、時間は経っていった。アイルランドが危機的状況にある中、ノルマンディに延々と居座ったままのイェイツに、グレゴリ夫人は苛立ちを隠せない。八月三一日、彼はロンドンへ戻った。

　九月半ば、イェイツはクールへ赴き、九月二五日、「復活祭　一九一六年」が完成する。蜂起とそれを起こした男たちのヒロイズムを称える賛歌から遠い詩、八〇行の詩全体に、「自己犠牲の有効性と狂信の危険性について、イェイツの疑念が執拗なリズムを打つ」[19]。詩の真中に、一つの観念に固執する精神の不毛を象徴するあの「石」の比喩が現われる。

　一つの目的を抱く心は
　夏も冬も
　一つの石に魅入られ
　生きた流れを乱す。
　道路をやってくる馬、
　騎手、雲から転がる雲へ
　渡る鳥たち、
　彼らは、刻一刻、変化する、〔…〕
　刻一刻、彼らは生きる、
　その真只中に石が一つ。

「余りに長い犠牲は／心を石にする」——万物が、「刻一刻」、生成流転する真只中で、「一つの目的を抱」いて不動の「石」と化した彼らは歴史の流れを「乱し」、変えた。心が石と化した彼らは、「ひと」であることを止め——同時に、「ひと」を超え——ついに命を捨てた。

　詩人の疑念や乱れる想いが何であれ、全てを超えるものは彼らの「夢」であり、「彼らは夢を見て、死んだ」という事実。

私は詩に書いておこう――
マクドナとマクブライド
そしてコノリとピアスは
今も、来たる時も、
緑を身に纏うところ何処でも、
変わった、すっかり変わった――
恐ろしい美が誕生した。

「緑を身に纏う」――「緑」はアイルランドの「ナショナル・カラー」、島国の人々の間に最も広く浸透したこの愛国の表現を、イェイツは陳腐と嫌い、忌避し続けた。このフレーズが彼の詩に現われるのは、唯一、ここ[20]。それが、「公の事件にこれほど心を動かされると考えてもみなかった」と告白した、詩人の心の振動を示す指標であろう。

「復活祭　一九一六年」は、翌年三月、私的に二五部が印刷された以外、五年間、発表が伏せられた。主たる理由は、詩が「反逆者たちの大義を情熱的に是認する詩と読まれる」ことは必至、ヒュー・レインの絵の返還交渉に「ダメージ」を及ぼし兼ねないと、グレゴリ夫人が懸念したからだと言われる[21]。イングランドが大戦に国力を注いでいる時を狙ったダブリンの事件は、イングランドで反アイルランド感情を刺激、イェイツの政府恩給停止が、「親ドイツを理由に[22]」取り沙汰された。「復活祭　一九一六年」は他の復活祭の詩と共に、詩集『マイケル・ロバーツと踊り子』(*Michael Robartes and the Dancer*, 1921) に収録される。その頃、アイルランドは対英独立戦争の最中、もはや隣国の顔色を窺う必要はなかった。

復活祭の激震が沈静化した一九一六年から一九一七年の晩秋から冬、イェイツはグレゴリ夫人と共にヒュー・レインの絵の返還交渉に奔走した。『タイムズ』を初めとする新聞各紙に書簡を送り、政府の要人やロンドン国立美術館の関係者と面会、遺言補足書の正当性とレインの最後の遺志が尊重されるよう説いて回る日々。「国立美術館との紛争の仕事の渦の中」(一二月一三日)、「美術館以外、何もしていません[23]」(一月一九日) という状況。結果として、徒労に終わったその詳細に踏み込むことは控えたい。

一九一七年二月から三月にかけ、そうした活動から最も遠い作品が書かれた――『月の静寂を友として』(*Per Amica Silentia Lunae*)。初め『アルファベット』(*An Alphabet*) と題された書は、詩人自身の「哲学の礎となる基本要素[24]」を綴った随想集、「アニマ・ホミニス」(人間の魂) と「アニマ・ムンディ」(世界の魂) の二部から構成される。

第一部「アニマ・ホミニス」の冒頭――

> 私は、初対面の男性と会った後、時に女性と会話を交わした後でさえ、帰宅すると私が言ったことを暗澹と意気消沈して思い返す。多分、［相手を］困惑、或いは驚かせようという願望や敵意——それは恐怖心——から何もかも誇張してしまうか、或いは私の自然な思想は自制を欠いた共感に溺れてしまう。(25)

異質が混在する日常の自我の不毛性、それを克服するものとして、イェイツが提起したのは「反自我」（anti-self/antithetical self）の観念——「精神(サイキ)の中にスピリチュアルな分身を定め、分身の反対の資質や同一性がイェイツ自身のパーソナリティを完成する」という独特の信条である。初め「仮面」と呼ばれたその歴史は古く、一九〇八年に書き始められた『役者女王』はそれを劇に仕立てた作品である。

　五年前、降霊会に現われたレオ・アフリカヌスはイェイツの「分身」。一九一五年一二月、レオに宛てた手紙と、レオからの返信を自分で綴った「レオ・アフリカヌス」が書かれた。事の発端は、七月、イェイツのロンドンの住居で行われた自動筆記の会で、レオから、「スピリチュアルな物事について私の疑問を全て綴って彼に宛て、あたかもアフリカへ宛てたように手紙を書き、それから彼から私に宛てたように返信を書け(26)」と命じられたことによる。

『月の静寂を友として』の中で、「プロローグ」の後に置かれた「我、汝の主」（"Ego Dominus Tuus"）は「レオ・アフリカヌス」と同じ頃に書かれた。初め「自我と反自我」（"The Self and the Anti-Self"）と題された詩は、「ヒック」（Hic「これ」の意）と「イール」（Ille「あれ」の意）の対話から成る。「自分自身」の追究、即ち自己実現を目指す「ヒック」に対し、自身の「反対(オポジット)」を追う「イール」は——

> 私は神秘的な存在に呼びかける、彼はやがて
> 川辺の濡れた砂を歩き、
> 私に最も似て、私のダブル、
> かつ想像できる全てのものの中で
> 私に似ても似つかぬ、私の反自我。

「私に最も似て」、「私に似ても似つかぬ、私の反自我」たる「神秘的な存在」とは——

> 　ダイモンであり、深い直観力を備えた人々にとって、大気にはそうした自分自身の完全さを体現した霊が群れているとイェイツは信じていた。それは、重さや長さを測り、物質偏重の力で支配できる不活性の物理的合成物で

はなく、霊的命が脈打つ媒体である。そうした人々には各々に特定の導き手（ガイド）であり師――その人自身の霊的に完成した形の幻影――が存在する。「我、汝の主」で、イェイツは彼の［ダイモン］を彼の傍に呼び寄せようとした[27]。

イェイツの「反自我」の観念は一つの格言を生んだ――「私たちは、他人との争いからレトリックを、しかし、自分自身との争いから詩を作る」[28]。その典型として、イェイツが好んで挙げたのはダンテ。「彼が、かつて詩人が詠った最も清純な女性と神の正義を称えたのは、死がかの女性を奪い、フィレンツェがその詩人（シンガー）を追放したからだけではなく、不当な怒りや欲情のつまった彼自身の心と闘わねばならなかったからだ」[29]。こう述べるイェイツが、イタリアの詩人の運命に自分自身を重ね、語っていることは明らか。

第二部「アニマ・ムンディ」は、「世代から世代へ伝えられる大いなる記憶[30]」とイェイツが呼ぶ集合的無意識に関する考察。「私たちの日々の思想は広大な光る海の浅い海岸の泡立つ線[31]」に過ぎず、個を超えた、民族、或いは人類に共通の「世界の魂」が存在する例証として、霊媒、アイルランドの田舎人の妖精信仰、神秘思想、日本の能、プラトン哲学者ヘンリ・モア等が総動員される。彼らに共通する信条として、イェイツは「夢見回想」（dreaming back）――死者の魂は、死の瞬間から生きた人生の出来事や感情を夢に辿る――を挙げ、それは「世界の魂」の証だと言う。

> 私たちは、或る道路や家々で昔の殺人が繰り返され、或る野原では死んだ狩人が馬と猟犬を駆り、或いは大昔の軍が骨か灰の上で戦いを交えるのを見る。私たちは私たちの記憶を「世界の魂」に運び、その記憶は暫し私たちの外の世界となる。あらゆる情熱的瞬間は幾度も、幾度も繰り返す。なぜなら情熱はどんな出来事よりもそれ自身の反復を望むからだ[32]。

六月一四日、父に送った手紙でイェイツは随想集に触れ、次のように述べている。

> 人は、年毎に自分の心の無秩序・混乱を秩序づけます。これが創造の真のインパルスです。一つのものを表現するまでは、乱雑で、汚い、塵の積もった部屋の角のように感じます。表現すると以前よりクリーンに、まるでよりエレガントになった、しかし深さは失った感じがします。だから、表現の中に何かが失われたのだと思います。

一九一八年一月に出版される『月の静寂を友として』は難解な書であると同時に、詩的イメージ――「私はドアを閉じ蠟燭に火を燈すと、大理石のミューズを招き寄せる」(33)――に溢れるイェイツの美しい散文作品として定評がある。

イェイツの超自然現象を追い求める飽くなき探求は、彼を「最も怪奇な」(34)冒険の一つへ誘い出した。デイヴィッド・ウィルソンなる人物が霊界の声を受信し、拡大する装置を発明。二月初め、彼を訪問したイェイツは即座に取り込まれ、「考えれば考えるほど、あなたが現代世界の最も偉大な発見をしたことは私にはますます明らか」(35)と、熱狂的な手紙をウィルソンへ送った。イェイツは装置を「メタリック・ホムンクルス」(36)と命名。ところが、ウィルソンは装置が受信したというドイツ語のメッセジをジャーナルに発表、警察が踏み込み、装置を「不法な受信機」と没収する騒動に発展した。「ホムンクルス」は返却されたが、ウィルソンは戦場へ送られ、イェイツの熱狂も沈静化した。

『月の静寂を友として』が書き進められていた二月二四日、イェイツは「白鳥」の詩を「一両日中に」送りますとグレゴリ夫人に伝えた。「クールの野生の白鳥」と名づけられるイェイツの絶唱の一つ、一九一九年の詩集の表題となり、その巻頭に置かれた。

「一九年目の秋が私に訪れた」と、哀愁に満ちた一行が置かれる。イェイツがクールに初めて滞在した年から一九年目に当たる前年、九月半ばから一〇月初め、彼が屋敷に滞在した時、詩が書き始められた。クール湖に野生の白鳥が飛来し、その数を数えるのが何時の間にか彼の習慣となっていた。今、「溢れる水の上、石の間に／五九羽の白鳥たち」。突然、彼らが舞い上がり、秋の空を乱舞する。

あの輝かしい生き物たちを目にし、
私の心は痛む、
全てが変わった、私が、夕暮れ時、
最初にこの湖岸で、
頭上で鐘を打ち鳴らすような彼らの羽音を耳にしながら、
もっと軽やかな足取りで歩んだ時から。

「全てが変わった」――アイルランドも、詩人自身も。今、彼は五一歳。人生の秋に差し掛かった彼は、来し方は喪失感をもたらし、未来は不透明。一年後に伴侶を得て、人生の最も創造力豊かな局面が拓けることを、この時、彼は知る由もなかったであろう。

クールから三マイル、グレゴリ家の所有地に、「城」というか古い塔が立つ――バリリー塔。四層構造、各階に一室、一六世紀――その起源は中世――に建てられた城と後の所有者が建て増したコティッジが川の支流が作る小さな島にある。イェイツがバリリー塔を最初に目にしたのは一八九六年、ゴールウェイの盲目のゲール詩人ラフタリの詩に詠まれた、土地の伝説の美女メアリ・ハインズにまつわる物語を取材していた時だった[37]。

一九一五年初め、グレゴリ家の土地が処分され、買い手のつかない城の購入を、グレゴリ夫人はイェイツに提案した。彼も乗り気だったが、この時は、「結婚しないままなら使い道がない[38]」と断念した。

一九一六年の秋、イェイツは城と一エーカーほどの土地の取得に乗り出し、所有権を有する密集地域委員会と交渉を始めた。建物は「現在、誰にも何の価値もなく、直に廃墟となってしまうでしょう。そうすれば、近隣周辺はそれだけロマンスに貧することになります[39]」と、一〇月、彼は委員会に建物の売却を促す手紙を送っている。翌月、一一月八日、オリヴィアに、「できるだけ早く果物の木を植えるつもりです。花のために林檎の木を。小さな男の子たちは朝早く私の家の林檎を食べて私を彼らの人気者にしてくれるでしょう」と、彼はすでに「城」の主(あるじ)気分。

バリリー塔

　密集地域委員会は川に橋を架け公道と島を結び、城の敷地内の通行権を希望、交渉は二月、三月とずれ込んだ。ロンドンで、イェイツは「バリリーが心配で、今朝、七時まで眠れませんでした」（三月一日）とグレゴリ夫人に泣きついた。委員会は城の売値として八〇ポンドを提示、それは「高過ぎる[40]」とイェイツは拒否。委員会に自ら掛け合って、三五ポンドで決着をつけたのはグレゴリ夫人[41]。三月二七日、イェイツは三五ポンドと通行権に同意する旨を委員会に正式に伝えた。五月、彼は建物の受け渡しに臨み[42]、翌月、所有者となった印として、野の草を一束、一握りのコティッジの藁、城の壁石を一つ、倒木を売った代金二フロリン（二〇ペンス）が、グレゴリ夫人からロンドンのイェイツの元へ送られてきた。バリリー塔は廃墟同然で大幅な改修が必要。しかし各階を繋ぎ「塔」の天辺へ登る「螺旋階段」は堅固で、イェイツを喜ばせた。

　イェイツは「城」と一エーカーほどの土地のオーナーとなった。彼の人生で初めて手に入れた土地と建物。「塔」は、ロマンティックなイメージとオーラに包まれたロマン派のエンブレムの一つ——「泥炭沼地の男根の象徴[43]」とは、パウンドのロマンを欠いたコメント。イェイツの家系意識や、「アイルランドへ戻って生活し、もう一度建設を始める」意図も古塔の取得へ働いた一因であろう。もう一つ、イェイツは結婚を真剣に考え始めていた。三月五日、セイロンに暮らすフロレンス・ファーへ送った手紙——

　私は五一歳になります。まったくそれが気に入りません。日が暮れた後、話し掛け、隣人たちの噂話を持ち出してくれる誰かを持たなかった愚かしさの数々を考え続けています。城と一エーカーを所有することになった今、特にそうです。

半年ほど後、イェイツは長い独身生活に終止符を打つ。フロレンス・ファーは癌の末期症状にあり、五月、インド洋に浮かぶ島で五七年の生涯を閉じた。

四月初め、復活祭の詩の一つ「薔薇の木」（"The Rose Tree"）が書かれた。ピアスとコノリが枯れた薔薇の木を蘇生させる方法を思案して、対話を交わす。「水をやりさえすればよい」と、コノリは言い——

「だが、何処で水を汲むことができるのだ」、
ピアスはコノリに言った、
「泉が全て涸れてしまった今？
分かりきったことだ、

僕らの赤い血以外に
　正統な薔薇の木は作れない」。

「薔薇の木」は復活のための血の犠牲を是とする詩。「自己犠牲の有効性と狂信の危険性について、イェイツの疑心が執拗なリズムを打つ」「復活祭　一九一六年」から、イェイツは一線を超えた。

　五月から六月にかけ書かれた劇作『骨の夢』（*The Dreaming of the Bones*）も復活祭の衝撃が生んだ作品の一つ、イェイツの「能劇」の一つでもある。能の曲目「錦木」と「求塚」が着想のヒントになった。時は一九一六年、蜂起の残党の一青年はダブリンからクレアとゴールウェイの州境まで逃げ延びた。そこで、夜の闇の中、彼は男女のペアに遭遇する。二人は、レンスター王ディアミードと敵方の武将の妻にして不倫の恋の相手ダヴォーギラの亡霊。一一六九年、戦いで劣勢を強いられたレンスター王は、時のイングランド王ヘンリ二世に援軍を要請、そうして派遣されたノルマン軍のアイルランド侵攻が七〇〇年の隣国による支配の入り口を開いた。

　劇の不気味な表題『骨の夢』は、死者の魂は、死の瞬間から彼らが生きた人生の個人的な想いや行為を夢に辿るという「夢見回想」に由来する。劇中、一二世紀の亡霊はノルマン軍を呼び入れた売国の罪の記憶に引き裂かれ、あの世で結ばれることも叶わず、七〇〇年の間さ迷い続けた。ディアミードとダヴォーギラが見続けた七〇〇年の悪夢は、アイルランドが辿った七〇〇年の歴史の悪夢である。

　東の空が白み始め、亡霊は忽然と消え、青年は独りとり残される。

　夜が明けた。
　遥か下の方で、
力強い三月の鳥たちが鳴いて、朝を告げる。
首を延ばし、羽をはばたき、
赤い雄鶏たちよ、さあ、鳴け！

三月の雄鶏は闇を払うパワーに特に優れていると、島国の田舎人たちの間で信じられていたという。アイルランドが歴史の悪夢から醒める朝の訪れを祈る祈りか、「革命」の「赤」が呼び込む戦火の予兆か――上記の五行で劇は幕を閉じる。

　夏が訪れ、フランスに足留めを喰らったままのモード・ゴンと子供たちは、この年もノルマンディのヴィラへやって来た。大戦は三年目に入り物資が不足、生活を圧迫し始めていた。「イズールトとショーンと私はまた、ノルマンディの海辺で休暇を過ごし、私が復活祭の時に植えたジャガイモと魚雷に撃たれた魚、石炭、木材その他、海が運んでくる宝物で生活しています」[44]。七月三〇日、彼女はジョン・クインに近況を報告、「来週、イェイツがここに来ます」と書き添えた。

一週間後、イェイツ来訪。前年の夏、結論を得なかったイズールトの手を求める求婚劇のいわば延長戦、それに決着をつけるためである。「夜、海軍の砲撃の振動で家が揺れた」[45]。イズールトとイェイツは「いつものように親しい関係」、しかし彼の求婚にイズールトが首を縦に振ることはなかった。彼女は「衝動」を欠いていた[46]。彼女にとってイェイツとの関係は父と娘のようなそれで、彼に寄せる感情は恋愛感情とは別のものだったのであろう。

離婚スキャンダルで、モード・ゴンがパリへ身を引いて一〇年、その間、平静を保っていた彼女の生活は、大戦とダブリンで起きた事件の容赦ない進行に完全に打ち砕かれた。イェイツが「狂信と憎悪にとり憑かれた」(「サーカスの動物逃亡」)と表現した彼女の魂は、再び、鼓動し始める。後年、モード・ゴンは次のように振り返る。

彼はノルマンディの海辺に立って、〔…〕私にあの詩〔「復活祭　一九一六年」〕を読み、石を、内で発火し生きる喜びを変えてしまう石を忘れるよう懇願した。しかし、私の心はアイルランドへ戻りたい一心で、その固定観念の石で鈍く、彼はそれを知ると相変わらず親切で、援助の手を差し延べ、物理的困難とパスポートの困難を克服できるよう助力してくれ、私たちはロンドンまで共に旅をした[47]。

モード・ゴンは「もう一冬パリで過ごすつもりはないと意を決し」[48]、ロンドンへ渡航を敢行。八月二八日、ノルマンディからパリへ。九月一四日、ル・アーヴルからサウザンプトンへ。「平然と厚顔無恥」[49]を決め込んだ官憲たちは列車を待たせ、二人の女性を身体検査。「その横でイェイツは怒り、苦情を言い――モード・ゴンは、生涯、この出来事を憤怒と共に思い起こすことになった」[50]。ロンドンに着くと、アイルランドへ渡航を禁止されたゴン一家に、ロンドン警視庁は二人の密偵を貼り付け、家族を監視下に置いた。

イェイツは「渦の中」にいた。モード・ゴンが「何か無謀なことをしでかす」[51]不安は拭えない。イズールトは、彼女の母が昔そうしたように「彼女自身は彼から身を引きながら、彼を捕らえておく術を身につけ」[52]、イェイツは彼女の後見役を自らに任じ、その一方で、結婚相手として第三の選択肢を考えていた――ジョージィ・ハイド-リース。

オリヴィアから彼女を紹介されて六年が経過する。その間、折に触れイェイツは彼女の母と義理の父親であるタッカー夫妻と週末や夏の休暇を過ごし、そうした場にジョージィは同席していた筈である。二人を繋ぐ最大の接点はオカルト。一九一四年、彼女が「黄金の夜明け」に入会した時、恐らくイェイツが保証人（スポンサー）を務めた。彼女はまた、自動筆記録の解読や星占いに協力することもあった。「一九一五年一一月、イェイツが彼女に向ける関心は際立ち、〔母親は〕半ば求婚を予期した」[53]と母親自身が証言する。

　しかし第三の選択肢は、母と娘に拒否され「リバウンド」、突然、浮上した感は否めない。この夏、イェイツは心のどこかで独身生活に終止符を打つ決意を自らに誓っていた感がある。それまで伴侶を得なかった「愚かしさ」を、二度と繰り返さないと。第三のカードがそうした利己的動機に基づいた選択だったことは明らか。九月二二日、グレゴリ夫人へ送った手紙——

ジョージィ・ハイド-リース、20歳前後

> 私は月曜日にタッカー夫人のところへ行きます。〔…〕私自身の将来について考え、プランを立てる時間は殆どありません。しかし、全てうまくゆくと信じています。多分、イズールトの言う通りでしょう——彼女はモードにそう言ったそうです——「彼はロマンスに疲れ、ノーマルで普通が、今、彼にとってロマンティックなこと」。確かに私はとても疲れ、秩序に、ルーティーンに焦がれています。フレンドリで重宝（サーヴィサブル）な女性が得られれば、私は満足です。私たちが二人きりで話をしたのは二年前で、この娘はフレンドリで重宝、有能だと思う、ということだけは分かっています。

二日後、イェイツはサセックスのタッカー夫人を訪問、九月二六日、ジョージィ・ハイド-リースに正式に求婚、その場で婚約が成立した。

　娘の婚約に、彼女の母親は慌てた。タッカー夫人は、婚約が「全く望ましいものではない」ことをイェイツに、唯一説得できるのはグレゴリ夫人と定め、必死のアピールをクールへ送った。娘は、「三〇歳年上で、恋愛に長けた偉人（グレイト・マン）に目が眩（くら）んでいるのです」[54]と。

　イェイツは進退きわまったときの彼の行動の常として、クールへ「逃亡」。ゴールウェイへ向かう途中、一〇月三日、彼はダブリンから婚約者へ手紙を送った。彼女へ送った第一通、「愛するひと」と書き始められた手紙は、しかし、ラヴ・レターから遠い、いかにも「散文的」一通——

結局、私はあのいまいましいシュガー・カードを忘れてしまいました。書き入れておきました。警官に聖パンクラス近隣のフード・オフィスが何処か聞いて、投函してくれますか。〔…〕列車がウェールズを通過した時、私は道端の小さな家に目を留め、ストーン・コティッジや、私が郵便ポストから歩いて家に帰ってくるとティー・テーブルに着いている貴女の姿を思い描きました。

シュガー・カードは、戦時下の配給票のようなものであろう。

翌日、彼はクールへ到着。錯綜した状況の中、「何時もの統帥力[55]」を発揮して、事態を治めたのはグレゴリ夫人である。彼女は婚約は後戻り不可能と判断、「できるだけ早く結婚すべき[56]」とイェイツに告げ、タッカー夫人に手紙を書いて母親の懸念を払拭した。

一〇月九日、イェイツはロンドンへ戻り、結婚式は一〇月二〇日に決定。日取りが決まると、彼は「激しい苦悩に陥った」。一〇月一三日、再びグレゴリ夫人へ——

全てが終わって、新しい生活というか仕事と共通の関心がジョージと私自身を一つの心にし、この激情の嵐を追いやってしまうことを切望しています。いろいろあったにもかかわらず、彼女を幸せにし、そうしようと努めることによって、私自身も幸せになれると信じています。彼女は感情がとてもノーブルです。私の人生の主たる幸福と恩恵は三、四人の女性の友だちの高貴さ（ノビリティ）だと、私はいつも信じてきました。

婚約者は以前から「ジョージィ」の名前が気に入らず、「ジョージ」と呼ばれるようになった。

一〇月二〇日、イェイツは長い独身生活に終止符を打った。戸籍役場（レジスター・オフィス）での結婚式、新郎の付き添い役（ベスト・マン）はエズラ・パウンド、花嫁の母とドロシィ・パウンドが立ち会った。イェイツ五二歳、花嫁は三日前、二五歳を迎えたばかり。

イェイツ結婚のニュースに、人々は等しく驚きを露わにした。イェイツの妹リリーから電話を受けた知人はニュースを「繰り返させて言った、『電話機が破裂してしまった[57]』」。「ロマンティックな時代は、本当に、本当に、死んでしまった[58]」と嘆いた者もいた。

結婚式後、新婚の夫は「発熱」、その後「ひどい疲労感[59]」

に襲われ、二日間ロンドンに留まり、それから新妻とハネムーンのためアッシュダウン・フォレスト・ホテル――ストーン・コテイッジから二、三マイルの距離へ向かった。

第三節　オカルト・マリエッジ

一九一七―一九一八

結婚から二日後、一〇月二二日、詩人夫婦がサセックスのホテルで迎えたハネムーンは、その甘い語感から遠いものだった。「日和見的」動機に基づいて結婚を急ぎ、その結果、三人の女性――モード・ゴン、イズールト、ジョージ――を裏切った罪悪感に、イェイツは自分を責めた。イズールトへの想いも断ち難い。「心が乱れます。もう一つのイメージを振り払うことができません」。一〇月二四日、彼はグレゴリ夫人に手紙で打ち明けた。その日、乱れる心は詩となった。

南風は恋しさを運んできた、東風は絶望を、
西風に心は憐みに溢れ、北風に心は怯えた。
荒れ狂う嵐で愛する女(ひと)を傷つけることを恐れ、
彼女から傷を負うことを恐れ、だから、心は狂ってしまった。

イェイツは詩を「真摯」と言い、妻の目が触れないようにグレゴリ夫人に送った[1]。彼は尚もイズールトへ手紙を書き、彼女は、火に投じた手紙が「煙突の中で幽霊のように小さな炎になりました[2]」と返事を返してきた。ジョージは「優しく思い遣りがあり、ハッピィだと私は信じています[3]」。夫の一方的思い込み。現実はその逆で、新妻は、二〇年前、詩人の心に棲(す)む「イメージ」を見て、「泣きながら去った」女(ひと)と同じ運命を辿ったかもしれない。

一〇月二九日、イェイツは再びグレゴリ夫人に手紙を送った。

奇蹟的介入のようなことが起こりました。二日前、私は暗く塞(ふさ)いでいました。(そのことを、ジョージは何も知らないと私は願い、信じています。)「私は三人を裏切った」と自分に言って、「以前、同じことがあった」と思っていました。すると、ジョージは、以前何かがあった感覚がすると言いました(彼女は私の想いを何も知りません)。それから、彼女は何か書けそうな感じがすると言って紙を一枚取り、彼女の考えが書くことに影響しないよう、その間ずっと私に話しかけながら次のような語を書きました(彼女も理解しないことです)、「鳥に関して」(イズールト)「本当は全てよし。あなたの行動は双方に正しかった、しかし、ロンドンであなたは意味を取り間違えた」。〔…〕不思議なことに、このメッセジが書

かれ半時間もすると、私のリューマチの痛み、神経痛、疲労感は消え、私はとても幸福になりました。モード・ゴンの結婚以来、私の記憶にある以上に惨めな状態から私はこの上なく幸福でした。以来、幸福感はずっと続いています。

「二日前」、即ち一〇月二七日、アッシュダウン・フォレスト・ホテルで起きた「奇蹟的介入」なる出来事について、後に、イェイツ夫人はイェイツ研究家のリチャード・エルマンに次のように語った。

彼女は彼の元を去ろうと考えた。心を紛らわす方法を何か思案し、自動筆記を試みようと思った。〔…〕彼女の考えは、イズールトと彼女自身に対するイェイツの不安を払うセンテンスを一つか二つフェイクすることだった。〔…〕突然、彼女の手が動き始め、〔…〕鉛筆が、彼女が意図も考えもしないセンテンスを書き始めた。[4]

新妻がフェイクした自動筆記は崩壊の淵に立っていた結婚を救った。それだけではない。「別の手に摑まれた彼女の手」――と、イェイツは言う――から繰り出される「途切れ途切れのセンテンスや殆ど判読できない文」に夫は興奮、「毎日、一時間か二時間、［自動筆記に］当てるよう彼女を説得した」[5]という。

イェイツにもジョージ・イェイツにも、自動筆記の方法や潜在的可能性は目新しいものではなかった。イェイツが降霊会や自動筆記の会に参加した回数は数え切れず、メイベル・ディッキンソンの妊娠騒動でその「虚偽」を見破ったエリザベス・ラドクリフに寄せる彼の信頼は厚い。他方、ジョージ・イェイツは――

ラドクリフを介した［自動筆記録の］或る箇所を、彼［イェイツ］と共にチェックする作業に関わり、〔…〕少なくとも一九一五年から、霊媒に助言を求める広い経験を積んでいた。彼女は心霊研究に関する文献に深く通じ、特にウィリアム・ジェイムズの作品を称賛した。彼女の伝記作家は、すでに一九一三年、彼女が自動筆記に親しんでいたと言う。彼女はまた、占星術の驚異的知識を持ち、何年もの間、未来の夫の星占いに協力していた。[6]

ハネムーンでジョージ・イェイツが企てた自動筆記はラドクリフを範にしたものだろうと、或るイェイツ研究者は推測する。[7]

筆記録が始まるのは一一月五日から。恐らくそれまで数日間、試行錯誤が繰り返されたのであろう。この日、「ドーロウィッチのトマス」と名乗る「コントロール」——霊媒の言動を支配する霊——からメッセジが、ジョージ・イェイツの自動筆記を介して送られて来た。「あなたに悪しき影響を及ぼす敵対感情の終わり／それが理由〔…〕」[8]と始まる断片的メッセジが何を意味するのか、第三者には判然としない。一一月九日、イェイツは知人に、「私の妻と私は私の関心事全てを共に研究する仲間で、私たちはうまくゆくと思います」[9]と書き送っている。最悪のコンディションの中で始まった結婚は、「奇蹟的介入」によって急速に立ち直り、ジョージ・イェイツは霊界をとり告ぐ「霊媒」として、夫に不可欠なパートナーとなっていった。

こうして始まった「文学史上、最も怪奇な」[10]共同作業(コラボレイション)はイェイツ夫婦の新婚生活の中心を占め、その間、居住地を転々と移動しながら、二人のあるところ——アメリカ講演旅行中は、列車の中でさえ——自動筆記のセッションは続いた。普通、セッションは夕刻から夜分に始まり、「霊媒」のエネルギーが尽きると、その日は終了する。イェイツが問いを発し、コントロールからの答えが、妻の自動筆記を介して送られて来た。コントロール——やがて呼び名を変え「インストラクター」——は、トマスを筆頭に、アメリタス、マーカスなど

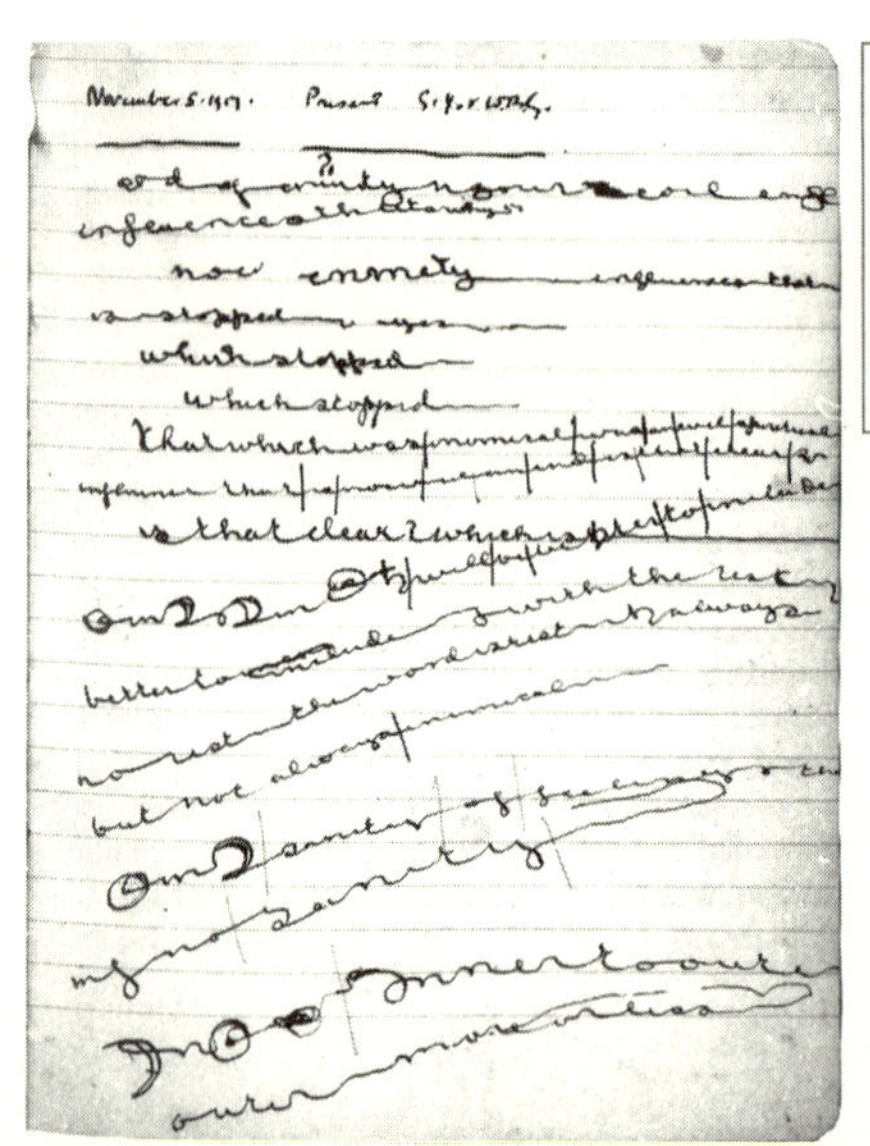

November 5 1917　　Present G.Y. + W.B.Y.

end of enmity in your evil influences thats why
now enmity – influences that is stopped – yes
which stopped
which stopped
that which was inimical was an evil spiritual influence that is now at an end is that clear?
is that clear? which is – ⊙ in ☽ & ☽ in ⊙ ♄ will be better to include – better to include it with the rest – no rest – the word is rest – ♄ always but not always inimical
⊙ in ☽ sanity of feeling & thinking – no sanity[2]
☽ in ⊙ Inner to outer – outer more or less

自動筆記録の最初のページ、1917年11月5日

多数、リーフ、ローズ、フィッシュ、アップルなどの「ガイド」も現われる。初め手探り状態だった筆記録は、やがて問いを記録したノートブックと答えを記録したノートブックにペアの番号を振ったフォーマットが確立する。一九一九年六月から、問いも答えも妻が記録した。筆記録を整理し、カード・ファイルやノートブックも作られた。

　自動筆記は、普通、第三者のオブザーヴァーが参加して行われる。しかし、詩人夫婦の場合、当事者以外がセッションに立ち会うことは一度もなかった。最初から、コントロールは秘密厳守を課した。イェイツは第三者の立ち会いを提案することもあったが、妻は断固として拒否。イェイツはしばしば秘密を破って、彼らから再三再四、警告が発せられた。筆記録から明らかなことは、セッションをリードしたのはイェイツ。彼の発する問いが自動筆記の「方向と、しばしば主題を決め」、答えは「しばしば不明瞭、混乱」、「イエス」「ノー」のモノシラブル、問いに答えのない場合も少なくない[11]。自動筆記を「混乱させたり、時間を浪費させたり[12]」する「フラストレイター」なるスピリットも存在し、レオはその最たる例。不明瞭、不可解な筆記録は彼らの仕業に帰せられた。

　自動筆記は一九二〇年三月まで続けられ、それまでにセッションはおよそ四五〇回、筆記録は三六〇〇ページ超に及んだ。オカルト実験が始まったかなり早い段階で、イェイツは「奇蹟」によって明かされた「神秘哲学」を書に著わす構想を立て始める。そうして、三六〇〇ページ超の筆記録とそれを整理したカード・ファイル、ノートブックから、「二〇世紀の奇書」と呼ばれる『ヴィジョン』(*A Vision*, 1925)、それを改訂した『ヴィジョン』(一九三七)が誕生する。

　『ヴィジョン』に著わされたイェイツの世界観――「思想体系(システム)」、と彼は言った――は、幾何学図形で表わされた。基本図形は、月の二八夜――二八相(フェイズ)――から成る「大車輪」である。大車輪上の各位相は、人間のパーソナリティを「客観的」と「主観的」――イェイツの用語によれば、「プライマリ」(**primary**)と「アンティセティカル」(**antithetical**)――の二つに大別し位置づけ、前者は「大車輪」の月が翳る位相を、後者は月が明るく輝く位相を占める。二つの度合いと、人間の四つの「機能」――「意思」と「マスク」、「運命体」と「創造精神」――によって、人の性格が分析・分類され、イェイツ自身、友人・知人、更に歴史上の人物が大車輪上の各位相に配置された。

　月の二八夜から成る「大車輪」の中心は「満月」の一五夜である。「完全な美」と定義される第一五相は天上のミューズの棲家、その両隣、第一六相に振られた「幾人かの美女たち」と第一四相の「多くの美女たち[13]」は地上のミューズたち。モード・ゴンは第一六相、イズールトは第一四相、イェイツの位相は――ダンテ、シェリ、ランドーと共に――第一七相、ジョージ・イェイツは第一八相に振られた。

大車輪の回転は、歴史が二〇〇〇年のサイクルで興亡を繰り返すイェイツの歴史観を表わしもする。一つの文明は誕生から二〇〇〇年の後に頂点に達すると、衰退へ向かい、別の文明に交代する。それを形象化した、一方が拡大すれば他方が収縮する二つの咬合する「渦巻き(ガイアー)」――それを表わす円錐体――は、『ヴィジョン』のもう一つの基本的幾何学図形である。異教世界にとって替わったキリスト教文明は、二〇〇〇年を経て頂点に達し、今や、世界は新しい時代の誕生を控えた文明の危機的分岐点に立っている――イェイツの後期から晩年、詩も劇も、この歴史ヴィジョンに基づいた多くの作品が書かれた。

更に大車輪は、死後、人の魂が辿る旅の軌道でもある。死者が生きた人生の感情や出来事を遡って辿る過程は幾つもの段階――「夢見回想」はその一つ――に細分され、『ヴィジョン』(一九二五)において、或るイェイツ研究者は八つの段階を数える[14]。

自動筆記は『ヴィジョン』に著わされる上記の諸問題を巡って、推移した。前後の脈絡もなく、トピックからトピックへ飛んだ。しかし、三六〇〇ページ超の筆記録全てが「体系」に直接関わるものではない。その四分の三、或いはそれ以上がきわめてパーソナルな事柄で占められた。その殆どは、イェイツ自身と彼を取り巻く女性たち――オリヴィア、モード・ゴン、イズールト、ジョージ・イェイツ――に関するもので、各々の性格、人生のパタン、イェイツとの関係に向けられた。「インストラクターは、イェイツの人生のパタンを解き明かし、イズールトに対し取った彼の最近の行動に安心をもたらし、彼女の母との長い驚くべき関係を明らかにするよう求められた」。イェイツの「問いは繰り返し、イズールトと彼女の母に巡り戻ってゆき、霊媒は苛立ちを募らせる[15]」――筆記録の一つのパタンである。母と娘が占める月の位相を考えれば、膨大なパーソナルな筆記録は『ヴィジョン』の基層を成していたのかもしれない[16]。

イェイツは結婚に至るまで、妻となる女性と二人だけで会話した機会は一度きりだったと言う。自動筆記は、互いによく知らないまま結婚した夫婦のスーパーナチュラルな形を取った会話・対話の様相を帯び、その過程で、二人は互いについて多くを知ることになる。イェイツは自動筆記に憑かれたようにのめり込み、ジョージ・イェイツにとって、自動筆記は「結婚を操縦するレヴァー[17]」、夫の関心・注意を彼女自身へ振り向け、向け続けるパワフルな手段であると同時に、スピリットからのメッセジの形を取った――或いは、借りた――夫を操縦すると言わないまでも、望ましい方向へ仕向け、日常生活の指示やアドヴァイスを送る便利な回路だったことも否めない。

一一月七日、イェイツ夫婦はストーン・コティッジへ移った。一週間ほどすると二人はロンドンへ出て、イェイツの友人・知人をウーバン・ビルディングズへ招き、或いは彼らを訪問、新妻を紹介する機会となる。イェイツ夫人の伝記作家は、彼女の際立った特質として「強い正義感、フェア・プレイ、断固として正直であること[18]」を挙げる。結婚を崩壊から救ったジョージ・イェイツの機転と度量が際立った形で発揮されたのは、イズールトに対して。彼女を夫から遠ざけ、結果、彼女への執着を募らせる悪循環を避け、イズールトを夫婦の輪に取り込む作戦である。クリスマスが訪れると、ストーン・コティッジの近くにより広い家を借り、イズールトを招待して共に聖夜を祝った。彼女の訪問を前に、コントロールのトマスは「秘密の誓いを忘れるな／私が以前言ったように筆記録は私的なもの[19]」と警告を発した。

一九一八年が明け早々に、イェイツ夫婦はオックスフォードへ転居した。大学街へ越したのは、ツェッペリンの空爆に晒されるロンドンを避ける意図もあったであろう。ゴン一家から距離を置くジョージ・イェイツの意思も働いたのかもしれない。ボドリアン図書館は近く、イェイツは図書館で多くの時間を費やした。

「奇蹟」が引き起こしたイェイツの興奮は持続中、「とても胸の躍る、とても深遠な神秘哲学――多くの夢や幻想を叶えるもののように思えます――が、不思議な方法でジョージと私にやってきました」。一月四日、彼はグレゴリ夫人にこう書き送った。彼は、三月初めまで大学街に留まる。その間、一八五〇の問い、筆記録は六〇〇ページを数えた。

『ヴィジョン』は、中世の歴史家ジラルダスの書とアラブの一宗派が砂に描いた図形に基づき、それを解読・解説した書なる「架空」の設定。グレゴリ夫人に宛てた一月四日付の手紙でイェイツはそのことに言及、彼がすでに『ヴィジョン』のプランを立て始めていたことを示している。一月一〇日、エドマンド・デュラックに送った手紙に、「ジラルダス［の書］は、毎晩、だんだん堂々たるものになってゆきます」と綴られている。

スーパーナチュラルな世界はイェイツの想像・創造力を刺激し、解放するのが常。一一月初めに書き始められた「能劇」の第三作『エマーの唯一の嫉妬』（*The Only Jealousy of Emer*）が、一月半ばに完成した。能の曲目「羽衣」と「葵上」が着想のヒントになったこの詩劇も「クフーリン劇」の一つ。クフーリンのスピリットはシィーの女ファンドによって妖精界へ連れ去られ、囚われの身。魂の抜けた彼の亡骸が残された人間世界では、妻エマーと若い愛人エスナ・イングバが彼を取り戻そうと奮闘する。妖精が人間を妖精界へさらってゆくというアイルランドの土俗信仰が劇の枠組みを成す。

イェイツの作品の多くは伝記的要素を含み、この劇も例外ではない。翻って、劇は『ヴィジョン』の「体系」と緊密な関係を有する。クフーリンはイェイツ自身のペルソナであり、妖精の女ファンド（＝シンボリックな次元のモード・ゴン）が満月の一五夜を支配する天上のミューズであるなら、エスナ（＝イズールト）は地上のミューズ。『エマーの唯一の嫉妬』は実在する女性たちが絡んだ、詩人とミューズの関係を寓話に仕立てた作品であり、劇の制作と平行して、自動筆記は劇の象徴性、創造的天才の本質、四人の登場人物とそれぞれのモデルとなった実在の四人を巡って推移した。クフーリン劇一つひとつは、それが書かれた時の作者の「人生の状況と関係している」[20]とスピリットは告げた。スーパーナチュラルなお告げを待たずとも、それが、イェイツが「クフーリン劇」を書き始めた動機である。

二月四日、オックスフォードのイェイツの元に、グレゴリ夫人から悲報が届いた。「長い間怖れていた電報が来ました。ロバートが戦死しました」[21]。パイロットとして従軍したロバート・グレゴリは、一月二三日、イタリア、パデュアで、飛行基地へ引き返していた彼の戦闘機が攻撃を受け、墜落、異国の空に散った、三八歳。味方のイタリア人パイロットによる誤射だった。そのことは、グレゴリ夫人にも、イェイツにも、明かされることはなかった。ロバート・グレゴリは画家、「彼は不思議な純粋な才能の持ち主で、茫洋とした峻厳なリズムに溢れていた。私は、彼が不幸な星を背負っているといつも思っていた」と、二月九日、イェイツはイズールトに語っている。悲報を知らせたグレゴリ夫人の手紙に追伸が添えられていた――「何時か、あなたの気が向けば、私たちに残るものを何か書いて下さい」。

飛行服のロバート・グレゴリ

イェイツは、『オブザーヴァー』（二月一八日）に追悼記事を発表、「ロバート・グレゴリ少佐ほど多面的才能の持ち主を私は知らない」と書き始め、「画家、古典学者、絵画と現代文学の学者、ボクサー、騎手、飛行士」と彼の多才を称えつつ、「私にとって彼はいつも青年の未完成の域にあった偉大な画家たり続けるだろう」[22]と、彼の画家としての才能を惜しんだ。追悼記事に続いて、ロバート・グレゴリ──「私の愛しい友の愛しい息子」(「ロバート・グレゴリ少佐を偲んで」)──の死を悼む詩が四作、詩人のペンから紡ぎ出される。

二月二三日、自動筆記は新たな展開を見せる。この日、コントロールは謎めいたメッセジを送ってきた──「暫くうるさくつき纏うスピリットからのメッセジを伝えなければならない──私は彼女のことは何も知らない──彼女はアン・ハイド、オーモンド公爵夫人と名乗り、二人に愛を送っている」[23]。アン・ハイドはオサリ伯爵夫人、一六八五年、出産で生まれた男子と共に命を落とした。その後、彼女の夫ジェイムズは第二代オーモンド公爵となる。ミドル・ネイムに「バトラー」を名乗るイェイツ一家がオーモンド公爵家に繋がる家系なるイェイツのアイディアに立てば、アン・ハイドは詩人の先祖の一人。彼女のメッセジの謎はやがて明らかになっていった。

結婚後、三月初旬に、イェイツは初めてアイルランドへ渡った。その直前、三月四日、自動筆記のセッションはコントロールとガイド総勢六名が現われるものものしさ。この日の筆記録に、「鏡文字」で──きわめて私的なメッセジは鏡文字で記された──次のようなメッセジが記録されている。「あなた［イェイツ］が子供を望む望まないに関わらず、彼女［ジョージ・イェイツ］は総じて同じように幸せだ」、しかし、「年を取るまで待ってはいけない」。翌日、三月五日の筆記録に、再び鏡文字で──「アン・ハイドは息子が生まれ変わることを望んでいる。〔…〕彼女はあなた［イェイツ］を彼女の夫と、霊媒［ジョージ・イェイツ］を彼女自身と見なしている」[24]。アン・ハイドはイェイツ夫婦に、彼女と彼女の夫──後のオーモンド公爵──になり替わって、彼女の死んだ息子の生まれ変わりを望んでいるというのである。

そうして、イェイツ夫婦はアイルランドへ発った。ダブリンに到着した翌日、三月一〇日(日)、リリーとロリー姉妹の家に、ジャックと彼の妻を交え二人は迎えられる。

> 私たちはすでにジョージがとても好きになりました──彼女は年齢より年上に見えます。〔…〕彼女は自分の人格をしっかり持っていますが、とても親しみ易い気性で、自分を主張することは多くありません──無気力からで

はなく、周囲の人に同意するのが彼女は一番幸せだからです――これが彼女から受けた印象です――彼女は陽気さを持ち合わせ、直感力に勝れていると私は思います――彼女はどこにでもフィットするでしょう。(25)

こう、ロリーはアメリカの父に報告。火曜日、イェイツ夫人はアベイ・シアターの劇団員やスタッフに紹介された。

ダブリンからウィックローのグレンダロッホへ移動、イェイツ夫婦は古い修道院の廃墟が残るこの景勝地に逗留した。三月一九日、ロバート・グレゴリの死を悼む悲歌の第一作が完成する。「羊飼いと山羊飼い」(“Shepherd and Goatherd”)、悲歌を牧歌形式で表わす英詩の伝統に則った詩。「何処か漠然とした場所、多分バレンの丘で、遠い昔」、表題の二人が「海の向こうの大戦で死んだ」(26)羊飼い仲間の死を悼む。牧歌形式の悲歌は二〇世紀の時代に馴染み難く、死者の魂が生きた人生を「夢見回想」するイェイツのオカルト的信条を盛った「羊飼いと山羊飼い」はどこか「ぎこちない」(27)詩、グレゴリ夫人が望む作品から遠かったかもしれない。

四月初め、いよいよクール訪問の時が訪れる。イェイツが最後に屋敷に滞在した時から、彼自身の境遇も、グレゴリ家の状況も劇的に変化した。息子の死はグレゴリ夫人にとって「起こり得る最大の打撃」(28)、彼女は気丈に振舞いながら深い悲嘆に沈んでいた。「クールとオックスフォードの間で交わされた手紙に、或る不安なトーンが浮き出ているのも不思議はない」(29)。

イェイツは、中世の修道僧の詩に因んで「パンガー」と名づけた子猫を飼い始めていた。グレゴリ夫人は猫が嫌い。イェイツはダブリンに到着すると、早速、子猫をクールへ連れてゆく是非についてお伺いを立てた。(30)子猫は厩(うまや)の二階の厩番のコネマラの少年の部屋を「シェア」するよう、グレゴリ夫人は返事を返した。イェイツはグレゴリ夫人の許可を得ず、子猫をこっそりクールへ連れ込んだという「伝説」が独り歩きすることになった。(31)

ロバート・グレゴリはクールの家と屋敷を妻マーガレットに残した。彼女が屋敷の法的所有権者である。イェイツが屋敷に長々と滞在することに不満を懐(いだ)く彼女は、彼と「慇懃(いんぎん)な間接戦争」(32)を続ける仲。或る日、夕食の席で彼女は何時ものようにイェイツの「言うことあらゆることに反論」、それまで議論を避けてきた彼は、その日「彼女に歯向かい」、食事が終わると、「感情を高ぶらせ二階へ上がった。ジョージは私の態度がよくないと言ったが大いに私に同情を寄せ、結果、いつもの避妊措置をしなかった」(33)。イェイツ夫人は、ほどなくして妊娠に気づくことになる。

復活祭蜂起後、分離・独立へ向かって動き始めたアイルランドの騒然とした政治状況は、一九一八年四月、島国で徴兵を可能にする法案が英国議会を通過すると、反英感情は俄かにかつてない高まりを見せ始めた。ゴールウェイ周辺で、若者たちは手斧や金梃子を、鉄路や電信柱に工作する意図で買い集めていると噂された。「これ以上に危険な状況は想像できません。昔からの歴史的感情が熾烈をきわめています。〔…〕若者たちは銃殺された彼らのリーダーを狂おしいほど羨望しています」。五月一七日、イェイツはロンドンの友人クレメント・ショーターにこう書き送った。その日、「シン・フェイン」とアイルランド義勇軍のリーダー七三名が、ドイツと陰謀を謀ったとして、逮捕、投獄された。いわゆる「ジャーマン・プロット」と呼ばれる事件。陰謀の具体的証拠は何一つ提示されなかった。

二日後、モード・ゴンと、復活祭蜂起の中心的リーダー、トマス・クラークの未亡人キャスリーン・クラークが逮捕された。年明けにモード・ゴンは、ロンドンに軟禁されるのはもう十分と言わんばかりに変装してアイルランドへ脱出を図り、成功。当局は、再逮捕が引き起こすセンセイションを避け、黙認した。逮捕された二人は、すでに拘束された七三名の中で唯一の女性コンスタンス・マーキエヴィッチが収監された、ロンドン、ホロウェイ監獄へ移送され、獄中生活を送ることになる。

バリリー塔取得後、イェイツは塔の改修に着手、進行中の改修工事を監督するため、イェイツ夫婦はグレゴリ家が所有する屋敷に近いバリナマンテイン・ハウスを借りることになり、五月二日、そこへ入居した。バリリー塔と塔に隣接するコティッジの修復に、イェイツは土地の古くからの風習や伝統を重んじる方針。改修を依頼したウィリアム・スコットは古い建物の修復を専門とするダブリンの建築家、「アイルランドの地方のディテール、土地の石、敷石、スレートを使うパイオニア」(34)である。改修工事に、ゴートの大工ラファティが当たった。「古い水車をまるごと、大きな梁(はり)、三インチの板、古い敷石を買いました。土地の大工、石工、鍛冶屋が仕事をしています」。七月二三日、イェイツは詩を一篇同封した。ジョン・クインにこう書き送った手紙に、イェイツは詩を一篇同封した。

私、詩人ウィリアム・イェイツは
そこらのスゲヨシキリと壊れたスレート、
ゴートの鍛冶の鍛冶細工で、
この塔を私の妻ジョージのために修復した。
私の子孫に、私は呪いを課す、
流行(はやり)か空虚な心で

ラフタリが築き、スコットが設計したものを
彼らが変え、損なおうものなら。[35]

自動筆記で、コントロールは日常生活の様々な指示やアドヴァイスを送ってくる。五月一二日、トマスは開口一番に、「日程表」を示した。「週に五日、午前中仕事――一日、午前中何もしない――一日、午前中新聞をぶらぶら／午後と夕方はできるだけ戸外そして睡眠／夕方五時半から七時までと夜、［筆記録の］分類・整理／私は週に二度来よう[36]」。トマスの日程表をイェイツが忠実に守ったか否かは、不明。

五月末、ジョージ・イェイツは激しい歯痛に襲われダブリンへ行き、家を留守にした。独り残ったイェイツが妻に送った手紙は「気取りのない優しさ[37]」に溢れている。「私は言い尽くせないほど淋しい。私が貴女に心遣いを示せるただ一つの形として、貴女が窓辺に蒔いた種に念入りに水をやりました。これから庭に出て、他の種に水をやるところです。水は必要ないのですが〔…〕」（五月二八日）。「再び離れていることを考えるのは耐えられない。毎日、別れている日が一日少なくなった、彼女はもう何日すれば家に帰って来ると自分に言い聞かせています」（五月三〇日）。

「羊飼いと山羊飼い」に次ぐ二作目の悲歌「ロバート・グレゴリ少佐を偲んで」（"In Memory of Major Robert Gregory"）が六月半ばに書き上がった。六月一四日、詩の完成を父に報告した手紙で、詩人の息子は、「私は詩を書く以外何もしていません」。

「我が家にほぼ落ち着いた今」と、事実を先取りして書き出された詩は、バリリー塔に場面を置いた最初の作品。多面的才能の持ち主だったロバート・グレゴリを、文武両道、オールラウンドなタイプの男性を理想としたエリザベス朝イングランドのヒーロー、フィリップ・シドニーに重ね、「われらのシドニー、われらの完璧な男」と称える――

軍人、学者、騎手だった彼、
まるで全ての人生を独りで生きたように、
彼が胡麻塩頭を梳る姿を何故私たちは夢想したのだろう。

イェイツ自身が「私の最も優れた詩の一つ[38]」に数えた詩は、二〇世紀の悲歌の傑作と評価される。

「私たちは詩のメタファーをもたらすためにやって来た[39]」。こう、スピリットは告げたという――三六〇〇ページを超える筆記録の何処にもないセンテンス。メッセジの真偽は置いて、結婚と自動筆記はイェイツの創造力を解放、その産物とも言うべき詩作品を次つぎ生んだ。「月の諸相」（"The Phases of the Moon"）、「マイケル・ロバーツのダブル・ヴィジョ

ン」（"The Double Vision of Michael Robartes"）が書かれ、「ラウンド・タワーの下」（"Under the Round Tower"）、「ソロモンからシバへ」（"Solomon to Sheba"）、「ソロモンと魔女」（"Solomon and the Witch"）は「オカルト・マリエッジ」を祝う「祝婚歌」と呼ぶに相応しい。

ロンドンで獄中のモード・ゴンは、「ショーンのことが心配で気が変になりそう[40]」とイェイツに訴えた。ショーンは一四歳、夏の間、イェイツは彼をバリナマンテイン・ハウスに引き取った。彼は「紳士的で、孤独な少年[41]」。

一方イズールトは、イェイツの知人がディレクターを務めるロンドン大学東洋言語学部に司書助手の職を得て、ロンドンに留まった。この頃、彼女とパウンドの愛人関係が進行中。二人の仲を、恐らくイェイツは気づいていなかったと思われる。イズールトは職場の同僚アイリス・バリと同居、二人の関係は破綻し、八月半ば、イェイツはショーンをマーティン家のテュリラ城に預け、妻と共にロンドンへ出て、イズールトを「メイド、猫、鳥、家具と共にまるごとさらって、ウーバン・ビルディングズへ移送する[42]」救出作戦に当たった。家具運搬用のバンを手配したのはジョージ・イェイツ。霊界を媒介する超能力を備えた彼女は、実務にも長けた妻のようである。「愚かな姪を連れ去るため、母親に送られた厳格なおじを演じています[43]」――グレゴリ夫人に述べたイェイツの自嘲を含んだ弁である。

九月初め、ショーンは母の釈放運動を進めるためロンドンへ発った。彼が去った後、バリナマンテイン・ハウスの住人は「二人の隠者、共に暮らすのは猫二匹、茶色の大きなうさぎ二匹、茶色の小うさぎ一匹と黒の小うさぎ二匹[44]」。ペットは更に数を増してゆく。

九月半ば、イェイツは妻をスライゴーへ伴った。その産物として詩「土星の下で」（"Under Saturn"）が書かれた。スライゴー訪問後、自動筆記録に驚くべきメッセジが現われる。生まれ来る子は新しい時代を導くマスター――「アヴァター」――だというのである[45]。

バリリーの改修工事は進み、九月半ば、塔に隣接するコティッジが居住可能になった。九月一九日、エズラ・パウンドへ送った手紙に、「入居しました。〔…〕台所、召使いの部屋、私たちの寝室、居間にはロマンティックな古いコティッジの暖炉があり大きなフード付、炉床はとても大きく平らで、我が家の二匹の猫はそれを思う度に喉をゴロゴロ鳴らします」。塔の周りを流れる川に鱒（ます）が生息、ジョージ・イェイツの釣った魚が食卓に乗った。入居は形だけ、一週間ほどでダブリンへ引き揚げた。バリリー塔が詩人の「我が家」となるには尚、時間が必要。

イェイツ夫人は妊娠四か月、生まれて来る子供がアイルランドで生を受けるよう、出産までダブリンに留まった。モード・ゴンが収監されている間、聖スティーヴンズ・グリーンの彼女の家を借りることになり、彼女が釈放された場合は家を空ける条件付きで、一〇月初めにイェイツ夫婦はそこへ入居した。

獄中のモード・ゴンは肺疾患体質、結核症状が現われ健康診断の結果、療養所へ移送された。一一月二三日、彼女はそこを抜け、イズールトとショーンを連れて再度アイルランドへ脱出を企て難なく成功、聖スティーヴンズ・グリーンの家に現われた。その頃、ジョージ・イェイツはインフルエンザから肺炎を発症し、ナースが昼夜付き添う危険な状態。イェイツは警察の襲撃を恐れ、モード・ゴンを家に入れることを拒否、一騒動が持ち上がる。彼女はイェイツに「毒を含んだ手紙」複数を送りつけ、「私が彼女の家を所有し続けるため、ショートと謀って彼女を英国の療養所に閉じ込めておこうとしたと彼女は信じるに至りました」[46]と、イェイツはグレゴリ夫人に愚痴を吐いた。ショートはアイルランド行政府事務長官。イェイツは彼と図って、モード・ゴンの釈放を運動した一人である。一二月一〇日、彼は家を明け渡し、騒動は収束する。しかし、この一件は二人の関係に或る亀裂を残した。モード・ゴンにとって、「それまでトラブルの度に揺るぎない忠誠を寄せた彼に裏切られたと感じる」、「深いトラウマ的」[47]出来事となる。

一九一九年が明け、復活祭の詩の一つ「政治犯囚人によせて」(“On a Political Prisoner”)が書かれた。表題の囚人は蜂起の唯一の女性リーダー、コンスタンス・マーキエヴィッチ。死刑から終身刑に減刑された彼女は、獄舎の窓辺に飛来するカモメにパンくずを与え送る無為の日々――

彼女は、あの侘びしい翼に触れて
歳月を思い出しただろうか、彼女の心は
苦い、空の殻に、
彼女の思想は大衆の敵意と同化してしまう以前の歳月を。

「政治犯囚人によせて」は「マーキエヴィッチを糾弾」[48]した詩、しかし「モード・ゴンに関する詩を書かずにはいられないのを避けるために」書いた詩であり、「モード・ゴンと言い争った時、私は糾弾しなければならないと感じた――マーキエヴィッチを」[49]と、イェイツは言った。

第四節　対英独立戦争　一九一九―一九二一

一九一八年一一月一一日、長い大戦は終わった。平和が訪れた他のヨーロッパ諸国に逆行するように、アイルランドは国土を戦場にして二つの戦争へ突き進んで行った。

一二月一四日、総選挙が実施され、復活祭蜂起のリーダーたちの遺志を継いだ「シン・フェイン」が一〇五議席中七三議席を獲得、アイルランドの政治地図を完全に塗り替える結果となる。「自治」をスローガンに、アイルランド政界の主役だった「アイリッシュ・パーティ」は、事実上その存在を終えた。

「シン・フェイン」はロンドンの議会をボイコット、一九一九年一月二一日、ダブリン市長公舎にアイルランド議会が召集され、独立とアイルランド共和国が宣言された。暫定政府樹立後、アイルランド側に戦意はなく、交渉による解決の期待は大。また、英国首相ロイド・ジョージは初め穏健政策に徹したため、一九一九年の間、ＩＲＡ（「アイルランド義勇軍」はＩＲＡ「アイルランド共和国軍」となる）による銃や弾薬を狙った警察・兵舎襲撃等の散発的事件を除いて、比較的平穏に推移する。しかし、アイルランド議会が召集されたその日、ティペレアリーでＩＲＡが警官二名を射殺。銃声は対英独立戦争開始を告げる不吉な号砲だったかもしれない。

この一月、詩人のペンから一篇の詩が生まれた――「再臨」（"The Second Coming"）、イェイツの詩の中で最も有名な一つである。「再臨」は、新約聖書・ヨハネ黙示録に予言された、世界を焼き滅ぼす終末の果てに訪れるというキリストの再来を指す。イェイツの詩が映し出すのは、二〇〇〇年の歴史サイクルが終焉へ向かう凄まじい破壊のヴィジョン――

拡大しゆく渦巻き（ガイアー）の中をぐるぐる旋回する
鷹に鷹匠の声は聞こえない。
万物が砕け散り、中心は崩壊、
血にかすんだ潮が溢れ、いたるところ
無垢の儀式は溺れ死ぬ。

「渦巻き」――歴史サイクルを表わす幾何学的形象――が拡大の極限に達し、二〇〇〇年前、一つの文明を導き入れたキリストに代わり、新しい文明を導き入れるのは――「胴体はライオン、頭は人間、／太陽のように虚ろな凝視」、スフィンクスに似た「荒々しい獣」が、二〇〇〇年の眠りから醒め

「生まれ出でんと、ベツレヘムを指し」身構える。

「世界は今や破片の束に過ぎないという確信が絶えず私に憑きまとった」、しかし「一つ、私は予測しなかった、私自身の思想に勇気が持てなかったからだ——高まりゆく世界の殺気に満ちた凶暴性（マーダラスネス）である」(1)。イェイツは自叙伝にこう記している。「再臨」は、世界大戦と、その最中に起きたロシア革命が引き起こした地殻変動にも似た破壊と変革に対する、ヨーロッパ中の恐怖と危機感を表現した詩と見なされている。しかし、詩の直接の引き金はアイルランドの政治・社会情勢だったかもしれない。

アイルランドが向かう行先が不吉かつ不透明な中、二月二六日、イェイツ夫人は女子を出産、生まれた子はアン・バトラーと名づけられた。男子誕生の予言は外れた。女子誕生と知って、母は「ダム」（damn 罵り言葉）と言ったとも伝えられる(2)。イェイツ自身は、「（家系の望みや親類の落胆は別にして）娘の方が喜ばしい」(3)。本音は別だったかも知れないが、子供の誕生に彼は高揚感に満ちた発言を残している。「子供は大きな喜びです、未来を満たしてくれます」、「子供を持つと人生が長く延びます。一九七〇年まで、運がよければ二〇〇〇年まで自分の人生を思い描きます（その時、アンは九一歳）」(4)。因みに、父の算数はエラー。

母子が療養所から退院した三月半ば、一家はダブリン郊外、リリーとロリー姉妹の家の近くへ越した。能劇の第四作『カルバリの丘』（*Calvary*）が書き始められたのはこの前後。キリストが自らの受難を「夢見回想」するという奇抜な場面設定の下、人間のパーソナリティの二つの分類、「客観的」タイプと「主観的」タイプを、前者をキリストに、後者をラザロとユダに重ねた劇である。『カルバリの丘』は、『鷹の泉』、『骨の夢』、『エマーの唯一の嫉妬』と共に、『踊り子たちのための四つの劇』（*Four Plays for Dancers*, 1921）に収録され、発表された。

ダブリン郊外に住居を定めると、妻の出産で中断していた自動筆記の「集中コース」(5)が始まった。コントロールのトマスは、ジョージ・イェイツの呼び名を「霊媒」から「通訳」（**interpreter**）へ変更を告げた(6)。男子誕生の予言が外れ、「われわれは性別を左右することはできない」と、彼は弁解気味。トマスは第二子、それも息子の誕生を示唆し、「子供は選ばれている、しかし、われわれは全てを支配できないことを忘れてはいけない。[子供は]もう一人だけ——それ以上はシステムを破壊する」と言う(7)。父、母、娘と息子の四人——「四」は、『ヴィジョン』の「システム」が拠って立つ神聖な数字である。

四月九日、「システム」の月の象徴性について問うイェイツに、トマスとローズはきわめて意味深な答えを返してきた。

このシステムは先在するものではない――それは、われわれとあなた方二人、或いは今や三人によって先在する心理から開発、創造される――骨格は全て世界に存在する――我々は選択するだけで、選択はあなた方二人次第だ――だから、われわれはあなた方に依存し、二人の生活（ジョイント・ライフ）のあらゆる小さなディテールは、われわれの開発、創造する能力に影響する。[8]

この頃から、夫婦の「二人の生活」が自動筆記の一つの主題となって浮上する。「システム」構築には夫婦の「完全な共感」が必要だという。「筆記録は霊媒のあなたに対する愛に懸かっている」[9]と「インストラクター」は告げた。更に夫婦の性的関係に踏み込んで、「スーパーナチュラル」と「セクシュアル」、精力と創造力は緊密にリンクしているという。「霊媒力は或る性的感情から生じる――それを欠けば、霊媒たり得ない」、「霊媒の欲望とあなたの欲望を求める彼女の欲望のどちらも満たされなければならない――つまり、彼女の欲望と彼女の欲望のイメージとしてのあなたは同一でなければならない」[10]と告げられた。霊媒の能力は夫婦の満たされた性的関係に依存し、同様に、創造力は夫婦互いが満たされた性生活から生み出されるというのである。自動筆記のセッションの多くがこうしたテーマを巡って推移した。

イェイツの友人たちの間で、月の位相や神秘哲学を著わしたイェイツの「散文の大著」はもっぱら話題の種。「察するに、私は第二五相で聖人の隣[11]」とＡＥ。イェイツは「『月』で頭が変、〔…〕非常に、非常に、非常に精神病院もの[12]」と、パウンドはいかにも彼らしい辛辣な意見を吐いた。

六月末、イェイツは、二〇余年、ロンドンの住居だったウーバン・ビルディングズを退去した。彼がここに越して来た時、三階のフロアだけだった彼の住空間は屋根裏部屋へ、下階のフロアへ延び、イェイツは自分の「城」を築いてきた。しかし結婚し家族ができた今、独身時代の住居は用を成さず、ロンドンは居住地として望ましくない。長い年月、ハウスキーパーを務めたミスイズ・オールドは、後にイェイツの友人に語った――「私は、ウーバン・ビルディングズでのミスター・イェイツとの至福の年月を決して忘れはしません――それは、至福の年月でした[13]」、と。

ロンドンの住居を引き払い、それと機を合わせ、この夏、バリリー塔が初めて詩人の「我が家」となる。依然、塔の改修工事は進行中、「あちこち乱雑[14]」で、完成にはもう一年が必要。しかし、一階はイェイツの書斎として整い、そこに置かれた「大きなトレスル・テーブル」で書きものができるようになった。七月一六日、彼が父に送った手紙は、「我が家」と「家族」を得た喜びを余すところなく伝えている。

かわうその茶色の頭がちょうど見えたところで、水面に長い漣(さざなみ)が立っています。〔…〕ジョージは縫い物をし、アンは一七世紀の揺りかごの中で大きく目を見開いています。私は城の一階の大きな部屋で書いています――これほど快適な部屋を見たことがありません。大きな広い窓が川に開き、丸いアーチの扉がコティッジへ通じています。

七月九日、イェイツは慶応義塾大学から招聘状を受け取った。二年間講義の要請。彼は「完璧な」芸術作品と見なす三つの一つに「鶴が青い空を飛ぶ日本の絵」を挙げ、能との出会いは新しい演劇の可能性を拓いた。東洋の国の文化・芸術に魅惑の眼差しを向ける彼は、俄然、招聘に乗り気で、二日後、アメリカのクインに――

日本に招かれたところです。〔…〕戦争の混乱が収まり、多分、自治が確立、石炭の価格が落ち着くまで離れているのは快適でしょう。〔…〕招聘に応じる主な困難は私の塔で、相応のモニュメントかつシンボルとなるまでにはもう一年が必要です。庭は、私の一生の中に緑の木陰ができるまでには数年が必要です。

二、三日おきにクールを訪れる彼は、グレゴリ夫人に招聘の件を打ち明けることを躊躇(ためら)った。彼女は、「私がアイルランドに対する義務を全て放棄してしまうと思うだろう[15]」と。グレゴリ夫人の反応は予想通りで、アメリカのクインからも断固反対の声が挙がり、イェイツの熱は徐々に醒め、九月の終わりには招聘に応じる可能性は後退。一一月、自動筆記でスピリットは、「次の夏、日本に行くべきではない、まだ仕上げる筆記録が残っている[16]」と告げ、年末までには、イェイツの日本渡航は立ち消えた。

アンの誕生後、制作が進められていた「我が娘のための祈り」("A Prayer for my Daughter")が、初夏、バリリー塔で完成する。揺りかごの中で眠る幼子の周りで、「嵐は吼え猛り」、「海風は塔の上で、橋のアーチの下で、絶叫」、周辺の農村社会で発砲事件が相次いだ。

混沌とした時代に生まれ落ちた娘に、詩人の父が願うのは「美しさ」――「しかし、よそ者の目を眩ませるような美しさではなく」、そして「礼儀(コーテシイ)」、ひとところに根を下ろす「緑の月桂樹のように」生きて欲しいと、父は願う。嵐の

「襲撃や殴打」にも、小鳥が葉陰から振り落とされることはない。詩全体に、モード・ゴンの存在が影を落とす――父が「愛した人」と彼が「是とした類の美しさ」は娘の反面教師として。

最後に、父は娘が花嫁となる日に想いを馳せ――

　花婿が彼女を、習慣と儀式が律する
　家へ連れていってくれんことを。

イェイツ自身が称え、愛した女性たち――モード・ゴン、オリヴィア・シェイクスピア、フロレンス・ファー、グレゴリ夫人――は、「例外なく」、独立心、強い意思、才能、知的好奇心の持ち主。その彼が娘の人生に思い描く「故意に古めかしい処方箋は、何世代の読者たちを苛立たせ」、「フェミニスト文学批評の標的となる(17)」。「モード・ゴンが生きた類の人生と、彼女が自分の娘に伝えた類の存在形態を故意に否定する(18)」意図が働いたのかもしれない。イェイツは長じた娘に、「故意に古めかしい処方箋」を課すことはなかった。

バリリー塔は、塔を囲んで流れる川が増水すれば、容易に浸水の危険に晒された。川の「氾濫は頻繁、後に泥と虫(19)」の置き土産を残した。アイルランドの古い塔や城は、壁が「汗をかく」と言われたほど湿り気の多い場所。バリリー塔はサマー・ホームであり、アイルランドの雨季に当たる秋から冬を古塔で暮らすのは論外。秋の訪れと共に、イェイツ一家――彼、妻、アン、ナースとメイド――はオックスフォードへ移り住んだ。住居はブロード・ストリート四番地、ベイリオール・カレッジの向かいに建つ古い家。「まさに私が愛する家、全てが調和し、高価、或いは安っぽい物は何もなく、知的人々にとって威厳のある自然な家(20)」と、イェイツは言った。

彼の古くからの友人メイスフィールドやロバート・ブリッジズはオックスフォードに住み、大学町特有の交友関係が広がった。学部生の組織からスピーチを依頼されることもあり、詩人と交友を求める若い研究者(ドン)も現われる。モーリス・バウラはその一人、この頃、二〇歳を出たばかりのこの学究と、詩人の生涯の最後まで交友が続いた。

オックスフォードで特別な存在となるのはレイディ・オットリン・モレル。ポートランド公爵を兄弟に持ち、議会議員のフィリップ・モレルと結婚した彼女は、「長身、魂に溢れ、依然、奇抜ながら美しい四五歳(21)」。オックスフォードの街から二、三マイル、ガーシントンの彼女の家は、週末、作家、芸術家、学部生、研究者が集う有名なサロンである。アイルランド人の母を持つオットリン・モレルとアイルランド詩人は意気投合、週末、彼は妻と共にガーシントンを訪れ、彼女はブロード・ストリート四番地を訪問、互いに行き来し合うようになった。

この頃、聖ジョン・カレッジの学生だったジェイムズ・オライリは、或る日、そうした場面の一つに遭遇した。

一九一九年の秋か初冬の或る午後、私がブロード・ストリートのベイリオール脇を歩いていた時、向かいの石造りのジョージアン・ハウスから、人目を惹く人物二人がカーヴした石段を下りて来た。先にレイディ・オットリン・モレル、〔…〕長身、妖精のよう、過ぎ去った時代の貴族の壮麗を思わせる奇抜な装い。もう一人はW・B・イェイツ、無帽、くすんだ色のツイード、リボン結びの大きな黒のタイ。〔…〕イェイツは白くなりつつある髪毛を風に吹かれ、深くお辞儀をし、レイディ・オットリンの手にキスをして、夫の横の席に上る彼女に手を貸した。[22]

イェイツがオックスフォードを退去した後も、オットリン・モレルとの交友は続いた。

季節は秋、古い大学街は自動筆記のセッションにうってつけの場所である。オカルト実験が続いた間、「不思議な現象」が伴ったとイェイツは言う。「二、三夜続けて、突然、暖かい息吹が道路の同じ場所の地面から立ち上って来るように思え」、「最も頻繁に起こる現象は甘い香り[23]」。「ノートブックの記載から判断すれば、彼の家は、ばら、すみれ、香(こう)、焼き林檎、焼けた羽の臭いに満ち、〔…〕ふくろう、猫、笛、スピリットの声、騒々しい物音で溢れていたに違いない[24]」と、筆記録を編集・出版したジョージ・ミルズ・ハーパーは推測する。それほど騒々しい家で、詩作は可能だったのだろうか。

自動筆記が始まって二年が経過、『ヴィジョン』の制作は進み、ジョージ・イェイツが月の各位相の特徴や人間の「四つの機能」の定義を「よく準備して」セッションに臨んでいることは筆記録から明らか。イェイツの「問いの多くは純然たる修辞、しばしば陳述(ステイトメント)に過ぎず、明らかに答えを予期したもの」。ジョージとガイドは「うんざり」気味で、「イエス」「ノー」「何故」とモノシラブルの答えを返してくることも多々[25]。この段階で自動筆記を「自動」と呼ぶのは「誤称[26]」であり、規則的なセッションは、オックスフォードに居住したこの期間が最後となった。

バリリー塔の改修は費用が嵩(かさ)んだ。「私の封建時代的土地保有の野心のため、私たち二人とも一文無しになってしまった[27]」と、イェイツはパウンドにこぼした。塔が「相応なモニユメントかつシンボル」となるには更に資金が必要で、それを稼ぐため、新年からイェイツのアメリカ講演旅行が計画された。「私の寄る年波と増え続ける体重が人々の熱意を削がなければよい[28]」とは、講演を企画した代理人に述べたイェイツの自虐的弁。因みに、父J・B・イェイツによれば、息子の体重は一四ストーン（九〇キロ弱[29]）。アンをリリーとロリー姉妹に預け、妻を伴った大西洋渡航である。「私の妻はアメリカと多くの人々に胸を躍らせています。結婚以来、彼女は事実上私と二人きりで、毎晩、書斎で私の仕事を手伝っていました」と、年の瀬の大晦日、彼はクインに手紙を送った。クインの耳にも月の諸相やイェイツの神秘哲学を著わした大著の噂は届いていただろうが、実務家の彼にオカルトは無縁、毎晩、詩人の書斎で進行していた事の真相はクインの想像の及ぶところではなかったかもしれない。

一九二〇年一月一三日、イェイツは妻とリヴァプールを出航、九日後、ニュー・ヨークに到着。父J・B・イェイツは息子の妻の到来を期待と不安をもって待った。「第一印象はいつも重要」と、彼は古びたコートを繕(つくろ)いに出し備えたがそれは不用、クインから「とびきり上等の」コートを贈られた[30]。マンハッタンのJ・B・イェイツの下宿で初対面を果たした二人は、直ぐに打ち解けた。画家の父の目に息子の妻は「器

イェイツ夫婦、アメリカで、1920年

量良し――口元を僅かに損なう引きつった表情がなければとても器量良し」[31]。彼女は「きわめて親しみ易く――クインが言うように冷静、常に冷静、それは彼女が基本的事実に感覚が鋭いからだ」[32]と、父の観察。妻は夫に代わって電話に応え、手紙を口述筆記し、スケジュールを立て、万事、夫のために心を砕いた。「私はジョージがますます好きになった。非常な深さはないが果てしない親切、思い遣り、実務能力に優れているようだ」[33]と、父は息子の妻が気に入ったようである。

講演はカナダを含む東海岸から始まり、シカゴ、オレゴンを経て、カリフォルニアまで到達、ニュー・オーリンズ、テキサスを踏破する強行日程が組まれた。東海岸の講演の間、ジョージ・イェイツはニュー・ヨークに留まることが多く、シカゴ、西海岸へは夫に同行した。彼女の心残りはバリリー塔とアイルランドに置いてきたアン。或る夜、妻が眠りながら子守唄をうたっているのを夫は耳にする[34]。

講演に用意された演題は、「大衆の劇場」("A Theatre of the People")、「私の青年時代の友人たち」("The Friends of my Youth")、「ウィリアム・ブレイクと彼の友人たち」("William Blake and His Friends")、「若い世代」("The Younger Generation")[35]。詩の朗読も組まれたが、人気の高い初期の作品が中心。「私は年齢を重ねるにつれ、[私の詩は]ますます難解になると誰もが考えている」[36]と、イェイツは自認した。一九〇四年、最初に渡米した時、四〇歳に達しなかった彼は、今、五〇歳代半ば。「若いシェリではなく中年のコルリッジ、全くの別人」[37]と講演を聞いた或る人は印象を受け、「あらゆる面でハンサムかつ傑出した中年の男性」[38]とまた別の聴衆は印象を受けた。

アイルランドの政治状況に質問が飛ぶのは必然。「アイリッシュ・アメリカンの政治の大釜に巻き込まれないよう」[39]、クインは忠告した。イェイツは「シン・フェイン」から用心深く距離を取り、記事になる発言を求めて包囲するリポーターには「脱政治(ノー・ポリティックス)」のルールを持ち出してかわす場面もある。

彼は、政治とプロパガンダをアベイから追放したこと、劇場の聴衆は政治的分断を乗り越えたことを、幾度も、幾度も、繰り返した。少なくとも一度、詩の朗読に「政治犯囚人に寄せて」が取り上げられたが、政治的狂信は「魂を破壊する激酸」だと厳しく糾弾――詩(と、その延長としてコンスタンス・マーキエヴィッチ)は、「アイルランドの呪いである精神」の例証として[40]。

三月二〇日、オレゴン州、ポートランドで思いがけない出来事が起きる。イェイツは、佐藤醇造から日本刀を贈られた。

佐藤は二〇歳代半ばの農林省官僚、ポートランドに居合わせた彼はイェイツの講演を聞いて、詩人の滞在するホテルへ赴いた。

> 彼は私への贈り物だと言って、それを結んでいた絹の紐を解き、刀を取り出した。彼の家に五〇〇年間あったもの。五五〇年前に作られ、彼は私に柄に刻まれた刀工の名前を示した。[41]

刀工は元重、鞘は刺繍を刺した美しい花模様の布で包まれていた。イェイツは佐藤に手紙を書いて、「彼の第一子が誕生した時——彼は未婚——手紙でそう伝えるよう」告げた。彼に刀を返すため。[42]「佐藤の刀」はイェイツのシンボルの一つとなって、詩の中で異彩を放つ。

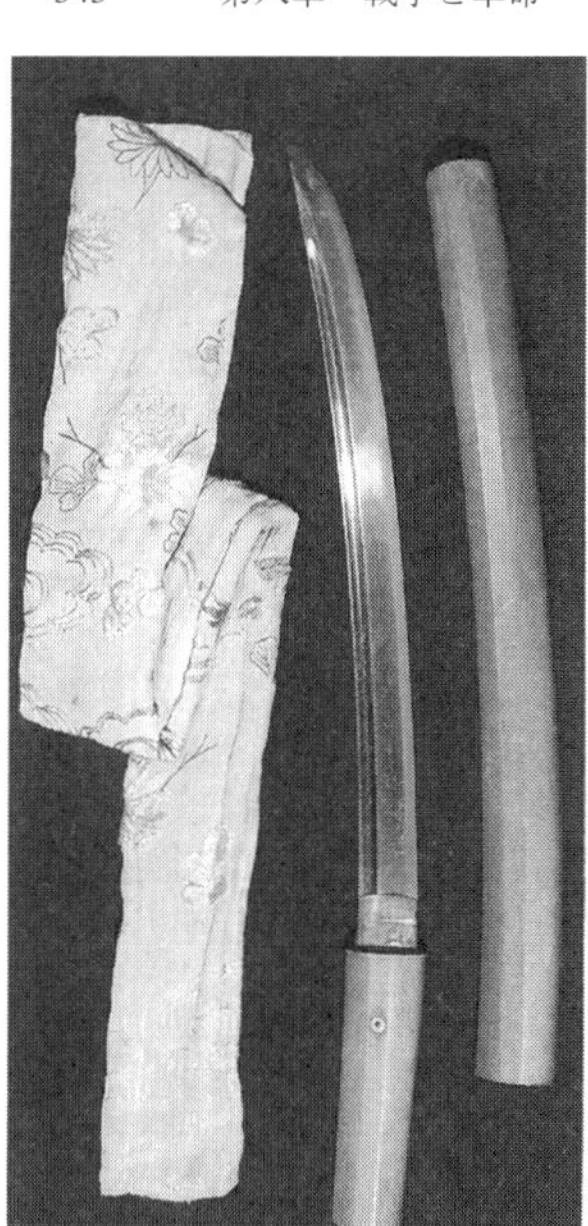

佐藤の刀

アメリカを旅行中も自動筆記は幾度か試みられたが、散発的、三月二九日、カリフォルニア州、パサデナで終わりを告げた。自動筆記は更に驚くべき手法にとって替わる——「スリープ」、「眠っているように見える［妻］が、時にイェイツの問いに対する答えとして、時にモノローグで」、コントロールからのメッセジを伝えるというもの。[43] すでに一二月、「インストラクター」から、彼女に掛かるストレスが少ないと提案されていた手法である。「スリープ」も実質的には七月で終了した。

あの「奇蹟的介入」から二年半、三六〇〇ページ超の筆記録を生んだこの驚異的実験について、ロイ・フォスターは、「最も理解し難いことはこれらのとめどのないセッションの背後にある［イェイツの］熱烈な信じ込み易さ」を挙げ、次のように自答する。

> 唐突な、一見絶望的な結婚を意味あるものに、実際、勝利の成功にする必要。あの世からのメッセジ、定められた子供たち、終末的変化の時代に彼の新しい家族を星に予言された大きな歴史パタンの中に位置づけること——そうした全てが情緒的、知的支えとなる堅固な礁を作り、一九一七年の嵐のような成り行きの後、彼の拠り所となった。[44]

この驚異的かつ奇怪なオカルト実験が終わった頃、ジョージ・イェイツは、詩人の妻として、彼の子供の――やがて二人の子供の――母として、揺るぎない地位を確立していた。

四月最後の日、イェイツはニュー・ヨークへ戻った。復活祭蜂起のリーダーの一人で死刑を免れたドゥ・ヴァレラが街に滞在中で、イェイツはクインと共に彼に面会した。イェイツは「落胆――生きた人間と言うより生きた議論、プロパガンダの塊[45]」。詩人の政治と政治家に対する不信が何であれ、ドゥ・ヴァレラはアイルランドの歴史形成の鍵を握る一人である。

イェイツは帰国を控え、難題が一つ残っていた――父J・B・イェイツ。八一歳になる父の生活を維持する息子の経済的負担は重く、クインは責任の重圧に寛容と忍耐も限界気味。それまで再三アイルランドへ帰国を促す手紙が送られたが、父はあれこれ言い逃れてきた。息子夫婦と共に帰国するよう相当なプレッシャーを伴った説得も不調。ニュー・ヨークで、「好きな時に食事をし、好きな時に眠り、気の向くままに行ったり来たり[46]」の生活を、父は捨てるつもりはなかった。ダブリンに戻れば、「自分の挫折の人生の現実が常に目の前につき纏っただろう[47]」。

帰国はモントリオールから。アメリカの税関をすり抜けるため早朝四時半に国境を越え、五月二九日、帰国の船旅に着いた。講演旅行は目標の五〇〇ポンドを達成。「二つの贅沢[48]」として、緑のオウムと白鑞(しろめ)のディナー・セットを買い求めた以外、全額がバリリー塔の改修に投じられた。

イェイツが不在にしていた間、暫定政府樹立後、比較的平穏に推移したアイルランドの状況は一変、一九二〇年に入り、IRAによる警察や兵舎襲撃が頻発し始め、島国はゲリラ戦の様相を呈し始めていた。

アイルランドの治安の悪化に、一九二〇年三月末、英国政府は予備軍を送り込み始め、その頃からアイルランドの或る地域はテロと恐怖の場と化した。「ブラック・アンド・タンズ[49]」なるあだ名を付された予備軍の多くは無法の徒――しばしば酔っ払った――と化し、無差別テロに訴え始める。夏から秋にかけ、警察襲撃や警官や英軍兵士を狙ったIRAの「待ち伏せ」に対し、「報復」の名目で、一般住民を巻き込んだ彼らの銃撃や家屋の焼き討ちが横行した。

「ブラック・アンド・タンズ」のテロの猛威を被ったのは西部ゴールウェイと南部コーク、グレゴリ夫人の住むゴートはその真只中。それに加え土地を巡る暴力・犯罪行為が多発、農村社会の治安を二重に悪化させた。三月三日、グレゴリ夫人の甥の一人フランク・ショーｰテイラーは、早朝、市へ向かう途上、銃撃され死亡。土地の売り渡しを拒否された農夫たちの犯行と目されている。近隣の土地所有階層はイングランドへ脱出を図る家も多い。更に彼らは、ＩＲＡによる館の焼き討ちという特有の試練に晒された。過酷な日々の中で、グレゴリ夫人は私的心労を抱えていた。クールの法的所有権者である息子の妻マーガレットは屋敷の売却を望み、彼女と対立、屋敷の存続を願うグレゴリ夫人の孤独な闘いは生涯の最後まで続いた。

六月初め、イェイツ夫婦はロンドンへ帰着、オックスフォードの家は賃貸中であり、アイルランドの状況は険悪、イタリアを旅行中のパウンドとドロシィの「とても小さな汚いフラット[50]」に一時借り住まいし、七月一〇日過ぎ、オックスフォードへ戻った。「とても平和です。緑のオウムが階段の踊り場に、アンは物を壊す勢いでよちよち歩き回っています」。七月一五日、イェイツはグレゴリ夫人に近況を書き送った。平和は破られ、月末、彼はダブリンへ急行する。モード・ゴンが「恐ろしい[51]」家庭のトラブルを訴え、助けを求めたからである。トラブルの発生源はイズールト。

彼女は、二月、フランシス・ストュアートとロンドンへ駆け落ちした。彼は作家志望の一七歳の青年——というより少年。結婚は既成事実化し、四月初め、二人は結婚式を挙げた。「災い以外の何ものでもない——少年の父親は精神病院で死亡[52]」と、グレゴリ夫人は日記に記した。周囲の人々が危惧した通り、結婚は殆ど初めから傾き、危機に陥った。若い夫はサディスティックにイズールトを虐待、彼女を部屋に閉じ込め故意に食事、睡眠、金を奪う、彼女を外に締め出し衣服を積み上げて灯油を撒き燃やす等々、狂気じみた行動に走った。

七月三一日、イェイツは、母と娘が滞在するウィックロー、グレンマルールへ向かった。イズールトは妊娠し、それが最悪の事態に危機感を添えた。イェイツは彼女をダブリンの療養所に預け、その間に、夫から妻に対する経済的保証を取りつける戦略を立て、その傍ら、夫は妻に毎日——時に、日に二通——手紙を書いて、事の成り行きを報告した。「私が来るのを許してくれ、貴女に感謝している。今回のことで、貴女の善良さの新しい側面を見ました」。こう書き送った夫に、「あなたを行かせた私の『善良さ』ですが、私が行かないよう説得していれば、あなたは私を許すことはなかったでしょう[53]」と、妻は応えた。夫の留守中、彼女は流産。

そうした挙句、イズールトは「依然、［夫を］愛し、終始、彼を弁護した[54]」。結局、若い二人は和解、八月一一日、イズールトは母と共にウィックローへ戻り、翌日、イェイツはそれ以上為す術もなく、ダブリンを後にした。

イズールトの結婚はトラブルに嵌ったまま。翌年三月、彼女は女子を出産、七月、生まれた子は短い命を終えた。「多分、悲劇的女の種族が死に絶えるのはよいことです[55]」。イェイツがグレゴリ夫人に洩らした辛辣かつ非情な発言は、無念さと怒りの裏返しだったかもしれない。

イェイツの創作力は盛ん。一〇月七日、オックスフォードで、「万霊祭の夜」(“All Souls' Night”)、一〇〇行が書き上がった——

真夜中が訪れた、クライスト・チャーチの大きな鐘や
小さな鐘が部屋に鳴り響く、
今夜は万霊祭の夜。

万霊祭は一一月二日、煉獄の死者たちの魂の救済を祈るカトリック教会の祭礼である。祭礼の夜——それを先取りし、「私」はテーブルにワインを注いだグラスを二つ置いて、オカルト仲間——ウィリアム・トマス・ホートン、フロレンス・ファー、マグレガー・メイザーズの亡霊の訪れを待った。彼らだけが理解してくれる「或る驚異に満ちたこと」、即ち結婚後に起きたあの「奇蹟」を彼らに語りたいから。『ヴィジョン』のエピローグを成す「万霊祭の夜」は、古い歴史と伝統を誇る大学街の荘厳な祭礼の夜の雰囲気を湛えた詩、「恐らくオックスフォードで書かれた最も優れた詩[56]」と、モーリス・バウラは評価する。

イェイツが自叙伝執筆に着手したのはこの頃。『幼・青年時代を巡る夢想』に続く、彼が家族と共にロンドンへ越した一八八七年から一八九一年、パーネルの死の年までの四年間、彼が詩人として地歩を築いていった年月の記録である。『四年の歳月』(*Four Years:1887-1891*)と題された。

翌年六月から、『四年の歳月』はロンドンとアメリカの雑誌に連載が開始された。その直後、出版者ワーナー・ローリーから、『四年の歳月』と一八九〇年代全般にわたる詩人の自叙伝に五〇〇ポンドを支払うオファーが舞い込んだ。「きわどいタイミングだった。[父の]請求書と帰国旅費を支払うため差し迫った講演旅行から救われた[57]」と、イェイツ。『四年の歳月』に続いて、『パーネル後のアイルランド』(*Ireland after Parnell*)、『カメレオンの道』(*Hodos Chameliontos*)、『悲劇の世代』、『骨の疼き』(*The Stirring of the Bones*)が書き継がれ、『ヴェールの揺らぎ』(*The Trembling of the Veil*)の表題の下、一九二二年、ワーナー・ローリーから出版された。表題は、「時代全体が寺院のヴェールの揺らぎに満ちている」と言ったマラルメからの引用。一九世紀末、西欧世界に充満していた終末の予兆を含んだフレーズが自叙伝のエピグラフに置かれた。

イェイツは、一年前、扁桃腺の「最悪のケース」[58]と診断され、アメリカ旅行中も異常を訴えていた。外科医で詩人の友人オリヴァー・セイント・ジョン・ゴガーティ――『ユリシーズ』のバック・マリガンのモデルは彼――の執刀の下、手術を受けることになり、「万霊祭の夜」を書き上げた直後、イェイツはダブリンへ赴く。「叶うかぎり吉兆の星座」にもかかわらず、彼は出血、「起こり得る最期を思い、密かに辞世のスピーチを模索した」[59]。対英独立戦争中、彼がアイルランドへ渡ったのはイズールトの件と今回かぎりである。

アイルランドの状況は――予備軍の第一弾が送り込まれて以来、IRAの「待ち伏せ」と「ブラック・アンド・タンズ」の「報復」のサイクルはエスカレートの一途を辿り、「殺人は殺人を呼んだ」[60]。秋、最悪の局面を迎える。

コーク市長テレンス・マクスウィーニーが不法書類保持の罪状で逮捕されたのは八月。ロンドンの監獄へ送られた彼は、直ちにハンガー・ストライキを開始、彼が食を断って七〇日目の一〇月二三日、イェイツはついに「復活祭　一九一六年」をロンドンの雑誌に発表した。このタイミングでの発表は一つの政治声明。その二日後、マクスウィーニーは獄死した。

ゴールウェイのグレゴリ夫人周辺は、「ブラック・アンド・タンズ」の「銃撃や［家屋の］焼き討ちが日常化」[61]、一一月五日、悲劇的事件が起きる。グレゴリ家の小作人だったマラキ・クインの若い妻エレンが、家の庭先で幼子を腕に抱いたまま、射殺された。通りかかった軍のトラックから無差別に放たれた銃弾に当たったのである。

ダブリンで、恐怖はピークに達する。一一月二一日（日）、早朝、オコンネル通りに面するグレシャム・ホテルに乗り込んだIRA兵士らは、一四名の英軍将校――一説によれば、諜報機関将校――を射殺。その日、午後、ダブリン郊外のゲーリック・フットボール会場で、「ブラック・アンド・タンズ」が観衆に無差別発砲、一二名の市民が犠牲になった。「血の日曜日」と呼ばれる事件である。

それから日の浅い、一一月二八日、グレゴリ夫人は詩を同封したイェイツの手紙を受け取った。詩は「報復」（"Reprisals"）、ロバート・グレゴリの死を悼む最後四つ目の作品である。

イタリアの墓から起きて
キルタータンの十字路に飛んで来るがよい。〔…〕
半分酔っ払った、まるで気の狂った兵士らが
君の小作人たちを惨殺している。〔…〕

「キルタータン」はクール周辺地域の名。「私は［詩が］嫌いだ」、「ロバートを引きずり出して、誠実とも思えない詩を作るのは耐え難い――イェイツは伝聞で知っているだけだから」[62]。その日、グレゴリ夫人は日記にこう書き入れた。彼女は、すでに『ネイション』誌に送られていた詩の発表を差し止めるようイェイツへ打電、「報復」は発表されることも、イェイツの詩の全集に収録されることもなかった。

グレゴリ夫人の周辺で、更に残酷な事件が続いた。一二月五日、行方不明だった近隣の兄弟二人の少年の死体が池で発見された。遺体は丸裸、絞殺、トラックに引きずられ、見分けがつかないほど損傷を受けていた。グレゴリ夫人は、日記の抜粋を「アイルランドの一週間」と題し、「匿名」で、『ネイション』誌に掲載。記事は、「ブラック・アンド・タンズ」の所業をイングランドの人々に伝える、最も正確な生々しい情報源の一つとなる。「暗黒の日々[63]」を送る彼女は、一二月、イェイツに――「あなたのオックスフォードの生活は平和に聞こえます。こちらは、依然、混沌としています[64]」。「私たちがアイルランドを見捨てていると思わないで下さい[65]」と、彼は返事をした。同じ頃、イェイツは妻の第二子妊娠をグレゴリ夫人に伝えている。

一九二一年二月、詩集『マイケル・ロバーツと踊り子』が出版され、「復活祭　一九一六年」を含む蜂起を題材にして書かれた四篇の詩が、事件から五年を経て、詩集に収録された。四つの詩、とりわけピアスとコノリが、アイルランドを蘇生させる道は「僕らの赤い血」と対話を交わす「薔薇の木」は、対英ゲリラ戦下のこのタイミングで、イェイツ自身の「政治声明[66]」と同義を成した。

二月一七日、オックスフォード学生会が企画したディベイトは、イェイツが更に鮮明な「政治声明」を発信する場となる。『オックスフォード・マガジン』が伝える彼のスピーチは――「ディベイトの発言というより演説、彼はシン・フェインを熱烈に称え、ブラック・アンド・タンズの軍事主義を糾弾、会場の注意を捉えた。七分間でこれほどフルなスピーチを、私たちは聞いたことがない[67]」。

ジェイムズ・オライリはその場のより鮮やかな記録を残している。

> 私が耳にした最も雄弁なスピーチ。彼は討議することも、議論することもしなかった。彼は英国人を糾弾、公然と彼らに挑んだ。発言者たちが立つテーブルから離れあちこち歩み、ディナー・ジャケットの中で拳を握り、彼は素晴らしい声で、怒り、嵐のように攻め立てた。［…］あの夜、学生会で演技もポーズもなかった。あったのは

真の怒り。あのスピーチを聞いた人は誰も、アイルランドのナショナリストとして彼の誠実さを問うことはできなかった。(68)

「私はシン・フェインではない」とイェイツは弁明しつつ、「シン・フェイン」を称えるスピーチは、対英ゲリラ戦下、旗印を高々と掲げる行為、アイルランドの外にあって「アイルランドを見捨てて」はいない、イェイツの為し得る最大限の意思表示だったろう。

イェイツの経済は、ニュー・ヨークの父の生活費が重くのし掛かり楽ではない。スライゴーの伯父の遺産は全て父の生活費に消えた。一九二一年四月初め、節約のためオックスフォードの家を「大金」(69)――週五ポンド一〇シリング――で又貸し、一五マイル離れたシリングフォードの村へ移った。「道路脇の二階建ての小さなコティッジ――毎日、巡回する行商人のカートから燃料や食料を少しずつ買います。石炭はすでに『売り切れ』の表示が出ています」。四月五日、イェイツはグレゴリ夫人に報告した。

イェイツの大作の一つ「一九一九年」("Nineteen Hundred Nineteen")が書き始められたのはこの頃。初め、「世界の現状についての考察」("Thoughts upon the Present State of the World")と題された作品は、世界が終末へ向かうイェイツの歴史ヴィジョンを最も鮮明に打ち出した詩である。しかし、詩人の想像力を捉えていたのは「世界」より「アイルランドの現状」だったかもしれない。

今や、日々、大蛇（ドラゴン）がのさばり、悪夢が
眠りに乗って駆る。酔っ払った兵士らは
母親を家の戸口で殺し、
血の中を這う彼女を置き去り、何の咎めもない。

エレン・クインの殺害は「世界の殺気に満ちた凶暴性」を象徴する事象であると同時に、「酔っ払った兵士ら」を送り込んだ国家の非道を告発する。

イングランドとの戦争は、ショックを伴ってイェイツを襲った。「私は何処にも未来に希望が持てない」と、三月二九日、彼はAEに書き送っている。「一九一九年」は「平和の喪失、希望の喪失を嘆く」(70)詩、一三〇行の詩全篇を「ネガテイヴな」表現が覆う。歴史サイクルの非情な力――「プラトン周期はぐるぐる旋回し、新しきを外へ／古きを内へ呼び込む」――人の営為の非力と無力感――「いかなる作品も、〔…〕いかなる栄誉もその記念碑は残らない」――、自己破壊的衝動――「嘲笑（あざわら）ったものを嘲笑え、／〔…〕我々は／嘲

笑を商いす」等々。イェイツは詩の表題を「世界の現状についての考察」から「一九一九年」へ変更、制作年を、事実に反して一九一九年と記した。この年が、彼自身にとって、アイルランドの歴史にとって、特筆すべき年号であることを明示したのであろう。

ダブリンの街は、警察、英国正規軍、「ブラック・アンド・タンズ」が入り乱れ、IRA兵士や火薬・弾薬の類を狙った家屋の襲撃が頻繁に繰り返された。一九二〇年後半に外出禁止令が始まり、真夜中から早朝五時までの禁止時間は、一九二一年に入り、夜一〇時、九時と早められ、三月二〇日、ついに八時に引き下げられるに及んで、アベイ・シアターのみならずダブリンの劇場は閉鎖に追い込まれた。

銃撃や襲撃が日常化した街で、劇場に足を運ぶ人々が多い筈がない。破産状態の劇場を救う作戦が開始された。その一つは、「アベイ・シアター基金」と名づけ企画された講演シリーズ。ロンドンで毎週日曜日に開かれ、五月五日、先陣を切ってイェイツは演台に立った。「私は、孤独、退屈、疲労、頭風邪、歯痛、不機嫌、騒音に苛々、湿疹、風呂なし、劇場嫌い、女嫌い、それ以外は元気で、快活」と、五月九日、彼は妻におどけた手紙を送った。

グレゴリ夫人も講演に立った一人。五月一六日、滞在していたG・B・ショーの家で、彼女はショッキングな新聞記事を目にする。マーガレット・グレゴリがテニス・パーティから帰る途中、IRAに襲撃された。他の四人はその場で射殺、彼女一人が生き残った。「全てが崩れてゆくように思える。でも私はアイルランドを離れない」[71]。グレゴリ夫人は気丈である。

七月九日、イングランドと休戦協定が成立、戦火は止んだ。

七月初め、イェイツ一家は再び転居した。転居先はシリングフォードから一二マイル、老母と未婚の娘三人が所有する「村の通りに面した大きな家」[72]、九月までここに留まる。

八月二二日、イェイツ夫人は男子を出産、誕生した子はマイケル・バトラーと名づけられた。初めウィリアム・マイケルと命名されたが、ウィリアム――父自身の名――は「ソフトで気の抜けた、雨降りの日の類の名前」[73]と、父が却下。「医師は、彼は『素晴らしい頭』をしていると言います。私が言えるのはせいぜい、彼は生まれたばかりのカナリアの雛より見栄えがよい（少し前、私の寝室で四組の雛が孵りました）、羽が生え始めた同じ鳥からはほど遠い」[74]。父のおどけた言葉に、息子を得た喜びがにじみ出る。マイケルは、生まれた直後、腸内出血の疑いがあり輸血と血清が必要。オックスフォードから医師が招かれ、マイケルは危機を脱出した。医師は薬剤師助手を装って、来診した。夫が動転しないよう、妻の配慮である。マイケルは、一一月、ロンドンでヘルニアの手術を受けた。この時、父はスコットランドを講演旅行中。アバディーン大学で一部の学生が「国家の敵を招待したこと」[75]に抗議行動を起こし、大学での講演はキャンセルになった。

一〇月、ロンドンで講和会議が始まった。一二月六日、困難な交渉の末、アイルランド代表団は講和条約にサインする。両国が合意した条約の骨子は、「南」二六州を「ドミニオン」——英国王・女王を国家元首とする英連邦を構成する国家、カナダ、オーストラリアなど——の一つとし、国家元首たる英国王・女王に「忠誠の誓い」を義務づけるもの。「自治」からは大きな前進だったが、代表団が目指したアイルランド三二州から成る「共和国」は実現せず、島国は「北」六州と「南」二六州に分断された[76]。

一二月一四日、アイルランド議会で、講和条約批准を巡る議論が開始される。アーサー・グリフィスとマイケル・コリンズを中心とする賛成派とドゥ・ヴァレラ率いる反対派が激突、激しい議論が続いた。

第五節　アイルランド内戦　一九二二―一九二三

一九二二年が明け、アイルランド議会で越年して続いた講和条約批准を巡る議論は、一月七日、賛否が票決に付された。結果は七票の僅差で賛成票が上回り、南部二六州からなる「アイルランド自由国」が誕生する。ドゥ・ヴァレラは辞任し、アーサー・グリフィスが自由国初代大統領に就任した。不平等条約とも言うべき講和条約を、「全ての国家が希求し達する究極の自由ではないが、それに到達するための自由」[1]、即ち踏み石（ステッピング・ストーン）と位置づけたマイケル・コリンズの現実論にも、アイルランド三二州から成る「共和国」を死守し、「忠誠の誓い」に拒否反応を示す条約反対派――「リパブリカン」と呼ばれた人々――は聞く耳を持たなかった。誕生した国家は二極に分裂、内戦の危機を孕んだ船出である。そうした中、英軍や「ブラック・アンド・タンズ」の撤退が始まり、植民地支配の牙城だったダブリン城はアイルランドへ明け渡された。

講和条約は、父と子、兄弟姉妹、家族を二つに引き裂いた。イェイツは賛成派。「私は悲観的体質で、彼らがあれだけのものをロイド・ジョージから得ると思わなかった、だから喜ばしい」と、一月一二日、彼はAEに語っている。弟ジャック・イェイツは強固な「リパブリカン」――「不可能論者（インポシビリスト）」[2]と、兄は彼らを呼んだ。グレゴリ夫人は、「私は、呑み込まなければならないあの条項――心を伴わず立てる〔忠誠の〕誓い〔…〕――ますます共和国に傾斜を感じます」[3]、こう表明しつつ、コリンズの現実路線を支持した。

一月半ば、パリでアイルランド民族会議が開催され、イェイツはダブリン代表団の一人として会議に臨んだ。講和条約以前に計画された会議は、世界に散ったアイルランド民族がパリに会し、民族の統一と団結を世界にアピールする文化的祝祭の場、「政治」は除外が会議のルールである。イェイツはアーサー・グリフィスに指名された一人。詩人に、彼の劇場に、激しい攻撃を浴びせたグリフィスは、一九一六年以降、軟化した。ダブリン代表団には、ドゥ・ヴァレラに指名された最も強硬な「リパブリカン」の面々も含まれ、「脱政治」のルール、民族の統一・団結を祝うはずのパリの会議はアイルランド議会の「レプリカ」と化し、条約賛成派と反対派がそれぞれ「政治的得点を挙げ、優位を争う」場と堕した[4]。

一月二三日、イェイツの講演。「現代アイルランド演劇と詩」と題し行われた講演は、「文学と演劇のリヴァイヴァルを開始から現在に至るまで辿り、ピアスが処刑される前夜に書いた『旅人』の感動的な朗読で締めくくった[5]。「パフォーマンスは、当初から自由国政府をサポートする決意の表われ[6]」であり、グリフィスの指名を「受けたのは、一つには、アベイ・シアターを政府のプロパガンダに資するため[7]」とイェイツは明言した。アイルランドのナショナル・シアターは、今や、その名声が世界に知れ渡る島国の知的財産である。

イェイツがパリからオックスフォードへ戻って一週間ほど後、二月三日、アメリカの父が他界した。心臓と肺の機能低下を招いていた八二歳にとって、ニュー・ヨークの冬は過酷、雪の中を長距離歩いて体調を崩し、それから二週間ほど経ったこの日の朝、クインが手配したナースに付き添われ息を引き取った。

クインの最後の愛人ジーン・ロバート・フォスターは、晩年のJ・B・イェイツに最も近かった一人。前日、クインと共に彼を見舞ったフォスターに、「明日の朝、絵のモデルになる約束を忘れないで」――これが、画家の最後の言葉となった。「彼の死は、彼が望んだ通りの死だったと思います。〔…〕彼に〔最後の〕メッセジを求める人もなく、深刻な顔をする人もいない、私たちは笑い、おしゃべりをし、彼は眠りにつきました[8]」。J・B・イェイツの最期を、フォスターはこうイェイツに伝えた。

特に父に愛着の深かったリリーに、その日、兄は手紙を送った。

最善の成り行きだったとも言えます。彼は衰弱することも、長く患うこともなかった。〔…〕もし帰国していれば、彼はもっと長く生きたでしょう。しかし衰弱し、自分が役に立たない老人だと感じるようになったかもしれない。彼は、南極探検家の死のように、仕事の真只中でものを考えながら、これまでにない絵をこれから画くのだと信じて亡くなりました。〔…〕私たちは彼のためにできることは全てした、悔いることは何もないと思います。

一一年前、クインが制作を依頼した画家の自画像が、未完成のまま残された。それを、「彼が生きた人生の最も痛ましい証人[9]」と言う人もいる。「彼は幸せだった。彼は最後まで彼の人生を生きた、自由で、解放された魂だった[10]」。また、或る人の意見である。

遺体は、フォスターの好意で、ニュー・ヨーク、チェスタータウンにあるフォスター家の墓地の隣に葬られた。父と息子は、「華々しい挫折」と「華々しい業績[11]」と、両極の人生を歩んだ。「画家（アーティスト）の息子」は父から芸術家の使命感と誇りを受け継ぎ、「華々しい業績」も息子が父の人生から学んだ教訓の結果だったかもしれない。

アイルランド議会で講和条約批准を巡る議論が進行していたクリスマス直前、一二月二二日、イェイツはオリヴィアに苦しい胸中を打ち明けていた。

私はアイルランドについて深い闇の中にいます。条約は批准されるだろうと思います。しかし、苦渋を回避できる希望は見えません。過激派が国をさらってしまうかもしれない。人はあまりに苦い想いの時、うさぎが狐の踊りに引き寄せられると思われているように、死と破滅が人をおびき寄せます。先週、私はダブリンで暮らす計画を立てていました――ジョージは積極的です――しかし、今は、全て流血と悲惨だけかもしれないと感じています。そうなれば、バリリーをふくろうやねずみにうち捨て、イングランドも捨てて、〔…〕何処か遠い国で暮らすことになるかもしれない。イングランドとアイルランドが修復の希望が失せるほど関係が断たれれば、子供たちのため、私自身の仕事のため、それ以外に何ができるでしょう。〔…〕

イェイツの自叙伝『四年の歳月』がクアラ・プレスから出版されたのはこの頃。自叙伝は、文化・文学運動をアイルランドの歴史に位置づけ後世に伝える記録である。それを読んだグレゴリ夫人はイェイツに、自叙伝は「あなたのアイルランドの仕事の立派な序章です。〔…〕あなた、私、ヒュー〔・レイン〕、〔ダグラス・〕ハイド、その他の人々が為した仕事は、独立が視界に見える今、より大きな価値を持っています――それは国家の預貯金です[12]」と語った。イェイツが祖国に懐(いだ)く疑念や保留が何であれ、そこへ「帰る時が来たことを、彼は知っていた[13]」。

二月初め、ジョージ・イェイツは家を探すためダブリンへ赴いた。候補物件の中から、彼女が選んだのはメリオン・スクゥエア八二番地の一八世紀に建てられた大きな家――「部屋はとても大きく、堂々とし」、手持ちの「カーペットが郵便切手に見える[14]」ほど。メリオン・スクゥエアはダブリンで「最も堂々とした(グランド)」スクゥエアで、アイルランド国立美術館や議会の入る建物レンスター・ハウスが立ち、かつては歴史に名を成す多くの人々がここに住んだ。家探しを妻に任せ、オックスフォードに留まったままの夫はダブリンから報告を受け、「特にウェリントン公爵のストリート・バラッドを思い出し、とても豪勢な(グランド)気分[15]」。公爵はナポレオン戦争の英雄、「メリオン・スクゥエアに／この高貴なヒーローは産声を上げた、／国家国民の歓呼の中に[16]」とバラッドはうたった。イェイツは、二〇歳の頃、ダブリン郊外の「狭苦しいテラス・ハウス」に住んだ「不名誉な時代」を思い出し、「一家が或る威厳を取り戻すことができる」と感慨深げ。叔父や叔母は「打ち揃って出掛け、メリオン・スクゥエア八二番地の外観を見てよしとした[17]」。

対英ゲリラ戦の間、バリリー塔は住む人もなく、ブラック・アンド・タンズが塔を占拠した等よからぬ噂が流れ、イェイツを慌てさせる場面もあった。噂は噂に過ぎず、塔は殆ど無傷。城の主が不在の間、ゴートの大工ラファティは改修工事を進め、四月初め、イェイツ一家はバリリー塔で暮らし始める。メリオン・スクゥエアに移り住む九月末まで、ここが詩人の「我が家」。

かつて「城」は植民移住者の「砦」だった。歴史の悪しき連想を避け、塔は「トール・バリリー」と命名された。「トール」はゲール語で「塔」の意。窓枠や天井のペンキ塗りに、庭の花や野菜の植えつけに忙しく立ち働く妻の横で、夫はジョイスの『ユリシーズ』を読書。二月、パリで出版されたジョイスの大作を、「私たちアイルランド人の残酷さとアイルランド人の一種の強さを持ち、マーテロー塔のページは美しさに満ちている――残酷で遊び心に満ちた精神（マインド）、大きなしなやかなタイガーキャットのよう[18]」と、イェイツは評した。

アイルランド西部の四月、「嵐が唸り、泥炭と薪の大きな火（ソフト）[19]」を焚いた季節は巡り、夏を迎え、「ジョージが、刻一刻、一四世紀の絵を作る場所に住むのは大きな喜びです。戸外は、川岸沿い一帯にサンザシが咲き、全てが美しい」。六月五日、クインに便りを送ったイェイツはほほ笑ましい家族エピソードを添えている。クインが名づけ親であるマイケルは一歳、「八本目の歯が生え」、三歳になったアンは、「天にいます父」なる神に捧げる「主の祈り」に言葉を挿んだ――「父さんは天にいません」、「父さんは書斎」、「父さんはクールへ行った」、と。

バリリー塔の生活は中世のレヴェルでないまでも、「きわめて簡素、明かりはオイル・ランプやストーム・ランタン、川水を大きな銅釜で煮沸して[20]」使った。買い物のためゴートの町へ自転車を走らせるジョージ・イェイツの姿を、近隣の人々は見かけるようになる。

講和条約を巡って二つに割れたアイルランド社会に、和解の兆しは見えなかった。ＩＲＡは、四月から四つの裁判所から成る建物「フォア・コーツ」を占拠、そこに立て籠もり、徹底抗戦の構え。アイルランドが無政府状態になることを懸念する英国政府の圧力を受け、六月二八日、早朝、マイケ

イェイツが居住した頃のバリリー塔と塔の螺旋階段

ル・コリンズはフォア・コーツ攻撃を開始した。二日後、ダブリンが誇る建築の一つフォア・コーツは焼け落ち、IRAは投降。投獄された四〇〇名のIRA兵士の中にモード・ゴンの息子ショーン・マクブライドがいた。その後、オコンネル通りで激しい市街戦が戦われ、内戦は首都から地方へ拡大、政府軍（フリー・ステイター）と「イレギュラー」と呼ばれたIRAは対英ゲリラ戦より更に凄惨な戦いを、九か月、戦うことになる。

われわれは幻想を糧に心を養った、
心はそれを喰らって残忍になった。
われわれの愛よりも
われわれの憎悪により実体がある。（「内戦時の瞑想」）

それまで平穏だったバリリー塔周辺にも内戦の脅威が忍び寄り始める。一般住民を巻き込んだテロの恐怖はなかったが、「列車も郵便も電報も止まり、道路は石や木で封鎖[21]」、フォード車が「棺を縦に積んで家を通り過ぎる」こともある。時々、爆弾の炸裂音、煙が上がり、「丘や木立の向こうで何が起きているか不明[22]」、漠とした不安が一帯を支配した。

グレゴリ夫人とイェイツは今や隣人同士、対英ゲリラ戦の間、ギクシャクした二人の関係は昔に戻ったような親しさが復活、イェイツは独りで、あるいは妻と共に子供たちを連れ、頻繁にクールを訪れた。グレゴリ夫人がバリリーへやって来ることもある。「イェイツは金曜日に［バリリーへ］帰った。私たちは一〇日間、静かに過ごした[23]」。六月一八日（日）、グレゴリ夫人の日記の記述。イェイツが「内戦時の瞑想」（"Meditations in Time of Civil War"）を書き始めたのはこの時、「バリリー塔と内戦についての一連の詩[24]」は、夏の間、制作が続けられ、七つのセクション、二〇一行の大作を生み出した。

二つの戦争の中で、アイルランドの土地所有階層は特有の試練に晒された――IRAによる館の焼き討ちである。植民移住者を先祖に持ち、アイルランド社会の頂点に立って島国を支配した彼らは、IRA兵士らにとって支配者の手先。対英ゲリラ戦の中で始まった焼き討ちは、内戦下、更にエスカレート、一九二二年の「夏の終わりから、秋、冬、春先の夜中、カントリ・ハウスはかがり火の連鎖のように燃えた[25]」。一九二三年の最初の四か月の間に、南部二六州で一一七軒が犠牲になる[26]。クールは難を逃れたが、グレゴリ夫人の生家ロックスバラは焼失。内戦が終結した時、「アングロ・アイリッシュ」から成る支配階層は崩壊、終焉を迎えていた。

「内戦時の瞑想」の冒頭のセクション「先祖の家々」（"Ancestral Houses"）は、アイルランドの土地所有階層を指すのか、貴族階級全般を指すのか、時代の変革の中で彼らの機能と役割は尽き、今や「空(から)の貝殻」と化した。世界崩壊の予兆から書き起こされた大作は、ヨーロッパの西の果て、「一エーカーの石の土地」に立つ「塔」、そこを「我が家」とする詩人が、周辺地域の内戦の現実を通し、国家、西欧世界、ついには二〇〇〇年規模の歴史に「瞑想」を巡らし、最後、やがて「来たる空白」のヴィジョンで結ばれる。

イェイツはバリリー塔を「モニュメントでありシンボル」――「通りかかる人々にはっきり目に見える私の作品(ワーク)の永遠のシンボル」[27]と言った。「塔」は、混沌とした時代の潮流に抗する最後の砦であり、時勢の「悪天候」を避け(よ)そこに籠もる詩人の、真理を究め、深まる闇に尚も「明かり」を照らさんとする内なる孤独な闘いの象徴――

行き暮れた旅人たちは、
市場や縁日からの帰り道、
彼の真夜中の蠟燭の明かりを見た。（「私の家」）

「真夜中、どこか高い孤塔の私のランプが人の目に触れんことを」[28]と、ミルトンはうたった。彼は、一七世紀前半、イングランド内戦を生きた詩人。「孤塔」、「真夜中のランプ」は、時代の渦から遠い人里離れた塔に籠もり、独り書を読み、森羅万象に思索を巡らす孤高の詩人を表わすロマン派のシンボルである。

先人の詩人に倣って、詩作に、オカルト哲学の究明に、真夜中まで明かりの燈る「私の机」の上、ペンと紙の脇に、「佐藤の贈り物、不易の刀」が置かれている――「私の日々が目的を見失わぬ／戒めに」。「佐藤の家に、／新月のような弧を描き、月のように光って、／五〇〇年間置かれていた」（「私の机」）刀は、父から子へ、東洋の国の世襲文化が生んだ作品、芸術作品の不滅を象徴する。

バリリーは、「長い戦争や、夜、不意に鳴る警鐘」（「私の家」）をくぐった激動の地であり、塔はアイルランドの戦乱の歴史を無言に語る生き証人である。「人々は幾世紀も激動を生きてきたのだ。惨めに、苦渋に陥るまいと、自然の美の感覚を失うまいと、何にも勝る欲求を感じた」。内戦下の心境を、イェイツはこう述べている。バリリー塔の詩人の部屋の窓辺に、椋鳥(むくどり)が作った巣穴があり、最後から二番目のセクション「窓辺の椋鳥の巣」（"The Stare's Nest by My Window"）に、詩人は「その時の感情」[29]を表わした。

蜂が崩れゆく石の
割れ目に巣をつくり、そこに
母鳥が地虫やハエを運んで来る。
私の壁も崩れゆく――蜜蜂たちよ、

椋鳥の空の家へ来て巣を作れ。

復興、再建への祈りに、絶望が後を追う――「昨夜、彼らは道路を車で引きずっていった、／血まみれの若い兵士の死体を」、「われわれは幻想を糧に心を養った、／心はそれを喰って残忍になった〔…〕」（「窓辺の椋鳥の巣」）。

残酷な現実は、非情な歴史サイクルが全てを無へ呑み込む最終セクションの、やがて「来たる空白」のヴィジョンを導き入れる――その先触れ、猛禽の鷹の「無数の甲高い叫び声と翼が月をかき消した」。「内戦時の瞑想」は、「一九一九年」のように歴史の悪夢で閉じることはない。

私は後ろを向き、扉を閉じ、階段で
思い巡らす、私は私の価値を幾度証明できただろうと、
他が皆理解し、分かち合う何かに。

七月初め、アメリカ人ジャーナリスト、チャールズ・オマリ一家がクールを訪問すると、そこに、イェイツが妻と娘を連れ居合わせた。七五年後、オマリの娘ルシールの記憶に鮮やかに甦るグレゴリ夫人は、「この上なく優雅、唯、唯、麗しい」老貴婦人。イェイツが詩を朗読することになり、彼は「我が娘のための祈り」を選んだ。

彼は勢いよく立ち上がって、始めた。全てがドラマティックだった。彼は「派手な身振り」で腕を振り、詩を朗々と朗読した。私は彼の子供を見ていた。彼女は彼に纏わりついて、彼女の鼻、そう、鼻から鼻水が大量に流れ、彼のところに寄ってきて、上着を引っぱり続けた。〔…〕彼は彼女を突っぱねも、追い払いもしなかった。朗読を中止して世話をした。彼はどんと本を置いて、ポケットに手を入れ、大きなハンカチを取り出した、それまで振り回していたもの、身を屈め――「かんで！」――鼻をかむ大きな音。ハンカチを元に戻し、朗読を続けた。

グレゴリ夫人とイェイツ一家は「まるで一つの家族のよう」と、ルシールの目に映った。[30] バリリー塔の生活はクールなくして立ちゆかず、一方、息子ロバートを失い、土地所有階層は崩壊、クールの存続も不確かな四面楚歌のような状況を生きるグレゴリ夫人にとって、イェイツと彼の家族は大きな慰めだったに違いない。彼女は子供が好き、アンとマイケルがクールを訪れる度、目を細めた。

グレゴリ夫人の日記には、ＩＲＡによる橋梁の爆破や列車

の不通、道路の封鎖等が頻繁に綴られている。「バリリーの橋が爆破の深刻な危険[31]」と、八月二日の記述。それが現実になり、八月一九日、バリリー塔を囲んで流れる川に懸かる石橋がＩＲＡによって爆破された。彼らは深夜にやって来て、一時間半の予告、最も安全だと教えられた塔の中階に子供たちもメイドも皆が避難し、開け放った窓は一枚も割れることなく、爆破は終了――翌日、イェイツはクールを訪れ、グレゴリ夫人に報告。爆破は激しい振動と爆音を伴い、「以来、私たちは気分が悪い[32]」と、ジョージ・イェイツはオットリン・モレルに書き送った。

橋の爆破は予想外の事態を招いた。橋の瓦礫で川が堰(せ)き止められ増水、塔が浸水し、一時、水が床上二フィートまで達した。急遽、バリリーから撤退を余儀なくされ、アンとマイケルを一時クールに預け、九月二〇日、イェイツ夫婦はダブリンへ、メリオン・スクウェア八二番地の生活が始まった。

イェイツは五七歳にして、祖国の首都の市街に生活拠点を定めた。生涯を通じて初めて。功成り名を遂げ、凱旋である。三月、トゥリニティ・カレッジはイェイツに名誉博士号授与を決定した。七月に予定された授与式は、内戦の混乱から一二月に延期、授与式に臨んだ彼は、「名士になった気分[33]」。七月には、クイーンズ大学（ベルファスト）が同じ栄誉を詩人に贈った。「イェイツは傑出した人物になり、あまりに傑出し過ぎ、真に親しくなるのは難しい[34]」。こう述べたＡＥの言葉が、小さな島国の狭い首都でイェイツの立つ位置を示唆している。

イェイツ一家が暮らし始めたダブリンは、復活祭蜂起と引き続いて起きた一連の「出来事に対する怒りと悲しみ、「国家の」将来に対し深い不安に摑まれた街[35]」。内戦は、最後の最も恐ろしい局面へ入ろうとしていた。

八月一二日、アーサー・グリフィスが脳出血で急死した――過労死。「心が破れた(ハートブレイク)」と、人々は言った。一〇日後、マイケル・コリンズが、彼の故郷コークを巡回中、ＩＲＡ狙撃兵の銃弾に命を落とした。対英ゲリラ戦、イングランドとの講和会議、誕生した自由国政府にあって、常に牽引車の役を果たしたコリンズの死の報に「呆然自失[36]」、と記したグレゴリ夫人の日記の記述が事件の衝撃を表わしている。

二本の柱を失った自由国政府を、ウィリアム・コスグレイヴ、ケヴィン・オヒギンズ、リチャード・マルカヒの若いトリオが引き継いだ。この時までに主要な町は政府軍の手に落ち、ゲリラ化したＩＲＡ掃討作戦として、九月二七日、軍事法廷設置、無許可の武器・弾薬所持を、ケースによっては、死刑の刑罰をもって禁じる治安維持法が制定された。ＩＲＡは議会議員の暗殺や家の焼き討ちで応酬、政府は囚人を報復処刑、内戦は「国家規模の復讐劇」[37]へ堕していった。一〇月九日、イェイツはオリヴィアに――

著名な人々の誰がこの状況を生きて通れるだろうと思います。ディナーの席で大臣に会い、［建物の］戸口で彼の武装したガードを通り過ぎ、再び彼に会えるか確信が持てません。〔…〕政治が宗教にとって替わった現代国家ほど危険なものはありません。一握りの殉教者たち（一九一六年）は爆弾で、私たちはその爆発の中で生きています。

同じ手紙に、「私はシステムを書き表わすのに多忙です」とイェイツは書き添えている。

一一月、ＩＲＡ要人の一人アースキン・チルダーズが、無許可の武器所持を禁じる治安維持法に触れ、逮捕、各方面から挙がる抗議と温情を求める声の中、一一月二四日、処刑された。その前夜、「ダブリン中で戦闘が始まり、ものすごい機関銃の銃撃」、政府の建物に近いメリオン・スクウェア八二番地で、「家全体が唸り、揺れた」[38]。

講和条約批准時、モード・ゴンは、意外にも賛成派の一人。しかし、反体制分子に対する政府の弾圧が強化され、牢獄に囚人が溢れ始めると、彼女は反政府、ＩＲＡ支持に転じ、一九二二年八月、囚人の母親、妻、姉妹、女性たちから成る「囚人擁護女性同盟」を結成した。モード・ゴン自身、息子と娘の夫が獄中、囚人の母親である。日曜日が巡って来る度、モード・ゴンと彼女の友人シャーロット・デスパードを先頭に、同盟の女性たちが政府に抗議し繰り広げるオコンネル通りの行進は、通りの一部のような光景となる。

同盟が反政府姿勢を鮮明に打ち出すと、聖スティーヴンズ・グリーンのモード・ゴンの家は政府軍、警察の度重なる襲撃に晒された。一一月、軍は家宅捜索の末、「道路の真中に書類を山積みにして、火を放ち燃やした」[39]。その中で、イェイツがモード・ゴンに送った手紙の数々も灰に帰した。ゴン－イェイツ書簡集に収録されたイェイツの手紙三〇通の中、この事件以前のものは僅か一一通に過ぎない。

イェイツが「憎悪と狂信にとり憑かれた」魂と評したモード・ゴンの「石」の心は、二つの戦争の中で更に硬化、自由国政府へ向ける彼女の激しい憎悪は政権を支持するイェイツにも向けられた。二人の関係は冷え、互いを避ける年月が続いた。

自由国憲法は議会に上院設置を定め、六〇名の議員の半数は大統領の指名によった。一二月一日、早朝、イェイツの友人ゴガーティはメリオン・スクゥエア八二番地を訪れ、霧の中、表札に「上院議員イェイツ」と書いて立ち去った。その日遅く、政府の使者がイェイツ宅を訪問、正式に指名を伝達。任期は六年。この時、イェイツは講演旅行でロンドンに滞在中。彼が上院議員の候補に挙がっていると『フリーマンズ・ジャーナル』（一二月二日）が報じていたことであり、驚きはなかったかもしれない。しかし、独立を遂げた祖国で、国家再建に直接参加できる地位を得た喜びは一入。一説によれば、IRB党員だった彼の過去の履歴が評価されたのだということ。イェイツは急ぎダブリンへ戻り、一二月一一日、上院開会式に臨んだ。

IRAは政府に協力する議会議員と判事を、「その場で射殺」、家の焼き討ちリストに挙げ、上院議員もそのリストに加わった。メリオン・スクゥエア八二番地も武装したガードが警護に当たり始める。クリスマス・イヴ、銃弾二発が家に飛び込んだ。「リパブリカンが屋根から銃撃」、一発は子供部屋に入り、壁に当たって砕け、破片がアンを膝に抱いていた母の肩に着弾。二発目は応接間の窓から扉を貫通、寝室に抜け壁に当たった。一二月二六日、事件をグレゴリ夫人に報告した手紙に、メイドの「メアリ・アンは病み、怯え、暫く帰省することになり、ジョージと私は元気で、子供たちは気にしないと思います」と、イェイツは気丈な文面を綴った。

「国家規模の復讐劇」は断末魔の様相を呈し、一月中に、三四名の囚人が報復処刑、二月の終わりまでに三七軒の上院議員の家が焼き打ちに遭って、焼失。ゴガーティは入浴中に誘拐され、リッフィー川に飛び込んで、危うく殺害を逃れた。彼の家は焼き討ちに遭った三七軒の一つ。

上院議員の歳費（年額三六〇ポンド）は「射殺される、家を焼かれる、爆撃に遭う埋め合わせ[40]」と、ブラック・ユーモアとも空元気とも取れる台詞を吐いたイェイツだったが、この事態に、滞在していたロンドンから一月最後の日、ウェールズに一時避難を妻に提案した。手紙を受けた妻は——

今がクライマックスだと感じています——ですから、何とか可能であるなら、耐えるべきだと思います。ここに留まって、ともかく、何か役に立つなら——つまり、将来、役に立つのであれば——今が決定的な時です。〔…〕私はあなたに、帰って来て下さいと言っているのではありません——上院以外は——でも、皆で出てゆくのは重大な誤りだと思います。[41]

イェイツは、家族と共にダブリンに踏み留まった。同じ手紙で、妻は——「私は将来に何の恐れもなく、それが不思議に思えます。不安の欠如は、恐れる必要はないのだという私の確信を増します。だって、あなたは私の全世界で、私があなたに何の恐れもないなら、私の直観は正しいでしょう?」。手紙を読んだ夫は返事を返した、「貴女の手紙の最後のセンテンスから大きな喜びを感じ、貴女が滅多に自分の感情を表わすことはなかったことを思い知りました。〔…〕私の心は一杯になった[42]」、と。

一九二三年五月二四日、ＩＲＡは投降、内戦は終結した。一万二千のＩＲＡ囚人が獄中にあり、人々が「心に負ったトラウマの傷は深い[43]」。

第九章　上院議員イェイツ　一九二三―一九二八

イェイツ、1923年、ノーベル文学賞受賞発表後、メリオン・スクゥエアの自宅の書斎で

アイルランド自由国は、カトリック教徒が人口の圧倒的多数を占めるカトリック国である。アイルランド議会の下院は、選挙によって選出された議員から構成され、「民意」を反映する。上院は発足時、定数六〇名の半数は大統領に指名された議員――イェイツはその一人――から成り、人選に支配階層から転落したプロテスタント層の利害を反映するよう配慮された。「議員指名の背後に、ユニオニスト・コミュニティを立法府の代表に引き入れる暗黙の意図[1]」が働いた。上院機能は下院から上がる法案を精査し、助言・修正を行うもの、拒否権は有しない。一五名の議員は貴族の称号を有し、銀行家、弁護士、実業家が多い上院で、イェイツは教育、文学、芸術の領域を担う三名の一人。彼は、誕生した国家の国政に直接参加できる地位を得たことを喜んだ。「国家創設時に生きる幸運[2]」と彼は言い、「新しい国家機構を作るゆっくりした、胸の躍る仕事を進めています――皆が珊瑚虫で、頭に究極の島の何らかのデザインを思い描いています。一方、国は武器や弾薬が溢れ、凶暴な手がそれを何時使うか知れません」と、一九二三年六月二八日、オリヴィアに送った手紙は国家建設に乗り出す意気込みを滲ませている。

イェイツは、先ず、「古いプロジェクト」の実現に着手する。その一つは、財政破綻の危機に沈むアベイ・シアターの建て直し。大戦中、劇場の財政は傾き始め、続いて起きた対英ゲリラ戦と内戦によって更に悪化、一九二三年、アベイ・シアターの銀行口座は借り越しが二〇〇〇ポンドに膨らみ、劇場の建物を抵当に入れざるを得ない事態に陥った。

南部二六州の独立が視界に見え始めた一九二一年一二月、イェイツはすでに政府助成によって劇場の財政再建を考え始めていた。アベイ・シアターの経営は恒久的財源なくしては困難、政府助成として年額一〇〇〇ポンドの具体的数字を、彼ははじき出している。グレゴリ夫人はイェイツと意見を異にし、劇場をそっくり政府に譲渡する案に傾いていた。

アイルランド自由国が誕生すると、ロビンソンとグレゴリ夫人は政権の閣僚に劇場の窮状を訴え、助成嘆願を始めた。しかし内戦が始まり、嘆願は一時棚上げ、一九二四年六月二七日付で、イェイツとグレゴリ夫人連名の嘆願書が自由国大統領コスグレイヴに宛て送られた。そして、一九二五年八月八日、年額八五〇ポンドの政府助成が決定したことを、イェイツはアベイ・シアターの舞台から報告した。翌年から、助成金は一〇〇〇ポンドに増額される。アベイ・シアターは、英語圏で政府から助成を受けた最初の劇場となり、名実共にアイルランドのナショナル・シアターの地位を確立する。

イェイツが力を注いだもう一つはヒュー・レインの三九点の絵画。これも、グレゴリ夫人との共闘である。レインが数奇な運命によって命を落としてから数年が経過する。その間、イェイツとグレゴリ夫人はアイルランドへ三九点の返還を求め、運動を続けていた。しかし、絵をダブリンへ寄贈した遺言補足書が故人の最後の遺志を記したものであるとし、アイルランド側が主張する「道義的」権利は、ロンドン国立美術館に絵を寄贈した遺書を楯に、イングランドが振り翳す「法的」権利に阻まれ、なんら進展を見せなかった。アイルランド自由国が誕生すると、レインの絵を巡る争いは、アイルランドとイングランド二国間の外交交渉のテーブルに乗った。「レインの遺贈はアイルランド議会の討議で度々上がる不満の種となり、その度に、英国政府の無関心の煙幕に遭った」[3]。一九二三年五月、イェイツの発議で、上院は絵画返還を求める決議を行っている。

海峡対岸から挙がる抗議の声に押され、一九二四年夏、英国政府は遺言補足書の法的有効性を調査するため諮問委員会を設置した。一九二六年六月、委員会は調査結果を「レイン・リポート」として発表、遺言補足書が法的に有効な書類と考え作成されたものであることを認めたが、それを執行するために必要な議会の特別立法は、レインの「真の精神に悖(もと)る結果を招く」[4]と結論づけた。リポートに大きな期待を寄せたグレゴリ夫人は――希望の後、「ショック」[5]。

「レイン・リポート」と歩調を合わせるように、その年の六月二六日、テイト美術館に新しいウィングが英国王によってオープンした。レインの三九点の絵をここに展示し、それを核に、現代ヨーロッパ美術のコレクション形成を目指すのだという。「レイン・リポート」には次のような一節が含まれていた――「もし彼［ヒュー・レイン］が生き延びて〔…〕新しいギャラリーを目にしたなら、彼は遺言補足書を破棄し、彼が大きな価値を置いていた［三九点の］絵画が現代ヨーロッパ美術を代表するコレクションの中核を形成することに、大きな満足を覚えたことは疑い得ない」[6]。

こうした英国の一連の動きが、アイルランドで「大きな苦痛と怒り」[7]を巻き起こしたことは言うまでもない。「宝をしまう洞窟を掘った労苦を理由に、宝の所有権は自分たちのものだと主張する」「アリ・ババの四〇人の盗賊」[8]に、イェイツは英国を準えた。アイルランドは英連邦を形成する「ドミニオン」の一つである。国家元首である国王を争いの当事者の一方に引きずり込む――「沸騰するアイルランドの大釜に国王を投げ込む」[9]――英国政府の「愚」を、彼は質した。この後も、レインの絵を巡ってグレゴリ夫人とイェイツは、ダブリンで、ロンドンでロビー活動を展開、多くの時間とエネルギーの消耗を強いられた。絵の奪還はグレゴリ夫人の悲願、彼女は人々に手紙を書き、面会、それを逐一記した日記の記録は膨大な量に及ぶ。

イェイツの上院議員任期は一九二八年まで。上院は平均して二週間に一度、午後三時間開会された。集中審議もあり、イェイツは幾つかの委員会に属し、その長を務めてもいる。彼が上院に在職した期間は詩人として最も創作力に満ちた年月である。一九二四年七月二七日、イェイツが「猛烈」と言う一日のスケジュールは――「一〇時から一一時半まで詩、一一時半から一時半まで〔…〕新しい政党を立ち上げるための会議、二時から三時まで手紙、三時から六時まで上院」[10]。この日は特別な一日だったかもしれないが、上院に在職した年月の詩人の日々を窺わせる。

イェイツがメリオン・スクウェアで暮らし始めると、夏の間、ダブリンとバリリーを行ったり来たりの日々が彼の生活パタンとして定着した。彼は、独りで、妻と共に、子供たちを連れ、アイルランド西部の古塔へやって来た。ここは詩作の場。「残念なことに、二、三日すればダブリンへ戻らねばなりません。あちらでは人は怒り、散文を書き、ここでは小さな川の流れの傍で詩を書きます。それ以外のことは何も考えません」。一九二三年八月一日、こう言って、スコットランドに住む一七世紀英詩の権威グリアソンに手紙を送ったイェイツは、一週間後、古塔へ舞い戻った。

バリリーにある間、イェイツはクールを頻繁に訪れ、屋敷に滞在することもしばしば。グレゴリ夫人は、内戦が終結し

イェイツと二人の子供たち、バリリーで、イェイツから尾島庄太郎に送られた写真

た直後、左胸にしこりを発見、直ちに切除手術を受けた。癌は再発、もう三度、彼女は手術台の試練をくぐり、ついに病魔は彼女の命を奪う。イェイツが最初にクールを訪れた時から三〇年近い年月が経過、この間、アイルランド社会は劇的変化を遂げ、クールとグレゴリ家の運命も、また、激変した。屋敷が売却される日は遠くない。そうした変化を乗り越え、イェイツとグレゴリ夫人の関係にはどこか風雪を耐えた不動の絆が存在した。

この頃、イェイツは『ヴィジョン』の完成へ向け奮闘中。本は、自叙伝『ヴェールの揺らぎ』を出したワーナー・ローリーから出版が決まっている。翌一九二四年四月二〇日、ローリーに宛てた手紙で――「この一年、私は、詩を二つとエッセイを一つと、この本以外何も書いていません。〔…〕私は何にも勝る願望が一つあります。それはこの本を書き終えることです。〔…〕私は懸命に励んでいる」。「後一か月で」、「二週間で」書き終えると彼は言いつつ、悪戦苦闘が続き、完成までの道のりは、尚、遠い。

そうした中、一九二三年、夏から秋へかけ、衝撃的な詩が書かれた――「レダと白鳥」("Leda and the Swan")、ギリシア神話の主神ゼウスが白鳥に化身して人間の女レダをレイプしたと伝えられる故事に拠った詩――

> 突然、襲いかかった、巨大な翼が
> よろめく娘の上で羽ばたき、彼女の腿を
> 黒い水かきが愛撫し、うなじを嘴（くちばし）が摑んだ、
> 彼女の胸に彼の胸が重なり〔…〕。

神獣が人間の女と交接する生々しい場面描写が、一四行のソネット形式で描かれる。

九月半ば、グレゴリ夫人はメリオン・スクウェアに滞在していた。イェイツがここに居を定めて以来、彼はダブリンへやってくるグレゴリ夫人を自宅に迎えるようになった。九月一七日、グレゴリ夫人の日記の記述――

> イェイツは彼の長年の信念を話した。当面、民主主義の時代は終わり、反動として上からの強力な政府が誕生する、それは、今、ロシアで起こり、ここ［アイルランド］でも始まっていると言う。この力が世界に現われ始めているという思想を、彼はレダの詩――いまだ未完――に表わした。今朝、彼は三時まで起きて詩を書き、正午、完成したと私に詩を読んでくれた。半時間後、再び彼が詩を書いている声が聞こえた。[11]

イェイツは、保守的価値へ傾斜を深めるにつれ民主主義を排

除、右傾化、秩序の回復に成功したムッソリーニのイタリアに一つの政治モデルを求めた。詩は、『アイリッシュ・ステイツマン』を編集するＡＥに依頼され書き始め、政治詩になるはずが、「書き進める中に鳥と女が場面を占領し、政治はすっかり消えてしまった[12]」と、イェイツは詩に注を付した。レダの生んだ卵の一つからヘレンが誕生する。トロイ炎上へ至るあの壮大な叙事詩の世界が胚胎された瞬間を捉えた「レダと白鳥」は、歴史サイクルの転換によって「上からの強力な政府」の誕生を予言する作品であろう。しかし、一四行のソネット前面を占めるのは神獣の性の襲撃。この頃から、性、性愛がイェイツの作品の一つの主題となって浮上し始める。「真面目で研究熱心な人に最もなおざりにされた二つのトピックは性と死者[13]」と、彼は言った。

一一月はノーベル賞月間である。一一月初め、新聞はノーベル文学賞候補としてイェイツとトマス・マンの名前が挙がっていると報じた。或るジャーナリストから新聞記事を見せられたイェイツは、一一月七日、「私はノーベル賞のチャンスがあります」とクインに伝えている。一週間後、一一月一四日、夜一〇時と一一時の間、イェイツに『アイリッシュ・タイムズ』のロバート・スミリーから電話がかかった。「ミスター・イェイツ、あなたに大変な朗報です。大きな名誉があなたに与えられました。あなただけでなく国家にとっても大きな名誉です。〔…〕」。電話の向こうの苛立ちを察知し、スミリーが「ノーベル賞があなたに授与されました」と告げると、返ってきたのは――「スミリー、いくら、いくらなんだ[14]」。

イェイツ夫婦は電話とインタヴューの対応に追われ、日付が変わった一時、台所へ降り、ソーセイジを焼いて祝った。翌朝、二人は外出、「階段の新しいカーペットを買った[15]」。世界中から、お祝いの手紙が舞い込んだ。アイルランドが独立を遂げた翌年のこの朗報に、イェイツは象徴的意義と価値を見出し、「この名誉は私個人としてよりもアイルランド文学の代表者として与えられたのだと考えています。一つには、自由国がヨーロッパに迎え入れられたのです[16]」。公私にわたって、彼は祝意に同じ趣旨の言葉で応えた。

メダルと賞金はアイルランドへ送付もされ得たが、イェイツは授賞式に臨む道を選んだ。一二月六日、妻と共にストックホルムへ。一二月一〇日、授賞式、続いて一二月一三日、受賞記念講演。イェイツは演題に「アイルランド演劇運動」（"The Irish Dramatic Movement"）を選んだ。「共に仕事をした無名、有名の人々を称えるため、世界で私が浴す名声の多くは彼らに負っているから[17]」と言って。詩よりも劇作がイェイツのインターナショナルな評価を築いたと考えるのは「笑い種」で、「過剰な謙虚は虚ろに響く」[18]とロイ・フォスターは言う。講演の終わりで、イェイツは次のように述べた。「国王からメダルを授与された時、私の両側に老い衰える老女と青年の亡霊が並んで立つべきでした」[19]。二人は、無論、グレゴリ夫人とシングの亡霊である。「シングとグレゴリ夫人と私」——事につけ、イェイツが繰り返す決まり文句となる。

年末、北欧から帰国すると、世界中から送られた手紙の山が待っていた。一月の終わりになっても、日に「一七、一八通」[20]の返事を口述する作業が続いた。帰国後、イェイツはスウェーデン印象記を書き始め、一月末に完成する。『スウェーデンの贈り物』(*The Bounty of Sweden*)と題し、受賞記念講演と共に小冊子としてクアラ・プレスから出版され、自叙伝の最後に組み込まれた。

ノーベル賞受賞を「名誉も賞金も嬉しい」[21]と、イェイツは語った。妹リリーは結核の疑いで、イングランドで療養中。彼女の療養費に、クアラ・ビジネスは二〇〇〇ポンドの負債を抱え——結局、兄が支払った——、率直な感想だったろう。六八〇〇ポンドの賞金の中、六〇〇〇ポンドを投資に回し、一部は参考図書に費やされた。「私はずっと参考図書の充実を望んでいました。『ブリタニカ』、ケンブリッジ古代・中世・現代史、ギボンの優れた版、美術書を何冊か。分厚い背表紙の長い列を見ていると、刻一刻、学識が増す気がします」と、一月一三日、彼はグレゴリ夫人に素直な喜びを伝えている。

ストックホルムで行われた講演の中で、イェイツはアベイ・シアターの現状に触れ、「私たちは負債を負っています。〔…〕しかし、私たちはとても多くのことを生き延びて来ました。私たちの幸運を信じています」[22]と語った。

幸運の女神は劇場を見捨てることはなかった。財政破綻の危機に瀕する劇場の救世主となる劇作家が現われる——ショーン・オケイシー。彼の第一作『影のガンマン』がアベイ・シアターで演じられたのは一九二三年四月、劇場は、IRAの襲撃に備え、武装したガードが警護に当たっていた頃である。『影のガンマン』は、対英ゲリラ戦下、ダブリンのスラムを舞台に「ブラック・アンド・タンズ」の襲撃を描いた劇。第一作に続いて、やはりダブリンのスラムに場面を置いた二つの劇作が書かれ、「ダブリン三部作」と呼ばれるオケイシーの三つの劇は破産状態の劇場を救った。

一九二四年三月三日、オケイシーの第二作『ジュノーと孔雀』がアベイ・シアターの舞台に懸かった。内戦下のダブリン、しっかり者の妻——「ジュノー」は六月生まれの彼女の愛称——と、「孔雀」よろしく気取った足取りでパブに入り浸るぐうたら亭主、スラムに住むボイル一家を中心に、「夫婦漫才」じみた喜劇的要素をふんだんに織り込みながら内戦の悲劇を描いた三幕劇である。「無為、アイロニー、ユーモア、悲劇を描いた素晴らしい、恐ろしい劇」と、グレゴリ夫人はオケイシーの劇を形容した。公演初日から劇場は満席。グレゴリ夫人が観劇した三月八日、「満員、平土間もギャラリーもすし詰め」、「この世に生まれたことを嬉しく思うアベイの夜の一つ(23)」と、彼女はイェイツに語った。

オケイシーの登場と機を合わせるように、新しい世代の優れた役者たちが活躍を始めていた。アベイが生んだ最も偉大な男優と呼ばれるF・J・マコーミック、バリ・フィッツジェラルドとアーサー・シールズの兄弟その他の男優陣に、女優陣は、究極の「ジュノー・ボイル」を創り出したセアラ・オールグゥドなど、オケイシーの三部作は、或るジャーナルが「最強のアベイ・カンパニー(24)」と呼んだ役者陣が控えていた。

オケイシーの登場によってアベイ・シアターの財政は回復を見せ始め、一九二六年二月までの一年間に劇場の興行収入は一万ポンド近くに達し、純利益は、政府助成を除いて八〇〇ポンド超。「非常によい(25)」、とグレゴリ夫人は嬉しげに日記に記した。

アイルランド自由国が誕生すると、ゲール的価値へ傾斜する新しいナショナリズムが台頭し始める。ゲール文化への回帰・復活が唱えられ、国語が話せる国民は僅かという現実をものともせず、コスグレイヴ政権は、国民全てが国語を話すゲール語国家樹立を目指した。一九二三年、上院で、英語とゲール語で祈りを読み上げる提案が出され、一九二四年、列車の切符、標識、掲示に英語とゲール語併記が義務づけられた。イェイツは、ゲール語の祈りを「知りもしないことの子供じみたパフォーマンス」と呼び、ゲール語表記は「不誠実の一つの形であり、この国全般の知性や思想を阻害し、ゲール語に対する苛立ちを生む(26)」と批判した。アイルランドを「南北」に分断する「境界」問題は新国家の最重要課題の一つである。「南」が「国をうまく治める(27)」ことが「北」を勝ち取る道と説くイェイツは、「南」のゲール語・文化への傾斜が「北」を疎外し、分断の永続化に繋がることを懸念した。

ゲール文化への傾斜と同調するように、偏狭なカトリック信仰に裏打ちされたピューリタニズムの波がアイルランド社会を覆い始める。一九二三年、映画の検閲が始まり、続いて起きた「悪しき文学」根絶キャンペーンは迫り来る出版物検閲の嵐の予兆だったろう。

こうした風潮を煽ったのはカトリック系のメディアである。「アイルランドはカトリック国であり、際立ったカトリック文化を異質の要素による汚染から守るのは新しい国家の任務である[28]」と主張する彼らは、イェイツを始めとするプロテスタントの知識・文化人たちを「ニュー・アセンダンシー」と呼び、彼らを、「異質の要素による汚染」源であるかのように攻撃の標的に晒し始めた。その矢面に立ったのは、無論、イェイツ。

中でも、『カトリック・ブリティン』のティモシー・コーコランは、かつて『リーダー』のD・P・モーランを思わせる、執拗なイェイツ攻撃を繰り返した。『ブリティン』は殆ど毎号、「ニュー・アセンダンシーに対する復讐劇[29]」を展開、攻撃のキー・ワードは「異端（ペイガン）」。イェイツは「キリスト教に用はない、美的、倫理的見地から異端の過去を好むと公言してきた[30]」、「教育を通じ、カトリック信仰を破壊する陰謀をたくらんでいる[31]」、更に、イェイツの作品が文学モデルとしてアイルランドの学校に「強制」されていると言う。詩人がノーベル賞を受賞すると、『ブリティン』は賞を「毎年開かれるうす汚い賞金レース」と呼び、「上院議員ポレックスフェン・イェイツ」——と、ジャーナルは呼び習わした——は、英国の恩給、アイルランドの納税者たちから巻き上げたもの（即ち、上院議員の歳費）に加え、「反キリスト教のダイナマイト製造業者の故人から供給された相当額[32]」を手にした——といった論調である。

一九二四年六月二日、イェイツは、イズールトと彼女の夫フランシス・ストュアートの訪問を受けた。この頃、彼は詩人志望、後に小説家に転じる。二人の訪問目的は、詩人のF・R・ヒギンズや作家のリーアム・オフラハティらと共にラディカルな新聞『トゥーモロー』の発行を企て、イェイツに協力を求めるため。閉塞、偏向へ向かうアイルランド社会に正面から挑む——というより、殴り込みを掛ける——若い作家たちの企てに、「素晴らしい騒動の種[33]」と飛びついたイェイツは支援を約束、『トゥーモロー』第一号に論説を書き、事もあろうに「レダと白鳥」の新聞掲載に同意する。

論説は匿名で発表されたが、イェイツの手になることは明らか——

> 私たちはカトリック教徒である、だが、ミケランジェロやラファエロに、フィレンツェのプラトン・アカデミーの教義、ガリリーとパルナッソス山の和解を、ヴァティカンの壁やシスティーナ礼拝堂の天井に画くよう命じた法王ユリウス二世やメディチ家の法王たちの一派である。〔…〕私たちは宣言する、罪人（つみびと）を許すことはできるが、無神論者を憎悪する。悪しき作家とあらゆる宗派の司教は無神論者たちである[34]。

イェイツの「あらゆる方面を分け隔てなく苛立たせる昔からの才能[35]」は健在。

島国社会に浸透するピューリタニズムは、その著しい特徴として性に対し過剰な拒否反応となって現われた。一九二五年末、ロンドンの雑誌がクリスマス号に懐妊したマリアをうたった中世のキャロルを掲載すると、海峡の対岸で、クリスチャン・ブラザーズはキャロルを「神への恐ろしい冒瀆[36]」と非難の声を挙げ、カトリック系新聞の編集者が、公道で、雑誌を積み上げ燃やす焚書騒動に発展した。イェイツは記事「大胆な思想の必要」(“The Need for Audacity of Thought”)を書いて、事件の詳細を述べ、応酬。記事はＡＥの『アイリッシュ・ステイツマン』のために書かれたが、雑誌が危険に晒されると掲載を拒否されると、イェイツは記事をアメリカの『ダイアル』に発表した――キャロルをそっくり引用して。

アイルランド社会に、『トゥーモロー』が放った「セクシュアル・ショック」はイェイツの詩に留まらない。新聞記事の中で、最大のショックはレノックス・ロビンソンの「ダン山のマドンナ」、レイプされた田舎の娘が神の子を身ごもったと信じる物語である。「極悪非道」、「われわれの宗教の最も神聖な全てに対する持続的、かつ組織的暴虐[37]」と、『カトリック・ブリティン』は怒りの声を挙げた。『トゥーモロー』に掲載されたもう一つは、黒人男性と白人女性の恋愛を描いた短篇「色」。新聞はダブリンのプリンターに拒否され、マンチェスターで印刷された。

『トゥーモロー』は二号で事実上廃刊になったが、新聞が仕掛けた爆弾の残響は尾を引いた。レノックス・ロビンソンはカーネギー図書委員会の幹事である。委員の一人である神父は抗議の意を表わして辞任、委員会の議長はロビンソンに幹事辞任を迫った。ロビンソンがうんざりして辞任を考え始めると、イェイツは、「君は説明や謝罪が必要なことは何もしていない。ヨーロッパの卓越した作家が誰でも求める同じ自由を、君は求めているだけだ[38]」と言って、ストップをかけた。更に翌年三月、コスグレイヴ政権の閣僚の一人デズモンド・フィッツジェラルドがロビンソンのアベイ・シアター重役辞任をちらつかせると、イェイツは、「いかなる状況でも、たとえ一時的であっても、ロビンソンの辞任には応じられない[39]」と突っ撥ねた。

誕生した国家にあって、上院議員イェイツは、「強硬路線のリパブリカンたちからはアイルランド人として不足、親帝国派とさえ見なされ、カトリックの狂信者たちからは汚水だめの精神を持った異端、元ユニオニストたちからは知的トラブル・メイカー[40]」と見なされた。イェイツが置かれた状況は彼が青年時代に経験したそれと酷似、「同じ闘い、敵も同じ[41]」。ピューリタニズムとのバトルは詩人の生涯の最後まで続いた。

「タルチャウン・ゲームズ」（Tailteann Games）は三年に一度開催されるアイルランド最大の祝祭である。スポーツの祭典であると同時に文化・芸術祭でもあるこの伝統行事が、一九二四年の夏、復活することになった。アイルランドが独立を遂げた今、海外の著名人たちを「国賓」として招待することになり、イェイツは招待客の人選に当たる委員会の長を務めた。彼の国賓リストは――ピカソ、ベナヴェンテ（スペインの劇作家、一九二二年のノーベル文学賞受賞者）その他。「誰が来るだろう?」[42]と、ロビンソンは呟いた。最終リストはトーン・ダウン、英国の著名人や外交官等、常識的人選に落ち着いた。

　イェイツが来訪を最も望んだのは海外に在住するアイルランド作家たち、特に『ユリシーズ』の著者である。英米で発禁処分になったジョイスの大作に、彼の祖国が示した反応は――「地獄と下水を掻き、掻き集めた泥を生きるものの麗しい顔に投げつけ、毒は美を萎え死に至らせる。〔…〕彼［イェイツ］は時を選ばず、彼［ジョイス］を天才と公言する」[43]。トゥリニティ・カレッジの英文学教授はこう述べた。イェイツは招待委員会の会議を特別招集して、ジョイスに正式な招待状を送ることを諮ったが予想通り拒否反応に遭い、個人的にジョイスに招待状を送った。「ダブリンには君の天才を称える多くの人がいます。君が覚えている街とすっかり変わった街を目にするでしょう」[44]、と。ジョイスは祖国に背を向け続け、G・B・ショーも招待に応じなかった。

　この文化・芸術祭にイェイツが打ち出した企画の一つは、最も優れた文学業績三つにロイヤル・アイリッシュ・アカデミーから授与されるゴールド・メダル。AE、レノックス・ロビンソン、イェイツが選考に当たり、スティーヴン・マッケナのプロティヌスの翻訳、ジェイムズ・スティーヴンズの『デアドラ』、ゴガーティの『白鳥を捧げる』が受賞した。ジョイスは国外在住のため、選考対象外となった。三〇歳以下の有望な詩人に贈るメダルがもう一つ用意され、フランシス・ステュアートの詩集『我らは信義を守った』に贈られた。

　八月二日、祝祭の開会を祝って宴が開かれ、スピーチに立ったイェイツは次のように述べた。

> 国家はいわば土地の所有権を得た青年です。彼が賢者か愚者か、土地を広げるかただの浪費家に過ぎないか予測し難い。彼は成人を迎え、隣人の善意を求めています。彼が、非常に困難で、苦難に満ちた世界に身を置いていることは確かです。[45]

　イェイツがジョン・クインの死を知ったのはこの前後。癌に冒されたクインは、七月二九日、五四年の生涯を閉じた。

> クインの死は、私たち皆に大きなショックをもたらしました――クインは私に残っていた唯一の男性の友人でした――ジョージ・ラッセル［AE］を除いて。〔…〕彼は私たち家族皆と繋がっていました。あれほど溢れるエネルギーと慈愛に満ちた人を他に知りません。

八月一〇日、クインに最も身近な存在だったジーン・ロバート・フォスターにこう書き送ったイェイツは、最初のアメリカ講演旅行の折に、クインが「何週間も、いや何か月もの間、日々、心を砕いたに違いない」と振り返り、イェイツの家族全員のために、とりわけ詩人のために、大西洋の対岸で惜しみない援助の手を差し延べ続けたクインの死を悼んだ。

　そして、イェイツ自身に健康の危機が迫る。一〇月一七日、上院でスピーチを終えると、彼は激しい苦痛に襲われた。医師から、高血圧が原因と診断される。「私の人生はあまりに興奮に満ちていたようで、今、その代償を支払わなければなりません。一冊の書を書けば或る期間大酒に浸るのと同じ、ともかく、医師は通常の不節制を私に問い質して見つからず、そう考えているようです」[46]。友人にこう語ったイェイツは、東洋の暦に従えば、翌年に還暦を迎える。健康に赤信号が燈ったこの出来事を境に、彼は体調を崩し勝ちになる。

　医師から完全休養を命じられた彼はクールへ赴いた。秋の色に染まった「七つの森」は「壮麗（マグニフィセント）」[47]。ドクター・ストップはどこへ、彼は初期の詩作品の手直しを進め、一八九一年の作品「恋の悲しみ」（"The Sorrow of Love"）が、原型を留めないまでに書き替えられた。クールに到着した時、「頬が窪み、父が画いた青年時代の彼の肖像画の亡霊」のようだった彼は、一〇日も経つと、「絵に画いた健康と意気軒昂そのもの」[48]、クールに二週間滞在してダブリンへ戻った。しかし血圧は目立ったほど下がらず、この後、彼はデヴォンに住む妻の母と義理の父タッカー夫妻の元で静養を続けた。

　寒く、湿ったアイルランドの冬はイェイツの健康の大敵。医師の勧めで、一九二五年が明けると早々に、彼は妻と共に地中海の太陽を求めてイタリアへ旅立った。向かった先はシシリー島。ここで、エズラ・パウンドとドロシィに合流する。パウンドは、一九二〇年、ロンドンを去り、パリに四年間滞在した後、イタリア、ジェノヴァの南西、ラパロへ生活拠点を移した。イェイツの『ヴィジョン』執筆は最終段階にあり、第三書は「一九二五年二月、カプリで」、第四書は「一九二五年一月、シラクサで」完了と記されている。

　シシリー島からナポリ、カプリを巡り、二月半ばローマへ。

イェイツはヴァティカン美術館やシスティーナ礼拝堂を度々訪れ、クローチェやジェンティーレの教育論を読んだ。この時までにイェイツは健康を取り戻し、ジョセフ・ホーン——詩人の死後、彼のオフィシャルな伝記を著わすのは彼——は、「ボルゲーゼ宮殿で、彼がエレヴェターに乗らず階段を二つ駆け登る」[49]姿を目撃している。

二月末、イェイツはダブリンへ戻った。四月二三日、「昨日、本を書き終えました」と、彼はグレゴリ夫人に『ヴィジョン』の完成を伝えた。『ヴィジョン』は、中世の歴史家ジラルダスの架空の書に基づく。書の口絵に載ったジラルダスの——イェイツに酷似した——肖像画はデュラックの木版。「実際、私が病気になったのはこの本のせいです——何年もの間、私の心から離れることはありませんでした。それが頭から離れ、私は健康になりました」[50]と、イェイツは彼に語った。

『ヴィジョン』の公式出版年は一九二五年であるが、実際に本が世に出たのは一九二六年一月、六〇〇部が、番号を振り、著者の署名を入れて出版された。出版者ワーナー・ローリーは、本の中身に首を捻った。「本が何を言っているか誰も皆目見当がつかない。イェイツにカタログ用の解説を書くよう説き伏せようと思いませんか。ぜひそうして欲しい」[51]と、彼はイェイツの文学業務代理人ワットに手紙を送っている。出版を目前にした、一月一六日、イェイツはローリーに、「私は多少興奮して本を待っています。私はガチョウを孵した白鳥なのか、白鳥を孵したガチョウなのか分からない」と、期待と不安を滲ませた。著者から本を贈られたオリヴィアは——「システムはいささか恐怖——あらゆることが前に進み、終わりがなく、休息も安らぎ（ピース）もないまま、到達できないゴールへ達してしまう」[52]と述べた。この書の本質を衝いていた。書評の類は、AEが自身の編集する雑誌に掲載した長い書評が事実上「唯一の正式な反応」[53]で、『ヴィジョン』は殆ど完全な無関心をもって迎えられた。ノーベル文学賞を受賞した詩人の「奇書」に人々は当惑、言葉を失ったのかもしれない。イェイツの知人の一人は天文学上の矛盾やエラーを指摘した。その一つは、口絵のジラルダスの肖像画に付したキャプションのラテン語文法のエラー——「四〇年前に知っていた僅かな古典を忘れてしまった」[54]と、著者は苦しい弁明を吐いた。

イェイツが膨大な時間とエネルギーを投じた『ヴィジョン』が、彼自身にとって、きわめて重要な書だったことは疑い得ない。彼にとって『ヴィジョン』は「私の書の書」[55]であり、「世界の混沌に対抗する最後の防御」[56]。その一方で、イェイツは書の不備・不足を認め、「私は、私のテーマ全体、多分、最も重要なことにさえ触れていない」[57]、「本の最も不満な部分は最後のセクション、本来ベストであるべき[58]」と述べている。本の入手方法を問われると、「手に入れないで下さい。恐ろしく高価、三ポンド三シリングします。三年の中に、拡大・訂正版を一〇シリングで出します。一〇シリングなら、リスクの価値があるかもしれません[59]」と、著者は応えた。『ヴィジョン』の出版にこぎつけた足元から、イェイツは、自身の歴史観を補強するためスペングラーの『西欧の没落』その他の歴史書や哲学書を読み漁り始める。『ヴィジョン』の改訂版が出版されるのは一九三七年、即ち一二年後である。

アイルランド社会全般に進行するピューリタニズムの波は離婚禁止を法制化する動きとなって現われた。「叶うかぎりハードに闘う[60]」と、イェイツは宣言。一九二五年六月一一日、離婚が討議された上院で、彼は言葉通りの熱闘を繰り広げた。離婚禁止はゲール語・文化への傾斜と同様、プロテスタントが多数を占める「北」を疎外、「南北」統合を阻む壁になるとイェイツは警告する。

この国、南アイルランドがカトリック的観念、カトリック的観念のみによって統治されるなら、北を得ることは決してできないでしょう。あなた方は北と南の間に越えることのできない壁を作り、〔…〕この国の真中に楔を打ち込むことになります。

暑い一日で、「念入りに準備した原稿」からスピーチを行ったイェイツは、進むにつれ「言葉は熱を帯び、顔は紅潮、大量の汗を流し始めた[61]」。彼は、ダブリンの街に建つパーネル、オコンネル、ネルソンの碑に言及、三人は皆、イェイツの見解では、姦夫。オコンネルに至っては、「当時、貧民院でステッキを投げれば、彼の子供の一人に当たると言われたものだ」と、彼は言ってのけた。オコンネルは、ダブリン一番の目抜き通りが彼の名を冠し命名されたカトリックの偉大なヒーローである。議長は耐え切れず、言葉を挟んだ、「死者はそっとしておこうと思いませんか」。「死者をそっとしておくことは嫌いです」、イェイツは返した。

そして、「この長い、驚くほど率直なスピーチの最も有名な箇所[62]」に至る。

この国が独立を遂げて三年の中に、国家の少数派が著しい圧迫だと考える法案を議論しているのは悲劇的だと、私は思います。私は私自身をその少数派の典型的一人であると考え、誇りに思っています。あなた方がこのことを為した私たちは卑小な種族(ピープル)ではありません。私たちはヨーロッパの偉大な種族の一つであります。私たちはバークの種族であります。私たちはグラタンの種族であります。私たちはスウィフトの種族、エメットの種族、パーネルの種族であります。私たちはこの国の現代文学の殆どを創造しました。私たちはその政治的知性の最も優れた部分を創造しました[63]。

イェイツが連呼する名は、プロテスタントの植民移住者を先祖に持つ「アングロ・アイリッシュ」たち。彼は、青年時代、「プロテスタントのアイルランドに全体として、その欠点以外何も見えない[64]」と公言した。彼らが支配階層から転落、多数派の価値や道徳が彼らに強制されようとしている今、彼は一転、自らのアイデンティティと伝統が属す階層を彼特有の熱意で擁護し、かつて「アイルランド作家」に数えもしなかった一八世紀のアングロ・アイリッシュの知識人たち――スウィフト、バークレイ、バーク等――に自身の知的先祖を見出し、彼らを称掲し始める。「アングロ・アイルランド」の再考、再評価は晩年の詩人の一大テーマとなっていった。

一九二五年、アベイ・シアター創設から二一年が経過、劇場が成人を迎えた一二月二七日、記念公演が催された。政府助成の実現に尽力した財務大臣アーネスト・ブライズや副大統領ケヴィン・オヒギンズら政府要人を含む二〇〇名のゲストが招待され、イェイツ、シング、グレゴリ夫人の作品が演じられた。この頃、劇場のレパートリの中心は農家の台所や中流家庭の居間を舞台に繰り広げられるホーム・ドラマ風のコメディ、「キッチン・コメディ」と呼ばれた。アベイ・シアターは、イェイツが理想とした演劇、劇場から遠く隔たった。しかし、自身が生み、グレゴリ夫人と共に多くの困難の中育てたアベイ・シアターは「私の劇場」。彼は「ストール席の真中に座って、深い夢想に浸っていた[65]」。劇場の重役会を代表してスピーチに立ったグレゴリ夫人は、「私たちはとりわけ平土間の聴衆を愛しています。［劇場を］愛する者たちが争いを繰り広げてきた所だからです[66]」と述べた。劇場の「騒動と暴動の歴史」の中で、平土間席が常にその発生源。グレゴリ夫人は割れんばかりの拍手喝采に包まれ、「涙を抑えることができなかった[67]」。彼女のスピーチは「政治家たちを皆恥入らせる[68]」と、オヒギンズは述べたという。

アベイ・シアターは、その「騒動と暴動の歴史」に恥じない事件を再び引き起こした。発生源はオケイシーの第三作『鋤と星』、一九一六年の復活祭一週間を描いた四幕劇。題名は、反乱軍の一角を成した「シティズン・アーミー」の、労働者と労働運動の志を象徴する「鋤と星」を象った旗に由来する。独立を遂げたアイルランド社会の中で、復活祭蜂起を独立へ導いた最も「神聖な」事件と祭り上げ、ピアスを始めとするリーダーたちを神格化する風潮が人々を支配した。それを嘲笑うように、オケイシーの劇に登場するのは売春婦、酔っ払い、ヤクザな男たち。彼らは薄汚い動機で小競り合いを繰り返し、反乱軍と英軍の市街戦の最中、略奪した物品を誇示し合う等身大のスラムの住民たちである。『鋤と星』は、舞台に懸かる前から、騒動を引き起こした。

アベイ・シアターへ政府助成が実現すると、政府代表としてユニヴァーシティ・カレッジの経済学者ジョージ・オブライエンが劇場の重役会に入った。彼から、オケイシーの劇に様々な異議が呈された。特に槍玉に上がったのは売春婦ロージーの存在。イェイツもグレゴリ夫人も安易な妥協の用意はない。経済学教授は、重役会で、イェイツ、グレゴリ夫人、ロビンソンの包囲網にあって、あえなく敗退。劇のリハーサルが始まると、役者たちは与えられた役と台詞について不満を連発、配役の交代あり、売春婦役の女優は役者仲間から「役を降りるよう脅され[69]」、楽屋は混乱した。

舞台裏で進行した騒動の末、一九二六年二月八日、『鋤と星』は公演初日を迎える。そして、二月一一日、公演四日目、『プレイボーイ』暴動の再現となる。[70]

> 一〇数人の女性たちが平土間席の両側から駆け下り、舞台に攀じ登ろうとした。やがて彼女たちは首尾を果たし、舞台の上で、役者たちと侵入者たちの間で本物の乱闘が繰り広げられた。青年が一人女性たちと一緒に舞台に上がっていた。彼はモーリーン・ディレイニーを狙って顔面を殴りつけ、メイ・クレイグを狙った。その瞬間、バリ・フィッツジェラルド〔…〕が彼を一発で舞台の袖に殴り倒した。

劇は中断、カーテンが下り、侵入者たちは劇場の外へ排除された。再びカーテンが上がると、イェイツが舞台に登場、歴史に刻まれるスピーチを残す。

> あなたがたは、又しても自らを辱める行為に出た。アイルランドは天才をこのような形で称え続けるのだろうか。最初はシング、そして今オケイシー。今、ここで、起きていることはニュースとなって国から国へ飛んで行くであろう。ダブリンは、又しても天才の揺りかごを揺らした。

イェイツのスピーチは一言も聞こえない。彼はそれを予測して、前もって『アイリッシュ・タイムズ』のオフィスに回り、スピーチ原稿を渡していた。

「初めから終わりまで、女性たちの暴動だった」[71]。こう報じた『アイリッシュ・タイムズ』が事件の性格を伝えている。暴動の主役は、一九一六年の事件で夫を失った未亡人を中心とする女性たち。彼女たちにとって、復活祭の一週間は「歴史の偉大な叙事詩の一つ」[72]であり、オケイシーの劇はその「偉大な叙事詩」を茶番に化し、男たちのヒロイズムを矮小化するものだという。

『プレイボーイ』暴動は一週間の事件だったが、『鋤と星』は一夜の事件に留まった。オケイシーの劇は、シングの劇と同様、アベイの人気演目となり、一九六三年までの上演回数ベスト・テン、堂々の第一位を『鋤と星』が占めた[73]。

一九二六年一月、『ヴィジョン』が出版された頃、グレゴリ夫人はダブリンのイェイツ宅に滞在していた。「イェイツは書いている詩をいくつか私に読んでくれた。いささかワイルドで優れた詩。彼は全てが愛の詩になってしまうと言う。長い間捉われていた哲学から解放されたからだと、彼は考えている」[74]。一月一一日、グレゴリ夫人は日記にこう書き入れた。イェイツが「哲学」から完全に解放されることはなかったが、『ヴィジョン』の完成・出版が詩人の想像・創造力を詩作に振り向けたことは確か。詩人としてのキャリアの中で、一九二六年と一九二七年をイェイツ自身が「ベスト」[75]と位置づけ、詩集『塔』(*The Tower*, 1928)に収録される大作が次つぎと誕生した。

一九二五年末から一九二六年の初め、イェイツは、上院議員として各地の学校を視察して回る任務を負った。三月末、彼はウォーターフォードの修道院が経営する女子校を訪れる。その二、三週間後、「学童たちの間で」("Among School Children")が書き始められた。

私は長い教室を質問しながら歩き、
白いフードの老修道尼が応える。
子供たちは数や唄を習い〔…〕。

「笑みを浮かべる公人」を自称する彼は、あの子、この子に目を注ぎながら、想いを馳せるのは学童の年齢のモード・ゴン。「あの年頃、彼女もあんな風だったのだろうか」と思い巡らし――「彼女の現在のイメージが心に浮かぶ/〔…〕頬は痩け、風を飲み水に、/影を糧に喰らったようだ」。イェイツが上院議員に就任以来、自由国政府に激しく敵対するモード・ゴンとの距離は遠ざかる一方、しかし詩人の精神の深層で、尚も彼女は詩人を捉え、離さない。

ダブリンは雑多な刺激が多すぎて詩作環境から遠い。八月末、イェイツは「詩を書くためマクロス・ハウスへ逃亡した」[76]。そこは、アイルランド南西ケリー、キラーニー湖畔の魅惑的な立地に立つカントリ・ハウス。八月二二日はマイケル、五歳の誕生日である。「この時刻には蠟燭の火は吹き消され、ケーキにナイフが入った頃でしょう」と、その日の夜、イェイツは妻に宛て手紙を送った。ここで、暑い夏の終わりに、「ビザンティウムへ船出して」（"Sailing to Byzantium"）が書かれた――イェイツの傑作中の傑作の一つ。

「あれは老人の国ではない」――と、詩は書き始められる。そこは、生きとし生けるもの、「孕み、生まれ、死にゆくもの」が「生」を謳歌する国。老人は案山子（かかし）、「棒切れに着せたボロの外套」に過ぎないと言う彼は、「魂それ自身の偉容（マグニフィセンス）」を究めんと、「海を渡って／ビザンティウムの聖都へやって来た」。

　東ローマ帝国の首都ビザンティウムに、イェイツは独特の歴史観を持ち、その文化に憧憬を寄せた。「もし私が古代へ遡って一か月を与えられ、私が選んだ場所で過ごすことが許されるなら、ユスティニアヌス帝が聖ソフィアを開き、プラトンのアカデミーが閉じられる少し前のビザンティウムで過ごしたい」。『ヴィジョン』に、彼はこう記す。それは五五〇年前後の初期ビザンティウム。そこで、「宗教、美、実生活は一つであり、恐らく、有史において前にも後にもなかったと私は思う、［…］画家、モザイク工、金・銀細工師、聖なる書の彩飾師は殆ど個を超え、個人のデザインを意識することなく彼らの主題、即ち全人民のヴィジョンに浸っていた」[77]。初期ビザンティウムに、イェイツは理想とする「文化の統一」を実現した唯一の時代を見た。

　ビザンティウムの聖都にやって来た「私」は、「神の聖火に包まれた賢人たち」に祈る――

私の心を焼き尽くしたまえ、欲情に病む心は
死にゆく動物に縛られ
我が身が何たるかわきまえもしない。

「一度（ひとたび）自然を抜ければ」、彼はギリシアの金細工師の手になる黄金の鳥となって、「黄金の枝で、／ビザンティウムの領主や貴婦人たちに、／過ぎ去ったもの、過ぎゆくもの、やがて来るものをうたう」姿を想い描き、願う。

　イェイツの後期から晩年の詩の多くに共通する最大のテーマは、彼が「自我（セルフ）」――又は、「心（ハート）」――と「魂」の対立に捉えた、相反する二つの衝動の相克である。「自我」は、「孕み、生まれ、死にゆく」無限のサイクルを繰り返す地上の「生」、その一切の受容を表わし、「魂」は、究極の霊的真理を究めんとする希求を表わす。二つは、天と地、神と人間、聖と俗、夜と昼、死と生等、この世界が孕む二律背反全てを

含む。
　イェイツの一九三〇年の日記に、次のような記述が置かれている。

> 私は、私が為す全てにおいて、常にユニークで自由な私自身の自己実現の契機か、私の存在全てを神に委ねる契機、いずれかに駆り立てられる。〔…〕私たちを人間世界へ導く路線と神へ導く路線のいずれかが真実であるなら、生命の発生、生成は遥か以前に終わりを告げていただろう。(78)

「自我」は「ユニークで自由な私自身の自己実現の契機」、「私たちを人間世界へ導く路線」であり、「魂」は「私の存在全てを神に委ねる契機」、「神へ導く路線」である。「自我と魂の対話」("A Dialogue of Self and Soul")は一九二七年秋に書かれた詩。そこで、天頂を仰ぎ、そこへ至る塔の「螺旋階段」が「魂」——「私の存在全てを神に委ねる契機」——のシンボルであるなら、イェイツが「自我」——「ユニークで自由な私自身の自己実現の契機」——のシンボルとしたのは、鞘が美しい花模様の布に包まれた「佐藤の刀」——

> 今も尚、剃刀(かみそり)のように鋭く、尚も、鏡のように
> 幾世紀を経て、曇り一つない。
> あの花模様の、絹の古い刺繡、
> 誰か宮廷の貴婦人の衣からちぎり、
> 木の鞘を包み、巻かれ、
> ほつれても、尚も守り、色褪せても彩りを添える。

「魂」は、「これ、あれ、それへさ迷う」地上の生を「蔑み」、螺旋階段を登り、天へ至れと命じる。それは「聖者の道」であり、「私」が詩人の宿命として選びとるのは詩の素材・題材を汲むこの地上の生、「私はその全てをもう一度生きて不足はない」と、果敢な決断で詩は閉じる。

　詩集『塔』の表題詩("The Tower")が、一一月に完成した。詩人自身の人生を振り返って辿る一九五行の大作の最後で、前面に押し出されるのは「アングロ・アイリッシュ」の伝統——

> 遺書を書く時がきた。
> 私は毅然と立つ男たちを選ぶ〔…〕、
> 私の誇りを受け継ぐのは彼ら、
> 大義にも国家にも縛られず、
> 唾を吐きかけられる奴隷にも、

唾をかける暴君にも縛られることのない
人々の誇り、
バークやグラタンの種族〔…〕。

　こうした大作と平行して、老人が青春の苦い恋の思い出に浸る短い抒情詩群『或る男　青春と老い』（*A Man Young and Old*）のシリーズが書かれ、それと対を成すシリーズ『或る女　青春と老い』（*A Woman Young and Old*）も書き始められた。「全てが愛の詩になってしまう」とイェイツがグレゴリ夫人に語ったのは、こうした抒情詩群を指している。

　ギリシア悲劇『オイディプス王』の舞台で演じることのできる英語ヴァージョンは、二〇年来のイェイツの願望である。この年、英語翻訳を下敷きにしたイェイツ自身のヴァージョン『ソフォクレスのオイディプス王』（*Sophocles' King Oedipus*）が完成した。彼が求めたのは、「北欧伝説のようにむき出し、ハード、自然な」[79]劇。一二月七日、マコーミック演ずる『オイディプス王』は、「長年にわたって最も注目すべき演劇イヴェント、アベイが演じた最もパワフルなもの」[80]と『アイリッシュ・タイムズ』が絶賛する舞台となった。公演が終わると、イェイツは『ソフォクレスのコロヌスのオイディプス』（*Sophocles' Oedipus at Colonus*）に着手した。

　詩作に励む一方で、イェイツは上院議員の職務も怠りない。アベイ・シアターの業務も追ってきた。この頃、「様々な実務と新たに書き始めた詩の間で夢の中にいるような状態」[81]と、彼は言う。上院議員として、イェイツが意を注いだ一つは裁判官の法服の一新。デザインをチャールズ・シャノンに依頼した法服は、上院で、一票差で否決された。

　確かな成果を上げた分野もある。新しい硬貨が発行されることになり、イェイツはコインのデザインを決める委員会の長を務めた。コインは全て片面に「ハープ」が象られた。「アイリッシュ・ハープ」は、「シャムロック」（三つ葉のクローバ）と並ぶ、アイルランドを代表するエンブレムである。もう一方の面のデザイン決定が、委員会に託された。一九二六年六月、委員会の初会議が開かれ、その時点からイェイツの構想は明確。「アイルランドの産物を表現したものだと誰もが理解できるシンプルなシンボルを、私は委員会に推しています――例えば、馬、牡牛、大麦の束、鮭、きつね、又は野うさぎ、グレイ・ハウンドです」[82]と、彼は構想をデュラックに明かしている。コインのデザインは、「動物」に統一された以外、イェイツの提案がそのまま取り入れられた。

　国内外の七名の彫刻家やメダリストによるコンペティションが行われ、国民感情に配慮してアイルランド人三名が参加した。審査の結果、委員全員一致で英国人パーシー・メトカーフのデザインに決定する。彼は殆ど無名の若い彫刻家。一九二八年、コインが発行されると、モード・ゴンは直ぐさま反応、「英国人のデザイン、イングランドで鋳造、イングランド的価値を表わし、支払いはアイルランドの人々[83]」と散々に酷評した。「カトリックの原理が、上院議員イェイツの他を圧するパーソナリティによって歪められた」と、「異端コイン」に抗議する「匿名の手紙の束[84]」もあった。しかし、新しい硬貨は「一般に好評」で、「現代のクラシック[85]」と認められるようになる。イェイツは、明らかに成果に満足。彼の不満は、「豚」の大きな頬が、農業省の介入によって、痩(こ)けてしまったこと。「心地よいユーモア感」が失せ、「表情が虚ろになってしまった[86]」と彼は嘆いた。コインのデザイン選考・決定過程を詳述したリポートが作成された。

一九二七年、新年からイェイツは体調不良に陥った。前年の旺盛な創作がエネルギーの消耗を強いた、そのツケであろう。一時的症状というより、長い年月の「過労」に身体が軋(きし)み、悲鳴を挙げ始めていた。この頃、イェイツが事につけ近況を報告し、心情を吐露する文通相手はオリヴィア。一月六日、彼女に――

昨日、私は青年時代を調べていて、貴女の若い頃の二枚の写真に行き当たりました。〔…〕誰がこんな横顔をしているでしょう?――シシリーのコインに刻まれた横顔です。人が自分の青春を振り返るのは、喉が渇いて瀕死の狂人が、半分飲み干してそのままにした杯を振り返るようなものです。

『或る男、青春と老い』の中の一篇「空(から)のコップ」("The Empty Cup")――

狂った男がコップを見つけた、
死ぬほどの喉の渇きにも
口を濡らすにあたわず。
月に呪われ、彼は思った、
その一口で
どきどき鼓動する心臓が張り裂けてしまうだろう、と。

青春を振り返る老人の狂おしい悔恨――『或る男　青春と老い』、『或る女　青春と老い』シリーズの短い抒情詩群の主旋律を成す。早春の間、健康回復に努めながら、『ソフォクレスのコロヌスのオイディプス』の英語ヴァージョンが書き進められた。

アイルランド社会は、武装闘争路線を堅持するＩＲＡを始め反体制分子が暗躍し、依然、治安は不安定。一九二七年七月一〇日、ケヴィン・オヒギンズが暗殺された、三五歳。朝、ミサへ向かう途上で、三人のＩＲＡテロリストに襲われた。オヒギンズは、グリフィスとコリンズ亡き後、自由国政府を引き継いだ若いトリオの一人であり、内戦中、内務大臣として七七名の囚人処刑に署名した張本人。「私が為したことを為した者は誰も生きることは望めない[87]」と、彼は妻に語っていたという。

この日、夕刻、イェイツは妻と共に、食事のためオコンネル通りに面したグレシャム・ホテルに到着、そこでニュースを知ってショックを受ける。オヒギンズは、コスグレイヴ政権の閣僚の中でイェイツが最も親しくした友人に近い存在であり、「アイルランド社会の一つの強靱な知性[88]」と称えた人物である。イェイツ夫婦は食事をせずホテルを出て、就寝時まで街を歩き回った。「この国は、国が最も必要とする人、国家の偉大な建設者を失いました。〔…〕私は何よりも人の命の無力を感じています[89]」。こう、イェイツはオヒギンズ夫人に弔意を述べた。事件のショックは、二篇の詩「血と月」（“Blood and the Moon”）と「死」（“Death”）を生んだ。

オヒギンズはコスグレイヴの後継者と目されていた人。偏狭なカトリック信仰とゲール文化へますます傾斜を深めてゆくこの島国にあって、オヒギンズが命を落とすことがなかったなら、この国は異なった歴史の道筋を辿ったかもしれないと言われる[90]。

事件から一か月以上経った八月二四日、オヒギンズ暗殺の容疑者が逮捕された。モード・ゴンの息子ショーン・マクブライドはその一人。ＩＲＡ中軸スタッフの彼は、事件前日、ベルギーへ向かう船上にあった。同じ船に乗り合わせた上院議員ブライアン・クーパーの証言があり、彼の無実は明白。それにもかかわらず、彼は拘束され続けた。怒る母が助けを求めたのはイェイツ。「無論、私もショーンもリパブリカンです。〔…〕あなたもかつてはそうでした[91]」と非難するモード・ゴンに、イェイツは応えた――「今日、私の揺るぎない信念は一つ、『創造せよ、強力な線引きをし、何も、悪魔さえ憎むな』です。〔…〕私は多くのものを憎みます、だが、ベストを尽くします[92]」。

一〇月、ショーンは釈放された。

オヒギンズ暗殺から五日後、コンスタンス・マーキエヴィッチが五八年の生涯を閉じた。彼女は四〇歳にして、労働運動と政治闘争に身を投じ、晩年、燃え尽きたように消耗し果て、ダブリンの貧しい病院で最期を迎えた。妹イーヴァはマンチェスターでフェミニズムと労働運動に身を捧げ、前年にこの世を去った。姉妹の死を悼む悲歌「イーヴァ・ゴアーブースとコン・マーキエヴィッチを偲んで」("In Memory of Eva Gore-Booth and Con Markievicz")が、一〇月初めに完成する。詩人の脳裏に鮮やかに甦る場面は、三〇年以上も昔、ゴアーブース家の屋敷リサデルを訪れた時のこと――

夕暮れの明かり、リサデル、
大きな窓が南に開き、
絹のきものを着た二人の娘、二人とも
美しい、一人はガゼル。〔…〕

支配階層の頂点に立つ一家に生まれた姉妹は出自に背を向け、「萎び老い、骸骨のように痩せこけて」果て、リサデルは、土地所有階層の多くの家々と同様、没落への道を辿った。姉妹の姉は自らが属す階層の没落を自らの手で招き寄せた。それは、或る意味でイェイツ自身にも当て嵌る。リヴァイヴァル運動が解き放った力が復活祭蜂起を引き起こす原動力となり、それに連鎖して起きた対英独立戦争と内戦の中で、彼が属す階層は崩壊した。イェイツが青年時代に抱いた壮大な野心と夢は彼に跳ね返り、逆襲を浴びた。「マッチを擦れ／マッチをもう一本、時に火がつくまで」――時間さえ焼き滅ぼし全てを無に帰す破壊の衝動で、詩は結ばれる。

一〇月半ば、イェイツはインフルエンザに罹り、肺に鬱血症状が現われた。医師から、旅行ができる体力が回復すれば、できるだけ早く南へ行くよう指示された彼は、一一月初め、妻と共にスペインへ向かった。ジブラルタル、アルジェシラス、セヴィーリャを転々と移動、一一月二五日、カンヌに到着、ここに二月半ばまで滞在する。

イェイツの症状は深刻。肺から出血、咳に吐血が伴った。人生「最初の重病」に、「殆ど回復は望めない」[93]と覚悟した彼は遺書を作成した。一二月一二日、ジョージ・イェイツは夫の症状をゴガーティに次のように伝えている。

肺の出血は非常に高い血圧が原因です(二六〇でした)。血圧は二三〇に下がり、出血は事実上止まりました。肺に小さな影があります――一〇月の鬱血以来と、私は思います――ここの医師はそれは重要ではないと考え、血圧を注視しています。W[イェイツ]は読書禁止(推理小説以外)、仕事も運動も禁止、午後四時半以降の食事、ワイン、お茶と朝食にトースト以外は禁止です。[94]

推理小説は週に四冊のペース。読書禁止が解かれたのか、一二月二三日、「毎日、『時と西欧人』を読んでいます」[95]。この

イェイツ夫婦、アルジェシラスで

頃、イェイツの読書はウィンダム・ルイス。南仏から、彼は「佐藤の刀」に想いを馳せ、一二月一五日、レノックス・ロビンソンにオリーヴ油を塗って人目に着かない場所にしまっておいて欲しいと依頼した。「人の指が触れると錆びがくる」と言って。

クリスマス、二人の子供たちがカンヌへやって来た。マイケルは分泌腺が結核菌に冒され、休暇後、スイスのホーム・スクールに預けられた。

一九二八年が明け、診察に訪れた医師は、疲労に陥る病人の症状を「長年の過労」が原因と言い、「元の健康と活力を取り戻すことは望めない[96]」と宣告されたイェイツはショックを受ける。二月半ば、症状は回復へ向かい、専門医の意見を聞くためマントンを経由して、二月一七日、パウンドとドロシィが暮らすラパロに到着した。

その直前、二月一四日、詩集『塔』がマクミランから出版された。スタージ・ムアがデザインした美しい表紙を開くと、巻頭に「ビザンティウムへ船出して」が置かれ、その後に「塔」、「内戦時の瞑想」、「一九一九年」が続く。「レダと白鳥」、「学童たちの間で」、『或る男　青春と老い』シリーズを収録、「万霊祭の夜」で閉じる『塔』は、それと対を成す詩集『螺旋階段』（*The Winding Stair*, 1933）と共に、イェイツ

『塔』の表紙と背表紙、スタージ・ムアのデザイン

の最高峰と評価される。イェイツは作品の発表・出版に絡む業務を代理人ワットに委ねるのが常。前年五月、彼はマクミランのサー・フレデリックに直接面会して、『塔』の出版交渉を進めた。彼がこの詩集に賭けた意気込みを物語る。書評は称賛のコーラス、カトリック系の新聞さえ「熱狂的」で、イェイツを驚かせた。「書評子たちは私が病気だと知っていて、重病で、褒めても将来不都合はないと思ったのでしょう」[97]。著者は苦笑交じりにグレゴリ夫人にこう述べた。『塔』の初版二〇〇〇部は瞬く間に売り切れ、三月に再版、翌年に第三版が出される異例のベスト・セラーとなった。

ラパロは海と山に囲まれた小さな町、静かな海、町の背後に山並みが連なり、一際高い山の天辺に小さな白い修道院が立つ眺めは「言い得ないほど美しい」[98]。マックス・ビアボーム、リチャード・オールディントン、ゲルハルト・ハウプトマンなど、短期或いは長期にわたってここに滞在するヨーロッパの文学人は多数。イェイツが避寒地としてラパロを選んだのは、ここに住むパウンドとドロシィの存在である。パウンドがイタリアの独裁者に寄せる熱は年毎にエスカレート、イェイツは彼と悉く意見が対立した。グレゴリ夫人に――

　エズラは世界全般に関してモード・ゴンの意見（政治と経済）の殆どを共有し、二人は［ウィンダム・］ルイス呼ぶところの「単純馬鹿の革命家」です。彼は、彼女が猫に注ぐ情熱さえ同じ、〔…〕二人は迫害された種族に属しています[99]。

パウンドは、レストランから食べ物をこっそり盗んで、野良猫に与えた。彼とドロシィの夫婦関係は複雑。パウンドにはアメリカ人ヴィオリニスト、オルガ・ラッジとの間に生まれた三歳になる娘があり、ドロシィは独りでエジプトを旅行中に妊娠、一九二六年、男子を出産、生まれた子はロンドンのオリヴィアの元へ送られ、そこで育てられた。「法的」父親のパウンドが「息子」に会うのは一〇年後である。

イェイツの健康状態は生活パタンの転換を強いた。上院議員の任期は一九二八年で終わり、彼は、アベイ・シアターを除く、公的業務から身を引く決意を固める。子供たちをスイスの学校に入れ、夏はダブリン、冬はラパロで過ごす計画が立てられた。メリオン・スクウェアの家は、最初、階を一つ保持し残る部分を賃貸に出す案も検討されたが、結局、売り払うことになった。二月二三日、こうしたプランをオリヴィアに伝えた手紙で――

　ついに私は回復期に入りました。〔…〕治療の一部はゆっくり歩く、頭もゆっくり動かす、思考が身体の動きに同調して緩慢になるように。そうでなければ、私は私自身の弔いの薪になってしまうかもしれません。

同じ手紙で――

アイルランドの苦渋から抜け出せば、私は老いに相応しい甘美と光を幾分か見出すことができます。すでに新しい詩が頭に浮かんでいます――鳥の唄、過ぎ行く瞬間への老人の歓喜、思い出の苦さのない感情です。

『塔』の「苦汁（ビタネス）[100]」に驚いたと、彼は言う。オリヴィアへ手紙を送った翌日、グレゴリ夫人に彼は、「私はアイルランドの苦々しい争いを振り払い、私の最も愛らしい詩を書きます。すでに詩が頭に群れています」と書き送った。前方に待つ年月は詩人の願望と裏腹、残された時間と体力の衰えを意識し始めた詩人は、「悔恨と後悔に身を委ね」、自身の価値観と相容れない現代世界に対する憎悪に「怒りを爆発させる[101]」老人の様相を深めてゆく。

イェイツ夫婦は結婚から一〇年、「オカルト・マリエッジ」は過去となり、遥かに年長の詩人の夫と幼い子供二人を抱える若い妻にとって結婚生活はハード、彼女は「不満の連禱[102]」を綴った手紙を友人へ送った。「恐ろしいほど仕事があり、私はすっかり疲れ不機嫌です」、「仕事、仕事、仕事、交代で寝込む子供たち、それ以外は何も起こりません[103]」等々と。ジョージ・イェイツは三〇歳半ば、病む夫と病む息子を抱え、「未来が約束するものは心配事と疲労[104]」。レノックス・ロビンソンは彼女がダブリンで最も親しくした――同性愛の噂が立つ彼は「安全な」友人である。一九二七年一一月、ロビンソンに――「私は、何年もの間、人生は不必要と感じてきました。地滑りで私がいなくなれば、彼ら［家族］は、ナース、家庭教師、秘書、ハウスキーパーを持てます。その方が全てずっとうまくゆきます[105]」。翌年三月、もう一人の友人に――「こうなると分かっていたなら、私は家族を持つことは決してなかったでしょう[106]」。こうした手紙は、フラストレイションを言葉にして吐き出し、解消する衝動から綴られたものだったのだろうか。夫が年齢を重ね、妻に掛かる責任と重圧が増す中、ジョージ・イェイツは詩人の献身的妻たり続けた。

四月半ば、イェイツがダブリンへ戻ると、オケイシーの第四作『シルヴァー・タッシィ』の台本原稿が待っていた。ダブリンのスラムから世界大戦へ場面を移したこの劇は、オケイシーの反戦思想を打ち出した作品である。

劇の台本原稿がアベイ・シアターへ送付されたのは三月半ば。すでにロビンソン、グレゴリ夫人が目を通し、イェイツは三晩かけて台本を読み通し、読み進むごとに失望を深めていった。四月二〇日、オケイシーへ宛て綴られた手紙――

> 君はアイルランド内戦に関心を持っていた。劇の一瞬一瞬、君自身の生きることの喜び、その悲壮感から書いていた。君は興奮し、その興奮が私たちに伝わった。自分の家の窓の外の出来事に人が憤慨するよう、君は一人の人間として目にし、耳にしたことに耐えがたい憤怒を覚えた。だから君は私たちを感動させたのだ。

しかし、『シルヴァー・タッシィ』は――

> 君は、君の意見から書いている。新聞の論説でも書くように、殆ど関連のない場面を連ね意見を例証している。劇を支配する登場人物もいず、支配的なアクションもない。君の過去の力量は個性的な人物を創りだしたことだ。その人物は周囲の全てを支配し、彼自身がアクションを引き起こす機となり、初めから終わりまで劇を埋めていた。

「ドラマのアクションはそれ以外の全てを燃焼し尽くさなければならない」、「よいシナリオはシナリオ自身が書いてゆくものだ」――イェイツは独自の作劇理論を綴って、オケイシーに宛てた手紙をグレゴリ夫人に送った。

ここで、グレゴリ夫人が思慮を欠く行動に出た。彼女は自分自身の意見とロビンソンのそれ、更にイェイツの手紙全てを同封してオケイシーに送った。苛立ち易く、気難しい彼と最も良好な関係を築いていたのはグレゴリ夫人である。参考になればと彼女の老婆心から出た行為だった。

『シルヴァー・タッシィ』を「ベスト・ワーク」[107]と自負していたオケイシーは激怒した。「私は彼を友人として見、そう遇した」[108]と、グレゴリ夫人は弁明する。しかし「彼」は、デビュー当時の新人劇作家ではない。一九二六年、英国圏で四〇歳以下の年間最優秀劇作家に贈られるホーソーンデン賞の受賞者、ロンドンの社交界、演劇界の寵児である。彼の怒りは、グレゴリ夫人から送られた手紙の束を『オブザーヴァー』（六月三日）に発表する挙となって、跳ね返った。私信の無断掲載に、今度はイェイツが激怒。著作権侵害で訴えると息巻く彼に、オケイシーは嘯いた――「イェイツは、望むなら国際同盟に訴えればよい」[109]。

『シルヴァー・タッシィ』を巡る場外騒動によって、アベイ重役会とオケイシーの関係は修復不可能な域に達し、劇場は天才劇作家を失い、劇作家は、生涯、アベイ・シアターに、アイルランドに背を向け生き続けることになる。オケイシーの登場に沸いた年月は僅か三年。「悲劇は、オケイシーが私たちの伝説から消えてしまったことだ」。六月四日、イェイツはグレゴリ夫人にこう語った。

イェイツ周辺は慌しい。メリオン・スクゥエアの家は売却され、立ち退き期限が迫った七月、懇意にする医師が所有するメリオン・スクゥエアに近いフィッツウィリアム・スクゥエアの家、上階フロア二つを借り、そこへ越した。

七月一八日、イェイツが上院に登院した最後となる。短いスピーチを終えると、彼は激しい苦痛に襲われ、それが一分間続いた。イェイツに上院議員再選へ未練が多少でも残っていたなら、それを断ち切るシグナルだった。

アイルランド議会に出版物検閲法案が提出されたのはその頃。淫ら（インディースント）、或いは猥褻な傾向、犯罪に関わる事柄、避妊を奨励、又は避妊に関する情報を盛った出版物が検閲対象とされた。バースコントロールは「民族の自殺行為」が政府見解であるが、カトリックの教義に基づくことは明白。政府に認定された団体から異議が呈された出版物が、法務大臣が任命する五名の委員の審査に委ねられた。「教会と国家が結託して、離婚禁止や厳格な検閲を通じ、男女のセクシュアリティを管理する」[110]法規制である。

九月末、上院は検閲法案の討議に入った。イェイツは、「検閲と聖トマス・アクィナス」（"The Censorship and St. Thomas Aquinas"）を『アイリッシュ・ステイツマン』（九月二二日）に、「アイルランドの検閲」（"The Irish Censorship"）を『スペクテイター』（九月二九日）に発表、場外バトルを展開した。

『スペクテイター』の長い記事は、アイルランドの検閲法案の骨子と検閲の仕組みを、法案の条文を引用して解説、その不条理を炙り出す。政府に認定された団体から、本、又は定期刊行物が検閲対象に挙げられると――

> 五名の委員は、その本、又は定期刊行物が「淫ら」か否か――「淫ら」とは、「欲情をそそる、性的不道徳、又はそれ以外のいかなる堕落、腐敗を示唆、又は煽るよう計算されたものを含むと解釈される」――、「淫ら」でないとしても、「公共の道徳に反する主義信条」を説く、又は「公共の道徳を損なう、又は害する、又は破壊する傾向を有する」か否か、判断しなければならない。

更に――

法案が法になれば、法務大臣一人に私たちの思想の中身をコントロールする権限を与えることになる。何故なら、「淫ら」の定義や「公共の道徳を破壊する」といった曖昧なフレーズは、『種の起源』、カール・マルクスの『資本論』、フローベル、バルザック、プルースト――すでに皆、何処かで道徳的根拠から異議が唱えられた作家たち――、ギリシアとローマの古典の半分、アナトール・フランス、ローマ索引に載った誰も彼も、優れた恋愛詩の全てを排除する権限を彼に与えることになるからだ[111]。

もう一つの「検閲と聖トマス・アクィナス」は、「ずっと短く、辛辣、悪戯心[112]」に溢れる記事。聖トマス・アクィナスの神学はカトリック教会がそのオフィシャルな神学とするところであり、アイルランドの検閲はそれに悖(もと)ると、記事は論じる。アクィナスは「魂は全身に、身体の全ての部分に宿ると定めた」――

聖トマスの没後五〇年の中に、ヴィジョンの美術は後退、肉体の美術――カトリック教会特有の栄光――がジョットのインスピレイションとなった。次の三世紀、処女マリアの似姿は「それ以前の」不機嫌な禁欲的女性から自然な女に変わり、アンドレア・デル・サルトは彼の妻を、ラファエロは彼の愛人をモデルに選んで、画家の「欲情全てを込めて」聖母を描いても、誰も苦言を呈しはしなかった[113]。

アイルランド議会下院の票決に付される検閲法の成立はいわば既成事実であり、検閲に異議を唱えるプロテスタントの知識層の敗北も、また、既成事実。「カトリックのメディアは考え得る汚名を私に着せています」。九月一五日、オリヴィアにこう書き送ったイェイツは、一〇月一一日、やはり彼女に――

私は脱出したいと切に思っています。〔…〕私は言うべきことを言い、これ以上はできません。現在の状況は、司祭たちの下に組織された無知と、為す術もなく怒り、組織に属さない大半は脅えた知識層です。カトリック教会はありとあらゆるナイーヴな手段を行使しています。ケヴィン・オヒギンズ夫人は〔…〕女子修道院長に、〔…〕「決して知り合いになってはいけない、通りで挨拶してもいけない男が二人いる」――レノックス・ロビンソンとW・B・イェイツ――と告げられたと言っています。

アイルランドの「文学人たちは自分の国で無法者(アウトロー)」[114]と、イェイツは言った。

二つの戦争を戦って、七〇〇年の異国の支配から脱した島国の国家がとった政体は――「ローマに掌握されたカトリック小教国――検閲その他、偏狭で田舎臭いものの見方、プラス自己満足的独善[115]」。反政府活動家の或る女性は、自嘲を込めてこう述べた。

「イェイツとジョージがここに[116]」、一〇月一四日、グレゴリ夫人は日記にこう記した。二人がゴートへやって来たのはバリリー塔を閉じるため。イェイツの健康は古塔の湿気に耐えず、詩集『塔』は出版され、『螺旋階段』に収録される作品の相当数もすでに書かれた今、シンボルとして塔はその役割を終えた。その日、ジョージ・イェイツはグレゴリ夫人に手紙をしたためた。「今日、クールと森を後にしながら悲しい想いでした。この一一年の長い年月、多くのことを容易にして下さいました。そうでなければ、困難をきわめていたでしょう」。手紙を読んだグレゴリ夫人は――「親切は、私より彼女から[117]」。

「終り」の感覚がクールを支配した。一九二七年、屋敷は、家も「七つの森」も、政府の森林局に売却され、グレゴリ家の手を離れた。グレゴリ夫人は家の管理人として、生涯の最後まで屋敷に留まり続ける。九月、マーガレット・グレゴリは隣家のガイ・ゴフと再婚した。癌を病むグレゴリ夫人は、ゆるやかな坂を下るように衰えてゆく。

一〇月最後の日、イェイツ夫婦はラパロへ向けロンドンを発った。「公私にわたって、希望の一時代はしぼみ閉じた[118]」と、ロイ・フォスターは総括する。「国家創設の時代に生きる幸運」と言って乗り出したイェイツの上院議員六年の任期は、出版物検閲で閉じた。健康不安、死の予兆が忍び寄り始めた。しかし、最も創造力に満ちた年月であり、その輝かしい業績が詩集『塔』である。九月六日、モード・ゴンに書き送った手紙に――「ラパロに着けば、私は蜜蜂です――ここでは、スズメバチ」。

第一〇章　最後のロマン派　一九二九―一九三二

イェイツ、1930年

ラパロの二度目の冬、「瞑想に浸って日々の散歩をする[1]」アイルランド詩人の姿は、この地中海の町で見慣れた光景となる。町に長期・短期滞在するヨーロッパの文学人たちも馴染みの顔となった。イェイツはパウンドに再会、二人は「毎日会い、あらゆる点で意見が対立、二四時間会わなければ、彼は塞ぎ込んで殆ど無言の攻撃をこめ訪ねてきた[2]」。パウンドは連作『詩篇』の制作に打ち込み、彼がイタリアの独裁者に寄せる熱は、年毎に高まる一方。パウンドを介して、新しい知己もできる。一人はバジル・バンティング、イングランドの北、ノーサンバランド生まれの詩人である。もう一人、アメリカ人作曲家ジョージ・アンタイルはダンス・プレイの作曲で名を知られ、イェイツの「クフーリン三部作」——『鷹の泉』、『バーリャの浜で』、『波と戦う』（『エマーの唯一の嫉妬』のダンス・ヴァージョン）——に曲作りを始めた。

ラパロで、イェイツはダブリンで書き始めた『エズラ・パウンドのための小包』(*A Packet for Ezra Pound*) の完成に励んだ。二篇の詩と三つのエッセイを含む小冊子。三つのエッセイ——「ラパロ」(“Rapallo”)、「『ヴィジョン』のためのイントロダクション」(“Introduction to ‘A Vision’”)、「エズラ・パウンドへ」(“To Ezra Pound”) ——は『ヴィジョン』（一九三七）の冒頭に置かれ、二つ目の「イントロダクション」で、イェイツは秘してきた書の由来を明かした。「一九一七年一〇月二四日午後、結婚から四日後、私の妻は自動筆記を企て私を驚かせた[3]」。結婚生活の中で、唯一度の深刻な夫婦喧嘩を招いたという[4]。

一九二九年が明け、「詩を書くことができれば、それが私が人生に求める全て[5]」と言うイェイツは、春の兆しが見え始めた三月二日、オリヴィアに「『曲のための一二の詩』を書いています——三つ書き上げました」と伝えた。「一二の詩」は一九三一年までに二五を数え、シリーズ『或いは、曲のための詞』(*Words for Music Perhaps*) を構成、『螺旋階段』に収録される。シリーズを解説した注で、イェイツは前年の病気に触れ——

一九二九年の春、生命感が、偉大なクリエイターたちの制御し難いエネルギーと豪放さを伴って戻ってきた。私はメカニカルな小さな唄「霧や雪のように狂って」を書き、その後、あの高揚に満ちた数週間を記念して、『或いは、曲のための詞』と呼んだ詩群を書いた。[6]

「曲」は「うたうというより、詩の情緒の種類を自分自身に定義するため[7]」。詩は声に発してこそ詩——彼の一貫した信条であり、「詩をうたう」、「曲のための詞」は晩年のイェイツが情熱を注ぐテーマとなる。

「霧や雪のように狂って」("Mad as the Mist and Snow")は六行のスタンザ三つから成る詩、その最後の六行——

> 君は問う、旧友よ、私が何に溜息をつくのかと、
> 何にそれほど戦慄するのかと。
> 私が戦慄し溜息をつくのは、思うから、
> キケロさえ、
> 才気縦横のホーマーも
> 霧や雪のように狂っていた、と。

「狂う」は晩年のイェイツのキー・ワード。ホーマーの古(いにしえ)から、詩的インスピレイションは一種の狂気と見なされてきた。何処からともなく降って湧く霧や雪のように、老いて尚、湧き上がる創造の「制御し難いエネルギー」は、「狂気」を帯び、詩人を詩作へ駆る。イェイツにあって、「溜息」や「戦慄」(shudder)は多分にエロティックなイディオム、あの「レダと白鳥」の「腰の戦慄」はその顕著な一例である。狂おしいエロスの情動は、詩人が老いを深めるにつれ、創造のエネルギー源となっていった。

シリーズ『或いは、曲のための詞』の最初の七つを「クレイジー・ジェイン」詩が占める。初め「気のふれたメアリ」(Cracked Mary)だった彼女は、「ゴートの近く、小さなコティッジに住む老婆がモデル」と明かすイェイツはオリヴィアに——

> 彼女は自分の花畑を愛で——季節外れにもかかわらず、グレゴリ夫人に花を届けたところです——、驚嘆すべきパワーを秘めた大胆な物言いの持ち主で、彼女の一大パフォーマンスは、グラス一杯のポーターの値を巡ってゴートの店主の妻が見せたあまりのさもしさから人間性に絶望、酒飲みになったと物語る様、酔払った出来事は叙事詩的スケールです。[8]

実在した老婆の「パワー」が乗り移ったジェインの舌にか

かれば、国王も――「悪魔がキング・ジョージをやっちまえ」。このリフレインが付された「クレイジー・ジェイン、国王について」（"Crazy Jane on the King"）はラパロで書き始められた詩の一つ。帰国後も推敲が続けられ、七月、グレゴリ夫人の日記に次のような記述が書き入れられている。

　哀れなキング・ジョージ！　イェイツとゴガーティは意地悪な言葉を書いている。今や、イェイツは決まり文句を編み出した――「彼［国王］は盗んだレインの絵を所蔵するドゥヴィーン・ギャラリーをオープンした、ハマー・グリーンウッドを貴族にした(9)」。

「クレイジー・ジェイン、国王について」は、AEらの「検閲」に遭い、発表は伏せられた。
　七つの「クレイジー・ジェイン」詩は、司教とジェインと彼女の恋人「日雇いジャック」を巡って展開する。シリーズの最初の詩「クレイジー・ジェインと司教」（"Crazy Jane and the Bishop"）――

　司教の肌は、神ぞ知る、
　皺だらけ、ガチョウの足そっくりだ、
　　（墓の中なら、皆安泰。）
　司教の法衣に
　背中のサギの瘤は隠せない、
　私のジャックは樺（かば）の木、すっくと立った――
　偉丈夫（ソリッド・マン）とうぬぼれ男。

ガチョウは「間ぬけ」の代名詞、せむしは、「大車輪」上、月の第二六相の住人。新月（ダーク・ムーン）に近い位相ほどイェイツの価値観から遠ざかる。
　司教は教区牧師でもなかった頃、ジャックを破門、追放した。

　彼は、古い本を拳（こぶし）に握って、
　叫んだ、私たちの生き様は獣（けもの）と獣だ、と。
　　　　（「クレイジー・ジェインと司教」）

「真の愛は何」と問うジェインは、「愛は全てが／満たされはしない、／肉体と魂／丸ごと抱きとることができなければ」（「クレイジー・ジェイン、審判の日について」）と自答する。ジャックとの恋、彼を恋いつつ、男たちを遍歴する彼女の生き様を通し――アイルランドの教会と検閲を試すように――性、性愛、セクシュアリティが、「故意に野卑な」表現で、写し出される――「ジャックは私の処女を奪った」

(「クレイジー・ジェインと司教」)、「裸で、私は寝っころがった／草原(くさはら)が私の寝床」(「クレイジー・ジェイン、審判の日について」)、「道路を踏むように／男たちは私の上を通り過ぎた」(「クレイジー・ジェイン、神について」)。

「最も有名で、最もショッキングな」[10]詩は、一九三一年の作品「クレイジー・ジェイン、司教と語る」("Crazy Jane talks with the Bishop")。ジェインは老い、胸は「ぺしゃんこ」、或る日、司教に出会った。「豚小屋を捨て、天の館に生きる」よう説教する司教に――

「美(フェア)と醜(ファウル)は血縁同士、
美は醜が必要なの」と、私は叫んだ。〔…〕
「愛の神様が館を張ったのは
排泄物の場所。
だって、ものは割れ、裂けずして、
一つに、完全になれやしない」。

卑猥な表現の中に、原初の世界で男女は一つだったとするあのプラトンの神話を喚起する、虚飾を剝ぎ取った男女の性の、愛の根源が抉(えぐ)り出される。「クレイジー・ジェイン」や「狂ったトム」など晩年のイェイツの詩に多数登場する無法者たちは、「狂気」の免罪符を楯に、社会の権威や因習・慣習にたてつき、その偽善や虚飾を暴く。

詩群は三つ（三月二日）、五つ（三月九日）、九つ（三月二九日）と数を増し、「かってないほど楽に書いています。私はハッピィです。これまで詩作がハッピィだったことはなく、とても苦労しました」[11]と、イェイツはオリヴィアに語った。四月九日、ダブリンの知人に送った手紙に、「私は愛の詩(ラヴ・リリック)を書く以外何もしていません――老人になって蝶になりました」。「蝶」は「直感の曲がりくねった道」[12]のイェイツのシンボルである。四月二六日、詩群は一九を数え、翌日、イェイツ夫婦はラパロを発った。

ダブリンの行き帰りに立ち寄るロンドンは、今やイェイツが友人たちと交友を温める場所。「会いたいと思う人はだんだん少なくなり」[13]、メイスフィールドに、「あなた、デュラック、スタージ・ムア、レイディ・オットリンと多分もう一人でリストは尽きます」[14]とイェイツは語っている。最後のもう一人は、恐らくオリヴィア。ロンドンでイェイツは、「何時もの人たち」の他に、ウィンダム・ルイスに会った。彼とお茶を共にしたが、「二人とも互いに共鳴し過ぎ、何か根本的な違いを発見するのを恐れて警戒、あらゆる話題をプレイしたができるだけものを言わなかった」[15]。

五月半ば、ダブリンに戻ったイェイツは、自宅に押しかける「紹介状を携えたチャーミングなアメリカ人たち」のラッシュに悩まされ始める。「私は観光名所の一つのようだ[16]」と苦笑する彼は、ウィックロー、グレンダロッホへ避難した。イズールトと彼女の夫は、一九二七年、グレンダロッホ、ララの、モード・ゴンが買い与えた家に移り住んだ。「ララ城」と呼ばれたが、「城」は名のみ、兵舎だった建物を後の所有者が城砦風に改築した。イズールトの夫は養鶏を営む。彼は、「十字架の聖ヨハネやその類のテーマに会話を向けないかぎり、黙ったまま[17]」。イェイツがイズールトへ向ける目は複雑。「セクシュアルな選択は何と不可解なものでしょう。イズールトはこの青年を選びました、半ば偶然から、半ばどうにもならない人生から、唯、逃れたい欲求で。それも、彼自身の親族は彼を薄馬鹿と思っていた時です[18]」と、彼はオリヴィアに感慨を洩らした。

アメリカ人たちのラッシュは止まず、七月半ば、イェイツはクールへ逃亡。月末、日本統治下の台湾、台北帝国大学から招聘状が届いた。一年間、週八時間の講義、年俸一〇〇〇ポンド、住居と旅費が賄われる好条件に、イェイツは「老いに訪れた何という冒険」と「多少誘惑された」が、しかし、「ジョージが五分で、私に代わって私の決断を下すでしょう[19]」。彼女が下した決断は否、「マイケルはまだ虚弱が主な理由」で、イェイツは「大いに安堵、かつ落胆した[20]」。

クールはもはやグレゴリ家のものではない。一九二七年、屋敷が家も「七つの森」も政府の森林局へ売却が決まると、グレゴリ夫人は館の各部屋と庭園と「七つの森」、五つのエッセイを書き始めた。『クール』と題されるエッセイ集は、彼女亡き後、屋敷の解体を予想して、「子供たちやその他の人々に役に立つこの家の記録[21]」を残しておくためである。

グレゴリ夫人は、仕事部屋にした居間で書架の棚に目を向けた。

あの棚の前列はより幸福な瞑想を運んで来る。端から端までイェイツの贈り物。初期の詩はガラス越しにきらめき、輝く。天才の手になる、黄金を使った木の葉と鳥と神秘の薔薇のデザイン。後の書はより落ち着いたトーンになった[22]。

グレゴリ夫人の人生の中心は、最後までイェイツの存在であり、彼との交友だった。

五つのエッセイの中、ライブラリと森と庭園の三つがクアラ・プレスから出版が予定され、イェイツはラパロで本の「序」となる詩を構想、「クール・パーク、一九二九年」（"Cool Park, 1929"）と題され、夏から秋、制作が進められた。

クールの庭園、キャタルパの木の下に座すグレゴリ夫人、1927年

私は想いを馳せる、一羽の燕の飛翔に、
年老いた夫人とその館に、
あの西の雲は明るく輝いているけれど、
夜の闇に沈むシカモアとライムの木々。

リヴァイヴァル運動の活動拠点だったクールと、グレゴリ夫人を囲んでここに集ったシング、ハイド、そしてイェイツ自身を追想し記念する詩である。迫る夜の闇にクールが没するのは間近、屋敷の解体を予見し、イェイツは詩を次のように結んだ。

旅人、学者、詩人よ、ここに立て、
部屋も廊下も全て消え失せ、
崩れた盛り土の上にイラクサが揺れ、
割れた石の間に若木が根をはる時、
捧げよ、〔…〕
桂冠を戴いたあの頭に一時の思い出を。

皮肉なことに、クールは、解体が必至となったこの頃から内外の関心を集め始めた。スライゴーからゴートに跨るイェイツ観光の一環でもあり、彼の詩に名前が現われる場所を求め、海外からも訪問客がやって来た。極東の国も例外ではない。一九二七年八月初め、矢野峰人がバリリーにイェイツを訪問、彼に伴われクールへ、グレゴリ夫人とランチを共にした。一九三〇年六月、四人の日本人が車で到来、グレゴリ夫人はランチを供し談笑の一時を持った。

イェイツは老いて、尚、実験、冒険に熱い。一九二七年五月、彼は、ケンブリッジで若いバレリーナ、ニネット・ドゥ・ヴァロアの舞台に感銘、「才気溢れる天才[23]」と彼女を称えた。アイルランド出身で、後に英国国立バレエ団を創設する彼女によって、一九二八年、アベイ・バレエ・スクールが設立された。その成果を披露する企画として、一九二九年八月、イェイツの「クフーリン三部作」――『鷹の泉』、『バーリャの浜で』、『波と戦う』――が、ドゥ・ヴァロアの演出・主演、ラパロで知ったジョージ・アンタイルの音楽、オランダの彫刻家ヒルド・ファン・クロップのマスクを用いてアベイの舞台に懸かった。ハイライトは『波と戦う』。ドゥ・ヴァロア演じる妖精の女ファンドが波間で舞い、波もダンサーたちが舞う最後の場面に劇場は沸いた。「『フーリハンの娘キャスリーン』以来の大成功」、「ダンス、スピーチ、音楽を組み合わせた新しい様式を発見した[24]」と、イェイツの情熱は老いを知らない。

アベイ・シアターは創設以来、商業演劇に飽き足りないダブリンの演劇ファンを独占し、彼らの支持を集めて発展した。その座を脅かす強力なライヴァルが出現する。一九二八年、ヒルトン・エドワーズとミヒォル・マクリアモールによってゲイト・シアターが設立され、アイスキュロスからブレヒト、現代アイルランド劇作家まで、二人は斬新な舞台を創り出した。他方、アベイ・シアターは「キッチン・コメディ」と呼ばれ、農家の台所か中流家庭の居間が果てしなく再現される舞台に演劇ファンから背を向けられ、観客をゲイト・シアターに奪われ低迷し始める。

アベイ・シアターへの政府助成は恩恵を一つもたらした。一九二七年、劇場の敷地の一部に、一〇〇座席ほどを備えた小劇場「ピーコック・シアター」がオープンする。ゲイト・シアターは、常設劇場が開設される一九三一年まで、ピーコック・シアターを借り住まいに活動を展開した。六月二日、グレゴリ夫人の日記の記述——

イェイツは私と、マクリアモールが見事に演じる「無名の兵士」を観にピーコック・シアターへ行った。イェイツが彼に会いたがり、彼をランチに誘うノートをプログラムに走り書きして回した。彼は「一六年間望んでいた機会を与えていただいて感謝します」と言って、応えた。[25]

ランチの席で、イェイツは椅子にすべりこむやマクリアモールを前にして、「君は凄い役者だ」と呟いたという。[26]

秋が訪れ、イェイツはラパロへ向かう前、ロンドンに三週間ほど滞在を予定して、一〇月二三日、ダブリンを発った。妻は出発直前に夫に合流する予定。ロンドンで、イェイツは「黄金の夜明け」に関する文書を求めてブリストルへ足を延ばし、デュラックと食事、『シルヴァー・タッシィ』が上演中で切符の手配をするなどし、一一月三日、ダブリンの妻に宛て——「ひどい風邪を引いて、かなりの吐血〔…〕」。G・B・ショーの『アップル・カート』観劇に出掛けて引いた風邪から左肺の出血を引き起こした。これが、生死の境をさまよう大病の入り口。ロンドンに足留めされ、一一月二一日、イェイツ夫婦はラパロへ発った。

地中海の太陽と暖かさにもイェイツの健康は回復せず、「具合がよくありません。何らかの神経異常と沈む太陽に合わせ熱が上がります」と、一二月一二日、彼はオリヴィアに手紙を送っている。症状は悪化、一二月二一日、緊急に遺書が作成された。昼夜付き添いが必要になり、年末、フィレンツェから英国人ナースが雇われた。熱は四〇度に達し、意識は混濁。夫が「ここで死ぬかもしれないと、二、三日、パニックになった[27]」と、後にジョージ・イェイツはロビンソンに打ち明けた。腸チフスと思われ治療がなされたが、一九三〇年が明け、一月二〇日過ぎ、ジェノヴァから招かれた専門医がマルタ・フィーヴァーと診断。ブルセラ菌に汚染されたミルクやチーズから人に感染する熱病で、イェイツはアイルランドを発つ前に感染した可能性が高いという。診断に沿った治療は「素晴らしい[28]」効果を上げ、二月初旬、平熱に下がり、病人は危機を脱した。

クールのグレゴリ夫人に、ジョージ・イェイツは夫の病状を逐一報告した。グレゴリ夫人はいたたまれず、イタリア行きを考える――「トゥロロプを彼に読み、ジョージの手助けに[29]」。グレゴリ夫人がラパロに現われたなら、「ジョージ」は二度目のパニックに陥ったかもしれない。二月半ば、病人はベッドから起き、寝室から隣の部屋へ車椅子で移動、「彼は喜びました」、「まだ歩くことも、独りで立つこともできません[30]」と、二月一四日、ラパロからグレゴリ夫人の元に便りが届いた。体重は二三ポンド半（一〇キロほど）落ち、初めて戸外に出たのは二月最後の日。

手紙を口述できるまでに病状が回復すると、第一通は二月二〇日付、グレゴリ夫人へ宛て、「病気になって以来、これが最初の手紙です」と書き始められた手紙の話題は、病床に伏せていた間に伸びた「見事でシルキーな髭」。「ともかく暫くは髭を剃ることができず、このパーソナリティで通すのもよいかもしれません。メリオン通りの角の警官は、今、私を見れば、敬礼してくれるでしょうか?」。それを読んだグレゴリ夫人は――「全く恐ろしい、剃ってしまいなさい[31]」。髭は五月までたくわえられ、ラパロの友人・知人たちの関心を誘い、病床の無為を紛らわす格好の話題の種となる。

病状が回復期に入ると、「一種の幸せな牢獄、推理小説を読む以外何もすることがない」（二月二八日）。感染を怖れ遠ざかっていたパウンドと、三月四日、初めて会った。「カフェの表で、彼は私の横に座って私の髭を褒め、自由国の大臣

髭をのばしたイェイツ、ラパロで、1930年春

としてオーストリアへ派遣されるべき、私の髭の真価を完全に評価できるのはオーストリアだけだと言った」。「アイルランドに関する読書は興奮を伴い」（二月二八日）遠ざけていたが、「殆ど毎日午前中、スウィフトを読んでいます」[32]（四月一五日）。そして「明日、詩作を始めます」と、五月二二日、イェイツはグレゴリ夫人に伝えた。

そうして書き始められた詩は「ビザンティウム」（“Byzantium”）、「ビザンティウムへ船出して」と対を成す作品である。詩を誘発したのは、四月一六日、スタージ・ムアがイェイツに手紙を送り、「君の『ビザンティウムへ船出して』は最初のスタンザ三つは素晴らしい（マグニフィセント）、だが第四スタンザで、私はがっかりした。あの金細工師の鳥は人間の肉体と同じくらい自然、特に鳥は、ホーマーやシェイクスピアと同様、領主や貴婦人たちに過ぎ去ったもの、過ぎ行くもの、やがて来るものをうたうに過ぎないなら」[33]と批判したことに始まる。イェイツは「解説が必要だと考えた」[34]。

彼は「シナリオ」と呼ぶ、詩のアイディアを書きつけた二、三行のノートから詩作を始める。病状が回復へ向かった四月、彼は日記——パンセのシリーズ——を、出版を視野に綴り始めた。四月三〇日、そこに「詩の題材」が記されている——

キリスト教文明最初の一〇〇〇年の終わりの頃のビザンティウム。歩くミイラ。街角に炎、そこで魂は清められ、金細工の鳥が黄金の木々でうたう、港では「イルカが」嘆き悲しむ死者たちに背を貸し、パラダイスへ運んでゆく。[35]

「ビザンティウム」は、七月初め、イェイツがラパロを発つまでに完成稿に近い形に書き上がったと思われる。

昼間の不浄な視界（イメージ）が消え、
皇帝の酔っ払った兵士らは床についた。
大聖堂の大きな銅鑼（ゴング）が鳴った後、
夜の物音も夜歩きする者たちの唄声も止む。
星明かりか月明かりに照らされたドームは蔑む、
人の全て、
錯綜の全て、
人間の血管の憤怒と泥沼、を。

「ビザンティウム」も「自我と魂」の相克が主題、天と地、夜と昼、聖と俗、死と生等の二律背反に詩は拠って立つ。上記の最後の三行、とりわけ最後の一行は、イェイツが捉えた地上の「生」の有り様を凝縮して表現する。ビザンティウムの聖都は「煉獄」と化し、死者の魂は「イルカの背に跨り」、そこへ運ばれ、神の聖火に清められ永遠の命を得る。死の淵から生還した詩人の死後の再生の願いが込められた詩でもあろう。「私は『ビザンティウム』を書いて自分を暖め、この世に生還した[36]」と、イェイツは詩に注を付した。『塔』の巻頭詩である「ビザンティウムへ船出して」と『螺旋階段』を代表する詩の一つ「ビザンティウム」は、二つの詩集のシンメトリ構造を支える支柱を成す。

五月初め、アンとマイケルがスイスの学校からラパロの両親の元にやって来た。父の髭は子供たちの注目の的、賛否をはかると娘は否、息子は賛に回った。その髭は――「今日、剃り落としました」と、五月二二日、イェイツはグレゴリ夫人に報告した。

父からチェスを教わった子供たちはゲームを始め、一時間後――「椅子は全部ひっくり返り、マイケルの二本の手はアンの髪毛を摑み、アンをめった打ち[37]」。弟が姉をチェックメイトしたのが喧嘩の始まり、アンは姉のプライドを折られたのであろう。

イェイツが子供の養育に深く関わることはないが、一般に考えられているほど二人の子供たちに無関心でも、冷淡でもなかった。愉快なエピソードが残されている。取っ組み合いの喧嘩を始めた子供たちに手を焼いた母は夫を呼んだ。本を一冊手にして現われた父は――

犬は吼え、噛みついて喜ぶ、
そう、神様が彼らをお造りになったから。
熊やライオンは唸る、
それが彼らの本性だから。

だが、子供たちよ、君たちは決して
怒りの感情を高ぶらせてはいけない。
君たちの小さな手は
互いの目をむしり合うためのものではない。

――詩を読み上げ、書斎に消えた[38]。体罰を容認しない父は、子供たちに手を上げることは一度もなかったという。

「マイケルの学校の教師に宛てた手紙」も日記に綴られた事項の一つ。「私の息子は九歳と一〇歳の間で直ちにギリシア語を始めるべき」と書き始められた手紙は、父が息子に望むカリキュラムを列記する。ギリシア語と並ぶ必須科目は数学、「地理」「歴史」「理科」は無用、「彼にギリシア語と数学を教え、彼がすでに知っているドイツ語とフランス語を忘れさせなければ」それで十分と述べ、最後に――「あなたが私の言う通りにせず、〔…〕彼が父親のような生半可な知識を身に着け学校を出るなら、あなたの魂が紅海の底に鎖で繋がれてあらんことを[39]」。

イェイツは海外に比重を置く生活パタンを選んだものの、その再変更を考え始めていた。子供たちのために「もう一度ダブリンに住居を定めてみようと思っています」と、五月七日、彼はメイスフィールドに打ち明けている。アンは一一歳、マイケルは九歳、二人の教育と将来を展望した決断だった。またイェイツ自身が、「論争も、政治も、実務も、何もない[40]」、無風状態のような海外生活に飽き始めていた。「詩を書くことができれば、それが私が人生に求める全て」と言った彼であるが、彼の詩(うた)の源泉はアイルランドにある。健康の回復に伴い、政治論争の渦巻くダブリンにもう一度身を置く気力も戻ってきた。

「私はアイルランドの女」("I am of Ireland")と題する詩は『或いは、曲のための詞』の中の一つ。どこか異国の酒場と思しい場所で、女が、「慈悲と思って来て、／私と踊って下さい、アイルランドで」と呼ぶ声に——

男が一人、一人だけ〔…〕
厳(いか)めしい頭を向けた。
「そこは遥か遠い、
それに時は過ぎてゆく」と、彼は言った、
「それに夜は荒れてきた」。

過ぎゆく時、深まりゆく夜、残された時間は多くない。アイルランドが彼を呼んでいた。

ラパロのフラットはパウンドの両親に貸し、七月三日、イェイツ夫婦はジェノヴァから船で帰国の途に着いた。予定より一か月早い帰国。「ジョージは疲れ切っているように見えます。帰国を早めたのは主に彼女のためです」と、六月二七日、ラパロから、イェイツはグレゴリ夫人に手紙を送っていた。夫の生命の危機、長い病闘に付き添った妻の心労、疲労は極限に達していた筈である。

七月半ば、九か月不在にしたダブリンに戻ったイェイツを、友人たちは安堵して迎えた。「あなたのいない街はドライに思えました[41]」と、グレゴリ夫人は予定より一か月早い彼の帰国を喜んだ。寒さはイェイツの健康の大敵。一足先にダブリンに戻った妻は、夫の書斎に新しいガス・ストーヴ、寝室にも新しいガスと電気ストーヴを入れ、「火トカゲ並みの熱(ヒート)[42]」を用意して、夫の帰宅に備えた。

ラパロに滞在中、ゴガーティはイェイツに、オーガスタス・ジョンが詩人の肖像画を画きたがっていると伝えてきた。「鋳掛屋」とイェイツが呼んだ、あの曰くつきの肖像画がジョンによって画かれたのは一九〇七年、絵を初めて見た時「身震いした」とイェイツは振り返る――

病気の時以外、何時も服装に気を配り、身を持ち崩したことはなく、必ず髭を剃る、その私がそこに見たのは、不精髭を生やした酔っ払いのバーテンダーだった。そのうちジョンは、私の中に彼が好ましいと思う何か、キャラクターより［本質に］より近い何かを見出し、姿を変えてそれを描き出したのだと私は感じるようになった。彼はアングロ・アイリッシュの孤独を見たのだ、私が自分で作った孤独、法からはじかれた者(アウトロー)の孤独である[43]。

イェイツの晩年の作品に数多く登場する「クレイジー・ジェイン」や「日雇いジャック」、「気のふれたトム」その他の無法者(アウトロー)たちは、彼らを創り出した詩人自身の分身である。

鋳掛屋かバーテンダーか、ジョンの肖像画が画かれてから二〇余年、イェイツは六〇歳代半ばに差し掛かった。

私はホテルの鏡の前に立って、右手の窓から差し込む影にくっきり目立つ口元と顎の周りの皺に目を留め、ジョンはその皺に狙いを定め、特にそれを強調はしないだろうかと思案した[44]。

ゴガーティは、内戦中、コネマラ、レンヴィルにあった家をIRAによって焼かれ、焼け跡に豪華ホテルを再建した。肖像画の制作はそこで。イェイツはダブリンに腰を落ち着ける暇もなく、七月二三日、レンヴィルへ向かった。ロングフォード卿の好意で、車でアイルランドを東から西へ横断する道のり――

車の長旅の殆どを、私は話し続けた、声がかすれても話した。何故？　私は小心(ティミッド)だから、相手が私を量って(ジャッジ)いると感じたから、彼の沈黙にありとあらゆる類の恐ろしい性格を思い浮かべたから[45]。

上記の箇所を含むイェイツの日記が出版された時、ロングフォード卿の妻は「仰天した」[46]。イェイツは、自叙伝その他で「私は小心」と繰り返す。「クール・パーク、一九二九年」の中の詩人の自画像――「小心な心を押して／男らしいポーズを気取る男」――はよく引用される例である。闘争心に溢れるファイターで、他を圧するパーソナリティの詩人に「小

イェイツの肖像画、オーガスタス・ジョン制作

心」の語を結びつけるのは難しい。行動と意思が直結するモード・ゴンのような行動派が身近にあって、内省派で、青年時代の彼は「極度にシャイ[47]」、「常に自分の中に何か無力、信頼できないものを意識していた[48]」と告白する。そうした自己分析が「小心」の自画像を生んだのだろうか。

レンヴィルでジョンが制作を始めた肖像画は、「面白い――私の知らない、知って喜ばしい自己、自分では決して見出せない自己、陽気で、気紛れな人物」。画家は「ずっと大きな肖像画」に変更、制作途中で、「ゴールウェイの競馬」と付随する活動を追って、三日間消えた。完成した肖像画は、イェイツが「戸外で椅子に座り、脚は毛皮の袋に入れ、膝の上に帽子、髪が風になびいている[49]」絵――「自己満足した山師に見える[50]」と、ロイ・フォスターは評する。

八月初めに絵が完成すると、イェイツはレンヴィルからクールへ直行した。グレゴリ夫人は癌の再発に気づいたところで、イェイツにエスコートされダブリンへ、四度目の手術を

イェイツ、ゴーガティ、ジョン、レンヴィルで、1930年7月

受けた。

以来――一一日前から――、生活は、あっちこっち、こっちあっちの連続です。〔…〕何とまあ、彼女は何度同じことを繰り返すことでしょう。〔…〕一時間足らずの間に同じ話をそっくり三度繰り返し、次の日、また次の日、それを繰り返します。〔…〕彼女は「イェイツに」九月の大半をクールで過ごすよう望み、私もそう望んでいます。[51]

こう、ジョージ・イェイツはドロシィ・パウンドの耳に入れた――「読んだ後、焼き捨てて下さい」と書き添えて。グレゴリ夫人は八〇歳に手の届く年齢で、「時に同じ問いを数度繰り返し、それに気づいて笑う。彼女の判断力はたくましい、記憶力は行ったり来たり[52]」の状態。彼女が療養所に留まった一週間の間、「イェイツは毎日来て、二、三時間私に付き添い、とても助かった[53]」と、彼女は日記に記した。

　月末、グレゴリ夫人はゴートの屋敷に戻り、九月一〇日、イェイツもクールへ。グレゴリ夫人の孫娘アンは金髪の少女。彼女の「黄色の髪毛」を「半ばからかった、全面的に褒めた詩[54]」「アン・グレゴリのために」(“For Anne Gregory”)が書かれた。祖母は歓喜、その晩、イェイツに詩を六度朗読させた。

　「スウィフト劇」と呼ばれる『窓ガラスの文字』(*Words upon the Window-Pane*)が書かれたのはこの時。アイルランドの歴史の中で、スウィフトが活躍した一八世紀は「アングロ・アイリッシュの世紀」と呼ばれる。ダブリンが、ロンドンに次ぐ帝国の第二の都市のステイタスを獲得したのはこの時代であり、それに相応しい賑わいと繁栄を誇った。「離婚スピーチ」で、自身のアイデンティティと伝統のルーツが根ざすアングロ・アイルランドへ回帰を宣して以来、アイルランドの一八世紀はイェイツの一大テーマとなった。彼は一八世紀をアイルランドが「闇と混乱を免れた唯一の世紀[55]」と呼び、『窓ガラスの文字』の中で、登場人物の一人ケンブリッジの学生に振った台詞――「アイルランドで、われわれの国民性、残存する建築、偉大なもの全てがあの時代に由来する」――は「オーヴァーなもの言い」ながら、「それなりの真実がある[56]」と作者は言う。しかし、この時代のダブリンの繁栄はカトリック教徒を社会の底辺に封じ込める「刑罰法」の上に立ったそれ。歴史の闇に、イェイツが盲目である筈がない。「彼らが没落した今、〔…〕私は喜々として彼らの唄をうたう」と彼は宣言、「彼ら」の著作はイェイツの読書の中心を占めた。「私はスウィフトを何か月も続けて読み、バークとバークレイは、頻度は少ないがいつも興奮し、ゴールドスミスは誘い、待ち受ける」。その中で、スウィフトは特別な存在となる。「スウィフトが私にとり憑いている、何時も、彼は次の角を回ったところにいる」[57]と、イェイツは言った。

『ガリヴァー旅行記』の作者として親しまれるスウィフトは、ダブリンに生まれ、イングランドとアイルランドで活躍、生まれた街で生涯を終えた。彼の人生には多くの謎がつきまとう。有名なパンフレット『ドレイピア書簡』はアイルランドに持ち込まれようとした悪貨を告発、著者の首に五〇〇ポンドの賞金が懸けられた。スウィフトが「ステラ」と「ヴァネッサ」と呼んだ二人の女性の存在も謎の一つ。彼は、生涯の殆どを、現代医学がメヌエル氏病と呼ぶ病を患い、特に晩年、当時、原因不明の激しいめまいに襲われ、その異常な行動からスウィフト「狂気」説が生まれる。

謎多いスウィフトの人物像を、イェイツは降霊会の場面に置き、霊媒と会の参加者六名の登場人物から成る劇に仕立て上げた。彼以外の誰も発想し得ない、為し得ない一種の離れ業である。劇の題名は、スウィフト五四歳の誕生日に、ステラが彼に贈った詩が窓ガラスに刻まれたとする架空の設定による。降霊会に現われたスウィフトの霊は「良心の拷問の煉獄に囚われ」[58]、彼の呪いで劇は幕を閉じる――「私の生まれた日を消せ！」。

九月半ば、劇は「殆んど書き上がり」イェイツの朗読を聞いたグレゴリ夫人は、「イェイツは病気の灰から甦った生命力と炎に溢れている」[59]と日記に記した。一〇月初め、劇は完成、直ちにリハーサルに入り、一一月一七日、アベイ・シアターで初演された。『窓ガラスの文字』は、イェイツの劇作の中で最も成功した舞台と位置づけられる作品。「朝刊の四紙は私の作劇術を褒め」[60]、グレゴリ夫人は「真の成功、並外れて印象的で感動的」[61]と言い、「パワーに震えた」[62]と、マクリアモールは彼女に語った。

スウィフトは聖パトリック大聖堂の主席司祭として生涯を終え、聖堂内のステラの傍らに葬られた。彼の墓に刻まれたスウィフト自身によるラテン語の墓碑銘を、「歴史上最も偉大」[63]とイェイツは称えて止まず、クール滞在中、イェイツ自身の「スウィフトの墓碑銘」（"Swift's Epitaph"）が書き始められた。

スウィフトの航海は休息に着いた――
獰猛(どうもう)な憤怒が、そこで、
彼の胸を引き裂くことはない。
できるなら、彼を真似てみよ、
愚かな世の旅人よ、彼は
人間の自由に奉仕した。

「正義」と「自由」を求めて止まず、それを阻む時代に対する「憎悪」と「憤怒」に引き裂かれた孤独な魂――時代の「生贄――毒に当たった穴の中のねずみ」[64]と、イェイツは言った。彼が描き出すスウィフト像は、多分に彼自身の自画像を投影したものである。

『窓ガラスの文字』を含む四つの劇と各作品に付したイントロダクションは、『車輪と蝶』(*Wheels and Butterflies*)に収められる。「車輪は四つのイントロダクションです。ダブリンには会や団体が溢れ、地下室や屋根裏で集会を開いていると言われています。そこで、私は巻頭の余白ページにこの詩(ライム)を入れるつもりです――地下室や屋根裏へは／車輪を、／蝶全てを／友へ」。一二月二日、オリヴィアへ送った手紙で、イェイツは本の表題をこう解説した。

この年、一九三〇年四月、桂冠詩人ロバート・ブリッジズが他界した。桂冠詩人は王室と国家の慶事や葬祭に際し、詩作を任務とする。文学ジャーナルは、後任候補としてキプリング、ワトソン、メイスフィールド、そしてイェイツを挙げた。イェイツはアイルランドのナショナリストの立場上、桂冠詩人就任は困難とする観測が広がったが、彼自身は「ポストを排除してはいなかった」[65]ようである。名誉職に就いたのはメイスフィールド。彼はイェイツが交友リストに挙げる一人である。イェイツとの出会いは、一九〇〇年一一月五日、メイスフィールドがウーバン・ビルディングズを訪問した折で、彼は二〇歳を過ぎたばかりのジャーナリストだった[66]。あれから三〇年が経過、それを祝って、一一月五日、メイスフィールドがオックスフォードの自宅でイェイツのために会を開いた。「彼は私の作品と私自身に長々と賛辞を述べ――とても面喰らった――、それから五人の少女たちが、美しい声で四五分間、私の叙情詩を朗誦、〔…〕不思議に圧倒的でした」と、三日後、イェイツは妻に報告した。

一一月七日、オットリン・モレルの家で、イェイツはウォルター・ドゥ・ラ・メアとヴァージニア・ウルフに会った。ウルフの「他人の観察には目の眩むような悪意が目立つ」[67]、しかし、彼女の目に映ったアイルランド詩人は「どっしりした樫の楔(くさび)」――

〔芸術の重要性は〕この大きな活発な精神、とてつもなくヴァイタリティに富んだ男の全てを占めていた。ちょっとした問いを挟んでどこで彼を切っても、アイディアの泉が湧き、溢れ出た。彼の率直さ、簡明さに、私は感銘した。ふわふわした、夢見るようなものは何もない。手紙は返事を書かなければならないと、彼は言った。ひどく絡み合った荊の繁みの真中で、彼は生きているように思える——彼は、何時でもそこから現われ、再び退却する。どんな小枝も彼にはリアルだった。

ウルフの荊の繁みの比喩は当を得たそれ。彼女は、別れを告げる時、「ある感情をこめて彼の手を握った——有名な手を握っているのだと思いながら」[68]。

一九三一年、新年が明け、イェイツは「マクミランのために、これが最後と願っている作品の手直し」に励んだ。マクミランから新しい全集、「高価な限定版」というか「デラックス版」[69]全集の出版企画が立ち上がり、そのための作業である。イェイツの経済は、リリーとロリー姉妹のクアラ・ビジネスが大きな経済的負担となって逼迫、全集は新たな収入源を生む企画でもある。しかしデラックス版全集は、紆余曲折を経て、ついに日の目を見ることなく終わった。

教会は、事ある毎に権威の牙をむく。三月、キリストはせむしだったとする記事を『デイリィ・メイル』紙が掲載すると、司祭たちは色めき立ち、「国中で何千もの若者が、何かの機会に『デイリィ・メイル』紙を目にしたことを懺悔」[70]した。「ミックスト・マリエッジ」と呼ばれるプロテスタントとカトリックの結婚は、この島国にあって、とかく物議をかもす厄介な問題である。四月、裁判所が「プロテスタントの母親から泣き叫ぶ子供たちを引き離し、カトリックの施設に預けるよう」判決を下すと、すかさずイェイツは四行の詩で応えた——

ルソーが彼の赤ん坊を
捨て子のバスケットに落とし入れた時、それは罪。
だが、誰が敢えてそれを罪と呼ぶだろう、ローマが
わが家よりバスケットを選んだなら。[71]

プロテスタントの母親は控訴し、四行は未発表に終わった。

五月下旬、イェイツはロンドンへ赴く。オックスフォード大学から名誉博士号が授与されることになり、五月二六日、授与式に臨んだ。詩人の学位授与を発議したのはモーリス・バウラ、イェイツが結婚後、大学町に居住した時以来の交友である。授与式の後、バウラが準備したディナーに、作家のエリザベス・ボウエン、ケネス・クラークやジョン・スパロウら大学の教授陣が多数出席し、イェイツは『塔』と『螺旋階段』から詩を朗読、「近年、何が私の詩をそれほど深めたのか」[72]と人々は問うた。一九三三年、ケンブリッジ大学もアイルランド詩人に同じ栄誉を贈った。

　六月初め、ロンドン滞在中に、イェイツはジャーナリストのルイーズ・モーガンのインタヴューを受けた。ロンドンの中心街ピカデリのカフェで。イェイツの「黄金の声」、会話の達人は伝説の域、「彼の声はそれ自身の別の命を持っている」と、モーガンは言う――「親しいもの静かな声、僅かに訛り（なま）がかかり、ユーモアに溢れている」。

　モーガンが詩の現状と未来について問うと、「私たちはヴィクトリア朝人から遠ざかり、ポープに相当するものへ向かっている。〔…〕明日の詩は事実の巧みで明確な表現。T・S・エリオットが私たちを魅了するのは、彼は他の作家よりその究極の表現に向かって遥かに先を進んでいるから」と応え、その是非について意見を控えた――「古い世代が若い世代を批判するのは礼儀を欠き、賢明ではない」。

　詩作について――毎日、午前中、「ガレー船の奴隷がオールに着くよう」、彼は詩作に向かう。詩は書き始めが恐ろしく困難で、それを克服するのは「潜在意識の勢い（モメンタム）。潜在意識は常にそこに、心（マインド）の背後に潜み躍り出ようとしている。勢いの重みは経験と共に増す」。詩作のペースは今、一日に七行か八行、以前はそれが一週間のペースだった。

「私はインターナショナルな文学は嫌いだ」と、イェイツ。それは、青年時代からの彼の信条である。「ものの核心はナショナル、或いはローカルでなければならない。しかし同時に、人が生きる人生――それは何処でも同じ――の基本的な一片であるべきだ」。「私はアガメムノンをアメリカからダブリンのパトリック通りへ帰ってきたパブの主人に仕立てたい」と、彼は言う。「偉大な劇は他のいかなる国、いかなる時代にも移し替えることができるが、同時に、その本質はローカル。偉大な文学作品は完全にそれ自身のローカルな場所のもの、だが無限に他に移し替えることができる」と、彼は持論を展開した。

　イェイツが「小説」や「小説家」について言及することは滅多にない。しかし、「私はジェイン・オースティンと育ちの良さを追う彼女の危うい追求が好きだ」と、彼は言う。ヘンリ・ジェイムズも然り。「彼によって、育ちの良さを追う危うい追求がもう一度始まった」。

　イェイツはイタリアの太陽に焼け、「白髪にもかかわらず老いの兆しは僅かもない。六五歳の年齢より一五歳か二〇歳若く見える」。スタージ・ムアと昼食の約束があり、彼はタクシーに乗り込んで、ロンドンの街の雑踏に消えた。[73]

　夏が訪れ、クールは何時ものようにゲストたちで賑わった。この夏が最後という想いが訪れる人々の意識を占めた。五月の終わり頃からグレゴリ夫人は鼻から出血、「苦痛」の語と、リューマチの痛みで「よろよろ歩く」の語が、頻繁に日記に綴られ始める。彼女に残された時間はもう一年。七月半ば、ジャック・イェイツ夫婦に兄が合流、弟夫婦が去ると、八月初め、クールは遠来の客を迎える。アイルランドの哲学者バークレイを研究するイタリアの学究マリオ・ロシが、共同研究者のジョセフ・ホーンと共に訪れた。グレゴリ夫人は、「ひどい夜、激しい痛み[74]」、初対面のゲストを迎えることを躊躇ったが、「ロシほど、グレゴリ夫人が好感を抱いた新来の訪問客はいなかった[75]」。ロシは、帰国後、地中海の国からクールへ便りを送った、「どこかに、私の心の願望の地があると思うと慰められます[76]」と言って。ロシが去った後、ジョージ・イェイツが子供たちを連れてやって来た。「陽気な小さな訪問客[77]」はグレゴリ夫人を喜ばせた。

　八月八日、イェイツはダブリンの妻に次のような手紙を送っていた。

> 昨夜、私は朝食の部屋でガイ・ゴフとマーガレットとだけになった。ガイがマーガレットに何か言い、マーガレットが「いいえ、そんなことを頼むことはできない」と言うのが聞こえた。暫くしてマーガレットは出てゆき、私がガイに何と問うと、「誰かができるだけグレゴリ夫人と一緒にいるべきだと私たちは思っている」と、彼は言った。

　月末、妻と子供たちはダブリンへ戻り、後に留まったイェイツは、この時から、できるだけ屋敷に常駐するようになる――「昔の誼とこれまでの全てに感謝の念から[78]」。イェイツと、長年、「慇懃な間接戦争」を交えてきたマーガレットも、この時はそれを望んだ。グレゴリ夫人の最後の日々、彼女の傍らにあり続けたイェイツの「献身」は際立っている。反面、彼の結婚生活、夫婦関係は――ジョージ・イェイツが詩人の夫のミューズ、霊媒だったのは過去となり、今や、彼女は「配偶者、秘書、家事全般のオーガナイザー」、夫婦関係に「或る距離感」が生じ始めていた。妻は夫を「ゴートやロンドンへ送り出す時、明らかな解放感からそうした[79]」。子供たちはスイスの学校からダブリンに戻り、五月、アンは寄宿学校へ入り、マイケルはデイ・スクールへ通い始める。母親に掛かる責任と負担は増す一方、妻が夫の不在を歓迎したとしても彼女を責めることはできない。

　秋、イェイツにラジオ放送という新しい実験、冒険の機会が巡ってきた。一九二七年、ＢＢＣロンドンが開設されると、ラジオ――「ワイアレス」と呼ばれた――が英国圏社会に普及し始める。グレゴリ夫人はショーからこの最新機器を贈られ、眠れぬことが多い夜の孤独を癒す必需品となる。「美しい音楽の音色——世界の何処かではなく世界の何処でも——ダイアルを合わせて耳を傾ければ[80]」と、彼女は日記に記している。

九月一五日、BBCベルファストがアベイ・カンパニー演じるイェイツの『オイディプス王』をラジオ放送した。それに先立って、九月八日、イェイツのトーク番組——劇の解説と詩の朗読——が電波に乗った。アン・グレゴリの詩の朗読で締めくくった番組は、クールで「とてもクリアに」受信され、「メイドたちは大喜び[81]」。ラジオ放送は、詩は声に発してこそ詩と信じるイェイツの持論を実践する場であり、この後、BBCロンドンから幾度かイェイツの詩の朗読番組が放送される。

二日後、イェイツはクールへ戻った。彼が屋敷に常駐し始めると、夫婦の間を手紙が頻繁に行き交った。夫は新しい詩のアイディア、作品の進行状況、グレゴリ夫人の病状を綴り、妻はアベイ・シアターその他の用務を伝え、子供たちの日常を報告、ダブリンの噂話を耳に入れた。日暮れの早い季節、夫の目を気遣って、妻がオイル・ランプをクールへ送ると——

夫　ランプが届きました——入れるのは何のオイル？
妻　ランプが燃焼するのは、無論、ランプ・オイル、パラフィンです。一体全体、それ以外に何を燃焼できるでしょう？　ランプの形そのものがパラフィン・オイルと叫んでいます。聖油かオリーヴ油と思ったのではないですよね？[82]

イェイツは手の掛かる夫である。

一九三二年が明け、彼は一二月半ばに書き始めた詩「英知」（"Wisdom"）の制作を進めた。「動揺」（"Vacillation"）と題名が変更されるこの大作も「自我と魂の対話」の類に属する詩——

魂　実在を求め、見せかけのものを捨てるがよい。
心　何、詩人に生まれ、テーマを欠けと？
魂　イザヤの炭、人は他に何を欲し得よう？
心　炎の純一の中に、黙して語らずか！
魂　あの炎を見よ、救いがその中を歩む。
心　ホーマーは原罪以外に何のテーマがあっただろう？

「原罪」は、誕生と死の無限のサイクルそのものを指す。

「私」は、「自我」と「魂」の二つの間を「揺れ動き」、ここでも最後に選びとるのは詩人の宿命としての「自我」であり、「血に濡れた心」――「ホーマーが私の模範、彼の異教の心」と、詩は結ばれる。

二月一六日、総選挙が実施され、イェイツは投票のためダブリンへ行き、その前後一〇日ほどクールを不在にした。「忠誠の誓い」を拒否して議会をボイコットし続けたドゥ・ヴァレラ率いるIRA議員らは、一九二六年、方針の大転換を図り、政党「フィアンナ・フェイル」を結成、議会に復帰した。今回の総選挙に勝利したのはドゥ・ヴァレラ、以後一五年間続く長期政権の始まりである。

イェイツがクールを不在にしていた間、グレゴリ夫人は彼に宛て手紙をしたためた。

今朝、あまり気分がよくありません。一、二度、気が遠くなりそうになりました――あの世へ行く時が来たのかもしれません。〔…〕私は満ち足りた人生を送りました。先に逝った者たちとの短い別れを除いて幸せな人生でした。

国家の役に立ったと思います――それも大部分はあなたに感謝しています。ここ数か月、共に過ごしてくれたことにも感謝しています。あなたがいてくれたおかげで、身体の苦痛にもかかわらず、早く、幸せに時間が過ぎました。あなたの友情から私の最後の年月もそうでした――最初から最後まで、仕事に、奉仕に、実り多い人生でした。

来たる年月、あなたに祝福を[83]

手紙は投函されることも、イェイツが読むこともなかった。

二月から三月にかけ、クールの終焉をうたったもう一つの詩「クール・パークとバリリー、一九三一年」("Coole Park and Ballylee, 1931") が書かれた。詩は、「アングロ・アイルランド」終焉を偲ぶエレジーでもある。かつて「秋の美しい装い」に包まれた七つの森の木々は、今、「冬の日を浴び、干からびた棒切れ」と化し、自然界も「私のムードの鏡」。二月三日、イェイツは妻に、「昨日、白鳥が一羽、突然、舞い上がる描写を書きました――インスピレイションのシンボルと思います」と書き送った。湖岸で、「突然、白鳥が一羽舞い上がるとどろき」が響き――

あそこに、エンブレムがもう一つ！　嵐の白、
だが、空を凝縮したようだ。
魂のように、視界に飛翔して出で来、
朝方、行ってしまう、何故か誰も分からない。

グレゴリ夫人は癌よりもリューマチの痛みで歩行が困難になり、二階の一室に籠もるようになった――「床に杖をつく音、椅子から椅子へ／誰かが難儀しながら動く物音」。彼女はクールの「最後の相続者」、長い年月をかけ、積み、築かれたクールの「偉大な栄光全てが潰える」日は目前、イェイツは詩を次のように結んだ。

私たちは最後のロマン派――選んだテーマは
伝統の聖性と美。〔…〕
だが全ては変わった、あの天馬に騎手はいない、
その鞍に跨ってホーマーが馬を駆ったあたりに、
白鳥が暗闇を増す水の上を漂う。

白鳥は詩人のエンブレム、最後の絶唱をうたって命を終えると言い伝えられてきた。「クール・パークとバリリー、一九三一年」は、或る意味で白鳥の最後の唄である。

三月末、イェイツはロンドンへ赴き、一か月ほどクールを離れた。幾つかの用務が重なり、過密なスケジュールの詰まったロンドン滞在となる。

四月三日、アイルランド文学協会創設を祝うディナー・パーティが開かれた。イェイツが協会を立ち上げたのは一八九一年の年の瀬、あれから四〇年が経過、アイルランド文学は殆ど実体のない蔑視の対象に過ぎなかった当時から隔世の感がある。協会創始者にとって感慨深い機会だったに違いない。

ここ数年、イェイツは「アイルランド文学アカデミー」設立を目論んでいた。知識人を結集、検閲に対抗するいわば防波堤の役割を期待するアカデミー設立は、いよいよ緊急の課題となっていた。「本当に設立するなら、ショーが存命中に設立することが重要です。彼は［会長ポストに］名前を約束しています、ナショナルなプロパガンダとして得るものは絶大です[84]」と、前年、彼はグレゴリ夫人に語っていた。ショーは、一九二五年、ノーベル文学賞を受賞、演劇界の大御所的存在である。四月六日、イェイツは劇作家に会い、アカデミーの会員数、会員候補のリスト・アップ、彼らにアカデミー参加を呼びかける招待状の内容等、基本事項について合意した。四月、イェイツがダブリンへ戻ると、アカデミー発足へ向け、規約作り、正規会員と準会員の振り分け、それぞれに招待状の送付等の実務作業が開始される。

二月の総選挙で、ドゥ・ヴァレラは、「忠誠の誓い」廃止を公約の一つに掲げ選挙戦を戦った。政権に就いた彼は、秘密裡に英国政府と交渉に入り、ロンドンに駐在するアイルランド高等弁務官（大使に相当するポスト）がその任務を担っ

た。「彼は口火を切るや、英国政府に完全に締め出され[85]」、首相官邸は「激怒状態[86]」。四月七日、高等弁務官は詩人に交渉の使命を託した。「私は笑い、名誉心をくすぐられている——毛を刈られたリパブリカンの子羊〔…〕に当たる風を和らげるため、人もあろうに私が選ばれたことを笑っている」。こう言って、その日、彼は妻に手紙を送った。高等弁務官はイェイツの名声と知名度に頼ったのであろう。

　翌日、イェイツは英国首相の息子マルカム・マクドナルドとサー・エドワード・ハーディングに面会した。二人は「ドミニオン」担当の政治家。

　私は忠誠の誓いに対する私の異議を述べ、私がアイルランドの状況と信じるものを説明した。私は彼らを納得させたと思う。しかし二人のどちらかが、彼らは彼らで狂（ワイルド）った男たちの存在を考慮しなければならないと言った。当面、狂った男たちの暴走はない、アイルランドとイングランドの間には深刻な対立が待ち受けていると、私は印象を受けた[87]。

会談の模様をこう妻に報告した夫は、「私は以前より自分を持し、説得力が増したことに気がついた。私はうまく話した」と書き添えている。会談後、高等弁務官は詩人を訪問、結果を聞くと「アカデミーのために募金を申し出た[88]」。「忠誠の誓い」は、一九三三年五月、廃止された。

　イェイツが、スタージ・ムアからインドの行者シュリ・プロヒット・スワミの存在を聞いたのは前年の秋。年末、スワミの自叙伝の彼自身による英語翻訳原稿が、ムアから送られてきた。行者の子供時代、大学生活、師の下で七年間瞑想、托鉢しながら九年間の放浪を叙述した自叙伝は、イェイツのインド哲学・思想への憧れに点火する。「私は圧倒されている、世界の偉大な書の一つに思える」、「タゴールの最初の著作と同じセンセイションを巻き起こすだろう[89]」と、彼は熱狂的賛辞を送った。ロンドンでスワミに会ったイェイツはますます彼へ傾倒する。行者の自叙伝は、『インドの僧』と題されイェイツの序を付し、九月、マクミランから出版された。

　ロンドンで仕事がもう一つ。四月一〇日、BBCはイェイツの詩の朗読番組をラジオ放送した。グレゴリ夫人の助言に沿って選んだ「女性についての詩」は「大成功[90]」。

　イェイツはダブリンを経由して、四月末、クールへ戻った。

　五月が訪れ、グレゴリ夫人は「太陽が差す穏やかな一日、ホールに下りて戸外に暫く腰を掛けていた、イェイツと一緒に[91]」。二階の一室に籠もるようになって初めて。グレゴリ夫人は左胸のしこりが肥大、ダブリンの医師に面会を望んだが、彼女がクールから動くことは論外。アベイ・シアターの用務でダブリン行きを予定していたイェイツは、医師との面会を兼ね、五月一二日、屋敷を発った。

　五月一五日、ダブリン郊外、「ラスファーナムに小さな家を買いました。古く、この上なく美しい庭があります」と伝えた手紙が、イェイツがグレゴリ夫人に送った膨大な数の書簡の最後になった。グレゴリ夫人の医師はダブリンを空け、イェイツは彼を待って街に留まった。

　五月二二日（日）、午後、グレゴリ夫人の容態は急変、日付が変わり真夜中過ぎ、彼女はマーガレットと二人の孫娘に見守られながら、息を引き取った。

　その日、イェイツに電話で連絡がとれたのは夜一一時を過ぎた時刻。翌朝、一番列車でダブリンを発った彼は、ゴートの駅に出迎えた孫娘のキャサリンからグレゴリ夫人の死を知らされ、「突然、抑え切れず泣き始め」、彼女を驚かせた。グレゴリ夫人の最期にその場に居なかった後悔の涙だと、詩人の伝記作家は推測する[92]。

「四〇年近い間、私の力、私の良心だった人を失いました[93]」。イェイツがマリオ・ロシに語った言葉に、全てが言い尽くされている。「彼女は私の思想、私の行為全てを知っていた唯一の人でした[94]」。五月、最後の日、グレゴリ夫人の死をオリヴィアに伝えた手紙で、彼は「クールと森を思い心が破れます」。同じ手紙で、夫人の亡くなった次の日、「表敬のため」クールを訪れたダブリンの彫刻家に触れ――

　彼は部屋から部屋へ足を運び、メゾチントや銅版刷りが懸かる部屋で足を止め、黙し、言った――「この地上の高貴な者たち全て」。彼はその部屋だけではなく失われた伝統を言ったのだと、私は思います。私自身の詩のどれほど多くがあの言葉を繰り返したものでしょう。

グレゴリ夫人の死は、イェイツにとって、一つの節目というより一時代の終わりを告げる出来事となる。翌一九三三年九月に出版される詩集『螺旋階段』に収録される作品は、この時までに全て書き終えられた。グレゴリ夫人の死後二年ほど、イェイツの詩（うた）は殆ど途絶える。

第一一章　最後の年月　一九三二―一九三九

上：リヴァーズデイルの家
下：アンとマイケル

一九三二年七月、イェイツ一家はダブリン郊外、ラスファーナム、リヴァーズデイルへ越した。一八世紀に建てられた古い小さなファーム・ハウス、一三エーカーの牧草地と四エーカーの庭がつき、庭には、古木、パゴダのばら、林檎やさくらんぼの果樹園、クロッケーの球戯場、テニス・コート、ボーリング・グリーンを備える。家の一番大きな部屋を詩人の書斎が占めた。「最初、私は惨めでした。何もかも、四〇年近い間、私のホームだったクールの大きな部屋や大きな木々を思い出さずにはいられなかった。絵が懸かった今、より満足感を覚えています」。七月二六日、書斎の主はオリヴィアにこう書き送った。書斎は、天井と壁がクリーム・イエローに塗られ、部屋の両側にガラス扉が開き、一方は花畑へ、もう一方の温室に通じる扉の窓に、チャールズ・リケッツから贈られたバーン＝ジョーンズの美しいステンド・グラスが収まった。初め電話がなく、一番近くは徒歩で一五分先のパブ。それを、所管する政府職員のP・S・オヘガティ——マイケルの義理の父となる人——に陳情すると、一〇日で電話がついた。土地の貸借期間は一三年間、「それまでに、私はこの世を去るでしょう」[1]——イェイツに残された時間は後六年半、ここが詩人の終の棲（すみか）となる。

四月から設立へ向け準備が進められた「アイルランド文学アカデミー」が、九月一二日、正式に発足した。G・B・ショーを会長に、イェイツを副会長、創設メンバー一九名、準会員にユージン・オニールやT・E・ロレンス——アラビアのロレンス——、エリザベス・ボウエンらが名を列ねた。検閲はアカデミー会長自身の作品が禁止措置に遭うなど、深刻。「アカデミーは私たちの利害を守り、政府と渉り合い、最悪の形の検閲を阻止できると願っている強力な団体になるでしょう」と、九月二日、イェイツはジェイムス・ジョイスに手紙を送った。作家は、入会の誘いに応じなかった。

文学アカデミーは、当初、G・B・ショーが寄せた五〇ポンドを唯一の資金としてスタートした。アカデミーの活動資金を稼ぐため、同時に、楽ではないイェイツ自身の経済を補うためアメリカ講演旅行が計画され、一〇月二一日、イェイツはニュー・ヨークへ向け出航、これが最後の大西洋渡航となる。今回は緩やかな講演スケジュールが組まれ、秘書としてアラン・ダンカンが同行、この青年が大きな助けとなる。フォード社は、主要な都市で運転手付きのリンカーン——チャーチルが渡米した時と同じ車種と同じ運転手——を提供、アイルランド詩人を厚遇した。

講演は東海岸の諸都市を巡り、演題は「アイルランドのナショナル・シアター」、加えて「新しいアイルランド」では過去二〇〇年のアイルランドの歴史と文学形成との関係を論じ、定番の「私自身の詩」では彼の詩を朗読。スピーチや講演で聴衆を魅了するイェイツの「黄金の声」も、詩の朗読は独特であまり受けがよくない(2)。誕生したばかりの文学アカデミーをアピールする機会となり、「思想の自由の発露を悉く抑圧することに意を注いでいる」国にあって、アカデミーは「独立を尊ぶ全ての文学人の支持を集め、支持を受けるに値する団体(3)」であることを訴えた。

ボウドウィン・カレッジで講演を聴いた一学部生は、後年、詩人の印象を書き残した——

> 演壇に現われた彼は詩の祭司、超然とした頭を仰け反り、私は後にそれが彼特有の身振りだと知った。若かった頃の黒髪は、今、雪のような白髪に変わり、シシリアの浅浮き彫りのライオンの鬣に似ていた。高い鼻、顎、幾らか感覚的な口も或る型にはまり、後期ギリシア風。鼈甲の眼鏡——当時、アメリカでは廃れていたが、妙に彼に似合った——の奥の目は不均等で殆ど東洋的楕円。左手の小指にはめた指輪の石は指の節から節ほどの大きさだった。私はこれほど印象的な人物に会ったことがない(4)。

トロントで、イェイツは親族——その一人は「彼女が子供の頃、一緒に遊んだ(5)」老女——に会い、モントリオールでは、ベッドフォード・パーク時代の隣人ジョージーナ・シームとの出会いが待っていた。

> そこに座す彼は——堂々たる、がその場に相応しい唯一の語だった。青年、或いは中年の彼が何であれ、今、彼はハンサムな堂々とした老人。〔…〕彼はゆったりとした肘掛椅子に深く腰を掛け、もの思わしげに前を見ていた。多分、私たちが普通の外の世界を見る目ではない目で見ていたのだろう(6)。

講演旅行は否応なく目標金額を稼ぎ出すことが目的化し、「疲れてはいないが退屈している」とダブリンの妻にこぼす彼が手に取ったのはD・H・ロレンスの小説。『虹』、『恋する女たち』——「美しい謎めいた作品」——、『息子たちと恋人たち』を、「大いに興奮して」[7]読み進めた。
一二月八日、ウェルズリ・カレッジでディナー・パーティが開かれた。T・S・エリオットはチャールズ・エリオット・ノートン詩学教授としてハーヴァード大学に滞在中、パーティに臨席した。

イェイツとT. S. エリオット、ハーヴァード大学で、1933年12月

イェイツはエリオットの隣に座り、彼に気づかず、食事がかなり進むまでもう一方のゲストと会話を交わした。それから彼は振り向いて言った、「この方と私はT・S・エリオットの詩の欠点を論じていました。あなたはあの詩をどう考えますか？」エリオットは座席札をとり上げ、意見を控えた[8]。ロンドンでイェイツはエリオットと昼食を共にする関係、隣の席の彼に気づかなかったとは考え難い。右記のエピソードは「イェイツ神話」の一つに過ぎないと思われる。

ホレス・レイノルズはハーヴァード大学で教鞭をとる。ウェルズリ・カレッジで行われた講演の後、イェイツの元を訪れた彼は、一八九〇年前後、イェイツがアメリカの二つの新聞に寄稿した記事のコピーを持参し、出版許可を求めた。青年時代の記事は「プロパガンダから生じた非現実や一部だけの真実（ハーフ・トゥルース）[9]」が露わ、しかし、レイノルズは「大変な労力を費やし、拒否したくない[10]」と、初期の詩を含まない条件で、イェイツは出版に同意した。『新しい島への書簡』（*Letters to the New Island*）の表題の下、著者の序を付し、一九三四年一月、ハーヴァード大学出版局から出された。

講演旅行は二つの目的それぞれに六〇〇ポンドほどを稼ぎ出し[11]、イェイツはアメリカを後にした。

一九三三年一月二七日、イェイツはサウザンプトンに帰港、ダブリンに戻るとインフルエンザに罹り、旅の疲れが重なって、二月の殆どを病床に伏せた。病から立ち直った三月、アベイ・シアターと、前年二月の総選挙に勝利し誕生したドゥ・ヴァレラ政府との対立が表面化する。アベイ・カンパニーのアメリカ巡業は劇場の大きな収入源である。政府は、巡業のレパートリが「さまざまな根拠――汚い言葉、酔っ払い、人殺し、売春――から重大な異議[12]」を招いているとし、政府助成は許容できる演目が条件であること、その場合も、助成金を一〇〇〇ポンドから七五〇ポンドに減額すると通告してきた。更に、政府助成に伴ってアベイ重役会に送り込まれるようになった政府代表としてウィリアム・メイジェニスを指名。「右翼のカトリック的価値観の強固な擁護者で、『カトリック・ブリティン』誌上で度々ジョイスを糾弾、イェイツの企てを公然と批判する[13]」ナショナル・ユニヴァーシティ教授である。

三月一日、イェイツは財務大臣へ手紙を送った。演目からシングやオケイシー排除の要求に――

私たちは要求を拒否します。私たちの劇場を終わらせるのも財務大臣の権限の中かもしれないが、劇場は、存在する限り自由を保持します。〔…〕私たちはメイジェニス教授の重役会入りを拒否します。彼はアベイ・シアターの重役に全く不適任だと、私たちは考えています。私たちがそう考える理由を述べる必要はありません。

この後、イェイツとドゥ・ヴァレラの会談が執り行われた。一時間の会談、「奇妙な経験だった。互いに相手の見解を完全に認めていました。私は猜疑心一杯で会談に臨んだが、猜疑心は即座に消えた」と、三月九日、彼はオリヴィアに書き送った。こうした経緯の末、ウィリアム・メイジェニスの指名は取り下げられ、アメリカ巡業のプログラムに、アベイ・シアターは政府助成を受けているが演目の選択に政府は関与していない、と付記することで結着した[14]。

ヨーロッパ大陸はファシズムの暗雲に覆われた時代、アイルランドも国産ファシスト――歴史家の定義によれば、「擬似[15]」ファシスト――の出現を見る。彼らが身に着けた制服の色から「ブルーシャツ」と呼ばれた集団である。ドゥ・ヴァレラ率いる政党「フィアンナ・フェイル」に対抗する政治勢力として台頭した彼らは、IRAの政権奪取やアイルランドのコミュニズム化の恐怖を訴え急速に勢力を拡大、一九三三年初めには、三万人規模の集団に膨れ上がった。ドゥ・ヴァレラによって警察長官の地位を解任されたオーエン・オダフィ将軍が、七月、集団のリーダーに就くと右傾化、制服、敬礼、パレードと、ヨーロッパ大陸のファシストを思わせる彼らの言動にダブリンの街は騒然となる。

イェイツがムッソリーニのイタリアに一つの政治モデルを求めて久しい。アイルランド社会を「牛耳るのは暴徒（モブ）、暴徒支配を破らなければ社会は暴力から暴力へ、暴力から無気力へ堕す」[16]と、彼は言う。国産ファシストの登場が「暴徒支配」を破るものと、一時、詩人は彼らに熱い視線を送った。

イェイツと「ブルーシャツ」のリンク役を演じたのはダーモット・マクマナス。元英軍将校で、ＩＲＡに加わり自由国政府軍に属した経歴の持ち主の彼は、一九二〇年代からイェイツの友人で、リヴァーズデイルを頻繁に訪れ家族ぐるみの交際が続いた。四月初め、イェイツは、「アイルランドのコミュニズムに対抗できる社会理論を作り上げようとしています——出現しつつあるものは宗教に色づけされたファシズムのようです」。オリヴィアにこう書き送った彼は、七月一三日、やはりオリヴィアに、「我が国の混乱に終止符を打つ唯一の解決策として、教養階層による独裁支配を強く推しています。〔…〕私たちが選んだ色はブルー、ブルーシャツが国中を行進しています」と更に踏み込んだ発言を含んだ手紙を送っている。

七月二四日、マクマナスはオダフィを伴ってリヴァーズデイルを訪れた。マクマナスの思惑は、「ブルーシャツ」の思想的後ろ楯として詩人を取り込む狙い。イェイツはオダフィとの会談の模様を記録に残している。

> マクマナスが彼「オダフィ」を連れて来た。〔…〕話は何時もの路線——上から指揮された政党組織、地域はその有能な男たちによって統治、私の原理原則「政治支配は教育・教養階層による以外は全て専制政治であり、国家全体が階層組織であるべき」。〔…〕私はイタリアの体制を叙述した近刊の三巻を手に入れ、その簡訳作りにイタリア研究者を当たらせるよう強く勧めた。[17]

「近刊の三巻」は、恐らくムッソリーニの思想的背景を作ったイタリアの哲学者ジェンティーレの書と思われる。イェイツは「教育・教養ある有能な者たちによる支配」、即ち寡頭・貴族政治体制を理想とし、「ブルーシャツ」にその可能性を見たのであろう。しかし、オダフィの政治力の依るところは、「近視眼的片意地、フィジカルなスタミナ、大酒、頑迷」[18]など。イェイツとオダフィは「異なるレヴェルで話し、二人とも相手に耳を傾けることはなかった」と、後にジョージ・イェイツはリチャード・エルマンに語った。[19]

八月半ば、クーデターの噂が飛び交う中、オダフィはダブリンで行進を計画する。ムッソリーニのローマ行進を思わせる動きに、ドゥ・ヴァレラ政府は行進を禁止、一度廃止した治安維持法を復活させ「ブルーシャツ」を非合法組織として禁止した。

「ブルーシャツ」が巻き起こした「真夏の狂気[20]」が鎮静した九月二〇日、一連の出来事を三幕の「我が国の政治コメディ[21]」と呼んだイェイツは、オダフィと「ブルーシャツ」に潜在する茶番劇性に目が覚め始めていた筈である。それにもかかわらず、一一月から翌年二月にかけ、詩人のペンから行進歌「同じ調べの三つの唄」（"Three Songs to the Same Tune"）が送り出された。「三つの唄」は『スペクテイター』（一九三四年二月二三日）に発表され、題名の後に付された注に曰く――

> 政治において私の情熱、私の思想は一つ――緊急にそれを必要とする状況を除いて、社会秩序を乱す者全てに対する憎悪であり、社会秩序は教育・教養のある有能な者たちの支配なくして永続しないという信念である。〔…〕数か月前、この情熱が詩人に不似合いな激しさで私にとり憑いた。そのムードが続いている間、我が国の深まりゆく混乱、肉に埋まった古い銃弾のように混乱を煽る狂信が、我が国の立派（ノーブル）な歴史をあさましい茶番劇へ変えようとしているように思えた。私の人生で初めて、通りの群衆が理解しうたうものを書きたいと、私は思った。[22]

「三つの唄」は六行のスタンザ毎にリフレインが繰り返される。第一ソングと第二ソングのリフレインは――

> やつら狂信者どもは我らの為すこと悉（ことごと）くぶっ壊す、
> 狂信者をのめせ、道化をのめせ、
> のめせ、のめせ、ハンマーでたたきのめせ、
> オドネル万歳の調べに合わせてたたきのめせ。

「三つの唄」は『ポエトゥリ』誌（一九三四年一二月）に発表され、そこで、第二ソングのリフレインはそっくり書き替えられた。

> 「犬はみんな溺死だ」と、若い猛女が言った、
> 「やつらは私のガチョウと猫を殺した。
> 溺死だ、用水桶に入れて溺死だ、
> 犬はみんな溺死だ」と、若い猛女が言った。

リフレインの変更を促したのはリヴァーズデイルで起きた或る事件である。詩人宅の隣に大きなファーム・ハウスが建ち、主は「地域のブルーシャツ重鎮」。或る日、イェイツ夫人の飼う雌鳥が一羽姿を消した。隣家の犬の犯行に違いないと踏

んだ彼女が抗議の手紙を送ると、「コリー犬は処分しました」と返事が返ってきた。そこへ、消えた雌鳥が戻ってきた。鳥は絞めて鍋に入れられる運命に。[23]

「三つの唄」が『ポエトゥリ』に発表された頃には、イェイツの「ブルーシャツ」熱は冷め、唄の「ファンタジー、放縦、曖昧さを増し、どんな党派もうたえないようにしてしまった」[24]。イェイツの「ブルーシャツ」熱に、ロイ・フォスターは、グレゴリ夫人亡き後、彼の「フラストレイションと喪失感」[25]を見る。「ブルーシャツ」狂騒は短い期間ではあるが、詩人が好んで着たブルーのシャツがあらぬ憶測を呼び、「彼の死後長い間、彼の政治的信望を揺るがすことになる」[26]。

グレゴリ夫人亡き後、彼女の足跡を記録に留めるため彼女の伝記を著わす案が浮上する。著者としてレノックス・ロビンソンの名も挙がったが、イェイツが自叙伝『ヴェールの揺らぎ』に続く年月――グレゴリ夫人に出会った一八九六年から一九〇二年まで――の記録を彼女の伝記として著わすことになった。初め『レイディ・グレゴリ』と名づけられ、「クールとグレゴリ夫人の思い出」[27]を綴る目的で書き始められた自叙伝は、演劇運動の記録に比重が傾き、表題は『劇中人物』と改められた。一九三四年二月、「『レイディ・グレゴリ』を組み立てるドラマを考える以外何もしていない」と言う著者は、「人の人生が明確なセクションに分かれるのは不思議、一八九七年、新しい場面が現われ、新しい役者たちが登場した」[28]と振り返った。一八九七年は彼がクールに初めて滞在、アイリッシュ・シアターが船出した年である。

運動の立役者たちはすでにこの世にない。エドワード・マーティンは一九二三年に他界、ジョージ・ムアも、イェイツがアメリカを講演旅行中にあの世の人となった。プライヴァシーの問題が解消した今、『劇中人物』は、『出会いと別れ』でイェイツを散々に揶揄・嘲笑したムアに対する遺恨を晴らす反撃の場となる。「借りた古いツケは全て返済」[29]、ムアが詩人の出自をあてこすったなら、イェイツは作家の育ちについて――

> 彼は、父親の競走馬舎から、シモンズや私の理解する教養・文化を欠いた家からストレートにパリへ行き、嵩張（かさ）った不確かなフランス語を身につけ、どこかのカフェで、名を成そうとしている美術学生たちや若い作家たちの間に座していた――仰天した目を見張る、蕪（かぶら）から彫り出した男。[30]

グレゴリ夫人の死はイェイツの想像力、インスピレイションの枯渇を招いた。「私の想像力は停止したままで、動く気配がない[31]」と彼は言い、「私の想像力の命だった潜在意識のドラマはクールの女主人と共に終わったのだろうか[32]」と自問した。「三つの唄」は、自身を詩作に仕向け、強制するために課した詩でもある。同じ頃、劇作『大時計塔の王』（*The King of the Great Clock Tower*）が書かれた。「劇的経験から叙情詩を書くために作り上げた劇[33]」と作者は解説する。登場人物は王と女王と豚飼い。あの「自我と魂の対話」の中で、イェイツが詩人の宿命として選びとったのは「自我」であり、「心」——「血に濡れた心」、「心（ハート）の汚い襤褸（ぼろ）切れと骨の仕事場」（「サーカスの動物逃亡」）。「豚飼い」はそれを象徴する詩人の別の姿である。劇の最後、処刑された彼の「切られた首」が唄をうたい出す——晩年のイェイツの作品は、それまで彼の詩になかった「ショッキングでヴァイオレントな」旋律を立て始める。

「三つの唄」や『大時計塔の王』の制作を通し、イェイツの抒情詩の詩作力は戻ってきた。一九三四年に書かれた「スーパーナチュナル・ソング」（*Supernatural Songs*）と名づけられた一二の詩群は、詩人の最後の年月の創作の豊穣を予見させる。

一九三四年四月一〇日、ジョージ・イェイツはダブリンの知人に、夫が「入院中[34]」であると伝えている。四月五日、イェイツはロンドンの医師ノーマン・ヘアによってシュタイナハ手術を受けた。俗に「パイプカット」と呼ばれる性的若返り手術。オーストリアの医師が始めた外科療法は、「一九三〇年までにファッションから一大流行と化し」、「ノーマン・ヘアは英国におけるその道の第一人者[35]」。七〇歳に近い年齢の詩人が大胆な決断に至った背後に、手術は血圧を下げる副次効果があるとされ、高血圧に悩む彼にはそれも狙いの一つだったかもしれない。イェイツにあって創造力と精力は密接にリンク、性的不能が詩の枯渇を招く恐怖感が、彼の背を押した最大の要因と考えられている。ノーマン・ヘアに会う前、「三年ほど完全にインスピレイションを失っていた[36]」と、彼は医師に告白したという。イェイツは手術を秘密にすることはなかった。「手術が恩恵をもたらすか判断するのは早過ぎます。血圧が下がったような感覚です——苛々感がなくなり、それは目新しいことです」。五月九日、彼はオリヴィアにこう書き送っている。

シュタイナハ手術が詩人のフィジカルな精力回復に繋がったのか、多くの人々が疑問視する。しかし、詩人の想像力を刺激、興奮、燃え上がらせる効果は絶大で、イェイツが「第二の思春期[37]」と呼んだ情緒・心理状態を生み出した。この後、彼は数人の女性と恋愛沙汰を繰り広げ、イェイツにあって恋と詩作は同時進行、爆発的な創造のエネルギーを解放、それは生涯の最後まで尽きることはなかった。この間、イェイツは半病人、重病に陥り死の淵を覗き見ることも二度、三度。衰えゆく肉体と迫り来る死に抗するように、生涯に幾度も「脱皮」を重ねてきた詩人は、人生最後の局面でもう一度脱皮、「何故老人は狂わずにいられよう?」("Why should not Old Men be Mad?")と問い、「狂った邪(よこしま)な老人」("The Wild Old Wicked Man")を自称した。

　最初に登場する女性はマーゴット・ラドック、女優、詩を書き、一度離婚、男優と再婚し幼い子供が一人、精神不安定要素を秘める二七歳。ラドックとの関係は、八月、彼女がイェイツに送った一種のファン・レターに始まる。それに応え、彼女に宛てた二通目、九月二四日付のイェイツの手紙――

　私は群れの中で暮らしていますが、詩人として孤独な人間です――貴女の一語がその孤独を貫きました。貴女は私の詩の「真(トゥルーネス)」と言いました。〔…〕貴女の言葉に私は貴女を見、まるで貴女の顔をこの目で見たようでした。

　一〇月八日から一〇月一四日まで、ローマでイタリア・アカデミー主催の演劇会議が開かれ、そこに招待されたイェイツは妻と共に地中海へ向かう途上、ロンドンでラドックに会った。「深く窪んだ清(す)んだ目と豊かなコントラルトの声を持つ」[38] 彼女にイェイツは一目惚れ、或いはそれ以前すでに彼女に半ば恋をしていたかもしれない。

　老ピタゴラスが恋に落ちても
　自慢になりはしない。
　恋はあれこれ選り好みせぬもの?
　日々は愚かしく過ぎてゆく。
　おお、何という甘美な日々!〔…〕(『三月の満月』)

　ローマの会議で、イェイツはアイルランドのナショナル・シアターについて講演を行った。イタリア滞在中も、彼の心はロンドンのラドックに飛んだ。イェイツが彼女に魅せられた一つは彼女の豊かなコントラルトの声であり、詩(ヴァース)を朗唱する彼女の才能である。「私の心は

マーゴット・ラドック

貴女の将来で忙しい。〔…〕麗しいリズム感覚は貴女を立派な詩のスピーカーにするでしょう」と、一〇月一一日、ローマから、彼はラドックに手紙を送った。

イタリアからロンドンへ戻ると、マーブル・アーチ近くに借りたフラットがラドックとの密会の場。イェイツは、詩人として、詩劇女優として、彼女を世に送り出す方策を打ち始める。『大時計塔の王』の中で女王は終始無言のまま。ラドックに台詞のある役を与えるため、劇は『三月の満月』（*A Full Moon in March*）に書き替えられた。「老ピタゴラス〔…〕」の詩は劇の幕開けでうたわれる唄、「幾分、貴女に宛てた詩[39]」とイェイツは言った。

ラドック――と、彼女に続く女性たち――に引き寄せられるように、老詩人はしばしばロンドンへ赴き、滞在、ダブリンにある間ラヴ・レターまがいの手紙が行き交った。「高名な詩人はダブリンで家長として暮らし、一方、たびたびロンドンへ繰り出し、そこで、様々な形で人生最後の年月を共有する女性たちと性的戯れやエロティックな色合いを帯びた関係を結んだ[40]」。

イェイツが『オックスフォード現代詩選集』（*The Oxford Book of Modern Verse*）の編集を依頼されたのはこの頃、選集に収録する詩人・詩の選定作業が開始される。二〇世紀の文学界はT・S・エリオットに代表されるモダニズムの時代であり、W・H・オーデンら若い左翼詩人が台頭し始めていた。彼らより古い世代に属し、「最後のロマン派」を自称するイェイツは詩選集編集目的を、「エズラ・エリオット・オーデン一派を好ましいと思うだろうか、否であるならその理由は何、〔…〕若い世代が彼らをあれほど好む理由は何、彼らは何を見、何に希望を見出しているのか[41]」を解明することと表明した。

一二月一三日、ロンドンから、イェイツは妻に「快適に暮らしている以外に特に報告することはありません。『時計塔』を詩に書き直し、〔…〕明日、T・S・エリオットとランチです」と手紙を送っている。これは、多分にカムフラージュ。その頃、彼はノーマン・ヘア主宰のフォーマル・ディナーに招待されていた。ゲストの一人はエセル・マニン三四歳、驚くべき多産な作家でマルクス主義者。「アール・デコ風のアルテミス」に似た容貌、「自由恋愛の使徒[42]」の評判を持つマニンとイェイツは互いに意気投合、彼は時にウィンブルドンのマニンの自宅で週末を過ごすようになる。「素晴らしいことが起きた。ここはバクダッド、ここはロンドンではない」と、一二月二七日、エクスタティックなセンテンスを走り書きした短い手紙を、イェイツはオリヴィアに送りつけた。翌日、彼はマニンと食事、一二月三〇日、彼女に――「私が［エロティックな］愛に不適格ではないと知って、精神の健康と平安（ピース）を得ました。貴女のところから祝福感を感じて戻ってきたのはそれだけが理由ではありません」。「祝福」(blessed)、「至福」(beatitude) は一種の性的隠語。しかし、マニンは「手術は彼が望んだヴァイタリティを新たに与えることはなかった」と証言、「私は彼のために手を尽くしたが[43]」と言い添えた。

一九三五年が明け、一月半ば、イェイツはダブリンへ戻った。風邪から肺の鬱血――今や、パタン化した症状を発症、「咳―風邪―エッグノック―眠気―疲労感―熱―医者[44]」とこぼす彼は、一月二七日、マーガレット・ゴフの代理をつとめる弁護士の訪問を受けた。グレゴリ夫人の死後、彼女の遺稿の出版にマーガレットは異議を唱え、それを代弁して捲（まく）し立てる弁護士にイェイツは自分の立場を主張したが、「ついに倒れ、吐血、喘ぎ、震え[45]」、重症に陥った。この年、六月一三日にイェイツは七〇歳の誕生日を迎える。祝宴を計画するペン・クラブのダブリン支部のメンバーの一人はイェイツ夫人を訪問、訴えた――「ミスイズ・イェイツ、その前に彼をあの世へ行かせないで下さい[46]」。

エセル・マニン、1930年

　夫が倒れて二日後、ジョージ・イェイツは外科医でもあるゴガーティに医師の診断結果（左肺の鬱血は軽症、かなりの心臓肥大）を伝え、更に――

> 私は、ウィリが病人か痴呆（フール）になって欲しくはありません。症状が深刻なら、彼が病人でいるより幸せに死んで欲しいと私は思っています。この一八か月の行動全てを彼はあなたに話してはいないかもしれませんが、その一つは、彼はロンドンの女性にぞっこん恋をしていました。私があなたにこのことをお話しするのは、彼が不必要な病人の状態に縛られることがないよう切に願っているからで

す。[47]

詩人の妻は、ラドックに始まる複数の女性と夫の恋愛沙汰を黙認した。黙認しただけではない。ロンドンへ向かう夫を、妻は海峡対岸のフェリー港ホリヘッドまで見送り、そこへ出迎え、詩人の献身的な妻を貫いた。「あなたの死後、人々はあなたの恋愛沙汰を話題にするでしょう。私は何も言いません。あなたがどれほど誇り高い人だったか忘れはしませんから[48]」と、彼女は言ったという。

ジョージ・イェイツは結婚した時二五歳、遥かに年長で高名な詩人の夫との結婚生活で、若い妻が背負い、耐えた重圧は測り知れない。とりわけ詩人の晩年、半病人の状態を押して詩作に明け暮れる夫の生活を支えたのは妻の献身と、彼女の寛容と忍耐である。その代償か、彼女はアルコール依存、ストレスや疲労をアルコールで解消するようになっていた。イズールトは、イェイツが彼女に――「何もかもひどいと言った、彼と妻は徐々に疎遠になった――彼女は妻であるより母親だと彼は言った――彼女は公の場で彼の面目を潰したと言った[49]」と証言する。「ひどい」、「面目」云々は妻の飲酒を指すらしい。イェイツ自身が、一九三六年八月、「以前の兆候は何もありません。家庭はハッピィです――何か月もの間の私の心痛は不必要だったと思います[50]」と知人に打ち明けている。しかし、イズールトの言う「疎遠」の語は事実から外れた語。夫がダブリンを留守の間、殆ど毎日、夫婦の間を行き交った手紙は、互いの情、愛を欠いてはいない。夫に「不可思議(ストレインジ)、混沌、多様、それでいて完全に統一したパーソナリティ[51]」を見る妻にとって、依然、彼は魅力的な存在だったのかもしれない。ジョージ・イェイツのアルコール依存は、夫の存命中、日常生活を乱し支障を来たすものではなかった。

春の兆しが見え始め、イェイツは病床から回復、「今日、外に出て、娘とクロッケーをしました」と、三月四日、マニンに手紙を送った。意外なことに、イェイツはこの球技が得意、訪問客を誘ってプレイすることもしばしば、家族全員を負かすのが自慢の種である。

『シルヴァー・タッシィ』を巡る騒動から七年、イェイツとオケイシーの間に和解の兆しが見え始める。二月、オケイシーは病床に臥せる詩人を見舞う「フレンドリな手紙」を送ってきた。劇作家から延べられた「最初の友好サイン[52]」に、五月初旬、ロンドンで、イェイツがオケイシーに訪問を促す手紙を送ると、それに応え、彼は詩人が滞在するフラットを訪れた。イェイツは『オックスフォード現代詩選集』を編集中、「部屋はありとあらゆる詩集で溢れ、炉棚にはカウボーイや

娘アンとクロッケーをするイェイツ、リヴァーズデイルの自宅で、1935年頃

インディアンの首領の西部物語が山積み、推理小説があちこちに挟まっている」。後者は気分転換のため。二人がエリザベス朝時代の劇作家の話題に興じていると――

突然、「イェイツは」息を詰まらせ、咳がどっとついて出、彼の大きな抵抗する身体を揺らし、詰まった息を除こうと、或いは命を断ってその努力を終わらせようともがき、幅広い胸が広がった。彼の手は椅子の両側を摑み、彼の素晴らしい目は据わり大きく見開いて、内なる嵐を示していた。〔…〕詩人の堂々たる威厳も果敢さも一つの咳に縮んだ。彼は永遠に続く風邪を引いてしまったのだと、ショーンは思った。彼自身の黒い雄牛が彼を踏みつけていた。[53]

オケイシーは場面をドラマに仕立てる天才であり、上記の記述にも劇作家のドラマティックなタッチが見え隠れする。イェイツは「他（ひと）を苛つかせるほどオリンピアン[54]」、その彼が「一つの咳に縮ん」でいる場面を目にしながら、「ショーン」は或るサディスティックな快感を覚えなかっただろうか。

オケイシーとの和解によって、八月、『シルヴァー・タッシィ』がアベイ・シアターで上演された。劇場の重役の一人は上演に反対、騒ぎ立て、「司祭、主に田舎の司祭たちは冒

瀆だと劇場を糾弾」、その傍らで「ダブリンは劇場に詰め掛けた[55]」。

一九三五年六月一三日、イェイツは七〇歳の誕生日を迎えた。この日、リヴァーズデイルの自宅に姉妹とジャック・イェイツ夫婦が集い、ファミリ・ディナーが開かれた。誕生日を祝い、国内外の一二九の名前が記された白いヴェラムの記帳本[56]と、バースデイ・プレゼントにルクレジア・ボルジアを描いたロゼッティのデッサン画が送られてきた。

六月二七日、ペン・クラブのダブリン支部主催の祝宴に二五〇名が出席。「イェイツ一族にとって誇らしい夕べ。〔…〕でも悲しかった。今、ウィリは老人で、私たちも老いた」と、妹リリーは感慨を綴っている。イェイツは短いスピーチを、「多分、私は戸口に立って別れを告げている[57]」と結んだ。ダブリンのメディアは、この時ばかりは賛辞と祝意のコーラスを送った。

それから一か月後、AEが他界した。晩年の彼は失意の人。彼が編集する雑誌『アイリッシュ・ステイツマン』は、一九三〇年五月、廃刊に追い込まれた。AEは、「田舎者たちが治める政治に何の関心もない[58]」と言ってアイルランドを去り、イングランドの南ボーンマスで最期を迎えた。ダブリンで営まれた弔いは一マイルの葬列。狂信的な女が棺を三色旗（アイルランド国旗）で包み、弔いを政治デモンストレイションに仕立てようとし、イェイツは「巧略と自己主張を全開して[59]」それを阻止したものの、友人の死に更なる痛手を見舞った。

イェイツとAEはティーンエイジャーの頃に遡る最も古い友人同士ながら、パーソナリティの違いやイェイツの突出した業績と名声が災いし、二人の関係は波風が立つこともしばしば。イェイツは「絶えず彼と喧嘩をしたが、彼は恨みを懐(いだ)くことは決してなかった。彼は死の一か月前、最後の手紙で、意見の違いを生んだのは私のパーソナリティに呑み込まれる恐怖からだったと言った[60]」という。イェイツ夫人は夫に、「AEは私やあなたが出会う聖人に最も近い人、あなたはより優れた詩人です、でも聖人ではありません[61]」と語った。古い友人の死は、イェイツに自分自身の死と向き合うことを強いた。

六月、ロンドン滞在中、イェイツは、残る人生で彼が最も心を寄せる女性と出会っていた——ドロシィ・ウェルズリ。ウェリントン公爵家の次男ジェラルド・ウェルズリ——後に、第七代ウェリントン公爵——と結婚した彼女は一男一女を持つ四六歳。夫と別居、サセックスとケントの州境に「ペン

イェイツとAE：互いの家を訪問する途上、互いに気づかず通り過ぎる二人を描いた戯画

ズ・イン・ザ・ロックス」と呼ばれる屋敷を構える。彼女はレスビアンで、ＢＢＣトーク番組チーフのヒルダ・マシスンが彼女のパートナー、屋敷の一角に立つコティッジに住む。

ウェルズリはマイナーな詩人で、イェイツが『オックスフォード現代詩選集』の編集過程で読んだ彼女の詩に感銘、それが二人を結ぶ切掛けになった。「昨晩、私は貴女の詩を読んでいました。〔…〕高貴な文体の見本——近年、私が出会った最も高貴な文体です」と、五月三〇日、イェイツはウェルズリに手紙を送っている。六月三日、彼は、引き合わせ役のオットリン・モレルと共にペンズ・イン・ザ・ロックスを訪れ、屋敷に一泊した。出会うやいなや、彼は館のホールに立って、「『貴女は貴女の詩のために全てを、全ての人を犠牲にしなければならない』と言った[62]」という。これ以後、老詩人の心を摑むのはドロシィ・ウェルズリであり、マニンとは食事を共にし、手紙を交わす関係が続いたが、マーゴット・ラドックの魅惑は翳り始める。

八月下旬、イェイツは娘アンを伴ってサセックスのウェルズリの屋敷を訪問、一〇日間滞在した。「完璧なカントリ・ハウス、文化、静けさ、扉を一歩出れば木々の茂る美しい風景[63]」が広がるペンズ・イン・ザ・ロックスに、イェイツが失ったクールに替わる場所を見出したことは明らか。ウェルズリはストレスから体調不良に陥り神経を病むこともしばしば、グレゴリ夫人に替わる存在とはなり得なかったが、貴族文化を体現する彼女はイェイツにとって魅力的な存在。これ以後、彼はロンドンに赴くと、首都に滞在する日数は少なく、足はペンズ・イン・ザ・ロックスへ向かった。「この家はあなたの仕事場です、何時でもあなたのものです[64]」とウェルズリは詩人を歓迎、階下の部屋が彼の寝室に指定された。イェイツが女性の友人・知人に手紙を書き送る頻度、数は、親しさを表わすバロメーターである。彼はグレゴリ夫人に、ビジネス・レター以外におびただしい数の手紙を送った。ウェルズリと文通が始まり、イェイツは詩を論じ、書き上がった詩を送り、彼女を「私の聴罪師」と呼んで「情緒日記[65]」を綴った手紙を頻繁に送り始める。

イェイツと女性たちとの交友は共同の仕事(コラボレイション)によって育まれ、それが更に固い絆を生んだ。グレゴリ夫人はその典型。ウェルズリの場合も同様で、イェイツは彼女と詩を競作、この貴族女性との共同の仕事の一つは「ブロードサイド」。バラッドと曲と挿絵をセットにした印刷物は、一九三五年、ヒギンズやオコナーら若いアイルランド作家たちと始めた企てで、クアラ・プレスから毎月発行され、挿絵はジャック・イェイツの手になるものが多く、一種のファミリ・エンタープライズである。それに、ウェルズリやウォルター・ターナーが加わった。

詩と調べの融合は、生涯、イェイツが追求したテーマ。「詩をうたう」、「曲のための詞」は晩年の彼の情熱となり、民衆の間でうたい継がれた唄バラッド形式を彼は好んで用いた。「アイルランドで、今もフォークソングは生き物」、「調べは国家の古く不死のものの衣[66]」と彼は言った。

インドの行者シュリ・プロヒット・スワミは、依然、イェイツが傾倒する存在。スワミの師バグワン・シュリ・ハムサの聖山への巡礼の旅を叙述した書『聖なる山』の、スワミによる英語翻訳にイェイツは序を書き、一九三四年に出版された。この冬、インド行者と共にマジョルカで避寒する計画が立てられた。詩作に専念し、彼と共に『ウパニシャッド』の

ドロシィ・ウェルズリとイェイツ、ペンズ・イン・ザ・ロックスで

英語翻訳を進めるため。二人の世話役として、グウェネス・フォウデンが同行することになった。彼女はスワミを師とし、インド寺院舞踊に傾倒する女性である。

一一月初めに予定したマジョルカへの出発は、イェイツが舌にできたしこりの切除手術を受け一か月遅れとなる。一一月二八日、イェイツは妻にリヴァプールまで見送られ、翌日、「奇妙なトリオ[67]」を乗せ出航した船はイェイツがかつて経験した最も激しい嵐に遭い、三人は疲弊し切って、マジョルカへ到着した。

イェイツとスワミ、女性は恐らくミスイズ・フォウデン、マジョルカで

「手厚い世話を受けています」と、一二月一九日、イェイツはマニンに手紙を送った。「私が階段を上ったり下りたりする時、ピンクのローブを纏ったスワミは前を歩いて、巨体で通り越すことができず、私が早足で歩くのを阻みます」。急激な運動は呼吸困難を招く。詩人の日課は――七時半朝食、一一時半までベッドの中で創作、昼食一時、その後、読書、手紙など、三時から四時までスワミと翻訳作業。

青い海が二、三フィート下に広がる地中海の島で、劇作『白鷺の卵』(*The Herne's Egg*)が書かれた。神と崇める「偉大な白鷺」に仕える巫女が劇のヒロイン。夜の間に七人の男たちにレイプされた彼女は、神の腕に抱かれた以外、身の潔白を言い立てる。「ワイルド、ファンタスティック、ユーモラスで、半分真面目[68]」と作者は劇を形容し、イェイツ研究者の一人は「不条理演劇を先取りするダーク・コメディ[69]」と呼ぶ。

一九三六年が明け、一月二〇日過ぎ、イェイツは体調を崩し、それが呼吸困難の症状を引き起こした。医師は悲観的病状と告げたことを、一月二八日、スワミはラドックに伝え、一月三一日、ロンドン各紙は、「心臓発作でイェイツ重態[70]」を報じた。スワミから電報を受けたジョージ・イェイツは、急遽、ダブリンを発ち、マジョルカに到着したのは二月二日――夫は「ナースに付き添われ、ベッドの中でそこらにある枕という枕を使って体をまっすぐ起こし、かなり衰弱、言葉はのろい、しかし、予想したほどひどくはない[71]」状態。

イェイツは腎臓（腎炎）、心臓、肺に疾患を抱える病人、「食事を禁じられた長いリスト[72]」が課され、回復は時間を要した。妻から、「あなたは、私かアンを伴わずに出掛けてはいけません」と言い渡された夫は、「それは、私には不都合」、「年齢が私の鎖を増すにつれ、私の自由の必要は増してゆく[73]」と嘆く。他方、妻は、「檻の中の虎の世話をする五歳の子供のような気分、虎が檻から逃げ出す度に呼び出されるのに疲れた[74]」と夫の姉妹にこぼす。そう言いつつ、彼女はどこまでも詩人の献身的な妻、この時から「スーツケースに荷物を詰め、英国通貨を用意して[75]」、緊急事態に備えるようになる。

三月、アンとマイケルがマジョルカの両親の元にやって来た。アンは一八歳、子供の頃から絵の才能を発揮した彼女はステージ・デザインに興味を向け、秋からアベイ・シアターで見習い修行を始める。マイケルはトゥリニティ・カレッジを目指し勉学に励む一六歳。

四月、イェイツは『ウパニシャッド』の翻訳作業を再開できるまでに回復、翻訳は間もなく完成した。

そうした中、一大事件が突発する。五月一五日[76]、早朝六時三〇分、マーゴット・ラドックがスーツケースを手に、イェイツ夫婦が滞在するヴィラに現われた。「狂おしい（ワイルド）一週間でした」と言って、五月二二日付、ウェルズリに送った手紙にイェイツは事件の委細を綴っている――

彼女は顔を洗って朝食を済ませた後、私の前に詩をどっと置き、詩集にできるよい詩かと尋ねた。私は目を通した。或るものは素晴らしい非劇的断片で、判断し兼ねるものもあった。〔…〕彼女は他の目に触れず外へ抜け出し、溺れて死ねば彼女に代わって詩が生き残るだろうと考え、その想いにとり憑かれ浜に下り、それ以外何も考えず雨の中で踊った。彼女はスワミのいる［バルセロナの］下宿屋へ向かい、一晩、そこに泊まった。

二、三日後、バルセロナの英国領事館から通報が入る。「英国人の詩人が窓から屋根に上り、落ち、ひざ皿を損傷、船倉に隠れ、この間、殆ど自作の詩を自作の調べでうたっていた」というのである。イェイツ夫婦はバルセロナへ赴き、正気をとり戻したラドックをナースを付けロンドンへ送り返した。経費を一部自費で負担したイェイツは――「一年間、新しいコートを買うことができない[77]」とこぼした。

この後、イェイツは距離を置きながら、ラドックの詩集『レモンの木』に序を書き出版を助け、BBCの詩の朗読番組に彼女を起用して後押しし続けた。しかし、ラドックは発狂。そのことをインドのスワミに伝えた手紙に、「彼女は美しい悲劇の人でした[78]」と、イェイツは書き添えている。ラドックを巡る記憶は「道徳的拷問室[79]」となって、イェイツの良心を疼（うず）かせ続ける。ラドックは正気をとり戻すことなく、一九五一年、生涯を終えた。

五月半ば、スワミはインドへ帰国。月末、イェイツ夫婦はロンドンに帰着すると、妻はダブリンへ、夫はジャーナリストを避け、ペンズ・イン・ザ・ロックスへ。イェイツがダブリンへ戻ったのは一か月後、フェリー港で、アベイ・シアター重役と文学アカデミーの代表が詩人を出迎えた。

二日後、六月三〇日、「昨日、一日中暑く、眠気、孤独、庭に腰を掛けていた。クロッケーで娘は私を負かし、木槌が重かった」と、イェイツは消沈した手紙をウェルズリへ送った。しかし、リヴァーズデイルの生活はルーティーンの軌道に乗り、「毎日、四時頃に起きて五時半まで校正原稿、それからもう一度ベッドへ戻り、七時三〇分朝食、その後一二時まで休憩を入れながら詩作」、その後は「怠惰に沈んだまま[80]」。ベッドの中で詩作が晩年の詩人の習慣となる。

「瑠璃」（"Lapis Lazuli"）が書かれたのはこの頃。七〇歳の誕生日を祝って、ハリ・クリフトンから贈られた大きな貴石に想を得た詩。石は「山の形をし、寺院、木々、小道、山を登ろうとしている苦行者と彼の弟子」が彫られていた。情景に「官能的な東洋の永遠のテーマ」を見るイェイツは、「東洋は常に東洋の解決策を持ち、だから悲劇を何も知らない。ヒロイックな叫びを挙げなければならないのは私たちであって、東洋ではない[81]」と、詩の着想をウェルズリに語った。

文明は興亡を繰り返し、今、また世界に破滅の危機が迫る――「飛行機やツェッペリンが飛んできて、／キング・ビリみたいに爆弾の球を投げ込み、／町はぺしゃんこに壊れてしまう」（「瑠璃」）と、ヒステリックな女たちが叫ぶ。「キング・ビリ」は、名誉革命の勝者オレンジ公ウイリアム。そうした時代にあって、イェイツが掲げた美学は「悲劇的歓喜」（tragic joy）。「死にゆく者にとって悲劇は歓喜に違いない[82]」と、グレゴリ夫人は述べた。人の一生も、文明の興亡も、宇宙のドラマの中の一コマ、万物を永遠の相の下に見るヴィジョンが生む「悲劇的歓喜」の解説として、イェイツはシェイクスピアの主人公たちを挙げる。「彼らの表情から、彼らの台詞の暗喩のパタンから、突然、彼らのヴィジョンが拡大し、死に臨む彼らのエクスタシーが私たちに伝わる。〔…〕クレオパトラを演じる女優は誰もめそめそ泣いたりはしない。浅薄なプロデューサーでさえそんなことを考える者はいない。スーパーナチュラルなものがそこにあり、冷たい風が私たちの手に、私たちの顔に当たり、温度計は下がる」[83]。

ハムレットもリアも陽気だ、
陽気が恐怖を変え、変貌させる。〔…〕
あらゆるものは崩壊し、また、新たに築かれる、
新たに築く者たちは陽気だ。（「瑠璃」）

七月半ば、ヘンリ・ハリソンがリヴァーズデイルを訪問した。彼はパーネルが不倫スキャンダルで失脚した後も彼を支え続けた一人で、不倫の汚名を晴らす『パーネルの擁護』（一九三一）を著わした。ハリソンの訪問に、バラッド「皆集れ、パーネルの同志」（"Come Gather Round Me, Parnellites"）が書かれた。

夏から冬、イェイツは連作「三つの荊（いばら）」（"The Three Bushes"）の制作を進めた。ウェルズリの詩にヒントを得て始まった彼女との競作は、貴婦人、彼女の恋人の詩人、貴婦人のメイド、三者を巡ってドラマが展開する。貴婦人は、夜の闇に紛れ、彼女の身代わりとしてメイドを男のベッドへ送り込む――

彼が愛すのは私の魂、まるで
肉体は何もないかのように。
彼が愛すのはあなたの肉体、
魂に煩わされることなく。（「貴婦人の第二ソング」）

男は落馬して、即死、貴婦人もショックで、即死、二人の墓を守ったメイドもやがてあの世の人となった。三人の墓に植えられた三本の荊の木は――「何処から根が始まっているのか、誰も分からない」（「三つの荊」）。一人の男を挟んだ「二つの愛」はイェイツの永遠の愛の形である。

「貴婦人の第一ソング」（"The Lady's First Song"）、「貴婦人の第二ソング」（"The Lady's Second Song"）と、「たばこを吸うように一つの詩が次の詩へ、鎖が途切れることなく[84]」続き、イェイツは自作をウェルズリへ送り、彼女から送られた詩に手を入れて送り返した。「私が貴女の詩を作り直した時、私の興奮はどれほど増したことか。私は貴女と私自身を一個の存在に作り直した。私たちは自分自身に打ち勝ち、私は『キジバトと不死鳥』を思いました」と、七月二一日、彼はエクスタティックな手紙をウェルズリに送った。「不死鳥とキジバト」は、男女のエロティックな融合をうたったシェイクスピアの謎めいた詩。ウェルズリはレスビアンでありイェイツとの関係はプラトニック、競作・共作が「エロティックな融合」の代わりをなした。

秋、イェイツはＢＢＣのラジオ番組「ナショナル・レクチ

ャー」に出演することになり、一〇月最初の日、ロンドンへ発った。妻は「あなたが風邪を引けば、私は直ぐ行きます。重症になるまで待ちたくありません。スーツケースに荷物を詰めて、英国通貨を用意しています[85]」と言って夫をフェリー港ホリヘッドまで見送り、ドロシィ・ウェルズリには、夫の「行動の理想的ルールのリスト」と、彼のダイエットをタイプして送った。

> 現在、彼はルーティーンに沿って生活しています。〔…〕彼は、午後、長い休息が必要でした。しかし、エドマンド・デュラック曰く、「彼は私の知る最も頑固な男」で、彼を休ませる私の唯一の方法は、推理小説を持たせて彼を部屋に一人にし、完全に一人切りにしておくことです[86]。

この頃、リヴァーズデイルで、イェイツのダイエットは「フルーツと野菜[87]」とミルク。ロンドンで、マニンとデュラック夫婦を招いたディナーに備え、彼は——「私は林檎を四つ切りにしてコース毎に一切れ、私の変則が気づかれないよう願っている[88]」。

一〇月一一日、イェイツのナショナル・レクチャーは「現代詩」("Modern Poetry")、一四の詩を取り上げ解説した[89]。

イェイツがダブリンへ戻った一九三六年一一月、『オックスフォード現代詩選集』が世に出た。「さして労は要しない[90]」と始めた詩の選定作業は「ハード・ワーク[91]」と化し、大英図書館で四五冊の詩集を読み漁る場面もあった。

『オックスフォード現代詩選集』と四〇ページを超えるイェイツの序は、「右からも左からも[92]」、非難の大合唱を巻き起こした。詩選集は、本来、選定された詩の優秀さを保障し、時代精神をフェアに表わすものであることが求められる。イェイツの詩の選定基準は、「私が、私自身に、私の友人に、私の子供たちに読んで聴かせたい詩」。「或る詩が一〇〇冊の詩選集に入っていても構いはしない」、「私は独断的な人間で私の意思を時代に課す（詩選集はその道具の一つ）、同調はしない[93]」と、彼は宣言。結果、編者の「私の」友人・知人——マイナーな詩人たち——に多くのページが割かれた。ドロシィ・ウェルズリ（一五ページ）はその代表格。もう一人はダブリンの友人ゴガーティ（一二ページ）、「あれほど大きくのさばる何の権利が私にあるだろう[94]」と、彼は戸惑いを隠せない。「モダン」「モダニズム」はイェイツの敵、「エリオットが彼の世代に大きな影響力を生み出したのは、彼が、習慣からベッドから出、ベッドに入る男女を描いたからだ」と一蹴、『J・アルフレッド・プルーフロックの恋歌』も『荒地』も詩選集から消えた。憤りを買った一つは、「戦争詩人」と呼ばれる、第一次世界大戦に参戦、戦争の悲惨をうたい、多くは戦場で若い命を断った詩人たちを選集から完全に排除したこと。戦争詩全般について、「受身の苦しみは詩の主題ではない[95]」と編者は言って、切り捨てた。

「何という詩選集、何という序」（クゥイラークゥーチ）、「イェイツの詩の選定は常軌逸脱すれすれの気紛れ、スキャンダラスなほど［時代精神を］表わすものではない」（デイールイス）、オックスフォードの「名で出された最も嘆かわしい本[96]」（W・H・オーデン）等々、非難の大合唱にもかかわらず、『オックスフォード現代詩選集』は最初の三か月で一万五千部を売り、その後も売れ続けた。

ロージャー・ケイスメントは、一九一六年の復活祭蜂起に備えドイツから武器密輸を謀った人物である。武器の陸揚げ寸前に密輸は発覚、ケイスメントは逮捕、投獄、大逆罪に問われ絞首刑に処せられた。彼が獄中にあった間、罪人は同性愛者であり、性行為を綴ったとされる日記の存在が囁かれた。ケイスメントの命を請い、大西洋両岸から挙がる嘆願の動きを牽制する狙いだった。

一九三六年、アメリカ在住のスコットランド人医師W・P・マロニは『偽造されたケイスメントの日記』を著わし、日記は偽造であり、それに手を貸したとする人々を告発した。「私は激怒している」と、一一月一五日、イェイツはマニンに怒りをぶつけた。彼が問題視したのは、偽造の真偽やケイスメントが同性愛者か否かではない。「日記」が彼を絞首台へ送る方便に利用された事実と、それに加担したとされる人々に対する怒りである。

詩人の怒りは、彼らを「名指して」糾弾する「激烈なバラッド」を生んだ。

スプリング・ライスは噂を囁かずにはいられなかった、
彼は大使だったから［…］
やい、ギルバート・マリとアルフレッド・ノイズ、
噂を世に広めた奴ら[97]。

ライスは駐米英国大使、ノイズは詩人、マリはオックスフォードの古典学者で、イェイツが共に演劇プロジェクトを進めた古くからの知人。オックスフォードの「ギルバート・マリの鼻先で、アイルランドの学部生がバラッドをうたうのを聞くまでは、私は納得しない[98]」と息巻いたイェイツだったが、自分自身の誤解だったと気づく。恐らくニュー・ヨークの英国外務省報道局のギルバート・パーカーととり違え、生じたエラーであるらしい[99]。「私は盲目的怒りに駆られ、怒りをそ

った［本の］箇所を生半可な読みをした[100]」と悔いる彼は、謝罪として、マニンとウェルズリに「拍車」（"The Spur"）と題する四行を送った。

私を唄に駆る拍車はそれ以外に何があろう？
私が若かった頃、これほど厄介ではなかった、
私の老いに踊りつきまとうのを。
あなたはおぞましいと思うだろう、欲情と憤怒が

マニンもウェルズリも、イングランドに、英国人に、憎悪を向けないで下さいと訴えた。ウェルズリに、「シェイクスピア、ブレイク、モリスに多くを負っている私がどうしてイングランドを憎むことができるだろう。イングランドは私が憎むことのできない唯一の国」と言う彼は、更に――

私はあのバラッドの中で、一生、私が闘ってきたことと闘っています。それは私たちアイルランド人の闘いです、この国、あの国と関わりのないことですが。G・B・ショーの闘いも同じです。人が正義と言い、その正義が密かな捏造を伴ったものだと分かっている時、［…］私たちは古くからの教会や王侯貴族との争いや、私たちの祖先のスウィフトが「獰猛な憤怒が彼の胸を引き裂くことができないところへ行った」ことを思い出して、身をこわばらせ、狂気の目を見据えるのです。[101]

「イングランドは私が憎むことのできない唯一の国」――イェイツが帝国に向ける感情は、無論、それほど単純ではない。

バラッド「ロージャー・ケイスメント」（"Roger Casement"）は、ドゥ・ヴァレラの新聞『アイリッシュ・プレス』（一九三七年二月二日）に、「最大のパブリシティ効果」を狙って掲載された。その日、イェイツ夫人がダブリンの街に買い物に出ると、バスや店で、人々は彼女に敬意を表わしたという。バラッドを掲載した新聞記事はさまざまな反応を誘発した。名指しされたアルフレッド・ノイズは新聞に書簡を送り、「日記」をアイルランドとイングランド双方が同意する裁定に委ねるべきだと提案、イェイツはそれをよしとし、ノイズの名前も詩の最終ヴァージョンから消えた。『アイリッシュ・プレス』から支払われた詩の原稿料を、イェイツは「私は受け取れない[102]」とマニンの慈善事業に寄せた。

この頃に書かれた「クロムウェルの呪い」（"The Curse of Cromwell"）も詩人の「憤怒」の産物と呼ぶに相応しい作品の一つ。クロムウェルはアイルランドで「英国による支配と同義[103]」の人物で、彼のアイルランド討伐は島国の地図と社会

構造を塗り替える入り口を開いた。「私はオリヴァー・クロムウェル――彼は彼の時代のレーニン――について書き、知識人層に対する私の憤怒を表現しています。私はアイルランドの放浪する農民詩人の口を借りて語っています」と、一月八日、イェイツはウェルズリに詩の制作事情を明かした。

私が見たものは何とあんたは問う、私は、遠々と広い土
　地を行く――
ただクロムウェルの家、クロムウェルの殺人集団だけ。

クロムウェルの時代の農民詩人が古い体制の崩壊を嘆き、挙げる声はイェイツ自身のそれ。「私の詩は、総じて絶望から書かれています。〔…〕能力やエネルギーは減退、凡庸は増加、私の仕事が拠って立つ前提を共有する人は見当たりません。叫び声を挙げる以外に何ができるでしょう[104]」と、彼は知人に語った。

「私の作品のための総イントロダクション」("A General Introduction for My Work")は、イェイツの晩年に計画されたデラックス版全集のために書かれたエッセイである。その最後に――

黄昏の中、オコンネル橋に立って、あの不調和な建物、あれらのネオン・サイン――現代の異物が形をとったもの――を目にする時、漠とした憎悪が私自身の闇（ダーク）から湧き上がる[105]。

「この汚い現代の潮流」（「彫像」）と、老詩人が呪いを吐く現代世界に対する憎悪と怒り――意識の底にたまり、彼を「狂わせる」最大の要因である。

一九三七年、BBCからイェイツの詩の朗読番組が、四度、放送された。最初の放送が四月に予定され、三月初め、イェイツはロンドンへ赴く。その直前、彼はロンドンで最も格式の高いアシニーアム・クラブ会員に選ばれた。高額な入会費が免除される特別ルール下での選出。「私にはお金がかかり過ぎますが、あのルール下での会員資格は大きな名誉だと見なされているので、ともかく一年間入会します」と、二月一八日、ウェルズリに伝えた彼は――「あの石段とあのクラシカルな正面玄関の下を歩きたいと、子供じみた欲望を抱いてきました」。

ラジオ番組でイェイツは詩の選定と解説役に回り、男優が詩を朗読、ドラムが音響効果を添えた。イェイツは自他共に認める音痴。「自分で調べをハミングすることもできない、音高（ピッチ）の観念が滅茶苦茶、しかしスピーチの音を聞き分ける耳

は非常に繊細で、理解を超えた[106]」と、番組のプロデューサー、ジョージ・バーンズは驚きを隠せない。リハーサルは、イェイツが望む朗読を得るため長時間に及んだ。

三月最後の日、イェイツはアニー・ホーニマンとお茶を共にした――「三〇年ぶり、彼女は衰えた以外殆んど変わらず、昔のことを語り合った[107]」。

四月二日、「詩人のパブで」と題された二〇分のラジオ放送は、チェスタートンやドゥ・ラ・メアなど「中程度の教養人[108]」に照準を合わせた詩が選ばれ、「パブで酒に酔った、或いは恋する者が唄をうたう[109]」設定。ジョージ・イェイツはダブリンで放送を聴いた――

放送は本当に楽しかった。詩の殆どは私の好きな詩ではなかったけれど、パフォーマンスはわくわくするものでした。あなたはあなたの自然な縛りのない声で話し、〔…〕リスナーたちが二〇分の他の部分をどう思ったのであれ、明らかに多くの人々は、本物のイェイツが楽しげにしているのを聴いて喜んだ筈です。二〇分の放送全体から、あなた、詩のスピーカー、ドラムが楽しく演じているのが伝わりました[110]。

四月二二日、二回目の放送は「詩人の居間で」。この後、七月と一〇月、更に二回、番組が組まれた。

ロンドン滞在中、イェイツはデュラックからイーディス・シャクルトン・ヒールドを紹介された。イェイツが恋愛感情を燃やす四人目の女性であり、ドロシィ・ウェルズリと共に、残る二年に満たない詩人の人生の最後まで彼に寄り添い、細る命の炎を燃やす情緒的支えとなり続ける。ヒールドはプロのジャーナリスト、ジャーナリズムの一線から身を引き、同業の姉妹と共にサセックスの田舎町ステニング（Steyning）に住居を構える。ヒールドは五三歳、「スタイリッシュでもやエセル・マニンの後に続く存在となるのは意外の感を禁じ得ない。五月一八日、イェイツは彼女に「貴女にある理解と共感、それは平安（ピース）です」と言い、更に五月二九日、次のような手紙を送っている――

貴女がもっと若ければ、真の親密さは不可能でしょう――それはコンプレックスに満ちた嵐、或いはそれでさえない。最もよい絆は荒れた初老（アウトリヴ）を乗り越えた頃に可能で、老いた者や半ば老いた者にとってとても甘美なものかもしれない。私は貴女の年齢を増し、貴女をもっと近くに引き寄せたい。

上記の手紙で、イェイツがここ数年の彼自身の経験を語っていることは明らか。マーゴット・ラドックとの「嵐」を「乗り越えた」今、「老いた」彼が求めたものは理解、共感、平安であり、「半ば老いた」ヒールドにそれを見出したのであろう。

六月初旬、イェイツは、デュラックらと共にステニングのヒールドの家で週末を過ごした。古い町の中ほどに建つ「チャーミングな古い家、大きな庭がある」[112]。ヒールドとの交際を、「文通が私が望む全て」[113]と言ったイェイツだったが、彼女に寄せる想いは恋情に変わり、「貴女の元へ戻るのは大きな喜びです」、「残る私の人生は全て貴女のもの」[114]とラヴ・レターが送られた。

ロンドン滞在中、七月三日、三回目のBBCラジオ番組が放送された。今回は「私自身の詩」。イェイツはデュラックに協力を求め、詩の朗読・朗誦方法について彼とのディベイトが番組に組み込まれた。リハーサルで二人の間に激しい口論――イェイツによれば、「私のキャリアの中で最大の諍(いさか)いの一つ」[115]――が起きる。原因は、デュラックが詩の朗読にプロのシンガーを雇い、ハープを持ち込もうとしたことらしい。「あの男を追い出せ」[116]とイェイツが叫ぶ場面も。イェイツの「詩をうたう」は「音楽」「音楽家」とは別のもので、音楽家

イェイツ、デュラック、地面に座すヒールド、ヘレン・ボウクラーク（デュラックの愛人）、ステニングのヒールドの家で

イェイツ、BBC のスタジオで、1937年7月3日

が「歌詞」と呼ぶものは——「死体工場、人間性を溶解して瓶から注ぎ出したもの[117]」と散々な言い様。デュラックは、恐らくイェイツの一番の親友だったと言われる人である。その彼との口論は、詩人を唄に駆る「憤怒」は、時に人間関係でも暴発し得たことを示している。二人の仲は、間もなく修復した。

イェイツはその際立った業績と名声にもかかわらず、生涯、「リッチ」の語とは無縁[118]。詩人が老年を経済的威厳とゆとりをもって送れるよう、アイルランド系アメリカ人の間で基金を募る委員会が組織された。アメリカ鋼鉄トラスト会長のジェイムズ・ファレルを委員長に、トラストの医師パトリック・マカータンらが中心となって募金活動が進められ、一〇〇〇〇ポンドの目標額を達成する。八月一七日、ファレルやマカータンら委員会の代表をダブリンに迎え、文学アカデミー主催のディナー・パーティが開かれた。その席で、イェイツはスピーチに立ち次のように述べた。

長い間、私はダブリン市美術館を訪れていませんでした。一週間前、美術館に行き、多くの友人たちに再会しました。〔…〕今は亡き、かつて私の親しい友人だった人たちによって画かれた絵がありました。私の仕事仲間たちの肖像画がありました――グレゴリ夫人の肖像画〔…〕ジョン・シング自身〔…〕――ガイド・ブックや歴史書に現われたアイルランドではなく、画家たちの素晴らしいヴァイタリティから見た、彼らの情熱の栄光に輝くアイルランドです[119]。

ヒュー・レインの寄贈絵画を展示するため構想されたダブリン市現代美術館は、一九三三年六月、オコンネル通りを上り詰めたパーネル・スクゥエアに立つ、かつて貴族の邸宅だった建物にオープンした――グレゴリ夫人はそれを見ることなく、この世を去った。「ダブリン市美術館再訪」（"The Municipal Gallery Revisited"）と題された詩が、九月半ばに完成する。「オッタヴァ・リーマ」と呼ばれる詩形で書かれた詩、「ここ数年の間で最も優れた詩[120]」と詩人自身が自負する大作を、彼は次のように結んだ。

私に評価(ジャッジ)を下す人は、ただ
この本、あの本を評価するのではなく、この神聖な場所
　を訪れ――
そこに私の友人たちの肖像画が懸かる――それらに目を
　こらし、
アイルランドの歴史を彼らの顔立ちに辿って欲しい。
人の栄光が何処に始まり、何処に終わるか考え、
私の栄光はそれらの友人を持ったことだと言って欲しい。

イェイツのスピーチと二篇の詩――もう一つは「巡礼」（"The Pilgrim"）――を印刷したパンフレットが、寄金を寄せた五〇名の人々に贈られた。

『ヴィジョン』（一九二五）出版から一二年、一九三七年一〇月、ついに改訂版が出された。初版から大幅に書き直された改訂版は、依然、「二〇世紀の奇書」。「最初の六〇ページと、多分『鳩か白鳥か』を読んで下さい。〔…〕その他はイングランドの北の医師以外、貴女に、誰に向けたものでもありません」と、一〇月一八日、イェイツはエセル・マニンに書き送った。「イングランドの北の医師」はフランク・ストゥーム、『ヴィジョン』の数少ないフォロワーの一人であり、『鳩か白鳥か』は文明の興亡を論じた書。

ショーン・オフェイアランはアイルランド作家、終始、イェイツに「警戒心か憤慨いずれか[121]」の姿勢をとり続けた。『ヴィジョン』改訂版に対する「意外にも最も好意的」リアクションとして、ロイ・フォスターは彼を挙げる。

それは、中期と後期のパーソナルな燃える詩、ハンマー

で打ち、打たれるような詩のイェイツである。詩人のムードに合わせこれらの詩を読み、それらの詩が含む意味と倍音から究極の喜びを引き出す者は、この書をくねり辿って、キーツ以後の抒情詩人の中で最もコンプレックスで孤独な精神の一人の洞窟の源へ分け入ることができよう[122]。

一〇月二九日、最後となる四回目のＢＢＣラジオ放送は「再び、私自身の詩」、今回はイェイツ自身が詩を朗読した。二〇分の放送が終わると彼は疲れ、詩人の体力低下にプロデューサーのジョージ・バーンズは愕然とする。この頃、イェイツの生活は「疲労と格闘の日々」、「私の問題は陽気に死に向き合うことだと思っていましたが、今、生きることに向き合うことだと知りました」と、一一月二〇日、彼はウェルズリに語った。「死ぬより生きることのほうが辛い[123]」と、夫は妻にこぼす。「詩を書き、それ以外何も考えない[124]」日々でもある。この冬は、避寒地としてモンテ・カルロが選ばれた。年明け早々に、ヒールドと共に南フランスへ発ち、二月初め妻と交代する予定。「雪に覆われた野に目をやりながら（雪は雨に変わったところで、またたく間にぬかるみになります）、列車から暖かい輝く大気の中へ降り立つことを思うと喜びに溢れます」と、一二月一〇日、彼はヒールドに手紙を送り、出発の日を待ちわびた。

一九三八年が明け、イェイツは妻にロンドンまで見送られ、一月八日、ヒールドと彼女の姉妹と共にヴィクトリア駅を発った。彼に残された時間は後一年。

雪に覆われたフランスの大地を南下、地中海沿岸は花が咲き、太陽が溢れた。イェイツが滞在するホテルの部屋は、「三面の窓が、青い海、輝く太陽の光、海岸、山の斜面[125]」を臨む。一月半ば、滞在費がより安価とマントンへ移り、二月四日、ジョージ・イェイツが到着、ヒールドと交代した。二人の女性は、多少の躊躇（ためら）いと戸惑いを交えながら鉄道の駅で落ち合った。

海のざわめきを耳にしながら、イェイツは、クアラ・プレスから年二回発行予定のエッセイ集に着手する。「ありとあらゆる事柄について若者たちにアドヴァイスを送る[126]」場というパンフレットは、『ボイラーの上から』（*On the Boiler*）と題される――著者が「子供の頃、スライゴーの波止場で、古い蒸気船のボイラーの上からよく説教を垂れていた狂った船大工を記念して[127]」。

「狂気」の仮面を被って、「私がこれまで築いてきた快適な道を捨て、真実の残虐、粗野、残忍さを追求しなければならない[128]」と言う著者が、『ボイラーの上から』一号でとり挙げたテーマは優生学と関連するトピック。優生学は晩年のイェイツの一大関心事であり、彼は優生学協会員となり、下層階級子女の知能指数や「知性」そのものの定義に関心を向けた。

　二月半ば、『ボイラーの上から』一号は書き上がった。二月一〇日、『白鷺の卵』を「私の老年の典型的作品、ショッキングでヴァイオレント」と言って、本を贈ったことをオリヴィアに伝えた手紙で、イェイツはエッセイ集に言及し、「ヴァイオレント、滑稽、説教調、人々は老いて諸機能が衰えたせいにするでしょう」と半ばユーモア、半ば自虐的弁を吐いた。その一週間後、マルクス主義者のマニンには――「貴女と友人の一人か二人が私に背を向けるだろうと思って落ち込み、暗澹とした気分に陥りました」。優生学は、ヒットラーのユダヤ人殲滅(せんめつ)に触れずには通れないきわどいトピックである。イェイツは反ユダヤ思想の持ち主ではなく、彼の優生学は文化・教育の堕落に対する憂慮から生じたもので、特定の民族を狙ったものではない。しかしイェイツの動機が何であれ、『ボイラーの上から』は、優生学という不愉快なトピックに著者のヴァイオレントな言語が災いし、「ブルーシャツ」と並んで詩人のキャリアの二大汚点と見なす意見が一般的。

　マントンのホテルは宿泊客が混み始め、三月一日、イェイツ夫婦は、モンテ・カルロとマントンの間、ロクブリュヌ、カップ・マルタンのホテル（Hôtel Idéal Séjour）へ移った。海岸から奥まった木々の間、広い庭に立つ慎ましい閑静なヴィラ。「税率とチップを入れて週三ポンド一〇シリング[129]」と、イェイツは幾つになっても金銭の心配が絶えない。ホテルのオーナーは腕利きのシェフで、次の冬も避寒地はここと、イェイツは決めた。

　二度目の大戦の脅威はそこまで迫っていた。二月、ヒットラーはオーストリアを、三月一六日、チェコスロヴァキアを併合した。

　その一週間後、「夢を見ているように仕事に浸った[130]」日々を切り上げ、イェイツ夫婦はリヴィエラを後にした。帰路、「戦争の恐怖で帰国を急ぐ人々の群れ[131]」に遭い、三月二三日、ロンドンに帰着、妻はダブリンへ、夫はサセックスのウェルズリの屋敷へ向かい、三月二八日には、ステニングのヒールドの元にあった。南フランスから、イェイツは彼女にラヴ・レターを送っていた――「貴女に再会できるまで何週、何日と数えています」（二月二一日）、再会の日が近づくと、「私を眠りにつかせる貴女の腕が恋しい」（三月一五日）、と。

　ペンズ・イン・ザ・ロックスとステニングを基地に五月初旬まで五週間、イェイツはサセックスに留まる。妻はヒールドに手紙を送った。「彼は、あなたや他の人々の与える知的刺激が必要です。〔…〕この荒涼とした場所へ帰ってこなければならない彼に、私は誰よりも同情しています[132]」と言って。サセックス滞在中、イェイツの代表作、傑作と評価される作品が相次いで書かれた。イェイツの晩年の作品の著しい特徴は音域の広さ、「ショッキングでヴァイオレント」が彼の「老年の典型」ではない。その対極に、深い哲学的瞑想詩が存在する。四月、「長脚の虫（フライ）」（"Long-legged Fly"）が完成、五月、「彫像」（"The Statues"）が続いた。前者は、歴史を作った人物――「テントの中で地図を広げ」戦略を練るシーザー、一つの文明を滅ぼしたトロイのヘレン、システィーナ礼拝堂の天上壁画を制作するミケランジェロ――に、人の創造力、思考力を問うた詩。リフレイン――「川の流れの上に佇（たたず）む長脚の虫のように／心（マインド）は沈黙の上を動く」――は、心の思考作用を、「あめんぼ」のような、水面にとまり静止したように見える長い脚の虫に準える。「彫像」はギリシア彫刻のプロポーション、ピタゴラスの「数」に表わされた美とフォームの関係を考察した瞑想詩である。

　劇作『煉獄』（*Purgatory*）が書かれたのもサセックス滞在中。南フランスから、三月一五日、イェイツはヒールドに劇の構想を書き送っていた。

> 一幕劇が私の頭の中にあります、強烈な悲劇の一場面、〔…〕私はあの夢がとても恐ろしい。私の最近の作品は私のこれまでの作品より不可思議で、より濃密（インテンス）、あれほど深い夢を覚えていません。

　劇の登場人物は「老人」と彼の息子の「少年」、場面は老人の母の屋敷の焼け跡。母は馬丁に恋をし結婚、夫は彼女の財産を食い潰した挙句、五〇年前、酔って館は火事に。当時、一六歳だった老人は燃える火の中で父親を刺し殺し、逃亡した。こうした歴史が、行商人に落ちた老人の口から、一六歳になった息子――「鋳掛屋の娘に、溝の中で」孕ませた子――に語られる。今夜は母の結婚初夜、彼女が老人を身ごもった夜の記念日、廃屋となった館の窓に母の亡霊が現われる。悔恨に苛まれる彼女の魂が、全ての悪の連鎖の元となった結婚初夜を「夢見回想」する姿だった。稼いだ金を持ち逃亡を図ろうとする息子を、老人は刺し殺す――父を刺した「同じジャック・ナイフ」で。悪、堕落の連鎖を断ち切れば、煉獄の母の霊は悪夢から解放されると願って為した行為、しかし、再び窓に母の亡霊が現われる。

> 二度の殺人、全て無駄だった、
> 彼女はあの死んだ夜を生きるのだ、

一度ではなく、幾度も、幾度も！
　おお　神様、
母の魂を夢から解き放ってください！
人が為す術はもうない。鎮めてください
　生者の苦悩と死者の悔恨を。

一〇ページに満たないスペースに衝撃的ドラマが展開する。優生学や夢見回想などイェイツの幾つもの関心事が撚り合わさって構成された劇にとり憑いた亡霊は――クールの崩壊。「家を殺すのは」「大罪」と、老人は宣する。

　四月六日、「劇の中途」まで制作が進み、五月五日、「今朝、劇を書き終えました」と、イェイツは妻に報告した。八月、アベイ・フェスティヴァルが開催され、そこで、『煉獄』は初演される。舞台デザインを手掛けるのは娘アン。

　翌日、ヒールドに車で送られ、オックスフォードへ向かったイェイツは、五月七日、モーリス・バウラと会食した。以前、バウラからの昼食の誘いに、別人からの招待と取り違えそっけない断りの返事を送った償いに。「この一年、彼は急速に老いを深め、背が前にかがみ、足取りは緩慢だったが、相変わらず雄弁で慇懃(コーティアス)[133]」と、バウラは振り返る。

　大学町からロンドンへ戻ったイェイツは、アーノルド・トインビーに会った。文明の興亡を論じた『歴史研究』一二巻を著わす歴史学者にイェイツは会いたいと思いつつ、自分からアプローチすることを躊躇ったという。今回は、ヒルダ・マシスンの仲立ちにより出会いが実現した。

　この後、アイルランドへ向かったイェイツは、ホリヘッドで雨と灰色の空に迎えられた。ダブリンに戻った直後、『新詩集』（*New Poems*）がクアラ・プレスから出版された。七〇歳を過ぎて「新」と名づけた詩集は、文字通りイェイツの詩の「新しい」局面を切り拓いた作品と見なされている。

　五月末、「政治」（"Politics"）と題する一二行の詩が書かれた。トマス・マンからの引用――「われわれの時代、人間の運命はその意味が政治的文脈で表わされる」――がエピグラフに置かれた。

私は、あの娘がそこに立っていて、
私の注意を向けることができようか、
ローマの、ロシアの、
或いはスペインの政治に？〔…〕
多分、彼らが言う
戦争や戦争の脅威はその通りかもしれない、だが、
おお、もう一度若返って
あの娘を腕に抱きしめたい！

詩の誘発剤は『イェール・リヴュー』に掲載されたアーチボールド・マクリーシュの記事。そこで、彼はイェイツの詩の「パブリックな言語」を称えつつ、「年齢とアイルランドとの関係から、パブリックな題材に最も相応しいと考えられる政治について『パブリックな』言語を使うことができない」と論じた。[134]一二行の詩は、記事に対するイェイツの「返答」である。

第一次大戦中、イェイツは「このような時勢、詩人の口は閉じていた方がよい」と言って、非参加の姿勢を貫いた。二度目の大戦の足音がそこまで迫りつつある時、一二行の詩は無責任を通り越して、不謹慎のそしりを招きかねない。イェイツが国際情勢や、破局へ突き進むヨーロッパの状勢に無関心だったわけではない。根底にあるのは政治、政治家への不信、「現在、政治のゲームは大量の嘘」[135]、と彼は言った。

ドイツの平和運動家カール・フォン・オシエツキはナチスに囚われの身、彼がノーベル賞を受賞すればナチスは彼を解放するだろうと運動が広がった。それには受賞者の推薦が必要で、エセル・マニンは、ドイツの革命家詩人エルンスト・トラーと共に、嘆願書にイェイツの署名を求めた。彼は頑として拒否。「彼は詩人でアイルランド人、ヨーロッパの政治抗争に何の関心もない。彼の関心はアイルランドで、アイルランドはヨーロッパと政治的に何の関わりもない。アイルランドは［ヨーロッパの］外であり、別。気の毒だが、これが常に彼の姿勢だ」[136]。イェイツはそう弁じたという。

「ブルーシャツ」騒動以後、イェイツは政治不信を一層募らせ「オレアリ一派のナショナリスト」を自称、無政府主義的傾向を深めていった。エセル・マニンに——

私を政治家に仕立てないで欲しい。アイルランドでも、私は二度と政治家になることはないと思う——私のリアリティ感が深まるにつれ、それは年齢と共に深まるものだと思う、政府に対する私の恐怖はより大きくなる。〔…〕コミュニスト、ファシスト、ナショナリスト、親聖職派、反聖職派、全て、その犠牲者の数に応じて責任を負っている。私は冷酷ではありません。神経組織の一つひとつが、ヨーロッパで起きていることに恐怖で震えます。[137]

一二行の詩「政治」を、イェイツは死後出版される『最後の詩集』(*Last Poems*) の巻末に置いた。抒情詩人として一種のマニフェストであろう。

この夏、アイルランドは雨と灰色の空、それを押してイェイツがダブリンへ戻ったのはクアラ・プレスの再編を進めるためである。妹の印刷所は、一〇年間の累積赤字七〇〇ポンド超を抱える兄の「唯一の混沌とした出先機関(アウトポスト)」[138]。イェイツは、自分の死後、或いは病気で機能不全に陥った場合に備え、妻の負担にならないよう印刷所を株式会社組織に変えようとしていた。妹ロリーの説得も容易ではない。ポレックスフェン遺伝子を多分に共有する兄と妹は、「揺りかごの縁から喧嘩、墓場の縁まで続ける」[139]仲。意外にも、ロリーは兄の提案を素直に受け入れ、一〇月、クアラ・プレスは株式会社へ移行した。

七月五日、尾島庄太郎がリヴァーズデイルにイェイツを訪問。三日後、「この天候から逃げ出したい」[140]とイェイツはステニングへ向かい、一週間後にはウェルズリの屋敷へ、八月初旬までサセックスに留まる。その間に書かれた「人と木霊」(“Man and the Echo”)は、晩年の詩人の内面を鮮やかに映し出す。「私」は来し方を振り返り、言った言葉や為した行為を思い巡らす——

私は、来る夜も来る夜も、目覚めたまま横になって
正しい答えは得られない、〔…〕
そして全てが悪に思え、
私は眠れぬまま身を横たえ、死んでゆく。

——「身を横たえ、死んでゆく」と、「木霊」が返す。「死んでゆけ」とも耳に響く。詩人の偉業も名声も、心に空いた空洞を埋めることはできない。先祖たちに、「私」の生きた生涯に「あなた方は満足ですか」(“Are You Content?”)と問う彼は——「私は満足していない」。「だから何？」(“WHAT THEN?”)で、功成り名を遂げた自らの人生を振り返る「私」を、リフレインが追う——「『だから何？』とプラトンの亡霊がうたった。『だから何？』」と」。

前年一〇月半ば、ロンドン滞在中、イェイツは妻に、「私は動転していた。毎日、詩のテーマを見つけようとしたができなかった。私は終わったのだと思った。〔…〕昨日、突然、テーマを一つ見つけ詩を書きました」[141]と手紙を送っていた。詩は「サーカスの動物逃亡」(“The Circus Animals' Desertion”)、七月末、再び制作に着手、一一月に完成した。

私はテーマを探した、探したが虚しかった、
私は、毎日、六週間そこいら探した。〔…〕
夏も冬も、老いが始まるまで、
私のサーカスの動物たちはショーに出ずっぱり〔…〕。

自身の作品をサーカスの動物に準える「私」は「ぼろぼろの老人」、「古いテーマを並べる以外に何ができよう」と、『アッシーンの放浪』や『伯爵夫人キャスリーン』を持ち出し——

私の梯子が無くなった今、
私は、全ての梯子が始まる場所に身を横たえるしかない、
心(ハート)の汚い襤褸(ぼろ)切れと骨の仕事場に。

八月八日、アベイ・フェスティヴァルが開幕。その日、イェイツはダブリンへ戻った。作者不在の間、『煉獄』のリハーサルが進められ、プロデューサーのヒュー・ハントに、妻は夫を代弁して、「私の知る限り、WBは、打楽器、ドラム、或いは舞台裏の音響など前奏曲を望んではいません。電話であなたに言った通りプロダクションはむき出し(ボールド)です[142]」と伝えていた。

八月一〇日、『煉獄』が、『バーリャの浜で』と共に舞台に懸かった。舞台デザインは娘アン。幕が下りると——

見慣れた白髪の姿が舞台に現われた。もはや昔のように背筋が立ってはいない。感動の波が観客席を包んだように思えた。フェスティヴァルは彼がインスピレイションとなって興した劇場を祝う儀式であり、『煉獄』は彼のアイルランドへの別れだった[143]。

「この劇にこの世とあの世に関する私の信念を表現した[144]」とイェイツが明言する『煉獄』は、彼の最も優れた劇作の一つと評価される。劇のスピリットを見事に表現したアンの舞台デザインは「大いに称賛され」、「聴衆は興奮」、「センセイショナルな成功[145]」と、イェイツも興奮気味。

彼は最後まで論争につき纏われた。ダブリンに居合わせたボストンのイエズス会士——「調子のよい悪党[146]」——が劇の「神学」に疑義を呈し、論争は一週間ほど新聞紙面を賑わせた。

この頃、詩作も、劇作も、最期を意識した自分自身の人生に幕を引く行為となり、夏の盛り、詩人イェイツの遺書となる詩「ベン・バルベンの麓にて」("Under Ben Bulben")の制作が続いた。八月一五日、イェイツはウェルズリに——

リルケに関するエッセイ集が待っていました。リルケの死の観念について書かれた一つのエッセイに、私は苛立ちを覚えページの余白に書きました——

手綱を引け、息をつけ、

冷たい目を向けよ
生に、死に。
騎馬の者、通りゆけ！

エッセイ集はウィリアム・ローズ著。「リルケによれば人の死は誕生と共に存在し」、「人間性は死と一体化して完成する」[147]もの、他方、イェイツにとって死はもう一つの「魂の旅」の始まりである。リルケの「死を巡る考察と死に与えた重要性に私は反撥を感じました」と、八月一七日、彼はローズ自身に手紙を送っている。

八月二二日、イェイツはマニンに、自身の骸（むくろ）の埋葬地を、スライゴーの外れ、ベン・バルベンの麓、曽祖父が教区牧師を務めたドラムクリフの教会墓地に定めたこと、墓石には「名前と年月日」、上記の四行の中、最初の行を除く三行を墓碑銘に選んだことを伝えた。

初め「信条」（"Creed"）と、次に「彼の信念」（"His Convictions"）と題され、「ベン・バルベンの麓にて」と変更された詩は、詩人の信条を遺書として書き残した作品である。人として、芸術家として、生涯、彼を支え続けたテーマや関心事――アイルランドのフォークロアと歴史、オカルト、シェリ、ブレイク、イギリス・ロマン派画家等――に触れ、後世へ遺す訓戒は芸術家たちへ向けたもの。芸術家一般へのアドヴァイスから、「アイルランドの詩人たち」へ――

今、世にはびこる類を蔑め、
足の先から頭の天辺まで不恰好な輩。〔…〕
我らは、来たる日、
尚も、不屈のアイルランド人たらん。

最後、イェイツは、ドラムクリフの教会墓地、自身の墓石に触れ、三行の墓碑銘で九四行の詩を結んだ。制作の日付は一九三八年九月四日。

イェイツの身辺に、幕引きの必要なものがもう一つ残っていた――モード・ゴンの存在。イェイツの上院在職期間中冷え切った二人の関係は、彼が上院を辞すと改善を見せ始めていた。彼女は、依然、詩人を詩（うた）に駆る存在。ダブリン市美術館で見た彼女の胸像から「青銅の頭像」（"A Bronze Head"）が書かれ、「美しく気高きもの」の一つは、四〇年以上も昔、ホゥス駅のプラットフォームに立っていた彼女――「あの真っ直ぐな背と不遜な頭はパラス・アテナ神」。

夏の終わり、イェイツはモード・ゴンをお茶に招いた。

私たちは別れを告げながら、彼は肘掛椅子に座ったまま言った――立ち上がるのも苦労だった――、「モード、

老年のモード・ゴン

イェイツ、1930年代後半

私たちは英雄たちの城を続けるべきだった、今からでも始めることができるかもしれない」。私は、ものも言えず彼の傍らに立っていた。[148]

一八九〇年代、イェイツが情熱を注いだケルトの秘教「英雄たちの城」は、それが完成した暁に、モード・ゴンの愛を勝ち得ると信じた彼の見果てぬ夢だったのであろう。二人の出会いから半世紀、「私はこの世で再び彼に会えるだろうと思わなかった」[149]と、モード・ゴンは振り返る。イェイツも同じ想いだったに違いない。

秋が深まり、一〇月七日、朝、リヴァーズデイルに訃報が届いた。オリヴィアが、突然、亡くなった。

四〇年以上もの間、彼女は私のロンドンの生活の中心でした。その間、私たちは一度も喧嘩をしたことはなく、悲しみは時々あっても仲違いはありませんでした。私が彼女に初めて会った時、彼女は二〇歳代後半で美しい若い娘(ラヴリィ)のようでした。亡くなった時は美しい老女でした。〔…〕私はロンドンのことを考えるのが耐えられない。彼女の思い出が至るところにあります。

翌日、ウェルズリにこう書き送ったイェイツは、ここ数年、彼女やヒールドに心を移し、古い友に送る手紙も会う機会も少なくなっていたことを悔いたに違いない。

一〇月二五日、これを最後に、イェイツはアイルランドを発った。向かった先はステニングのヒールドの元。ここで、ダブリンで書き始めた『クフーリンの死』(*The Death of Cuchulain*)の制作が続いた。ケルトの英雄を主人公に書かれた劇作の最後にして五つ目のこの作品は、英雄の――イェイツ自身の――人生に幕を引く劇。一〇月初め、中ほどまで進み、一一月初め、プロローグを除いて散文のドラフトが完成する。

一一月一五日、アシニーアム・クラブで、イェイツが開いたディナーのゲストの一人はエズラ・パウンド。彼はイェイツの最近の作品を「なかなかよい」と評し、それは「熱狂的褒め言葉と同義」[150]と、イェイツは嬉しげ。クラブで「足を留めがちに歩いてまわり」、ライブラリで「独り椅子に座し、頭を上げ、黒い眼鏡、瞑想する」[151]老詩人の姿を、会員の一人が目に留めた。

一一月二六日、ロンドンの夫に合流した妻と共に、イェイツは南フランスへ旅立った。滞在先はカップ・マルタンのホテル、宿泊客は詩人夫婦だけで、「完璧」[152]。『クフーリンの死』を、散文のドラフトから詩に書き替える作業が続いた。ウェルズリはカップ・マルタンの近くにヴィラを所有し、一二月、ヒルダ・マシスンと共にここにやって来た。ターナー夫妻も加わって、二、三日置きにイェイツ夫婦はウェルズリのヴィラに食事に訪れ、彼女らが彼の元を訪問、「私たちは、幾夜も楽しい時間を過ごした(153)」と彼女は振り返る。

クリスマス、マイケルが両親の元にやって来た。イェイツは息子より娘を偏愛する傾向にあった父親。一七歳になった息子と父の距離は縮み、「マイケル、長身でエレガント、数学の賞を獲得(154)」と、父。アンは、新年から、アベイ・シアター専属の舞台デザイナーとなる。

一九三九年を迎え、一月一日、イェイツは年末に完成した『クフーリンの死』をウェルズリらに朗読した。負け戦と知りつつ戦に打って出たクフーリンは、致命傷を負い、体を石柱に括りつけ立ったまま最期を迎えようとしている。盲目の乞食が、一二ペニーのほうびを目当てに、クフーリンの首を取りにきた。英雄の意識はすでにこの世の敷居を跨ぎ――

クフーリン　そこに、浮かんでいる、
私が、死んだ時、とる姿だ、
私の魂の最初の姿、柔らかく羽の生えたもの、
不思議な姿ではないか、
偉大な戦士の魂だというに?

盲人　あんたの肩はそこ、
これがあんたの首。あー!　あー!　覚悟はいいか、
クフーリン!

クフーリン　あれ、それは今にもうたい始めようとしている。

一月四日、イェイツはインド哲学に傾倒するエリザベス・ペラムに手紙を送った。

私の時間はもう長くはないと確信しています。〔…〕私は求めていたものを見出したように思えます。その全てをフレーズに表わしてみると、こうです――「人は真理を体現することはできるが知ることはできない」。私の人生を全うする中で、私は真理を体現しなければなりません。抽象は生きることではない、ヘーゲルは論駁できるが、聖人や六ペンスの唄は論駁できません。

『クフーリンの死』が完成すると、イェイツはその続篇とも言うべき詩「解放されたクフーリン」("Cuchulain Comforted")を書き始めた。冥界へ一歩足を踏み入れたクフーリンの霊、古の習慣に倣って、冥界の他の住人たち――「皆、罪人の

臆病者たち」――と共に経帷子（きょうかたびら）を縫い、共に唄をうたった――「彼らの喉は鳥の喉に変わっていた」と、詩は結ばれる。「テルツァ・リーマ」と呼ばれる、ダンテが『神曲』を書き、英語の詩に用いれば超絶技巧を要すると言われる詩形で書かれた詩。「この地球上の弱者や強者と深く一体化し、母親のような優しさに溢れ、だが同時に、生きる美しさや礼儀作法が、芸術、唄、詞（ことば）へと超越することを信じて怯むことのない詩」[155]と、北アイルランド詩人シェーマス・ヒーニーは解説する。制作の日付は一九三九年一月一三日。

もう一つ、絶筆となる詩「黒い塔」（"The Black Tower"）が書かれた。黒い塔に立て籠もった兵士たち、兵糧は尽き、「正統な王」の帰還を待ち続ける彼らの討ち死には目前。リフレインが繰り返される――

墓の中で、死者たちは直立して立つ、
風が海から吹いてくる、
死者たちは、風が唸ると身を震わせる、
山肌の古い骨は身を震わせる。

ケルトの武将たちは、敵に顔を向け、直立して葬られたという――死後も、尚、戦い続けんと。イェイツは、自身の死後の姿を彼らに重ねたのであろう。制作の日付は一九三九年一月二一日。

その日、ウェルズリ、マシスン、ターナー夫妻が揃ってカップ・マルタンのホテルを訪れた。

彼はライト・ブラウンのスーツ、ブルーのシャツ、ハンカチの装い。ランプの下で彼の髪毛は明るいサファイア・ブルーに見えた。会話しながら、「何と美しい人」と私は思った。彼は最後の詩「黒い塔」を朗読、ヒルダに詩に調べを作るよう言った。[156]

一月二四日（火）、ウェルズリのヴィラで予定されたディナーはキャンセルになった。木曜日、午前中、彼女はマシスンと共にイェイツを訪れる。

彼はとても悪く、事実、瀕死の状態で、彼はそれが分かっていることを私は見てとった。〔…〕その日の夕刻、彼はミスイズ・イェイツに、『クフーリンの死』と詩「彼の信念」――「ベン・バルベンの麓にて」に改題――に修正を指示することができた。金曜日、彼は更に悪化、間もなく昏睡状態に陥り、再び意識が戻ることはなかった。[157]

南フランス、ロクブリュヌ

ヒールドがパリから駆けつけたのはこの日、彼はすでに意識がなかった。

一九三九年一月二八日（土）、午後二時頃、イェイツは永遠の眠りについた――「最後の息まで、詩を呟きながら」[158]。

カップ・マルタンから斜面を登ったところ、ロクブリュヌの小さな町に教会があり、イェイツは妻に、「もし私がここで死ねば、あそこに私を埋葬し、一年経って、『新聞が私のことを忘れた頃』掘り出して、スライゴーに埋める」[159]よう言い残した。イェイツの家族に訃報が届いたのは、一月二九日。電話で、ヴィタ・サックヴィル＝ウェストを経由して[160]、ジャック・イェイツに伝えられた――メディアに嗅ぎつけられないための迂回ルート。詩人の妻は夫の指示に忠実、一月三〇日、山並みのきびしい風が吹きつける中、妻、ウェルズリ、ヒールド――「三人の未亡人たち」[161]――、マシスン、画家のオブライエン夫妻と数人の傍観者に見守られながら、詩人の骸（むくろ）は埋葬された。

アイルランド詩人の死が報じられると、「追悼記事と再評価が洪水のように溢れる中、国葬と聖パトリック大聖堂内の埋葬を求める声が相次いで挙がった」[162]。レノックス・ロビンソンは、詩人の遺体の帰還を願い出るため、フランスへ「不運な旅」[163]に発った。ジョージ・イェイツは夫を埋葬した翌日、アイルランドへ向かい、二月三日、ダブリンの三紙に「ベン・バルベンの麓にて」を発表。その後、「アイルランドの誰も、礼儀上、［イェイツ］自身が文字に書き残した願いに逆行することを無理に押すことはできなくなった」[164]。二度目の大戦の足音が聞こえ始めた時代、イェイツが想定した時を超えて、南フランスが彼の仮の埋葬地となる。

エピローグ

ドラムクリフ教会墓地、後方にベン・バルベン

イェイツの詩人としての評価は、死後急速に確立した。一九四〇年、彼の死の翌年にT・S・エリオットはアベイ・シアターで講演を行い、講演の終わり近くで次のように述べた。

> ［詩が与える］経験と喜びにおいて、多かれ少なかれ詩をそれだけで考慮できる詩人もいる。経験と喜びを与える点では同じだが、より大きな歴史的重要さを持った詩人も存在する。イェイツは後者の一人だ。彼は、彼らの生涯の歴史が彼らの時代の歴史であるような数少ない詩人の一人であり、彼らは時代の意識の一部であり、彼らなくして、時代意識を理解することはできない。これは、彼に非常に高い地位を与えることになるが、揺るぎない地位だと、私は信じる。[1]

エリオットがイェイツに与えた地位は、彼が信じたように揺るぎない。

アイルランドへ目を移せば、イェイツの生涯の歴史は彼の時代の歴史そのものである。長い歴史の重圧から人々が立ち上がり始めた時代に生まれ合わせた彼は、この国が劇的変貌を遂げる最も重要な歴史の一時代を生きた。時代の意識形成に大きな役割を果たし、彼自身の運命も詩も歴史の推移によって変化を遂げる。終始、アイルランドは彼の詩の源泉であり、歴史の道筋で起きた政治・文化・社会的出来事は彼の詩の素材・題材たり続けた。「一九一三年九月」、「復活祭　一九一六年」、「一九一九年」、「内戦時の瞑想」、「クール・パーク、一九二九年」、「クール・パークとバリリー、一九三一年」――年月、或いは歴史的出来事を表題に入れた作品は、アイルランドの年代記そのものである。

「狂ったアイルランドは、あなたを傷つけ唄へ駆った[2]」――W・H・オーデンが、アイルランド詩人の死を悼んで詠った悲歌の中の有名な一行である。「リヴァイヴァル」運動、特に演劇運動は、イェイツに「狂ったアイルランド」と対峙することを強いた。この島国がその醜悪な顔を晒した一場面はあの『プレイボーイ』暴動である。事件の波紋が消えやらぬ頃、イェイツはこう述べた。「私は私の民族のために書き続けます——彼らへの愛からか、憎しみからか、それは問題ではありません——恐らく、どちらなのか、私自身にも分からないでしょう」。詩人の生涯はアイルランド社会の「無知、偏狭、狂信」との絶え間ない闘いの連続であり、『プレイボーイ』暴動はその中の一コマに過ぎない。アイルランド演劇運動の古典的研究書を著わしたエリス－ファーマーは、「抵抗、逆境、一見、挫折と思える中を、戦旗を掲げるように運動を推し進めた、［イェイツの］揺るぎない勇気とエネルギーを認めざるを得ない(3)」と述べる。それは、詩人の全人生に当て嵌る。

イェイツは自身の骸（むくろ）を南フランスに仮埋葬し、「一年経って、『新聞が私のことを忘れた頃』掘り出して、スライゴーに埋める」よう言い残した。しかし、第二次世界大戦とアイルランドの国内事情によって、彼の願いは果たされないまま時間が経過した。一九四八年二月に行われた総選挙の結果、連立内閣が誕生、モード・ゴンの息子ショーン・マクブライド率いる政党はその一角を占めた。外務大臣に就任した彼が、いち早く手を打った一つは、イェイツの遺体をアイルランドへ持ち帰ること。九月六日、アイルランド海軍コルベット艦に積まれた詩人の棺は、九月一七日、ゴールウェイ湾へ入り家族に迎えられた。そこからスライゴーへ、葬列が進む沿道

ドラムクリフの教会

で――

アイルランドは〔…〕全く驚くべき姿を現わした。幼い子はやっと十字を切る間があり、手を振る子供たちもいる。キルティマの修道女たちは、少女たちと、修道院のテラスに整列し、クルーニーのテクニカル・スクールでは、教師たちが子供たちと一緒に走り、葬列が進む至る所で、詩人と人々にとっての彼の伝説を迎えるこの驚異的光景が広がった。〔…〕人々は、彼が彼らと共にあったことを、全ての背後に、彼は常にそこにあることを知った――アイルランドのスピリットが[4]。

イェイツが自身の埋葬地を決めたのは一九三八年八月のこと。それから一〇年を経て、詩人は彼の祖国へ、彼の故郷へ帰り着いた。

むきだしのベン・バルベンの端先の麓
ドラムクリフの教会墓地にイェイツは眠る。
先祖の一人はそこの教区牧師だった、
遠い昔、近くに教会が立つ、
道端に古い十字架、
大理石や月並みな碑文は無用。
近くで切り出した石灰石に
彼の命により次の句を刻む――
冷たい目を向けよ
生に、死に。
騎馬の者、通りゆけ！
（「ベン・バルベンの麓にて」）

あとがき

この本を手掛ける以前に、イェイツの伝記を考えなかったと言えば嘘になるかもしれない。笹山隆先生に、一度ならず焚きつけられたこともあった。手軽に手に取ることができる日本語のイェイツの伝記があればいい、と。そう言われる度に私は、イェイツの伝記は難しい……と、溜め息交じりに回避してきた。

イェイツの伝記は難しい――最大のハードルは、彼が生涯に関わった活動領域、興味・関心の領域が多岐にわたること、それに応じた彼の知己・知友の広がりである。現存する七〇〇〇通に近い書簡は五大陸に跨り、それがイェイツの伝記に予想される困難を暗に示している。詩作、劇作を始め著作は相当な量に上り、神秘思想、インド哲学、オカルト等、手ごわい領域が待ちうけ、「劇場」だけで優に一冊の書を要し、半世紀にわたる詩人の恋物語、グレゴリ夫人との四〇年に近い交友もそれぞれ一冊の書に相当……。一体、何冊分の、何ページの紙面をもってすればイェイツの驚異的人生の全体像を捉えることができるのか。

イェイツの死から四年後に、ジョセフ・ホーンによってオフィシャルな伝記が著わされて以来、幾つかの伝記的アプローチが企てられた。しかし、詩人の伝記の決定版は難航した。二度、著名な研究者によって着手されたがいずれも未完に終わり、三度目に、ロイ・フォスターによって完成した。「WBYは、伝記作家にとって厄介」と、一三〇〇ページ超を費やして詩人の生涯を辿ったオックスフォードの歴史学者は述懐する。

難しいと回避していたイェイツの伝記に取り組むことになった切掛けは、『図書新聞』（二〇一五年六月六日）に掲載された『モード・ゴン　一八六六―一九五三』の書評。書評子の栩木伸明氏は、日本にイェイツの本格的な評伝がまだないことを指摘し、「イェイツの生涯を、杉山版でぜひたどってみたい、とこの場を借りてお願いしておきたい」と書評を結ばれた。

書評子から寄せられた過大な期待は措くとして、詩人の没後一世紀が遠くない今、日本にイェイツの本格的な伝記がまだないという事実は、改めて指摘されると胸に刺さった。極東の島国と縁の深いアイルランド詩人であれば、尚更である。私がイェイツを読み始めたのは大学院生の頃、以来、アイルランド詩人に、アイルランドに魅せられ続けて半世紀近い年月が経過する。これまでに刊行した三冊の書、『アベイ・シアター　一九〇四―二〇〇四』(二〇〇四)、『レイディ・グレゴリ』(二〇一〇)、『モード・ゴン　一八六六―一九五三』(二〇一五)はいずれも、イェイツから派生した副産物と言わないまでも、産物である。城の外堀を埋めて本丸は手つかず――とは、笹山先生のセリフ――にも似た状況に忸怩たる思いは禁じ得ず、何よりも、日本の読者にイェイツの伝記を届けたいと、俄かに、思い始めた。イェイツの詩に「困難なことの魅惑」と題する一篇がある。詩作を阻む「劇場の業務と人の管理」に呪いを吐いたのはこの詩。「困難なことの魅惑」に倣って原稿が未完に終わっても、それはそれと括って乗り出した。

書評子から過大な期待が寄せられることがなかったなら、恐らく、私は一歩前に踏み出す勇気は出なかったかもしれない。「本格的な」イェイツの伝記になったか否かは読者の判断に委ねるとし、背中を押していただいた栩木伸明氏にお礼を申し上げます。

本書の刊行を前に、私は、三度(みたび)、同じフレーズを繰り返さずにはいられない――イェイツの伝記は難しい。予想された困難がクリアされたとは言い難いからである。「森」と「木」の比喩を再び持ち出すなら、「森」の輪郭は概ね描き得たかもしれないが、「木」に至っては、枝葉の不足した木や抜け落ちた木は多々。取り上げた代表的な詩作・劇作は全作品の一部に過ぎず、それも単なる紹介の域を出るものではない。イェイツの思想・哲学、劇場、恋物語、グレゴリ夫人との交友、アイルランドの歴史・社会・政治との関わり等についても、踏み込みが十分とはとうてい言い難い。イェイツの多くの交友は彼の活動と密に絡み合っていた。晩年に、彼が「会いたい人」のリストに挙げた友人たち、エドマンド・デュラック、スタージ・ムア、オットリン・モレル、メイスフィールドでさえ、殆ど名前を挙げるに留まった。イェイツがダブリンに住居を定めて後、F・R・ヒギンズやフランク・オコナーなどアイルランドの若い作家たちとの交友については、素通りしてしまった。しかし、木々を追い、枝葉にこだわれば、すでに相当に分厚い本はページ数が無限に膨らみ、収拾のつかない分量に達しかねない。イェイツの驚異的、殆ど超人的人生を一冊の書に収める試みには或る限界が伴わざるを得ない。

　イェイツの晩年に全集出版が計画され、そのために書かれた「私の作品のための総イントロダクション」は、詩人の究極の詩的信条を綴ったエッセイと見なされている。「詩人は常に、彼自身の人生について語るものだ」。こう、エッセイは書き始められる。しかし、「彼は朝食のテーブルに着く偶然と矛盾の束ではない。彼は一つのイデア、意図を持った完全なものとして生まれ変わる。小説家は彼の偶然や矛盾を描くかもしれないが、詩人がそうすることは決してない」。

　イェイツは詩人、抒情詩人である。ショーン・オフェイアランは、イェイツに「キーツ以後の抒情詩人の中で最もコンプレックスで孤独な精神の一人」を見た。オフェイアランが「ヴィジョン」（一九三七）について述べた表現を借りるなら、孤独な抒情詩人の精神の軌跡を「くねり辿って」、その「洞窟の源」に達するには遠く及ばず、「偶然と矛盾の束」の彼を追う結果になったことも否めない。イェイツは、また、「孤独な」抒情詩人から想像し難い多くの「顔」を持つ。詩人イェイツと「朝食のテーブルに着く偶然と矛盾の束」の彼とをどう関連づければよいのか――今もって完全に解けない私の謎である。一八九〇年代、「夢見るケルト」と呼ばれた彼は、アイルランド社会を覆う無知・蒙昧・狂信に戦いを挑む恐るべきファイターの顔を潜ませていた。この頃に書かれた彼の詩に貼られた形容語は「天上的」（ethereal）。「イニスフリー」や「エイ、天の布を望む」（「彼、天の布を望む」に改題）など、「天上的」調べを奏でる叙情詩人と恐るべきファイターはどう同居し得るのか。詩人イェイツの「奇蹟の年（アナス・ミラビリス）」とも言うべき一九二六年、彼は上院議員の職務にいそしむ日々。年末、「様々な実務と新しく書き始めた詩の間で夢の中にいるような状態です」と、彼はグレゴリ夫人に書き送っていた。不思議といえば不思議な、常人の理解を超える言動である。グレゴリ夫人の日記には、アベイ・シアターや上院その他の用務で、突然、呼び出され、メリオン・スクゥエアの自宅を慌しく駆け出てゆく詩人の姿が記録されている。詩人イェイツと「偶然と矛盾の束」の彼との落差を示すケースは際限がない。ヴァージニア・ウルフはイェイツについて、「彼はひどく絡み合った莉の繁みの真中で生きているように思える――彼は何時でもそこから現われ、再び退却する。どんな小枝も彼にはリアルだった」と、鋭い観察を残した。「ひどく絡み合った莉の繁みの真中」に、「詩人」イェイツがどっかり腰を据え、「彼は何時でもそこから現われ、再び退却する」――アクロバットのような日々をイェイツは生き、生きることができた。そう理解する以外に、私が冗談交じりにイェイツの多重人格性と呼ぶ彼のパーソナリティの謎を解く鍵はないように思われる。

イェイツが私たちを魅了するのは彼が偉大な詩人であり、数々の美しい、優れた詩を書き残したからに他ならない。彼の生涯を辿る過程で、代表的な作品をたとえ単なる紹介の域を出るものではないとしても取り上げた。しかし、「英語」で詩を書く詩人の「日本語」の伝記に必然的に困難が伴う。「詩」は詩であって、どれほど多くのことばを尽くして解読・分析を試みようと、それはもはや詩ではない。よく指摘されることである。パラフレーズを拒む詩の芸術性に加え、英語と日本語というあまりにかけ離れた、およそ共通性のない言語の間に壁が立ち塞がる。英語は音楽性豊かな言語だと言われる。英語発生の国がシェイクスピアを始め多くの優れた詩人を輩出した背景は、言語の音楽性と無関係ではないと言われる。詩の命である韻やリズムの音楽要素や、「ことば」一つひとつを包む言外の含み、連想、象徴性など詩が成り立つ重要な要素は、日本語に移し替えた時、ほぼ完全に失われる。「オッタヴァ・リーマ」や「テルツァ・リーマ」と言っても殆ど意味を成さず、「イニスフリーの湖の小島」があれほど多くの読者を魅了し、僅か八行の「エイ、天の布を望む」が、「キプリングがこれまで書いた詩、これから書く詩全てに値する」と或る出版者の文学アドヴァイザーを唸らせた秘密を、日本語訳から理解することは殆ど不可能であろう――超え難いハードルである。

本書の幾つかの不備・不足を弁明というより弁解したうえで、二〇世紀の英語圏で最も偉大と評価される詩人、アイルランドにあっては、この国の歴史の最も重要な一時代を生き、祖国の変貌する姿を詩にうたい続け、彼なくして時代意識を理解することはできない詩人、もう一つつけ加えるなら、極東のこの島国と縁の深いアイルランド詩人――その詩人の伝記を日本の読者に届けたいという当初の目的をクリアできたことをよしとして、原稿が「本」になる日を待ちたい。

本書の刊行に当たって、お世話になりました方々にお礼を申し述べます。

まず、国書刊行会出版局長、礒崎純一氏、『レイディ・グレゴリ』、『モード・ゴン　一八六六―一九五三』に次ぐ三冊目のこの書の出版を、二冊と合わせ三幅対の中央を構成する作とご快諾いただきました。イェイツの伝記は私にとってキャリアの集大成のような作であり、それを「本」として送り出していただきましたこと、特別な感謝とお礼を申し上げます。

そして、本書をご担当くださいました国書刊行会編集部、伊藤里和氏、お世話になりました。紙の束の原稿が一冊の書となるまでの煩瑣きわまりない作業工程に、私はいつもめまいを覚えます。特に分量の多いこの本、並み以上のご苦労をお掛けしたことと思います。ここでも、特別な感謝とお礼を申し上げます。

原稿が印刷に入る直前、昨年の一一月初めに、笹山隆先生がお亡くなりになりました。先生が大阪市立大学で教鞭をとられ、私が「もぐりの聴講生」の関学大学院生だった頃から半世紀に近い時間が経過します。もぐりの聴講生にとって笹山先生は心の師、私の研究者としてのキャリアは先生に支えられ、後押しされてきました。ここ一〇年来、イェイツの伝記を焚きつけておられた先生は、私がやっと重い腰を上げると、完成を心待ちにしてくださいました。不治の病気と診断された後も、あなたの四冊目の本を読むことができればそれこそ満願成就とまで言ってくださいました。私はきっと読んでいただけると信じていますと申し上げてきましたが、とうとう間に合いませんでした。

この本を、言い尽くせない感謝とお礼を添えて、笹山隆先生へ捧げます。

二〇一九年六月四日

杉山寿美子

(162) Ibid., 653.

(163) Ibid.

(164) GY to R. A. Scott-James, 18 Feb. 1939, ibid.

エピローグ

(1) T. S. Eliot, "Yeats," *Penguin Critical Anthologies: W. B. Yeats*, ed. William H. Pritchard (Harmondsworth: Penguin, 1972), 165.

(2) W. H. Auden, "In Memory of W. B. Yeats." 悲歌は三部構成、1939年3月に発表された。このラインを含む第二部は後につけ加えられた。

(3) Una Ellis-Fermor, *The Irish Dramatic Movement* (London: Methuen, 1971), xii.

(4) Thomas MacGreevy's notes for a speech opening an exhibition at Reading, 1961, Foster II, 652.

(125) WBY to GY, 11 Jan. 1938, ibid.
(126) WBY to DW, 11 Nov. 1937, ibid.
(127) WBY to EM, 24 Jan. 1938, ibid.
(128) To EM, 17 Dec. 1937, ibid.
(129) To ESH, 2 March 1938, ibid.
(130) WBY to ESH, 15 March 1938, ibid.
(131) Lily Yeats to Ruth Lane-Poole, 28 March 1938, Foster II, 613.
(132) GY to ESH, 12 May 1938, ibid.
(133) Bowra, 403.
(134) WBY to DW, 24 May 1938, *CL (E)*.
(135) To DW, 8 Feb. 1937, ibid.
(136) Ethel Mannin, *Privileged Spectator* (London: Jarrolds Publishers London Limited, 1937), 83.
(137) 6 April 1936, *CL (E)*.
(138) WBY to DW, 21 Dec. 1937, ibid.
(139) WBY to DW, 7 Dec, 1937, ibid.
(140) To DW, 2 July 1938, ibid.
(141) 13 Oct. 1937, ibid.
(142) GY to Hugh Hunt, 26 July 1938, ibid.
(143) Hunt, 163.
(144) Ibid.
(145) WBY to ESH, 15 Aug. 1938, *CL (E)*.
(146) WBY to DW, 15 Aug. 1938, ibid.
(147) WBY to EM, 9 Oct. 1938, ibid.
(148) Gonne, "Yeats and Ireland," 25.
(149) MG to Ethel Mannin, Nov. 1945, *MG-WBY*, 453.
(150) To GY 13 Nov. Nov. 1938, *CL (E)*.
(151) W. Conneely, "A Talk with W. B. Yeats," Foster II, 642.
(152) WBY to DW, 1 Dec. 1938, *CL (E)*.
(153) Wellesley, 193.
(154) To EHS, 24 May 1938, *CL(E)*.
(155) Seamus Heaney, "Yeats as an Example" (1980), Brown, 375-376.「テルツァ・リーマ」(terza rima) は3行のスタンザ、aba, bcb, cdc ……と脚韻を踏む詩形。
(156) Wellesley, 194.
(157) Ibid., 195.
(158) Ibid., 196.
(159) GY to Thomas MacGreevy, 6 March 1939, Foster II, 651. イェイツはウェルズリに (7 Sept. 1938)、「私はアイルランドの人々のために詩を書きます、だが、私の弔いに彼らはご免です。アイルランドの弔いは公的デモンストレイションとプライヴェートなピクニックの間です」と書き送っていた。
(160) ヴィタ・サックヴィル−ウェストはレスビアンで、ウェルズリは彼女のパートナーだったことがある。
(161) Foster II, 652.

(91) O'Casey, *Rose and Crown*, 136.
(92) WBY to Moya L. Davies, 19 March 1937, *CL (E)*.
(93) To Laura Riding, before 26 April 1936, ibid.
(94) Oliver St. John Gogarty to Horace Reynolds, 14 Nov. 1936, Foster II, 566.
(95) W. B. Yeats, ed. *The Oxford Book of Modern Verse*, xxi, xxxiv.
(96) Foster II, 567, 565, 567.
(97) WBY to EM, 30 Nov. 1936, *CL (E)*.
(98) To DW, 28 Nov. 1936, ibid.
(99) Foster II, 569.
(100) To DW, 7 Dec. 1936, *CL (E)*.
(101) To DW, 10 Dec. 1936 and 23 Dec. 1936, ibid.
(102) To EM, 20 Feb. 1937, ibid.
(103) Foster II, 577.
(104) To Moya L. Davies, 19 March 1937, *CL (E)*.
(105) *E&I*, 526.
(106) Jeremy Silver, "George Barnes's 'W. B. Yeats and Broadcasting,' 1940, with an Introductory Note by Jeremy Silver," *Yeats Annual 5*, ed. Warwick Gould (London: Macmillan, 1986), 193.
(107) WBY to GY, 1 April 1937, *CL (E)*.
(108) Foster II, 579.
(109) WBY to George Barnes, 23 Jan. 1937, *CL (E)*.
(110) GY to WBY, 3 April 1937, *WBY-GY*, 466.
(111) Foster II, 583.
(112) WBY to GY, 16 June 1937, *CL (E)*.
(113) To Edmund Dullac, 27 May 1937, ibid.
(114) To ESH, 22 June 1937, ibid.「貴女の元にいたいと焦がれています」(1937年9月4日)、「身も心も貴女に焦がれています」(1937年9月12日) 等々と、イェイツはヒールドにラヴ・レターを送った。
(115) To GY, 28 June 1937, ibid.
(116) Ibid.
(117) To George Barnes, 23 Jan. 1937, ibid.
(118) イェイツの倹約ぶりを物語るエピソードを挙げれば――「イチゴのアイスクリームに3シリング6ペンス使った夢を見て、惨めな気分に突き落とされた」(to Mabel Dickinson, 21 July 1908)、ブレイクのダンテ・デザイン画105枚が入った本を10ポンドで買って、「何か月もの間、本を買おうと思い、今朝もしばらく通りを行ったり来たり、ついに書店に入る決心をした」(to GY, 2 Dec. 1922)。
(119) *VP*, 839.
(120) To DW, 5 Sept. 1937, *CL (E)*.「オッタヴァ・リーマ」(ottava rima) は、1行が10か11シラブル、8行のスタンザ、abababcc と脚韻を踏む詩形。
(121) Foster II, 606.
(122) *London Mercury* (Nov. 1937), ibid., 607.
(123) Ellmann, *The Man and the Masks*, xxxi.
(124) WBY to MG, ? 5 Nov. 1937, *CL (E)*.

(50) To DW, 5 Aug. 1936, *CL (E)*.
(51) GY to WBY, 1 Jan. 1935, *WBY-GY*, 387.
(52) WBY to OS, 28 Feb. 1935, *CL (E)*.
(53) Sean O'Casey, *Rose and Crown* (London: Macmillan, 1952), 136, 138.
(54) Foster II, 471.
(55) WBY to DW, 3 Sept. 1935, *CL (E)*.
(56) WBY to John Masefield, c. 14 June 1935, ibid. Foster II, 522 によれば108名。
(57) Lily Yeats to Ruth Lane-Poole, 30 June 1935, ibid., 522-523.
(58) WBY to GY, 30 April 1930, *CL (E)* に同封されたイェイツ宛の AE の手紙。
(59) WBY to DW, 26 July 1935, ibid.
(60) Ibid.
(61) Ibid.
(62) Wellesley, 46.
(63) WBY to DW, 18 Nov. 1935, *CL (E)*.
(64) DW to WBY, 21 July 1935, Wellesley, 6.
(65) To DW, 9 July 1936, *CL (E)*.
(66) To Edith Sitwell, 13 Dec. 1936 and to DW, 8 Feb. 1937, ibid.
(67) OS to WBY, Harwood, "Olivia Shakespear: Letters to W. B. Yeats," 101.
(68) To Margot Ruddock, 25 Dec. 1935, *CL (E)*.
(69) Brown, 357.
(70) Foster II, 540.
(71) GY to Lily and Lolly Yeats, 2 Feb. 1936, *CL (E)*.
(72) WBY to DW, 6 April 1936, ibid.
(73) To OS, 10 April 1936, ibid.
(74) Lily Yeats to Ruth Lane-Poole, 24 March 1936, Foster II, 541.
(75) WBY to EM, 4 Oct. 1936, *CL (E)*.
(76) WBY to Shri Purohit Swami, 15 May 1936, ibid. に、「今朝、マーゴットが現われました」と書かれている。
(77) WBY to DW, 22 May 1936, ibid.
(78) 22 Dec. 1938, ibid.
(79) WBY to DW, 29 Oct. 1936, ibid.
(80) WBY to DW, 26 July 1936, ibid.
(81) 6 July 1935, ibid.
(82) "A General Introduction for my Work," *E&I*, 523.
(83) Ibid., 522-523.
(84) WBY to EM, 1 Aug. 1936, *CL (E)*.
(85) To WBY, 30 Sept. 1936, *WBY-GY*, 438.
(86) GY to DW, 19 Sept. 1936, Foster II, 560.
(87) WBY to DW, 8 Sept. 1936, *CL (E)*.
(88) To DW, 1 Oct. 1936, ibid.
(89) 「ナショナル・レクチャー」"Modern Poetry" は *E&I*, 491-508 に収録。
(90) To GY, 23 Oct. 1934, *CL (E)*.

York: Oxford UP, 1967), 89.

(9) WBY to Horace Reynolds, 24 Dec. 1932, *CL (E)*.

(10) WBY to Harold Macmillan, 15 July 1934, ibid.

(11) WBY to OS, 1 Jan. 1933, ibid.

(12) Foster II, 464.

(13) Ibid.

(14) To *Sunday Times*, 7 Oct. 1934, *CL (E)*.

(15) John A. Murphy, *Ireland in the Twentieth Century* (Dublin: Gill and Macmillan, 1981), 82.

(16) *VP*, 836.

(17) Foster II, 474.

(18) Ibid.

(19) Ellmann, *The Man and the Masks*, xxiii.

(20) Brown, 341.

(21) To OS, 20 Sept. 1933, *CL (E)*.

(22) *VP*, 543.

(23) WBY to OS, 27 Feb. 1934, *CL (E)*.

(24) *VP*, 837.

(25) Foster II, 465.

(26) Ibid.

(27) WBY to OS, 13 July 1933, *CL (E)*.

(28) To OS, 27 Feb. 1934, ibid.

(29) Foster II, 487.

(30) *Aut*, 404-405.

(31) To Herbert Grierson, 9 June 1932, *CL (E)*.

(32) Preface to *The King of the Great Clock Tower*, *VP*, 855.

(33) To OS, 27 Jan. 1934, *CL (E)*.

(34) To F. R. Higgins, ibid.

(35) Foster II, 496.

(36) Ellmann, interview of 1946, ibid., 498.

(37) To DW, 17 June 1935, *CL (E)*.

(38) Coote, 542.

(39) To Margot Ruddock, 13 Nov. 1934, *CL (E)*.

(40) Brown, 346.

(41) WBY to OS, 28 Feb. 1935, *CL (E)*.

(42) Foster II, 511.

(43) Ethel Mannin papers, Saddlemyer, 481-482.

(44) To EM, ? 24 Jan. 1935, *CL (E)*.「エッグノック」は卵酒のようなもの。

(45) WBY to EM, 1 Feb. 1935, ibid.

(46) Ibid.

(47) GY to Oliver St. John Gogarty, 29 Jan. 1935, ibid.

(48) Ellmann, *The Man and the Masks,* xxix.

(49) Ellmann, interview of 21 Sept. 1947, Foster II, 535.

(64) To Mario Rossi, 9 Feb. 1932, ibid.
(65) Foster II, 404-405.
(66) Masefield の *Some Memories of W. B. Yeats* はこの出会いを回想した小冊子。
(67) Foster II, 413.
(68) Anne Oliver Bell, ed. *The Diary of Virginia Woolf, Vol. 3 1925-30*（Harmondsworth: Penguin, 1980）, 329, 330, 329.
(69) To Seamus Starkey, 14 Dec. 1930 and to OS, 27 Dec. 1930, *CL (E)*.
(70) WBY to John Masefield, 19 March 1931, ibid.
(71) WBY to AG, 24 April 1931, ibid.
(72) WBY to GY, 28 May 1931, ibid.
(73) Louise Morgan, "W. B. Yeats," *I&R 2*, 199-204.
(74) 7 Aug. 1931, *J II*, 622.
(75) WBY to GY, 19 Aug. 1931, *CL (E)*.
(76) 22 Sept 1931, *J II*, 625.
(77) 28 Aug. 1931, ibid., 623.
(78) WBY to Sturge Moore, 22 Oct. 1931, *CL (E)*.
(79) Foster II, 421.
(80) 22 Jan. 1930, *J II*, 493.
(81) 10 Sept. 1931, ibid., 624.
(82) WBY to GY, 1 Nov. 1931 and GY to WBY, 3 Nov. 1931, *WBY-GY*, 263, 266.
(83) Foster II, 437.
(84) 8 April 1931, *CL (E)*.
(85) Foster II, 434.
(86) WBY to GY, 7 April 1932, *CL (E)*.
(87) To GY, ? 10 April 1932, ibid.
(88) Ibid.
(89) To GY, 13 March 1932, ibid.「スワミ」は master の意。
(90) To GY, 15 April 1932, ibid.
(91) May, *J II*, 631.
(92) Foster II, 437.
(93) 6 June 1932, *CL (E)*.
(94) WBY to Shri Purohit Swami, 6-7 June 1932, ibid.

第一一章　最後の年月　一九三二－一九三九

(1) To OS, 8 July 1932, ibid.
(2) Foster II, 455.
(3) Ernest Boyd, *Nation*（14 Dec. 1932）, ibid., 455.
(4) Francis Russell, "The Arch-Poet"（1960）, ibid.
(5) WBY to GY, 25 Nov. 1932, *CL (E)*.
(6) Georgina Sime, *Brave Spirits*, undated, Foster II, 456.
(7) To GY, 4 Nov. 1932 and 18 Nov. 1932, *CL (E)*.
(8) Richard Ellmann, *Eminent Domain: Yeats among Wilde･Joyce･Pound･Eliot & Auden*（New

(27) 13 Feb. 1930, Foster II, 395.

(28) 29 Jan. 1930, *J II*, 497に、「ラパロから電報、専門医の診断と治療は素晴らしい成功」と記されている。

(29) 25 Jan. 1930, ibid., 494-495.

(30) 14 Feb. 1930, ibid., 502.

(31) 26 March 1930, Foster II, 396.

(32) To Lennox Robinson, to OS, to Lennox Robinson and to L. A. G. Strong, *CL* (*E*).

(33) Ursula Bridge, ed. *W. B. Yeats and T. Sturge Moore: Their Correspondence 1901-1937* (Westport: Greenwood, 1953), 162.

(34) To Sturge Moore, 4 Oct. 1930, *CL* (*E*).

(35) *Ex*, 290.

(36) *VP*, 831.

(37) WBY to OS, 1 June 1930, *CL* (*E*).

(38) Michael B. Yeats, *Cast a Cold Eye: Memories of a Poet's Son and Politician* (Dublin: Blackwater, undated), 31. アンとマイケルは後に、『オックスフォード引用辞典』を調べ、詩はIsaac Wattの18世紀の作品だと知った。

(39) *Ex*, 320-321.

(40) To OS, 29 March 1929, *CL* (*E*).

(41) To WBY, 23 July 1930, Foster II, 404.

(42) GY to WBY, 23 July 1930, *WBY-GY*, 218.

(43) *Ex*, 308.

(44) Ibid., 307.

(45) 23 July 1930, ibid., 310.

(46) Christine Longford's typescript autobiography, Foster II, 406.

(47) W. B. Yeats, *Letters to the New Island*, ed. Horace Reynolds (London: Oxford UP, 1970), xii.

(48) *Mem*, 33.

(49) To GY, 25 July 1930, 27 July 1930 and 30 July 1930, *CL* (*E*).

(50) Foster II, 407.

(51) Ann Saddlemyer, "George, Ezra, Dorothy and Friends: Twenty-six Letters, 1918-59," *Yeats Annual* 7, 6.

(52) WBY to GY, c. 1 Aug. 1931, *CL* (*E*).

(53) 28 Aug. 1930, *J II*, 548.

(54) WBY to GY, 14 Sept. 1930, *CL* (*E*).

(55) *Ex*, 345.

(56) Ibid., 346-347.

(57) Ibid., 350, 344, 345.

(58) Brown, 330.

(59) 18 Sept. 1930, *J II*, 552 and 26 Sept. 1930, ibid., 553.

(60) To Ottoline Morrell, 21 Nov. 1930, *CL* (*E*).

(61) 28 Nov. 1930, *J II*, 570.

(62) Foster II, 414.

(63) To Sturge Moore, late Jan. 1929, *CL* (*E*).

Vol. 1, 263.

(110) Brown, 333.

(111) "The Irish Censorship," *Spectator* (29 Sept. 1928), *UP II*, 481-482.

(112) Foster II, 376.

(113) "The Censorship and St. Thomas Aquinas," *Irish Statesman* (22 Sept. 1928), *UP II*, 479.

(114) *VP*, 836.

(115) H. Sheehy Skeffinton to Esther Roper, Margaret Ward, *Hanna Sheehy Skeffinton : A Life* (Cork: Attic Press, 1997), 305.

(116) *J II,* 326.

(117) 17 Oct. 1928, ibid., 327.

(118) Foster II, 378.

第一〇章　最後のロマン派　一九二八－一九三二

(1) Richard Aldington, *Life for Life's Sake* (1968), David Pierce, *Yeats Worlds: Ireland, England and the Poetic Imagination* (New Haven and London: Yale UP, 1996), 232.

(2) WBY to AG, 21 Jan. 1929, *CL (E)*.

(3) *V(B)*, 8.

(4) Ellmann, *The Man and the Masks*, xxi.

(5) To AG, 27 Nov. 1928, *CL (E)*.

(6) *VP*, 831.

(7) To OS, 2 March 1929, *CL (E)*.

(8) 22 Nov. 1931, ibid.

(9) 15 July 1929, *J II*, 452. ヒュー・レインの絵画を展示するギャラリーはロンドンの画商「ドゥヴィーン」が寄贈した。「ハマー・グリーンウッド」は、対英ゲリラ戦中、アイルランド行政府事務長官で、「ブラック・アンド・タンズ」を擁護する発言を行った。

(10) Foster II, 387.

(11) To OS, to AG, to OS, to OS, 29 March 1929, *CL (E)*.

(12) To Thomas Bodkin, 9 April 1929 and to William Force Stead, 26 Sept. 1934, ibid.

(13) WBY to Oliver St. John Gogarty, 5 May 1929, ibid.

(14) 7 May 1930, ibid.

(15) WBY to OS, 4 May 1929, ibid.

(16) WBY to OS, 2 July 1929 and to AG, 20 Aug. 1929, ibid.

(17) To AG, 20 June, 1929, ibid

(18) To OS, 26 July 1932, ibid.

(19) To OS, 31 July 1929, ibid.

(20) To AG, 8 Aug. 1929, ibid.

(21) 23 Feb. 1928, *J II*, 234.

(22) Lady Gregory, *Coole* (Dublin: Dolmen, 1971), 39.

(23) To GY, 23 May 1927, *CL (E)*.

(24) To OS, 24 Aug. 1929, ibid.

(25) *J II*, 442.

(26) Micheál MacLiamóir, "W. B. Yeats," *I&R 2*, 300.

(71) Ibid., 296.

(72) *Evening Herald* (12 Feb. 1926), ibid., 303.

(73) Ernest Blythe, *The Abbey Theatre* (Dublin: The National Theatre Society, 1965), 9.

(74) 11 Jan. 1926, *J II*, 59.

(75) To Sturge Moore, 15 Sept. 1927, *CL (E)*.

(76) To KT, 22 Aug. 1926, ibid.

(77) *V(B)*, 279, 280.

(78) *Ex*, 305, 307.

(79) To OS, 7 Dec. 1926, *CL (E)*.

(80) *Irish Times* (8 Dec. 1926), Foster II, 338.

(81) WBY to AG, 8 Dec. 1926, *CL (E)*.

(82) To Edmund Dullac, ? July 1926, ibid.

(83) *An Phoblacaprilht* (Dec. 1928), Foster II, 334.

(84) WBY to Sturge Moore, Dec. 1928, *CL (E)*.

(85) Foster II, 334.

(86) 26 Aug. 1928, *J II*, 310.

(87) WBY to OS, early April 1933, *CL (E)*.

(88) WBY to OS, after 10 July 1927, ibid.

(89) *Irish Times* (14 July 1927), *UP II*, 477.

(90) コスグレイヴ大統領は『トゥ－モロー』の発禁処分を決めたが、法務大臣のオヒギンズは、「発禁処分は或る国、場所、時代の道徳姿勢を表わすものに過ぎないと言って、拒否した」という（22 Oct. 1924, *J I*, 593）。

(91) 28 Sept. 1927, *MG-WBY*, 433.

(92) 29 Sept. 1927, *CL (E)*.

(93) To OS, 29 Nov. 1927, ibid.

(94) GY to Oliver St. John Gogarty, 12 Dec. 1927, Foster II, 354.

(95) WBY to Sturge Moore, 23 Dec. 1927, *CL (E)*.

(96) GY to Lennox Robinson, 17 Jan. 1928, Foster II, 355.

(97) To AG, 1 April 1928, *CL (E)*.

(98) To AG, 24 Feb. 1928, ibid.

(99) To AG, 1 April 1928, ibid.

(100) To OS, 25 April 1928, ibid.

(101) Brown, 342.

(102) Saddlemyer, 378.

(103) GY to Thomas MacGreevy, 24 April 1926 and 8 Dec. 1926, ibid.

(104) Ibid., 395.

(105) GY to L. Robinson, 29 Nov. 1927, Foster II, 351.

(106) GY to Thomas MacGreevy, 15 March 1928, Saddlemyer, 395.

(107) Sean O'Casey to AG, 28 Feb. 1928, *The Letters of Sean O'Casey 1910-41, Vol. 1*, ed. David Krause (London: Cassell, 1975), 238.

(108) 10 June 1928, *J II*, 273.

(109) Sean O'Casey to Gabriel Fallon, 13? June 1928, Krause, *The Letters of Sean O'Casey 1910-41*,

(32) *Catholic Bulletin* (Jan. 1924), Foster II, 256.
(33) WBY to OS, 21 June 1924, *CL (E)*.
(34) *To-Morrow* (Aug. 1924), *UP II*, 438.
(35) Foster II, 257.
(36) "The Need for Audacity of Thought," *Dial* (Feb. 1926), *UP II*, 461.
(37) Foster II, 271.
(38) To Lennox Robinson, 23 Oct. 1924, *CL (E)*.
(39) To Desmond Fitzgerald, 31 March 1926, ibid.
(40) Foster II, 273.
(41) WBY to Stephen Gywnn, 2 Jan. 1926, *CL (E)*.
(42) Foster II, 263.
(43) *Statesman*, ibid., 268.
(44) 1 July 1924, *CL (E)*.
(45) *Irish Independent* (4 Aug. 1924), Foster II, 265.
(46) To Sturge Moore, 21 Oct. 1924, *CL (E)*.
(47) WBY to GY, 3 Nov. 1924, ibid.
(48) 11 Nov. 1924, *J I*, 603.
(49) Hone, *W. B. Yeats 1865-1939*, 367.
(50) 23 April 1924, *CL (E)*.「昨日、『ヴィジョン』を書き終えました」とあり、書簡の日付「1924年」はエラー、「1925年」が正しい日付と思われる。
(51) T. Werner Laurie to A. P. Watt, 12 Oct. 1923, ibid.
(52) OS to WBY, 14 Feb. 1926, John Harwood, "Olivia Shakespear: Letters to W. B. Yeats," *Yeats Annual 6*, ed. Warwick Gould (London: Macmillan, 1998), 68.
(53) Foster II, 310.
(54) To F. P. Sturm, 28 Jan. 1926, *CL (E)*.
(55) WBY to T. Werner Laurie, 27 July 1924, ibid.
(56) WBY to Edmund Dullac, 22 April 1925, ibid.
(57) George Mills Harper and Walter Kelly Hood, eds. *A Critical Edition of A Vision* (1925) (London: Macmillan, 1978), xii.
(58) To F. P. Sturm, 28 Jan. 1926, *CL (E)*.
(59) To Ignatius MacHugh, 26 May 1926, ibid.
(60) To F. Hackett, 5 May 1925, ibid.
(61) Foster II, 296.
(62) Ibid., 297.
(63) Pearce, 89-102.
(64) "Ireland, 1921-1931," *Spectator* (30 Jan. 1932), *UP II*, 489.
(65) Lily Yeats to Ruth Lane-Poole, 31 Dec. 1925, Foster II, 301.
(66) 31 Dec. 1925, *J II, 56.*
(67) Lily Yeats to Ruth Lane-Poole, 31 Dec. 1925, Foster II, 301.
(68) 31 Dec. 1925, *J II*, 56.
(69) Hunt, 124.
(70) 公演の模様は、*Irish Times* (12 Feb. 1926), *MID 6*, 295-297 に拠る。

(37) Michael Hopkinson, *Green Against Green* (1992), Foster II, 230.

(38) GY to WBY, 24 Nov. 1922, *WBY-GY*, 87.

(39) *Freeman's Journal* (13 Nov. 1922), Nancy Cardozo, *Maud Gonne: Lucky Eyes and a High Heart* (New York: New Amsterdam, 1990), 354.

(40) WBY to Edmund Dullac, 13 Dec. 1922, *CL (E)*.

(41) WBY to GY, 31 Jan. 1923 and GY to WBY, 1 Feb. 1923, *WBY-GY*, 107-108.

(42) 3 Feb. 1923, *CL (E)*.

(43) Foster II, 232.

第九章　上院議員イェイツ　一九二三－一九二八

(1) Ibid., 229.

(2) To the Marchioness of Londonderry, 23 July 1926, *CL (E)*.

(3) Foster II, 238.

(4) Lady Gregory, *Sir Hugh Lane*, 195.

(5) 15 June 1926, *J II*, 108.

(6) Lady Gregory, *Sir Hugh Lane*, 195.

(7) O'Byrne, 237.

(8) Lady Gregory, *Case for the Return of Sir Hugh Lane Pictures to Dublin* (Dublin: Talbot, 1926), 27.

(9) WBY to the Marchioness of Londonderry, 5 July 1926, *CL (E)*.

(10) WBY to GY, ibid.

(11) *J I*, 477.

(12) *VP*, 828.

(13) To OS, 2 Oct. 1927, *CL (E)*.

(14) W. R. Rodgers, "W. B. Yeats," *I&R 2,* 323-324.

(15) Lily Yeats to JQ, 22 Nov. 1923, Foster II, 245.

(16) To Sir John Lonnell, 25 Nov. 1923, in a copy of *Poems* (1895), ibid.

(17) *The Bounty of Sweden*, *Aut*, 552.

(18) Foster II, 250.

(19) "The Irish Dramatic Movement," *Aut*, 571.

(20) WBY to JQ, 29 Jan. 1924, *CL (E)*.

(21) To Edmund Gosse, 23 Nov. 1923, ibid.

(22) "The Irish Dramatic Movement, " *Aut*, 571.

(23) 8 March 1924, *J I*, 511-512.

(24) *Dublin Magazine* (April 1924), Foster II, 258.

(25) 4 May 1926, *J II, 94.*

(26) Donald R. Pearce, ed. *The Senate Speeches of W. B. Yeats* (London: Faber, 1960), 57, 79.

(27) Ibid., 87.

(28) Brown, 292.

(29) Foster II, 256.

(30) *Catholic Bulletin* (Dec. 1923), ibid., 255

(31) WBY to OS, 26 May 1924, *CL (E)*.

める法案を議会に提出、これが、事実上、「南北」分断を容認するものとなった。

第五節　アイルランド内戦　一九二二－一九二三

(1) Lyons, 444.
(2) To AG, 12 Jan. 1922, *CL (E)*.
(3) Undated, but early 1922, Foster II, 207.
(4) Ibid., 206.
(5) "Gaels Gather in Paris," *Irish Independent* (24 Jan. 1922), Donald T. Torchiana, *W. B. Yeats and Georgian Ireland* (Evanston: Northwestern UP, 1966), 114.
(6) Foster II, 207.
(7) WBY to AG, 15 Jan. 1922, *CL (E)*.
(8) Jeanne Robert Foster to WBY, Foster II, 211.
(9) Coote, 452.
(10) Mary Colum to Lily Yeats, 6 Feb. 1922, Murphy, 539.
(11) Foster II, 211.
(12) 7 Sept. 1921, ibid., 204.
(13) Ibid.
(14) WBY to OS, 1 March 1922, *CL (E)*.
(15) WBY to OS, 17 Feb. 1922, ibid.
(16) Hone, *W. B. Yeats 1865-1939*, 342.
(17) To AG, 1 March 1922, 23 Feb. 1922 and 9 March 1922, *CL (E)*.
(18) To OS, 8 March 1922, ibid.
(19) WBY to Ottoline Morrell, 19 April 1922, ibid.
(20) Foster II, 213.
(21) WBY to J. C. Squire, 16 July 1922, *CL (E)*.
(22) *Aut*, 579-580.
(23) *J I*, 363.
(24) WBY to Sturge Moore, 15 Aug. 1922, *CL (E)*.
(25) Elizabeth Plunkett Fingall, *Seventy Years Young: Memories of Elizabeth, Countess of Fingall*, told to Pamela Kinkson (London: Collins, 1937), 414.
(26) Terence Dooley, *The Decline of the Big House in Ireland: A Study of Irish Landed Families 1860-1960* (Dublin: Wolfhound, 2000), 287.
(27) To Sturge Moore, 21 Sept. 1927, *CL (E)*.
(28) John Milton, "Il Penseroso," ll. 85-86. "Il Penseroso" は「沈思の人」の意。
(29) *Aut*, 580. 椋鳥（starling）は、アイルランドで stare と呼ばれた。
(30) Lucille O'Malley McLoughlin, recorded by James Charles Roy, 7 Nov. 1997, Foster II, 216.
(31) *J I*, 383.
(32) 1 Sept. 1922, Saddlemyer, 300.
(33) To OS, 18-21 Dec. 1922, *CL (E)*.
(34) AE to JQ, 10 Aug. 1922, Foster II, 224.
(35) Brown, 286.
(36) 23 Aug. 1922, *J I*, 388.

(37) Brown, 273.
(38) Foster II, 164.
(39) Ibid., 165.
(40) Ibid.
(41) WBY to Edmund Dullac, 22 March 1920, *CL (E)*.
(42) Ibid. イェイツの死後も、「佐藤の刀」は詩人の家族の元に留まった。
(43) Harper 3, 2.
(44) Foster II, 157.
(45) WBY to AG, 18 May 1920, *CL (E)*.
(46) Ellmann, interview with GY on 5 July 1946, Saddlemyer, 251.
(47) Ibid.
(48) WBY to AG, 14 June 1920, *CL (E)*.
(49) 予備軍は、正規の軍服が足りず、身に着けた「カーキー」の外套と「黒」のズボンと帽子から、「ブラック・アンド・タンズ」のあだ名がついた。
(50) WBY to AG, 26 June 1920, ibid.
(51) June 1920, *MG-WBY*, 403.
(52) 13 April 1920, *J I*, 139.
(53) WBY to GY, 31 July 1920 and GY to WBY, 3 Aug. 1920, *WBY-GY*, 44.
(54) WBY to GY, 31 July 1920, *CL (E)*.
(55) To AG, 9 Aug. 1921, ibid.
(56) C. M. Bowra, "W. B. Yeats," *I&R 2*, 401.
(57) To Lolly Yeats, 13 July 1921, *CL (E)*.
(58) WBY to GY, 7 Oct. 1919, ibid.
(59) WBY to JQ, 30 Oct. 1920, ibid.
(60) *Aut*, 561.
(61) 27 Sept. 1920, *J I*, 187.
(62) 28 Nov. 1920, ibid., 207.
(63) 11 July 1921, ibid., 275.
(64) 21 Dec. 1920, Saddlemyer, 269.
(65) 1 Jan. 1921, *CL (E)*.
(66) Foster II, 190.
(67) *Oxford Magazine* (25 Feb. 1921), ibid., 188.
(68) O'Reilly, ibid.
(69) WBY to OS, 9 April 1921, *CL (E)*.
(70) Ibid.
(71) 22 May 1921, *J I*, 257.
(72) WBY to AG, 1 July 1921, *CL (E)*.
(73) WBY to Lolly Yeats, 22 Dec. 1921, ibid.
(74) To JQ, 25 Aug. 1921, ibid.
(75) WBY to GY, 11 Nov. 1921, ibid. アバディーン大学は、「償いに」、1924年、イェイツに名誉博士号を贈った――「要らない」と、イェイツ (to Edmund Dullac, 4 July 1924)。
(76) 1920年2月、英国首相ロイド・ジョージは「北」6州と「南」26州それぞれに自治権を認

(1) *Aut*, 189, 192.
(2) Saddlemyer, 206.
(3) To AG, 26 Feb. 1919, *CL (E)*.
(4) To Harriet Monroe, 26 May 1919 and to JQ, 14 June 1919, ibid.
(5) Foster II, 142.
(6) 20 March 1919, Harper 2, 200.
(7) Ibid., 201.
(8) Ibid., 240.
(9) 30 June 1919, ibid., 323.
(10) 20 Nov. 1919, ibid., 487.
(11) AE to JQ, 18 Oct. 1918, Foster II, 156.
(12) Ezra Pound to JQ, 13 Dec. 1919, ibid., 157.
(13) John Masefield, *Some Memories of W. B. Yeats*（Dublin: Cuala, 1940）, 14.
(14) WBY to Ezra Pound, 16 July 1919, *CL (E)*. ゴートの大工ラファティ（ラフタリ）は、内戦中に銃撃され負傷、入院、バリリー塔の工事を続けることができなくなり、塔の修復は未完成――“half dead at the top”（“Blood and the Moon”）――に終わった。
(15) Ibid.
(16) 22 Nov. 1919, Harper 2, 491.
(17) Foster II, 151-152, 153.
(18) Ibid.
(19) Ibid., 213.
(20) To AG, 27 Dec. 1919, *CL (E)*.
(21) Foster II, 158.
(22) James P. O'Reilly, “W. B. Yeats and Undergraduates Oxford 1919-1922,” dated Aug. 1953, ibid., 160.「ジョージアン・ハウス」は、ジョージ一世の即位1714年に続く時代の18世紀の建物。
(23) *V(B)*, 14-15.
(24) Harper 3, 3.
(25) George Mills Harper, *The Making of Yeats's 'A Vision': A Study of the Automatic Script, Vol. 2*（London: Macmillan,1987）, 339, 347, 335.
(26) Foster II, 162.
(27) 16 Jan. 1919, *CL (E)*.
(28) To James Pond, 15 Oct. 1919, ibid.
(29) JBY to Jack Yeats, 7 May 1920, Foster II, 164. 英国で、体重は「ストーン」（stone）で表わした。1ストーン＝14ポンド＝6.35キロ。
(30) JBY to Lily Yeats, 11 Jan. 1920, Murphy, 505.
(31) JBY to Rosa Butt, 23 June 1920, Foster II, 163.
(32) JBY to AG, 27 Jan. 1920, ibid.
(33) JBY to Lily Yeats, 15 Feb. 1920, Murphy, 507.
(34) WBY to AG, 28 Feb. 1920, *CL (E)*.
(35) Foster II, 163.
(36) Ibid.

照。

(17) Brenda Maddox, *George's Ghost: A New Life of W. B. Yeats* (Basingstoke and Oxford: Picador, 1999), 74.

(18) Saddlemyer, 409.

(19) 23 Dec. 1917, Harper 1, 175.

(20) 20 Nov. 1917, ibid., 91.

(21) Foster II, 117.

(22) *Observer* (18 Feb. 1918), *UP II*, 429-431.

(23) Harper 1, 362.

(24) Ibid., 371, 378.

(25) Lolly Yeats to JBY, 13 March 1918, Saddlemyer, 157.

(26) WBY to AG, 19 March 1918, *CL (E)*.

(27) Foster II, 120.

(28) WBY to Edmund Dullac, 7 Feb. 1918, *CL (E)*.

(29) Foster II, 121.

(30) To AG, ? 10 March 1918, *CL (E)* で、イェイツは「子猫を連れて行ってもよいでしょうか、妹たちに預けた方がよいでしょうか」とお伺いを立てた。

(31) W. R. Rodgers, "W. B. Yeats," *I&R 2*, 326.

(32) WBY to OS, 30 Aug. 1931, *CL (E)*.

(33) Harper 3, 81.

(34) Foster II, 122.

(35) 2行目を「古い水車の板と海緑色のスレート」に、後の4行を「全てが廃墟になろうとも／この文字が生き残らんことを」の2行に変えた6行の詩（"To be carved on a Stone of Thoor Balylee"）を刻んだ石版が、詩人の死後、塔の壁に掲げられた。ゴートの大工「ラファティ」(Michael Rafferty) を、グレゴリ夫人とイェイツはゴールウェイの盲目のゲール詩人（Anthony Raftery）に因んで「ラフタリ」と呼んだ。

(36) Harper 1, 443.

(37) Foster II, 125.

(38) To Ezra Pound, 6 June 1918, *CL (E)*.

(39) *V(B)*, 8.

(40) 14 June 1918, *MG-WBY*, 395.

(41) WBY to JQ, 23 July 1918, *CL (E)*.

(42) WBY to AG, 14 Aug. 1918, ibid.

(43) Ibid.

(44) WBY to Oliver St. John Gogarty, 7 Sept. 1918, ibid.

(45) Harper 2, 67-70, 111-112.

(46) 14 Dec. 1918, *CL (E)*.

(47) Foster II, 135.

(48) WBY to Ezra Pound, 16 Jan. 1919, *CL (E)*.

(49) To AG, 29 Jan. 1919 and to Ezra Pound, 16 Jan. 1919, ibid.

第四節　対英独立戦争　一九一九－一九二一

(43) Ezra Pound to JQ, 1 June 1920, Foster II, 84.
(44) Londraville, *Too Long a Sacrifice*, 206.
(45) Foster II, 91.
(46) WBY to AG, 12 Aug. 1917, *CL (E)*. WBY to AG, 22 Sept. 1917, ibid. に、「昨日、イズールトは私に言いました、私があなたを激しく愛していても（愛してはいません）結婚はしません。[母を] 深く悲しませます」と書かれている。
(47) Gonne, "Yeats and Ireland," 31-32.
(48) To JQ, 3 Aug. 1917, Londraville, *Too Long a Sacrifice*, 209.
(49) WBY to AG, 18 Sept. 1917, *CL (E)*.
(50) Foster II, 91.
(51) To AG, 18 Sept. 1917, *CL (E)*.
(52) Foster II, 95.
(53) Nelly Tucker to AG, 30 Sept. 1917, ibid., 97.
(54) Ibid.
(55) Ibid., 98.
(56) WBY to Georgie Hyde-Lees, 4 Oct, 1917, *CL (E)*.
(57) Lily Yeats to JQ, 28 Oct. 1917, Foster II, 94.
(58) An unidentified correspondent to Maire Garvey, 24 Oct. 1917, ibid., 102.
(59) WBY to AG, 24 Oct. 1917, *CL (E)*.

第三節　オカルト・マリエッジ　一九一七－一九一八

(1) 3 Nov. 1917, ibid. 詩は「恋する男、語る」("The Lover Speaks")、その続編「心が応える」("The Heart Replies") が書かれ、二つは「オウエン・アハーンと踊り子たち」("Owen Aherne and his Dancers") にまとめられた。
(2) 26 Oct. 1917, *Letters to W. B. Yeats and Ezra Pound from Iseult Gonne*, eds. A. Norman Jeffares, Anna MacBride White and Christina Bridgwater (Basingstoke: Palgrave Macmillan, 2004), 91.
(3) To AG, 24 Oct., 1917, *CL (E)*.
(4) Ellmann, *The Man and the Masks*, xvi.
(5) *V(B)*, 8.
(6) Foster II, 106.
(7) Harper 1, 5.
(8) Ibid, 55.
(9) To Alick Schepeler, *CL (E)*.
(10) Brown, 252.
(11) George Mills Harper, *The Making of Yeats's 'A Vision': A Study of the Automatic Script, Vol.1* (London: Macmillan, 1987), x.
(12) *V(B)*, 12-13.
(13) Ibid., 135, 137, 131.
(14) Helen Vendler, *Yeats's Vision and Later Plays* (Cambridge, Massachusetts: Harvard UP, 1963), 367.
(15) Foster II, 107, 143.
(16) 杉山寿美子「イェイツの *A Vision*：その自伝的側面」『英語青年』(1988年10月)、2-6頁参

(8) 11 May 1916, *Too Long a Sacrifice: Letters of Maud Gonne and John Quinn,* eds. Janis and Richard Londraville（Selingsgrove: Susquehanna UP, 1999）, 169.

(9) Friday［28］April 1916, *MG-WBY*, 372.

(10) To AG, 25 May 1916 and 18 May 1916, *CL (E)*.

(11) Foster II, 55-56.

(12) Ibid., 56.

(13) To AG, 3 July 1916, *CL (E)*.

(14) 18 Aug. 1916, ibid.

(15) To JQ, 1 Aug. 1916, ibid.

(16) Ibid.

(17) *Mem*, 134.

(18) To JQ, 1 Aug. 1916, *CL (E)*.

(19) Foster II, 63-64.

(20) Stephen Maxfield Parrish, ed. *A Concordance to the Poems of W. B. Yeats*（Ithaca and London: Cornell UP, 1963）参照。

(21) Foster II, 64.

(22) WBY to AG, 10 Sept. 1916, *CL (E)*.

(23) To Lady Una Troubridge and to Ellen Duncan, ibid.

(24) Foster II, 74.

(25) *Myth*, 325.

(26) Adams and Harper, 13.

(27) Coote, 362.

(28) *Myth*, 331.

(29) Ibid., 329-330.

(30) Ibid., 345.

(31) Ibid., 346

(32) Ibid., 354.

(33) Ibid., 325.

(34) Foster II, 80.

(35) 3 Feb. 1917, *CL (E)*.

(36) 「ホムンクルス」（homunculus）は、錬金術師がフラスコの中で作るという「人工小人」。

(37) 『ケルトの薄明』の一話「塵がヘレンの目を閉じた」（“ 'Dust Hath Closed Helen's Eye'," *Myth*, 22）の中に次のような一節がある——「古い四角な城バリリーに農夫と彼の妻、コティッジには彼らの娘と娘婿が、小さな水車小屋に老粉挽きが暮らし、トネリコの古木が小川と大きな踏み石に緑の影を落としていた」。

(38) To AG, 29 Jan. 1915, *CL (E)*.

(39) WBY to W. F. Bailey, 2 Oct. 1916, ibid. 手紙は密集地域委員会へ渡された。

(40) To Congested District Board, 4 Jan. 1917, ibid.

(41) WBY to AG, 14 March 1917, ibid. に、「バリリー——35ポンド——について、感謝しています」と書かれている。

(42) To OS, 15 May 1917, ibid. に、イェイツは、クールから、「明日、城は私に引き渡されます」と書き送っている。

(45) To Lily Yeats, 28 July 1914, ibid.
(46) To Lily Yeats, 29 Dec. 1914, ibid.
(47) 14 July 1914, ibid.
(48) *Aut*, 106.
(49) WBY to Lily Yeats, 11 Jan. 1915. *CL (E)*.
(50) To JBY, 19 Dec, 1915, ibid.
(51) Foster II, 33.
(52) To Lily Yeats, 13 March 1921, Murphy, 448.
(53) To JQ, 19 Dec. 1915, *CL (E)*.
(54) To Mabel Beardsley, 7 Jan. 1915, ibid.
(55) Ibid.
(56) To JQ, 19 Dec. 1915, ibid.
(57) Paige, 50.
(58) To Elizabeth Radcliffe, 10 May 1915, *CL (E)*.
(59) WBY to Edmund Gosse, 21 Aug. 1915, ibid.
(60) Foster II, 14.
(61) 28 Aug. 1915, *CL (E)*.
(62) 7 Sept. 1915, ibid.
(63) Foster II, 27.
(64) AG to WBY, ibid., 28.
(65) Ibid., 32.
(66) WBY to G. H. Mair, 4 Feb. 1916, *CL (E)*.
(67) "Certain Noble Plays of Japan," *E&I*, 221.
(68) "People's Theatre," *Ex*, 254.
(69) Foster II, 37.
(70) To AG, 5 March 1916, *CL (E)*.
(71) Shotaro Oshima, *W. B. Yeats and Japan* (Tokyo: The Hokuseido Press, 1965), 44.
(72) Foster II, 38-39.
(73) Ibid., 39.
(74) Ezra Pound to JQ, 26 Feb. 1916, ibid.
(75) T. S. Eliot, "Ezra Pound," Longenbach, 215.
(76) *CL II*, 519 (n.3).

第二節　復活祭　一九一六年

(1) Lyons, 374.
(2) Lily Yeats to JQ, 22 May 1916, Foster II, 45.
(3) Ibid., 47-48.
(4) T. W. Rothenstein, "Yeats as a Painter Saw Him, " *I&R 2*, 282.
(5) WBY to Lolly Yeats, 30 April 1916, *CL (E)*.
(6) Ronald Schuchard, "'An Attendant Lord': H. W. Nevinson's Friendship with W. B. Yeats," *Yeats Annual 7*, ed. Warwick Gould (London: Macmillan, 1990), 118.
(7) May 1916, *MG-WBY*, 372.

(8) To William Carlos Williams, 19 Dec. 1913, Paige, 27.

(9) To Harriet Monroe, 7 Nov. 1913, *CL (E)*.

(10) Patricia Hutchinson's unpublished essay, "W. B. Yeats and Ezra Pound in Sussex," Longenbach, 8.

(11) Ezra Pound, *The Pisan Cantos*, LXXXIII.

(12) Longenbach, 42.

(13) Foster I, 505.

(14) To Mabel Beardsley, 7 Jan. 1915, *CL (E)*.

(15) To Mabel Beardsley, Nov. 1913, ibid.

(16) Foster I, 509.

(17) WBY to AG, 31 Jan. 1914, *CL (E)*.

(18) Foster I, 507.

(19) To KT, 19 Dec. 1913, *CL (E)*.

(20) Moore, 540.

(21) Ibid., 541, 544, 542-545.

(22) Ibid., 547.

(23) WBY to AG, 5 Feb. 1914, *CL (E)*.

(24) Colm Tóibin, *Lady Gregory's Toothbrush* (Dublin: Lilliput, 2002), 84.

(25) Foster I, 511 に講演スケジュール。

(26) Ibid., 515. 文中の引用は、Georgina Sime and F. Nicholson, *Brave Spirits*, undated から。

(27) To AG, 14 March 1914 and 18 March 1914, *CL (E)*.

(28) 8 [? April] 1914, Foster I, 517.

(29) Ibid.

(30) Foster II, 15-16.

(31) Foster I, 518.

(32) WBY to Lily Yeats, 29 Dec. 1914, *CL (E)*.

(33) Joseph Hone, *New Statesman* (24 April 1915), Foster I, 522.

(34) "The Growth of a Poet" (1934), *UP II*, 498.

(35) Foster I, 522.

(36) Joseph Lee, *The Modernization of Irish Society 1948-1918* (Dublin: Gill & Macmillan, 1973), 153.

(37) Foster I, 522.

(38) 24 June 1915, *CL (E)*.

(39) To KT, 12 Dec. 1915, ibid.

(40) JQ to WBY, 22 Oct, 1915, Foster II, 6.

(41) タイナンは『二五年の歳月』に、無断で、イェイツの手紙を引用した。彼は、「貴女が次に本を出す時、最初に私の手紙を見せて下さい。善き行い(グウド・コンダクト)を無視して、手紙を修正します」と書き送った：19 Dec. 1913, *CL (E)*. イェイツの古い作品の書き直しは有名というか、一部の人々に著しく不評で、それを踏まえた彼のユーモア。

(42) Lily Yeats to JQ, 30 July1914, Foster I, 527.

(43) To G. H. Thring, 16 Oct. 1914, *CL (E)*.

(44) Ibid.

'The New Faces'," *Yeats Annual 6*, ed. Warwick Gould（London: Macmillan, 1988）, 118.

第五節　ヒュー・レインの三九点の絵画

（1） Foster I, 479.
（2） *Dublin Daily Express*（18 Jan. 1913）, Robert O'Byrne, *Sir Hugh Lane*（Dublin: Lilliput, 2000）, 176.
（3） To AG, 8 Jan. 1913, *CL（E）*.
（4） To AG, ibid.
（5） T. W. Rothenstein to Joseph Hone, 22 Nov. 1939, Foster I, 485.
（6） Ibid., 485-486.
（7） WBY to JBY, 5 Aug. 1913, *CL（E）*.
（8） Foster I, 487.
（9） Ibid., 488.
（10） Ibid.
（11） To WBY, undated, but probably 2 July 1913, ibid., 489.
（12） To WBY, Tuesday, ibid.
（13） Lady Gregory, *Sir Hugh Lane: His Life and Legacy*（Gerrards Cross: Colin Smythe, 1973）, 99.
（14） *Manchester Guardian*（15 July 1913）, Foster I, 494.
（15） O'Byrne, 181.
（16） AG to WBY, 23 July 1913, Foster I, 494.
（17） AG, *Sir Hugh Lane*, 106.
（18） *VP*, 818.
（19） Ibid.『落胆の中書いた詩』の他の3篇は、"To a Friend whose Work has come to Nothing," "Paudeen," "To a Shade." "A Gift" は、副題の「友へ」が「富豪へ」に変更、それが詩の題（"To a Wealthy Man who …"）となった。
（20） WBY to AG, 5 Nov. 1913, *CL（E）*.
（21） Ibid.
（22） *Irish Times*（6 Oct. 1913）, Denson, 87.
（23） 1910年4月にリベラル政権が誕生すると上院の拒否権は三度までに制限され、「自治」法案は1914年に成立が見込まれた。

第八章　戦争と革命　一九一四－一九二三

第一節　世界大戦　一九一四－一九一六

（1） イェイツの書簡集の中で、to AG, 13 Nov. 1913, *CL（E）* がストーン・コティッジから書かれた第1通。
（2） 9 Aug. 1913, ibid. フロレンス・ファーは癌を患い、1912年、セイロンへ移り住んだ。
（3） James Longenbach, *Stone Cottage: Pound, Yeats, and Modernism*（Oxford: Oxford UP, 1988）, 8.
（4） WBY to AG, c.17 Aug. 1913, *CL（E）*.
（5） To AG, 16 July 1913, ibid.
（6） To Isabel Pound, Nov. 1913, Paige, 25.
（7） To AG, 20 Nov. 1913, *CL（E）*.

(1) To Lily Yeats, 15 Sept. 1910, ibid.

(2) Dorothy Shakespear to Ezra Pound, 14 Sept. 1911, *Ezra Pound and Dorothy Shakespear: Their Letters 1909-1914*, eds, Omar Pound and A. Walton Litz (London: Faber, 1984), 58.

(3) Foster I, 462.

(4) *Irish Times* (13 Jan. 1912), ibid., 463-464.

(5) Steve L .Adams and George Mills Harper, "The Manuscript of 'Leo Africanus' ", *Yeats Annual 1*, ed. Warwick Gould (London: Macmillan, 1982), 3, 4. "The Manuscript of 'Leo Africanus' "は、レオが現われた降霊会のイェイツの記録を含む。

(6) Foster I, 465.

(7) Ibid.

(8) Adams and Harper, 6, 27.

(9) "Swedenborg, Mediums, and the Desolate Places," *Ex*, 30.

(10) Coote, 343.

(11) Ibid.

(12) To William Caros Williams, 3 Feb. 1909, *The Selected Letters of Ezra Pound 1907-1941*, ed. D. D. Paige (London: Faber, 1950), 7-8.

(13) To Isabel Pound, 19-25 June 1908, *Ezra Pound to His Parents, Letters 1895-1929*, eds. Mary De Rachewiltz, A. David Moody and Joanna Moody (Oxford: Oxford UP, 2010), 118.

(14) Ezra Pound to Mary Moore, Feb. 1909, Pound and Litz, 4.

(15) 4月30日、パウンドはアメリカの父に、「イェイツがついに［アイルランドから］着きました。昨日、彼と5時間持ちました」と書き送っている：Rachewiltz, Moody and Moody, 170.

(16) Douglas Goldring, "Yeats, Pound and Ford at Woburn," *I&R 1*, 42.

(17) To T. W. Rothenstein, 14 Nov. 1912, *CL (E)*.

(18) To Gordon Bottomley, 8 Jan. 1910, ibid.

(19) Foster I, 475.

(20) 3 Jan. 1913, *CL (E)*.

(21) To T. W. Rothenstein and to AG, ibid. イェイツは、1912年春の頃から、消化不良による胃の不調に悩まされ続けた。1913年初め、医師から1ストーン（6キロ超）の減量を指示され、塩、スウィーツ、ミルク、緑の野菜、ジャガイモ、蒸留酒を断つ徹底したダイエットを始める。

(22) Sturge Moore to R. C. Trevelyan, undated but July 1912, Foster I, 470.

(23) *Times* (13 July 1912), ibid., 469.

(24) "*GITANJALI*," *E&I*, 390.

(25) To T. W. Rothenstein, ? 14 July 1912, *CL (E)*.

(26) To AG, 8 Aug. 1912, ibid.

(27) Cousins, 160.

(28) Tagore's article in *Tvakashi*, translated in *American –Review of Reviews*, Foster I, 472.

(29) Ibid., 473.

(30) 4 Sept. 1915, ibid.

(31) Wayne K. Chapman, "The Annotated *Responsibilities*: Errors in the *Variorum Edition* and a New Reading of Two Poems, 'On Those that Hated 'The Playboy of the Western World", 1907' and

(34) Edmund Gosse to AG, 25 July 1910, *Mem*, 289-290.
(35) Foster I, 426.
(36) *Mem*, 257.
(37) 8 Aug. 1910, ibid, 256.
(38) Foster I, 426.
(39) *Mem*, 255-258.
(40) WBY to AG, 29 Sept. 1910, *CL (E)*.
(41) WBY to Lily Yeats, 4 Oct. 1910, ibid.
(42) Foster I, 432.
(43) Ibid., 430.
(44) To Sidney Cockrell, 22 Sept. 1910, *CL (E)*.
(45) Lily Yeats to JBY, 5 Dec. 1910, Foster I, 430.
(46) Allan Upward, *Some Personalities* (1921), ibid.
(47) 1908年、イェイツ姉妹はグリーソンの「ダン・エマー・インダストリーズ」から独立して「クアラ・インダストリーズ」を設立、ロリーの印刷所は「ダン・エマー・プレス」から「クアラ・プレス」へ変わった。「クアラ」(Cuala) は地域 (barony) の古い呼び名。

第三節　『プレイボーイ』アメリカへ

(1) Harwood, 136.
(2) WBY to William Fay, 13 Aug. 1906, *CL IV*, 472.
(3) James Roche to AG, 28 May 1911, Foster I, 444.
(4) Ibid., 447.
(5) *OIT*, 99.
(6) 17 Dec. 1911, Foster I, 450.
(7) George Moore to Maurice Moore, 29 Sept. 1910, Frazier, 359.
(8) Moore, 76.
(9) AG to WBY, undated, Foster I, 451.
(10) To AG, 12 Nov. 1911, *CL (E)*.
(11) W. J. Lawrence, *Weekly Freeman* (7 Dec. 1912), *MID 4*, 169.
(12) To E. M. Lister, 23 Feb. 1911, *CL (E)*.
(13) *New York Times* (28 Nov. 1911), *MID 4*, 416.
(14) To AG, 3 Dec. 1911 and 6 Dec. 1911, *CL (E)*.
(15) WBY to AG, 21 Jan. 1912, ibid.
(16) Ibid.
(17) *OIT*, 135.
(18) WBY to AG, 28 May 1911, *CL (E)*. この後、アベイ・シアターは組織も活動も拡大の一途を辿る。イェイツの劇場との関わりを詳述すれば余りに紙面を要するため、要点のみへの言及に留める。杉山寿美子『アベイ・シアター　一九〇四－二〇〇四』東京：研究社、2004 を参照されたい。

第四節　エズラ・パウンドとラビンドラナート・タゴール

(16) "All Things can Tempt me," "The People," "Against Unworthy Praise" の中のフレーズ。

(17) 28 Jan. 1911, *CL (E)*.

(18) Foster I, 436.

(19) WBY to JBY, 29 Nov. 1909, *CL (E)*.

(20) Foster I, 441.

(21) 17 July 1911, *CL (E)*.

第二節　アベイ・シアター譲渡

(1) To WBY, 8 July 1909, Foster I, 406.

(2) *MID 3*, 310.

(3) WBY to Annie Horniman, 22 Jan. 1910, *CL (E)*.

(4) Foster I, 414.

(5) Annie Horniman to AG, 26 Dec, 1906, *MID 3*, 96.

(6) AG to WBY, Jan. 1910, Foster I, 414.

(7) Ibid.

(8) Ibid., 421.

(9) Robert O'Driscoll, "Yeats on Personality: Three Unpublished Lectures," *Yeats and the Theatre*, eds. Robert O'Driscoll and Lorna Reynolds (New York: Maclean-Hunter, 1975), 4-59.

(10) Ibid., 6.

(11) Lily Yeats to JQ, 12 March 1909, Foster I, 402.

(12) 25 April 1909, *CL (E)*.

(13) To AG, 5 April 1909 and 3 Sept. 1911, ibid.

(14) Lennox Robinson, *Ireland's Abbey Theatre: A History* (Port Washington: Kennikat, 1951), 83.

(15) 2 April 1909, *CL (E)*.

(16) To JQ, 25 Nov. 1910, Foster I, 415.

(17) "A People's Theatre: A Letter to Lady Gregory," *Ex*, 250.

(18) WBY to AG, 30 April 1910, *CL (E)*.

(19) Ibid.

(20) WBY to JBY, 7 Aug. 1910, ibid.

(21) "J. M. Synge and the Ireland of His Time," *E&I*, 314.

(22) Foster I, 420-421.

(23) Ibid., 421.

(24) Lennox Robinson to WBY, 31 Jan. 1911, *MID 4*, 52-53.

(25) WBY to JBY, 19 May 1910, *CL (E)*.

(26) Lennox Robinson to WBY, 31 Jan. 1911, *MID 4*, 53.

(27) Annie Horniman to WBY, 18 May 1910, Finneran, Harper and Murphy, 228.

(28) WBY to JBY, 9 May 1911, *CL (E)*.

(29) *Times* (16 June 1910), *UP II*, 382.

(30) To AG, 17 Feb. 1910, *CL (E)*.

(31) AG to WBY, Tuesday, Foster I, 425.

(32) WBY to AG, 12 May 1911, *CL (E)*.

(33) Foster I, 424.

(57) WBY to AG, 4 Jan. 1909, ibid.

(58) 1907年、秋、パトリック・キャッベルはダブリン巡業中に、次の年、「私の親友にしてあなたがたの偉大な詩人」の作品『デアドラ』をアベイ・シアターで演じると表明していた。

(59) *Freeman's Journal*（10 Nov. 1908）, *MID 3*, 230-231.

(60) To JQ, 15 Nov. 1908, *The Letters of W. B. Yates*, ed. Allan Wade（London: Rupert Hart-Davis, 1954）, 512.

(61) Foster I, 393.

(62) Ellmann, *The Man and the Masks*, xxvi.

(63) Friday Dec. 1908, *MG-WBY*, 258.

(64) Ibid.

(65) Foster I, 395.

(66) To Florence Farr, 14 April 1908, *CL (E)*.

(67) Lytton Strachey, "Mr. Yeats's Poetry"（1908）, *W. B. Yeats: Critical Heritage*, ed. Norman Jeffares（London: Routledge and Kegan Paul, 1977）, 164.

(68) Moore, 544.

(69) *Mem*, 160-161.

(70) Ibid., 161.

(71) AG, *Seventy Years*, 389.

(72) 24 March 1909, Saddlemyer, *Theatre Business*, 298.

(73) WBY to AG, 26 March 1909, *CL (E)*.

第七章　論争と紛争　一九〇九－一九一三

第一節　ダブリン城との戦い

(1) Bernard Shaw, *The Shewing-up of Blanco Posnet*（London: Constable, 1927）, 385.

(2) AG to G. B. Shaw, 9 Aug. 1909, *Shaw, Lady Gregory and the Abbey Theatre: A Correspondence and a Record*, eds. Dan. H. Laurence and Nicholas Grene（Gerrards Cross: Colin Smythe, 1993）, 12.

(3) *OIT*, 84.

(4) Ibid., 150.

(5) Postmarked 19 Aug. 1909, Foster I, 410.

(6) James Joyce, "Bernard Shaw's Battle with the Censor," *The Critical Writing of James Joyce*, eds. Ellsworth Mason and Richard Ellmann（London: Faber, 1959）, 207.

(7) *Irish Independent*（26 Aug.1909）, *MID 3*, 296.

(8) Lily Yeats to JBY, 26 Aug. 1909, Foster I, 411.

(9) *Freeman's Journal*（26 Aug. 1909）, *MID 3*, 298.

(10) G. B. Shaw to AG, 29 Aug. 1909, Laurence and Grene, 55.

(11) Aug. 1909, *MG-WBY*, 276-277.

(12) *Mem*, 227-228.

(13) *MG-WBY*, 276.

(14) *Mem*, 226.

(15) イェイツは、1908年末に開始した日記を"Estrangement"と呼んだ。

(23) "The Tower on the Apennines," *Discoveries*, *E&I*, 291.

(24) 27 May 1907, *CL IV*, 665.

(25) Ibid., 671. イェイツはフロレンス・ファー（29 Oct. 1907, ibid., 763）に、「ロンドンを愛するあなたには理解できないでしょうが、この狭い、苦渋に満ちた、多くの点で愚かな街は私の想像力に働きかけます」と書き送っている。

(26) Foster I, 369.

(27) To JMS, 15 Aug. 1909, *CL IV*, 707.

(28) 22 June 1907, Saddlemyer, *Theatre Business*, 225-226（n.2）.

(29) Notes to *The Player Queen*, *VPl*, 761.

(30) Foster II, 72.

(31) Hone, 225.「アロー・ルート」は葛湯のようなもの。

(32) WBY to JQ, 4-6 Oct, 1907, *CL IV*, 738. ジョンとグレゴリ夫人の間で次のような会話が交わされた（ibid.）――「結婚は、ミスター・ジョン？　子供は？」、「はい」、「何人？」、「7人」、「とても早く結婚したのですね」、「4年ほど前に」、「双子ですね？」……。

(33) Augustus John to Alexandra Schepeler, 17 Sept. 1909、*CL IV*, 726（n.2）.

(34) To AG, 18 Dec. 1907, ibid., 798.

(35) WBY to JQ, 7 Jan. 1908, *CL（E）*.

(36) Ibid.

(37) 全集の奇数巻に、サージャント、シャノン、マンチーニ、Ｊ．Ｂ．イェイツの肖像画が、この順に入れられた。

(38) Annie Horniman to A. H. Bullen, 14 March 1907, *CL IV*, 641.

(39) Murphy, 330.

(40) Thursday, 26 Dec. 1907, Holloway, 98.

(41) To Norreys Connelll, 10 Dec. 1907, *CL IV*, 791.

(42) WBY to AG, 28 Dec. 1907, ibid., 831.

(43) WBY to JQ, 7 Feb. 1908, *CL（E）*.

(44) To JQ and to A. H. Bullen, ibid.

(45) 26 Feb. 1908, Foster I, 380.

(46) 9 March 1908, *CL（E）*.

(47) ディッキンソンの職業は「マーサージ師」（masseuse）と呼ばれるが、当時、女性の専門職（profession）の一つだったという。

(48) To WBY, 8 Dec. 1907, *CL IV*, 811.

(49) Foster I, 384.

(50) Ibid., 386.

(51) P.I.A.L. diary, Foster I, 387. P.I.A.L.（Per Ignem ad Lucem 「火を通って光へ」の意）はモード・ゴンの「黄金の夜明け」のモットー。

(52) *MG-WBY*, 255.

(53) To WBY, 26 July 1908, ibid., 257.

(54) c. 24 Aug. 1908, *CL（E）*.

(55) 25 Feb. 1909, *Mem*, 171.「ハラム」（Arthur Henry Hallam）はテニスンの親友で、『イン・メモリアム』は、22歳で急死したハラムを偲んだ悲歌。

(56) WBY to AG, 13 Oct. 1908, *CL（E）*.

(44) Lolly Yeats to AG, 8 Jan 1906, ibid., 270 (n.1).
(45) To WBY, 3 Jan. 1906, *Theatre Business: The Correspondence of the First Abbey Theatre Directors William Butler Yeats, Lady Gregory and J. M. Synge*, ed. Ann Saddlemyer (Gerrards Cross: Colin Smythe, 1982), 91 (n.1).
(46) Memorandum of Annie Horniman, undated, *MID 3*, 70.
(47) WBY to AG, 4 July 1906, *CL IV*, 438.
(48) JMS to AG, 9 June 1906, Saddlemyer, *Theatre Business*, 128.
(49) James Flannery, *Miss Annie Horniman and the Abbey Theatre* (Dublin: Dolmen, 1970), 9.
(50) Annie Horniman to WBY, 17 July 1906, *MID 3*, 75.
(51) *CL IV*, 415 (n.6).
(52) Ibid., 424 (n.2).
(53) Mary Colum, *Life and Dream* (Dublin: Dolmen, 1966), 123-124.
(54) To the Directors of National Theatre Society, 2 Dec. 1906, *CL IV*, 527-532.
(55) Holloway, 74.
(56) 13 Aug. 1906, *CL IV*, 469.
(57) Fay and Carswell, 208.
(58) Fragment, Foster I, 359.

第二節　『プレイボーイ』暴動とシングの死　一九〇七－一九〇九

(1) J. M. Synge, *The Collected Works, Vol. IV*, ed. Ann Saddlemyer (Gerrards Cross: Colin Smythe, 1982), 167.
(2) *Irish Independent* (28 Jan. 1907), *MID 3*, 125.
(3) *OIT* , 67.
(4) *Daily Express* (29 Jan. 1907), *MID 3*, 126.
(5) *Daily Express* (30 Jan. 1907), ibid., 127-130.
(6) *Daily Express* (4 Jan. 1907), ibid., 143-144.
(7) Ibid., 144.
(8) To Rosamund Longbridge, 11 Feb. 1907, *CL IV*, 619.
(9) *Sinn Fein* (2 Feb. 1907), *MID 3*, 142.
(10) Robert Welch, *The Abbey Theatre 1899-1999* (Oxford: Oxford UP, 1999), 43.
(11) *Evening Mail* (29 Jan. 1907), *MID 3*, 130.
(12) *Freeman's Journal* (29 Jan. 1907), ibid.
(13) Ben Iden Payne, *Life in a Wooden O* (1977), *CL IV*, 616-617 (n.3).
(14) 討論会の模様は *Daily Express* (5 Feb. 1907), *MID 3*, 144-152 に拠る。
(15) *Arrow* (23 Feb. 1907), *UP II*, 349.
(16) Colum, 139.
(17) Fay and Carswell, 219-220.
(18) *CL IV*, 884.
(19) "Poetry and Tradition," *E&I*, 246.
(20) "J. M. Synge and the Ireland of His Time," ibid., 312.
(21) F. S. L. Lyons, *Ireland since the Famin*e (Glasgow: Collins / Fontana, 1973), 256.
(22) *CL IV*, lxxi.

(6) MG to WBY, 15 July 1905, ibid., 208.

(7) *CL IV*, 19.

(8) Ibid., liv.

(9) To WBY, March 1905, *MG-WBY*, 195.

(10) *CL IV*, lv.

(11) To WBY, probably 14 May 1905, Foster I, 333.

(12) Moore, 556.

(13) *CL IV*, 38-39.

(14) 2 Oct. 1905, Hugh Hunt, *The Abbey: Ireland's National Theatre 1904-1978* (New York: Columbia UP, 1979), 64.

(15) Foster I, 335.

(16) *CL IV*, 125-126 (n.1).

(17) WBY to Charles Elkin Mathews, 17 Aug. 1905, ibid., 166.「ケルムズコット・チョーサー」は、サイズが11 3/8 ×16 5/8インチ、重さが 13 1/2ポンド。

(18) WBY to JMS, 8 July 1905, ibid., 131.

(19) Ibid., lviii.

(20) Ibid., 179.

(21) *Aut*, 564.

(22) WBY to AE, 3 Aug. 1905, *CL IV*, 149.

(23) W. G. Fay and Catherine Cardswell, *The Fays of Abbey Theatre: An Autobio-graphical Record* (London: Rich & Cowan, 1935), 181.

(24) Brown, 161.

(25) Gerard Fay, *The Abbey Theatre: Cradle of Genius* (London: Hollis and Carter, 1954), 100.

(26) WBY to AG, 21 Dec. 1905, *CL IV*, 255.

(27) Mary Walker to AG, early Jan. 1906, ibid., 256 (n.1).

(28) 2 Jan. 1906, ibid., 270.

(29) Annie Horniman to WBY, 9 Jan. 1906, Finneran, Harper and Murphy, 158.

(30) WBY to AG, 9 Jan 1905, *CL IV*, 9.

(31) Foster I, 342.

(32) To AG, 2 Jan. 1906, *CL IV*, 272; to JMS, 2 Jan. 1906, ibid., 275 ; to JMS, ? 3 Jan. 1906, ibid., 277.

(33) To AG, 30 Dec. 1905, ibid., 263.

(34) AG to WBY, 3 Jan. 1906, ibid., 271 (n.6).

(35) AE to AG, ibid., 185 (n.8).

(36) AE to WBY, Dec. 1905, Finneran, Harper and Murphy, 153.

(37) 6 Jan. 1906, *CL IV*, 290.

(38) Ibid.

(39) AE to WBY, Dec. 1905, Finneran, Harper and Murphy, 153.

(40) WBY to Stephen Gywnn, 13 June 1906, *CL IV*, 420.

(41) WBY to A. H. Bullen, 15 May 1905, ibid., 87.

(42) 3 Aug. 1906, ibid., 463 (n.2).

(43) 5 Aug. 1906, ibid., 463-464.

(30) “America and the Arts” (1905), *UP II*, 342.
(31) Ibid.
(32) 8 Feb. 1904, *CL III*, 548.
(33) To AG, 26 Feb. 1904, ibid., 551-552.
(34) “Emmet the Apostle of Irish Liberty” (1904), *UP II*, 311-327.
(35) JQ to AG, Foster I, 314.
(36) JQ to AG, Jan. 1904, ibid., 315.
(37) Ibid., 314.
(38) WBY to JQ, 18 March 1904, *CL III*, 557.
(39) 20 Jan. 1904, ibid., 527.

第五節　アベイ・シアターへ向け

(1) To Violet Hunt, ibid., 613 and to Louis Esson, ibid., 672.
(2) “Miss Annie Horniman's Offer of Theatre and the Society's Acceptance,” *Samhain* (Dec. 1904), *MID 2*, 105-106.
(3) WBY to JQ, c. 6 July 1904, *CL III*, 615.
(4) Ibid., 615-616.
(5) Charles Ricketts's diary for 12 Nov. 1904, ibid., 616 (n.6).
(6) c. 6 July 1904, ibid., 616.
(7) Ibid., 632.
(8) Ibid.
(9) Ibid., 634.
(10) Foster I, 323.
(11) Holroyd, 302.
(12) M. J. Sidnell, “Hic and Ille: Shaw and Yeats,” O'Driscoll, *Theatre and Nationalism*, 166.
(13) 5 Oct. 1904, *CL III*, 661.
(14) To AG, 2 Nov. 1904, ibid., 666.
(15) Monday, 31 Oct. 1904, Holloway, 44.
(16) *Freeman's Journal* (15 Dec. 1904).
(17) Shinbhlaingh, 58.
(18) 『妖精女王』III xi 54からの引用。
(19) 27 Dec. 1904, *CL III*, 690.
(20) *Aut*, 566.
(21) Ibid., 564.

第六章　劇場の業務と人の管理　一九〇五－一九〇九

第一節　国民演劇協会、株式会社組織へ　一九〇五－一九〇六

(1) Foster I, 331.
(2) *MG-WBY*, 183.
(3) To AG, 11 Jan. 1905, *CL IV*, 10.
(4) Ibid.
(5) MG to WBY, Jan. 1905, *MG-WBY*, 185.

(11) 15 May 1903, ibid., 372.

(12) *Discoveries*, *E&I*, 271.

(13) Allan Wade, *A Bibliography of the Writing of W. B. Yeats* (London: Rupert Hart-Davis, 1951), 65.

(14) *SQ*, 317.

(15) Foster I, 282.

(16) *VP*, 849.

(17) J. M. Synge, *Collected Works I*, ed. Robin Skelton (Gerrards Cross: Colin Smythe, 1982), xxxvi.

(18) "J. M. Synge and the Ireland of His Time," *E&I*, 326-327.

(19) *Aut*, 531.

第四節　アメリカ講演旅行

(1) Foster I, 304.

(2) Ibid., 309.

(3) To Dr T. J. Shahan, 10 Feb. 1904, ibid., 306.

(4) WBY to AG, 26 Feb. 1904, *CL III*, 552.

(5) JQ to WBY, 7 Jan. 1904, Foster I, 314.

(6) *Evening Bulletin* (23 Nov. 1903), *CL III*, 473 (n.1).

(7) To AG, 16 Nov. 1903, ibid., 467.

(8) Foster I, 306.

(9) Richard Londraville, "Four Lectures by W. B. Yeats, 1902-1904," *Yeats Annual 8*, ed. Warwick Gould (London: Macmillan, 1991), 78-122.

(10) Foster I, 305 に講演スケジュール。

(11) *Montreal Daily Star* (19 Dec. 1903), ibid, 308.

(12) Maurice Egan, *Recollections of a Happy Life* (1924), *CL III*, 500 (n.5).

(13) Foster I, 308.

(14) To AG, 2 Jan. 1904, *CL III*, 506.

(15) Londraville, 115.

(16) JQ to WBY, 7 Jan. 1904, *CL III*, 506 (n.3).

(17) Ibid., 509.

(18) Ibid., 514.

(19) To AG, 28 Jan. 1904, ibid., 535.

(20) 16 Jan. 1904, ibid., 518 (n.4).

(21) 16 Jan. 1904, ibid., 519.

(22) To AG, 18 Jan. 1904, ibid., 520.

(23) To ? Patrick J. MacDonoghue, late Feb. 1904, ibid., 553.

(24) Ibid., 533 (n.1).

(25) Foster I, 311.

(26) To AG, 28 Jan. 1904, *CL III*, 535.

(27) Ibid.

(28) To AG, 29 Jan. 1904, ibid., 536.

(29) To AG, 30 Jan. 1904, ibid., 538.

(38) *MG-WBY*, 166.

(39) c. 10 Feb. 1903, *CL III*, 315-317.

(40) Foster I, 285.

(41) *VP*, 814.

(42) 14 Jan. 1903, *CL III*, 303.

第二節　アイリッシュ・ナショナル・シアター・ソサィアティ

(1) Andrew E. Malone, *The Irish Drama* (London: Constable, 1929), 91.

(2) Lady Gregory, *The Collected Plays*, *I*, *The Comedies*, ed. Ann Saddlemyer (Gerrards Cross: Colin Smythe, 1971), 259.

(3) "The Reform of the Theatre," *Ex*, 107-110.

(4) "The Acting of St. Teresa's Hall" (1902), *UP II*, 285

(5) Shinbhlaingh, 33-34.

(6) J. H. Pollock, "William Butler Yeats" (1935), *CL II*, 386 (n.1).

(7) Ibid.

(8) William Archer, "Irish Plays," *World* (12 May 1903), *The Abbey Theatre: Interviews and Recollections*, ed. E. H. Mikhail (Totowa, New Jersey: Barnes and Constables, 1988), 21.

(9) Arthur Walkley, "The Irish National Theatre," *Times Literary Supplement* (8 May 1903), ibid., 60-63.

(10) *CL III*, 356.

(11) Ibid., 356-357.

(12) Ibid., 359.

(13) *Freeman's Journal* (4 April 1903), Chantal Deutsch-Brady, "The King's Visit and the People's Protection Committee 1903," *Éire-Ireland*, 10, 3 (autumn 1975), 3.

(14) *Freeman's Journal* (9 April 1903), *CL III*, 346.

(15) Ibid.

(16) Deutsch-Brady, 9.

(17) Ibid.

(18) *Dublin Evening Herald* (19 May 1903), ibid., 7.

第三節　J・M・シングの登場

(1) *VPl*, 315.

(2) 21 April 1902, *CL III*, 176.

(3) *United Irishman* (17 Oct. 1903), *MID 2*, 77-78.

(4) David Krause, "Sean O'Casey and the Higher Nationalism: The Desecration of Ireland's Household Gods," *Theatre and Nationalism*, ed. Robert O'Driscoll (London: Oxford UP, 1971), 117.

(5) J. B. Yeats, "The Irish National Theatre Society," *United Irishman* (31 ct. 1903), *MID 2*, 82.

(6) Shinbhlaingh, 45.

(7) "The Theatre, the Pulpit, and the Press," *United Irishman* (17 Oct. 1903), *CL III*, 446.

(8) *United Irishman* (24 Oct. 1903), ibid., 451-453.

(9) イェイツの記事（10月24日）に付したグリフィスの覚え書き : ibid., 453 (n.3).

(10) 14 May 1903, ibid., 369.

(2) *SQ*, 176.

(3) *CL III*, 93.

(4) To the Editor of *Academy*, 16 May 1903, ibid., 374.

(5) Ibid., 126.

(6) 26 Jan. 1902, ibid., 151.

(7) To AG, 3 April 1901, ibid., 54-55.

(8) Circular issued on 17 March 1903, Foster I, 290.

(9) *CL III*, 161.

(10) 25 March 1902 and 27 March 1902, ibid., 161（n.2）.

(11) *MG-WBY*, 151-152.

(12) WBY to AG, 3 April 1902, *CL III*, 166.

(13) 5 April 1902, ibid., 167-168.

(14) Seamus O'Sullivan, *The Rose and the Bottle and Other Essays*（Dublin: Talbot, 1946）, 121.

(15) J. J. Horgan, *Parnell to Pearse*（1948）, Brown, 136.

(16) Maire Nic Shinbhlaingh, *The Splendid Years*（Dublin: James Duffy, 1955）, 19. 著者はマイケルの許婚の役を演じた。

(17) AE to WBY, Dec. 1905, *Letters to W. B. Yeats, Vol. I*, eds. Richard Finneran, George Mills Harper and William M. Murphy（London: Macmillan, 1977）, 154.

(18) Lady Gregory, *Cuchulain of Muirthemn*e（Gerrards Cross: Colin Smythe, 1970）, 5.

(19) Foster I, 264.

(20) To WBY, 9 Jan. 1901, *CL III*, 146（n.1）.

(21) 13 Jan. 1902, ibid., 146.

(22) WBY to Lolly Yeats, 25 July 1901, ibid., 94.

(23) *United Irishman*（15 Nov. 1902）, ibid., 213（n.3）.

(24) John Quinn, "Lady Gregory and the Abbey Theatre," *OIT*, 248-249.

(25) Ibid., 250.

(26) 26 Dec. 1902, *CL III*, 284. イェイツは、"Blake's Illustration to Dante"（*E&I*, 129-130）で、ブレイクは「異端」だった、ニーチェの「思想はブレイクの思想が穿った河底を常に、しかしより激しい勢いで流れている」と論じている。

(27) 6 Feb. 1903, *CL III*, 313.

(28) 12 July 1901, ibid., 87.

(29) Ellmann, *The Identity of Yeats*, 88.

(30) c. 15 Nov. 1902, *CL III*, 249-250.

(31) Lady Gregory, *Seventy Years: Being the Autobiography of Lady Gregory*, ed. Colin Smythe（Gerrards Cross: Colin Smyhte,1973）, 426.

(32) Richard Ellmann, *James Joyce*（Oxford: Oxford UP, 1982）, 104.

(33) WBY to AG, May 1903, *CL III*, 353.

(34) Brown, 149.

(35) Foster I, 275.「シン・フェイン」（Sinn Fein、「われわれ自身」の意）は、アーサー・グリフィスが提唱した分離・独立運動。

(36) Ellmann, *The Man and the Mask*s, 159-160.

(37) Foster I, 284.

(79) 9 Dec. 1900, *CL II*, 597.
(80) Michael Holroyd, *Bernard Shaw* (London: Vintage, 1998), 175.
(81) 25 April 1901, *CL III,* 61.
(82) "At Stratford-on-Avon" (1901), *UP II*, 248. エッセイは、一部を除いて、*E&I*, 96-110に収録。
(83) To AG, 25 April 1901, *CL III*, 61.
(84) To AG, 21 May 1901, ibid., 71.「ジル」(Henry Joseph Gill) はダブリンの出版業者、「マギー」(William Magee) はトゥリニティ・カレッジと提携するダブリンの本屋で出版業者。
(85) Ibid., 72-73.
(86) 24 May 1901, Foster I, 241.
(87) 25 May 1901, *CL III*, 75.
(88) 8 Aug. 1901, *Selected Letters of Somerville and Ross*, ed. Gifford Lewis (London: Faber, 1989), 252.
(89) To Robert Bridges, 20 July 1901, *CL III*, 9l.
(90) *VPl*, 254.
(91) Ibid., 232.
(92) イェイツの劇作品からの引用は *VPl* に拠る。短い劇であり、劇からの引用に注は付さない。
(93) James Pethica, "'Our Kathleen': Yeats's Collaboration with Lady Gregory in the Writing of Cathleen Ni Houlihan," *Yeats Annual 6*, ed. Warwick Gould (London: Macmillan, 1988), 3-31.
(94) Foster I, 249.
(95) 18 July 1925, *J II*, 28.
(96) *Gael*, New York (Oct. 1901), *L III*, 110 (n.1).
(97) *Celtia*, Dublin (Sept. 1901), Foster I, 247.
(98) *Aut*, 449.
(99) Early Oct. 1901, *CL III*, 117.
(100) Stephen Gwynn, "The Irish Literary Theatre," *MID 1*, 114.
(101) F. R. Benson, *My Memories* (1930), Foster I, 253.
(102) Constance Benson, *Mainly Players* (1926), *L III*, 3-4 (n.4).
(103) Violet Martin to Edith Somerville, 28 Oct. 1901, Lewis, 253.
(104) James Joyce, *The Day of the Rabblement* (Dublin: Gerrards Cross, 1901).
(105) *Freeman's Journal* (14 Nov. 1901), *CL III*, 118-119.
(106) Ibid., xlvi.
(107) *Leader* (19 Jan. 1901), ibid., 19 (n.5).
(108) AE to AG, postmarked 27 Dec. 1900, Foster I, 240.
(109) Ibid., 129.
(110) *An Claidheamb Soluis*, ibid., 220.
(111) Brown, 131.
(112) *Samhain* (Oct. 1901), *Ex*, 77.

第五章　アイルランドのナショナル・シアター　一九〇二－一九〇四

第一節　フーリハンの娘キャスリーン

(1) *MG-WBY*, 146.

(40) Ibid., 477.

(41) Moore, 187-188.

(42) Ibid., 212.

(43) Ibid.

(44) Ibid.

(45) *CL II*, 485.

(46) Rhys, "W. B. Yeats: Early Recollections," 35. 母スーザンは片方の目がブラウン、もう一方が黒だった。

(47) Moore, 234-235.

(48) To Clement Shorter, 14 Feb. 1900, *CL II*, 497.

(49) Ibid., 498.

(50) *Aut*, 300.

(51) *CL II*, 529.

(52) "The Queen of England's Visit," *Freeman's Journal* (14 March 1900), Frazier, 290. 兵士徴募に応じた者に、その場で、1シリングが与えられた。

(53) 12 March 1900, Pethica, 255.

(54) *Freeman's Journal* (20 March 1900), *CL II*, 502-504.

(55) *Freeman's Journal* (3 April 1900), ibid., 508-509.

(56) Maud Gonne, "Famine Queen," *United Irishman* (7 April 1900), *Maud Gonne's Irish Nationalist Writing*, ed. Karen Steele (Dublin: Irish Academic Press, 2004), 55.

(57) Foster I, 232.

(58) WBY to AG, 25 April 1900, *CL II*, 514.

(59) Ibid., 515.

(60) Ibid., 518.

(61) Ibid., 31-34, 36-40, 42-45, 45-47.

(62) Ibid., 540 (n.7).

(63) 6 June 1900, ibid., 540.

(64) Late Sept. 1900, ibid., 572.

(65) To AG, 2 June 1900, ibid., 534.

(66) Ibid., 534 (n.9).

(67) *VPl*, 1119.

(68) Moore, 246-254.

(69) 杉山寿美子『レイディ・グレゴリ』東京：国書刊行会、2010、162-164頁。

(70) 21 Oct. 1900, Pethica, 283.

(71) WBY to George Moore, 17 Nov. 1900, *CL II*, 587.

(72) Ibid., 588.

(73) To George Moore, ? 15 Nov. 1900, ibid., 586.

(74) To AG, 9 Dec. 1900, ibid., 597.

(75) Ibid., 602.

(76) W. B. Yeats, ed. *The Oxford Book of Modern Verse* (Oxford: Oxford UP, 1936), xi.

(77) *CL III*, xliii.

(78) "Plans and Methods," *Beltaine* (May 1900), *UP II*, 160.

(3) To AG, 6 Nov. 1898, ibid., 289.

(4) "The Autumn of the Body," *E&I*, 192-193. エッセイの表題は "The Autumn of the Body" に変更された。

(5) Ellmann, *The Man and the Masks*, 127.

(6) *UP II*, 138.

(7) *Aut*, 431-432.

(8) Foster I, 206.

(9) Ibid.

(10) 14 Jan. 1899, *CL II*, 342.

(11) c. 15 Jan. 1899, ibid., 343.

(12) Late Jan. 1899, *MG-WBY*, 102.

(13) *Irish Figaro* (4 Feb. 1899), *CL II*, 326 (n.3).

(14) 22 Dec. 1898, ibid., 324.

(15) Ibid., 603 (n.11).

(16) *Aut*, 433.

(17) Foster I, 199.

(18) *Aut*, 455.

(19) Pethica, 219-220.

(20) WBY to AG, 5 April 1899, *CL II*, 389-390.

(21) "Souls for Gold," ibid., 674-677.

(22) *Mem*, 120.

(23) 8 May 1899, *Joseph Holloway's Abbey Theatre: Selections from His Unpublished Journal, Impressions of a Dublin Playgoer*, eds. Robert Hogan and Michael J. O'Neill (Carbondale and Edwardsville: Southern Illinois UP, 1967), 6.

(24) *Daily Nation* (10 May 1899), *MID 1*, 43.

(25) *Morning Leader* (13 May 1899), *CL II*, 410-411.

(26) James and Margaret Cousins, *We Two Together* (Madras: Ganesh, 1950), 57.

(27) Yeats's lecture in USA, *CL II*, 409 (n.1).

(28) Brown, 125.

(29) イェイツは、時に、ディナー用の食材を釣り上げるため釣りをすることもあったようである。「魚を6匹釣り上げるまで外に出ていました——ディナーに十分でしょう」と、フロレンス・ファーに書き送っている(? 4-5 Aug. 1905, *CL IV*, 150)。

(30) *CL II*, 432.

(31) Ibid., 433.

(32) Foster I, 234.

(33) 11 Aug. 1899, *CL II*, 437.

(34) Leon Kellner, "Yeats," *Die Nation*, Berlin (8 Aug. 1903), ibid., 405 (n.1).

(35) Ibid., 452 (n.1).

(36) 25 Sept. 1899, ibid., 452.

(37) To AG, c. 30 Sept. 1899, ibid., 454.

(38) To Lily Yeats, ibid., 462.

(39) Ibid., 465 (n.2) and ibid., 464-465.

(79) Foster I, 193.

(80) *CL II*, 214.

(81) Ibid., 703.

(82) To Lily Yeats, 11 July 1898, ibid., 251-252.

(83) アミルカレ・シプリアーニはイアタリアの革命家でパリに亡命中、モード・ゴンの友人。

(84) *Mem*, 114.

(85) *CL II*, 705.

(86) *Mem*, 114.

(87) Ibid., 132.

(88) Ibid.

(89) *SQ*, 65.

(90) MG to WBY, Friday Nov. 1898, *MG-WBY*, 96.

(91) *CL II*, 320.

(92) Deidre Toomey, "Labyrinth: Yeats and Maud Gonne," *Yeats and Women*: *Yeats Annual 9*, ed. Deidre Toomey (London: Macmillan, 1992), 97.

(93) *CL II*, 319.

(94) Ibid., lxxiii.

(95) Ibid, 314, 320.

(96) *SQ*, 321.

(97) *Mem*, 134.

(98) Ibid.

(99) Foster I, 203.

(100) *CL II*, 329 (n.5).

(101) Ibid., 356-357.

(102) 19 Feb. 1898, Pethica, 203.

(103) To AG, 26 Dec. 1898, *CL II*, 329.

(104) York Powell to WBY, 21 April 1899, ibid., 400-401 (n.4).

(105) *VP*, 800.

(106) To D. J. Donoghue, 13 Feb. 1894, *CL I*, 380.

(107) To Henry Davray, 21 Nov. 1898, *CL II*, 306.

(108) *VP*. 803.

(109) Harwood, 79.

(110) Foster I, 216.

(111) *CL II*, 425 (n.9). 文学アドヴァイザーは、出版者 Hodder & Stoughton の William Robertson Nicoll。

(112) Preface to *Poems* (1895), *VP*, 845.

(113) Henry Nevinson, S*o Long to Learn* (1952), *CL II*, 596 (n.2).

(114) To Fisher Unwin, 1 Feb. 1899, ibid., 352.

第四章　アイルランド文学座　一八九九－一九〇一

(1) "Important Announcement—Irish Literary Theatre" (1899), *UP II*, 138.

(2) AE to AG, 10 Jan. 1899, *CL II*, 340 (n.1).

(43) MG to WBY, Wednesday 1897, *MG-WBY*, 73.
(44) *CL II*, 698.
(45) *Aut*, 368.
(46) *SQ*, 217.
(47) *Irish Daily Independent*（23 June 1897）, *CL II*, 113（n.1）.
(48) *Mem*, 113.
(49) To William Sharp, *CL II*, 117.
(50) Wednesday 1897, *MG-WBY*, 73.
(51) Samuel Levenson, *Maud Gonne*（London: Cassell, 1977）, 123.
(52) *SQ*, 245.
(53) Pethica, 148.
(54) Ibid.
(55) 23 Feb. 1897, ibid., 128.
(56) *OIT*, 19.
(57) Ibid., 20.
(58) Ibid.
(59) 30 Nov. 1897, Pethica, 153.
(60) "Rosa Alchemica," *Myth*, 271.
(61) Pethica, 149.
(62) *Mem*, 125
(63) Pethica, 150.
(64) *Mem*, 101.
(65) *Aut*, 377.
(66) 6篇のエッセイは、"The Tribes of Danu"（1897）, "The Prisoner of Gods"（1898）, "The Broken Gate of Death"（1898）, "Ireland Bewitched"（1899）, "Irish Witch Doctors"（1900）, "Away"（1902）.
(67) Pethica, 151.
(68) 1 Nov. 1897, *CL II*, 137.
(69) To AG, 3 Oct. 1897, ibid., 133, 135.
(70) Ibid., 134.
(71) *Aut*, 355.
(72) Pethica, 160.
(73) WBY to AG, 1 Nov. 1897, *CL II*, 137 and 24, Dec. 1897, ibid., 162.
(74) *Aut*, 408.
(75) *CL II*, lxvii.
(76) Ibid. この冬、モード・ゴンは飢饉対策として、コノリと共に「生命権と財産権」なるパンフレットを作成した。土地所有者から牛や豚を奪い、それを食物にして飢えを凌ぐよう説いた公然たる犯罪行為の勧め。そのことを、イェイツから聞いたグレゴリ夫人は「唖然」、彼にその非を諭すと、彼は「大いに心を打たれた」と日記（14 Feb. 1898, Pethica, 167）に記す。
(77) Foster I, 193.
(78) 14 Feb. 1898, Pethica, 166.

(9) JQ to WBY, 23 Aug. 1907, Foster I, 167.

(10) *Mem*, 100-101.

(11) *Per Amica Silentia Lunae*, *Myth*, 340.「アーチャーのヴィジョン」について、*CL II*, 658-663を参照。

(12) 14 April 1894, Pethica, 31.

(13) *Aut*, 389.

(14) *Mem*, 102.

(15) Joseph Hone, "I Remember Lady Gregory," RTE radio talk, broadcast 14 March 1956, Foster I, 168.

(16) JBY to Lily Yeats, 20 Sept. 1896, *CL II*, 52 (n.10).

(17) Maud Gonne, "Yeats and Ireland," *William Butler Yeats: Essays in Tribute*, ed. Stephen Gwynn (New York: Kennikat, 1965), 22.

(18) *Mem*, 123.

(19) To John O'Leary, 4 Dec. 1896, *CL II*, 63.

(20) *Aut*, 270.

(21) *CL II*, 64.

(22) *Aut*, 376.

(23) Ibid., 348.

(24) Ibid., 349.

(25) JMS to MG, 6 April 1897, *The Collected Letters of John Millington Synge, Vol. 1,* ed. Ann Saddlemyer (Oxford: Clarendon P, 1983), 47.

(26) グレゴリ夫人の日記 (Pethica, 125, 128, 130)に、2月14日、2月23日、2月28日、イェイツ訪問が記されている。

(27) 28 Feb. 1897, ibid., 131.

(28) *Mem*, 88.

(29) Foster I, 173.

(30) *Mem*, 88. ダ・ヴィンチは、人が新しい月、新しい年を待ち焦がれる願望は、「人の已自身の国へ回帰する願望、即ち原初の混沌へ回帰する願望であり」、「その願望は、四元素(エレメント)のスピリットであり、人間の肉体に埋め込まれ絶えずその源へ回帰しようと欲する」と言った (ibid.).

(31) Foster I, 174.

(32) *Mem*, 125.

(33) Marcus, Gould and Sidnell, 233.

(34) 出版者は考えを改め、二つの物語を私的に印刷した。

(35) Foster I, 163.

(36) *Aut*, 336.

(37) After 19 Dec. 1895, *CL I*, 477.

(38) AE to WBY, 2 June 1896, Denson, 17.

(39) *CL I*, 477 (n.4).

(40) *Mem*, 125.

(41) *CL II*, 697.

(42) *Mem*, 112.

⑽ *Mem*, 86.
⑸ Lily Yeats, diaries, Murphy, 182.
⑸ WBY to KT, 31 July 1895, *CL I*, 471.
⑸ *VP*, 845-846.
⑸ Yeats's holograph note on flyleaf of *Poems* (1929), *The Early Poetry, Vol. II: "The Wanderings of Oisin" and Other Early Poems to 1895, Manuscripts Materials by W. B. Yeats*, ed. George Bornstein (Ithaca and London: Cornell UP, 1994), 17.
⑸ *Mem*, 97.
⑸ *Aut*, 319.
⑸ Ibid., 322.
⑸ Lily Yeats, diaries, c. April 1896, Murphy, 190.
⑸ Nov. 1895, *MG-WBY*, 53.
⑹ Foster I, 157.
⑹ *Mem*, 87.
⑹ Harwood, 51.
⑹ Foster I, 155.
⑹ *Aut*, 323.
⑹ *Mem*, 91.
⑹ AE to WBY, ? Nov. 1895, *Letters from AE*, ed. Alan Denson (London: Abelard-Schuman, 1961), 16.
⑹ Foster, 157.
⑹ Phillip L. Marcus, Warwick Gould and Michael J. Sidnell, eds. *The Secret Rose, Stories by W. B. Yeats: A Variorum Edition* (Ithaca and London: Cornell UP, 1891), 181.
⑹ 14 Dec. 1897, Pethica, 160.
⑺ *CL II*, lx.
⑺ Late Feb. 1896, ibid., 8.
⑺ Ibid., 683.
⑺ *Mem*, 88.
⑺ Ibid.
⑺ Harwood, 55.

第三節　カメレオンの道　一八九六－一八九九

(1) Denis Gwynn, *Edward Martyn and the Irish Revival* (London: Jonathan Cape, 1930), 12.
(2) *Savoy* (Oct. 1896), *CL II*, 43 (n.1).
(3) *Aut*, 398.
(4) Ibid., 386.
(5) ジョージ・ムアもアラン島へ同行したとする説もあるが、ムアの伝記作家はそれは「疑わしい」と言う：Adrian Frazier, *George Moore 1852-1933* (New Haven and London: Yale UP, 2000), 264.
(6) *Savoy* (Oct.1896), *CL II*, 48 (n.4).
(7) Ibid.
(8) *Aut*, 343.

(13) Ibid.

(14) *Aut*, 320.

(15) Preface to H. P. R. Finberg's translation of *Axël*, *CL I*, 382（n.1）.

(16) "A Symbolical Drama in Paris"（1894）, *UP I*, 323-324. フレーズはヴェルレーヌからの引用だという。

(17) Ibid., 324.

(18) "The Irish Literary Theatre"（1899）, *UP II*, 140.

(19) 15 April 1894, *CL I*, 386.

(20) Coote, 124.

(21) *Aut*, 281.

(22) Ibid., 282, 283.

(23) George Moore, *Hail and Farewell*, ed. Richard Cave（Gerrards Cross: Colin Smythe, 1976）, 78-79.

(24) Foster I, 199.

(25) *Aut*, 283.

(26) *Mem*, 72.

(27) Ibid., 87-88.

(28) Ibid., 72

(29) John Harwood, *Olivia Shakespear and W. B. Yeats*（London: Macmillan, 1989）, 37.

(30) Michael J. Sidnell, George P. Mayhew and David Clark, eds. *Druid Craft: The Writing of The Shadowy Waters*（Amherst: Univ. of Massachusetts Press, 1971）, 136. イェイツは、『影なす海』を「詩」にするか「劇」にするか長い間揺れ続けた。ここでは、便宜上、「詩劇」と呼ぶ。

(31) *Mem*, 74.

(32) ? Late July 1894, *CL I*, 394-395.

(33) 26 Dec. 1894, ibid., 419.

(34) Foster I, 149.

(35) To Fisher Unwin, 27 Jan. 1895, *CL I*, 434.

(36) To Charles Elkin Mathews, 30 Dec. 1894, ibid., 421.

(37) Sidnell, Mayhew and Clark, 5.

(38) *Mem*, 77.

(39) Ibid.

(40) WBY to Lily Yeats, 23 Nov. 1894, *CL I*, 413.

(41) *Mem*, 78.

(42) Ibid., 78-79.

(43) Ibid., 84.

(44) *Daily Express,* Dublin（26 Jan. 1895）, *CL I*, 430（n.2）.

(45) Ibid., 431.

(46) *Daily Express,* Dublin（27 Feb. 1895）, ibid., 441.

(47) Foster I, 145.

(48) *Mem*, 75.

(49) 7 April 1895, *CL I*, 458.

(28) Foster I, 122.
(29) "The National Publishing Company: Should the Book be Edited?" (1892), *UP I*, 240.
(30) Tynan, 255.
(31) *Freeman's Journal* (7 Sept. 1892), *CL I*, 313 (n.3).
(32) *Freeman's Journal* (9 Sept. 1892), ibid., 314 (n.1).
(33) Foster I, 129.
(34) *CL I*, 509.
(35) Foster I, 126.
(36) "The De-Anglicizing of Ireland" (1892), *UP I*, 255-256.
(37) Early Jan. 1893, *CL I*, 341.
(38) *Mem*, 59.
(39) *Cork Examiner* (24 Jan. 1893), *CL I*, 341 (n.4).
(40) *Mem*, 65.
(41) Dominic Daly, *Young Douglas Hyde: The Dawn of the Irish Revolution and Renaissance 1874-1893* (Dublin: Arlen House, 1978), 154.
(42) *Aut*, 229.
(43) *Mem*, 66.
(44) Ibid.
(45) Ibid., 65
(46) "Some Irish National Books" (1894), *UP I*, 333.
(47) *Mem*, 65.
(48) *CL I*, 356.
(49) "Nationality and Literature" (1893), *UP I*, 267-275.
(50) To the Editor of *United Ireland*, 10 Nov. 1894, *CL I*, 409.
(51) Howe, 102.
(52) W. B. Yeats, *The Celtic Twilight* (London: Lawrence and Bullen, 1902), 1.
(53) *Mem*, 71.
(54) Ibid., 72.

第二節　心の願望の国　一八九四－一八九六

(1) 7 M ay 1889, *CL I*, 165.
(2) *Aut*, 120.
(3) Ibid., 119.
(4) Ibid., 121.
(5) *Mem*, 72-73.
(6) Ibid., 106.
(7) Ibid., 73.
(8) 26 Feb. 1894, *CL I*, 381 (n.3).
(9) "Verlaine in Paris" (1896), *UP I*, 398.
(10) Ibid., 399.
(11) Foster I, 139.
(12) "A Symbolical Drama in Paris" (1894), *UP I*, 324.

⑷⑹ *Mem*, 42.
⑷⑺ Ibid., 44.
⑷⑻ Ibid.,45.
⑷⑼ Ibid.,46.
⑸⑽ Ibid.
⑸⑴ Ibid., 47.
⑸⑵ Ibid., 48.
⑸⑶ *SQ*, 208.
⑸⑷ Ibid., 211.

第三章　ケルトの薄明　一八九一－一八九九
第一節　図書バトル　一八九一－一八九三

(1) Foster I, 115.
(2) W. P. Ryan, *Irish Literary Revival: Its History, Pioneers and Possibilities* (London: Paternoster Steam Press, 1894), 16.
(3) Foster I, 63.
(4) "The Irish Intellectual Capital: Where Is It?" (1892), *UP I*, 222-235.
(5) WBY to T. W. Rolleston, 10 May 1892, *CL I*, 294.
(6) オレアリは、1885年1月19日、ダブリンに帰還した日、夕刻、集会に臨み、政治議論よりも文学集会を優先し、全土に図書室を設けて活動を展開すべきだと説いたという (Bourne, 173)。
(7) *Aut*, 209.
(8) *CL I*, 280, 285.
(9) To John O'Leary, c. 15 Jan. 1892, ibid., 280.
⑽ *Aut*, 190.
⑾ Ibid., 194.
⑿ Ibid., 101.
⒀ *CL I*, 484.
⒁ *United Ireland* (13 Aug. 1892), ibid., 312 (n.7).
⒂ "The Young Ireland League" (1891), *UP I*, 206.
⒃ Ibid., 208.
⒄ *Mem*, 64.
⒅ *CL I*, 484.
⒆ *Aut*, 225.
⒇ Foster I, 119.
(21) John O'Leary, *Recollections of Fenians and Fenianism, II* (London: Downey & Co. 1896), 78.
(22) Foster I, 129.
(23) *VP*, 811.
(24) 詩は、「来たる時代のアイルランドへ」("To Ireland in the Coming Times") に改題された。
(25) Foster I, 122.
(26) Richard Ellmann, *The Identity of Yeats* (London: Faber, 1954), 72.
(27) An unsigned review of *The Countess Kathleen*, *Sunday Sun* (28 Aug. 1892), *CL I*, 315 (n.1).

(7) WBY's esoteric section journal, Ellmann, 66.

(8) John O'Leary to Ellen O'Leary, ? 4 Sept. 1889, *CL I*, 185 (n.2).

(9) *Mem*, 24.

(10) Ibid.

(11) WBY's esoteric section journal, Ellmann, 66.

(12) *Mem*, 25.

(13) *Aut*, 181.

(14) Ibid.

(15) Ibid., 182-183.

(16) Ellmann, 87.

(17) Ellic Howe, *The Magician of the Golden Dawn: A Documentary History of a Magical Order 1887-1923* (London: Routledge & Kegan Paul, 1972), xii.

(18) Ellmann, 94.

(19) Foster I, 101-102.

(20) Howe, xxii.

(21) 以下、「セカンド・オーダー」入会の儀式は ibid., 77-87に拠る。

(22) Ellmann, 97.

(23) *Aut*, 185-186.

(24) WBY to Ernest Boyd, Feb. 1915, *CL (E)* で、イェイツは、「私のミスティカル・シンボリズムはアーサー・シモンズや他の現代作家から来たものではない」、「私はフランスの象徴主義者たちについて詳しい正確な知識を持っていなかった」と述べている。

(25) 18 Nov. 1890, Foster I, 105.

(26) Week ending 23 July 1892, *CL I*, 303.

(27) *Mem*, 29.

(28) *CL I*, 151.

(29) WBY to KT, 6 Oct.1890, ibid., 231.

(30) WBY to KT, 26 Dec. 1889, ibid., 203.

(31) Lily Yeats to KT, 17 Nov. 1889, Foster I, 96.

(32) Ernest Rhys, "Yeats and the Rhymers' Club," *I&R 1*, 41.

(33) *Aut*, 167.

(34) Foster I, 108.

(35) Karl Beckson, *Arthur Symons* (Oxford: Clarendon Press, 1987), 81.

(36) Ruth Z. Temple, "The Ivory as Lighthouse," ibid.

(37) *Mem*, 35.

(38) Ibid.

(39) Lionel Johnson, "By the Statue of King Charles at Charing Cross."

(40) *Aut*, 304.

(41) *Mem*, 36.

(42) Ernest Dowson, "Villanelle of the Poet's Road."

(43) *Mem*, 37.

(44) *Aut*, 300.

(45) c. 4 Dec. 1890, *CL I*, 237.

(56) *Aut*, 149.

(57) Ibid., 149-150.

(58) 13 Dec. 1888, *CL I*, 113.

(59) Lily Yeats to Ruth Lane-Poole, 17 June 1930, Foster I, 79.

(60) *Aut*, 153.

(61) R. L. Stevenson to WBY, 14 April 1894, *CL I*, 404（n.2）. スティーヴンソンは、スウィンバーンの詩、メレディスの『谷間の恋』に次いで、「イニスフリー」に―― "I have a third time fallen in slavery.〔…〕It is so quaint and airy, simple, artful, and eloquent to the heart—but I seek words in vain.〔…〕" と書き送った。

(62) *Aut*, 130.

(63) Ibid., 134-135.

(64) Ibid., 134.

(65) Ibid., 136.

(66) *Pall Mall Gazette*（12 July 1889）, *CL I*, 126（n.5）.

(67) 28 Jan. 1889, ibid., 129（n.3）.

(68) *Aut*, 146. WBY to KT, 24 Jan. 1889, *CL I*, 128に、「昨日、ホルボーンで、モリスに会いました」と書かれている。

(69) Foster I, 82, 86.

(70) *VP*, 841 and *Aut*, 114.

(71) *Mem*, 33 and *Aut*, 82.

(72) ラフカディオ・ハーンは、1901年6月22日、東京から、『葦間の風』の中の詩 "The Host of the Air" の書き替えに激しい抗議の手紙をイェイツに送った―― "You have mangled it, maimed it, extenuated it—destroyed it totally〔…〕you have really sinned a great sin!〔…〕" : *CL III*, 101（n.1）.

(73) *Mem*, 40.

(74) Ibid.

(75) Lily Yeats, notebook, Foster I, 87.

(76) *Aut*, 123. 季節は冬、花はアーモンドの花であろうといわれる。

(77) *Mem*, 40.

(78) Ibid., 32.

(79) イェイツは後に、民話がフランスから渡ったものであることを発見する。劇のヒロインは、初め、Kathleen と綴られた。

(80) *SQ*, 176.

(81) *Mem*, 47.

第二節　「黄金の夜明け」とライマーズ・クラブ

(1) *Aut*, 173.

(2) Mead, 399.

(3) *Mem*, 24.

(4) Mead, 8, 7.

(5) *Mem*, 26.

(6) Mead, 402.

(26) *VP*, 90.

(27) ? 22-28 Sept. 1888, *CL I*, 98.

(28) 6 Sept. 1888, ibid., 93-94.

(29) 14 March 1888, ibid., 54.

(30) *Mem*, 32.

(31) *Aut*, 103-104.

(32) Ibid., 105.

(33) Foster I, 73.

(34) To KT, 14 March 1888, *CL I*, 56.

(35) *Aut*, 114.

(36) *Mem*, 19.

(37) WBY to Lolly Yeats, 13 July 1921, *CL*（*E*）.

(38) *Mem*, 19.

(39) Murphy, 157.

(40) Ibid., 157-158.

(41) WBY to KT, 15 March 1888, *CL I*, 56.

(42) *Mem*, 31.

(43) WBY to John O'Leary, c. 4 Dec. 1891, *CL I*, 276.

(44) *Aut*, 154.

(45) Ibid., 149.

(46) To KT, 20 April 1888, *CL I*, 62.

(47) To KT, 12 Feb. 1888, ibid., 50. 手紙に、「昨夜、モリスの家で、G. B.ショーに会いました」とある。

(48) Foster I, 64.

(49) *Aut*, 124.

(50) Ibid., 129.

(51) WBY to Douglas Hyde, 23 Aug. 1889, *CL I*, 183.

(52) トマス・デイヴィスが1840年代に起こした政治運動「アイルランド青年」（Young Ireland）はプロパガンダに詩を利用する戦術を取り入れた。結果、名もない農村の娘から著名な独立運動の闘士に至るまで、おびただしい数の詩が党の機関紙『ネイション』のページを埋めた。しかし、「アイルランド青年」の詩の大半は、「復讐の矢は雨のごとく降り注ぎ、／死体が島をなし激流を塞ぐ〔…〕」といった、愛国心を鼓舞し、男たちを闘争へ奮い立たせる政治的プロパガンダを目的としたもの。それが「詩」としてまかり通り、詩選集『国家のスピリット』は版を重ねる大ベスト・セラー。それを「世界の何にも負けない偉大な叙情詩と信じている者が〔…〕何千もいた」（*Mem*, 65）と、イェイツは言う。そうした不条理きわまりない状況をアイルランド文学・批評の場から一掃し、文学・芸術を政治から切り離す困難な闘いを、彼は強いられる。イェイツがダブリンで激しい攻撃に晒された一因は、彼がアイルランド青年の詩を厳しく批判したことによる。

(53) To Douglas Hyde, 6 Aug. 1888, *CL I*, 88.

(54) To John O'Leary, 8 Oct. 1888, ibid., 103.

(55) Rhys, 36.

(131) "The Poetry of Sir Samuel Ferguson" は、*Irish Fireside*（9 Oct. 1886）と *Dublin University Review*（Nov. 1886）に掲載された二つの記事が存在する。前者は後者の後に書かれたものかもしれないという。

(132) Donagh MacDonagh and Lennox Robinson, eds. *The Oxford Book of Irish Verse*（Oxford: Oxford UP, 1958）, xi.

(133) *Aut*, 200.

(134) "The Poetry of Sir Samuel Ferguson," *Dublin University Review*（Nov. 1886）, *UP I*, 88, 104. 記事に引用されたファーガソンの詩から、彼を「偉大な詩人」と呼ぶには無理があるとエッセイ集の編者は指摘する。青年時代に書かれたイェイツの記事はプロパガンダを意図したものが少なくない。

(135) Ibid., 88.

(136) Foster I, 57-58.

第二章　ロンドンのケルト　一八八七－一八九一

第一節　『アッシーンの放浪』

(1) JBY to John O'Leary, 20 March 1888, Murphy, 152.

(2) Lily Yeats, diaries, ibid.

(3) 23 May 1887, Foster I, 59.

(4) To KT, 18 March 1887 and 25 June 1887, *CL I*, 15, 23-24.

(5) Foster I, 75.

(6) Ernest Rhys, "W. B. Yeats: Early Recollections", *I&R 1*, 34.

(7) *Aut*, 141.

(8) Ibid., 145, 141.

(9) Ibid., 148-149. この出来事は、1889年1月に『アッシーンの放浪』が出版された後のことと思われる。

(10) Rhys, 35.

(11) Ibid.

(12) Geoffrey Paget to Josephine Johnson, 15 Jan. 1975, Foster I, 60.

(13) W. B. Yeats, *John Sherman and Dhoya*（Detroit: Wayne State UP, 1969）, 125.

(14) *Mem*, 31.

(15) To KT, 18 May 1887, *CL I*, 15; 12 Feb. 1888, ibid., 50; 25-30 Aug. 1888, ibid., 92; after 27 Feb. 1889, ibid., 150.

(16) To John O'Leary, 19 Nov. 1888, *CL I*, 110 and to KT, 25-30 Aug. 1888, ibid., 92.

(17) To KT, c. 15 June 1888, ibid., 71.

(18) To KT, 27 April 1887, ibid., 10-11.

(19) *VP*, 793.

(20) To KT, 25 June 1887, *CL I*, 23.

(21) Ibid., 33.

(22) Ibid., 35.

(23) *Aut*, 71.

(24) *CL I*, 38, 40.

(25) To KT, 17 or 24 Sept. 1887, ibid., 37.

Sons, 1980), 7.

(94) Sylvia Cranston, *HPB: The Extraordinary Life and Influence of Helena Blavatsky, Founder of Modern Theosophical Movement* (New York: G. P. Putnam's Sons, 1993), xvii.

(95) Richard Ellmann, *The Man and the Masks* (Oxford: Oxford UP, 1979), 89.

(96) Terence Brown, *The Life of W. B. Yeats: A Critical Biography* (Oxford: Blackwell, 1999), 33.

(97) *Aut*, 26.

(98) Ellmann, 56.

(99) "The Poetry of AE" (1898), *UP II*, 121.

(100) *Aut*, 90.

(101) Ibid., 92.

(102) Ibid., 91-92.

(103) WBY to AG, 1 March 1922, *CL (E)*.「テラス・ハウス」は、一戸建ての家ではなく住居が列なった建物。

(104) Johnston, 10.

(105) *Aut*, 66.

(106) JBY, *Memoirs*, Murphy, 137.

(107) Foster I, 29.

(108) JBY to John Todhunter, 4 April 1885, Foster I, 38.

(109) JBY to Edward Dowden, 8 Jan. 1884, Murphy, 134.

(110) *Aut*, 23.

(111) 23 July 1885 and 26 Aug. 1886, Foster I, 38.

(112) Ibid., 39.

(113) Katherine Tynan, *Twenty-five Years: Reminiscence*s (London: Smith, Elder, 1913), 144.

(114) John Quinn's copy of the book, Foster I, 40.

(115) G. M. Hopkins to Coventry Patmore, 7 Nov. 1886, Murphy, 146-147.

(116) *Mem*, 19.

(117) Foster I, 37.

(118) *Aut*, 93.

(119) Foster I, 41.

(120) *Mem*, 42.

(121) Foster I, 44.

(122) John O'Leary, "What Irishmen Should Know," Marcus Bourne, *John O'Leary: A Study in Irish Separatism* (Tralee: Anvil Books, 1976), 181.

(123) *Aut*, 96.

(124) Ellen O'Leary to KT, *CL I*, 13 (n.4).

(125)「アイルランド青年」(Young Ireland）については、第二章第一節の注(52)を参照。

(126) *Aut*, 101.

(127) イェイツの詩は、*VP* に拠り、原則として final version から引用する。

(128)「シリューの森」(Sleuth Wood）をスライゴーの人々は「スリッシュ・ウッド」(Slish Wood）と呼んだという（*Aut*, 72).

(129) Joseph Hone, *W. B. Yeats 1865-1939* (London: Macmillan, 1965), 46.

(130) *UP I*, 87.

(60) Ibid., 36.

(61) Ibid., 33, 42.

(62) Ibid., 34.

(63) Ibid., 35.「クレシー」、「アジャンクール」は、フランスとイングランドの戦争で英軍がフランス軍に勝利した地。名誉革命の主戦場となったアイルランドで、ジェイムズ二世軍の将軍パトリック・サースフィールドは、「リメリック」で、ウィリアムの軍勢を撃破、「イエロー・フォード」はアーマーの北、1598年、ヒュー・オニールがイングランド軍に対し大勝利を収めた地。

(64) *Ex*, 308.

(65) Foster I, 25.

(66) Autumn 1876, *CL I*, 3, 4.

(67) Richard Ellmann, interview with GY on 7 July 1947, Foster I, 25.

(68) JBY, *Memoirs*, Murphy, 122.

(69) *Aut*, 44.

(70) Lily Yeats, notebook, Murphy, 120.

(71) *Aut*, 61.

(72) Foster I, 28.

(73) *Aut*, 64, 65.

(74) Charles Johnston, "Yeats in the Making," *I&R 1*, 9-10.「ヘスペリデス」は、ゼウスとの結婚を祝いヘラへ贈られた黄金の林檎が植わる園をいう。

(75) Anonymous, "W. B. Yeats at School"（reminiscences by a classmate）, *T.P.'s Weekly*（7 June 1912）, ibid., 2.

(76) Johnston, 6.

(77) *Aut*, 57.

(78) John Eglinton, "Yeats at the High School," *I&R 1*, 3.

(79) Letter from M. A. Christie to *Times Literary Supplement*（20 May 1969）, Foster I, 32. M. A. Christie はマクニールの姪。

(80) Oliver Edwards, typescript, ibid., 32-33.

(81) Ibid., 33.

(82) *Mem*, 71-72.

(83) WBY to KT, 21 March 1889, *CL I*, 155.

(84) Ibid.

(85) *Aut*, 64.

(86) Eglinton, 3.

(87) Letter from M. A. Christie to *Times Literary Supplement*（20 May 1969）, Foster I, 33.

(88) Ellmann, interview with GY on 1 March 1946, ibid., 35.

(89) *Report of the Committee of Enquiry into the Work Carried Out by the Royal Hibernian Academy and the the Metropolitan School of Art*, ibid., 36.

(90) Peter Kuch, *Yeats and AE*（Gerrards Cross: Collin Smythe, 1986）, 27.

(91) Ibid., 13.

(92) *Mem*, 48.

(93) Marion Mead, *Madame Blavatsky: The Woman behind the Myth*（New York: G. D. Putnam's

⒆ Ibid., 63.
⒇ Ibid., 68.
(21) *Aut*, 28.
(22) Foster I, 9.
(23) Murphy, 75-76.
(24) Foster I, 14.
(25) Murphy, 66.
(26) Ibid., 72, 77.
(27) Stephen Coote, *W. B. Yeats: A Life*（London: Hodder & Stoughton, 1997）, 16.
(28) Lily Yeats to Joseph Hone, 19 May 1939, Foster I, 19.
(29) Ibid., 9.
(30) Ibid., 16.
(31) JBY to Susan Yeats, 1 Nov. 1872, ibid.
(32) *Aut*, 8, 9.
(33) Ibid., 11.
(34) Ibid., 23.
(35) Ibid., 32.
(36) Ibid., 11.
(37) Foster I, 21.
(38) Lily Yeats to Ruth Lane-Poole, 5 July 1927, ibid., 17.
(39) *Aut*, 24.
(40) Foster I, 17.
(41) *Aut*, 14.
(42) Foster I, 20.「バンシィー」は、由緒ある家に住み着き、家人の死を予告するというアイルランドの妖精。
(43) *Aut*, 76-79.
(44) WBY to AG, 25 May 1930, *CL（E）*.
(45) Lily Yeats, scrap book, Foster I, 20.
(46) *Aut*, 15.
(47) Ibid., 15, 52.
(48) Ibid.
(49) Ibid., 19-20.
(50) Ibid., 20.
(51) "A Poet We Have Neglected"（1891）, *UP I*, 210.
(52) *Aut*, 31.
(53) JBY to WBY, 10 May 1914, Murphy, 66.
(54) *Aut*, 27.
(55) Ibid., 31.
(56) WBY to DW, 7 Dec. 1937, *CL（E）*.
(57) *Aut*, 68.
(58) Ibid., 33.
(59) Ibid., 37, 35-36.

プロローグ

(1) *Ex*, 263.
(2) Foster I, xxvi.
(3) *Aut*, 42.
(4) Ibid., 115-116. トマス・ハクスリは進化論を支持した生物学者、ジョン・ティンダルは「光」を科学的に分析した物理学者。
(5) 1695年に制定された「刑罰法」(penal laws)は、カトリック教徒を議会、行政、法曹、軍から排除し、土地保有を禁止した。
(6) 1800年、「合併法」が成立、アイルランドは帝国に併合され、アイルランド議会は廃止された。議会運動は失った「自治（ホーム・ルール）」権回復を目指す運動。
(7) *VP*, 843-844.
(8) WBY to AG, 25 May 1901, *CL III*, 74.
(9) *Aut*, 24.
(10) イェイツの書簡は、1907年までは書簡集 *CL I*−*CL IV* として、1908年以降は電子データー*CL (E)* として公開。電子データーには書簡の「日付」と「宛名」のみが記載され(ページ数はない)、1908年以降、イェイツの書簡からの引用は、2つが本文の文脈から明らかな場合、注を付さない。
(11) *Aut*, 270. イェイツは自叙伝の一書を「カメレオンの道」と名づけた。

第一章　画家（アーティスト）の息子　一八六五－一八八七

(1) *Sligo Independent* (4 April 1868), Foster I, 23.
(2) Ibid., 2.
(3) Murphy, 24.
(4) Ibid., 28.
(5) JBY, *Memoirs*, ibid.
(6) J. B. Yeats, *Early Memories: Some Chapters of Autobiography* (Dublin: Cuala, 1923), 13, 16, 17-18.
(7) JBY to WBY, 20 Sept. 1916, Murphy, 28.
(8) Ibid., 31. ミルは科学思考・論理を重んじた哲学者・経済学者。
(9) *Aut*, 89.
(10) JBY, *Memoirs*, Murphy, 31.
(11) JBY, *Early Memories*, 85.
(12) *Aut*, 31.
(13) William M. Murphy, *Family Secrets: William Butler Yeats and His Relatives* (Syracuse, New York: Syracuse UP, 1995), 363.
(14) イェイツは、「私の家族の殆どに或る神経虚弱 (nervous weakness) がある」(*Mem*, 33)、「私は母から神経虚弱を受け継いだのではないかと思い始めた」(ibid., 156) と記している。
(15) Foster I, 9.
(16) Murphy, 45.
(17) JBY to WBY, 1 March 1919, Foster I, 15.
(18) Lily Yeats, notebook, Murphy, 45.

WBY	W. B. Yeats
WBY-GY	*W. B. Yeats and George Yeats: The Letters*, ed. Ann Saddlemyer（Oxford: Oxford UP, 2001）.
Wellesley	*Letters on Poetry from W. B. Yeats to Dorothy Wellesley*, ed. Dorothy Wellesley（London: Oxford UP, 1964）.

J II	*Lady Gregory's Journals, Vol. II*, ed. Daniel J. Murphy (Gerrards Cross: Colin Smythe, 1987).
JBY	John Butler Yeats
JMS	J. M. Synge
JQ	John Quinn
KT	Katherine Tynan
MG	Maud Gonne
MG-WBY	*The Gonne-Yeats Letters 1893-1938: Always Your Friend*, eds. Anna MacBride White and A. Normand Jeffares (London: Hutchinson, 1992).
MID 1	Robert Hogan and John Kilroy, *The Irish Literary Theatre 1899-1901, The Modern Irish Drama, a documentary history, Vol. 1* (Dublin: Dolmen, 1975).
MID 2	Robert Hogan and John Kilroy, *Laying the Foundations 1902-1904, The Modern Irish Drama, a documentary history, Vol. 2* (Dublin: Dolmen, 1976).
MID 3	Robert Hogan and John Kilroy, *The Abbey Theatre: The Years of Synge 1905-1909, The Modern Irish Drama, a documentary history, Vol. 3* (Dublin: Dolmen, 1975).
MID 4	Robert Hogan, Richard Burnham and Daniel P. Poteet, *The Abbey Theatre: The Rise of the Realists 1910-1915, The Modern Irish Drama, a documentary history, Vol. 4* (Dublin: Dolmen, 1979).
MID 6	Robert Hogan and Richard Burnham, *The Years of O'Casey 1921-1926, The Modern Irish Drama, a documentary history, Vol. 6* (Dublin: Dolmen, 1992).
Mem	W. B. Yeats, *Memoirs*, ed. Denis Donoghue (London: Macmillan, 1972).
Murphy	William M. Murphy, *Prodigal Father: The Life of John Butler Yeats (1839-1922)* (Ithca and London: Cornell UP, 1979).
Myth	W. B. Yeats, *Mythologies* (London: Macmillan, 1970).
OIT	Lady Isabella Augusta Gregory, *Our Irish Theatre: A Chapter of Autobiography* (Gerrards Cross: Colin Smythe, 1972).
OS	Olivia Shakespear
Pethica	*Lady Gregory's Diaries 1892-1902*, ed. James Pethica ((Gerrards Cross: Colin Smythe, 1996).
SQ	Maud Gonne, *A Servant of the Queen*, eds. A. Norman Jeffares and Anna MacBride White (Chicago: Chicago UP, 1995).
Saddlemyer	Ann Saddlemyer, *Becoming George: The Life of Mrs W. B. Yeats* (Oxford: Oxford UP, 2002).
UP I	*Uncollected Prose by W. B. Yeats, Vol. I*, ed. John P. Frayne (London: Macmillan, 1970).
UP II	*Uncollected Prose by W. B. Yeats, Vol. II*, ed. John P. Frayne and Colton Johnson (London: Macmillan, 1975).
V(B)	W. B. Yeats, *A Vision* (London: Macmillan, 1969).
VP	*The Variorum Edition of the Poems of W. B. Yeats*, eds. Peter Allt and Russell K. Alspach (New York: Macmillan, 1971).
VPl	*The Variorum Edition of the Plays of W. B. Yeats*, ed. Russell K. Alspach (New York: Macmillan, 1979).

注

注において、以下の略符号を用いる。

AG	Lady Isabella Augusta Gregory
Aut	W. B. Yeats, *Autobiographies* (London: Macmillan, 1970).
CL I	*The Collected Letters of W. B. Yeats, Vol. I*, ed. John Kelly (Oxford: Clarendon Press, 1986).
CL II	*The Collected Letters of W. B. Yeats, Vol II*, eds. Warwick Gould, John Kelly and Deirdre Toomey (Oxford: Oxford UP, 1997).
CL III	*The Collected Letters of W. B. Yeats, Vol. III*, eds. John Kelly and Ronald Schuchard (Oxford: Clarendon Press, 1994).
CL IV	*The Collected Letters of W. B. Yeats, Vol. IV*, eds. John Kelly and Ronald Schuchard (Oxford: Oxford UP, 2005).
CL (E)	*The Collected Letters of W. B. Yeats: Electronic Edition*, ed. John Kelly (Charlotteville, Virginia: InteLex, 2002).
DW	Dorothy Wellesley
E&I	W. B. Yeats, *Essays and Introductions* (London: Macmillan, 1967).
EM	Ethel Mannin
ESH	Edith Shackleton Heald
Ex	W. B. Yeats, *Explorations* (London: Macmillan, 1962).
Foster I	Roy Foster, *W. B. Yeats: A Life, I. The Apprentice Mage 1865-1914* (Oxford: Oxford UP, 1997).
Foster II	Roy Foster, *W. B. Yeats: A Life. II. The Arch-Poet 1915-1939* (Oxford: Oxford UP, 2003).
GY	George Yeats
Harper 1	George Mills Harper, ed. *Yeats's Vision Papers, Vol. I. The Automatic Script: 5 November 1917-18 June 1918* (London: Macmillan, 1992).
Harper 2	George Mills Harper, ed. *Yeats's Vision Papers, Vol. II. The Automatic Script: 25 June 1918-29 March 1920* (London: Macmillan, 1992).
Harper 3	George Mills Harper, ed. *Yeats's Vision Papers, Vol. III. Sleep and Dream Notebooks, Vision Notebooks 1 and 2, Card File* (London: Macmillan, 1992).
I&R 1	E. H. Mikhail, ed. *W. B. Yeats: Interviews and Recollections, Vol. 1* (London: Macmillan, 1977).
I&R 2	E. H. Mikhail, ed. *W. B. Yeats: Interviews and Recollections, Vol. 2* (London: Macmillan, 1977).
J I	*Lady Gregory's Journals, Vol. I*, ed. Daniel J. Murphy (Gerrards Cross: Colin Smythe, 1978).

Clarendon Press, 1994.

——.*The Collected Letters of W. B. Yeats, Vol. IV*. Eds. John Kelly and Ronald Shuchard. Oxford: Oxford UP, 2005.

——.*The Collected Letters of W. B. Yeats: Electronic Edition*. Ed. John Kelly. Charlotte-ville, Virginia: InteLex, 2002.

——. *A Critical Edition of A Vision (1925)*. Eds. George Mills Harper and Walter Kelly Hood. London: Macmillan, 1978.

——. *Druid Craft: The Writing of The Shadowy Waters*. Eds. Michael J. Sidnell, George P. Mayhew and David Clark. Amherst: Univ. of Massachusetts Press, 1971.

——. *The Early Poetry, Vol. II: "The Wanderings of Oisin" and Other Early Poems to 1895, Manuscripts Materials by W. B. Yeats*. Ed. George Bornstein. Ithaca and London: Cornell UP, 1994.

——. *Essays and Introductions*. London: Macmillan, 1967.

——. *Explorations*. London: Macmillan, 1962.

——. *John Sherman and Dhoya*. Detroit: Wayne State UP, 1969.

——. *Letters on Poetry from W. B. Yeats to Dorothy Wellesley*. Ed. Dorothy Wellesley. London: Oxford UP, 1964

——. *The Letters of W. B. Yeats*. Ed. Allan Wade. London: Rupert Hart-Davis, 1954.

——. *Letters to the New Island*. Ed. Horace Reynolds. London: Oxford UP, 1970.

——. *Literatim Transcription of the Manuscripts of William Butler Yeats's The Speckled Bird*. Ed. William P. O'Donnell. Delmar, New York: Scholars' Facsimiles & Reprints, 1976.

——. *Memoirs*. Ed. Denis Donoghue. London: Macmillan, 1972.

——. *Mythologies*. London: Macmillan, 1970.

——, ed. *The Oxford Book of Modern Verse*. Oxford: Oxford UP, 1936.

——. *The Secret Rose, Stories by W.B. Yeats: A Variorum Edition*. Eds. Phillip L. Marcus, Warwick Gould and Michael J. Sidnell. Ithaca and London: Cornell UP, 1891.

——. *The Senate Speeches of W. B. Yeats*. Ed. Donald R. Pearce. London: Faber, 1960.

——. *Uncollected Prose by W. B. Yeats, Vol. I*. Ed. John P. Frayne. London: Macmillan, 1970.

——. *Uncollected Prose by W. B. Yeats, Vol. II*. Eds. John P. Frayne and Colton Johnson. London: Macmillan, 1975.

——. *The Variorum Edition of the Plays of W. B. Yeats*. Ed. Russell K. Alspach. London: Macmillan, 1979.

——. *The Variorum Edition of the Poems of W. B. Yeats*. Eds. Peter Allt and Russell K. Alspach. New York: Macmillan, 1971.

——. *A Vision*. London: Macmillan, 1969.

—— and Yeats, George. *Yeats and George Yeats: The Letters*. Ed. Ann Saddlemyer. Oxford: Oxford UP, 2001.

Shinbhlaingh, Maire Nic. *The Splendid Years*. Dublin: James Duffy, 1955.

Sidnell, Michael J. "Hic and Ille: Shaw and Yeats." Ed. Robert O'Driscoll. *Theatre and Nationalism*. London: Oxford UP, 1971.

——, Mayhew, George P. and Clark, David, eds. *Druid Craft: The Writing of The Shadowy Waters*. Eds. Amherst: Univ. of Massachusetts Press, 1971.

Silver, Jeremy. "George Barnes's 'W. B. Yeats and Broadcasting,' 1940, with an Introductory Note by Jeremy Silver." Ed. Warwick Gould. *Yeats Annual 5*. London: Macmillan, 1986.

Steele, Karen, ed. *Maud Gonne's Irish Nationalist Writing*. Dublin: Irish Academic Press, 2004.

Strachey, Lytton. "Mr. Yeats's Poetry." Ed. Norman Jeffares. *W. B. Yeats: Critical Heritage*. London: Routledge and Kegan Paul, 1977.

杉山寿美子『アベイ・シアター　一九〇四—二〇〇四——アイルランド演劇運動——』 東京：研究社、2004.

——「イェイツの A Vision：その自伝的側面」『英語青年』（1988年10月）.

——『レイディ・グレゴリ——アングロ・アイリッシュ一貴婦人の肖像——』 東京：国書刊行会、2010.

——『モード・ゴン　一八六六－一九五三 ——アイルランドのジャンヌ・ダルク——』 東京：国書刊行会、2015.

Synge, J. M. *The Collected Letters of John Millington Synge, Vol. 1*. Ed. Ann Saddlemyer. Oxford: Clarendon Press, 1983.

——. *The Collected Works I*. Ed. Robin Skelton. Gerrards Cross: Colin Smythe, 1982.

——. *The Collected Works IV*. Ed. Ann Saddlemyer. Gerrards Cross: Colin Smythe, 1982.

Toomey, Deidre. "Labyrinth: Yeats and Maud Gonne." Ed. Deidre Toomey. *Yeats and Women*: *Yeats Annual 9*. London: Macmillan, 1992.

———, ed. *Yeats Annual 9*. London: Macmillan, 1992.

Torchiana, Donald T. *W. B. Yeats and Georgian Ireland*. Evanston: Northwestern UP, 1966.

Tynan, Katherine. *Twenty-five Years: Reminiscence*s. London: Smith, Elder, 1913.

Tóibin, Colm. *Lady Gregory's Toothbrush*. Dublin: Lilliput, 2002.

Vendler, Helen. *Yeats's Vision and Later Plays*. Cambridge, Massachusetts: Harvard UP, 1963.

Wade, Allan. *A Bibliography of the Writing of W. B. Yeats*. London: Rupert Hart-Davis, 1951.

Walkley, Arthur. "The Irish National Theatre." Ed. E. H. Mikhail. *The Abbey Theatre: Interviews and Recollections*. Totowa, New Jersey: Barnes and Constables, 1988.

Ward, Margaret. *Hanna Sheehy Skeffinton : A Life.* Cork: Attic Press, 1997.

Welch, Robert. *The Abbey Theatre 1899-1999*. Oxford: Oxford UP, 1999.

Yeats, J. B. *Early Memories: Some Chapters of Autobiography*. Dublin: Cuala, 1923.

Yeats, Michael B. *Cast a Cold Eye: Memories of a Poet's Son and Politician.* Dublin: Blackwater, undated.

Yeats, W. B. *Autobiographies*. London: Macmillan, 1970.

——.*The Celtic Twilight*. London: Lawrence and Bullen, 1902.

——.*The Collected Letters of W. B. Yeats*, *Vol. I*. Ed. John Kelly. Oxford: Clarendon Press, 1986.

——.*The Collected Letters of W. B. Yeats*, *Vol II*. Eds. Warwick Gould, John Kelly and Deidre Toomey. Oxford: Oxford UP, 1997.

——.*The Collected Letters of W. B. Yeats*, *Vol. III*. Eds. John Kelly and Ronald Shuchard. Oxford:

O'Driscoll, Robert, ed. *Theatre and Nationalism*. London: Oxford UP, 1971.

——. "Yeats on Personality: Three Unpublished Lectures." Eds. Robert O'Driscoll and Lorna Reynolds. *Yeats and the Theatre*. New York: Maclean-Hunter, 1975.

—— and Reynolds, Lorna, eds. *Yeats and the Theatre*. New York: Maclean-Hunter, 1975.

O'Leary, John. *Recollections of Fenians and Fenianism, II*. London: Downey & Co. 1896.

Oshima, Shotaro. *W. B. Yeats and Japan*. Tokyo: The Hokuseido Press, 1965.

O'Sullivan, Seamus. *The Rose and the Bottle and Other Essays*. Dublin: Talbot 1946.

Paige, D. D., ed. *The Selected Letters of Ezra Pound 1907-1941*. London: Faber, 1950.

Parrish, Stephen Maxfield, ed. *A Concordance to the Poems of W. B. Yeats*. Ithaca and London: Cornell UP, 1963.

Pearce, Donald R., ed. *The Senate Speeches of W. B. Yeats*. London: Faber, 1960.

Pethica, James. "'Our Kathleen': Yeats's Collaboration with Lady Gregory in the Writing of *Cathleen Ni Houlihan*." Ed. Warwick Gould. *Yeats Annual 6*. London: Macmillan, 1988.

Pierce, David. *Yeats Worlds: Ireland, England and the Poetic Imagination*. New Haven and London: Yale UP, 1996.

Pound, Omar and Litz, A. Walton, eds. *Ezra Pound and Dorothy Shakespear: Their Letters 1909-1914*. London: Faber, 1984.

Pritchard, William H., ed. *Penguin Critical Anthologies : W. B. Yeats*. Harmondsworth: Penguin, 1972.

Quinn, John. "Lady Gregory and the Abbey Theatre," Lady Augusta Gregory. *Our Irish Theatre*. Gerrards Cross: Colin Smythe, 1970.

Rachewiltz, Mary De, Moody, David and Moody, Joanna, eds. *Ezra Pound to His Parents, Letters 1895-1929*. Oxford: Oxford UP, 2010.

Rhys, Ernest. "W. B. Yeats: Early Recollections." Ed. E. H. Mikhail. *W. B. Yeats: Inter-views and Recollections, Vol.1*. London: Macmillan, Mikhail, 1977.

——. "Yeats and the Rhymers' Club." Ed. E. H. Mikhail, *W. B. Yeats: Interviews and Recollections, Vol.1*. London: Macmillan, Mikhail, 1977.

Robinson, Lennox. *Ireland's Abbey Theatre: A History*. Port Washington: Kennikat, 1951.

Rodgers, W. R. "W. B. Yeats." Ed. E. H. Mikhail. *W. B. Yeats: Interviews and Recollections, Vol. 2*. London: Macmillan, Mikhail, 1977.

Rothenstein T. W. "Yeats as a Painter Saw Him." Ed. E. H. Mikhail. *W. B. Yeats: Interviews and Recollections, Vol. 2*. London: Macmillan, Mikhail, 1977.

Ryan, W. P. *Irish Literary Revival: Its History, Pioneers and Possibilities*. London: Paternoster Steam Press, 1894.

Saddlemyer, Ann. *Becoming George: The Life of Mrs W. B. Yeats*. Oxford: Oxford UP, 2002.

——. "George, Ezra, Dorothy and Friends: Twenty-six Letters, 1918-59," Ed. Warwick Gould. *Yeats Annual 7*. London: Macmillan, 1990.

——, ed. *Theatre Business: The Correspondence of the First Abbey Theatre Directors William Butler Yeats, Lady Gregory and J. M. Synge*. Gerrards Cross: Colin Smythe, 1982.

Schuchard, Ronald "'An Attendant Lord': H. W. Nevinson's Friendship with W. B. Yeats." Ed. Warwick Gould. *Yeats Annual 7*. London: Macmillan, 1990.

Shaw, Bernard. *The Shewing-up of Blanco Posnet*. London: Constable, 1927.

——. *The Day of the Rabblement*. Dublin: Gerrards Cross, 1901.

Krause, David, ed. *The Letters of Sean O'Casey, Vol. 1*. London: Cassell, 1975.

——. "Sean O'Casey and the Higher Nationalism: The Desecration of Ireland's Household Gods." Ed. Robert O'Driscoll. *Theatre and Nationalism*. London: Oxford UP, 1971.

Kuch, Peter. *Yeats and AE*. Gerrards Cross: Collin Smythe, 1986.

Laurence, Dan H. and Grene, Nicholas, eds. *Shaw, Lady Gregory and the Abbey Theatre: A Correspondence and a Record*. Gerrards Cross: Colin Smythe, 1993.

Lee, Joseph. *The Modernization of Irish Society 1948-1918*. Dublin: Gill & Macmillan, 1973.

Levenson, Samuel. *Maud Gonne*. London: Cassell, 1977.

Lewis, Gifford, ed. *Selected Letters of Somerville and Ross*. London: Faber, 1989.

Londraville, Janis and Richard, eds. *Too Long a Sacrifice : The Letters of Maud Gonne and John Quinn*. Selingsgrove: Susquehanna UP, 1999.

Londraville, Richard, ed. "Four Lectures by W. B. Yeats, 1902-1904." Ed. Warwick Gould. *Yeats Annual 8*. London: Macmillan, *1991*.

Longenbach, James. *Stone Cottage: Pound, Yeats, and Modernism*. Oxford: Oxford UP, 1988.

Lyons, F. S. L. *Ireland since the Famin*e. Glasgow: Collins / Fontana, 1973.

MacDonagh, Donagh and Robinson, Lennox, eds. *The Oxford Book of Irish Verse*. Oxford: Oxford UP, 1958.

MacLiamóir, Micheál "W. B. Yeats." Ed. E. H. Mikhail. *W. B. Yeats: Interviews and Recollections, Vol. 2*. London: Macmillan, 1977.

Maddox, Brenda. *George's Ghost: A New Life of W. B. Yeats*. Basingstoke and Oxford: Picador, 1999.

Malone, Andrew E. *The Irish Drama*. London: Constable, 1929.

Mannin, Ethel. *Privileged Spectator*. London: Jarrolds Publishers London Limited, 1937.

Marcus, Phillip L., Gould, Warwick and Sidnell, Michael J., eds. *The Secret Rose, Stories by W.B. Yeats: A Variorum Edition*. Ithaca and London: Cornell UP, 1891.

Masefield, John. *Some Memories of W. B. Yeats*. Dublin: Cuala, 1940.

Mead, Marion. *Madame Blavatsky: The Woman behind the Myth*. New York: G. D. Putnam's Sons, 1980.

Mikhail, E. H., ed. *The Abbey Theatre: Interviews and Recollections*. Totowa, New Jersey: Barnes and Constable, 1988.

——, ed. *W. B. Yeats: Interviews and Recollections, Vol.1*. London: Macmillan, 1977.

——, ed. *W. B. Yeats: Interviews and Recollections, Vol. 2*. London: Macmillan, 1977.

Moore, George. *Hail and Farewell*. Ed. Richard Cave. Gerrards Cross: Colin Smythe, 1976.

Morgan, Louise. "W. B. Yeats." Ed. E. H. Mikhail. *W. B. Yeats: Interviews and Recollections, Vol. 2*. London: Macmillan, 1977.

Murphy, John A. *Ireland in the Twentieth Century*. Dublin: Gill and Macmillan, 1981.

Murphy, William M. *Family Secrets: William Butler Yeats and His Relatives*. Syracuse, New York: Syracuse UP, 1995.

——. *Prodigal Father: The Life of John Butler Yeats（1839-1922）*. Ithaca and London: Cornell UP, 1978.

O'Byrne, Robert. *Sir Hugh Lane*. Dublin: Lilliput, 2000.

O'Casey, Sean. *Rose and Crown*. London: Macmillan, 1952.

Colin Smyhte, 1973.

——. *Sir Hugh Lane: His Life and Legacy*. Gerrards Cross: Colin Smythe. 1973.

Gwynn, Denis. *Edward Martyn and the Irish Revival.* London: Jonathan Cape, 1930.

Gwynn, Stephen, ed. *William Butler Yeats: Essays in Tribute*. New York: Kennikat, 1965.

Harper, George Mills. *The Making of Yeats's 'A Vision' : A Study of the Automatic Script, Vol.1.* London: Macmillan, 1987.

——. *The Making of Yeats's 'A Vision': A Study of the Automatic Script, Vol.2.* London: Macmillan,1987.

——, ed. *Yeats's Vision Papers, Vol. I. The Automatic Script: 5 November 1917-18 June 1918.* London: Macmillan, 1992.

——, ed. *Yeats's Vision Papers, Vol. II. The Automatic Script: 25 June 1918-29 March 1920.* London: Macmillan, 1992.

——, ed. *Yeats's Vision Papers, Vol. III. Sleep and Dream Notebooks, Vision Notebooks 1 and 2, Card File.* London: Macmillan, 1992.

Harwood, John. *Olivia Shakespear and W. B. Yeats*. London: Macmillan, 1989.

——. "Olivia Shakespear: Letters to W. B. Yeats." Ed. Warwick Gould. *Yeats Annual 6*. London: Macmillan, 1988.

Hogan, Robert and Kilroy, John. *The Irish Literary Theatre 1899-1901, The Modern Irish Drama, a documentary history, Vol.1.* Dublin: Dolmen, 1975.

—— and Kilroy, John. *Laying the Foundations 1902-1904, The Modern Irish Drama, a documentary history, Vol.2.* Dublin: Dolmen, 1976.

—— and Kilroy, John. *The Abbey Theatre: The Years of Synge 1905-1909, The Modern Irish Drama, a documentary history, Vol.3.* Dublin: Dolmen, 1978.

——, Burnham, Richard and Poteet, Daniel P. *The Abbey Theatre: The Rise of the Realists, The Modern Irish Drama, a documentary history, Vol.4.* Dublin: Dolmen, 1979.

—— and Burnham, Richard. *The Years of O'Casey 1921-1926, The Modern Irish Drama, a documentary history, Vol. 6.* Dublin: Dolmen, 1992.

Holloway, Joseph. *Joseph Holloway's Abbey Theatre: Selections from His Unpublished Journal, Impressions of a Dublin Playgoer*. Eds. Robert Hogan and Michael J. O'Neill. Carbondale and Edwardsville: Southern Illinois UP, 1967.

Holroyd, Michael. *Bernard Shaw*. London: Vintage, 1998.

Hone, Joseph. *W. B. Yeats 1865-1939.* London: Macmillan, 1965.

Howe, Ellic. *The Magician of the Golden Dawn: A Documentary History of a Magical Order 1887-1923*. London: Routledge & Kegan Paul, 1972.

Hunt, Hugh. *The Abbey: Ireland's National Theatre 1904-1978*. New York: Columbia UP, 1979.

Jeffares, A. Norman, ed. *W. B. Yeats: Critical Heritage*. London: Routledge and Kegan Paul, 1977.

——, White, Anna MacBride and Bridgwater, Christina, eds. *Letters to W. B. Yeats and Ezra Pound from Iseult Gonne*. Basingstoke: Palgrave Macmillan, 2004.

Johnston, Charles. "Yeats in the Making." Ed. E. H. Mikhail. *W. B. Yeats: Interviews and Recollections, Vol.1.* London: Macmillan, 1977.

Joyce, James. "Bernard Shaw's Battle with the Censor." Eds. Ellsworth Mason and Richard Ellmann. *The Critical Writing of James Joyce*. London: Faber, 1959.

Oxford UP, 1967.
——. *The Identity of Yeats*. London: Faber, 1954.
——. *James Joyce*. Oxford: Oxford UP, 1982.
——. *The Man and the Masks*. Oxford: Oxford UP, 1979.
Ellis-Fermor, Una. *The Irish Dramatic Movement*. London: Methuen, 1971.
Fay, Gerard. *The Abbey Theatre: Cradle of Genius*. London: Hollis and Carter, 1954.
Fay, W. G. and Cardswell, Catherine. *The Fays of Abbey Theatre: An Autobiographical Record*. London: Rich & Cowan, 1935.
Fingall, Elizabeth Plunkett. *Seventy Years Young: Memories of Elizabeth, Countess of Fingall*, told to Pamela Kinkson. London: Collins, 1937.
Finneran, Richard, Harper, George Mills and Murphy, William M., eds. *Letters to W. B. Yeats*, *Vol. I*. London: Macmillan, 1977.
Flannery, James. *Miss Annie Horniman and the Abbey Theatre*. Dublin: Dolmen, 1970.
Foster, Roy. *W. B. Yeats: A Life, I. The Apprentice Mage 1865-1914*. Oxford: Oxford UP, 1997.
——. *W. B. Yeats: A Life, II. The Arch-Poet 1915-1939*. Oxford: Oxford UP, 2003.
Frazier, Adrian. *George Moore 1852-1933*. New Haven and London: Yale UP, 2000.
Goldring, Douglas. "Yeats, Pound and Ford at Woburn." Ed. E. H. Mikhail. *W. B. Yeats: Interviews and Recollections*, *Vol. 1*. London: Macmillan, 1977.
Gonne, Maud. "Famine Queen." Ed. Karen Steele. *Maud Gonne's Irish Nationalist Writing*. Dublin: Irish Academic Press, 2004.
——. *A Servant of the Queen*. Eds. A. Norman Jeffares and Anna MacBride. Chicago: Chicago UP, 1995.
——. "Yeats and Ireland." Ed. Stephen Gwynn. *William Butler Yeats: Essays in Tribute*. New York: Kennikat, 1965.
—— and Yeats, W. B. *The Gonne-Yeats Letters 1893-1938: Always Your Friend*. Eds. Anna MacBride White and A. Norman Jeffares. London: Hutchinson, 1992.
Gould, Warwick, ed. *Yeats Annual 1*. London: Macmillan, 1982.
——, ed. *Yeats Annual 5*. London: Macmillan, 1987.
——, ed. *Yeats Annual 6*. London: Macmillan, 1988.
——, ed. *Yeats Annual 7*. London: Macmillan, 1990.
——, ed. *Yeats Annual 8*. London: Macmillan, 1991.
Gregory, Lady Isabella Augusta. *Case for the Return of Sir Hugh Lane Pictures to Dublin*. Dublin: Talbot, 1926.
——. *Coole*. Dublin: Dolmen, 1971.
——. *Cuchulain of Muirthemne*. Gerrards Cross: Colin Smythe, 1970.
——. *The Collected Plays*, *I*, *The Comedies*. Ed. Ann Saddlemyer. Gerrards Cross: Colin Smythe, 1971.
——. *Lady Gregory's Diaries 1892-1902*. Ed. James Pethica. Gerrards Cross: Colin Smythe, 1996.
——. *Lady Gregory's Journals*, *Vol. I*. Ed. Daniel J. Murphy. Gerrards Cross: Colin Smythe, 1978.
——. *Lady Gregory's Journals*, *Vol. II*. Ed. Daniel J. Murphy. Gerrards Cross: Colin Smythe, 1987.
——. *Our Irish Theatre: A Chapter of Autobiography*. Gerrards Cross: Colin Smythe, 1970.
——. *Seventy Years: Being the Autobiography of Lady Gregory*. Ed. Colin Smythe. Gerrards Cross:

参考文献

Adams, Steve L. and Harper, George Mills. "The Manuscript of 'Leo Africanus'." Ed. Warwick Gould. *Yeats Annual 1*. London: Macmillan, 1982.

Anonymous. "W. B. Yeats at School" (reminiscences by a classmate). Ed. E. H. Mikhail, *W. B. Yeats: Interviews and Recollections, Vol. 1*. London: Macmillan, 1977.

Archer, William. "Irish Plays." Ed. E. H. Mikhail. *The Abbey Theatre: Interviews and Recollections*. Totowa, New Jersey: Barnes and Constables, 1988.

Beckson, Karl. *Arthur Symons*. Oxford: Clarendon Press, 1987.

Bell, Anne Oliver, ed. *The Diary of Virginia Woolf, Vol. 3 1925-30*. Harmondsworth: Penguin, 1980.

Blythe, Ernest. *The Abbey Theatre*. Dublin: The National Theatre Society, 1965.

Bourne, Marcus. *John O'Leary: A Study in Irish Separatism*. Tralee: Anvil Books, 1976.

Bowra, C. M. "W. B. Yeats." Ed. E. H. Mikhail. *W. B. Yeats: Interviews and Recollections, Vol. 2*. London: Macmillan, 1977.

Bridge, Ursula, ed. *W. B. Yeats and T. Sturge Moore: Their Correspondence 1901-1937*. Westport: Greenwood, 1953.

Brown, Terence. *The Life of W. B. Yeats: A Critical Biography*. Oxford: Blackwell, 1999.

Cardozo, Nancy. *Maud Gonne: Lucky Eyes and a High Heart*. New York: New Amsterdam, 1990.

Chapman, Wayne K. "The Annotated *Responsibilities*: Errors in the *Variorum Edition* and a New Reading of Two Poems, 'On Those that Hated 'The Playboy of the Western World", 1907' and 'The New Faces'." Ed. Warwick Gould. *Yeats Annual 6*. London: Macmillan, 1988.

Colum, Mary. *Life and Dream*. Dublin: Dolmen, 1966.

Coote, Stephen. *W. B. Yeats: A Life*. London: Hodder & Stoughton, 1997.

Cousins, James and Margaret. *We Two Together*. Madras: Ganesh, 1950.

Cranston, Sylvia. *HPB: The Extraordinary Life and Influence of Helena Blavatsky, Founder of Modern Theosophical Movement*. New York: G. P. Putnam's Sons, 1993.

Daly, Dominic. *Young Douglas Hyde: The Dawn of the Irish Revolution and Renaissance 1874-1893*. Dublin: Arlen House, 1978.

Denson, Allan, ed. *Letters from AE*. London: Abelard-Schuman, 1961.

Deutsch-Brady, Chantal. "The King's Visit the People's Protection Committee 1903." *Éire-Ireland*, 10, 3 (autumn 1975).

Dooley, Terence. *The Decline of the Big House in Ireland: A Study of Irish Landed Families 1860-1960*. Dublin: Wolfhound, 2000.

Eglington, John. "Yeats at the High School." Ed. E. H. Mikhail. *W. B. Yeats: Interviews and Recollections, Vol. 1*. London: Macmillan, 1977.

Eliot, T. S. "Yeats." Ed. William H. Pritchard. *Penguin Critical Anthologies*：*W. B. Yeats*. Harmondsworth: Penguin, 1972.

Ellmann, Richard. *Eminent Domain: Yeats among Wilde・Joyce・Pound・Eliot & Auden*. New York:

ワ行

ヤ行

ラ行

マ行

ナ行

ハ行

タ行

サ行

カ行

フィクション

エッセイ

劇作

ー・プレスを設立 186-188；モード・ゴン結婚、詩作途絶える 188, 189；劇場のイェイツ－グレゴリ体制 190；「劇場の改革」理論と『砂時計』の舞台 178, 179, 190, 191；国民演劇協会のロンドン公演 192, 193；エドワード七世のアイルランド訪問に抗議 193, 194；シングの『谷間の影』を巡る論争 195-197；詩的ヴィジョンと美意識の変化 197-199；「ケルトの薄明」の終焉 199, 200；アメリカ講演旅行 201-207；四つの講演原稿 202；ローズベルト大統領とホワイトハウスで昼食会 203；カーネギー・ホール講演 203；クラン・ナ・ゲールから講演依頼 204-206；アニー・ホーニマン、国民演劇協会へ劇場を贈る 208-210；アベイ・シアター誕生 208, 209, 211；G・B・ショーの『ジョン・ブルのもう一つの島』 210, 211；アベイ・シアター柿落とし、『バーリャの浜で』 211, 212

一九〇五－一九〇九

モード・ゴン、離婚を提訴 215, 216；劇場の業務に入り浸る 215-217, 219-233, 236-238；四〇歳の誕生日 218；国民演劇協会、株式会社組織へ再編 219, 220；劇団再編を巡る騒動と混乱 220-222, 225, 226；イェイツとAE 222, 223；アニー・ホーニマンとアベイ・カンパニーの確執 223, 224, 226；シングの『西国のプレイボーイ』公演、劇場内で暴動 227-231；ジョン・オレアリの死、ナショナリズム精神の変容 231；グレゴリ夫人とロバートと共にイタリア旅行 231, 232；アニー・ホーニマン、アベイ・シアターから撤退を表明 232, 233；『役者女王』の劇作と「反自我」の観念 233, 234；オーガスタス・ジョンによる肖像画 234-236；父、ニュー・ヨークへ移住 236；フェイ兄弟、アベイ・シアターを去る 236, 237；メイベル・ディッキンソンと愛人関係 238, 239；モード・ゴンと和解、詩作復活 239, 240；アーサー・シモンズの発狂 240, 241；モード・ゴンと愛人関係 241, 242；『作品全集』八巻出版 242；グレゴリ夫人、発作で倒れる 242, 243；シングの死 243, 244

一九〇九－一九一三

G・B・ショーの『正体を現わしたブランコ・ポズネット』公演を巡るアイルランド行政府との対立 247-249；ジョン・クインとの諍い、交友断絶 249；保守的価値観へ傾斜 250, 251；ロンドン社交界の寵児 251；英国首相アスキスと会食 251；アニー・ホーニマン、アベイ・シアターを劇場重役会へ譲渡 252, 255-257；レノックス・ロビンソンをアベイ・シアターのマネージャーに抜擢 253, 254；文学学術会議会員に選出 257；恩給（150ポンド）給付を巡ってグレゴリ夫人と「深刻な争い」 257, 258；伯父ジョージ・ポレックスフェンの死 258, 259；トゥリニティ・カレッジ英文学教授候補に上がる 259；妹ロリーの印刷所「クアラ・プレス」に再編 260；アベイ・カンパニーのアメリカ巡業に同行 262；巡業をグレゴリ夫人に引継ぎ、帰国 263；劇場業務から徐々に撤退 265；ジョージィ・ハイド－リースを紹介される 266；スーパーナチュラル・オブセッション再燃 266-268；分身レオ・アフリカヌス 267, 268；エズラ・パウンドに出会う 268；パウンドの影響 268-270；タゴールに出会う 270；タゴールの詩『ギーターンジャリ』英訳に加筆・修正 271, 272；ヒュー・レインのダブリン市現代美術館構想 273；美術館建設を巡る紛争 273-275, 277, 278；エリザベス・ラドクリフの自動筆記 276；ディッキンソンの妊娠騒動 276, 277；美術館構想破綻 277-279；『落胆の中書いた詩』と「一九一三年九月」 277, 278

一九一四－一九一六

エズラ・パウンドとストーン・コティッジ（サセックス）で冬を過ごす（1913-1914） 283-286；パウンド、フェノロサの能の謡本英語翻訳を編集 285；ムア、『出会いと別れ』で揶揄、嘲笑 263, 264, 287；アメリカ講演旅行 288-290；ニュー・ヨークの父 288, 290；ジョン・クインと和解 289；パウンド、オリヴィアの娘ドロシィと結婚 290；詩集『責任』出版、文体の変化 291, 292；大戦に非参加の姿勢、「戦争詩を請われて」 292, 293；自叙伝

索 引

ア行

杉山寿美子（すぎやま　すみこ）
M.Phil in English（レスター大学）、文学博士（関西学院大学文学部）、信州大学教養学部講師・助教授（1982-1995）、関西学院大学文学部教授（1995-2015）。著書に『アベイ・シアター　1904-2004』（研究社、2004）、『レイディ・グレゴリ　アングロ・アイリッシュ一貴婦人の肖像』（国書刊行会、2010）、『モード・ゴン　1866-1953　アイルランドのジャンヌ・ダルク』（国書刊行会、2015）ほか。

祖国と詩（うた）　W・B・イェイツ

2019年8月5日　初版第1刷印刷
2019年8月8日　初版第1刷発行

著　者　杉山寿美子
装　釘　臼井新太郎
発行者　佐藤今朝夫
発行所　株式会社国書刊行会
東京都板橋区志村1-13-15　〒174-0056
TEL03-5970-7421　FAX03-5970-7427
http://www.kokusho.co.jp
印刷所　三松堂株式会社
製本所　三松堂株式会社

ISBN 978-4-336-06374-8

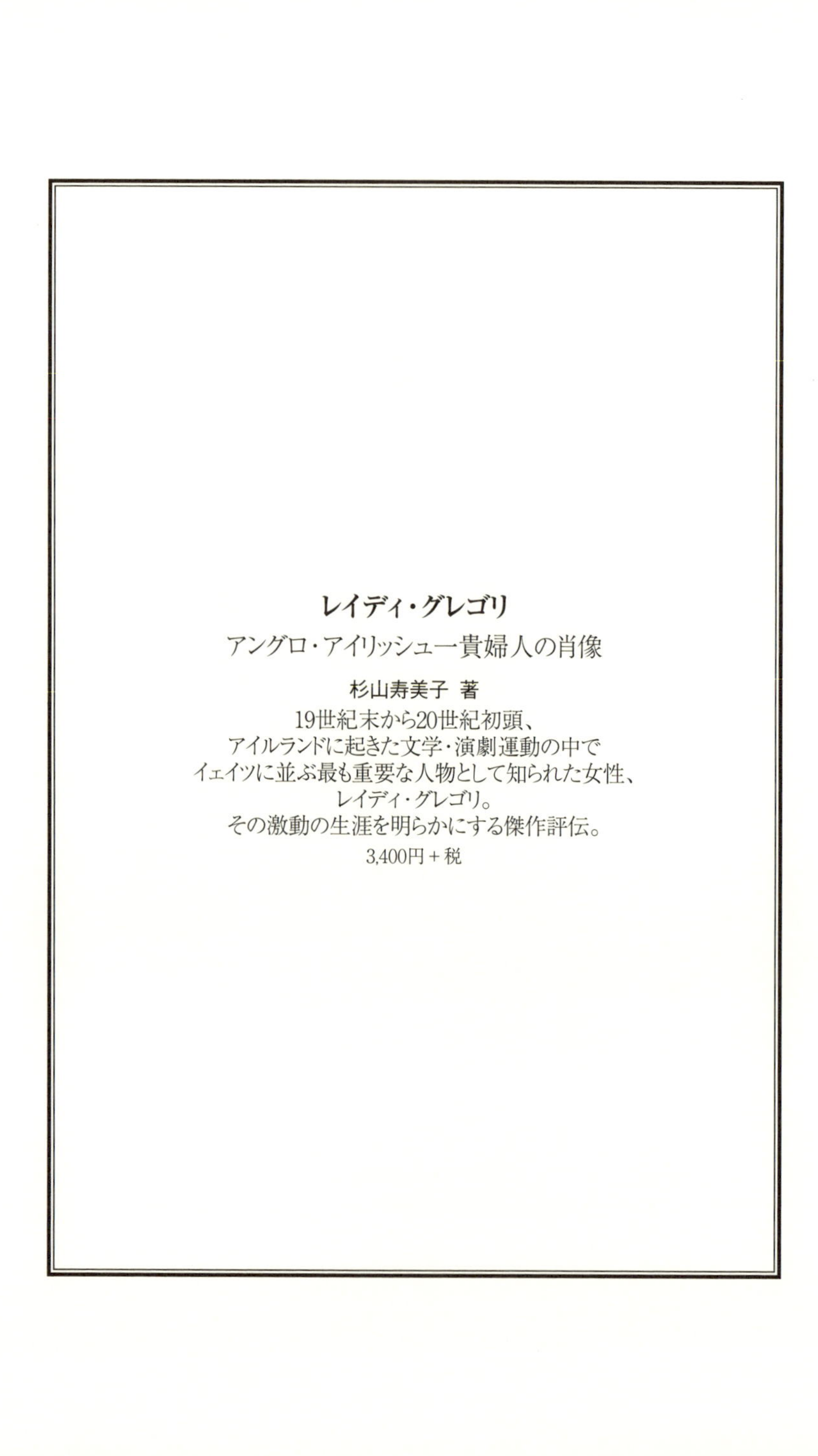
レイディ・グレゴリ
アングロ・アイリッシュ一貴婦人の肖像
杉山寿美子 著
19世紀末から20世紀初頭、
アイルランドに起きた文学・演劇運動の中で
イェイツに並ぶ最も重要な人物として知られた女性、
レイディ・グレゴリ。
その激動の生涯を明らかにする傑作評伝。
3,400円＋税

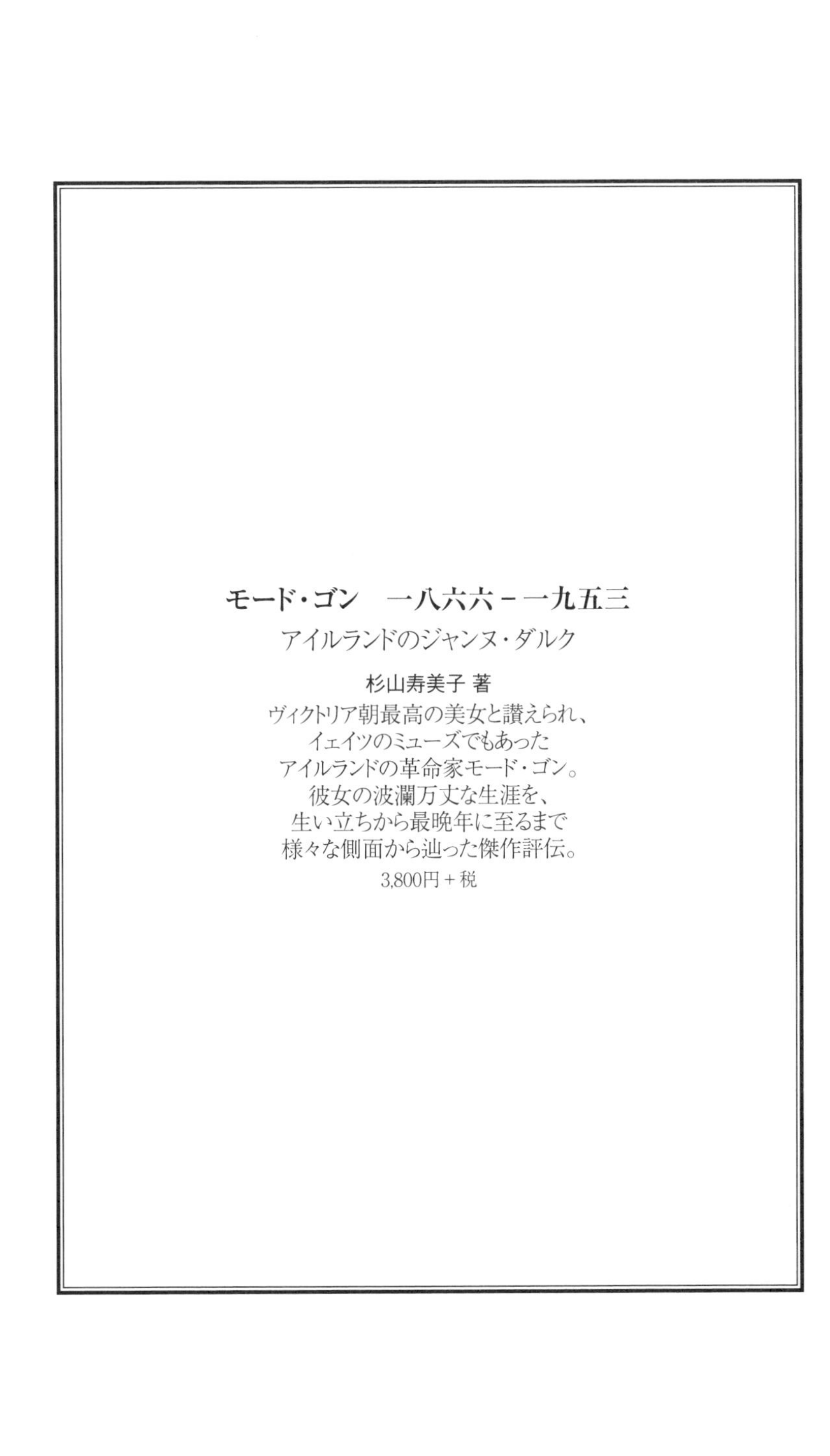
モード・ゴン　一八六六－一九五三
アイルランドのジャンヌ・ダルク
杉山寿美子 著
ヴィクトリア朝最高の美女と讃えられ、
イェイツのミューズでもあった
アイルランドの革命家モード・ゴン。
彼女の波瀾万丈な生涯を、
生い立ちから最晩年に至るまで
様々な側面から辿った傑作評伝。
3,800円＋税